Un mariage contre nature

CET OUVRAGE
A BÉNÉFICIÉ DE L'AIDE À LA TRADUCTION
DU CENTRE NATIONAL DU LIVRE

THE MARRIAGE OF OPPOSITES
A ÉTÉ PUBLIÉ EN AOÛT 2015
PAR SIMON & SCHUSTER

ISBN 978-2-88944-022-1

Alice Hoffman

Un mariage contre nature

Traduit de l'anglais (États-Unis)
par Nadine Gassie

Slatkine & Cie

Du même auteur, traduit en français

La Nuit du loup, traduit par Martine Laroche, Actes Sud, 1988, J'ai lu, 1990.

La Ville qui avait peur d'une enfant, traduit par Bernadette Lacroix, Robert Laffont, 1988, Pocket, 1990.

L'Enfant du hasard, traduit par Mimi Perrin, Robert Laffont, 1992, J'ai lu, 1993.

La Maison de Nora Silk, traduit par Madeleine Thuot, Flammarion Québec, J'ai lu, 1994.

La Lune tortue, traduit par Anna Gibson, Flammarion, 1993, J'ai lu, 1997.

Les Cavaliers de la nuit, traduit par Yvan Comeau, Flammarion Québec, 1994, J'ai lu, 1996.

Seul parmi les loups, traduit par Anna Gibson, Belfond, 1995, J'ai lu, 1997.

Drôles de meurtres en famille, traduit par Marie-Odile Fortier-Masek, Flammarion, 1996.

Les Ensorceleuses, traduit par Marie-Odile Fortier-Masek, Flammarion, 1999, J'ai lu, 1999.

Un Instant de plus ici-bas, traduit par Carole Reyès, Archipel, Archipoche, 2010.

Mes Meilleures amies, traduit par François Vidonne, L'Archipel, 2001, Archipoche, 2007.

La Saison du noyé, traduit par Marie-Odile Fortier-Masek, Flammarion, 2001.

Un Secret bien gardé, traduit par Pierre Ménard, Flammarion, 2002, J'ai lu, 2006.

Le Roi du fleuve, traduit par Florence Bellot, Flammarion, 2004.

Prémonitions, traduit par Pierre Ménard, Flammarion, 2006.

La Prédiction, traduit par Catherine Gibert, Gallimard-Jeunesse, 2006.

Incantation, traduit par Catherine Gibert, Gallimard-Jeunesse, 2008.

Le Troisième ange, traduit par Béatrice Roudet-Marçu, J.C. Lattès, 2010.

Sommaire

Préface

Par Claire Durand-Ruel Snollaerts[1]

Avant de m'entretenir longuement de son roman avec Alice Hoffman, une question me brûlait les lèvres : comment avait-elle eu l'idée de consacrer son nouveau livre à Rachel Manzana-Pomié Pissarro ? Comment cette romancière américaine prolifique, talentueuse, qui s'est essayée à tous les genres avec bonheur, du roman sentimental au roman policier, et dont chaque nouvel ouvrage, et surtout celui-ci, figure, des mois durant, en tête des meilleures ventes qu'établit le *New York Times*, en était-elle venue à s'intéresser à la mère du grand peintre impressionniste Camille Pissarro ? Était-ce une passion ancienne et dévorante de l'écrivain pour cet artiste ? Une connaissance intime de sa vie, de sa famille ? De nombreux séjours personnels à Saint-Thomas, ce vert paradis de l'enfance du peintre dont la romancière sait si bien restituer les odeurs, les couleurs et les sons ? Rien de tout cela. La rencontre d'Alice Hoffman et de Rachel est le fruit du hasard. De Pissarro, elle ignorait presque tout.

---

1 Diplômée en histoire de l'art, Claire Durand-Ruel Snollaerts est considérée comme la meilleure spécialiste française du peintre impressionniste Camille Pissarro dont elle a établi le catalogue raisonné avec Joachim Pissarro (Wildenstein Institute/Skira, 2005). Elle est le commissaire de la première grande rétrospective consacrée au peintre en France depuis près de quarante ans : *Camille Pissarro, le premier des impressionnistes*, musée Marmottan-Monet, du 23 février au 2 juillet 2017.

Elle l'a croisé durant l'été 2011, à l'occasion d'un mariage à Williamstown (Massachusetts), en visitant la rétrospective *Pissarro's People* qu'avait organisée, au Sterling and Francine Clark Art Institute, l'historien de l'art américain spécialiste de Pissarro, Richard R. Brettell. Cette exposition présentait d'une manière magistrale toutes les figures qui ont traversé la vie du peintre : sa famille, ses amis, mais aussi tous ces anonymes qui habitent ses toiles, car Pissarro n'a jamais conçu un tableau sans l'animer d'une figure humaine. L'exposition était accompagnée d'un remarquable catalogue. Voilà le point de départ du livre d'Alice Hoffman.

Un catalogue, des recherches aux meilleures sources, une intuition de romancière et l'interdiction qu'elle s'est imposée, avant d'avoir achevé son livre, de se rendre sur l'île de Saint-Thomas, « pour l'imaginer comme elle était plutôt que de la retrouver comme elle n'est plus ». Tout le talent d'Alice Hoffman est là. Dans son approche d'écrivain et cette manière d'aborder la page blanche. Je travaille depuis plus de vingt ans sur l'œuvre du peintre, jamais je n'ai eu vraiment l'envie de m'attarder sur la vie de ses parents. Encore moins sur celle de sa mère, Rachel, dont le caractère fort, autoritaire, presque antipathique me séduisait bien peu. En s'appuyant sur la vérité des faits, Alice Hoffman donne subtilement vie à cette femme anachroniquement libre, forgée par l'épreuve mais toujours indépendante. Rebelle, comme le sera son fils.

⁂

Rachel Manzana-Pomié est une Créole, issue d'une famille juive d'origine française, installée dans la colonie française de Saint-Domingue (ancienne Haïti) depuis le XVIIIe siècle. Au moment de la révolution haïtienne de 1791, sa famille fuit vers Saint-Thomas, à Charlotte-Amalie, où Rachel naît en 1795. Manzana signifie « pomme » en espagnol, Pomié évoque « pommier » en français, d'où le clin d'œil romanesque d'Alice Hoffman à ce pommier qui accompagne Rachel dans ses différents domiciles.

En premières noces, Rachel épouse Isaac Petit, négociant français originaire de Bordeaux installé à Charlotte-Amalie et veuf d'Esther, sœur de Rachel. Ils ont trois enfants. Isaac meurt en 1824, à l'âge de cinquante ans, laissant Rachel enceinte de leur quatrième enfant. Afin de régler les problèmes de succession, des cousins, les Petit, encore en partie installés à Bordeaux, décident d'envoyer à Charlotte-Amalie l'un des leurs, Frédéric Abraham Gabriel Pissarro. Né en 1802, Frédéric est le fils d'Anne-Félicité Petit – sœur d'Isaac Petit – et de Joseph Gabriel Pizzarro, dont la famille était originaire de la ville de Bragance, au nord-est du Portugal. Les Pizzarro étaient des *Marranos*, Juifs de la péninsule ibérique convertis par contrainte au christianisme et restés fidèles à leur religion. En 1769, à la suite de la politique répressive menée par le marquis de Pombal contre les communautés marranes, la famille Pissarro s'installe à Bordeaux où elle établit un négoce d'import-export, en s'appuyant sur un réseau de points de vente répartis entre l'Europe et le Nouveau Monde. Depuis 1671, Saint-Thomas appartient, comme les îles de Saint-Jean et de Sainte-Croix, à la couronne du Danemark. L'obtention en 1764 du statut de port franc a permis à Saint-Thomas de devenir une plaque tournante des transactions commerciales aux Antilles. L'île attire de nombreux commerçants de toutes les nationalités. Outre de nombreux émigrés d'origine européenne, Saint-Thomas compte une population noire relativement importante. Du fait de la tradition danoise de tolérance religieuse, l'île exerce un pouvoir de séduction particulier sur la communauté juive. Rachel est élevée dans ce contexte de liberté, de cosmopolitisme et de tolérance.

Au début de l'été 1824, Frédéric Pissarro, qui vient d'avoir vingt-deux ans, arrive à Saint-Thomas pour aider Rachel, sa jeune tante par alliance, de sept ans son aînée. Frédéric a pour mission d'aider la veuve, notamment dans la gestion du commerce de quincaillerie de feu son oncle Isaac. Or, très rapidement, en moins d'un an, les liens qui unissent Frédéric à Rachel dépassent le cadre purement administratif. Une idylle naît. Rachel accouche de leur premier fils, Félix Joseph Gabriel, en février 1826, au grand scandale de la population de Saint-Thomas. Les Anciens de la Synagogue sanctionnent le mariage de Rachel et de Frédéric, dont les bans ont été publiés le 22 novembre 1826 dans le *St. Thomas Tidente*. La Loi Juive ne permet pas à un neveu d'épouser sa tante, même s'il s'agit d'une tante par alliance, ni à un homme d'épouser une mère allaitant son enfant de moins de deux ans, ce qui est le cas de Rachel. Le 23 novembre, les Anciens publient dans le même journal un encadré décrétant que ce mariage est irrecevable. Les bans sont rompus. S'ensuit alors un affrontement juridico-religieux au cours duquel le couple doit faire face à l'hostilité de la communauté juive, du gouvernement danois et de la branche française de la famille Petit. À l'issue de huit ans de lutte farouche et obstinée, Frédéric et Rachel parviennent à obtenir la reconnaissance de leur union par les autorités rabbiniques. Pour marquer leur réintégration au sein de la communauté juive, ils participent à la reconstruction de la synagogue qu'un incendie a endommagée dans la nuit du 31 décembre 1831.

En 1829 et en 1830, naissent deux autres garçons, Alfred Moïse et Jacob Camille (1830-1903), et enfin Aaron Gustave en 1833. La naissance du futur peintre impressionniste est ainsi mentionnée dans les registres de la synagogue de Charlotte-Amalie : « Jacob Pizarro, fils de Abraham Pizarro et de Pomié, né le 19 Tamuz 5590 qui correspond au 10 juillet 1830 ». Entre 1854 et 1858, l'artiste signera indifféremment ses toiles Pizarro ou Pissarro, abandonnant définitivement le z à partir de 1859. En 1882, il obtient la modification du registre afin que son nom soit inscrit selon l'orthographe française et non espagnole, et que son prénom d'usage, Camille, y figure également. Tous les enfants Pissarro ont la nationalité danoise.

À Charlotte-Amalie, la famille Pissarro habite une maison non loin des quais, au 14, rue Dronningens. Il n'existe aucun document décrivant leur vie, à l'époque, à Saint-Thomas. Faisons entièrement confiance au talent d'Alice Hoffman pour l'imaginer. On sait toutefois que le commerce de Frédéric occupe les locaux du rez-de-chaussée et que la famille est installée au premier étage. En 1833, à trente-huit ans, Rachel est déjà huit fois mère ; elle a aussi la charge des enfants survivants de sa défunte sœur Esther. Sa condition sociale lui permet de disposer d'esclaves pour l'aider dans les tâches domestiques mais, fait alors inhabituel, elle tient à élever elle-même ses enfants. Elle est pratiquante, comme Frédéric, mais choisit de ne pas les envoyer dans une école juive, sans doute pour les protéger des brimades que son statut conjugal aurait immanquablement déclenchées. Les huit enfants sont inscrits à l'école protestante morave, fréquentée par des enfants d'esclaves noirs – l'esclavage est aboli à Saint-Thomas en 1848. Les premiers dessins et tableaux de Camille décrivent cette communauté qu'il a côtoyée durant son enfance.

De son vivant, Rachel va connaître la pire épreuve qu'une mère puisse subir, la perte de ses enfants. Seuls deux lui survivront, Alfred et Camille.

En 1842, à l'âge de douze ans, Camille est envoyé à Paris pour y poursuivre ses études, dans la pension Savary, située 46, boulevard de Passy, où il apprend notamment le dessin. Il rend souvent visite à ses grands-parents paternels, qui habitent un appartement dans le quartier. De retour à Charlotte-Amalie, en 1847, il s'initie à contre cœur au négoce familial. En 1850, à vingt ans, il rencontre sur le port un peintre danois, Fritz Melbye (1826-1869), qui marquera profondément son destin. Ensemble, entre 1852 et 1854, ils vont vivre au Venezuela, malgré les réticences de Rachel et Frédéric. Plusieurs années plus tard, l'artiste se rappellera ce grand saut vers l'inconnu : « Étant à Saint-Thomas, en 52, commis bien payé, je n'ai pu y tenir, sans plus de réflexion je quittais tout et filais à Caracas, afin de rompre le câble qui m'attachait à la vie bourgeoise. Ce que j'ai souffert est inouï, c'est évident, mais j'ai vécu. » Vivre sa vie. Une première marque d'indépendance et de courage. Un premier point commun avec sa mère.

Peu à peu, les enfants Pissarro coupent les liens avec Saint-Thomas et regagnent la France. Rachel quitte précipitamment l'île en septembre 1855, pour se rendre au chevet de sa fille Delphine, la demi-sœur de Camille, qui meurt en octobre. Le peintre la suit de peu en France. Ni la mère, ni le fils ne retourneront aux Antilles. Et Frédéric y fermera définitivement son commerce en 1858.

En 1860, Rachel embauche comme aide cuisinière une jeune fille de vingt ans, Julie Vellay (1838-1926), fille d'ouvriers viticoles, originaire de Grancey-sur-Ource, en Bourgogne. Une liaison naît avec l'artiste dont elle sera la compagne jusqu'à la fin de sa vie.

Ensemble, ils auront huit enfants, dont trois disparaîtront de leur vivant. Cette relation avec une fille de condition modeste, sans instruction et catholique de surcroît, choque au plus haut point les parents de Camille qui s'opposent à leur mariage. Comme Rachel, Julie accouche hors mariage de ses trois premiers enfants, Lucien (1863-1944), Jeanne-Rachel (1865-1874), prénom donné en hommage à ses deux grands-mères, et Adèle Emma, qui meurt trois semaines après sa naissance, le 5 novembre 1870.

Lorsque, la même année, l'artiste demande à sa seule mère – Frédéric est mort en 1865 – l'autorisation d'épouser Julie, elle accepte puis se rétracte :

« J'ai répondu à ta lettre hier. Je te dirai que j'ai eu beaucoup de chagrin. La demande que tu m'as faite m'en a causé beaucoup, j'en suis malade. [...] Comme mère, pour te faire plaisir et sans réflexion, je t'ai répondu oui. Cela m'a rendu bien malade toute la nuit et je me suis décidée à t'écrire pour te dire que ce consentement m'afflige beaucoup, je compte donc sur toi et si tu as quelques égards pour moi tu me renverras la lettre, car je l'ai fait écrire sans réfléchir assez pour une affaire d'une telle importance. [...] Attends que tous ces événements soient passés, alors tu pourras aller à Londres et là te marier sans mon consentement et sans que personne n'en sache rien ».

Le 14 juin 1871, Camille et Julie se marient à Londres, sans famille mais en présence de deux témoins, Alexandre Prévost, peintre-graveur, et Charles Lecapé, cordonnier.

Camille mène sa vie comme l'a menée sa mère. Mais Rachel semble avoir oublié les souffrances qu'elle a endurées pour faire accepter son propre mariage avec Frédéric. Elle est aussi intraitable avec son fils que l'a été avec elle la communauté de Saint-Thomas. Elle refuse de voir Julie et se montrera jusqu'à sa mort distante, désagréable. Mais elle soutiendra financièrement le couple jusqu'à sa mort.

Pourtant Rachel et Julie se ressemblent. Deux femmes de caractère qui ont élevé d'une main de fer une famille nombreuse et se sont impliquées dans l'éducation de leurs enfants. Rachel a été une grand-mère très présente. Et les deux femmes, chacune à sa manière, ont eu du mal à accepter la vie d'artiste de Camille. Rachel aurait voulu que son fils reprenne le négoce familial et Julie, dans les périodes de précarité, malheureusement très fréquentes, se plaignait de l'instabilité financière du métier d'artiste. Mais l'amour, la force, la fidélité des deux femmes ont apporté à Pissarro la stabilité et la tranquillité nécessaires pour se consacrer à son art. Les deux femmes de sa vie.

Camille Pissarro est l'artiste impressionniste qui a laissé à la postérité la plus grande correspondance. Plus de 2 300 lettres. Presque tous les jours, entre 1865 et 1903, il a écrit à ses amis artistes, marchands, fournisseurs, écrivains, critiques d'art et surtout à sa famille. Or, étonnamment, aucune lettre écrite à sa mère n'a été retrouvée. Sa première lettre, datée du 31 janvier 1865, est adressée à son petit-cousin Eugène Petit, à qui il annonce avec peine la mort de son père : « Dieu est grand, il nous a enlevé ce que nous avions de plus cher dans ce monde, nous devons nous incliner et croire en sa providence [...] Nous aurions voulu, égoïstes que nous sommes, malgré ses souffrances, le conserver longtemps, le voir, le chérir, le soigner, mais ce n'était pas supportable pour lui, cela nous brisait le cœur ! ».

Lorsque sa mère s'éteint à Paris, le 30 mai 1889, à l'âge de quatre-vingt-quatorze ans, Camille Pissarro ne signale sa mort dans aucune lettre. Seuls les problèmes de succession sont évoqués dans la correspondance avec son frère Alfred. Pourtant, entre 1866 et 1889, il s'inquiète toujours de Rachel : « Grand'mère va bien » ; « Grand'mère est mieux » ; « Bien des choses à grand'mère, qui je l'espère est bien » ; « Tu ne me dis rien de la grand'mère, comment est-elle ? » ; « Ta grand'mère se porte-t-elle bien ? », etc. Parfois, il évoque aussi son caractère impossible, comme en 1889 : « Grand'mère est aussi bien que possible pour son âge, mais qu'elle est tracassière ! Amélie [sa petite-fille] a fort à faire à se faire écouter, c'est dur je t'assure. »

De Rachel, il ne fera aucun portrait à l'huile. On ne lui connaît que quelques portraits au dessin et une magnifique gravure qui la représente sur son lit de mort, la flamme d'une bougie éclairant son visage de vieille dame.

Camille Pissarro ne croyait pas à l'au-delà. Comme ses frères et demi-sœurs il a été élevé dans une famille juive pratiquante et, devenu adulte, il a montré une indifférence totale, voire un rejet de toutes les religions. Il leur préfère *De la Justice dans la Révolution et dans l'Église*, de l'anarchiste Pierre-Joseph Proudhon «autrement beau que toutes les bibles à croix!». Son attirance pour l'idéologie anarchiste et l'anticléricalisme guideront sa vie et son mode de pensée. Et il transmettra ses valeurs à ses enfants. En 1892, lorsque son fils aîné demande en mariage Esther Bensusan, de confession juive, il doit intervenir auprès de la famille d'Esther pour qu'elle accepte un mariage athée, Lucien refusant catégoriquement de se marier religieusement. Paradoxalement, aux yeux de ses amis peintres, Pissarro a toujours été considéré comme juif. En 1898, au moment où éclate l'affaire Dreyfus, Degas et Renoir, anti-dreyfusards, lui tournent le dos.

⁂

Né en 1830, Camille Pissarro est le premier des impressionnistes. Précurseur du mouvement, il participe activement à l'organisation de la première exposition de 1874, avec Monet, Renoir, Sisley, Degas et Berthe Morisot et il est le seul à participer aux huit expositions du groupe. D'esprit ouvert, charismatique, pédagogue-né, il est choisi comme professeur par Cézanne et Gauguin. Infatigable travailleur, en perpétuelle recherche de nouveautés picturales, il n'hésitera pas, contre l'avis de tous, à se lancer, en 1886, dans l'aventure néo-impressionniste auprès de Seurat et Signac. Peintre des paysages agrestes du Vexin et de la Normandie, il se passionne à la fin de sa vie pour les vues urbaines, à Paris et dans les trois ports de Rouen, de Dieppe et du Havre. Il meurt à Paris en 1903.

Pissarro est un artiste majeur qui laisse à la postérité une œuvre considérable, variée et puissante: peintures à l'huile, gouaches, pastels, aquarelles, dessins et gravures offrent un panorama unique des recherches qui l'ont animé durant la seconde moitié du XIXe siècle. En dépit des difficultés qui accompagnèrent sa vie, il l'a faite de liberté et de bonheurs.

Il n'a jamais peint sa mère mais elle lui a servi de modèle.

Claire Durand-Ruel Snollaerts, septembre 2016

Chapitre un

Nous Suivions les Tortues

CHARLOTTE AMALIE, SAINT-THOMAS
1807
RACHEL POMIÉ

Je laissais toujours ma fenêtre ouverte la nuit malgré les recommandations. Je faisais rarement ce que l'on me disait. Selon ma mère, c'était ma réponse à la vie depuis que j'étais née, car il m'avait fallu trois jours pour venir au monde. Enfant, je ne dormais pas la nuit, je ne me conformais à aucune règle. Mais j'étais une petite fille qui savait ce qu'elle voulait.

À l'arrivée des pluies, les autres frissonnaient, glacés jusqu'aux os, moi je me languissais du froid. Les nuits sur notre île étaient d'un noir de jais, l'air parfumé et lourd, idéal pour le rêve. Dès que la lumière commençait à décliner, on pouvait entendre bruisser le pas vif des lézards à travers les feuillages et bourdonner les moucherons entrant par les fenêtres. Dans nos maisons en stuc, nous dormions sous des tentes faites d'un dense filet blanc destiné à éloigner les moustiques. Dans des barils d'eau de pluie, nous élevions des petits poissons qui se nourrissaient des œufs que pondent en surface ces parasites, de manière à ce qu'ils soient moins nombreux à nous harceler. D'énormes nuées d'insectes dérivaient quand même dans la chaleur, surtout au crépuscule, apportant des fièvres capables de brûler vif un homme. Des quantités de chauves-souris s'abattaient sur notre jardin, voletant dans l'air immobile pour s'abreuver du nectar de nos fleurs, jusqu'à l'heure où les chauves-souris elles-mêmes disparaissaient, trouvant le repos dans les branches des arbres. Lorsqu'elles avaient disparu, ne demeuraient que le silence, la chaleur et la nuit. La chaleur, en métamorphe jamais très éloignée de nos portes, occupait le centre de nos vies. Elle me communiquait le désir de quitter mes vêtements et de plonger dans une autre vie, une vie peuplée de tilleuls et de pelouses vertes, où les femmes portaient des robes de soie noire et des crinolines qui froufroutaient à chacun de leurs pas, un pays où la lune se levait tel un disque d'argent dans un ciel froid et clair.

Je savais où se trouvait cet endroit. Il avait naguère été le pays de mes grands-parents. Ceux-ci étaient arrivés dans le Nouveau Monde depuis la France, apportant un pommier avec eux afin qu'il leur rappelle les vergers qu'ils avaient jadis possédés. Notre nom même, Pomié, provenait de ce fruit qu'ils produisaient. Mon père m'avait raconté que nos ancêtres avaient d'abord cherché la liberté en Espagne, puis au Portugal, enfin à Bordeaux, seule région de France à accepter les gens de notre confession en ce temps-là. Mais la liberté en France avait été de courte durée : les nôtres furent emprisonnés, puis assassinés et brûlés. Ceux qui s'enfuirent traversèrent l'océan en direction du Mexique et du Brésil, aidés pour nombre d'entre eux par le navigateur marrane Fernão de Loronha, lequel dissimula sa foi aux autorités de l'époque. On prétend que Christophe Colomb lui-même, qui a qualifié notre île de Paradis Terrestre en l'apercevant, était l'un des nôtres, en quête de terres nouvelles et de liberté.

En 1492, la reine Isabelle la Catholique a expulsé les nôtres d'Espagne le 9 Av, pire jour dans l'histoire de notre peuple. C'est ce jour-là que le premier temple de Jérusalem a été détruit par Babylone, et le second par Rome. C'était ce même jour, en l'an 1290, que tous les Juifs avaient été expulsés d'Angleterre. Des milliers de nos enfants avaient ainsi été baptisés puis déportés par bateau sur l'île de São Tomé au large des côtes africaines, pour y être vendus comme esclaves. En l'an 1506, quatre mille des nôtres furent massacrés en Espagne durant la Pâque. Beaucoup se convertirent, continuant à pratiquer leur religion clandestinement. Je plaignais ceux qui étaient restés et avaient été forcés d'embrasser la religion catholique. Mon père m'avait confié qu'au bout d'un certain temps, même ce sacrifice-là n'avait pas suffi : ces convertis furent appelés Conversos, regardés avec mépris puis dégradés, leurs propriétés et leurs droits supprimés. Ceux qui avaient survécu étaient ceux qui avaient su quand prendre la fuite.

L'Inquisition suivit les nôtres de l'autre côté de l'océan où, là encore, ils furent assassinés et chassés du Mexique et du Brésil. Mon grand-père fut de ceux qui se retrouvèrent sur l'île de Saint-Domingue où mes deux parents furent élevés. Mais la paix ne pouvait exister dans les sociétés où la canne à sucre était reine et les êtres humains réduits en esclavage. En 1754, un édit du roi du Danemark proclama la liberté de culte sur l'île de Saint-Thomas ; il déclarait le nouvel esclavage illégal et accordait aux Juifs les mêmes droits qu'aux autres hommes, autorisant même leur admission dans des associations telles que la fraternité des Maçons qui permettait aux nôtres d'entrer en affaires avec des non-Juifs. Mes parents vinrent donc sur l'île des tortues où l'on trouvait plus d'individus libres que nulle part ailleurs dans le nouveau monde et où les gens de notre confession ne tardèrent pas à être acceptés comme citoyens danois, en 1814. Presque chacun y parlait anglais ou français, mais tous étaient reconnaissants envers la loi danoise. En 1789, on comptait moins de dix foyers juifs dans les registres des impôts, mais en 1795, année de ma naissance, on dénombrait déjà soixante-quinze personnes et il s'en installait davantage sur nos côtes chaque année.

À son arrivée, mon père déclara que plus jamais il ne voyagerait. Il apportait avec lui le pommier, ma mère, et l'homme qui lui avait témoigné sa loyauté.

Notre île était un minuscule lopin de terre d'un peu moins de cent kilomètres carrés serti au milieu d'une mer bleu-vert. Sa population d'origine avait été anéantie, détruite par le meurtre et la maladie. Les Caribes, son peuple natif, croyaient que leurs ancêtres avaient fait le voyage jusqu'à cette île depuis la lune : à la vue de la terre, si terne, ils étaient venus lui apporter la lumière, traversant les nuages, saturant notre île de couleur, si bien que des nuances d'orange, de bleu et de rouge y étaient partout disséminées. Mais les ancêtres des Caribes avaient été piégés ici par les tempêtes et n'avaient eu d'autre choix que de demeurer en un lieu qui jamais ne fut chez eux. Ils torsadaient leurs longs cheveux noirs en tresses de deuil, deuil qu'ils portaient tant pour eux-mêmes que pour notre monde. Ils avaient raison d'être endeuillés car jusqu'à ce que les Danois apportent ici la liberté, l'histoire de l'île, société bâtie par les mains de forçats et d'esclaves, fut une histoire d'injustice et de chagrin.

En définitive, le fruit de notre nom ne prospéra point sous le climat tropical. Il était bien mieux adapté aux climats frais. Le pommier de mes grands-parents, planté dans un grand pot en céramique dans la cour, ne grandit jamais. Lorsque je l'arrosais à la saison sèche, il était si assoiffé qu'il ne buvait jamais assez. Ses feuilles brunes se racornissaient et tombaient sur le sol avec le bruit du volètement des papillons de nuit. Les fruits qu'il donnait étaient durs, leur peau plus verte que rouge. C'était néanmoins notre héritage, le fruit de la France. Je mangeais toutes les pommes que je pouvais trouver, peu m'importait leur amertume, jusqu'au jour où ma mère me surprit et me gifla. Le nom complet de ma mère était Madame Sara Monsanto Pomié, et Madame Pomié était une force que peu de gens osaient affronter. Sa colère était une chose terrifiante et silencieuse.

« Ces pommes étaient destinées à ton père », me dit-elle quand elle me trouva occupée à ramasser les fruits tombés dans le patio.

Je m'éloignai de ma mère et de l'arbre sans un mot. Contrairement aux autres, elle ne m'inspirait aucune peur. Je savais qu'elle n'était pas aussi forte qu'elle en avait l'air car je l'avais entendue pleurer tard dans la nuit. Je me disais que la prochaine fois que je mangerais les fruits de notre nom, je serais à Paris. J'avais beau être née ici, j'avais toujours eu la conviction que ce n'était pas mon véritable chez moi. J'étais piégée sur cette île un peu comme ces gens qui avaient traversé le ciel et ne pouvaient rien faire d'autre que contempler la lune par-delà les distances infinies. Mais moi, contrairement à eux, j'atteindrais ma destination.

Dès l'âge où je sus lire, je trouvais de la consolation dans la bibliothèque de mon père, où il collectionnait des cartes de Paris, dont certaines réalisées par le grand cartographe Nicolas de Fer. Je promenais ma main le long de la Seine et mémorisais les parcs, les minuscules rues tortueuses et les allées du jardin des Tuileries, créé en

1564 par Catherine de Médicis, couvert de glace en hiver, froide féerie. Ce fut mon père qui le premier me raconta Paris, comme son père le lui avait raconté, et pour nous, Paris était le lieu où toute beauté commençait et finissait. Mais mon père n'avait jamais été à Paris et je me pris à croire qu'un jour je verrais cette cité pour lui.

À l'âge de dix, onze, douze ans, j'aurais préféré rester dans la bibliothèque mais j'étais souvent forcée d'accompagner ma mère quand elle rendait visite à ses amies membres des Œuvres d'Amour, de Bénédictions et de Paix, l'association des femmes qui accomplissaient des bonnes œuvres parmi les gens de notre confession. Je découvris que même ces pieuses femmes de la Coopération Féminine aimaient rester à la dernière mode, et plusieurs d'entre elles étaient arrivées directement de France sur notre île. Je demandais aux servantes de ces maisonnées où je pouvais trouver le *Journal des Dames et des Modes* et *La Belle Assemblée*, les meilleurs journaux de mode de Paris. Disparaissant dans des antichambres obscures où je n'étais pas chez moi, je m'allongeais sur le frais dallage et faisais défiler page après palpitante page. Il y avait des manteaux à col de renard, des bottes de cuir grenat, des gants en agneau dont les manchettes montaient jusqu'au coude et se fermaient par deux boutons de nacre parfaitement placés. De temps en temps, je déchirais une page pour la garder. Si quelqu'un s'en aperçut, je n'en fus jamais réprimandée car je tombais aussi, dans ces antichambres, sur des secrets qu'on préférait garder voilés. Des mots d'amour, des bouteilles de rhum, des piles de pièces dissimulées. Il semblait que certaines des femmes les plus en vue de notre communauté fautaient. Il faut dire que les femmes juives étaient contraintes de toute part par des règles : non seulement les règles de Dieu, mais aussi les règles des Danois, et celles de nos propres dirigeants. Nous étions vouées à être des souris, à passer inaperçues afin de ne pas attirer la haine sur notre peuple si maltraité par toutes les nations. Mais je n'étais pas une souris. Dans les champs où je marchais, je m'intéressais plus à l'action des faucons.

Presque tous les livres de mon père étaient imprimés en français, nombre d'entre eux reliés en cuir et dorés sur tranche. Chaque fois qu'un navire arrivait de France, mon père allait l'attendre sur le quai afin de prendre livraison d'un paquet et d'ajouter un autre volume à sa bibliothèque. Je disparaissais dans cette pièce fraîche aux volets fermés dès que je le pouvais. Les filles n'allaient pas à l'école, et c'est là, dans cette bibliothèque, que j'ai acquis mon instruction. Mon père m'a appris à lire l'anglais, de même que l'espagnol et l'hébreu, et enseigné quelques rudiments de danois et de hollandais, et bien entendu, nous parlions le français. Il nous a instruites toutes les deux, ma meilleure amie Jestine et moi, même s'il riait de notre accent créole lorsque nous lisions à haute voix et faisait de son mieux pour nous inculquer de meilleures prononciations. Le jour où ma mère se plaignit que j'apprendrais davantage à la cuisine et décréta que Jestine n'aurait même pas dû se trouver sous notre toit, cette sortie rendit mon père furieux.

Jestine et moi nous sommes glissées sous son bureau, les mains sur les oreilles pour ne pas entendre les paroles acerbes échangées par mes parents. Je savais que dans l'esprit de ma mère, j'aurais été mieux inspirée de passer mon temps avec des filles de même confession que moi plutôt que d'être l'amie de quelqu'un dont la mère était une Africaine, et notre cuisinière. Mais évidemment, rien de ce que ma mère disait n'avait beaucoup d'importance pour moi.

Mais Jestine avait peur de ma mère, et mon père l'intimidait. Jamais plus elle ne remit les pieds dans notre bibliothèque. J'apportais donc des livres chez elle et nous lisions sous la véranda, d'où l'on pouvait voir entre les planches directement au fond de l'océan. Parfois nous lisions tout haut, à voix rêveuse, prenant les accents les plus élégants dont nous étions capables, mais la plupart du temps je passais mes heures seule dans la bibliothèque. Je lisais pendant que ma mère sortait avec sa société des bonnes œuvres, visitant des femmes sans mari et des enfants orphelins, les malades, infirmes et nécessiteux. Je me savais en sécurité dans la bibliothèque, car ma mère la considérait comme le domaine réservé de mon père, et, après leur dispute à propos des filles apprenant à lire, elle ne remit jamais les pieds dans cette pièce sans y être invitée.

Jeune lectrice, je me passionnais en premier lieu pour les *Histoires ou contes du temps passé, avec des moralités: Contes de ma mère l'Oye*, que les Anglais appelaient *Mother Goose*. Dans tous les contes merveilleux collectés par Charles Perrault, il y avait le dard de la vérité. En tournant les pages, j'avais l'impression d'avoir des abeilles au bout des doigts, car jamais je ne m'étais sentie plus vivante qu'en lisant. Les histoires de Monsieur Perrault m'expliquaient mon propre monde. Je ne comprenais peut-être pas tout ce que je ressentais mais je savais qu'un seul de ses chapitres était plus édifiant que cent conversations avec ma mère.

> *Il était une fois une veuve qui avait deux filles: l'aînée lui ressemblait si fort et d'humeur et de visage, que qui la voyait, voyait la mère. Elles étaient toutes deux si désagréables et si orgueilleuses qu'on ne pouvait vivre avec elles.**[1]

Peut-être était-ce cela que ma mère détestait le plus. Je lui ressemblais. Je ne pouvais m'empêcher de me demander si, pour certaines femmes, ça n'était pas là le pire des péchés.

Ma mère et moi ne reparlâmes plus de mon instruction, jusqu'au jour où elle introduisit un ouvrier dans la bibliothèque pour y laver la baie vitrée, et m'y trouva. J'étais déjà une fille sérieuse de treize ans, presque une femme, mais j'étais allongée par terre, le nez dans un livre, les cheveux défaits, mes tâches abandonnées à la servante. Madame Pomié menaça de jeter les contes de fées aux ordures.

« Suivez mon conseil et concentrez-vous sur vos devoirs en cette maison, me dit-elle. Évitez la bibliothèque à l'avenir. »

J'eus le culot de lui répondre, car je savais pertinemment qu'elle n'aurait pas osé porter atteinte à la bibliothèque de mon père.

« Cette pièce ne vous appartient pas. »

Ma mère renvoya l'ouvrier et ferma la porte.

« Que m'avez-vous dit ?

— Vous connaissez les souhaits de mon père, lui dis-je. Il veut que je sois instruite. »

---

[1] En français dans le texte, de même que par la suite toutes les mentions en italiques suivies d'une astérisque. (Toutes les notes sont de la traductrice.)

Je ne me souciais plus de ce que ma mère me détestât. Je n'avais pas compris qu'en me fermant à elle, je prenais une part de son amertume en moi. Une verte et impitoyable amertume qui, à mesure qu'elle grandissait, me rendait de plus en plus semblable à *elle*. Cette amertume me donnait ma force, mais elle me donnait aussi ma faiblesse.

Ce jour où je lui répondis, ma mère m'adressa un regard entendu.

«Je te souhaite d'avoir un enfant qui te cause autant de chagrin que tu m'en causes», m'assena-t-elle avec toute la puissance d'une malédiction.

À partir de là, elle se comporta comme si j'étais invisible, à moins qu'elle n'eût une tâche pour moi ou à se plaindre de ma tenue ou de mes actes. Peut-être sa froideur envers moi provenait-elle de la perte de l'enfant qui était arrivé neuf mois après ma naissance. C'était un garçon. Or elle avait souhaité donner à mon père un garçon: peut-être pensait-elle qu'il l'aurait aimée davantage si elle avait été capable de le lui donner. Je me demandais souvent si de ses deux enfants, elle n'aurait pas préféré que la mort me choisisse.

*Il était une fois un Roi et une Reine, qui étaient si fâchés de n'avoir point d'enfants, si fâchés qu'on ne saurait dire.**

Mon père avait surmonté cette perte et il m'aimait, mais ma mère, inconsolable, refusait de nous ouvrir sa porte, à moi comme à lui. Le temps qu'elle aille mieux et puisse à nouveau diriger la maisonnée, mon père avait cessé de rentrer le soir pour dîner. Il restait dehors jusqu'à point d'heure. C'est là que j'ai commencé à entendre ma mère pleurer jusque tard dans la nuit. Quelque part en moi, je savais que mon père nous avait quittées d'une manière profonde que je ne parvenais pas bien à cerner. Je n'avais accès à lui que lorsque nous nous trouvions ensemble dans la bibliothèque et je les aimais tous les deux – la bibliothèque et mon père – également et sans aucune question.

Tout comme Perrault avait interrogé les femmes dans les salons à propos des histoires que leurs grands-mères leur contaient, je parlais avec les vieilles dames au marché et me mis à noter les petits miracles courants seulement dans notre pays. Aussi longtemps que je resterais piégée ici, je noterais ces histoires, et tiendrais également la liste des choses merveilleuses que j'avais moi-même vues. Lorsque j'irais en France, j'aurais des dizaines de contes à relater, chacun si fantastique que les gens auraient peine à les croire. Dans notre monde, il y avait eu des pirates avec douze femmes, des perroquets sachant parler quatre langues, des coquillages s'ouvrant pour révéler des perles, des oiseaux aussi grands que des hommes dansant les uns pour les autres dans les marécages, des tortues venant pondre leurs œufs sur la plage au cours d'une seule mystérieuse nuit. En ces occasions, j'attendais dans la pénombre avec Jestine et j'observais, tandis que le rivage s'emplissait de ces pesantes créatures, toutes si concentrées sur leur mission le long du sentier usé qu'elles avaient toujours emprunté, qu'elles ne remarquaient pas notre présence parmi elles. Nous étions des filles-tortues. Si nous avions été les personnages d'une histoire, il nous aurait sûrement poussé des écailles et des griffes. En silence, nous examinions la plage dans le soir tombant. Nous ne pouvions allumer de lanterne car les tortues suivent la lune et, aux yeux de telles créatures, la lune est n'importe quel globe de lumière, même tenu en main.

J'avais chipé dans le magasin de mon père un carnet bleu en papier fin fabriqué à Paris. Si quelqu'un s'en aperçut, nul n'en dit mot, mais l'employé de mon père, M. Enrique, un bel homme sévère, me regarda différemment après ça. La première histoire que j'y écrivis fut celle de la femme qui avait donné naissance à une tortue. Les vieilles dames aimaient à se relayer pour la raconter, de telle sorte que chaque conteuse rajoutait un détail ou deux. La mère de la fille-tortue avait été si stupéfaite de la carapace verte entourant son bébé qu'elle était descendue en courant sur la plage déposer le nouveau-né près du rivage. Son intention avait été d'abandonner l'enfant et de laisser la marée l'emporter, mais par chance, une mère tortue avec un nid d'œufs à peine éclos se trouvait à proximité et elle avait élevé la fille-tortue comme la sienne. Jestine et moi recherchions toujours une tortue à demi humaine, avec une âme et un visage humains. Il était dit qu'en grandissant, elle était devenue une femme semblable à toutes les autres, avec de longues jambes, de longs bras et une chevelure couleur de mousse.

À moins qu'elle ne se trouvât dans la mer, on ne pouvait voir sa carapace. Elle aurait pu aisément se déguiser pour rejoindre notre monde, déjeuner dans des cafés, danser avec des hommes qui la trouvaient belle, mais elle avait préféré choisir de vivre dans le monde des tortues. Si vous la rencontriez par hasard, vous verriez que sa peau était vert clair et ses yeux jaunes. Elle avait nagé dans toutes les mers scintillantes du monde, mais revenait toujours sur nos rives.

Nous sommes là, chuchotions Jestine et moi debout sur la plage. Nous l'appelions: *Oh, sœur!* Nous ne l'aurions ni trahie ni jugée, si seulement elle avait bien voulu se montrer à nous. Mais elle ne l'a jamais fait, peu importe l'heure tardive jusqu'à laquelle nous restions, attendant que l'ultime tortue fût repartie dans la baie. Il était clair que Jestine et moi étions tout aussi mal à l'aise en compagnie des humains que la mystérieuse femme-tortue. Jestine était particulièrement timide, peut-être parce qu'elle était si belle que sa mère l'avait mise en garde de ne point se montrer trop amicale avec les garçons et les hommes qui risquaient de l'accoster. Quant à moi, j'étais méfiante par nature. Toutes deux, nous écumions l'île comme si nous étions seules au monde. Nous ramassions des seaux de bernards l'hermite et de crabes fantômes et nous leur faisions faire la course dans le sable avant de les relâcher et de les regarder s'éloigner de nous à toute vitesse comme si nous étions des monstres.

Quelquefois, j'étais obligée d'emmener avec moi mon jeune cousin, Aaron Rodrigues, qui vivait avec nous. Nous avions trois ans de différence et il n'était rien d'autre pour moi qu'une contrariété. On m'avait dit qu'il avait perdu ses parents lors d'une tempête en mer alors qu'il était à peine un bébé et qu'ensuite ma famille l'avait recueilli. Ma mère le préférait, même si nous n'avions aucun lien de sang, peut-être à cause du petit garçon qu'elle avait perdu. Les filles ne valaient pas grand-chose à ses yeux, surtout une fille désobéissante comme moi. Aaron était beau, brun, avec des yeux bleus étonnamment clairs. Même lorsqu'il grandit, ma mère continua de se plaire à l'exhiber devant ses amies, surtout la formidable Madame Halévy dont la présence sévère nous intimidait tous, mais qui fondait à la seule vue d'Aaron. *Mon chouchou*, l'appelait-elle, alors même que c'était un garçon turbulent de neuf ans. *Mon petit canard*. En retour, je pinçais Aaron et le traitais de *duck*, un mot bien moins joli en anglais. Il m'adressait toujours un regard blessé, mais ne se plaignait pas. J'aurais dû être bourrelée de culpabilité mais je suppose que j'étais une fille brutale. Je savais ce qui se passait dans les contes de fées. Les forts survivaient alors que les faibles étaient dévorés tout crus.

Les soirs où j'étais forcée de m'occuper d'Aaron, je le confiais à Jestine qui était bien plus gentille que moi. Peut-être parce qu'il était orphelin et qu'elle n'avait pas de père, Jestine était capable d'éprouver de la compassion pour lui, même si c'était un garçon sauvage qui adorait sauter du haut des falaises. Je me mis à lui faire peur pour qu'il se tienne bien. Il avait la terreur des loups-garous, bêtes à demi humaines dont on disait qu'elles vivaient dans l'ancienne plantation. Mon père m'avait assuré que c'étaient des histoires inventées dont se servaient les propriétaires des plantations pour effrayer les esclaves et les empêcher de s'enfuir. *Il y a l'extérieur d'une histoire, et il y a l'intérieur d'une histoire*, me dit-il un après-midi que nous étions installés dans sa bibliothèque. *L'un est le fruit et il peut être délicieux, mais l'autre est la graine.*

À cette époque, mon père avait décidé que j'avais lu assez de contes de fées et que j'étais trop grande pour des idées pareilles. Peut-être ma mère s'était-elle plainte à lui, ou se disait-il que je devais être plus sérieuse, ou bien il se languissait simplement du fils qu'il avait perdu et souhaitait m'éduquer comme il l'aurait fait si j'avais été un garçon. Monsieur Pomié était un membre respecté de l'Association des Citoyens, la société d'hommes d'affaires que l'on se devait d'intégrer pour être un marchand, dans le cas de mon père le propriétaire d'un magasin qui exportait du rhum, du sucre et de la mélasse. Le destin d'Aaron était de reprendre son affaire puisque les filles et les femmes ne pouvaient hériter d'une propriété, mais mon père espérait peut-être que ces lois changeraient. Il commença à m'enseigner les chiffres afin que je comprenne les grands livres de comptes du magasin et j'étais honorée d'être éduquée d'une façon dont bien peu de filles l'étaient.

J'écrivis quand même le conte des loups-garous tel que je le tenais d'Adelle, notre cuisinière. Elle nous avait dit que les loups-garous étaient des membres des vieilles familles danoises ayant possédé des esclaves. Leur métamorphose était la punition de Dieu pour leurs méfaits. On pouvait repérer leurs dents et leurs griffes la nuit, même quand ils étaient sous leur apparence humaine, c'est pourquoi ils portaient souvent des gants et des écharpes, y compris pendant les périodes les plus chaudes de l'année. *Si vous voyez pareille chose*, nous avait dit Adelle, *fuyez*.

Je lisais cette histoire à Aaron le soir et elle avait beau le terrifier, il ne se lassait jamais de l'entendre. Sans surprise, il se mit à imaginer que de telles bêtes rôdaient dans toutes les sombres ruelles et allées. Il restait auprès de Jestine à qui il se fiait autant qu'il se défiait de moi. Parfois, lorsque je marchais derrière lui, j'imitais un hurlement et il sursautait comme si on l'avait mordu.

« As-tu besoin de lui faire peur ? me demandait Jestine.

— As-tu besoin de le prendre en pitié ? », lui rétorquais-je.

Cependant, je dois reconnaître que certains soirs j'étais habitée par mes propres frayeurs, non pas de semi-loups rôdant mais de notre propre pays natal. Il semblait qu'il régnât ici une solitude inéluctable. Les chauves-souris au-dessus de nos têtes, le vent venant d'Afrique, le grondement des vagues. C'était comme si nous nous tenions au bord du monde connu et pouvions choir à tout moment dans les ténèbres. Lorsque nous étions dehors tous les trois, personne ne savait où nous étions. S'il nous arrivait quoi que ce soit, nous devrions nous sauver mutuellement.

Les gens venant d'Europe prétendaient ne pouvoir faire la différence entre l'été et l'hiver sur une île au climat aussi doux que la nôtre. Il est clair qu'ils ne connaissaient point cette île. Nous avions des passages de pluie et de vent, des nuits bleues où un fil froid serpentait à travers toutes les maisons, mordait les bébés et les faisait pleurer. Au cours de telles nuits, les poissons dans les étangs viraient au noir et flottaient à la surface. Les feuilles du jasmin se recroquevillaient comme de petites grenouilles. Mais l'été, tout devenait en un instant d'un blanc lumineux incandescent, avec des étincelles dans l'air aussi brûlantes que des flammes. La chaleur assommait les gens qui n'y étaient point habitués. Des femmes qui accompagnaient ici leurs maris venus de France pour affaires s'évanouissaient souvent peu de temps après avoir débarqué de leurs bateaux. On leur faisait boire un breuvage à base d'écorce de palmier et d'eau sucrée, mais nombreuses étaient celles qui ne parvenaient jamais à supporter la vive lumière, même en restant ici pendant des années, même en y passant toute leur vie. Elles se renfermaient dans des pièces obscures, gardaient fermés les stores de leurs fenêtres contre la lumière féroce, ne s'aventuraient dehors qu'au crépuscule. Nous les apercevions parfois, pleurant dans des arrière-cours.

« Des loups-garous, déclarait Aaron quand nous dépassions leurs maisons car leurs plaintes ressemblaient à des hurlements.

— Non, ce ne sont pas des bêtes, lui assurait Jestine. Juste des femmes solitaires venues de France et qui se languissent de chez elles. »

Mais chaque fois que nous approchions des anciennes propriétés des Danois, où des esclaves vivaient encore dans des cabanes, nous prenions nos jambes à notre cou, Aaron à la traîne derrière, jusqu'à ce qu'il fût assez grand pour nous battre à la course. Alors, nous devions courir de toutes nos forces pour seulement nous maintenir à sa hauteur. À l'âge de douze ans, il mesurait un mètre quatre-vingts et il était si beau que des femmes adultes s'arrêtaient pour le héler dans la rue. Jestine veillait à ce qu'il ne répondît pas lorsque ces femmes l'attiraient avec des claquements de langue, comme si elles étaient des poules et lui un renard. Déjà je savais que Jestine le voulait pour elle.

Chaque année, j'avais davantage d'histoires à noter. Les femmes m'attendaient sur le marché chaque fois qu'elles en avaient une nouvelle à conter. Il y avait l'histoire dans laquelle cent papillons s'élevaient tous ensemble d'un seul arbre pour former une deuxième lune jaune, il y avait celle du poisson à face de cheval venu galoper dans la ville une nuit, et celle de l'oiseau ayant survolé la moitié du monde par amour, et qui volait encore au-dessus de nous.

Je liais mon carnet de notes à l'aide d'un ruban et le gardais sous mon oreiller, hors de portée de ma mère. « N'en dites rien », avais-je prévenu les lavandières qui venaient changer les draps. Ces femmes comprenaient que je veuille garder un secret inconnu de ma mère. Celle-ci n'avait que peu de tolérance pour ce qu'elle considérait comme des billevesées, ce qui incluait beaucoup de choses en ce monde, y compris l'histoire de notre peuple et comment nous en étions venus à nous retrouver si loin de notre berceau légitime. Je savais que si elle trouvait mon carnet, elle le jetterait sur le tas d'ordures au fond de la cour.

Tout ce que je savais de notre île, je l'avais appris dans la bibliothèque de mon père. C'était une histoire compliquée car Saint-Thomas avait plusieurs fois changé de mains, ayant appartenu d'abord aux Espagnols, puis aux Hollandais, ensuite aux Anglais, et finalement aux Danois qui y avaient établi la Compagnie Danoise des Indes Occidentales, société principalement vouée au commerce. En 1688, sur les 739 personnes résidant ici, 317 étaient des Européens de onze nationalités différentes et 422 étaient des Africains amenés ici contre leur gré. Les abominables bateaux négriers accostaient face à des goélettes appartenant à des personnes de sang royal dont beaucoup avaient été chassées de leurs royaumes et ne possédaient nul autre héritage que des parcelles de terre dans les montagnes près du volcan assoupi appelé le Quill. Des pirates de toutes nationalités campaient dans les criques, dissimulés aux autorités.

Capitaine Kidd avait hanté ce rivage en compagnie d'un homme féroce et impitoyable nommé Barbe Noire qui attaquait des navires dans le port, enlevait de riches habitants, emmenait des femmes du pays par douzaines pour en faire ses épouses, et forçait des femmes en route pour l'Amérique à l'épouser aussi. Il était vorace, toujours avide de plus en dépit de ce qu'il possédait déjà. Certains affirmaient qu'il avait eu vingt femmes ; pas moins de trente, prétendaient d'autres. Il en gardait certaines, en donnait d'autres à épouser à ses marins.

L'herbe poussait haut dans les champs et les ânes sauvages y vagabondaient librement, abandonnés par ces femmes de pirates qui avaient commencé à exploiter des fermes dans l'espoir de civiliser leurs maris. Des arbres de Madagascar avaient été apportés ici par leurs bateaux de renégats et, après avoir été abandonnées par leurs maris, les femmes des pirates avaient semé les graines de leur pays natal comme si c'étaient des larmes rouge sang. Aujourd'hui encore, alors que les tombes de ces femmes n'étaient plus entretenues, et que personne ne pleurait leur mort, les graines qu'elles avaient répandues coloraient les collines de rouge et d'orange de mai jusqu'à septembre. Certains désignaient le butin des pirates sous le nom d'arbres-flammes mais pour nous c'étaient des flamboyants car nul ne pouvait ignorer leur glorieuse floraison, avec des fleurs plus grandes que la paume ouverte d'un homme.

Chaque fois que je les voyais, je pensais à ces femmes perdues. Voilà ce qui vous arrivait si vous attendiez l'amour.

Les nuits où je n'arrivais pas à dormir, je prenais une chandelle et me glissais dans la bibliothèque de mon père pour aller y contempler ses cartes de Paris. J'étais tout particulièrement en extase devant le jardin des Tuileries, mon père m'ayant récemment appris que le Roi avait voulu s'en attribuer la jouissance, jusqu'à ce que Monsieur Perrault, affirmant que toute personne avait un droit sur Paris et sur ce jardin, soulevât la foule.

Des livres d'ornithologie et de botanique de mon père, je passai aux illustrations de François-Nicolas Martinet dans *Histoire naturelle des oiseaux* afin de m'informer sur les martins-pêcheurs, les cygnes et les rossignols. Mon père adorait les livres de paysages et d'architecture, avec de grandes gravures de jardins coloriées à la main, et il avait une prédilection pour les roses, qui n'étaient pas naturelles sur nos rivages. Roses blanches, roses thé dans des nuances d'abricot et de jaune, roses de Chine aux fleurs aussi grandes que des assiettes et roses de Bourbon, créées dans la serre d'un prince. Dans ces livres, je découvris des fruits d'hiver que la plupart des habitants de notre île n'avaient jamais vus, pommes, poires, raisins puis, au printemps, framboises et fraises couleur de joyaux.

Je restais debout pieds nus devant les rayonnages pendant qu'au-dehors le vent venu d'Afrique soufflait sur la mer. J'étais complètement ailleurs, au cœur d'une histoire où je frissonnais dans la neige et ramenais mon manteau de renard autour de moi. Je marchais sur la glace chaussée d'élégantes bottines de cuir. Il était une fois une fille qui avait dormi pendant plus de cent ans. La fille d'un père qui s'était protégée en revêtant une peau d'âne. Un chat, plus sage que les hommes de son entourage, qui avait amassé un si énorme trésor que plus jamais il n'avait eu à chasser de souris.

Je conservais le livre de contes tout près de mon cœur, avec sa couverture d'un bleu ardent. Tous deux me tiendraient chaud jusqu'à ce qu'enfin je rejoigne ce lieu auquel j'appartenais.

⁂

Au début, il y avait ici six familles de notre confession récitant leurs prières autour de la table du dîner et qui formèrent en 1750 une entreprise funéraire afin de pouvoir ouvrir un cimetière dans une zone en friche appelée alors la Savane. L'année qui suivit ma naissance fut fondée la synagogue, le droit en ayant été accordé par le roi Christian VII du Danemark. Elle s'appelait *Kahal Kadosh Beracha VeShalom*, la Sainte Congrégation de Bénédiction et de Paix, et notre entreprise funéraire fut appelée Œuvres de Généreuse Bonté en l'honneur de ceux qui aimaient leurs morts. Un médecin était employé par la congrégation, et les pauvres étaient soignés. Le conseil sauvegardait nos droits civiques de son mieux dans un monde où les gens de notre confession se devaient d'être toujours prudents, prêts à fuir à la nage si besoin était. En échange de tout ce que la synagogue faisait pour nous, la bienséance et le décorum se devaient d'être observés et l'unité préservée à tout prix. Quiconque entrait en désaccord avec le rabbin se voyait taxé d'une amende. Un comité choisi en conséquence s'occupait des fauteurs de trouble. Le gouvernement danois tolérait notre congrégation mais tout incident ou querelle intestine pouvait désormais attirer l'attention sur nous, et la bienveillance du gouvernement à notre égard pouvait changer à tout moment, avec à la clé exécutions et emprisonnements, les gens disparaissant comme s'ils avaient été victimes d'un enchantement et transformés en brins d'herbe.

Le temps que j'atteigne l'âge adulte, il y avait quatre-vingts familles dans notre congrégation. Aux offices du vendredi soir, ma mère et moi prenions place derrière une mousseline blanche qui séparait les femmes et les enfants des hommes. Ma mère s'asseyait toujours à côté de Madame Halévy. Ensemble, elles formaient une puissante force. La Coopération Féminine des Œuvres d'Amour, de Bénédictions et de Paix se supervisait elle-même et nous supervisait : ces femmes étaient juge et partie dans toutes les affaires sociales et se montraient à l'occasion bien plus dures que n'auraient été les Danois. C'était leur monde, après tout.

La synagogue était une petite bâtisse de bois éclairée par des cierges qui brûlaient dans de lourds chandeliers d'argent rapportés d'Espagne un siècle plus tôt. Un jour nos prières seraient récitées dans une élégante bâtisse de pierre mais même alors nous conserverions le même sol de sable, tel qu'il l'était en Europe durant ces années terribles où nous devions dissimuler notre identité, où des empreintes de pas sur la pierre ou le marbre risquaient de révéler notre lieu de culte à ceux qui nous voulaient du mal. L'histoire interne de la vie des nôtres avait été gardée secrète pendant des centaines d'années, noyau au cœur du fruit, vérité de notre identité.

Les gens du dehors considéraient ceux de notre confession comme des êtres mystérieux. Il y avait des Chrétiens qui chuchotaient que nous étions pareils à des ombres, capables de glisser comme des poissons entre les mailles d'un filet. Si nous étions des ombres, alors notre histoire nous avait faits tels. Nous traversions la vie sous l'eau, invisibles aux gens de pouvoir qui risquaient de se retourner contre nous. Près de la moitié de la population européenne de l'île était constituée de gens de mon peuple. On nous appelait Créoles : des Européens n'ayant jamais été en Europe, des Juifs n'ayant cessé de fuir les persécutions jusqu'à ce que nous arrivions ici. Pourtant, nous cuisinions toujours notre nourriture à la française ; et nous ajoutions olives, ciboulette et câpres dans le style espagnol d'antan. Nous transportions notre passé avec nous. Peut-être était-ce cela qui nous donnait l'apparence d'ombres, le fardeau que nous portions, les autres vies que nous aurions pu vivre.

Mon père m'avait dit que nonobstant le bien-être que nous pouvions éprouver, nous nous devions de vivre comme des poissons, sans attachement pour aucune terre. Où qu'il y eût de l'eau, nous survivrions. Certains poissons pouvaient rester dans la vase pendant des mois, voire des années, et quand enfin une haute marée d'inondation survenait, ils filaient à la nage, éclair sombre n'existant que dans le souvenir de leurs semblables. Et donc peut-être que les histoires que l'on racontait au sujet de mon peuple étaient vraies : nul filet ne pouvait nous contenir.

Je savais que je me devais d'obtempérer mais quelque chose en moi brûlait, une graine de défiance héritée de quelque lointain ancêtre. Peut-être mon esprit était-il enflammé par les livres que j'avais lus et les mondes que j'avais imaginés. Je me regardais dans le miroir argenté de notre parloir et je savais que je ferais ce qui me plairait, quelles qu'en fussent les conséquences.

J'aidais rarement à préparer le repas du Sabbat, de tels devoirs ne convenant guère à ma nature. Je n'étais pas une cuisinière mais une chasseresse. C'est pourquoi l'on m'envoyait souvent chercher un poulet dans la cour derrière la cuisine extérieure, petite bâtisse en stuc blanc séparée de la maison principale afin que la chaleur des cuissons ne pénétrât point les pièces où nous vivions. Je portais un tablier noir afin que le sang n'y parût point. La chaleur du jour intense et brûlante sur ma peau, j'attendais avec impatience ces vendredis après-midi où je devenais une tueuse de poulets. J'écoutais la palpitation du cœur de l'oiseau et le battement du mien s'accélérer à l'unisson. Je récitais toujours une prière et j'invoquais la grâce de Dieu ; ensuite je n'avais plus peur. J'avais l'esprit pratique et je trouvais important de m'apprendre à moi-même à affronter ce que les autres filles redoutaient le plus. J'observais les oiseaux caqueter jusqu'à ce qu'ils se calment, car ils étaient faciles à calmer. Puis j'en choisissais un, le troussais dans un linge et prenais sa vie avant de l'emporter à la cuisine où Adelle le plumerait. En échange, je recevais une assiette de sapotes mûres au goût de caramel. Ces petits fruits en forme d'œuf étaient mes friandises préférées : en les mangeant, je m'imaginais que c'étaient des confiseries venues d'une boutique de Paris plutôt que des fruits à peau dure tombés d'un arbre.

Je ne pouvais me rappeler une époque où Adelle n'ait pas travaillé pour nous et où je n'aie pas passé mes journées avec sa fille. Jestine avait la peau brune de sa mère mais des yeux gris, presque argentés, comme si elle était apparentée à ce premier peuple incandescent venu ici apporter la lumière de la lune. Elle et moi faisions tout ensemble. Nous aidions souvent Adelle qui était la meilleure cuisinière de l'île. En dehors de la bibliothèque, la cuisine extérieure où travaillait Adelle était ma pièce préférée. Nos repas comprenaient toutes les recettes familiales de ragoûts et soupes rapportées du vieux continent, mais Adelle y rajoutait du jus de citron vert, de la papaye, de la banane, du romarin, tous ingrédients issus de notre jardin. Lorsque ma mère n'était pas là, Adelle nous préparait souvent un souper de riz et haricots agrémentés de chair de conque que nous devions d'abord attendrir à coups de marteau. Pour déjeuner, elle nous confectionnait la bouillie de maïs locale appelée *fongee* que ma famille considérait comme une nourriture de pauvres. Encore meilleurs étaient les goûters concoctés par Adelle : une pâte de mangue, tamarin, groseilles vertes et sucre que Jestine et moi dégustions avec les doigts, enchantées de manger quelque chose dont ma mère n'aurait jamais permis qu'on le servît à notre table, et d'une façon qui nous aurait valu d'être traitées par elle de cochons.

Certaines personnes avançaient que le père de Jestine était un membre de notre congrégation. Personne ne disait de qui il pouvait s'agir mais je pensais que c'était un homme riche. Adelle était une domestique, mais elle avait assez d'argent pour vivre dans sa propre maison près du port. Le père de Jestine n'avait pas manifesté sa présence. Jestine ne l'avait jamais rencontré et ne connaissait pas son nom. « C'est mieux comme ça, lui avait dit Adelle. Tu ne peux trahir ce que tu ignores. »

Jestine acceptait le conseil de sa mère mais moi j'étais trop curieuse pour m'en satisfaire. Je scrutais les visages des hommes de notre congrégation, cherchant des traits ressemblant à ceux de Jestine. J'étais certaine qu'elle appartenait à mon peuple et qu'elle était par conséquent ma sœur, comme j'étais la sienne.

La petite maison où vivaient Adelle et Jestine était sur pilotis ; même si l'eau des inondations montait assez haut pour l'entourer, la maison, son contenu et ses habitants restaient au sec. Si on voulait leur rendre visite, il fallait sauter par-dessus les flaques sur le chemin, et parfois il y avait des étoiles de mer dans ces petites mares, échouées là jusqu'à la marée suivante. La grande véranda était faite de lattes de bois à claire-voie et l'on pouvait regarder entre elles directement dans la mer bleue. Une partie des meubles d'Adelle était en acajou local, les sièges tapissés de cuir ou de mohair ; d'autres meubles, comme le bureau sculpté, avaient été importés de France. Il y avait un chemin en dentelle sur le plateau de la table et des lampes à pétrole éclairaient le salon ; le soir, toute sa maison ressemblait à une lanterne, un fanal sur le rivage.

Pour ce que j'en savais, personne n'avait de mauvaise opinion de Jestine sous prétexte qu'elle n'avait qu'une mère. Nombreux étaient ceux qui n'avaient pas de père, ou du moins pas de père connu. Les sang-mêlé dont le père était blanc se voyaient accorder la liberté, même si l'homme n'était pas cité nommément, et les personnes de races mêlées comptaient pour plus de la moitié de la population de couleur de l'île. Néanmoins, j'étais bien contente, moi, d'avoir un père, et fière que ce fût Moïse Monsanto Pomié, homme respecté de ses voisins, homme d'affaires comblé dans toutes ses entreprises. J'étais heureuse de n'avoir pas à sonder le visage des hommes, en quête d'une partie de moi-même, d'un trait qui nous aurait reliés par la ressemblance et le sang.

Jestine ne cherchait point, quand bien même je la poussais à le faire. Elle haussait les épaules et disait qu'une mère lui suffisait et qu'elle n'avait pas besoin de plus. Elle était prudente quand j'étais curieuse, gentille quand j'étais arrogante. Bien trop gentille pour tuer un poulet. Aussi, chaque fois qu'Adelle l'envoyait le faire, c'était moi qui prenais sa place. Nous riions et parlions d'échanger nos vies. J'aurais adoré vivre dans une maison d'où j'aurais pu entendre la mer dans mes rêves. Jestine désirait se trouver entre les murs du jardin où la lumière le soir prenait une teinte d'or et les abeilles se rassemblaient autour de la végétation en fleurs. Nous nous vêtirions chacune des vêtements de l'autre, dirions chacune bonne nuit à la mère de l'autre, rêverions chacune les rêves de l'autre.

Mais une telle chose était impossible. Et pour cela, j'en voulais à ma mère. Pas question d'échange pour Sara Pomié.

« Tu supplierais pour qu'on te rende ta vie avant le matin », disais-je tristement.

Jestine savait combien ma mère était sévère, sa langue dure et ses plaintes amères. Lorsque nous entendions la voix de Madame Pomié, nous sursautions toujours de frayeur, peu désireuses d'affronter ses commentaires peu flatteurs. Rien de ce que nous faisions n'avait grâce aux yeux de Madame.

Il y avait des jours où je regrettais de ne pas être un garçon car si je l'avais été, j'aurais pu partir pour la France dès mes dix-sept ans, embarquant à bord d'une de ces goélettes qui appareillaient des quais proches de la maison d'Adelle. Nous avions des cousins qui vivaient près de Paris et l'un et l'autre négoce des deux côtés de l'Atlantique s'entraidaient : les Pomié de France nous envoyaient des étoffes de toutes sortes, ainsi que des articles en verre et de la porcelaine, tandis que nous leur envoyions de la mélasse, du rhum et du sucre de canne. Je déambulais le long du port, dépassant le Quai au Poisson et le Quai de la Vache, sautant par-dessus les flaques. À chaque pas, je faisais le vœu de partir pour une autre vie, une vie très loin d'ici.

Adelle disait que j'étais déjà venue sur terre. Ce genre de discours déplaisait à ma mère : les gens de notre confession ne croyaient ni dans les vies antérieures ni dans les esprits. Mais Adelle chuchotait que c'était un honneur d'être capable d'atteindre l'autre rive, le lieu où perdus et trouvés se mêlaient. Nous avions mis mes pouvoirs à l'épreuve. Nous étions allées dans les bois un soir, rien qu'elle et moi. Jestine avait trop peur, elle était partie se coucher de bonne heure.

« C'est aussi bien, avait dit Adelle. Qu'elle reste à la maison. Les esprits peuvent sentir la peur. Et c'est une chose que tu ne possèdes pas. »

Fière de la perception qu'Adelle avait de moi, j'essayais d'être à la hauteur de sa bonne opinion, même si la nuit était très noire et que nous étions au plus profond des collines, tout là-haut près des grottes où avaient vécu les pirates.

« Je veux appeler les femmes des pirates », lui dis-je.

Adelle secoua la tête.

« Ça ne marche pas comme ça. On n'appelle pas les esprits, ils viennent s'ils en ont envie. »

Lorsque je tendis mes mains dans la nuit noire, elles s'emplirent d'orbes de lumière. Cela signifiait que les âmes des morts m'entouraient. Elles approchaient, tels des papillons de nuit attirés par une lanterne. Je sentais la piqûre de leurs esprits. Elles chuchotaient des choses que j'étais trop innocente pour connaître, ce qu'elles avaient fait par amour, et par haine, ce qui leur était arrivé la nuit dans les bras des hommes à qui elles appartenaient, ceux qu'elles pleuraient et ceux dont elles avaient souhaité la mort.

Je percevais leurs chagrins et mon cœur battit plus vite.

« N'aie pas peur, me dit Adelle. C'est toi qui détiens le pouvoir. »

J'aurais aimé être la personne qu'Adelle pensait que j'étais mais j'avais peur de mon propre pouvoir. Je suppose que j'étais trop jeune et l'émotion brute m'effrayait. Cette idée qu'une femme puisse vouloir ruiner sa vie par amour dépassait mon entendement. J'ai secoué les mains pour disperser les esprits dans l'air. Je craignais d'être allée contre ma religion cette nuit-là mais Adelle m'a dit que les femmes de toute confession ont du pouvoir. Il faut juste qu'elles le trouvent en elles.

J'ai repeint ma chambre dans une nuance de bleu appelée «*haint blue*»[1]. Ce bleu était censé maintenir à distance les esprits non sollicités, les spectres et les démons étant incapables de franchir une étendue d'eau ou d'entrer dans une pièce de la couleur de la mer. Sachant qu'elle aurait désapprouvé, je n'ai pas dit à ma mère pourquoi j'avais choisi ce bleu lumineux. Ma mère disait que la superstition est pour les imbéciles. En vérité, je regrettais parfois d'avoir repeint ma chambre car je souhaitais souvent qu'un esprit vînt à moi par-dessus les flots pour me remmener, par-delà les haies de jasmin, par-dessus le mur du jardin, à Paris. Je scrutais au travers des lianes de lauriers roses et de bougainvilliers, argentées et pourpres dans l'obscurité. J'entendais les papillons de nuit, dont beaucoup étaient aussi grands que des oiseaux, voleter en heurtant les volets de ma chambre, appelés par la lumière jaune de la bougie sur ma table. Ils ne pouvaient entrer. S'ils étaient ou non des esprits, je l'ignorais. Je me demandais si toutes les créatures étaient attirées par le danger, ou si nous désirions simplement à tout prix la lumière, prêts à brûler pour nos désirs.

⁂

Le temps passa dans un rêve, et bientôt mon enfance s'acheva. Je songeais aux contes de fées que j'avais lus et à la soudaineté des métamorphoses. Dans une histoire, un garçon trop laid pour être regardé se voit transformé par sa propre astuce et par l'amour.

---

[1] Littéralement, «bleu hantise»: palette de bleus allant du bleu sarcelle au bleu menthe, d'usage traditionnel dans le Sud des États-Unis de culture africaine et dans les îles Vierges.

Dans une autre, une fille reçoit le don de chanter comme un rossignol. Peut-être étais-je attirée par les histoires dans lesquelles les gens découvraient leurs vrais désirs parce que je me sentais énigmatique à moi-même. Les émotions bouillonnaient en moi mais je n'étais pas certaine de la nature de ces sentiments. Je savais que je n'étais pas belle et je savais aussi que pour une jeune femme, dans notre monde, cela importait et pouvait souvent changer une destinée. Je faisais de mon mieux avec ce que j'avais. Je donnais à mes longs cheveux noirs mille coups de brosse par jour. J'ai supplié Jestine de prendre une aiguille et de me percer les oreilles afin de pouvoir m'orner de quelque chose de plus joli que mon propre reflet. Ma mère m'a giflée pour avoir désobéi à son ordre de ne m'infliger aucune cicatrice de cette nature mais elle m'a aussi donné une paire de boucles d'oreilles ayant appartenu à sa mère.

« Ta grand-mère m'a fait promettre de les donner à une fille, m'a-t-elle dit. Tu peux penser du mal de moi mais je ne romps pas mes vœux. »

Quand je me regardais dans le miroir au cadre doré de l'entrée, observant mes cheveux noirs et mes yeux foncés, voyant l'éclat de l'or, je me demandais si, de fait, je n'étais pas le moineau qui se change en cygne.

Les femmes des Œuvres d'Amour, de Bénédictions et de Paix complimentaient ma mère, et avec raison, lorsqu'elles venaient prendre le thé. Ma mère avait une très jolie maison, l'une de ces hautes demeures en stuc du centre ville, peinte en rose, avec des patios et des jardins dissimulés derrière ses hauts murs. La plupart du mobilier avait été commandé en France par mon père, grand amateur de belles choses. Madame Pomié servait toujours une nourriture exceptionnelle, les dernières recettes de Paris : volailles en croûte, soupe à l'oseille. Adelle savait se taire tout en servant à ces dames du thé au gingembre censé favoriser la digestion avec des sablés au beurre et des tranches de mangue. La plupart du temps, Madame Halévy menait les discussions concernant celles dont les enfants se conduisaient mal ou dont le mari regardait les autres femmes. De telles transgressions étaient de notoriété publique et il y avait peu de tolérance pour la faiblesse ou les écarts de conduite.

Les femmes de la congrégation pouvaient paraître délicates et distinguées mais sur notre île, la force était une nécessité. La plupart de ces femmes étaient capables de grimper sur un toit avant une tempête pour s'assurer que les volets de toutes les fenêtres étaient bien fermés, elles savaient cuisiner sur un feu en plein air, tuer des poulets et du gibier d'eau, faire ce qui s'imposait au cas où la tolérance pour notre peuple serait venue à s'émousser dans un autre pays encore. On disait que Madame Halévy avait accouché de son premier enfant alors que son mari était en mer, et la rumeur voulait qu'elle eût tranché le cordon à l'aide d'un couteau de cuisine. Elle avait perdu deux fils de la fièvre jaune mais sa fille établie en Amérique était réputée avoir fort bien réussi et être d'une grande beauté. Ma mère était moins chanceuse. Le temps que je sois en âge de me marier, tout le monde savait que j'étais d'humeur changeante et désagréable. J'avais une trop haute opinion de moi-même et j'étais trop difficile. J'étais déjà considérée comme une vieille fille. J'avais beau avoir une opulente chevelure brillante, qui luisait quand je la lavais au jus de figue de Barbarie, et des yeux en amande, je possédais un visage anguleux et une langue encore plus acérée.

C'est à peine si j'avais accordé un regard à un seul des garçons qui auraient pu nourrir un intérêt pour moi, et tous avaient épousé les filles des autres. Mon père avait tenté d'arranger un mariage pour moi à plusieurs reprises, sans succès. Les gens disaient que j'étais caractérielle et que je n'apporterai que des ennuis à mon mari. Honnêtement, j'étais plus heureuse toute seule. Je savourais l'intimité de ma chambre, qui surplombait l'arrière-cour, surtout à la saison où les frangipaniers étaient en fleurs et où le jardin virait au rose. J'avais observé la vie d'autres jeunes femmes et le mariage semblait être un chemin ardu et hasardeux. L'on perdait beaucoup d'enfants, souvent en bas âge, de la malaria, de la fièvre jaune, de la variole, et de jeunes mères mouraient en couches ou des suites de couches. Même avec l'aide de servantes, le mariage était un rude labeur, un destin que je n'enviais aucunement.

Je chantais les prières de ma propre foi mais demeurais intéressée par le monde des esprits. Je savais par les lectures que j'avais effectuées dans la bibliothèque de mon père que notre peuple avait jadis cru aux voyants et aux signes. Lorsque j'étais seule, j'étudiais le *Livre d'Ézéchiel* et le *Chant de Salomon*, chapitres mystiques emplis de merveilles. Je savais que je serais réprimandée si l'on me surprenait à lire ces textes qui exaltaient tout à la fois l'esprit et la chair. Par ces lectures, je savais que notre peuple, avant d'être forcé à dissimuler son identité et à se soucier davantage de survie, était attiré par les mystères. Et ces choses-là faisaient encore partie de nous et nous étions toujours impressionnés par les miracles de Dieu. Quand une tempête approchait, mon père demandait à l'archange Gabriel de nous garder de tout malheur. Je sortais souvent dehors et croyais voir cet ange nous survoler dans le ciel. Il était fait de lumière dorée et du souffle de la terre. Parfois il entendait les prières de mon père et parfois il se détournait de nous.

Adelle était réputée avoir le don de vision et les femmes enceintes venaient souvent lui demander si elles auraient une fille ou un garçon. Adelle tenait au-dessus d'elles un anneau au bout d'une chaîne et leur demandait de se taire. Si l'anneau tournait en rond, c'était une fille ; s'il se balançait d'avant en arrière, c'était un fils. Elle avait prédit un jour que j'aurais beaucoup d'enfants. Cela m'avait fait rire. Elle ne se trompait pas en général, mais dans mon cas, elle ne pouvait certainement pas avoir raison.

« Tu confonds peut-être mon destin avec celui de Jestine », lui avais-je suggéré.

Car je n'aimais pas les enfants alors que Jestine avait avec eux des manières assurées et tranquilles.

« Chacune a son destin, m'avait dit Adelle. Celui-ci est le tien. Fais-moi confiance. Toi aussi tu tomberas amoureuse. »

Je refusais d'accepter cette prédiction. Je voyais les vies contraintes des femmes de notre communauté. Je savais ce qui était arrivé aux femmes des pirates.

« Alors je fermerai ma porte à clé et mon destin passera au-dessus de moi comme l'ange de la mort pour la Pâque.

— Tu penses que l'amour ressemble à l'ange de la mort ? » Adelle s'était moquée de moi. « Tu ne peux l'empêcher d'entrer. Il ne sait même pas ce que c'est qu'une porte. » Elle m'avait effleuré la tête du bout des doigts, comme pour contrôler la fièvre. « Le conseil que je te donne, c'est d'accepter ce que tu ne comprends pas. »

1817

Un soir mon père est venu me trouver dans l'intimité de ma chambre. C'était l'été et le ciel était encore clair, rayé d'or à l'est, rose à l'ouest. Il y avait des fleurs de frangipanier dans un vase sur mon bureau. Comme mon père approchait une chaise, un colibri fusa par la fenêtre ouverte pour venir boire le nectar des fleurs. La minuscule créature apparut et disparut si rapidement que je me suis demandé si je l'avais imaginé. Peut-être que lui aussi était un esprit. Puis j'ai aperçu une plume par terre. Je l'ai ramassée et glissée sous mon oreiller. On disait de ce genre de choses qu'elles portaient bonheur.

Mon dégoût pour le destin de la plupart des jeunes femmes était peut-être le fait de mon père. Il m'avait éduquée et instruite dans les voies du monde des affaires et c'est pour cela que j'ai compris, bien avant que ma mère en fût avisée, que l'entreprise familiale battait de l'aile. Nous avions eu une saison de tempêtes, jamais bonnes pour l'île. Des marchandises embarquées sur des navires à destination de Charleston et de New York avaient été perdues en mer. Mon père avait de grosses dettes, dont certaines impossibles à rembourser.

Même aux époques les meilleures, c'était un homme très occupé : il n'avait pas de temps à consacrer au bavardage et je fus donc honorée qu'il vienne me parler dans la quiétude du soir. Je portais une chemise de nuit en coton blanc et j'avais les cheveux nattés et relevés. Le visage lavé. Mon père s'assit sur une chaise à dossier droit et siège canné. Il portait un costume strict, gris anthracite, à boutons de nacre. C'était un homme digne, aux manières raffinées. La raison de cette visite était sérieuse, c'était clair, car c'était le même costume qu'il portait pour se rendre à son bureau d'exportation.

« Nous devons transformer nos affaires et notre vie, sans quoi nous deviendrons l'une de ces familles à qui les femmes de la congrégation font la charité, nous apportant le souper du vendredi. Je ne veux pas nous voir vivre dans une cabane de la Savane », me dit-il.

Je me penchais en avant, tendant l'oreille pour entendre chacun de ses mots. Jusqu'à cette année-là, mon père réussissait si bien que les gens venaient lui demander conseil et il leur délivrait ses suggestions d'une voix calme et sûre. Il s'était enfui d'une île où la cruauté envers les Africains était telle que les personnes réduites en esclavage avaient fini par se soulever en une émeute sanglante. Comme ses ancêtres, il savait quand sonnait l'heure du départ, même si cela signifiait abandonner ses biens terrestres derrière soi. Il possédait un seul esclave, et cet esclave était M. Enrique. C'était M. Enrique qui avait annoncé à mon père que l'heure était venue, que la fleur de la révolution avait éclaté, alimentée par la rage et le désespoir. Sur l'île de Saint-Domingue, toutes les familles françaises avaient reçu le conseil de quitter leurs maisons, les hommes devant rester et se rassembler dans des zones sûres où ils pourraient se tenir prêts au combat. Mais ce n'était point l'intention de mon père. Comme il était trop connu pour être vu en public sans qu'on le retienne pour combattre les esclaves, M. Enrique avait affrété un bateau pour lui. Ma mère était descendue au port avec des perles et des diamants cousus dans l'ourlet de sa robe, vêtue d'un manteau noir, car elle était enceinte de moi. C'est peut-être à ce moment-là que je suis devenue un fardeau pour elle. Elle avait couvert sa tête d'un châle brodé afin de passer inaperçue. Pour mon père, il n'y avait qu'un moyen de rejoindre le port. Enrique l'aida à s'échapper en le cachant dans un panier à linge en osier qu'il transporta sur son dos tout en se faufilant parmi les foules dans la rue. Tel le Moïse des origines, lui-même esclave à qui la liberté avait été rendue dans un panier de joncs flottant sur les eaux du Nil, mon père fut ainsi placé en sûreté. Sa reconnaissance était telle qu'il remit aussitôt les clés de sa maison à M. Enrique. Il savait que M. Enrique lui avait sauvé la vie et que chaque nouveau jour serait un cadeau non seulement de son créateur mais aussi de cet homme qui avait risqué sa propre vie et sa propre sécurité pour lui. À son tour, M. Enrique donna la maison à sa sœur et accompagna mon père à Saint-Thomas en tant qu'homme libre. Il disait que lorsque les insurgés apprendraient comment mes parents s'étaient échappés, ils le tueraient pour les avoir aidés et que lorsque les gens auraient oublié, il rentrerait chez lui.

Mais ils n'oublièrent jamais et M. Enrique ne s'en retourna jamais. Il vivait dans une maison derrière notre jardin, de l'autre côté du haut mur en stuc. Il avait un grand attachement pour notre île et la liberté qui lui y avait été accordée. Devant sa porte, il avait planté un arbre de Saint-Thomas, aux fleurs jaunes marquées de gouttes rouges dont on disait qu'elles provenaient des gouttes de sang versées par le saint lors de son martyre. L'acte de propriété de la maisonnette, signé par mon père, était au nom de M. Enrique. Une fois l'affaire de mon père réétablie, M. Enrique avait travaillé à son bureau comme employé. Tous les jours, il portait un costume noir qui ne faisait que mettre en valeur sa beauté. Nombreuses étaient les femmes qui désiraient l'épouser mais c'était un homme solitaire. La révolution sur son île n'avait pas marqué seulement ceux qui y avaient combattu mais aussi ceux qui avaient abandonné leur pays natal.

Dans les registres des impôts, M. Enrique était déclaré comme appartenant à Moïse Pomié, mais il avait été affranchi sur le quai de Saint-Domingue lorsqu'ils avaient troqué vie contre vie. Mon père nous avait dit que les nôtres avaient été esclaves dans le désert et comme Dieu avait jugé bon de nous libérer, jamais aucun d'entre nous ne devrait posséder un autre homme. Il avait été écrit que tous les hommes appartenaient à Dieu et à personne d'autre. Mais les femmes, appartenaient-elles à Dieu ou aux hommes de leur famille ? Elles ne pouvaient posséder ni terre ni affaire ; seuls leurs maris pouvaient avoir cet honneur. Elles devaient baisser les yeux, bien se tenir, suivre les destinées qui leur étaient attribuées. Et mon père, à présent, me disait que je devais avoir confiance en lui et faire ce qui m'était demandé.

« Le mariage et les affaires ne sont guère différents, et tu es douée en affaires, ma chère. »

Il avait finalement arrangé un mariage, comme c'était la coutume dans notre peuple. Mais je n'avais jamais imaginer qu'il trouverait un parti pour moi. Dès que j'appris que c'était fait, un frisson me parcourut même s'il m'assura qu'il avait choisi un homme bon, qui me traiterait avec bienveillance. J'ai dû pâlir, mais avant que j'aie pu avancer mes arguments contre le mariage, mon père secoua la tête et prit ma main dans la sienne.

« Comprends-moi, me dit-il gentiment, tristement. L'accord est déjà conclu. »

Je savais qu'une fois sa parole donnée, il ne pouvait plus rompre sa promesse. Je sentais mon pouls palpiter dans le creux de ma gorge. J'entendais le colibri devant la fenêtre, le vrombissement et le battement de ses ailes. L'homme que mon père avait choisi était un homme d'affaires avisé qui avait récemment connu quelques revers de fortune avec ses navires. Comme il lui restait plusieurs vaisseaux convenables, il était venu trouver mon père, lequel avait des marchandises à vendre mais point de navires sur lesquels transporter rhum et mélasse jusqu'à Charleston et New York. Ensemble, ils seraient plus forts et ainsi ils prospéreraient tous les deux. C'était un partenariat qui impliquerait toutes les familles, ici sur l'île et en Europe, étant donné que les deux affaires appartenaient en co-propriété à des parents européens qui nous avaient prêté de l'argent. Un mariage constituerait un pont entre nos deux familles, notre échange de vœux plus assujettissant qu'un contrat légal.

« C'est une coalition de forces », me dit mon père.

Je ne répondis rien, mais je savais que c'était bien plus. C'était une coalition de destins.

Notre congrégation était si petite qu'il ne restait que peu de jeunes hommes à marier. Je supposais donc connaître l'élu. Mais il ne s'agissait point d'un des garçons avec lesquels j'avais grandi. Lorsque mon père m'annonça le nom de mon promis, j'éprouvai ce qu'éprouvent les prisonniers en entendant claquer la porte de la cage qui les retient et la clé tourner dans la serrure.

Mon futur époux était Isaac Petit, un homme de trente ans mon aîné, père de trois enfants dont le dernier était une fillette qui n'avait pas encore un an. C'était la naissance de cet enfant qui avait valu à son épouse de quitter ce monde. Nous étions tous allés à son enterrement. Je n'avais pu apercevoir Monsieur Petit d'où je me tenais mais j'avais entendu ses enfants pleurer.

Les pertes de la famille Petit semblaient dépasser ce que l'humain peut supporter. Plusieurs enfants étaient morts : une fille, un fils puis un autre, deux jumelles qui avaient quitté ce monde avant d'avoir pu être baptisées, et finalement un fils bien-aimé prénommé Joseph. Seuls deux fils, David et Samuel, avaient survécu, et, douze jours après la naissance de la dernière fillette, Madame Esther Petit, qui souffrait de fièvre puerpérale, avait succombé. Je l'avais vue de nombreuses fois sur la place du marché, jolie femme mince qui avait une prédilection pour la fleur rouge du flamboyant. Des jours durant après son décès, les gens en avaient laissé de pleins vases devant la maison de son époux.

Toutes ces fleurs étaient fanées à présent, envolées.

Une boule se forma dans ma gorge lorsque je m'entendis énoncer mon destin. Je pensais au plan de Paris que j'avais mémorisé et à mon puéril carnet d'histoires caché sous mon oreiller. J'imaginais un homme que je ne connaissais même pas entrant dans mon lit. J'aurais mieux aimé me trouver au fond de la mer, mais je savais que je devais aller de l'avant. Une autre que moi aurait peut-être supplié pour être libérée de la parole de son père. Mais j'avais vu les livres de comptes, et je savais qu'il n'y aurait plus ni maison, ni jardin, ni vie confortable telle que nous la connaissions si notre affaire ne se renflouait point. Voilà pourquoi Adelle avait vu un destin inattendu pour moi. Je serai mère avant même d'avoir connu un homme et d'avoir accouché. Mon avenir m'attendait déjà : la maison aux fleurs rouges, les enfants sans mère qui pleuraient, l'homme empli de chagrin qui s'était si peu intéressé à son affaire après la mort de son épouse qu'il avait manqué être ruiné.

En cette nuit où des phalènes deux fois plus grandes que celles de Paris se cognaient aux volets de bois, je sus que ce n'était pas un rêve qui se dissiperait au matin. Je ne désirais rien avec plus de force que de quitter Saint-Thomas et d'être envoyée en Europe, même si cela signifiait s'occuper d'une parente âgée ou faire le ménage dans la maison des autres. Mon père ressemblait à un vieil homme accablé par le destin. Il était soucieux de l'avenir, mais cet avenir était aussi le mien.

« J'aurai d'abord une discussion avec Monsieur Petit », dis-je à mon père.

Il soupira. Il me savait obstinée, et avec raison.

« Y es-tu obligée ?

— Êtes-vous obligé de respirer pour vivre ? » Désirer sauver notre affaire ne faisait pas de moi une idiote. « Je ne vous refuserai pas ce que vous me demandez, mais en retour, ne refusez pas non plus ma demande. Envoyez-le moi. »

Monsieur Petit vint un soir, une fois ses enfants endormis sous l'œil vigilant d'une servante. Il était assez tard pour que les essaims de moustiques qui grouillent au crépuscule aient disparu dans la nuit moite. Les ombres des chauves-souris, déjà suspendues aux branches, ressemblaient à des feuilles. Je les entendais respirer, accrochées à l'envers dans les arbres. J'avais demandé à ce que l'entrevue ait lieu dehors, de façon informelle. Mon père nous présenta néanmoins dans les formes, bien que nous nous fussions déjà rencontrés auparavant mais en quelle occasion, aucun de nous n'aurait su le dire, Monsieur Petit étant déjà un homme adulte et moi guère plus qu'une gamine.

«*Enchanté**», me dit Monsieur Petit.

On m'avait dit qu'il était arrivé directement de Paris à Saint-Thomas, et cela m'intéressait. J'aurais souhaité l'interroger sur son passé là-bas mais mon père me jeta un regard, aussi me contentais-je de saluer poliment mon invité. Les hommes avaient des verres de xérès. J'avais une tasse de verveine, quoique j'eusse préféré du rhum. Ma mère avait insisté pour me faire porter l'une de ses robes, afin de paraître sophistiquée, de faire un peu plus que mon âge. C'était une longue robe de soie grise venue de France, avec un jupon en crinoline qui me grattait les jambes comme si des fourmis les remontaient depuis les chevilles. Mes cheveux étaient retenus par des peignes en écaille de tortue et nacre d'abalone. Je savais que je n'étais pas belle mais j'étais jeune et peut-être que cela suffisait.

Mon père parla du temps, sujet incontournable sur une île qui était la proie des tempêtes, puis ils abordèrent des questions d'affaires dépourvues d'urgence. Le cœur de l'arrangement avait déjà été traité avant la demande en mariage, en privé. J'avais demandé à Adelle de découvrir tout ce qu'elle pourrait sur Monsieur Petit par la servante qui s'occupait des enfants. Je savais donc qu'il avait quarante-quatre ans.

Plus âgé que mon père.

Plus du double de mon âge.

Un peu plus tôt dans la journée, Jestine était venue dans ma chambre. Elle savait ce qui se préparait et désapprouvait les mariages arrangés. Elle avait d'abord lorgné la robe de soie que ma mère m'avait donnée avant de palper l'épaisse étoffe grise entre ses doigts.

«Tu ne devrais pas porter ça», me déconseilla-t-elle. La chaleur était déjà étouffante et des gouttes d'eau tombaient dans le jardin alors qu'il ne pleuvait pas. « C'est pour cela que les femmes françaises s'évanouissent.

— Il vient faire sa demande ce soir. »

Je me regardais dans le miroir et n'aimais pas ce que je voyais. Je trouvais que je ressemblais à ma mère.

« Tu ne le connais même pas. Comment peux-tu l'épouser ? me demanda Jestine.

— Le mariage et les affaires ne sont guère différents », lui dis-je.

Je répétais les paroles de mon père comme un perroquet, mais j'estimais aussi avoir un devoir envers lui.

« Ce devrait être une affaire d'âme et de cœur. » Jestine baissa la voix. « Nous pouvons nous enfuir et disparaître avant que quiconque s'aperçoive de notre absence. Qu'ils lui trouvent une autre femme. Nous irons à Paris. »

Nous avions déjà formé le projet de voyager ensemble jusqu'à Paris, mais là j'ai secoué la tête. Je ne pouvais abandonner ma famille à la ruine financière. C'était le soir où les tortues venaient pondre sur le rivage mais Jestine se rendit seule sur la plage pendant que je tenais salon dans l'arrière-cour avec l'homme que je devais épouser.

« Pouvons-nous nous parler franchement ? », demandai-je à Monsieur Petit lorsque la conversation avec mon père retomba. Adelle m'avait toujours dit qu'une femme qui agit comme si elle savait ce qu'elle fait obtient ce qu'elle veut. « Et si possible seuls ? »

Monsieur Petit leva les yeux, surpris par ma requête. Il était grand, avec des traits distingués. Il y avait une touche de gris dans ses cheveux. Je suis sûre qu'une femme de son âge l'aurait trouvé séduisant. Je lui ai souri avec le peu de charme dont je pouvais peut-être disposer.

« Mon père peut certainement vous faire confiance pour rester seul avec moi. »

Monsieur Petit hocha la tête.

« Si vous n'y voyez pas d'inconvénient », dit-il à mon père.

Il ne s'était toujours pas adressé à moi directement.

« C'est vous qui pourriez y voir un inconvénient. Elle n'envoie pas dire ce qu'elle a à dire », dit mon père, et il m'adressa un regard qui contenait un avertissement implicite.

Une fois Monsieur Petit et moi laissés seuls dans le jardin, le sérieux de la situation s'imposa à nous, lourdement. Nous devions nous marier, or nous ne savions rien l'un de l'autre. Nous détournions tous deux nos regards vers la haie de jasmin, embarrassés et mal à l'aise. La chaleur nous enveloppait. Jestine avait raison. La robe grise était beaucoup trop lourde pour la saison. J'aurais aimé me l'arracher et la jeter dans les buissons, puis m'asseoir face à mon fiancé dans ma chemise et mon jupon de coton de blanc pour être plus à l'aise. Ma mère m'avait forcée à porter des bas noirs et des bottines de veau à boutons de nacre alors que j'aurais nettement préféré être pieds nus. J'ai ri en pensant à la réaction de Monsieur Petit face à une fille indisciplinée se débarrassant de sa robe. Lorsque je ris tout haut de ma vision, il me jeta un regard furtif puis examina le jardin obscur comme s'il y avait quelque chose à apercevoir dans les haies.

Les senteurs de jasmin et de frangipanier étaient entêtantes, mais j'y étais habituée et je gardais la tête froide. Rassemblant mon courage, je tournai mon attention vers Monsieur Petit, cherchant sur son visage des indices de sa disposition, satisfaite de le voir lever les yeux puis regarder vivement au loin. Mon regard direct l'avait rendu nerveux. Cela me parut indiquer qu'il ne me brutaliserait point ni ne me dicterait quoi penser. Il se tourna vers son verre de xérès comme si c'était la chose la plus irrésistible au monde. C'est là que je me suis dit que je pourrais bien avoir le dessus en la circonstance.

Monsieur Petit m'interrogea poliment sur mes intérêts. Un autre homme s'en serait moqué.

« Je crois que mon intérêt à présent, c'est vous, lui dis-je.

— Voulez-vous me connaître mieux avant de prendre votre décision ? me demanda-t-il. Je ne voudrais pas que cet arrangement vous rendît malheureuse. »

C'est alors que je compris que c'était tout autant une tractation d'affaires pour Monsieur Petit que pour moi. À cet instant, je compris qu'il aimait encore sa femme.

« Mon père dit du bien de vous. Je n'ai pas besoin d'en savoir plus. Mais si je dois être mère, je souhaite rencontrer les enfants.

— Les enfants sont très bien élevés », m'assura Monsieur Petit.

Je restai cordiale mais n'y allai point par quatre chemins.

« Ce n'est pas la question. Si nous devons être mariés, vous devez vous fier à mon jugement, et mon jugement est que je dois rencontrer les enfants. »

Il eut l'air perplexe mais il hocha la tête. Il avait les yeux foncés et la peau hâlée. Il avait passé beaucoup de temps en mer avant de se marier et d'avoir des enfants.

« Bien sûr, me dit-il.

— Bien », dis-je. J'en conclus que ce qu'il adviendrait entre nous m'appartiendrait. « Nous venons d'avoir notre première querelle et nous ne nous en portons pas plus mal. »

Il sembla amusé, et aurait peut-être apprécié de poursuivre la conversation, mais je me levai, lui serrai la main et lui souhaitai bonne nuit. Je ne voulais pas qu'il prît notre entrevue pour davantage que ce qu'elle était. Il avait une poignée de main agréable. Il n'essaya pas de se montrer plus fort, comme certains hommes l'auraient fait, ni ne se ratatina devant moi. Plus important, il ne me pressa pas de justifier mon raisonnement.

En vérité, je n'avais aucune inquiétude concernant les enfants. Ce que je craignais plutôt, c'était d'être incapable de ressentir l'émotion qu'une mère se devait d'éprouver, et ce en raison de ma relation conflictuelle avec ma mère. Je savais par les contes de fées les actions malveillantes dont étaient capables les belles-mères, à quel point leur cœur pouvait devenir noir. Je n'avais aucune idée de la réaction que pourraient m'inspirer les enfants d'une autre femme, tout particulièrement la petite fille qui avait causé sa mort. Quand la servante des Petit s'était ouverte à Adelle, elle avait révélé que, même sur son lit de mort, sa maîtresse souffrante n'avait eu de cesse de penser à sa fille dernière née. Madame voulait désespérément vivre assez longtemps pour la cérémonie du baptême, huit jours après la naissance. Si un bébé mourait sans nom, l'esprit de Lilith, celle qui avait précédé Ève, pouvait venir chercher l'esprit de cet enfant et le revendiquer comme sien. Madame Petit avait choisi le nom de Hannah, qui signifie grâce.

Le lendemain du baptême, Madame était trop faible pour boire une gorgée d'eau. Elle tint quatre jours de plus, mais au douzième elle commença à succomber des suites de couches. « Si tu ne la protèges pas, je reviendrai te hanter », avait-elle chuchoté à la servante, la terrifiant si bien que la femme lâchait rarement la fillette, même encore maintenant, tant de mois après. Elle tenait le bébé contre elle la nuit, montant la garde jusqu'au matin, redoutant non pas Lilith mais le spectre de Madame Petit.

Si je ne ressentais rien en voyant les garçons et la fillette, ce serait la seule chose qui pourrait m'inciter à me rétracter de ces pourparlers de mariage. Pour prendre soin des enfants d'un fantôme, on ne peut feindre l'amour.

Le jour de ma visite à la maison Petit, je portais les vêtements que j'aurais portés pour vagabonder dans les collines avec Jestine. Nous préférions les jupes de coton toutes simples qui rendaient la course facile au cas où notre route croiserait celle d'ânes sauvages mal intentionnés qui risquaient de nous poursuivre en brayant et en nous mordillant les mollets.

Jestine entra alors que je m'habillais.

« Si tu entres dans cette famille, me dit-elle, tu ne connaîtras plus que la tragédie. »

Elle avait vu les garçons au marché et ils ressemblaient à de petits criminels déguenillés même si leur servante les traitait avec une gentillesse toute particulière.

« Tous les garçons ressemblent à des criminels jusqu'à ce qu'on leur lave la figure, lui dis-je. Personne n'aurait pu ressembler davantage à un petit voleur qu'Aaron et cela ne t'a pas empêchée de lui ouvrir ton cœur. »

Mon cousin pouvait être égoïste et entêté mais avec Jestine il était tendre, une personnalité complètement différente. Je crois bien qu'il était tombé amoureux d'elle par ces nuits où nous étions seuls au monde. Elle lui rendait son amour tout en sachant que nul homme de notre confession ne pourrait épouser une femme d'ascendance africaine. Jestine, bien que libre, ne serait jamais reconnue comme l'une des nôtres. Néanmoins, Aaron était maussade quand elle sortait avec quelqu'un d'autre, que ce soit sa mère, ses cousines, ou même moi plus récemment. Quand les hommes la regardaient, ainsi qu'ils le faisaient toujours, il était furieux. Il s'était taillé une réputation de tête brûlée, de quelqu'un à éviter. Mais tandis que Jestine passait des nuits blanches, Aaron dormait plutôt sereinement. Je le savais car lorsque je frappais à sa porte pour lui annoncer que son petit déjeuner l'attendait, il ne se fatiguait même pas à répondre. J'entrais quand même et m'asseyais au bord de son lit.

« Est-ce que tu aimes Jestine ? », lui avais-je demandé un jour.

C'était un bel homme, et cependant encore un enfant par bien des côtés.

« Bien sûr que je l'aime, mais Madame ne voudra jamais en entendre parler.

— Et tu vas laisser Madame Pomié ruiner ta vie ? »

Aaron m'avait poussée hors de son lit.

« Il y a des règles », me dit-il.

Je fus choquée de l'entendre dire ça. Je nous voyais comme des rebelles, vagabondant à travers l'île, allant où bon nous semblait, même si c'était quelque chose que ma mère nous interdisait.

« C'est toi qui vas ruiner ta vie si tu ne comprends pas qu'il y a des différences entre nous », me dit-il.

Après quoi, je n'eus plus aucune confiance en lui. Mille fois je conseillai à Jestine : *Ne le choisis pas*, mais elle disait qu'en amour il n'y a aucun choix possible et jurait qu'un jour je découvrirais que cela était vrai. Dès lors, je fus incapable de me concentrer sur mes livres ou sur les histoires que j'écrivais. J'écoutais le papillon de nuit qui essayait toujours d'entrer dans ma chambre et je regrettais de ne pouvoir m'envoler avec lui par-dessus l'océan. Peut-être que dans le froid, mon cœur gèlerait, et je n'aurais plus aucun souci pour ceux que j'étais forcée d'abandonner.

⁂

Mon père m'escorta jusqu'à la maison Petit un dimanche après-midi alors que les cloches de l'église carillonnaient. Il y a des montagnes tout autour de la ville et certaines rues sont escarpées. Il fallait gravir des marches en pierres de ballast tirées des navires qui avaient accosté sur l'île, des milliers de ces pierres étant débarquées lorsque les armateurs prenaient possession du chargement de leurs bateaux. La maison Petit se trouvait au bout d'une route sinueuse. Elle était jolie, peinte en jaune avec une grande véranda.

Il y avait des volets verts à toutes les fenêtres, qui pouvaient être solidement fermés lorsqu'un ouragan menaçait. Des aigrettes pêchaient dans un petit étang proche, signe de chance malgré les avertissements de Jestine. Les aigrettes signifient joie et bonheur. Je le savais. J'ai demandé à mon père d'aller chercher Monsieur Petit pendant que j'attendais au portail. J'avais besoin d'un petit moment pour rassembler mes esprits.

« Allez-y, dis-je à mon père. Je peux attendre seule.

— Si tu te montres aussi autoritaire avec lui, il y a des chances qu'il annule le mariage, me prévint mon père.

— S'il ne cherche pas à me plaire maintenant, que fera-t-il quand il sera mon mari ? »

Mon père a ri mais il a fait ce que je demandais. J'ai remarqué qu'un motif d'aigrettes figurait dans la grille en fer forgé. Je me suis demandé si Madame Petit avait réclamé ce motif particulier au forgeron après avoir observé les mêmes oiseaux que je voyais maintenant dans l'étang.

Je n'ai pas bougé jusqu'à ce que mon père et Monsieur Petit sortent. Ils étaient tellement plus vieux que je me suis sentie idiote d'être jeune et inexpérimentée, mais j'ai remarqué au même moment combien Monsieur Petit était hésitant et je me suis sentie forte. Je l'ai salué d'un signe de tête avant de leur demander s'ils allaient s'en aller.

Dans la vive lumière, Monsieur Petit paraissait inquiet et encore plus âgé que le soir où nous nous étions rencontrés.

« Mais vous ne connaissez pas la maison.

— Vous envisagez de m'épouser, or vous n'êtes pas tranquille à l'idée que je me trouve dans votre maison. Me prenez-vous pour une voleuse ? »

Il a ri.

« Pas du tout. C'est seulement que je comptais vous présenter. Pour votre confort. »

Je l'ai assuré que les femmes parlent aux enfants avec des mots que les hommes ne comprennent pas, c'était du moins ce qu'Adelle m'avait toujours dit. Je lui ai dit que je me sentais à l'aise toute seule et qu'il pouvait revenir dans une heure. Cela suffirait. En une heure, je découvrirais tout ce que j'avais besoin de savoir.

« Et vous n'avez pas besoin de veiller sur moi, taquinai-je mon père. Si quelqu'un devait faire cela, ce devrait être Monsieur Petit. »

Isaac Petit parut surpris. Je pense qu'il vivait encore dans un rêve, s'imaginant que son épouse lui reviendrait peut-être. Je vis que sa posture était légèrement voûtée, comme s'il portait son chagrin sur son dos. Tout ceci aurait pu inciter une autre fille que moi à faire demi-tour et à prendre la fuite, mais j'avais toujours été du genre à faire de mon mieux, quelle que soit la circonstance. Je me suis dirigée vers la véranda où des meubles en osier étaient disposés de manière à faire face à un long panorama du port. L'eau était vert pâle dans les hauts-fonds, turquoise en profondeur. La mer changeait de couleur suivant le vent et les marées. J'entrouvris la lourde porte en acajou et me glissai à l'intérieur, où l'atmosphère était plus fraîche. Être à l'intérieur de la maison, obscurcie pour lutter contre la chaleur de l'été par les volets et les rideaux fermés, c'était comme boire un verre d'eau glacée. Debout dans le vestibule, je frissonnai, contente d'avoir froid.

Les garçons attendaient visiblement une invitée, car ils me trouvèrent assez vite dans le vestibule. Ils s'étaient mis en tenue de cérémonie pour l'occasion, chemise blanche et pantalon noir, cheveux peignés en arrière avec de l'eau de lavande. Ils entrèrent en courant et parurent déçus en me trouvant là.

« Nous pensions que notre nouvelle mère venait », s'exclamèrent-ils.

Je voyais bien qu'ils me prenaient pour une domestique engagée à la journée pour aider à la lessive. Mes vêtements étaient ordinaires et j'étais jeune. Pas du tout ce à quoi ils s'attendaient.

« Vous ne pouvez avoir qu'une mère en ce monde et personne ne peut prendre sa place », leur ai-je assuré.

Lorsque je leur réclamai une visite, ils me montrèrent toutes les pièces qu'ils comptaient montrer à leur nouvelle belle-mère.

« Faisons la course, dirent-ils. D'habitude, on n'a pas le droit. »

J'ai ri en les pourchassant le long du corridor. Je les ai laissés penser que j'étais la lavandière : c'était le meilleur moyen d'observer leur véritable nature. Le plus âgé, David, était sociable et bavard. Samuel était le plus silencieux des deux et ses yeux étaient verts, de la couleur de la mer. Une tristesse émanait de lui. Il faisait plus vieux que son âge, c'est-à-dire moins de quatre ans, mais il n'a pas tardé à me rappeler combien il était jeune. À un moment au cours de la visite de la maison, il a pris tout naturellement ma main. Et la vérité c'est que j'ai aimé cette sensation de sa main dans la mienne, sa chaleur, et son poids.

Les deux garçons partageaient la même chambre. Leur fenêtre donnait sur un bosquet de bananiers. De là, il était possible d'observer les chauves-souris le soir car ces créatures adorent ce genre de fruits qu'elles épluchent avec leurs mains comme si elles étaient de petites personnes. Je me suis assise avec les enfants sur leur lit et j'ai écouté David raconter des histoires de chauves-souris qu'il avait vues : une avec des yeux rouges, une avec des dents pointues, une aussi grande qu'un chat qui avait fusé à travers les ombres pour venir se percher sur l'appui de fenêtre et scruter à l'intérieur de la pièce en se léchant les lèvres. Pendant ce récit, Samuel est venu se blottir sur mes genoux. Il frissonnait et donnait des coups de pied dans le vide. Je me suis penchée pour lui dire :

« Ce sont des histoires que ton frère invente. S'il a vu une chauve-souris grande comme un chat, c'est que c'était un chat. Il était sans doute trop endormi pour faire la différence. »

Après quoi, Samuel a semblé plus calme. J'ai remercié les garçons de m'avoir montré la maison.

« C'est l'une des plus jolies de l'île, leur ai-je dit.

— C'est notre mère qui l'a faite ainsi », m'a répondu Samuel.

Quand il m'a lâché la main, je me suis sentie vide. Ils sont partis jouer et j'ai continué à longer le corridor afin d'apercevoir, peut-être, la chambre de Monsieur Petit. Elle était très propre et bien rangée, avec un énorme lit en acajou. Il était drapé d'une moustiquaire blanche suspendue par un crochet aux poutres de bois. Le duvet était recouvert d'une cotonnade très douce d'un vert menthe clair. Apparemment, Monsieur Petit et sa femme dormaient ensemble car, à la différence de nombre de femmes mariées, elle n'avait pas sa propre chambre. Il y avait seulement la nursery dans la pièce voisine. J'ai glissé un œil à l'intérieur. La pièce était obscure et je me suis demandé si je verrais le fantôme de Madame Petit si je l'appelais, car je me savais capable d'appeler à moi les esprits pour qu'ils viennent papillonner sur mes paumes.

C'est pourquoi j'ai gardé mes mains fermées.

Je suppose que ce qu'elle aurait pu me dire me rendait nerveuse. Et si elle m'intimait de partir ? Et si elle proférait une malédiction jalouse ?

J'ai trouvé assez facilement mon chemin jusqu'au rez-de-chaussée. Je voulais savoir ce que je pourrais découvrir d'autre dans cette maison qui avait abrité tant de chagrin, peut-être un signe qui me dirait si je devais rester ou m'en aller. Dans le parloir, il y avait un petit piano peint en blanc. J'ai passé mes mains sur les touches, sans émettre de son. Puis j'ai écouté une abeille frapper contre la vitre, cherchant à entrer. De cette pièce, je pouvais apercevoir la mer, aussi verte que les yeux de Samuel. Peut-être était-ce là tout le signe dont j'avais besoin.

La servante était dans la cuisine, le bébé dans les bras, tandis qu'elle préparait une soupe pour le déjeuner. J'ai senti l'odeur de curry et de bouillon de poulet. La servante avait disposé des carrés de pain de maïs sur un plateau et elle buvait une tasse fumante de thé sauvage balsamique. Manger chaud par temps chaud, comme disaient les gens du pays. De tels repas vous réchauffent intérieurement puis quand vous avez fini de manger et repoussez votre assiette, vous vous sentez plus frais. J'ai reconnu la servante que j'avais vue au marché : une Africaine du nom de Rosalie qui avait toujours vécu avec la famille Petit. Son accent était le même que le nôtre, un créole français chantant et harmonieux. Lorsqu'elle se détourna de la cuisinière et me vit debout là, elle fit un pas de côté. Le bébé dans ses bras avait des cheveux dorés et des yeux bleu foncé, presque violets. La fillette agita ses petites mains vers moi. Peut-être était-ce là un autre signe.

« Puis-je la tenir ? », ai-je demandé.

La servante l'a serrée contre elle.

« Peut-être que vous êtes un esprit, m'a-t-elle dit, mal à l'aise.

— Non, je ne suis pas un esprit. Vous connaissez Adelle qui travaille chez nous. Je suis la fille de Moïse Pomié. »

Elle n'était guère convaincue qu'il fût prudent de m'avoir dans la maison.

«Vous êtes peut-être venue pour la voler.

— Non, je ne suis pas venue pour la voler. J'ai été invitée dans cette maison par Monsieur Petit.

— Il ne vous a pas invitée à tenir cette enfant. Comme vous pouvez voir, il n'est pas là. Moi j'y suis. Donc c'est ma décision.»

Je comprenais qu'ayant fait une promesse à un fantôme, elle craignait d'être hantée si elle manquait à sa parole. Il me faudrait les gagner l'une et l'autre, la servante et l'esprit de la maîtresse de cette maison. J'ai regardé le fourneau. Il y avait un lourd faitout en fonte posé dessus et le fumet de la nourriture était parfaitement reconnaissable.

«Soupe de poulet au curry et citron vert. Ma préférée, je dois dire. J'aimerais avoir votre recette.

— Je ne donne pas mes recettes à des inconnus.»

Déjà, nous nous parlions sans chichi, comme si nous nous connaissions.

«Je ne suis pas vraiment une inconnue.» J'ai pris une cuillère en bois sur la table. «Je peux?»

Rosalie a haussé les épaules, j'en ai donc goûté une cuillerée.

«Je ne saurais jamais préparer une soupe aussi bonne que celle-là.»

En effet, elle était très bonne. Mais mon compliment ne m'avança guère. Rosalie était toujours méfiante, je lui confiai donc la vérité au sujet de ma visite.

«Monsieur Petit m'a demandé de l'épouser.»

Elle a hoché la tête.

«C'est ce que j'ai entendu dire. Mais il ne m'en a pas fait part.

— Je pense dire oui.

— Vous êtes ici par amour?»

Nous nous sommes regardées. J'ai vu que bien peu de mensonges pouvaient abuser cette femme.

«Par nécessité.

— Parce qu'il ne vous aimera pas», m'a avertie Rosalie. C'était une femme directe, qui n'avait pas encore atteint la trentaine. «Juste pour que ce soit bien clair dans votre esprit. Ça n'arrivera pas. Il a déjà aimé quelqu'un.

— Très bien», ai-je dit.

À ce moment-là, je me souciais peu de l'amour. Je n'y croyais même pas puisqu'il ne m'avait jamais affectée.

Rosalie vit que j'observais Hannah. La fillette était adorable, si jolie qu'elle ressemblait à une campanule dans un jardin.

« C'est un bébé très sage. » Rosalie déplaça le poids du bébé dans ses bras. « Peut-être que vous allez la gâter.

— Je ne la gâterai pas. Vous ne me laisserez pas faire. »

Rosalie me lança un regard. Elle savait ce que je voulais dire. Si je venais vivre ici, je la garderais à mon service. Je partagerais le bébé avec elle. Elle décida de me laisser tenir Hannah. Dès que l'enfant fut dans mes bras, elle me regarda dans les yeux comme si nous nous connaissions déjà.

« Elle n'aime pas les inconnus, me dit Rosalie, mais elle vous a prise en amitié. »

J'ai caressé les cheveux du bébé. J'ai senti quelque chose dans le voisinage du cœur.

« Pensez-vous que l'on puisse aimer un être qui ne nous appartient pas ? »

Rosalie a hoché la tête.

« Je sais que vous le pouvez. »

Mon heure dans la maison Petit s'écoula rapidement. La mer avait viré au vert foncé et des pélicans tournoyaient dans le ciel. Lorsque je sortis, Monsieur Petit seul attendait au portail. Il était attirant de loin, et j'ai remarqué que son costume était plus élégant que la plupart, vraisemblablement taillé sur mesure en France. Et j'étais là, dans ma jupe et ma blouse de coton, les cheveux défaits. Je me suis sentie comme une enfant à côté de lui lorsque nous nous sommes retrouvés et serré la main. Des perroquets dans les arbres criaillaient tandis que nous gravissions la colline. C'était un autre bon signe que de voir des perroquets à proximité. Le gouvernement avait fait envoyer des mangoustes pour tuer les nombreux rats qui nichaient dans le voisinage des quais, mais comme les rats étaient nocturnes, les mangoustes s'étaient tournées vers d'autres proies, attaquant nos perroquets. À présent, il en restait moins d'une centaine à l'état sauvage, surtout dans les montagnes où le feuillage était suffisamment dense pour les dissimuler à ces prédateurs.

Alors que nous marchions, je me suis rendu compte que je ne considérais plus ceci purement comme un arrangement d'affaires. Je me sentais étourdie, et j'avais une boule dans la gorge. J'étais tombée amoureuse, non pas de Monsieur Petit mais des enfants.

Nous avons gardé le silence en traversant la ville, peu rompus à la conversation l'un avec l'autre. Lorsque nous avons atteint la maison de mes parents, Isaac Petit a posé sa main sur mon bras. Je ne me suis pas rétractée à son contact, comme j'avais imaginé le faire.

« Vous ne m'avez point donné votre opinion au sujet des enfants. Se sont-ils bien conduits ?

— Parfaitement bien. La servante a su s'y prendre avec eux.

— Comme vous saurez vous y prendre. Des enfants ont besoin d'une mère.

— Je leur ai déjà dit que des enfants ne peuvent avoir qu'une seule mère en ce monde. Je n'imaginerais même pas en rêve pouvoir prendre la place de votre femme. »

Monsieur Petit a hoché la tête. J'ai vu le chagrin passer sur son visage.

« Vous saurez vous y prendre quand même, m'a-t-il dit.

— Je veux garder Rosalie.

— Bien sûr. Elle a toujours été avec nous, et vous aurez besoin d'aide. »

C'était un homme agréable, plus séduisant que je ne l'avais pensé de prime abord. Rien d'étonnant à ce que celle qui m'avait précédée fût tombée amoureuse de lui et eût partagé son lit plutôt que d'avoir une chambre à elle.

Toute ma vie, ma mère m'avait fait taire quand j'essayais d'exprimer ma pensée mais si je me taisais maintenant, jamais je ne serais capable d'être honnête avec cet homme, j'ai donc décidé de dire ce qu'une autre femme aurait pu garder pour elle.

« Lorsque vous penserez à la femme qui est votre épouse, je n'escompte pas que vous pensiez à moi en premier », dis-je à Monsieur Petit.

Il m'embrassa sur les deux joues, comme un père l'aurait fait. Jestine aurait été déçue. Elle aurait voulu qu'il m'embrasse sur la bouche et place ses mains sur ma taille et m'attire à lui. Mais j'ai été satisfaite et soulagée. J'étais si jeune que je croyais que dans un mariage, il pouvait y avoir des questions plus essentielles que l'amour.

«Nous sommes donc d'accord?»

Il a ri et m'a regardée.

«Vous auriez fait une excellente femme d'affaires.»

Mais rien de tel n'existait dans notre monde, sauf à conclure un mariage qui profiterait à toutes les parties concernées.

«Je ferai une bonne épouse, lui ai-je assuré. Une que vous n'aurez point à aimer.»

Chapitre deux

L'Élixir de la Vie

CHARLOTTE AMALIE, SAINT-THOMAS
1818
RACHEL POMIÉ PETIT

Adelle, Jestine et moi avons fiévreusement travaillé à ma robe de mariée, cousant à en avoir les doigts en sang. Nous épanchions les saignements à l'aide d'amidon de maïs.

« Tu en auras peut-être besoin le soir de ta nuit de noces », me confia Adelle.

Elle m'expliqua qu'une femme saignait la première fois qu'elle couchait avec son mari : elle ajouta que c'était naturel, car un mariage est un lien de sang. Mon mariage n'était plus éloigné que de quelques semaines. Adelle m'avait fourni quelques renseignements sur ce qui se passait entre les hommes et les femmes ; le reste, je le découvris en observant les ânes dans les champs et en écoutant les murmures des femmes des pirates.

« Tu penses qu'il ressemblera à un âne ? » Jestine se moquait de moi. « À quoi bon épouser un homme dans ce cas ? »

Jestine comme Adelle pensait que je commettais une erreur en obéissant à mon père mais je n'avais cure ni de leur opinion ni de leurs avertissements.

« Elle ne veut point parler d'amour, disait Jestine à sa mère avec un sourire moqueur. Elle veut épouser un âne.

— Non, juste un homme, répondais-je. Un homme qui comprend les affaires de mon père.

— Peut-être qu'elle a raison. » Adelle haussait les épaules. « Puisqu'elle n'est pas tenue de connaître l'amour dans ce mariage. »

Qu'était un mari, après tout, sinon un associé ? Pourquoi aurais-je dû en demander davantage ? Pourquoi aurais-je dû même le souhaiter ?

⁂

Jestine aurait bien sûr accepté d'assister à ma cérémonie de mariage mais ma mère laissa clairement entendre que l'office était réservé aux gens de notre confession. Les prières de mariage furent prononcées devant l'autel où avaient été célébrées les funérailles de l'épouse de Monsieur Petit. La synagogue était une bâtisse obscure mais quand la lumière entrait par les fenêtres, le lieu devenait radieux. Ma mère était ravie que j'épouse Monsieur Petit et, comme elle approuvait cette union, elle m'offrit son voile de mariée, apporté clandestinement de Saint-Domingue, seule chose qu'elle eût emportée outre ses bijoux.

« Tu n'es pas aussi sotte que je le pensais », me dit-elle.

J'ai supposé que c'était un compliment.

« Marie-toi avec ceci. » Elle se toucha le front. « Et non avec cela. » Elle se frappa la poitrine. « L'amour ne t'apportera rien. »

À peine m'eut-elle donné son assentiment que je me mis à douter de moi. Si elle trouvait que quelque chose était bon, c'est en général que c'était mauvais. Mais il était trop tard pour que je me ravise. J'avais donné ma parole à mon père.

Le jour de la cérémonie, j'ai demandé à ce que des rameaux de flamboyants soient placés sur l'autel dans un vase en l'honneur de la première Madame Petit. Son époux serait désormais le mien. Il était très brun et très beau, et paraissait bien trop âgé pour moi. Durant la cérémonie, les garçons furent solennels et silencieux, et Hannah ne pleura pas une seule fois. Tout le monde disait que c'était un bébé exceptionnel, calme et d'un naturel doux. Le contrat de mariage, un document richement illustré et bordé de feuille d'or, avait été signé la veille au soir. Le temps fila très vite durant l'office ; la synagogue était si exiguë, si bondée, si étouffante. Ma mère rayonnait de fierté, ce qui mit un comble à ma nervosité. Je me sentais devenir nauséeuse. Je luttais pour ne pas m'évanouir, mais mon cœur battait si bruyamment que c'était tout ce que j'entendais. Je me suis concentrée sur un vase de fleurs roses posé sur l'autel à côté des branches de flamboyant, placé là par Jestine qui savait que les bougainvillées étaient mes fleurs préférées. Et puis ce fut terminé. J'étais une femme mariée.

Le repas de mariage fut servi dans le jardin de la maison de mes parents. Des tables avaient été dressées et des guirlandes de lanternes suspendues dans les arbres. Tout le monde était là, toutes les vieilles familles de Sainte-Croix et de Saint-Domingue, et quelques-unes des familles plus récemment arrivées d'Amsterdam et du Maroc. Le bon ami de mon père, Monsieur DeLéon, fit un discours dans lequel il déclara que toute jeune fiancée devrait avoir un père aussi sage et bon que le mien. J'avais beau en convenir, j'étais impatiente de quitter ma lourde robe de mariée, dont Jestine avait déjà décidé que nous la teindrions en bleu afin que je puisse en avoir quelque usage dans l'avenir.

Jestine travaillait maintenant comme servante chez nous aux côtés de sa mère, mais ce soir-là elle vint en convive, invitée par mon père. Elle portait une robe de taffetas rose pâle. Nos cheveux à toutes les deux avaient été tressés par les mains habiles d'Adelle. J'avais de petites perles blanches disséminées dans ma coiffure, Jestine des perles roses. Les gens disaient que nous nous ressemblions tellement que nous aurions pu être sœurs. J'ai présenté Jestine à Monsieur Petit, qui a pris sa main en disant que c'était un plaisir pour lui de rencontrer la meilleure amie de son épouse. Sans y réfléchir, j'ai ri quand il m'a désignée comme son épouse. Cela ressemblait à une plaisanterie, quelque erreur folle. Les yeux de Monsieur Petit se sont plissés dans un sourire : il n'était pas le moins du monde offensé.

J'ai porté Hannah au creux de mon bras durant toute la réception. Les garçons ont mangé du gâteau et mon père les a laissés boire quelques gorgées de vin. Lorsqu'il se fit tard, je dus renvoyer les enfants à la maison avec Rosalie, bien que Samuel se cramponnât à ma jupe en disant qu'il avait peur des chauves-souris qui, selon son frère, se perchaient sur l'appui de leur fenêtre. Je lui ai chuchoté de ne pas s'inquiéter.

« Quand je rentrerai à la maison, je prendrai un balai et je les chasserai. »

La soirée fut chaude et longue. J'ai bu du punch au rhum à m'en étourdir. Comme la soirée s'achevait, ma mère m'a prise à part. Après toutes ces années de désapprobation et de silence, elle voulait soudain entamer une conversation intime sur ce qui se passait entre un homme et une femme. J'imagine qu'elle pensait qu'il était de son devoir de le faire.

« Il se peut que les désirs de ton époux te déplaisent mais il est de ton devoir de les combler, et tu finiras par t'habituer à lui. Ne t'oppose pas à lui et ne va point t'imaginer qu'il a l'intention de t'assassiner chaque fois qu'il te prendra dans ses bras. »

J'ai failli lui rire au nez.

« Je vous remercie, lui ai-je dit, mais vous n'avez pas besoin d'en dire davantage. Mon époux se chargera de mon instruction. »

Ma mère m'a épiée, yeux étrécis.

« Je vous trouve bien sûre de vous. »

Peut-être me croyait-elle expérimentée en matière de relations physiques. En fait, je ne l'étais point, et c'était la raison pour laquelle j'avais bu tant de rhum.

Une calèche nous a emmenés. D'ordinaire, la calèche d'une mariée était décorée de rubans et de fleurs, mais par égard pour la première Madame Petit, la nôtre était simple et discrète. C'était le même cheval noir attelé à la même voiture qui avait conduit son cercueil au cimetière. Je suis montée à l'étage, soulagée de retirer ma robe. La plupart des gens évitaient les épousailles en été et je comprenais maintenant pourquoi. Le temps était trop chaud pour les vêtements lourds que l'on était tenu de porter en pareille occasion. J'étais heureuse de me retrouver enfin dans mes sous-vêtements de mousseline, pieds nus, les cheveux libérés des nattes serrées qu'Adelle avait décorées de perles. Les petites rocailles se répandirent à terre avec un bruit de pluie. Bien que je n'eusse jamais passé une nuit ici, je m'y sentais chez moi. J'ai jeté un œil dans la nursery pour regarder Hannah dormir puis je suis allée m'assurer du sommeil des garçons. Comme de bien entendu, des chauves-souris étaient perchées sur l'appui de fenêtre. Au matin, j'indiquerais à Rosalie comment placer des coquillages acérés et des tessons de verre dans les encadrements de manière à tenir ces créatures éloignées. Pour l'instant, je me contentai d'ouvrir la fenêtre et d'agiter un mouchoir jusqu'à ce que ces mammifères nocturnes s'envolent dans les arbres.

Lorsque je me retournai, Monsieur Petit était là.

Je me souciais peu de l'amour mais j'étais terrifiée par tout ce qu'il me restait encore à apprendre des désirs de mon époux. Ma mère m'avait effrayée avec ses instructions.

« Nous sommes mariés », me rappela mon époux.

J'ai dit que je le savais.

« Que savez-vous de plus ? »

Il scrutait mon visage comme jamais il ne l'avait fait auparavant.

« Rien », admis-je.

J'ai pensé à Jestine et Aaron, et à cette façon qu'ils avaient d'être attirés l'un par l'autre même lorsqu'ils souhaitaient ne pas l'être. Lorsque j'avais demandé à Jestine de m'enseigner tout ce qu'elle savait sur l'amour, elle avait décliné.

« Si je te le disais, tout cela te paraîtrait bien stupide, ou laid, mais lorsque ce sera toi, ce sera différent. Tu dois apprendre par toi-même. »

Monsieur Petit me conduisit au lit et m'apprit ce que faisaient les gens dans l'obscurité. Il me dévêtit et je le laissai faire, même si la pensée m'habitait que je pouvais m'échapper dans la nursery à tout moment, tourner la clé, et dormir par terre. Monsieur posa ses mains sur moi et je le laissai faire. Il me dit qu'il ne me ferait point de mal mais partout où il me touchait, je me mis à brûler. Il s'écarta de moi pour me demander si tout allait bien. Je hochai la tête et attendis la suite. Je fus légèrement déçue. J'avais nourri certaines attentes, et Monsieur Petit ne se comportait pas de la manière que j'avais escomptée. J'avais entendu des femmes sur le marché dire qu'un homme se transformait en une sorte de bête, un esclave de ses désirs. Assurément, ma mère m'avait préparée à un certain degré de violence, ce qui en quelque sorte m'intéressait. J'ai repensé à Barbe Bleue dans le conte de Perrault, qui avait eu tant de femmes, toutes folles de lui malgré le mauvais traitement qu'il leur infligeait.

Monsieur Petit, quant à lui, était calme et possédait une tendresse à laquelle je ne m'étais point préparée. Il ne précipita rien entre nous, me tenant simplement contre lui. Je sentais la façon qu'il avait de me désirer, et c'était une chose curieuse pour moi. Ce n'était point de l'amour mais il semblait habité d'une espèce de passion pour moi, d'une faim peut-être qui le tenaillait depuis que son épouse était décédée. Il avait posé l'une de ses mains au creux de mes reins. Son autre main se glissa entre mes jambes. Qui étais-je pour désirer cela? Je sentis une chaleur se répandre au-dedans de moi d'une façon que je ne compris pas. J'étais incapable de penser clairement. Je crus apercevoir une ombre dans le fauteuil de velours contre le mur. J'aurais juré avoir aussi entendu un soupir s'élever de cet endroit. Une unique expiration. Je m'écartai de Monsieur Petit et scrutai l'espace dans cette direction. J'avais le sentiment que nous étions observés même si, à part nous deux, la chambre paraissait vide.

«Quelque chose ne va pas?», interrogea mon mari.

J'ai secoué la tête et fermé les yeux. Si la première Madame Petit était avec nous, c'était son droit, mais c'était aussi mon droit de l'ignorer. Sans tarder, il me sembla m'être absentée de mon corps, comme si mon esprit planait au-dessus de nous. Je pouvais me voir dans le lit en contrebas. J'étais à l'intérieur d'un rêve mais je percevais un élancement de chaleur en moi. Peut-être frissonnai-je, comme si j'avais pris mon envol avec la phalène qui heurtait la fenêtre de ma chambre dans laquelle je ne dormirais plus jamais.

Monsieur Petit répéta qu'il pouvait attendre que je m'habitue davantage à lui, si je préférais, mais j'ai dit non. Nous étions mariés et, comme c'était notre nuit de noces, je lui ai demandé si en cette unique occasion il voulait bien penser seulement à moi plutôt qu'à sa première épouse. C'était une chose que jamais plus je ne lui demanderais, et lorsqu'il lui arriva de m'appeler Esther en d'autres occasions, je ne m'en plaignis jamais.

⁂

Il y eut tant à apprendre au cours des premières semaines, sur les enfants et la tenue de la maison, que j'aurais facilement pu être débordée, mais j'avais Rosalie pour faire mon éducation et c'était un bon professeur. Elle m'apprit qu'elle était née sur l'île, sur la propriété d'une des anciennes fermes danoises, et qu'elle faisait la cuisine depuis qu'elle était toute petite. J'étais debout près d'elle dans la cuisine, toutes deux en tablier, la tête couverte d'un foulard. J'appris la recette de la soupe au poulet et au citron vert et celle de tous les autres plats qu'elle connaissait. Je devins rapidement experte dans la préparation du plat préféré des enfants, le *fongee*, une bouillie de maïs accompagnée de légumes que j'avais moi-même toujours adorée. Avec les enfants qui jouaient dans le jardin boueux, nous avions des tonnes de lessive à faire et le linge était étendu sur deux rangées de cordes quasi quotidiennement. Les habits sentaient bon l'air marin et Rosalie les aspergeait d'eau de lavande avant de les repasser avec un fer lourd. David allait déjà à l'école de la synagogue mais Samuel me suivait d'une pièce à l'autre. Je les laissais se coucher tard car je détestais les discipliner. Souvent, Monsieur Petit lisait dans le salon pendant que je jouais avec eux.

« Vous craigniez de ne point les aimer, maintenant je crains que vous ne les aimiez trop », m'avertit Rosalie.

J'ai ri.

« Une telle chose est impossible. »

Mais Rosalie m'a dit que je me trompais. Nous étions assises sous la véranda, à boire du thé au gingembre. À voix basse, elle me confia qu'elle avait eu un bébé qui était mort. Elle l'avait aimé si fort qu'elle avait pris sa mort comme une punition de Dieu pour trop d'orgueil. Le bébé avait craché du sang et il était devenu si chaud qu'il brûlait entre ses bras. Le lait qu'il tirait de son sein bouillait dans sa bouche et peut-être que c'était ça qui l'avait tué, me chuchota-t-elle, le lait de sa propre mère. Elle pleurait en parlant, tant la blessure était encore fraîche même si le bébé était mort depuis des années. J'ai passé mes bras autour d'elle et lui ai assuré qu'aucun Dieu, ni le sien ni le mien, ne serait assez cruel pour faire une chose pareille. Un bébé ne pouvait se noyer en buvant du lait. Son enfant avait manifestement contracté la fièvre jaune et ça n'était la faute de personne. J'étais jeune et je pensais comprendre le chagrin, mais je ne savais rien. Je n'avais aucune idée de la profondeur que peut atteindre la souffrance d'une mère.

Rosalie était suffisamment polie pour ne point me dire que j'étais une idiote de lui donner des conseils. Je pense qu'elle avait pitié de ma bêtise et qu'elle la voyait comme de l'ignorance, aussi m'enlaça-t-elle en retour sans parler davantage. Mais après cela, je l'entendis souvent pleurer sous l'escalier et je savais que c'était pour le bébé qu'elle avait trop aimé.

⁂

Les femmes de la congrégation m'invitèrent à les rejoindre en tant que membre des Œuvres d'Amour, de Bénédictions et de Paix. C'était un honneur, tout à la fois attendu et malvenu pour moi. Quoi qu'il en soit, je n'avais pas le choix. Monsieur Petit était un membre estimé de la communauté, et j'étais son épouse. Enfin, ma mère pouvait être fière de moi alors que je siégeais parmi les femmes des meilleures familles. Je l'entendis parler de moi. D'abord je crus qu'elle faisait allusion à celle qui m'avait précédée, mais non : quand elle avait dit Madame Petit dont la maison était si jolie, et les enfants si bien élevés, j'ai compris que c'était de moi qu'elle parlait.

Après le thé, chez Madame Halévy, la conversation roulait sur les enfants orphelins et sur les gens de notre congrégation qui n'avaient pas eu de chance en affaires ou avaient succombé à des maladies. Nous projetions des dîners destinés à lever des fonds pour les nécessiteux et rédigions des rapports à présenter à tous les membres du comité. Ceux qui fautaient étaient l'objet de longues discussions car, dans un groupe comme celui-ci, tout soupçon de perversité valait la peine d'être dévoilé, y compris le cas de ces hommes qui osaient entretenir deux épouses, une juive et une autre, avec parfois une autre famille vivant près des quais.

Le scandale du jour concernait Nathan Levy, né à Baltimore, mais désormais résident de Charlotte Amalie. Levy s'était vu accorder l'honneur d'être consul des États-Unis mais il avait une réputation qui le déshonorait dans ses relations d'affaires. Nos femmes semblaient particulièrement ennuyées qu'il vive avec une Africaine du nom de Sandrine, s'affichant en public avec elle, la traitant comme son épouse. Je les avais aperçus une fois alors que j'étais au marché avec Adelle. Elle les avait suivis des yeux, intéressée.

« Ma mère dit que c'est le mariage d'un héron et d'un perroquet, avais-je dit à Adelle.

— Vraiment ?» Adelle avait eu une grimace de désapprobation. «Eh bien, ta mère n'y connaît rien. Ce ne sont point des oiseaux. Ce sont des gens qui s'aiment.»

Levy était un membre de notre congrégation et quand bien même plusieurs lettres avaient été adressées au bureau du secrétaire d'État des États-Unis à Washington, John Quincy Adams, personne n'osait aborder cette question de front avec Levy car c'était un homme de pouvoir qui favorisait les intérêts financiers des habitants de l'île. Plutôt que de se confronter à lui, les gens changeaient de trottoir quand ils apercevaient sa femme ou quand Levy et elle se promenaient main dans la main près du port.

Sortant de chez Madame Halévy, je me rendis directement à la maison d'Adelle où je trouvai Jestine sous la véranda, occupée à plier du linge.

«Je te croyais trop occupée à être mariée pour venir me voir, me dit-elle. Tu n'avais pas une réunion aujourd'hui ?

— J'ai trois enfants. Et j'ai quitté la réunion.»

Je pensais pouvoir peut-être me trouver des excuses pour ne point assister aux réunions futures.

Jestine m'adressa un regard sombre.

«Tu as une seule amie de cœur, me rappela-t-elle.

— Tandis que toi tu en as deux, la taquinai-je. Où est Aaron ?»

Jestine répondit en riant, d'une voix entrecoupée :

«Je n'en ai aucune idée.»

Elle me confia qu'il l'évitait. Par deux fois, il ne s'était pas présenté à leur lieu convenu de rendez-vous. Elle était restée seule, debout dans le jardin. Elle avait lancé des cailloux sur les vitres de mon cousin mais n'avait pas obtenu de réponse.

«Il a le sommeil lourd, lui dis-je. Et tu sais aussi bien que moi qu'il est paresseux.»

Pour être honnête, cela faisait partie de son charme. Il aimait prendre son temps et avoir de longues conversations avec d'autres hommes d'affaires plutôt que de travailler au magasin de mon père, tâche qu'il considérait visiblement comme indigne de lui.

Jestine secoua la tête.

«Je pense que quelqu'un l'a retourné contre moi.»

Nous savions toutes deux qui ce quelqu'un pouvait être. Ma mère.

« Nous n'aurions jamais dû le laisser venir avec nous, ai-je dit à mon amie. Nous aurions dû le laisser à la maison quand il suppliait pour nous suivre. Il nous a toujours créé des ennuis.

— Non, ce n'est pas vrai. » Jestine rangeait soigneusement les piles de linge dans un panier de jonc. « Nous héritons de nos ennuis. »

La corvée de linge terminée, nous sommes parties dans les collines comme nous avions coutume de le faire avant que je ne sois mariée. Jestine avait raison : absorbée par mes nouveaux devoirs, je m'étais montrée une piètre amie. En vérité, Jestine m'avait manqué. Nous nous sommes prises par le bras et avons devisé jusqu'à ce qu'une averse éclate. Nous avons alors dû courir nous mettre à l'abri.

Lorsque les torrents d'eau se calmèrent, une bruine pâle continua de tomber autour de nous. Tout sentait bon la verdure. Sur cette île, il y avait une centaine de variétés de pluies : de bleues à limpides, des tourbillons de tempête aux larmes de rosée, en passant par les pluies battantes d'hiver.

Nous nous sommes servies de feuilles de bananier en guise de parapluies et nous sommes assises sous la canopée. Les jours clairs, on pouvait apercevoir les îles utilisées comme pâturages, l'île aux Chèvres et l'île de l'Eau où le bétail paissait librement, broutant l'herbe fraîche et salée. La lumière filtrait à travers les gouttes et le ciel explosa bientôt de couleurs. La chaleur revint et nous nous allongeâmes dans l'herbe des champs. Nous confectionnâmes des guirlandes avec des tiges d'herbe haute et des fragments de rameaux. Personne, passant à proximité, n'aurait soupçonné notre présence, si ce n'est que l'herbe ondulait avec notre souffle.

« As-tu appris à aimer Monsieur Petit ? me demanda Jestine.

— Je ne le déteste point. »

Elle a ri en secouant la tête.

« Ce n'est pas une réponse ! Je t'avais dit de ne pas le faire. Il est assez âgé pour être ton père.

— Il n'est pas mon père quand nous sommes seuls.

— Ah ? » Elle m'a souri. « Alors maintenant, tu sais. Mais est-ce bon au lit avec lui ? Désires-tu qu'il te touche ? Te languis-tu de lui quand il n'est pas là ? »

J'ai haussé les épaules comme si j'étais une femme mariée de longue date alors que j'avais à peine plus de vingt ans.

« C'est meilleur que je ne l'aurais pensé. »

Jestine renifla.

« Parce que tu pensais que ce serait l'enfer. »

J'ai été surprise de constater que je me sentais offensée pour le compte de mon époux. Car si je ne l'aimais point, je le respectais et cela avait assurément son importance. Une autre femme que moi l'aurait considéré comme un amant attentionné, mais j'avais été enfiévrée par les histoires que j'avais lues et par les passions de Salomon, et j'en désirais davantage.

« Je ne pourrais souhaiter d'homme plus gentil. Ça ne saurait être l'enfer. »

Mais Jestine me connaissait et elle voyait bien que ce n'était point de l'amour.

« Certains disent que paradis et enfer ne sont guère éloignés. Ils ne se trouvent point aux deux extrémités du monde au-delà du nôtre, seulement à un pas de distance l'un de l'autre. »

⁂

Tous les vendredis soir nous dînions avec ma famille. J'emmenais Rosalie avec nous afin qu'elle veille sur les enfants s'ils s'endormaient mais aussi parce que je lui avais fait une promesse que j'entendais tenir. Jamais je ne me séparerais de Rosalie même si ma mère m'avait conseillé de la renvoyer et d'engager une nouvelle servante, une qui n'aurait pas été loyale envers la première Madame Petit. J'avais souri en hochant la tête, mais j'avais fait tout le contraire. J'avais accordé à Rosalie un supplément d'argent de poche, ses samedis et dimanches de libres, et l'avais prévenue d'éviter ma mère les vendredis soirs.

« Trop heureuse », m'avait dit Rosalie.

J'avais eu un sourire complice.

« Si seulement je pouvais en faire autant. »

Tous les hommes de notre famille étaient désormais associés en affaires et membres de l'Association des Citoyens, car les commerçants se devaient être acceptés par l'organisation danoise royale avant de pouvoir faire des affaires sur notre île. Le mariage avait renforcé l'entreprise même si Aaron Rodrigues était mécontent d'avoir vu Isaac Petit s'élever au-dessus de lui en une seule journée. Mon mari était un associé à part entière alors qu'Aaron était un lointain cousin nanti du titre de gérant, ce qui n'était pas fait pour lui plaire. Je savais que mon père et lui avaient eu des entrevues afin de discuter de l'avenir et, en plusieurs occasions, j'avais entendu mon cousin quitter la maison en claquant la porte, grommelant dans sa barbe, frappant le portail avec un bâton en sortant. J'avais entendu mes parents se disputer dans le parloir.

« Il y a des moyens d'éviter cela, disait ma mère.

— Pour que vous puissiez le garder ici ? Et le gâter en le traitant comme un bébé et comme un fils ?

— Pourquoi pas ? Il est pour moi un fils.

— Et que sera pour vous son fils ou sa fille ? demanda mon père.

— Et que sont les vôtres pour vous ? », répliqua ma mère avec froideur.

C'était là un territoire dangereux, m'étais-je dit, même si je ne savais pas très bien ce que ma mère insinuait par là.

« Ne suis-je point toujours marié avec vous ? », avait demandé mon père, mettant un terme à la discussion.

Ce soir-là au dîner, mon père annonça qu'Aaron serait envoyé en France. Il semblait que ma mère avait pleuré et mon cousin ne parut guère enchanté de l'annonce. Tout à coup, j'eus de lui une vision différente. Il y avait en lui une vulnérabilité cachée, en contradiction directe avec l'homme insouciant qu'il donnait l'impression d'être. Je suppose qu'il avait pensé qu'il serait l'héritier de mon père, or il était clair à présent que cet honneur allait à mon nouvel époux, comme le voulait la loi si l'aîné était une fille car les femmes n'avaient aucun droit à la propriété. C'était une gifle pour Aaron, lui rappelant qu'il n'était pas un vrai fils, même si ma mère le traitait comme tel. Mais il ne serait pas totalement livré à lui-même. Nous avions de lointains cousins en France, et de nombreuses relations d'affaires, et Paris n'était jamais rassasié du rhum de notre île. Aaron serait présenté à toutes nos relations et à leurs amis.

Je sentis une amertume monter en moi. C'était moi qui voulais aller à Paris. Adelle avait toujours professé que si l'on ne disait pas ce qu'on a sur le cœur, on porterait son ressentiment en soi jusqu'à ce qu'il nous brûle, comme je brûlais maintenant.

« Peut-être est-ce nous qui devrions être envoyés en France », dis-je à mon mari.

Aussitôt, le brouhaha autour de la table du dîner se tut. Mon père et mon mari se regardèrent comme si j'étais une abeille munie d'un dard qui avait pris place à notre table sans y avoir été invitée.

« Cela ne saurait être possible », me dit Isaac.

Embarrassé par ma sortie, il regarda mon père.

« Et pourquoi non ? » Je m'étais déjà convaincue moi-même et à présent, tout ce qu'il me restait à faire, c'était de convaincre les hommes de ma famille. « Les enfants fréquenteraient une bonne école et nous ferions connaissance avec notre famille. Ce serait une aventure pour eux. Et nous pourrions emmener Rosalie. »

Mon mari secoua la tête.

« Notre vie est ici. »

Je ne renonçai pas pour autant.

« Vous êtes venu de Paris, ce serait un retour au pays. »

Le regard de mon père était incendiaire. Il n'aimait pas qu'on lui manquât de respect et c'était la première fois que je m'opposais à sa volonté.

« Vous en avez assez dit, coupa-t-il. Votre époux est un excellent associé et notre affaire ici est ce qui compte le plus.

— Une affaire pour laquelle vous n'avez manifestement aucun besoin de moi, intervint Aaron en jetant sa serviette sur la table et en sortant en tempête.

— Laissez-le partir », dit mon père à ma mère lorsqu'elle commença à se lever de sa chaise.

Elle se rassit, au bord des larmes.

« Ce jour était forcé d'arriver, lui indiqua mon père. Vous en avez fait plus qu'assez pour ce garçon. Nous suivrons la loi. L'entreprise appartiendra à Monsieur Petit. Et non pas à Aaron. »

Je ne pus me retenir plus longtemps.

« Même si moi je veux partir et qu'il ne le veut point ? Si l'affaire doit appartenir à mon époux, n'ai-je point mon mot à dire ?

— Toutes mes excuses pour son attitude », dit mon mari à mon père comme si j'étais une enfant dont il avait à excuser le comportement.

Mécontent, il se tourna vers moi.

« N'insistez pas. »

Il faisait son âge ce soir-là, et je voyais bien qu'il me considérait comme une gamine mal élevée sans plus, trop jeune et sotte pour savoir tenir sa langue. Je songeais à ce qu'avait dit Jestine, que nous héritons de nos ennuis. J'avais assurément hérité des miens. Ce mariage, cet homme, cette maison, cette famille.

« Je saurai rentrer à la maison, dis-je à Isaac. Rosalie m'accompagnera. »

J'ai quitté la table et suivi Aaron dehors. Naguère il avait été un petit bébé, mon cousin, un orphelin ayant désespérément besoin d'affection. Maintenant il était un bel homme, debout seul, jetant quelques miettes au vieux lézard qui était son animal de compagnie depuis l'enfance. Il venait juste d'avoir vingt ans. Il était le favori de nombreuses jeunes femmes de notre congrégation mais il n'en avait jamais regardé une autre que Jestine.

« C'est moi qui devrais aller en France, lui dis-je.

— J'aimerais qu'il en soit ainsi. Je serais bien heureux de rester ici.

— Alors laisse-moi y aller à ta place ! dis-je impulsivement.

— Je n'ai aucun pouvoir, Rachel. Même pas sur ma propre vie. Au moins, tu auras ce que tu souhaites. Un jour, ton mari t'y emmènera.

— J'ai prévu d'y aller avec Jestine », lui rétorquai-je froidement.

Aaron a ri de ma bêtise.

« Tu te crois maligne mais tu ne comprends rien. Tu n'iras jamais là-bas avec elle. Tout comme jamais on ne m'autorisera à l'épouser. Ne comprends-tu pas que c'est à cause d'elle que l'on me chasse ? »

Je me suis sentie mal. Peut-être le temps était-il trop chaud. J'abandonnai là mon cousin et me précipitai le long du sentier dallé de pierre, par-delà les arbres fruitiers. Les bananes mûrissaient et les guêpes se rassemblaient, attirées par le sucre poisseux à l'intérieur de leurs feuilles. Je n'eus pas le temps de rejoindre la maison ; je me pliai en deux au milieu des arbustes et rendis mon dîner.

Puis je m'assis sur mes talons dans l'herbe. Quand Rosalie, qui était sortie me chercher, me vit là, elle se dirigea vers le puits. Elle m'apporta une tasse d'eau.

« Vous savez ce que cela signifie », me dit-elle.

Et soudain, je sus. Je repensai aux nuits au lit avec mon mari et à la première Madame Petit morte de fièvre puerpérale. Je songeai à mon cousin qui jamais n'avait regardé un plan de Paris et se retrouverait bientôt à vivre là-bas, contemplant la pluie derrière sa fenêtre.

« Il est dit que si l'on a des nausées le matin, ce sera une fille, et si c'est le soir, il faut s'attendre à un garçon, m'annonça Rosalie. Ce sera un garçon, pour sûr.

— Je veux que personne ne le sache avant que je n'en sois sûre.

— J'en suis sûre.

— Eh bien, pas moi. »

J'étais contente que ma mère n'ait pas eu besoin de Jestine pour servir le dîner ce soir-là, il avait ainsi été épargné à mon amie d'entendre l'affreuse nouvelle concernant mon cousin. J'ai contourné la maison pour rejoindre la cuisine d'extérieur dans le patio, en quête d'Adelle dont je présumais qu'elle avait cuisiné notre repas. Souvent, elle s'asseyait près du rosier que mon père avait commandé en France. Ma mère méprisait et ignorait cet arbuste qu'elle trouvait trop voyant, mais je savais qu'Adelle l'arrosait en secret, peut-être pour contrarier ma mère. La cherchant, je découvris qu'elle n'était pas venue ce soir-là. Une autre femme que je ne connaissais pas avait été engagée à la cuisine.

« Adelle est-elle malade ? lui demandai-je. Sera-t-elle de retour demain ? »

La cuisinière leva les bras en l'air.

« Je ne fais que travailler ici ! »

Je me rendis ensuite dans la chambre où dormaient les enfants et m'allongeai près d'eux. Je trouvai un peu de paix en fermant les yeux et en les écoutant respirer, mais bientôt, trop tôt, il fut l'heure de rentrer. Rosalie vint nous chercher et je pris Hannah dans mes bras pour la suivre dans le corridor. Les garçons s'accrochaient à ses jupes tout en trottinant derrière elle, somnolents et étourdis par la chaleur.

Lorsque j'ai souhaité bonne nuit à ma mère, je lui ai demandé où se trouvait Adelle.

« Pas ici. » Ma mère haussa les épaules. « C'est tout ce que je sais. »

Après ça, nous essuyâmes toute une série de grains ayant toute l'apparence des vents violents et des pluies qui surviennent souvent en septembre. Ce fut un mois terrible qui s'acheva par un ouragan aux proportions énormes. Mon mari, inquiet pour nos bateaux en mer, passait ses nuits au bureau. Peut-être valait-il mieux que nous fussions séparés : assurément, je ne lui avais point pardonné d'avoir pris fait et cause pour mon père contre moi. Pendant son absence, j'ai tâché de tirer le meilleur parti de la situation pour les enfants. Nous avons joué à quantité de jeux, à cache-cache sous les lits et dans les armoires, à fabriquer des oiseaux en papier et à les faire voler à travers les pièces. Nous nous sommes servis de cosses de flamboyants que nous avions mises à sécher au soleil, gousses que les enfants appelaient *shack-shacks*, pour faire de la musique. C'était un délice pour moi de me sentir enfant à nouveau, mais il me fut impossible de conserver cet état d'esprit bien longtemps. Le vent hurlait et les volets de toutes les fenêtres avaient besoin d'être fermés et cloués.

Plus tard, quand j'ai sorti mon carnet d'histoires, j'y ai ajouté celle d'une tempête au cours de laquelle chèvres et brebis étaient soulevées de leurs prairies et emportées, toujours ruminant, à l'autre bout de l'île. J'écrivis l'histoire d'une femme laissée en arrière et qui faisait son possible pour retourner sur la lune, même si chaque tempête ne parvenait pas à l'emporter plus haut que la cime des arbres.

Lorsque le centre de la tempête est passé au-dessus de nos têtes, un calme étrange s'est établi, encore plus effrayant que le hurlement du vent. Je me suis demandé si Dieu était au-dessus de nous et s'il pouvait voir notre amour et notre frayeur. Nous nous sommes mis au lit tous ensemble et Rosalie nous a rejoints. Nous avons récité nos prières et elle a dit les siennes pendant que nous nous tenions par la main.

Lorsque le pire de la tempête fut passé, un petit âne égaré, trempé et pleurant après sa mère, est entré dans le jardin.

«Regardez qui voilà!», s'est exclamée Rosalie en riant quand elle a regardé par la porte de derrière.

La pluie tombait toujours et les flaques étaient géantes, certaines aussi profondes que des étangs. Lorsque semblables choses se produisaient, des poissons apparaissaient comme par magie. Samuel a d'abord été terrifié par l'âne et il s'est caché dans mes jupes. Je lui ai expliqué que ce n'était qu'un bébé et qu'il n'avait rien à craindre.

«Venons-lui en aide», ai-je dit à Rosalie.

Pendant que je tenais Hannah et que Samuel se cramponnait à ma jupe, Rosalie et David ont attrapé l'âne avec une corde puis l'ont emmené dans la cour où nous lui avons présenté une casserole avec de la mie de pain trempée dans du lait. Il s'est d'abord montré effarouché mais la faim a eu raison de lui et il a mangé avec un tel entrain que nous avons tous ri. Sa peur du petit âne a bientôt quitté Samuel. Il a demandé si nous pouvions l'adopter. Il l'avait déjà baptisé Jean-François et de fait, l'animal arrivait au trot si on l'appelait par ce nom. J'ai secoué la tête et dit à Samuel que non. C'était un âne sauvage, dont la place était avec sa mère.

«Pourquoi faut-il qu'il soit sauvage? Ne peut-il point être comme Gus?»

Gus était un bouc qui vivait non loin de là et s'échappait régulièrement de son pâturage pour venir terroriser les chiens du pays.

«Non, dis-je à Samuel. Certains animaux ne sont pas faits pour être des animaux de compagnie.»

Lorsque le ciel s'est éclairci et que le petit âne a été bien nourri, nous l'avons relâché. Samuel a pleuré si longtemps que David l'a taquiné en le traitant de bébé, ce qui a redoublé ses larmes. Ce soir-là, en mettant Samuel au lit, je lui ai menti et j'ai juré que j'avais vu le petit âne sur la route avec sa mère et que la journée s'était terminée pour le mieux. Il s'est endormi plus facilement alors, sa main serrant la mienne. Plutôt que de rejoindre mon lit conjugal, je me suis blottie contre lui. Mais le vent s'est levé à nouveau, martelant le toit, et je n'ai pu dormir. Je sentais que j'étais devenue une personne différente depuis que j'avais emménagé dans cette maison. Avant, je n'avais aucun problème à tuer des poulets pour le dîner du vendredi, or maintenant je pleurais sur le compte d'un âne sauvage que j'imaginais en train d'errer seul. Le rêve de ma vie m'échappait, et c'était peut-être cela qui attendrissait mon cœur envers ce petit animal sans mère.

Je n'aurais pas dû m'inquiéter. Au matin, l'âne était dans notre jardin. Il s'était glissé par une porte que le vent avait ouverte. Ce que l'on disait des ânes et des mules était peut-être vrai, à savoir qu'ils ne marchent pas sur des ombres, et celui-ci avait peut-être fait demi-tour en arrivant au bout de la propriété. Les garçons supplièrent encore et encore, et même Hannah hurla et pleura en tendant ses mains vers cette bête que chacun désormais désignait par le nom de Jean-François. Je me suis laissée fléchir. Lorsque Isaac est rentré à la maison à l'heure du dîner ce soir-là, il a découvert que j'avais préparé son plat préféré, du riz aux champignons sauvages. Je lui ai servi un verre de rhum additionné de jus de citron vert. Je lui ai dit qu'il n'y avait aucune raison de laisser notre différend s'envenimer et interférer avec notre vie de tous les jours. Puis je lui ai dit que les enfants avaient un animal de compagnie qu'ils avaient baptisé Jean-François.

« Un animal de compagnie est une sotte dépense, fut son tout premier commentaire.

— Parfois une sottise est ce qu'il y a de mieux à faire. Regarde-nous.

— Tu n'es jamais sotte. Je le sais bien.

— Même pas en ce qui concerne Paris ?

— Rachel, quand bien même je voudrais qu'elle le fût, notre affaire ne peut être conduite depuis Paris. Ne crois-tu point que j'ai mille fois imaginé laisser cette île derrière moi ? J'ai d'épouvantables souvenirs ici. Mais je dois penser aux enfants, et les enfants ont besoin d'être nourris et vêtus.

— Et tu devrais abandonner Esther si tu retournais à Paris. »

Alors que d'autres hommes se rendaient au café le soir, je savais que mon mari allait au cimetière. Rosalie et moi le savions toutes les deux car il ramenait de la boue rouge sous ses chaussures et des fleurs rouges dans les poches de son veston.

« Je ne saurais partir », admit-il.

Je suis allée m'asseoir sur ses genoux. Isaac était un homme gentil et même si je ne pouvais le faire changer d'avis pour Paris, je savais comment obtenir de lui ce que je voulais en ce qui concernait la maisonnée.

« Prépare-toi à une surprise.

— Tu me surprends toujours. »

Isaac détestait les chiens et il fut donc relativement soulagé lorsque je le conduisis à la grange.

« *Voilà**, dis-je. Jean-François.

Isaac rit malgré sa fatigue.

« Laisse-moi deviner. C'est un âne français.

— Exactement. Donc nous n'avions pas d'autre choix que de l'adopter. »

Isaac me caressa les cheveux. Il était content que je sois bonne avec ses enfants et que j'aime leur faire plaisir.

« Ce sont les garçons qui t'en ont persuadée.

— Esther les aurait-elle laissés le garder ?

— Esther aurait été terrorisée par cet animal. Mais elle aurait été heureuse que tu décides de le garder. »

Je n'ai plus entendu mon époux rire pendant un certain temps, après cela. La tempête fut terrible pour tout le monde et manqua nous ruiner. Les projets de tous les travailleurs de l'île se trouvèrent contrecarrés. La désolation était partout : toits écroulés, maisons emportées, routes et rues détruites par des coulées de boue. L'île était ravagée par la destruction et nous endurions le destin de ceux qui dépendent de la mer. Des navires de commerce transportant de la marchandise jusqu'à Charleston avaient coulé, y compris ceux appartenant à notre famille. C'était un désastre financier et Isaac passa des semaines au bureau, y dormant et y mangeant, faisant de son mieux pour sauver notre affaire. Trois mois avaient passé depuis mon malaise dans le jardin, mais notre infortune m'empêchait de m'ouvrir de mon état à mon mari. Il n'avait nul besoin de souci supplémentaire.

Au moins, nous avions une maison. D'autres étaient moins chanceux. Les routes étaient impraticables et une partie du rivage avait disparu. Des bateaux gisaient dans les montagnes, éventrés, jetés là-haut par les grandes marées et leurs coques en bois blanchirent et devinrent des squelettes abandonnés parmi les lianes. Des cadavres d'animaux, chiens, rats, iguanes, jonchaient les rues. Des perroquets dans les arbres s'étaient noyés en tournant simplement leur tête vers le ciel ; et lorsqu'ils tombaient à terre, leurs plumes s'éparpillaient dans la boue.

Je m'inquiétais pour la maison d'Adelle, si proche du port. Depuis le départ de mon cousin, ni Adelle ni Jestine n'avaient travaillé chez mes parents. Elles m'avaient évitée aussi. Dès que les arbres abattus eurent été dégagés par des équipes, je laissai les enfants à Rosalie et pris le chemin de leur maison avec une sacoche de nourriture et de vêtements. Il y avait une gigantesque inondation, infranchissable, entre la ville et les quais. J'ai payé un homme pour me faire traverser en canot. Des nuages se reflétaient dans l'eau. Tout était calme à présent et le ciel était d'un bleu indigo. Lorsque les gens à Paris pensaient au paradis, ils imaginaient très certainement ceci.

Lorsque le batelier me débarqua, je barbotai, de l'eau jusqu'aux genoux, jusqu'à la maison d'Adelle. J'aperçus une étoile de mer sur la route. Heureusement que leur maison était bâtie sur pilotis, et que ces pilotis étaient enfoncés dans la roche, sans quoi leur maison aurait vraisemblablement dérivé jusqu'à l'autre bout du monde.

Adelle sortit sous la véranda. Elle prit les objets de première nécessité que j'apportais puis me serra fort contre elle.

« Je suis contente, mais tu n'aurais point dû venir jusqu'ici », me dit-elle.

Les routes étaient dangereuses, et pas seulement à cause de l'inondation. Il y avait des pillards et des meutes de chiens sauvages, tous affamés. Adelle me dit que Jestine était tombée malade et s'était alitée. Durant la tempête, toutes deux avaient dit leurs dernières prières alors que l'eau de mer s'engouffrait à l'intérieur par les fenêtres. Au plus fort de l'inondation, elles s'étaient attachées au fourneau en fonte, l'objet le plus lourd de la maison. Il y avait encore du sable sur le sol et la peinture bleue était pâlie par le sel. Adelle jura qu'un poisson plat était entré à la nage par la fenêtre et s'était jeté droit dans la marmite, ce qui était la façon de Dieu de veiller à ce qu'elles aient suffisamment à manger durant la tempête. Elles étaient chrétiennes et croyaient en un créateur miséricordieux qui veillerait sur elles.

J'ai dit à Adelle que j'étais venue malgré les inondations parce qu'elles me manquaient toutes les deux. Et parce que j'avais un secret. Je voulais qu'Adelle et Jestine soient les premières informées.

«Ce n'est pas un secret, Rachel. Je t'ai révélé ton destin avant ton mariage. J'ai vu cet homme et ses enfants et tous les autres enfants que tu auras. Maintenant, tu vas me révéler mon destin à ton tour. Ta mère va-t-elle me reprendre à son service?»

Je suppose que ma mère avait dénigré Adelle, qui n'avait pu trouver un autre travail. Je ne lui ai point dit qu'une autre femme servait désormais les repas, là-bas. Cette affaire me laissait encore perplexe. J'ai demandé à Adelle ce qui s'était passé entre elle et Madame Pomié et elle m'a simplement répondu:

«Nous avons eu des mots.

— Quel genre de mots?

— Quel genre, à ton avis? Crois-tu que ta mère m'aurait dit quelque chose de gentil? Elle ne nous voulait plus chez elle, ni moi ni Jestine.»

Juste ce matin-là, ma mère avait ordonné à l'un des hommes de peine qui travaillaient dans notre jardin de couper le rosier qu'Adelle aimait tant, mais heureusement, M. Enrique l'avait emporté chez lui avant qu'aucun mal ne lui eût été fait.

«Je vais parler à ma mère, lui ai-je promis. Tu verras. Tu vas revenir et rien ne sera changé.»

Mais Adelle n'était pas de cet avis.

«Tout change. Regarde-toi. Regarde Jestine.»

Je suis allée dans la chambre voir Jestine alitée. Elle portait une chemise de nuit blanche et avait les bras nus. C'était l'après-midi, chaud et moite comme toujours après une tempête, avec l'odeur de la marée dans l'air. Je me suis allongée près d'elle et elle a ouvert les yeux. Petites filles et jeunes filles, nous avions tout fait ensemble. Au moins, cela n'avait pas changé. Ce qui m'était arrivé à moi lui était aussi arrivé à elle. Je m'en suis aperçue à la lueur somnolente de son regard et au renflement de son ventre. J'en ai été heureuse. Nos enfants seraient amis même s'ils ne pourraient être les cousins qu'ils étaient véritablement. Cet enfant à naître était la raison de l'exil d'Aaron à Paris.

« Nous aurions dû nous enfuir quand il était encore temps, me dit Jestine. Si tu ne t'étais pas mariée, nous aurions pu partir et être là-bas pour attendre l'arrivée d'Aaron, mais il a fallu que tu tombes amoureuse de ces enfants. J'ai bien vu, après ta première visite là-bas, que jamais nous ne partirions d'ici. »

Je me suis sentie piquée au vif par ses remarques. J'ai promis que rien ne serait différent. Je l'ai juré avec mon sang. Je me suis mordu le bras et je l'ai laissé saigner sur son drap. Nous avons regardé le sang prendre la forme d'un oiseau. Nous irions quand même en France, lui ai-je assuré. Nous partirions après la naissance des enfants, même si j'étais une femme mariée. J'avais récemment lu l'histoire de Paris et je racontais maintenant à Jestine comment les rues avaient été construites au-dessus de tunnels vieux de milliers d'années, comment l'île de la Cité avait été étayée par d'antiques remparts afin qu'elle ne s'en aille jamais à la dérive, quelle que soit la force des crues futures. Je lui ai lu le conte de Perrault sur la jeune fille amoureuse d'une bête dont elle savait que le cœur était pur.

« Non, pas celui-là », m'a dit Jestine.

J'avais aussi apporté un vieux livre de recettes françaises trouvé sur l'étagère d'Esther Petit et que je lisais comme si c'étaient des contes de fées. J'avais mémorisé les instructions pour confectionner des gâteaux aux châtaignes. J'ai récité la recette à Jestine, même si aucune de nous deux n'avait jamais vu de châtaignes ni n'en avait goûté.

Ce soir-là, quand j'ai annoncé à mon mari que nous allions avoir un enfant, il en a été si reconnaissant qu'il a rendu grâce à Dieu, mais moi, dans mes prières, j'ai rendu grâce pour qu'il y ait toujours des bateaux dans le port, prêts à nous emporter. Ce soir-là, j'ai confectionné le gâteau figurant dans le livre de la première Madame Petit, bien que je n'eusse ni châtaignes ni pâte d'amande. Je me suis servie de ce que j'avais à la cuisine, mélasse et papaye, et bien que ce ne fût pas ce que réclamait la recette, le résultat fut quand même délicieux.

La semaine suivante, ma mère a préparé la garde-robe d'Aaron. C'était une entreprise d'importance majeure et j'ai insisté pour qu'Adelle revienne nous aider à la lessive et à la préparation des bagages.

« Mon père sait-il que vous l'avez congédiée ? lui ai-je demandé.

— Elle n'est plus ici. Il n'est pas aveugle. Donc il doit le savoir.

— Mais vous lui avez raconté une histoire quelconque. Qu'elle était partie parce qu'elle n'était pas contente ici.

— Reste en dehors de ça, me conseilla ma mère.

— Je n'ai pas peur de lui révéler la vérité, lui dis-je. Mon père abhorre le mensonge. »

Un horrible silence passa entre nous.

« Tu te crois tellement spéciale, d'avoir l'amour de Moïse Pomié, me dit ma mère.

— Mais je l'ai, c'est un fait, lui dis-je. Pouvez-vous en dire autant ?

— Je reprendrai Adelle. Mais pas Jestine », m'a dit ma mère. Elle savait manifestement qu'une idylle s'était nouée. « Pas avant qu'Aaron ne soit parti. »

Adelle est revenue le lendemain soir. Elle était plus silencieuse qu'à l'accoutumée. Au bout d'un moment, elle et ma mère ont entamé une conversation comme si rien ne s'était passé. Mais quelque chose s'était bel et bien passé.

Le lendemain soir, alors qu'il se préparait à partir, mon cousin a vérifié l'une des malles qu'il emporterait avec lui et découvert un petit paquet de lavande glissé sous son costume fraîchement repassé. Il l'a pris entre deux doigts, l'air perplexe. Quand il m'a demandé ce que c'était, j'ai haussé les épaules, même si je le savais pertinemment. J'ai répondu : « Cela permettra à tes vêtements de sentir le frais, même après un long voyage. »

Il s'en est débarrassé, prétextant que cela le faisait éternuer. Je suis sûre qu'il n'avait aucune idée de la vocation de cette plante. Adelle m'avait dit que la lavande avait le pouvoir de garder un homme lié à la femme qui l'aimait. Un peu plus tard ce soir-là, quand elle a retrouvé le petit paquet abandonné sur le bureau, Adelle a secoué la tête.

« Jamais je ne reposerai les yeux sur ce garçon.

— Il reviendra peut-être.

— Même s'il revient, je ne le regarderai point. »

J'ai accompagné mes parents au port le jour du départ de mon cousin. Ma mère a pleuré comme jamais je ne l'avais vue pleurer auparavant. Quand Aaron s'est approché pour me dire au revoir, j'ai jeté mes bras autour de lui pour pouvoir me pencher plus près et n'être entendue de personne.

« C'est ton enfant qu'elle porte », lui ai-je dit.

Il n'a manifesté aucune surprise, m'a seulement embrassée trois fois, comme le voulait la coutume. J'ai compris alors qu'il le savait déjà et qu'il n'était pas suffisamment fort pour renoncer à sa vie et recommencer à zéro. J'ai regretté que ce ne fût pas un conte de fées dans lequel nous aurions pu échanger nos places, là sur le quai, et j'aurais été celle qui partait ce jour-là. Je n'aurais rien emporté sinon un plan de Paris et un lourd manteau noir. Peut-être qu'un chat m'aurait aidée à trouver mon chemin, et un trésor, une fois atteint le rivage de mon pays d'adoption. J'ai fermé les yeux et fait le vœu que lorsque je les ouvrirais à nouveau, je me trouverais à bord du navire et Aaron pourrait rester vivre dans la maison sur pilotis, et chacun de nous pourrait ainsi avoir la vie qui lui était destinée.

Mais quand je les ai rouverts, il était parti et moi seule restait.

Cette nuit-là, je fus plus agitée encore qu'à l'accoutumée. J'ai ouvert les fenêtres de ma chambre. Isaac a frissonné en rêvant. C'était la saison où l'air crépitait de chaleur l'après-midi mais devenait moite et glacé la nuit. Je faisais toujours le même rêve que lorsque j'étais petite, et si je m'endormais, le rêve venait me trouver. Il y avait à Paris un homme qui m'attendait. Il écouterait mes histoires, celle de la femme qui était une tortue, celle de l'oiseau qui avait volé par-dessus la moitié du monde par amour et celle du peuple originel descendu de la face éclairée de la lune pour venir se retrouver piégé ici, comme je l'étais. C'était injuste envers mon mari et les enfants, mais la vérité était que je me languissais toujours d'une autre vie.

Les murs dans cette maison-ci n'étaient pas peints en bleu hantise et les esprits ne pouvaient être tenus à distance. C'est pourquoi certaines nuits, lorsque je ne pouvais dormir, j'apercevais toujours la première Madame Petit assise dans le fauteuil dans un coin d'ombre que j'évitais. Rosalie disait que ce fauteuil avait été le sien. Madame Petit s'y était souvent assise avant sa mort, pour bercer le bébé. Venue de Paris, elle n'avait jamais pu supporter la chaleur. Elle avait des poussées d'urticaire sous les lourdes robes de soie peinte et de brocard qu'elle avait apportées de France. Rosalie m'avait dit qu'elle pleurait quand les moucherons la mordaient, tant sa peau était sensible, et qu'elle était forcée d'éviter le soleil car elle rougissait et pelait. Elle avait peur des ânes et des perroquets et refusait d'aller se promener dans la campagne. Elle n'aimait pas aller plus loin que le portail de l'entrée. Pourtant, elle avait eu la force de refuser de mourir avant que sa fille ne fût baptisée. Elle avait aimé son mari et, désormais, c'était moi qui étais près de lui. Chaque nuit, avant d'aller me coucher, je lui promettais de traiter ses enfants comme les miens. Je lui expliquais que je n'étais pas amoureuse de son mari, même si j'avais une profonde affection pour lui, et qu'il lui appartenait toujours. L'amour était pour moi hors de question. Elle n'avait nulle crainte à avoir que je prenne jamais sa place.

Peut-être veilla-t-elle sur moi durant ma grossesse. Au fur et à mesure que mon terme approchait, je découvrais que je pouvais m'endormir à la seconde où je m'allongeais. Parfois, je n'avais même pas le temps de fermer les yeux. Je dormais de longues heures, toute la nuit et tard le matin, si profondément que Rosalie devait me secouer pour me réveiller. Lorsque Adelle et Jestine m'ont aidée à accoucher de mon premier enfant, j'ai vu Esther Petit debout au pied du lit. Je lui ai dit que si elle m'aidait à survivre à cette naissance, je l'honorerais pendant le restant de ma vie. Je n'ai pas écouté les gens qui me déconseillaient d'appeler mon premier né du nom d'un enfant que Madame Esther Petit avait perdu. J'ai fait comme bon me semblait et je l'ai prénommé Joseph.

Je savais à qui rendre grâce de tout ce que j'avais.

Chapitre trois

Un Vent Froid

CHARLOTTE AMALIE, SAINT-THOMAS
1823
RACHEL POMIÉ PETIT

En six ans, j'ai ajouté mes trois enfants aux trois enfants d'Esther, d'abord Joseph, puis Rebecca Emma, puis, un an plus tard, Abigail Delphine. Après chaque naissance, je perpétuais la tradition d'aller rendre visite à la première Madame Petit pour lui témoigner ma gratitude, laissant des rameaux fleuris sur sa tombe. En retour, elle m'accordait sa bénédiction et m'autorisait à vivre la vie qui aurait dû être la sienne. Ce n'était pas une vie à Paris mais c'était une vie joyeusement peuplée d'enfants. De ce fait, le temps ressemblait à un fleuve et j'étais un poisson dans ce fleuve, se mouvant si rapidement que le monde extérieur à ma maisonnée restait flou.

Jestine m'accompagnait souvent à pied jusqu'au vieux cimetière juif lorsque j'allais rendre hommage aux familles Pomié et Petit. Mais elle refusait d'aller plus loin que le portail d'entrée. Elle avait peur des esprits, j'entrais donc seule et elle restait à l'extérieur du portail avec sa fille, Lydie, qui avait quatre ans, le même âge que mon Joseph. Je ne le disais pas à Jestine mais parfois, je percevais une secousse lorsqu'un esprit se cramponnait à ma jupe au moment où je me retournais pour quitter le cimetière. Je le sentais, un petit coup sur mes vêtements, une main autour de ma cheville. J'éprouvais une grande compassion pour ces femmes ravies par la mort avant que d'avoir pu tenir leurs enfants dans leurs bras, mais pas au point de vouloir rester auprès d'elles. Je récitais la prière des morts et elles se dissipaient, s'en retournant d'où elles venaient.

En quittant le cimetière, je brossais les feuilles tombées dans mes cheveux. Ces feuilles étaient le signe qu'un fantôme avait marché dans les branches des arbres au-dessus de moi. Jestine s'en apercevait, et cela la confortait dans sa crainte.

« Tu penses que celles qui ont trépassé sont contentes d'avoir quitté ce monde ? Elles s'enrouleront autour de toi et se nourriront de ton souffle, me disait-elle.

— Je retiens mon souffle quand je suis là-bas, lui assurais-je.

— Non, ce n'est pas vrai ! » Elle riait. « Je te vois parler à la femme de ton mari, lui donner des nouvelles des enfants. »

Je laissais toujours mes enfants à la maison avec Rosalie mais j'adorais avoir la fille de Jestine pour m'accompagner. Lydie était une enfant d'une extrême beauté, peut-être encore plus belle que sa mère, avec des yeux gris argent et une chevelure bouclée parcourue de mèches d'or. Lorsque personne d'autre ne pouvait l'entendre, elle m'appelait tante Rachel.

Une nouvelle synagogue avait été bâtie, avec un enduit de plâtre sur les poutres en bois et les solives car les incendies étaient courants et la Colline de la Synagogue n'était pas à l'abri des désastres. Les enfants de notre confession étaient instruits dans ce nouveau bâtiment. Lydie allait à l'école de l'église morave, ouverte gratuitement à tous les enfants de couleur, y compris les enfants d'esclaves. Les Frères moraves comptaient parmi les premiers protestants, leur mouvement ayant été fondé par un prêtre catholique nommé Jan Hus au quatorzième siècle. Forcés de quitter la Moravie et la Bohême par leur empereur catholique, ils avaient, comme les Juifs, dû pratiquer leur religion clandestinement, ou bien fuir. Ils étaient arrivés sur l'île en 1732 et y avaient bientôt bâti leur église. Dans le nouveau monde, ils s'étaient concentrés sur l'éducation des masses et leurs missionnaires avaient ouvert des écoles pour les esclaves, avec pour unique mission de leurs enseignements : *Dans ce qui est essentiel, l'unité ; dans ce qui n'est pas essentiel, la diversité ; en toutes choses la charité.*

J'étais allée m'asseoir dans la salle de classe de Lydie pour m'assurer que l'instruction était de qualité, et j'avais été impressionnée par l'excellence des enseignants venus du Danemark, et plus encore par le travail des professeurs venus d'Amérique dont beaucoup étaient des Mennonites ré-établis. Ils exigeaient de leurs élèves qu'ils soient assis en rangs réguliers ; chacun était muni d'un stylo neuf pour écrire et de papier neuf. La plupart des gens du pays parlaient le créole hollandais mais l'école morave avait décidé que la plupart des cours seraient assurés en anglais. Lydie lisait le danois et l'anglais bien mieux que mes propres enfants, ses lettres étaient beaucoup plus joliment moulées que les miennes, et sa lecture du français était impeccable. Je lui dictais à l'occasion des lettres pour mon cousin en France afin de l'entraîner à écrire. Non qu'il y répondît jamais. Il avait disparu de nos vies et des rumeurs nous parvenaient de sa vie à Paris. De nombreuses femmes étaient tombées amoureuses de lui et il avait une vie sociale riche, mais la famille s'était lassée de ses fredaines et envisageait de l'exclure de nos affaires. Lydie n'avait aucune idée de qui était Aaron Rodrigues, et c'était aussi bien ainsi. Les gens ont bien des façons de juger de la valeur d'une fille et l'on se doit d'espérer qu'ils n'y incluent aucun jugement des actes de son père.

À la naissance de Lydie, le fossé entre ma mère et Adelle devint trop profond pour être comblé et, malgré mes menaces, ma mère la congédia.

« C'est bon, me dit Adelle. Je ne voudrais pas travailler pour elle quand bien même je mourrais de faim. »

À cause de ma mère, aucune femme de notre communauté ne voulut engager Adelle et finalement, elle fut forcée de prendre de la lessive de marins, un travail bien en dessous de ses capacités. Ma mère ignorait que mon père envoyait à Adelle un chèque mensuel et que je lui remettais une partie de ma propre allocation pour ma maisonnée. Isaac ne m'a jamais demandé pourquoi je le faisais et ne m'a pas posé de questions au sujet de mes visites quotidiennes à Adelle lorsqu'elle est tombée malade. C'est arrivé soudainement. Un beau jour, elle fut simplement saisie de faiblesse, comme sous l'effet d'un sort. J'allais la voir, emmenant Delphine, mon bébé, avec moi. Adelle lui apprenait à battre des mains et à faire au revoir avec la main. Lorsque Adelle n'a plus été en mesure d'ingérer des aliments solides, je lui ai préparé une crème lisse de *fongee*, la même recette qu'elle nous concoctait, à Jestine et moi, quand nous étions petites. Je l'ai nourrie jusqu'au jour où elle m'a repoussée.

« Donne-la au bébé », m'a-t-elle dit.

Sa maladie rendait sa respiration difficile. Le jour est arrivé où il ne lui a plus été possible de se lever de son lit sans être aidée. Jestine a envoyé Lydie me chercher car Adelle avait rêvé de moi. Je suis descendue au port, la gorge et la poitrine douloureuses. Je redoutais ce qu'Adelle aurait à me dire. J'espérais qu'elle ne me blâmerait pas pour la cruauté de ma mère envers elle ni pour la façon dont mon cousin avait traité Jestine. Je me suis assise sur son lit. Pour une fois, j'avais laissé mes enfants à la maison. Adelle m'a demandé de me pencher pour que personne d'autre n'entende. En fait, elle voulait m'en dire plus sur mon avenir.

« Il ne sera point ton seul mari », me confia-t-elle, parlant de Monsieur Petit. Elle avait une voix d'oiseau, lointaine, essoufflée. « Si tu rencontres le bonheur, saisis-le. Tu ne le rencontreras pas une deuxième fois. Mais tu le reconnaîtras dès que tu le verras. »

Il y avait tant de questions que j'aurais dû lui poser. Je ne savais même pas qui étaient ses parents, ni comment elle était arrivée à Saint-Thomas, ni quel était son nom africain. J'avais noté tant d'histoires mais jamais je n'avais demandé la sienne à Adelle. J'aurais dû lui demander si le père de Jestine était un homme que je connaissais. À la fin, Adelle ne pouvait plus parler, et il était trop tard. Tous les soirs, je m'asseyais près de son lit et lui lisais les histoires de mon vieux carnet : celle des étoiles dans le ciel, comment Dieu leur avait fait décrire une route afin que nous puissions toujours trouver notre chemin jusqu'à lui. Comment un pélican avait ensuite éparpillé ces étoiles au-dessus de nous pour que la nuit, allongés dans nos lits, ce soit pour nous un réconfort que de reposer sous le sentier qui menait à Dieu. Comment un oiseau avait parcouru la moitié du monde par amour.

La dernière fois que j'y suis allée, Adelle a pris ma main. Elle a promené un doigt à l'intérieur de ma paume. Ses doigts étaient longs et minces et elle portait un anneau d'or. Peut-être quelqu'un qui l'aimait le lui avait-il donné, ou bien se l'était-elle acheté elle-même. Jamais elle ne me le dirait. Nous étions aussi proches que pouvaient oser l'être des personnes venant de mondes aussi différents que les nôtres et ne pouvions nous rapprocher davantage, de crainte que le passé ne détruise ce qui nous unissait. Toutefois, le passé était là, tout près, de l'autre côté de la porte. Le toucher d'Adelle ressemblait à celui d'un oiseau, peau et os fragiles, éthéré. J'ai frissonné car je savais que c'était là sa façon de me dire au revoir.

Jestine est alors entrée et j'ai emmené Lydie pour la garder avec mes enfants la nuit et le jour suivants. Et puis c'est arrivé, et nous l'avons perdue. J'ai aperçu Jestine, debout seule dans ma cour, et j'ai compris. J'ai espéré que l'esprit d'Adelle resterait au-dessus de nous dans le ciel afin de veiller sur nous.

Le lendemain matin, mon père m'a fait appeler dans la bibliothèque. M. Enrique lui avait apporté la triste nouvelle et mon père n'avait pas dormi. Ma mère était sortie rendre visite à Madame Halévy, mon père et moi étions donc libres de parler. Je me suis dit qu'il avait peut-être choisi ce moment intentionnellement. Il me pria de bien vouloir placer une rose de notre jardin sur la tombe d'Adelle. Depuis le jour où ma mère l'avait renvoyée, il faisait livrer chez elle des provisions de notre magasin deux fois par semaine. Il ferait aussi livrer à présent le repas des funérailles. Je l'ai embrassé en pensant qu'il était l'homme le plus généreux du monde. Nous nous sommes étreints l'un l'autre en versant des larmes pour Adelle, puis mon père s'est éclipsé. Il ne souhaitait pas que je sache ce qu'il ressentait, mais je l'ai entendu sangloter dans le jardin. Si je ne m'abuse, ma mère, qui arrivait depuis la rue, l'a aussi entendu.

Je suis allée au cimetière africain pour l'enterrement. Je suis restée debout à l'extérieur de la clôture faite de pieux et de fil de fer, souffrant de ne pouvoir être près de Jestine. Elle portait une robe noire qu'elle avait empruntée et tenait par la main sa petite fille, debout à ses côtés. Leur cimetière était différent du nôtre. Il y avait des croix avec des anges sculptés, des coquillages sertis en motifs compliqués, des plantes grimpantes à fleurs violettes dans des pots. Certains étaient chrétiens; d'autres pratiquaient les anciennes religions de leur pays natal. Je connaissais pratiquement tout le monde présent à la cérémonie, y compris M. Enrique, qui travaillait toujours comme employé de bureau avec mon mari, lui enseignant le métier. Je n'avais découvert que tout récemment qu'en dépit du fait que mon père lui eût accordé sa liberté il y avait longtemps, M. Enrique était toujours répertorié comme esclave dans les registres officiels. Je suppose que je n'avais pas envie de savoir ces choses-là, surtout quand cela concernait mon père. Je voulais croire que le monde était différent de ce qu'il était. Mais une femme adulte ne pouvait guère feindre bien longtemps. Il y avait plus d'un monde sur notre île, et des frontières qui ne pouvaient être transgressées. Le jour de l'enterrement, je savais que ma place n'était pas auprès de la famille et des amis en deuil d'Adelle, même si, en sortant du cimetière, Jestine est venue m'embrasser.

Le sol était jonché de feuilles si nombreuses que je ne voyais plus la terre. Ceci n'arrive pas souvent sur notre île. C'était comme si les arbres pleuraient. Ce fut le jour le plus froid de mémoire d'îlien : les papillons gelaient en vol et tombaient. Il y avait un miroitement bleu et blanc sur le sol. Debout là, j'ai pleuré, et même mes larmes étaient froides. Je porte encore les traces de ce jour-là, même si elles se sont transformées en taches de rousseur. J'ai aperçu quelqu'un au-delà de la clôture. J'ai d'abord pensé que c'était un fantôme, peut-être celui de Madame Petit, mais non. J'ai eu la stupeur de reconnaître ma mère. Quand elle m'a fait signe, je suis allée me tenir près d'elle. Elle portait un foulard noué autour de la tête, peut-être pour que personne ne reconnaisse en elle la femme qui avait renvoyé Adelle, même si assurément tout le monde le savait. Ma mère et moi ne nous sommes pas embrassées.

La cérémonie était terminée et ma mère regardait le cortège funèbre s'éloigner sur la route. Des femmes tenaient ouvertes des ombrelles de paille et de papier, non pour se garder du soleil, mais de la pluie de feuilles. Jestine venait la dernière, sa fille auprès d'elle.

« Est-ce là l'enfant ? », demanda ma mère.

Tous les voisins allaient maintenant se rassembler dans la maison d'Adelle pour partager le repas que mon père avait envoyé et leurs souvenirs de sa vie. Lydie tenait sa mère par la main. Elle portait une robe bleue avec des smocks que Jestine avait réalisés à la main. Cette robe était de la couleur préférée d'Adelle, la couleur de la protection et de la foi, le bleu hantise. C'est moi qui avais payé le tissu et les boutons de nacre, et pourquoi n'aurais-je point fait cela ?

Je vis que ma mère avait remarqué la rose sur la tombe d'Adelle.

« Pourquoi vous intéresser à l'enfant maintenant ? ai-je dit à ma mère. Elle a presque cinq ans. »

Ma mère hocha la tête avec raideur.

« Tu comprendras peut-être lorsque tu auras à protéger ta propre famille.

— Que pensez-vous donc que je fasse tous les jours ? »

J'avais six enfants après tout et je n'avais pas encore trente ans. Je faisais des rêves de tempêtes avec des navires perdus en mer et mes enfants qui se noyaient. Je restais souvent assise jusqu'à l'aube dans la nursery et Rosalie riait en m'y trouvant. « Vous pensez pouvoir les protéger par votre présence ? », me disait-elle souvent. Je ne répondais pas, mais si j'avais répondu, je lui aurais dit : « Peut-être ».

« J'espère que tu ne lui rends pas visite, me dit ma mère. Car si tu le fais, cela l'encouragera à penser que la vie est différente de ce qu'elle est.

— Jestine sait parfaitement à quoi ressemble la vie, lui répondis-je froidement.

— Non, je ne parle pas de Jestine. » Ma mère regardait toujours vers le bout de la route. Elle me sembla plus vieille ce jour-là, les traits plus aigus, les paupières tombantes. « Je parle de sa fille. »

Je n'étais plus tenue d'écouter ma mère. J'en avais assez fait pour leur complaire à tous les deux, elle et mon père. Je leur avais donné mon mariage et ma destinée. J'ai présumé que mon père était à son travail ce jour-là, même si Adelle avait fait partie de notre maisonnée pendant tant d'années. À cet instant-là, je me suis sentie détachée de mes deux parents.

« Vous êtes-vous jamais souciée de quelqu'un d'autre que de vous-même ? ai-je lâché tout de go à ma mère. Il n'est guère étonnant que mon père se soit renfermé et isolé. »

Ma mère eut un hoquet comme si je l'avais frappée.

« Tu es ma fille ! Tu n'as pas à me parler de cette façon ! »

J'ai baissé les yeux et me suis excusée.

« Pardonnez-moi, s'il vous plaît. »

J'aurais dû l'honorer et je savais que d'une façon ou d'une autre je paierais pour ce péché d'irrespect.

Comme je rentrais chez moi à pied, un pélican m'a suivie, volant au-dessus de moi. Peut-être était-ce l'oiseau qu'Adelle était devenue, un esprit libéré. J'ai fermé les yeux et fait le vœu qu'elle m'apparaisse sous sa forme terrestre afin de me conseiller comme elle l'avait fait tout au long de ma vie. C'était moi qui n'aimais pas mon mari. J'en étais gênée, car c'était un homme bon. J'avais chuchoté une seule question à Adelle avant sa mort. *Qu'est-ce que la vie sans amour ?* C'est alors qu'elle avait pris ma main dans la sienne bien qu'elle fût devenue aussi frêle et dépourvue de poids qu'un oiseau. Elle avait tracé un cercle dans ma paume. J'avais compris ce qu'elle me disait. Une telle vie ne valait rien du tout.

Elle m'avait dit qu'Isaac ne serait pas le seul homme de ma vie. J'avais commencé à chercher cet autre homme. Je me sentais comme une sorcière, un démon. Je ne tenais point à ce que l'esprit de celle qui m'avait précédée sût que j'étais prête à trahir son époux. Mais il m'était impossible de résister. Je sondais le visage de tous les hommes que je croisais, cherchant celui qui m'était destiné.

Je vivais toutes mes journées pour mes enfants et continuais d'assurer mon devoir d'épouse. Mais toutes les nuits, je songeais à mon autre vie, celle qui n'avait pas encore commencé.

J'étais si occupée avec mes enfants que je ne vis point mon père vieillir. C'est M. Enrique qui vint m'annoncer sa mort, soudaine et paisible, dans son lit. Il me semblait impossible que deux êtres que j'aimais pussent ainsi mourir l'un après l'autre. Adelle m'avait toujours dit que la malchance frappe trois fois. Je ressentis un frisson en imaginant qu'une autre mort nous attendait.

Lorsque ma mère m'envoya chercher, je revêtis ma robe de mariée, que Jestine et moi avions teinte en bleu, et je m'en fus la voir. Il était de tradition que la société funéraire veillât le défunt toute la nuit, fît sa toilette mortuaire et le couvrît d'un linceul blanc. Par le passé, on l'aurait également protégé des mauvais esprits, mais plus personne ne croyait à ces choses-là de nos jours. Aujourd'hui le rituel était davantage destiné à apporter le réconfort et la paix à la famille. Ma mère insista pour que mon père fût installé dans la bibliothèque. Elle était si abattue qu'on dut lui administrer des sels lorsque le corps de mon père fut transporté dans la pièce qu'il aimait tant. Je n'avais jamais vu ma mère dans cet état, si vulnérable, le chagrin imprimé sur ses traits, les habits chiffonnés, les cheveux défaits. Je m'en fus m'asseoir seule près de mon père. Il semblait plus petit dans la mort qu'il ne l'avait été dans la vie. L'air dans la pièce était différent, silencieux et immobile tel qu'il l'était avant l'arrivée d'une tempête. Mon père était en chemise de nuit. Ce seul détail me tira les larmes. L'homme qui avait dirigé notre famille et exigé le respect n'aurait jamais permis à quiconque de le voir dans cette tenue. Il avait les yeux fermés mais je m'attendais presque à ce qu'il les rouvrît pour m'ordonner de sortir. Il ne les ouvrit pas. Il n'était plus parmi nous. Je voyais ses genoux, deux boules osseuses. Ses jambes fines veinées de bleu. Il y eut un coup à la porte. Ma mère avait retrouvé ses esprits et revenait avec une cuvette d'eau savonneuse. Je ne l'avais jamais vue si accablée. Elle avait désiré son amour, mais échoué à le garder.

« Êtes-vous sûre de pouvoir vous en charger ? lui ai-je demandé.

— Comment puis-je être sûre de rien à présent ? » Elle m'adressa un signe de tête. « Lave-lui les pieds. »

Elle s'occuperait du reste.

J'ai pris un linge humide et j'ai lavé les pieds de mon père. L'eau était froide. En levant les yeux, j'ai vu que ma mère pleurait en faisant sa toilette. Nous l'avons couvert d'un fin drap de fil blanc puis nous nous sommes assises côte à côte sans prendre la peine d'allumer une bougie.

« Je n'arrive pas à croire qu'il n'est plus de ce monde », me dit ma mère. Ses mains reposaient sur ses genoux et elle regardait droit devant elle. « Maintenant tout va changer. »

C'était vrai. Certains êtres assurent la cohésion de leur foyer, et pour nous cet être était Moïse Pomié.

Les ombres s'allongeaient dans la pièce. L'air était devenu lourd et moite. Sur le mur en stuc, j'ai aperçu un ruisselet d'eau comme si la maison pleurait. J'ai tendu les mains, comme je le faisais enfant. J'ai prié pour que la flamme de l'esprit de mon père apparaisse, mais cela ne s'est pas produit. Un esprit doit vouloir venir à vous. Le choix lui appartient. Mon père n'était plus et ma mère et moi étions dans le noir, sans plus rien à nous dire l'une à l'autre.

Notre tradition exigeait que les morts fussent enterrés avant la fin du deuxième jour. Mon cousin Aaron fut rappelé à Saint-Thomas même s'il lui serait impossible d'assister aux funérailles ; des mois s'écouleraient avant qu'il n'arrive pour traiter de questions d'affaires et pour honorer le défunt. Les collègues les plus âgés de mon père et leurs fils portèrent le cercueil jusqu'au cimetière. Mon mari prêta également main forte car il était le chef de notre famille désormais. Monsieur DeLéon, l'ami le plus cher de mon père, aida ma mère à marcher jusqu'à la tombe. Ses froides lamentations remontaient par les rues, dures et aiguës, émanant du centre d'un cœur dont j'ignorais qu'elle le possédât. Elle se jeta sur la tombe et dut être relevée avant que les hommes de la confrérie pussent réciter la prière des morts. Il y avait des perroquets dans les arbres, touches de rouge et de vert. M. Enrique, en costume et chapeau noirs, se tenait à l'arrière de l'assemblée. Il n'y avait personne en qui Moïse Pomié se fût davantage fié car jamais il n'aurait été en vie sans cet homme qui l'avait porté sur son dos dans un panier de joncs jusqu'au port.

Les hommes de la congrégation descendirent le cercueil en terre puis se relayèrent pour couvrir mon père de pelletées de terre fraîche. J'attendis jusqu'à ce que tout le monde fût parti. Une fois qu'ils eurent tous franchi le portail du cimetière, j'appelai M. Enrique et lui tendis la pelle pour qu'il pût prendre son tour. Il retourna la terre sur le cercueil pendant un moment puis, transpirant dans son costume, me rendit l'outil. Les femmes n'étaient pas censées participer à ce rituel d'enterrement, mais je l'ai fait quand même. Par maints aspects, j'étais le fils de mon père, j'ai donc agi comme tel tandis qu'il laissait notre monde derrière lui.

J'imaginais qu'Aaron Rodrigues serait un inconnu à son retour. Il ne travaillait plus pour notre famille en France et nous recevions rarement de ses nouvelles même si ma mère lui écrivait tous les mois. Je présumais qu'il y avait des chèques à l'intérieur de ces enveloppes. Mais je l'ai reconnu dès que je l'ai vu parmi les passagers qui débarquaient. Il était toujours le même, beau et désinvolte. La différence, c'est qu'il avait ramené une épouse, une Française prénommée Élise, une jeune femme au joli visage et à l'air timide, une mignonne petite souris. Elle hésita sur le quai avant d'être guidée vers ma mère pour lui être présentée. Aaron n'avait pas cru bon d'informer quiconque qu'il s'était marié. Il s'était manifestement coupé de chez lui, si toutefois il considérait toujours cette île comme chez lui. Je redoutais d'avoir à annoncer la nouvelle à Jestine qui avait bondi de joie en apprenant qu'il rentrait au pays.

« Ma chère tante, dit Aaron, saluant tendrement ma mère avant de faire approcher Élise pour la lui présenter. Il n'y aurait pu avoir meilleure femme pour m'élever et prendre soin de moi, confia-t-il à son épouse. J'ai toujours considéré Madame Pomié comme ma mère. »

Élise avait une chevelure blond vénitien et son teint pâle était empourpré par la chaleur. La traversée avait manifestement été difficile pour elle car elle semblait chanceler à terre. Elle portait une robe qui me rappelait celles que j'avais trouvées dans une armoire dans ma propre maison, apportées de Paris par la première Madame Petit, des robes trop épaisses pour le climat, mais néanmoins magnifiques. La robe d'Élise était en soie rose poudrée, avec des fils d'argent dans les smocks. Elle portait un camée en sautoir au bout d'une chaîne plaquée or. Après qu'elle eut salué ma mère, nous avons été présentées. Je ne sus que penser d'elle, d'autant qu'au lieu de me saluer d'un bonjour clair, elle se pencha assez près de moi pour chuchoter et me demander si elle pouvait se laver immédiatement. Manifestement peu habituée aux conditions rudimentaires à bord, elle ne pensait à rien d'autre depuis des jours. Elle semblait me considérer comme la servante.

« Je suis dégoûtante », annonça-t-elle, visiblement embarrassée par son état.

Elle avait une jolie voix, plus rauque que je ne l'aurais attendu. Elle sentait l'eau de cologne.

« Vous avez l'air parfaite, lui dit Aaron.

— Avoir l'air est une chose. » Élise grimaça. « Je suis loin d'être parfaite. » Elle se tourna vers moi, pensant peut-être avoir trouvé une sorte de sœur, vu que nous étions à peu près du même âge. « Je vous en prie. Je vendrais mon âme pour un peu d'eau et de savon. »

Élise et moi avons marché côte à côte pendant qu'Aaron et ma mère traînaient derrière. Ma mère se montrait tendre avec lui d'une façon qui m'emplit de dépit. Je l'entendis lui demander pourquoi il n'avait pas écrit plus souvent, puis rire lorsqu'il la taquina, prétextant qu'il avait toujours eu une écriture de chat. En plus, ajouta-t-il à voix basse, il s'était consacré à la recherche d'une épouse qu'apprécierait Madame Pomié et c'était pour la riche famille d'Élise qu'il travaillait désormais. Juste à ce moment-là, un lézard traversa en courant devant nous. C'était un petit iguane vert, mais Élise, prise de panique à sa vue, trébucha et se cramponna à mon bras.

« Ce n'est rien qu'un bébé, lui dis-je. Il ne vous ferait aucun mal mais vous, par contre, vous pourriez facilement lui marcher dessus. »

Je donnais à l'épouse d'Aaron un jour, peut-être deux avant qu'elle n'exige de rentrer à Paris. J'avais vu ces femmes-là venues d'Europe avec leurs vêtements exquis, leurs manières policées et leurs rubans d'organdi dans les cheveux. Elles ne tardaient pas à brûler de troquer leurs somptueux habits contre des sacs de mousseline plus légère ; leurs chevelures parfaitement relevées retombaient en mèches emmêlées. Elles se postaient sur les quais, regard perdu au loin sur l'océan cruel qui les avait amenées ici, faisant le vœu de retrouver leur pays.

« Peu importe quelle est cette bête, elle est affreuse ! »

Élise était jeune et n'avait d'autre expérience que sa vie en France. Elle admit franchement qu'elle était une enfant gâtée, issue d'une famille fortunée qui cédait à ses moindres désirs. J'ai guigné en direction d'Aaron, me demandant si c'était cela qui l'avait attiré. Élise était déjà rebutée par notre île : à haute voix, elle s'interrogea sur la présence de lions dans nos forêts.

J'ai ri.

« Mais non ! Ce n'est pas l'Afrique ici. Le pire que vous puissiez voir, c'est un chien. Ou un âne. Peut-être une mangouste.

— Qu'est-ce donc ? voulut-elle savoir.

— Un animal qui aime manger les perroquets et les chauves-souris. Elles laissent les humains tranquilles. »

Élise épiait les collines avec suspicion, les cascades de lianes, les fleurs pourpres, les bosquets de tamariniers avec leurs gousses pendantes telles des chauves-souris emmaillotées dans leurs ailes de cuir.

«Il doit y avoir des serpents, déclara-t-elle, parlant des étendues sauvages au-delà de la ville. Je les ai en horreur», me confia-t-elle.

Il y avait des serpents, c'était vrai, tout autant que des chauves-souris et des rats, mais j'ai éludé le sujet. Et je n'ai assurément rien dit des contes locaux à propos des loups-garous.

«Rien de ce que nous avons ici ne pourra vous faire du mal.»

La chaleur nous accablait alors que nous poursuivions notre chemin vers la maison. Bientôt, Élise se mit à trébucher. Plissant les yeux dans la lumière crue, elle annonça qu'elle avait mal à la tête. Avant que je puisse lui offrir mon aide, elle s'évanouit sur la route.

Aaron se précipita vers elle en me gratifiant d'un signe grossier.

«Ne pouvais-tu l'aider? me dit-il d'un ton cassant comme s'il me reprochait la disposition délicate de son épouse.

— L'aider à quoi? Marcher? Je présumais qu'elle savait le faire toute seule.»

Il me foudroya du regard pour avoir osé me moquer de sa femme puis il la souleva et la cala dans ses bras. Il dut la porter le reste du chemin.

«Je suis navrée, mon cher mari», l'entendis-je lui chuchoter.

Elle enfouit son visage contre sa veste et il fit de son mieux pour la ragaillardir, l'appelant sa chérie et sa joie, et jurant qu'elle était plus légère qu'une plume. Mais je voyais bien à sa mine qu'il était mécontent. Je n'arrivais pas à croire qu'il eût choisi cette femme, si différente de Jestine.

Je marchais aux côtés de ma mère à présent, nos foulées pareillement rythmées. Je compris qu'en dépit de la joie que lui procurait le retour d'Aaron, son épouse la décevait complètement.

«Il nous a ramené une plume, déclara ma mère avec mépris. Il aurait été mieux nanti d'une femme.

— Disons que c'est une plume qui pèse son poids d'argent. Il aurait pu avoir quelqu'un de plus fort mais vous n'en vouliez pas, me suis-je risquée à lui dire.

— C'était impossible et tu le sais. Je ne décide pas de ces choses.

— Vraiment?

— Si tu crois que j'établis les règles ou que j'ai le choix de les enfreindre, tu es bien plus sotte que je ne l'aurais jamais imaginé.

Le jour où tes enfants te désobéiront et te briseront le cœur, nous pourrons discuter de ces choses-là. Jusque-là, je n'ai que faire de ton opinion ou de tes conseils. J'ai fait ce que j'ai fait pour le sauver. »

Une fois rendu à la maison, Aaron transporta son Élise dans la salle d'eau et nous la laissa, à Rosalie et moi.

« Cette fois, veille à ce qu'elle ne tombe pas, me dit-il.

— A-t-elle quelqu'un chez elle pour lui donner le bain ? ai-je demandé.

— Qu'est-ce que cela peut te faire ? me répondit Aaron. Ce qu'elle veut, elle l'obtient. Il en est ainsi, Rachel, lorsqu'on a les moyens d'agir selon son bon plaisir. »

Il m'a soudain fait pitié.

« L'aimes-tu au moins un petit peu ?

— Te crois-tu justifiée à poser semblables questions ? Toi qui as épousé un commerce plutôt qu'un homme ?

— Et que suis-je censée dire à la femme que tu aimes vraiment ? ai-je demandé.

— Ça c'est mon affaire, me répondit mon cousin. Pas la tienne. »

En dépit de notre relative amabilité envers elle, la nouvelle épouse d'Aaron se montra méfiante vis-à-vis de nous et de nos manières dès le début. Tandis que Rosalie versait des seaux d'eau dans le bain, Élise fixait grossièrement des yeux la couleur de sa peau. Avant d'entrer dans la baignoire à pieds de griffon, elle s'exclama :

« Cette eau est verte ! J'espère qu'il n'y a point de grenouilles là au fond.

— Vous arrive-t-il jamais de dire merci ? », s'enquit Rosalie d'un ton pincé.

J'avais envie de rire mais j'ai donné un coup de coude à Rosalie pour la faire taire.

Élise nous a lancé un regard ; puis elle s'est défaite de tous ses vêtements, jupon et chemise compris, et les a jetés par terre. Lorsqu'elle est entrée dans le bain, l'eau est passée par-dessus bord. Nous avons remarqué qu'elle ne portait pas de culottes, ce qui nous a passablement choquées. Elle aimait visiblement s'exhiber et je me suis demandée si c'était ce qui avait séduit Aaron. Sa fortune, et sa chair tendre et nue.

« Quel genre de femme est-ce là ? me demanda Rosalie.

— Une femme de Paris, lui dis-je avec un sourire.

— Elle ne tiendra pas longtemps ici. » Rosalie secoua la tête. « Je ne lui donne point une heure. »

Élise plongea la tête sous l'eau et lorsqu'elle reparut à la surface, elle souffla un jet d'eau comme un dauphin. Nous eûmes la surprise de la voir rire de plaisir.

« Maintenant je me sens mieux. Et cette eau est merveilleuse, alors oui, merci ! Mais j'en veux davantage. Et plus froide. Et veuillez m'apporter mon propre savon. Il est dans mes bagages. »

Peut-être était-elle plus résistante qu'elle ne semblait.

Pendant qu'Aaron avait rendez-vous avec mon mari pour parler affaires, j'ai accepté d'emmener Élise faire le tour de Charlotte Amalie. La synagogue était en cours de reconstruction après plusieurs incendies ; nous aurions bientôt un magnifique édifice de pierre et une congrégation plus nombreuse que jamais. Les bâtisses de bois n'étaient plus autorisées sur les artères principales et la nouvelle synagogue serait tout à la fois anti-feu et anti-ouragan, avec quatre piliers de pierre représentant chacun l'une des matriarches de notre peuple : Sarah, Rachel, Rebecca et Léa. Il y avait des bancs de prière en acajou fabriqués par les meilleurs ébénistes. Le mortier des murs était fait de sable et de chaux liés avec de la mélasse aussi épaisse et collante que du goudron, notre produit d'exportation le plus important avec le rhum. Outre la place pour six Torahs sous l'arche d'acajou et les chandeliers en cristal de Baccarat où brûlerait de l'huile, le sol restait fait de sable, afin de rappeler à la congrégation les sols de sable qui amortissaient leurs pas lorsqu'ils se rassemblaient pour la prière en ces temps de trouble dans leurs pays d'origine de manière à ne pas trahir leur présence aux yeux des autorités. J'ai expliqué à Élise la raison de ce sol sablonneux afin qu'elle ne juge point que nous étions des barbares. Quand je lui ai dit que de la mélasse avait été ajoutée au mortier pour le lier, et que les enfants disaient que lorsqu'ils léchaient les murs, la synagogue avait un goût sucré, elle n'a pas voulu me croire.

« Il y a beaucoup de choses que tu ne croiras pas concernant notre île », lui dis-je. Le rhum et la mélasse étaient au cœur de notre identité et de nos activités, vu que le monde entier nous en demandait. « Nous devons asperger la synagogue d'eau de mer pour éloigner les fourmis. »

Élise a souri et dit qu'elle voulait des preuves, nous sommes donc allées à l'arrière du bâtiment pour lécher le mortier comme les enfants le faisaient. La texture en était grumeleuse et la saveur sucrée.

Élise était ravie.

« On dirait un bonbon ! Peut-être mon jugement a-t-il été trop hâtif. Maintenant je désire voir tout ce qu'il est impossible de croire. »

Elle s'était habituée à la chaleur plus vite que je ne l'aurais imaginé, peut-être parce qu'elle portait des vêtements plus légers, jupe et corsage de coton blanc empruntés à la garde-robe de ma mère.

J'aurais dû y réfléchir à deux fois, mais je me réjouissais d'une journée sans les enfants où je pourrais jouer les guides. Je trouvais Élise fascinante et ne pouvais encore imaginer à quel point elle pouvait être perfide. J'adorais son bavardage à propos de Paris. Elle me racontait les nouvelles modes, les magasins de thé et les salons qu'elle et ses amies fréquentaient, les parcs où tournaient des manèges. Elle me parlait des feuilles qui roussissaient en octobre, faisant miroiter toute la ville du doux éclat de l'or, et de la neige l'hiver où elle et ses frères avaient bâti des forts de glace. Je sentais une sorte d'enchantement s'emparer de moi et je me demandais si c'était ce qui était arrivé à Aaron. Une porte ouverte vers une autre vie.

En échange de ces récits, je lui montrerais nos merveilles, si petites fussent-elles. Nous nous rendîmes dans un café sur le port où nous prîmes une boisson d'eau additionnée de citron vert corsée d'un trait de rhum. Puis nous allâmes au marché aux poissons où Élise put s'extasier devant les piles de poissons, si frais que leurs ouïes roses palpitaient. Il y avait un poisson que nous appelions balaou, très prisé par chez nous, et il s'en alignait des dizaines offerts à la vente. Tout au long de la plage, dans les vagues, étaient disposées des nasses de bois, de jonc et de fil de fer construites par les hommes : les poissons pouvaient y entrer mais point en sortir et nous avons pataugé dans l'eau pour aller voir tourbillonner les poissons prisonniers de ces dispositifs.

J'ai emmené Élise à la maison Petit et nous avons déjeuné avec les enfants qui se sont tous montrés extrêmement bien élevés. Élise a été particulièrement charmée par les filles : Hannah, toujours si jolie et polie, et les plus jeunes, Delphine et Emma. Elles aussi étaient sous son charme. Elles se disputèrent pour savoir qui serait assise à côté d'elle et s'extasièrent de la voir manger une banane à l'aide d'une fourchette et d'un couteau.

« Comme tu as de la chance, me confia Élise lorsque Rosalie emmena les enfants à l'intérieur pour la sieste. Ces enfants sont des trésors. »

J'ai présenté Élise à Jean-François, notre animal de compagnie, et passée sa première frayeur, elle s'est calmée et lui a donné un peu d'avoine au creux de sa main. Elle m'a raconté un peu plus de sa vie à Paris avec Aaron, la maison qu'ils avaient à Passy sur la rive droite de la Seine, que son père avait achetée pour elle, le jardin planté de tilleuls, le petit parc où elle allait profiter des après-midi ensoleillés. Je ressentais une pointe de culpabilité en pensant à Jestine et à sa douleur quand elle verrait Élise. Je savais que mon cousin l'avait abandonnée, mais j'étais au cœur d'une histoire parisienne dont je ne pouvais tout simplement me lasser.

L'après-midi, j'ai emmené Élise dans les collines à la recherche d'ânes sauvages. Elle me parlait des chèvres qui broutaient les pelouses des Tuileries quand nous avons aperçu quelques-uns des baudets du pays. Elle s'est cramponnée à moi lorsque l'un d'eux s'est approché, puis a ri en voyant l'âne s'enfuir, plus effrayé par nous que nous ne l'étions par lui.

« Tu vois, lui ai-je dit. Pas de lions.

— Je me sens tellement libre ici. » Élise avait retiré ses bottines et arquait ses jolis pieds blancs et nus dans les hautes herbes. « Ma famille me traite toujours comme un bébé et mon mari aussi. Je veux faire quelque chose dont jamais Aaron ne m'imaginerait capable. » La fin du jour était proche et le ciel devenait violet au-dessus de nous. « Quelque chose de téméraire. »

Je lui ai demandé si elle s'était déjà baignée dans l'océan et elle a ri en disant :

« Voilà ! Je serai une sirène ! Ce sera un choc pour lui. »

Nous sommes descendues sur la plage dans la lumière déclinante. C'était une crique reculée, entourée de verdure, celle-là même où les tortues venaient. Le sentier traversait les tamariniers. L'air était soyeux et l'eau bleu clair. Nous nous sommes dévêtues sans perdre de temps. Je me sentais heureuse d'être redevenue une fille sauvage l'espace d'un après-midi. Alors que nous riions en cachant nos souliers au creux d'un tronc, j'ai oublié avec qui je me trouvais : la femme qui en était venue à posséder tout ce que ma meilleure amie désirait. Ou peut-être me disais-je que je ne pouvais reprocher à Élise la façon dont mon cousin avait blessé Jestine.

Ayant suspendu nos robes à un arbre, nous sommes entrées dans l'eau en jupon.

« C'est de la folie ! », s'exclama Élise, un grand sourire aux lèvres, en s'avançant en eau plus profonde. Un crabe bleu cavala sur le fond sablonneux et elle poussa un cri avant de se ressaisir et de rire puis de plonger où l'eau était plus profonde et plus bleue. « En fait, c'est le paradis ! », me cria-t-elle.

L'eau était si calme ici. Des poissons de roche voguaient en dessous de nous et nous nous sommes essayées, sans succès, à les attraper à mains nues. Le soir avait beau être parfait, j'étais habitée par un tenace sentiment de crainte. Il me semblait apercevoir une femme au large, si loin du rivage qu'il semblait impossible pour un humain d'y survivre.

« Que faisons-nous si quelqu'un arrive sur la plage ? a demandé Élise lorsque nous sommes sorties de l'eau en courant, ruisselantes, nos sous-vêtements collés à la peau.

Nous aurions tout aussi bien pu être nues.

« Personne ne vient jamais ici, lui ai-je assuré. C'est une plage secrète. »

Mais j'entendais quelque chose. Et quand j'ai levé les yeux, j'ai aperçu une silhouette par-delà les arbres, où les ombres étaient vert foncé. J'ai reconnu son ombre quand elle a fui ; mais je la connaissais mieux que personne.

Dès que nous sommes arrivées chez ma mère, nous avons entendu les éclats de voix de mon cousin. Il parlait avec une telle fureur qu'Élise et moi n'avons pas osé aller plus loin. Nous nous sommes arrêtées dans le corridor. Mon mari était dans le parloir avec Aaron. Son expression était sombre alors qu'il tentait de le calmer.

« Ce n'est pas moi qui ai rédigé les dispositions du testament mais votre oncle.

— Comment pourrais-je être sûr que vous ne l'avez pas rédigé vous-même et que vous ne l'avez pas forcé à signer ? C'était un vieil homme.

— Vous êtes un pupille quoiqu'on vous dise cousin. Sans relation par le sang. »

Mon père avait laissé une donation à la synagogue et une à l'église luthérienne, comme le voulait la coutume. Il était attendu qu'il laissât la responsabilité de l'entreprise à mon mari. Diviser la compagnie reviendrait à l'affaiblir, et mon père avait souhaité conserver ensemble tous les biens de la famille. Aaron recevrait un chèque mensuel mais n'aurait pas son mot à dire sur la conduite des affaires. Après tout, il s'était révélé un piètre homme d'affaires en France et avait fait perdre de l'argent à notre compagnie. Nos parents français l'avaient relevé de ses fonctions et il travaillait maintenant pour le père de sa femme, propriétaire d'un magasin prestigieux à Paris. Néanmoins, il était manifestement rentré au pays avec des attentes. Je me suis demandé s'il avait pensé hériter de tout et rester ici, et reprendre le cours de sa vie en ayant peut-être deux familles, comme tant d'hommes le faisaient. Celle qu'il emmenait à la synagogue et celle qu'il allait voir le dimanche alors que le crépuscule gagnait le ciel et qu'il ne risquait point d'être vu longeant les ruelles en bordure des quais.

Nous avons laissé les hommes s'expliquer et sommes allées prendre le thé avec ma mère.

« Ne vous inquiétez pas, ils vont finir par s'entendre, a dit ma mère à l'épouse d'Aaron. Les hommes aiment la confrontation. »

Élise avait attrapé un coup de soleil durant notre excursion sur la plage ; son visage était empourpré et brûlant et elle s'excusa rapidement, disant qu'elle n'avait jamais été aussi fatiguée de sa vie. Dès qu'Élise fut partie s'allonger, ma mère me saisit par le bras et chuchota :

« Elle est venue ici. Sans y avoir été conviée. »

Il me fallut un moment pour comprendre de qui elle parlait. Jestine.

J'ai traversé la cour pour aller chez M. Enrique. Il était assis dehors, encore vêtu du costume noir qu'il portait au magasin.

« Est-ce qu'elle est ici ?

— Je ne me mêle pas de ces choses. »

Il a détourné le regard et j'ai compris que la réponse était oui.

Je suis entré et Jestine et Lydie étaient là, assises dans l'obscurité. Les volets étaient clos et seules pénétraient au travers, en fines raies de lumière jaune, les dernières lueurs du jour. Jestine avait mis sa meilleure robe. Elle portait des bottines lacées et sa chevelure était nattée et relevée. Lydie se tenait auprès d'elle, silencieuse, les mains croisées sur ses genoux. Lorsqu'elle me regarda, je vis qu'elle était alarmée. Jestine, en contrepartie, était furieuse.

« Tu n'as pas cru bon de venir me dire qu'il était marié ?

— J'allais le faire », lui ai-je dit.

Mais je n'avais pas osé lui faire face.

« Je suppose que tu étais trop occupée. Eh bien, rassure-toi, je l'ai découvert toute seule. Ne crois-tu pas que Lydie devrait le rencontrer ? Une fille devrait voir son père au moins une fois dans sa vie. »

J'ai demandé à Lydie d'aller attendre dehors avec M. Enrique pendant que nous parlions. Une fois la fillette sortie, j'ai dit :

« Tu es venu ici pour voir sa femme. Cela ne contribuera pas à ton bonheur.

— Si tu crois qu'elle m'intéresse, a prétendu Jestine et elle a fait une grimace. Lydie est sa fille, il devrait la connaître.

— Elle t'intéresse assez pour que tu nous aies espionnées.

— Parce que tu ne m'avais même pas dit qu'il était arrivé. On dirait que tu as plus d'amitié pour elle que pour moi ! » La voix de Jestine s'est brisée. « Est-elle ta sœur à présent ?

— Elle n'est rien pour moi. » C'était la vérité. Élise avait représenté un amusement, rien de plus. Et je soupçonnais qu'il en allait de même pour Aaron. « Et elle devrait n'être rien pour toi.

— Je l'ai vue tomber sur la route quand elle a débarqué du navire, et tu l'as aidée.

— Elle avait besoin d'un bain froid, avec son propre savon de Paris.

— Ça n'a point arrangé sa laideur.»

Cela nous a fait rire. Élise n'était point laide, mais elle n'avait certainement pas la beauté de Jestine.

«Je suis venue lui montrer sa fille et c'est ce que j'ai toujours l'intention de faire. Il dit qu'il veut la voir.

— Tu as parlé avec Aaron?»

Jestine m'a foudroyé du regard.

«Qu'est-ce que tu crois?»

Je l'ai suppliée de se raviser, mais elle ne m'a pas écoutée. Peut-être aurais-je dû la prévenir qu'Élise n'était point aussi faible qu'elle le paraissait.

Jestine a conduit Lydie dans notre cour. Tous les oiseaux jaunes qui raffolaient des fruits sucrés de notre jardin, à tel point qu'on les appelait parfois des sucriers, se turent à son approche. Il y avait une ombre à la fenêtre de l'étage.

J'ai suivi Jestine afin de me tenir à ses côtés. Je m'étais trompée et j'avais agi inconsidérément en sympathisant avec Élise. Mon cousin était parti depuis plus de cinq ans.

«Il ne viendra pas, l'ai-je prévenue.

— Il viendra.»

Jestine tenait fermement la main de sa fille. Lydie, confuse, adressait des regards à sa mère. Nous avions le soleil déclinant dans les yeux mais Jestine refusait de chercher l'ombre.

«Combien de temps comptes-tu rester debout là? lui ai-je demandé. Ne le vois-tu pas tel qu'il est à présent?

— Veux-tu que Lydie ait à se chercher elle-même dans le visage de tous les hommes? Je dois m'occuper de cela maintenant avant qu'un océan ne nous sépare et qu'elle n'en ait plus jamais l'occasion.»

C'était ma mère, à la fenêtre. Elle a regardé en contrebas en entendant Jestine, avant de fermer promptement les volets.

«Vous m'enfermez dehors?» s'écria Jestine.

J'ai posé une main sur son bras pour la faire taire.

«Ce n'est pas ainsi que tu obtiendras ce que tu souhaites.

— Je veux qu'il me voie.» Jestine se tourna de nouveau pour crier en direction de la maison, à ma mère, et à Aaron également: «J'attends que tu te montres. Tu sais qu'elle est ta fille.»

Assurément, Aaron l'entendit élever la voix, mais au lieu de venir se confronter à elle, mon cousin joua les pleutres et envoya son épouse à sa place. Je soupçonne qu'il redoutait de rencontrer Jestine et qu'il avait encore plus peur de ses propres émotions. Élise est sortie, dans sa robe de soie rose. Lorsqu'elle s'est approchée, Jestine était trop médusée pour rien dire.

« Il vous demande de bien vouloir partir, dit Élise.

— Et si je ne le veux point ? répondit Jestine. Que ferez-vous alors ?

— Cela n'arrivera pas, donc nous n'en parlerons pas. »

Les yeux d'Élise se posèrent sur Lydie qui tenait toujours la main de sa mère. Jestine en retour la foudroya du regard, férocement protectrice envers sa fille. Lydie portait sa robe bleue aux smocks magnifiquement brodés. Elle regardait bouche bée la femme venue de France, qui avait manifestement le dessus.

« C'est elle, la fillette ? » Élise avait entièrement reporté son attention sur Lydie. « Quelle jolie robe tu as.

— Vous savez qui elle est. » Jestine avait relevé le menton. « Et il le sait aussi. »

La voix de Jestine était forte mais j'ai remarqué que ses mains tremblaient. Pour une fois, j'étais contente de n'avoir jamais été amoureuse.

« C'est Lydie, ai-je dit à Élise.

— Puis-je ? »

Élise était visiblement fascinée par l'enfant. Muette de surprise, Jestine ne la retint pas de questionner Lydie sur son éducation à l'école morave.

« Je vais apprendre quatre langues, lui dit la fillette. Je parle déjà le danois et je vais bientôt étudier l'allemand, l'anglais et l'espagnol.

— Et que fais-tu du français ? » Élise souriait avec une chaleur que je ne lui avais jamais vue auparavant. « L'étudies-tu aussi ?

— Je suis en train de vous parler en français, Madame. »

Élise rit de bon cœur, ravie. C'est à ce moment-là que j'ai senti un frisson me parcourir.

Élise s'est tournée vers Jestine, avec fraîcheur, mais sans plus d'animosité.

« Je vais voir ce que je peux faire. Laissez-moi parler à mon mari. »

Et elle est retournée à l'intérieur.

Jestine paraissait ébranlée.

« Pour qui se prend-elle à me dire “mon mari” ?

— C'est ce qu'il est pour elle. »

Je pense que Jestine n'avait pas véritablement réalisé qu'Aaron avait désormais une autre vie, bien différente de celle qu'ils avaient partagée autrefois.

Nous avons quitté le jardin et sommes allées chez moi. Depuis qu'Aaron et Élise étaient arrivés, j'avais été si absorbée par eux que je n'avais presque pas mis les pieds à mon domicile. Mes enfants se sont précipités pour m'étreindre avant de courir jouer avec Lydie. Rosalie est sortie sous la véranda et m'a lancé un regard.

« Habitez-vous toujours ici ou êtes-vous retournée vivre chez votre mère ?

— J'essayais de me montrer polie avec nos invités, lui ai-je répondu.

— N'essayez plus. Restez chez vous. »

Jestine est restée silencieuse pendant cet échange, mais lorsque Rosalie est partie surveiller les enfants, elle s'est tournée vers moi.

« Tu as raison, j'ai été sotte d'aller là-bas. » Elle a pris ma main. Elle craignait que les gentillesses d'Élise n'aient été qu'une façade. « Ne les laisse pas s'en prendre à moi.

— Ils ne s'en prendront pas à toi, lui ai-je assuré. Ils ne peuvent *rien* te faire. »

Je le croyais sincèrement à ce moment-là.

Nous avions des rainettes vertes dans le jardin et les enfants essayaient de les attraper avec une épuisette. Nous les entendions pousser des cris de joie puis se rassembler pour examiner leur prise. C'était un soir quasi-parfait mais, auprès de moi, ma meilleure amie pleurait.

Lorsque j'ai vu mon époux plus tard dans la soirée, il m'a dit qu'Aaron était si furieux que mon père ne lui ait rien laissé de sa succession qu'il avait déjà pris ses dispositions pour rentrer à Paris. Le magasin avait été le théâtre de menaces et d'arguties humiliantes. L'insolence de mon cousin n'avait point connu de bornes. Il proclamait qu'il allait intenter une action en justice. Je me suis inquiétée pour la sécurité de mon époux.

« Tu n'as aucune inquiétude à avoir, m'assura Isaac. Il a compris qu'il valait mieux pour lui qu'il s'en aille. » Mon époux était clairement soulagé qu'Aaron s'apprête à repartir. « Ton père a fait un choix judicieux. Nous nous porterons tous mieux quand nous serons débarrassés de lui. »

Mais nous n'en fûmes pas débarrassés assez vite pour que je ne le voie point marcher sur la route en direction du port. C'était le crépuscule, l'heure où l'on pouvait agir à sa guise sous le couvert de la nuit tombante. Mais le ciel était encore clair à l'est et j'ai su où il se rendait. Il allait tous les soirs attendre devant la maison sur pilotis et rien ne pouvait le déloger. Après tout, il avait fait le tour de la moitié du monde pour retrouver, ici sur notre île, ce qu'il désirait.

Les servantes de la maison de ma mère m'apprirent que mon cousin repartait dans quelques jours à peine. Cette fois-ci, il n'y aurait pas de sachet de lavande, aucune raison de l'inciter à revenir. J'étais allée au magasin consulter les grands livres que mon père m'avait appris à lire. J'y avais découvert ce que je soupçonnais : Aaron avait été payé très généreusement pour renoncer sans discussion à tout droit sur notre affaire. Je m'étais tenue à l'écart de la maison de ma mère après la scène dans le jardin, peu désireuse de voir Aaron ou sa femme. Mais l'après-midi avant leur départ, Élise se présenta chez moi. J'étais sous la véranda, occupée à ravauder les vêtements de mes enfants. Après une journée de jeux, robes et pantalons étaient toujours déchirés. J'aimais coudre, pour ma propre détente, cela m'éclaircissait les idées. La dernière chose que j'attendais était d'avoir de la visite.

Élise portait l'une de ses splendides robes. Ses cheveux étaient soigneusement tressés.

« Tu ne nous aimes plus ? me demanda-t-elle d'un ton plein de morgue. Tu as disparu. »

Je l'ai observée et j'ai vu une femme complètement différente de la jeune fille qui avait débarqué du bateau. Elle tenait une ombrelle pour se protéger du soleil mais paraissait d'une froideur d'acier. Elle s'adressait à moi comme si j'étais une servante plutôt qu'une parente, même éloignée. Lorsque quelques poules vinrent picorer à ses pieds, Élise fit voler d'un coup de pied la poussière pour les chasser. Je suppose qu'à Paris, elle faisait tout ce que bon lui semblait et obtenait tout ce qu'elle voulait.

«Il a dit que nous pouvions l'emmener», m'apprit-elle.

J'étais troublée. Aaron avait-il l'intention de vivre non seulement avec sa femme à Paris mais d'y avoir Jestine aussi? C'était le cas de beaucoup d'hommes ici, ce devait sûrement être la même chose à Paris. Mais l'on ne parlait point de ces choses-là et jamais une épouse n'aurait annoncé qu'elle était au courant de cette sorte d'arrangement, même si elle l'approuvait tacitement. Pourquoi diable Aaron aurait-il informé Élise de son projet et pourquoi devrait-elle être celle qui me l'annonçait?

«Et cela te convient? Tu es d'accord pour emmener Jestine à Paris?

— Jestine? s'exclama Élise en riant. C'est la petite fille que je veux. Elle me ressemble assez pour que les gens pensent que je suis sa mère. Avec tout cet or dans ses cheveux.»

J'en suis restée sans voix bien qu'elle ne parût point le remarquer. Elle a poursuivi, m'annonçant qu'ils avaient décidé d'emmener Lydie et de l'élever comme leur fille. L'enfant était assez jeune, elle oublierait rapidement Jestine et cette île et la maison si proche de la mer qu'elle pouvait entendre les marées monter et descendre dans son sommeil.

J'ai écouté Élise décrire ses projets avec force détails, le lycée pour jeunes filles que Lydie fréquenterait, les dizaines de robes qu'elle lui achèterait, sa chambre qui serait plus vaste que la maison qu'elle habitait aujourd'hui. Il y aurait des chevaux, car les parents d'Élise avaient une maison de campagne, et des chiens de chasse, et des dîners les vendredis soir en compagnie de la famille d'Élise.

J'écoutais, bouche bée, incrédule et silencieuse, jusqu'au moment où elle m'annonça que le nom de Lydie serait changé pour devenir Lydia Cassin Rodrigues. Cassin était le nom de famille d'Élise et son père serait ravi que son nom se perpétue. Entendant cela, je finis par retrouver ma voix.

«Excuse-moi, mais tu sais de qui elle est la fille?

— D'un homme qui a commis une erreur de jeunesse mais qui n'en a pas moins des droits. »

Je comprenais à présent : Élise entendait réécrire l'histoire de Lydie à sa guise.

« Il est le père, et je serai la mère.

— Tu n'as qu'à avoir tes propres enfants, ai-je répliqué vertement.

— Je ne le peux pas. »

Élise savait ce qu'elle voulait et elle n'allait pas laisser quelques-unes de mes paroles la blesser ou modifier ses tactiques.

« Soumets notre proposition à ton amie. Informe-la de mes projets. Elle finira par comprendre qu'il vaut bien mieux pour sa fille qu'elle vienne vivre avec nous à Paris. »

Je suis allée trouver Aaron mais il m'a crié qu'il ne voulait pas me voir. Comme je refusais de renoncer, il a surgi en fureur dans le corridor. Il avait bu et n'était pas dans son état normal.

« Sais-tu ce que ta femme est en train de faire ? lui ai-je demandé.

— Offrir à ma fille une vie meilleure ?

— Meilleure que quoi ? Que vivre avec sa propre mère ?

— Rachel, tu n'as jamais compris à quoi ressemble le monde, me dit-il. Tu as toujours pensé que je pouvais faire ce que bon me semblait mais ça n'a jamais été vrai.

— Parce que tu n'as aucun courage », ai-je répliqué.

C'est là que mon cousin m'a giflée. Ce fut un choc pour moi, et pour lui aussi.

« Je ne voulais pas le faire, m'a-t-il dit. Tu sais que je ne le voulais pas. »

Je me suis détournée et enfuie en courant. Il ne servait à rien de parler avec lui. Nous lui avions jeté un sort pour qu'il revienne, sans nous douter des conséquences que cet enchantement aurait. C'était un homme détruit, il pleurait dans l'entrée de la maison de ma mère, et le plus triste pour moi était de voir clairement qu'il aimait Jestine et qu'il ne lèverait pas le petit doigt pour cela.

Je suis descendue à la maison sur pilotis, le cœur battant la chamade. Je pensais à ce que Rosalie m'avait dit, comment il pouvait être dangereux d'aimer quelqu'un trop fort et comment elle-même avait été punie pour son orgueil. En arrivant sur le port, j'ai remarqué qu'il manquait des bardeaux à la maisonnette qui n'avait pas été repeinte depuis plusieurs années. Depuis la mort d'Adelle, un état de délabrement s'était installé. C'était également vrai de ma maison d'enfance, qui n'était plus la même depuis la mort de mon père.

Jestine m'attendait sur les marches. J'ai vu à sa mine qu'elle n'avait pas dormi. Elle attendait un message de mon cousin, mais un message entièrement différent. Elle voulait l'entendre reconnaître qu'il s'était trompé d'épouse et qu'il revenait vers elle. Cela me rappela la lavande qu'Adelle avait placée dans ses bagages pour le ramener à Jestine. Je regrettais d'avoir récupéré le sachet et de l'y avoir à nouveau dissimulé après qu'Aaron s'en était débarrassé. J'aurais préféré qu'il ne revînt jamais.

J'ai révélé à Jestine ce qu'Élise avait proposé. Jestine n'a rien dit mais elle s'est figée.

« Ils vont me la voler », a-t-elle dit.

Jestine était une femme libre mais ses droits étaient limités. Elle avait publiquement déclaré qu'Aaron était le père de son enfant. Tout le monde dans notre maisonnée le lui avait entendu dire, y compris ma mère, laquelle n'hésiterait pas à lui nuire si l'occasion lui en était donnée.

Lydie était à l'intérieur, occupée à apprendre ses leçons. Jestine, en larmes, demeura assise là.

« Je n'ai aucun moyen de les combattre. Vous autres obtenez toujours ce que vous voulez. »

J'en fus piquée au vif, même si je savais que ce qu'elle disait était vrai. Les gens de ma confession avaient moins de droits que les Européens mais, comparés à Jestine et Adelle, nous étions membres de l'ordre établi.

« Il est venu me trouver toutes les nuits depuis qu'il est ici, m'a confié Jestine. Je suis assez bonne pour ça mais pas assez bonne pour être la mère de ma propre fille. »

Peut-être qu'Élise s'en était doutée et que sa décision faisait partie de sa revanche.

Jestine est retournée à l'intérieur sans rien rajouter. J'ai risqué un œil par la fenêtre et je l'ai vue rassembler quelques affaires dans un panier puis saisir Lydie par la main. Lorsqu'elles sont ressorties, elles ont descendu les marches quatre à quatre.

« Il ne nous retrouvera jamais maintenant. »

Lydie s'est retournée pour me lancer un regard effrayé tandis que sa mère la pressait d'avancer. J'ai commencé à les suivre, mais Jestine s'est retournée pour me lancer sèchement :

« Ne t'avise pas de nous suivre ! Tu as traité cette sorcière comme si elle était ta sœur. Regarde ce qui est arrivé maintenant ! Tu es bien comme eux. »

Je suis restée seule sur la route, à regarder Jestine emmener sa fille dans les montagnes où les acajous étaient vieux de plusieurs centaines d'années. Leur écorce servait à faire le médicament le plus puissant de l'île. Une fois, quand j'étais tombée malade petite fille, Adelle m'avait apporté une infusion de cette écorce. Je n'avais plus qu'un souvenir brumeux de cet épisode. Ma peau était si brûlante que j'avais l'impression qu'on avait allumé un feu dans mon lit. J'éprouvais la brûlure de ce feu maintenant et j'ai senti mon cœur sombrer. Je craignais qu'il n'y eût aucun moyen de protéger Jestine de l'épouse de mon cousin.

Au matin, nos visiteurs se tenaient debout dans notre cour pendant qu'on descendait leurs malles. Ils attendaient, en échangeant des regards.

« Jestine ne vous amènera pas Lydie, si c'est là ce que vous imaginez, leur ai-je dit.

— Je ne pense pas que nous nous reverrons un jour », me dit Élise en m'embrassant pour me dire au revoir.

Mon cousin paraissait triste et étrangement résolu. Il se pencha vers moi pour me murmurer :

« Nous avons fait l'erreur de croire que nous pourrions avoir ce que nous désirions.

— Son erreur à elle, ça a été toi. »

Jamais elle n'aurait dû lui faire confiance ni penser qu'il l'épouserait. Elle n'aurait pas dû mettre les pieds dans notre cour.

Je les ai regardés quitter notre jardin. Ma mère était si désolée qu'elle s'était recluse dans sa chambre. En dépit des échecs de mon cousin, elle continuait à avoir un profond attachement pour lui. Je pense qu'elle aurait été heureuse s'il avait choisi de rester.

Elle aurait même pu le soutenir. Mais évidemment, Élise avait davantage à offrir.

Lorsqu'ils furent dans la rue, j'ai entendu retentir la voix éclatante d'Élise et cela m'a étonnée. Je ne comprenais pas qu'elle fût si gaie alors qu'elle n'avait pas obtenu ce qu'elle désirait. J'ai entendu un éclat de son rire et elle a prononcé le nom de Lydia d'un ton affectueux avant de poursuivre en racontant qu'elle avait écrit à ses domestiques, chez elle, afin que la chambre de la fillette soit apprêtée. Soudain, j'ai compris qu'elle n'avait pas perdu. J'ai couru après eux jusqu'au port. Là, debout sur le quai, le soleil et les larmes m'ont aveuglée. J'apercevais le canot à rames empli de passagers dans lequel Aaron et Élise embarquaient, et dans lequel une petite fille attendait.

Mon cousin avait engagé des hommes du pays pour rechercher Jestine. Ils l'avaient retrouvée et tenue captive jusqu'à ce qu'ils aient emmené Lydie au loin. On avait dit à l'enfant qu'elle partait pour un court voyage en France, que sa mère avait approuvé. Alors, pourquoi sa mère avait-elle sangloté quand ils étaient venus les trouver dans les montagnes, et pourquoi avait-elle refusé de lâcher sa fille avant d'être repoussée par les hommes qui lui avaient laissé des marques bleues sur les bras ? avait demandé Lydie, mais ces questions étaient restées sans réponse. Les hommes engagés pour ramener l'enfant au port étaient des marins qui se moquaient bien des gens de notre île.

Jestine aurait pu demeurer introuvable, mais je connaissais les lieux secrets dans les collines. J'ai couru jusqu'à ce que j'entende pleurer une femme. C'était là-haut, près des grottes et des jardins des femmes des pirates, où les femmes perdues montaient souvent terminer leur vie lorsqu'il ne leur restait plus rien. Les marins qui avaient volé Lydie avaient laissé Jestine attachée à un jacaranda. Il y avait une dizaine de pélicans au-dessus d'elle, chacun perché sur une plus haute branche. Certains pensent que lorsqu'un pélican pleure, ses larmes sont rouges comme le sang ; ils disent que les pélicans arrachent des plumes sanglantes à leur poitrine afin de faire un nid à leurs petits malgré la souffrance que cela leur inflige.

Tandis que je la détachais, Jestine m'a hurlé :

« Tu les as laissés me la prendre !

— Non», lui ai-je dit, mais elle ne m'écoutait pas et je me suis cassé tous les ongles parce qu'elle se débattait.

«Fais vite! Je dois les rattraper.»

Je savais que le canot était parti, et que les passagers étaient montés à bord du navire, mais je me suis écartée après l'avoir libérée et je l'ai regardée dévaler la colline. J'ignorais que quelqu'un pût courir aussi vite, disparaître en un instant de votre champ de vision comme le font les spectres. On m'a raconté que tout le monde avait déserté le quai à son arrivée. Que les gens pouvaient l'entendre crier à des kilomètres.

Personne n'a revu Jestine pendant des semaines après ça. Elle refusait d'ouvrir sa porte, à moi ou à quiconque. Je lui laissais des paniers de nourriture mais elle n'y touchait pas. Je restais assise sur ses marches jusqu'au soir mais elle refusait de sortir. Mon mari fit tout ce qu'il put. Il écrivit à sa famille en France afin d'expliquer la situation. Il engagea un avocat mais au final, il n'y avait pas grand-chose qu'il fût possible de faire. Les lois accordaient à Aaron Rodrigues des droits sur sa propre fille, surtout dès lors qu'elle se trouvait sur le territoire français. Mon époux trouva un second avocat, un qui ne répugnait point à payer des gens pour contourner la loi; l'homme prit la forte somme qu'envoya Isaac mais ne put rien faire, en dépit de ses relations, pour défaire ce qui avait été fait. Je rêvais souvent de Lydie sur ce bateau, en route pour Paris. Dans mes rêves, elle regardait en direction de l'île. Un pélican la suivait jusqu'à ce qu'elle se trouve au milieu de l'Atlantique, un lieu trop froid et trop lointain à atteindre, même pour ceux qui l'aimaient le plus.

Élise m'a écrit une seule lettre, des mois après son retour à Paris. C'était déjà l'été. Nous n'avions reçu aucune nouvelle ni de mon cousin ni de Lydie, ce fut donc un choc pour moi de trouver l'enveloppe posée sur ma table. Élise avait une très belle écriture, et l'encre qu'elle utilisait était d'une nuance de bleu si foncé qu'il en paraissait violet. Je pensais lire la missive. Le coupe-papier à la main, j'ai hésité. Mais à la fin, j'ai pressenti que le message ne m'était pas destiné. J'ai apporté la lettre à Jestine. Elle m'avait évitée tout ce temps-là et ma solitude ressemblait à une pierre dans ma chaussure. Quand j'ai frappé à sa porte, Jestine n'a pas paru contente de me voir mais elle m'a laissée entrer. Je savais qu'elle me reprochait ce qui était arrivé car j'avais sympathisé avec la sorcière venue de Paris. Ce fait-là était vrai et je le regrettais tous les jours. La maison m'a parue vide quand je suis entrée. Les volets aux fenêtres étaient fermés bien que ce fût une belle journée. La mer était verte.

« Qu'est-ce que c'est ? m'a-t-elle demandé quand je lui ai tendu la lettre.

— Ça vient de Paris. » L'enveloppe était brûlante dans ma main, comme si elle était animée de souffle et de vie. « Préfères-tu que je la brûle ? »

Jestine m'a fait signe de lui remettre la lettre. Puis elle est allée dans sa chambre.

Je ne saurais jamais si elle a lu ou non ce qu'avait écrit Élise. Peut-être a-t-elle maudit la rédactrice de la missive, peut-être a-t-elle rendu grâce pour les nouvelles, si infimes soient-elles, reçues de sa fille. Lorsqu'elle est revenue, la lettre était pliée en deux. Nous l'avons brûlée dans un bol utilisé naguère par Adelle pour préparer des élixirs, y compris celui qui m'avait sauvé la vie. Les étincelles se sont envolées vers le ciel. En même temps, j'ai fait un vœu et celui-là s'est réalisé. À partir de là, Jestine m'a ouvert sa porte chaque fois que je suis venue la voir. Un jour, je l'ai trouvée assise dans mon jardin et j'ai su qu'elle m'avait pardonnée d'avoir Aaron pour cousin, avec sa sorcière de France pour épouse, même si rien ne fut plus jamais pareil entre nous.

Chapitre quatre

Si tu t'en vas

CHARLOTTE AMALIE, SAINT-THOMAS
1824
RACHEL POMIÉ PETIT

Quand j'ai pensé aux derniers instants de la vie de mon mari, le soudain élancement de douleur qu'il a dû éprouver dans le cœur, la vitesse à laquelle il s'est effondré sur son bureau par cette chaude après-midi, avec le soleil jaune citron tombant sur ses épaules, je me suis demandé si c'était moi qu'il avait appelée ou bien s'il avait appelé Esther, sa première femme bien-aimée. J'espérais qu'elle s'était trouvée là, debout à l'attendre, les bras tendus pour le recevoir, et que l'esprit d'Isaac s'était envolé de son corps avec joie. Le soir de sa mort, je suis rentrée de son bureau jusque chez moi avec ses lunettes et sa montre. Je me suis couchée dans notre lit et j'ai attendu que l'esprit de la première Madame Petit vienne s'étendre près de moi afin de s'affliger avec moi, mais elle avait disparu. Elle n'avait été là que pour une seule raison : veiller sur son mari. Maintenant il lui appartenait dans le monde au-delà du nôtre.

La mort d'Isaac fut la troisième, et celle qui changea ma vie plus que tout autre. Il n'avait que cinquante ans et sa disparition fut une surprise totale. J'avais à peine vingt-neuf ans, trop jeune pour être veuve. Je suis allée trouver Jestine pour lui demander de me coudre une robe noire car j'aurais à porter le deuil toute l'année suivante. Elle savait que je n'aimais point Isaac mais il était néanmoins mon mari, et le père de mes enfants. Elle comprenait mes craintes. J'étais encore jeune, et responsable de six enfants qui tous avaient connu la perte d'un être cher.

Le jour de l'enterrement de mon mari fut étouffant, le genre de temps à faire s'évanouir les gens. Tout se passa dans le flou pour moi et je fus soulagée lorsque ce fut terminé. Enfin, le crépuscule tomba et les enfants furent endormis. David, Samuel, Hannah, Joseph, Emma, et la plus jeune, toujours désignée par son nom français, Delphine. Rosalie somnolait sur une chaise dans la nursery. Je ne lui avais pas encore dit que nous devrions partir le lendemain. Nous ne pouvions plus entretenir cette grande maison qui serait finalement vendue. Au cours des mois récents, l'affaire familiale avait périclité et il n'était pas impossible que nous dussions fermer le magasin, notre ultime véritable bien. Je redoutais la réaction de Rosalie. Elle avait vécu à cette adresse beaucoup plus longtemps que moi et travaillait déjà pour Isaac lorsque la première Madame Petit était arrivée de France, amollie par la chaleur, son visage piqueté de taches de rousseur empourpré de fatigue, ses bagages si lourds que quatre hommes avaient dû porter ses malles depuis le quai. Les robes de Madame venues de France étaient encore dans l'armoire. Même si cela me faisait mal au cœur de le faire, je comptais les vendre avec le contenu de la maison.

Le tout dernier soir que je passerais jamais dans la maison de mon mari, j'ai ressenti une lutte intérieure. J'étais libre, sans mari, mais j'étais également piégée. C'était le moment où je m'étais toujours imaginé que je pourrais commencer une autre vie ; désormais, je n'en étais plus aussi sûre. Les volets verts des fenêtres étaient ouverts et la brise se répandait à travers la maison. Les frais corridors dallés de pierre étaient vides, car le mobilier en acajou que Rosalie cirait tous les quinze jours serait prochainement vendu aux enchères et avait déjà été emporté par une voiture à cheval. Adelle m'avait prévenue avant mon mariage que la famille Petit ne connaîtrait que la tragédie, mais elle ne m'avait pas révélé à quel point j'aimerais mes enfants, tout autant ceux que j'avais mis au monde que ceux dont j'avais hérité, ni comment cet amour m'emprisonnerait. Dans la lumière déclinante, la chaleur était encore si étouffante que des étincelles montaient des poches d'obscurité. Comme je traversais la cour, je remarquai que des perroquets venaient s'abreuver à la fontaine de pierre. Bien que ce fût un signe de bon augure que d'en voir dans son jardin, ce jardin ne serait bientôt plus le mien. À l'enterrement, les gens avaient tenu des mouchoirs mouillés sur leur front brûlant. J'avais eu le sentiment que j'étais en train de rêver, que dans ma vraie vie je me trouvais à Paris dans mon lit, sous de frais draps de fil repassés à l'eau de lavande, l'averse pleuvant sur le toit d'ardoise pendant que je dormais. Assurément, c'était seulement en rêve que j'étais une veuve avec trop d'enfants, et que je ne versais pas une seule larme alors que les autres pleuraient autour de moi.

Une fois les enfants réconfortés et nourris, je suis retournée au cimetière, seule cette fois, afin de déposer des branches de flamboyant sur la tombe d'Esther. Sa tombe et celle d'Isaac étaient côte à côte. Sur sa stèle, les mots MARI et FEMME avaient été gravés en hébreu et une place avait toujours été gardée auprès d'elle pour lui. Les branches que j'avais apportées n'étaient que du bois, mais celui-ci était odorant. J'ai déambulé par les allées, cherchant des esprits et ne trouvant qu'un air immobile et lourd. En sortant du cimetière, j'ai entendu le fossoyeur dire que les fleurs avaient éclos d'un seul coup comme si elles poussaient sur la colline à la saison où tout vire au rouge. Je me suis retournée et j'ai vu que c'était vrai. C'est ainsi que j'ai su que mon offrande avait été acceptée.

Il est absurde de pleurer sur des choses que l'on ne peut changer. Or, mon dernier soir à la maison Petit, c'est exactement ce que j'ai fait tout en passant une corde au cou de l'âne pour le faire sortir de la grange que mon mari et mes fils avaient bâtie pour lui. Les ânes de l'île étaient peut-être méchants, mais pas celui-ci. Celui-ci me faisait confiance et c'est pour cette raison que j'ai pleuré. On ne pouvait pas me faire confiance. Plus tard, je dirais aux enfants que Jean-François s'était échappé et je jurerais n'avoir pu le retenir. Je leur avais déjà dit cela une fois, le jour où Jean-François était arrivé chez nous, mais l'âne avait choisi de revenir. Cette fois-ci, j'avais l'intention de l'emmener loin dans les montagnes. Il ne pourrait trouver son chemin pour rentrer. Nous n'avions plus les moyens de le nourrir et nous n'aurions plus d'écurie une fois que nous aurions déménagé en ville.

Il y avait des nuées de moustiques à cette heure-là, j'ai donc drapé un châle blanc sur mes épaules. Les fièvres ici étaient mortelles : fièvre jaune, malaria, des maladies auxquelles peu survivaient. J'avais des raisons de vivre, j'en avais même six. Par de telles nuits, je veillais toujours à ce qu'il y ait une moustiquaire au-dessus du lit des enfants. Ils pleureraient demain en se rendant à l'étable, même le plus grand, David, qui était presque un homme. Il était de haute stature, comme son père, et il me tournerait le dos pour que je ne voie point ses larmes, mais Jean-François lui manquerait tout autant qu'aux autres.

Après la mort d'Isaac, j'avais réuni les enfants effrayés pour leur assurer que c'était la volonté de Dieu de libérer les hommes de la souffrance. Leur père n'était plus de ce monde mais il serait toujours auprès d'eux. C'était là la vertu de l'amour, il gardait les êtres proches. Nous avions couvert les miroirs et voilé les fenêtres de noir.

J'avais imaginé devoir me débarrasser de l'âne seule mais quand je suis sortie dans la cour, Jestine m'attendait. Elle m'avait pardonnée mais il y avait entre nous une distance, causée par l'absence de Lydie, que nous n'avions pas connue auparavant. Petites filles, nous avions imaginé que nous étions un seul esprit divisé en deux formes. Désormais, nous nous taisions mutuellement des choses, surtout s'agissant de nos peines. Jamais nous ne prononcions à haute voix le prénom de la fille de Jestine. C'était un mot porteur de trop de chagrin.

L'air était épicé du parfum des lauriers alors que nous marchions côte à côte, menant le pauvre Jean-François par la bride. Des chauves-souris étaient drapées dans les arbres telles des feuilles noires. Petites filles, nous étions toujours venues sur ce versant de montagne faire des projets sur ce que serait notre vie lorsque nous serions femmes. Nous pensions alors que les femmes de notre âge étaient vieillissantes, or par des nuits comme celle-ci je me sentais la même qu'à seize ans.

« Tu aurais dû te débarrasser de lui le premier soir, m'a dit Jestine à propos de Jean-François qui résistait à se faire emmener. Maintenant tu pleures comme si c'était ton bébé.

— Prends-le, toi », lui ai-je suggéré. Nous aimions toujours disputer comme deux sœurs. « Il te suivra aussi bien qu'il me suit. Tu pourrais lui aménager un abri près de ta maison.

— Et le nourrir comment ? Non, non. Je ne peux avoir un animal domestique. Il aurait dû rester sauvage. Tu n'aurais jamais dû le gâter. »

Bientôt, Jestine et moi étions rendues si loin que la lune était invisible. Toutes deux étions perdues dans nos pensées. Nous pensions aux hommes que nous aimions et à ceux que nous n'aimions point. Bien que nous ne parlions pas, nous respirions au même rythme. Nous avons lâché l'âne sur le chemin. Troublé, il est resté où il était. Puis il s'est approché de moi et m'a poussé de ses naseaux. Je n'avais pas versé une larme à l'enterrement de mon mari bien que ce fût un homme honnête et bon, mais là je me suis mise à pleurer ouvertement, à sangloter sans pouvoir m'arrêter. Jestine a mis une claque sur la croupe de l'âne pour le forcer à s'éloigner au trot. Mais il a quand même regardé en arrière. Il ne voulait pas me quitter. Qui le régalerait désormais de pain trempé dans du lait ? Qui brosserait la poussière de sa robe ? Je ne me croyais pas capable d'aimer, or j'étais en larmes. J'étais aussi seule que ce pauvre animal orphelin.

C'est à cet instant que j'ai pensé à toutes ces choses qu'une femme pouvait faire pour échapper à sa vie : elle pouvait marcher dans la mer jusqu'à ne plus voir que du bleu, ne plus entendre que la marée montante. Elle pouvait sauter dans un ravin où les perroquets se cachaient parmi les feuillages. Elle pouvait monter dans un navire sur le port, se couvrir d'une bâche et manger des citrons verts jusqu'à la fin de son voyage. Jestine et moi pouvions partir pour la France. Je pouvais laisser mes enfants jusqu'à ce que j'aie les moyens de les faire venir aussi ; assurément, quand bien même je n'avais que peu d'affinités avec la Coopération Féminine, ils recevraient la bénédiction de notre congrégation. Je pourrais acheter les billets, boucler une valise, aller attendre Jestine devant chez elle. Mais là, sur le sentier obscur, j'ai senti un petit coup au dedans de moi, l'étincelle de la vie. J'avais gardé pour moi ce que je savais être vrai. Un bébé était en route. Je le savais depuis quelque temps déjà mais je ne l'avais dit à personne, pas même à mon mari. J'avais déjà décidé de l'appeler Isaac en l'honneur de son père, l'homme que je n'avais pu me résoudre à aimer. L'enfant était en moi depuis six mois déjà mais je portais des vêtements plus grands et je mangeais moins.

Dans l'attente de la troisième perte, j'ignorais qui vivrait et qui mourrait. Le chagrin arrive toujours par trois et j'avais craint que l'enfant que je portais ne me fût ravi. Mais c'était Isaac qui l'avait été à sa place. Ce soir-là je me suis ouverte à Jestine de la présence du bébé. Elle m'a serrée dans ses bras en me disant que tous les enfants étaient des cadeaux de Dieu, par conséquent Dieu devait croire que j'étais capable de porter ce fardeau, même si j'étais seule. Je me souvenais de ce qu'Adelle m'avait dit, que je connaîtrais un jour l'amour. Mais ce jour n'était point hier ni aujourd'hui. Nous étions à la saison rouge, lorsque les routes sinueuses se couvraient de pétales comme si une femme, tout soudain, s'était mise à pleurer du sang après avoir eu le cœur brisé.

Nous sommes allés vivre chez ma mère. Je portais du noir ce jour-là et je gardais les yeux baissés. C'était le dernier endroit où je souhaitais me trouver, mais j'étais une veuve avec six enfants et un encore à naître. Il me fallait pratiquer la logique et l'économie. La plupart de nos biens avaient été vendus pour solder les dettes d'Isaac. Les femmes n'avaient le droit de posséder aucun bien terrestre en ce monde et quand, finalement, le testament fut lu dans le parloir de ma mère, j'étais écartée au bénéfice d'un parent français de sexe masculin.

Personne n'avait jamais entendu parler de lui, personne ne l'avait jamais rencontré, mais la famille d'Isaac en France possédait désormais la majeure partie de notre succession, y compris la maison et le magasin de mon père. On nous permettrait de subsister avec la plus petite part qui nous revenait. Un inconnu déciderait de nos destins à tous. Notre situation ne me surprenait pas. Je fus plus choquée, à la lecture du testament, d'apprendre que Rosalie n'était pas une servante mais une esclave, chose que mon époux m'avait dissimulée. Peut-être en était-il gêné, ainsi qu'il l'aurait dû. C'était un homme bon, mais il croyait en l'ordre social établi et ses vues n'étaient pas les miennes. Mon propre père avait affranchi M. Enrique avant leur arrivée sur cette île. J'implorai le pardon de Rosalie lorsque je découvris sa situation mais, encore une fois j'étais impuissante à la changer. Parce que j'étais une femme, je n'avais aucun droit légal. Je ne pouvais modifier ce qui était inscrit dans la loi.

Une fois que j'eus emménagé chez ma mère, j'assistai aux offices du samedi matin et siégeai parmi les femmes en compagnie de ma mère et de sa bonne amie, Madame Halévy.

« On ne vous a vue ici depuis longtemps », remarqua Madame Halévy.

Rien n'échappait à son œil de faucon.

« Je pleurais mon mari, répondis-je.

— Comme j'ai naguère pleuré le mien. Mais je n'en ai point abandonné mon Dieu pour autant. »

Nous nous sommes regardées dans les yeux, puis j'ai dit :

« Je suis sûre qu'il saura en tenir compte lorsque vous mourrez.

— Ce qui n'est pas près d'arriver », m'assura Madame Halévy.

Je me suis détournée des deux femmes. Elles avaient bâti leurs vies autour de notre foi et de notre congrégation, mais moi j'allais à la synagogue seulement parce qu'il était attendu que je le fasse. Au moment des prières, je ne demandais rien à Dieu, ni n'implorais sa miséricorde. Ma vie était redevenue celle que j'avais à seize ans, sauf qu'à présent j'avais six enfants à charge. J'étais plus piégée que jamais. Au cours des mois suivants, où nous avons attendu que le parent d'Isaac arrive pour réclamer son dû, j'ai travaillé auprès de Rosalie pour cuisiner les repas et faire la lessive. Maintenant que j'étais au courant de sa situation, il y avait un vide entre nous et nous ne parlions plus aussi librement que nous le faisions lorsque nous vivions dans la maison de mon mari. Nous avions du travail sans fin et j'étais souvent trop fatiguée pour manger. Parfois le soir, je m'asseyais dans le jardin et je pensais à mes rêves, plus éloignés désormais qu'ils ne l'avaient été lorsque j'écrivais mes histoires dans un carnet. J'avais définitivement rangé ce carnet. J'étais devenue une incroyante. Tous les livres de la bibliothèque de mon père avaient été vendus. J'avais réussi à sauver un seul volume. Perrault. Mais ces derniers temps, je n'avais plus le cœur à lire ses contes et à imaginer des nuits noires et froides à Paris, et des chemins menant à travers bois en dehors de la ville, où se trouvaient les anciens châteaux. Comme si elle pouvait sentir mon désespoir, Hannah, ma fille aînée, venait souvent s'asseoir avec moi. Elle avait neuf ans mais sa sagesse dépassait le nombre de ses années. Elle m'avait toujours aidée à m'occuper des plus petits qui formaient une petite troupe, inséparable. Bien qu'elle ne fût pas ma fille par le sang, elle me comprenait et glissait sa main dans la mienne quand elle s'avisait de mon désespoir. Je lui caressais les cheveux et me réjouissais qu'elle eût le cœur ouvert et ne me ressemblât en rien. Un soir, elle me réclama une histoire car je lui avais souvent lu celles de mon carnet, mais je lui répondis que je ne croyais plus à ces choses-là.

«Si, vous y croyez», affirma Hannah.

Je suis allée chercher le carnet. Il était dans la cuisine, rangé avec les livres de cuisine de Madame Petit. À partir de là, je l'ai conservé dans ma chambre. Plus jamais je ne le perdis de vue. J'écrivais le soir et, chaque fois que je le pouvais, j'allais parler aux femmes sur le marché. *Racontez-moi une histoire*, leur disais-je comme si j'étais redevenue une enfant, et elles s'asseyaient près de moi, à côté des paniers de volailles et des piles de poissons, et me décrivaient les merveilles de notre monde.

Les fins d'après-midi, j'allais au cimetière. La plupart des jours, il faisait si chaud que de la vapeur montait des flaques après la pluie. Une simple marche, et j'étais trempée de sueur. Au portail, je me défaisais de ma robe pour ne garder que ma combinaison de mousseline blanche. Je voulais redevenir la fillette que j'avais été, remonter le temps pour pouvoir m'asseoir dans les montagnes, guetter les perroquets et croire que ma vie m'attendait. J'apportais des branches de flamboyant en fleurs à déposer sur les tombes d'Isaac et d'Esther et les abeilles me suivaient, bourdonnant dans l'air au-dessus de moi. Le fantôme d'Esther ne m'a plus jamais rendu visite: elle devait être satisfaite d'avoir de nouveau son mari dans ses bras. À côté de leurs tombes, un couple de colombes à queue noire avait fait son nid dans l'entrelacs des lauriers roses et elles s'appelaient mutuellement. Peut-être étaient-elles amoureuses comme Esther et Isaac l'avaient été. Je n'avais jamais été amoureuse de mon mari mais il me manquait. J'avais encore du lait de l'enfant précédent. J'aurais peut-être dû me montrer plus pudique mais je ne m'en souciais guère, j'avais trop chaud pour être vêtue de davantage que ma combinaison. Parfois, je me demandais de quoi exactement je me souciais. C'était Rosalie qui se levait pour aller voir mes enfants quand ils pleuraient la nuit. Leurs pleurs étaient si lointains lorsque je dormais que je les reconnaissais à peine. Je pensais que j'étais peut-être en train de devenir comme ma mère, bien plus que je ne l'aurais jamais cru possible. Froide et lointaine. Les trois absents me manquaient et je me disais qu'il aurait peut-être mieux valu que moi aussi je sois morte. Je m'allongeais sur la terre souple du cimetière et m'imaginais ce que cela ferait, tout en sachant que de telles pensées n'étaient pas bonnes pour le bébé que je portais. Peut-être qu'à l'intérieur de moi, lui aussi pleurait.

Les gens commencèrent à me remarquer dans le séjour des morts, là dans ma combinaison blanche, allongée sur le dos et observant les feuilles et la cime des arbres où les esprits marchaient. Les vieillards qui venaient prier coiffés de leurs chapeaux noirs et drapés dans leurs châles de prière s'enfuyaient en m'apercevant. Ils se cachaient les yeux et demandaient à Dieu de les protéger.

Bientôt ma mère eut vent de ces rumeurs me concernant. Elle me fit appeler.

« Les gens commencent à parler de toi. »

Elle avait développé une toux chronique. Depuis la mort de mon père, elle m'avait semblé plus faible mais seulement physiquement. Elle avait toujours la dent aussi dure.

« Ils te croient folle ou possédée. Te crois-tu la seule affligée ? Crois-tu que moi-même je n'ai pas payé ma part ? Pleure tant que tu veux la nuit, quand tu es seule dans ton lit, me conseilla ma mère, mais ressaisis-toi quand tu sors. »

Outre mes sous-vêtements, le seul effet que j'avais porté depuis l'enterrement était la robe noire que Jestine avait cousue pour moi. Elle était crasseuse. Le jour où j'ai finalement donné cette robe de deuil à la femme de charge qui venait nous aider à la lessive, l'eau dans le baquet a viré au noir ; des brindilles et des boules de bardane qui s'étaient logées dans l'ourlet sont remontées à la surface.

Rosalie avait pleuré quand nous avions quitté notre maison. Elle avait de bonnes raisons de le faire. Ma mère était horrible à vivre et lui donnait tellement d'ordres qu'elle avait le double de travail, en plus des enfants à surveiller. Rosalie avait commencé à passer du temps derrière chez nous, où vivait M. Enrique. Elle était plus jeune que lui de vingt ans, presque la même différence d'âge qu'entre mon mari et moi. Pourtant, il ressemblait à un jeune homme chaque fois que Rosalie arrivait. Quant à elle, elle chantonnait tout le temps, même quand nous faisions la lessive ensemble. Je savais reconnaître l'amour quand je le voyais : de la flatteuse robe blanche qu'elle portait jusqu'aux gâteaux qu'elle lui confectionnait en passant par le son de leur rire quand ils étaient assis ensemble devant la maisonnette de M. Enrique. Un soir, je l'ai attendue pour voir si je ne m'étais pas trompée. J'étais là quand elle est entrée dans la cour. Elle rayonnait, chantant une chanson que je n'ai pas reconnue dans une langue qui m'était inconnue.

J'admirais M. Enrique, l'homme qui avait sauvé la vie de mon père. Avant que ma mère ait pu m'en empêcher, je lui avais donné tous les vêtements et tous les biens personnels de mon père. C'était un homme solitaire mais qui ne passait pas toujours son temps seul. J'ai prévenu Rosalie qu'elle n'était pas la première femme à le convoiter et qu'il semblait ne pas vouloir d'épouse.

« Cela n'a pas d'importance. Je suis la meilleure », m'assura Rosalie.

Je suppose que c'est là ce que l'amour peut faire à une femme, la conduire dans un jardin le soir, convaincue qu'elle peut d'une façon ou d'une autre affecter les plans du destin par son désir. Un amour comme celui-ci était un mystère pour moi. Je ne comprenais pas comment les gens pouvaient laisser l'émotion brute les gouverner. L'on ne pouvait voir l'amour, ni le toucher, ni le goûter, or il pouvait vous détruire et vous abandonner dans l'obscurité, à pourchasser votre propre destinée.

Mon fils est arrivé quand le temps a changé, durant les tempêtes. Le jour s'ouvrit sur du ciel bleu mais se ferma sur de la pluie et du vent. Je frissonnais dans mon lit. Lorsque j'eus la certitude que l'heure du bébé était arrivée, je priai Rosalie d'aller chercher Jestine. Mon amie arriva rapidement. Ma mère et elle ne se regardèrent ni ne se parlèrent. C'était leur premier contact depuis le départ d'Aaron à Paris. Mais il n'y eut aucune querelle car c'était un soir de travail, le travail de mettre un enfant au monde. Ma mère n'osa point empêcher Jestine d'entrer chez nous. Comme elle-même n'avait jamais aidé à un accouchement, je suppose qu'elle était reconnaissante d'avoir là une femme plus expérimentée. Lorsque les douleurs brutales survinrent, ma mère quitta la chambre. Elle prononça un verset d'Isaïe en sortant, afin de tenir Lilith à distance, promettant la paix à la démone à voix de chouette effraie si celle-ci restait éloignée. Enfin, elle avait récité une prière pour moi, ce qui était bien plus que je n'en attendais d'elle.

Il me fallut quatre heures pour donner le jour au dernier des enfants d'Isaac. Je ravalais mes cris et ma souffrance, mais mon amertume grandit. Je la sentais prendre racine en moi, tout à côté de mon enfant. Une graine qui verdissait toujours plus. Je me mordis les lèvres jusqu'au sang et tentai de m'envoler de mon corps afin d'échapper à l'agonie de l'accouchement. Lorsque je crus mourir, j'en appelai à grands cris à la première femme d'Isaac afin qu'elle m'emmenât avec elle. Juste au moment où je me préparais à la rejoindre, le bébé est arrivé. Il était petit mais, à peine né, il a hurlé comme un loup, signe de bonne constitution. Jestine l'a enveloppé dans une couverture propre et a murmuré une prière à voix basse, celle que sa mère prononçait lorsque nous étions malades ou malheureuses, dans une langue parlée dans un monde si lointain que Jestine n'en comprenait plus les paroles. Néanmoins, nous savions que c'était un vœu de longue vie dans ce monde beau et cruel.

Ce fut un soulagement d'accoucher de cet enfant et j'étais emplie de gratitude pour le sommeil que je pouvais désormais m'accorder. J'ai pensé que peut-être ma mère renoncerait maintenant à son hostilité envers Jestine et lui témoignerait la gratitude qu'elle méritait pour avoir fait naître son nouveau petit-fils. Mais je les ai entendues parler dans le jardin, un après-midi où je somnolais, et ma mère n'offrait point de paroles de remerciement. Leurs voix montaient et descendaient et certains mots renfermaient le venin des abeilles. À côté de moi, le dernier enfant que j'aurais d'Isaac dormait profondément, respirant régulièrement. Je l'ai laissé là roulé comme un chat et je suis allée à la fenêtre ouverte.

« Je ne veux plus te revoir ici, disait ma mère à Jestine. Je pourrais te faire arrêter si je le voulais. »

Jestine a ri.

« Et pour quel motif?

— Pour vol.

— C'est moi que l'on a volée ! Ma fille a été emmenée par cette sorcière, votre bru.

— Tu as été la première à me voler ! s'écria Madame Pomié.

— Et que vous ai-je volé ? », demanda Jestine.

Puis elle se tut. Elle le savait. Des larmes ruisselaient sur le visage de ma mère. Aaron.

Ma mère fourra un collier de perles entre les mains de Jestine. C'était celles qu'elle avait cousues dans l'ourlet de sa robe lorsqu'elle s'était enfuie de Saint-Domingue.

« Prends-les. Elles sont à toi, pour autant que je ne te revoie jamais.

— Bien sûr. » Jestine enroula les perles autour de son cou. « Je les accepte en paiement de vos péchés. Mais cela ne change rien, Madame. Nous avons toutes les deux perdu nos enfants à cause de vous. »

⁂

Une fois le rythme du bébé réglé, j'ai commencé à me rendre au magasin. J'avais déjà discuté de la situation avec M. Enrique. Je pensais que nous pouvions nous arranger pour que l'affaire reste entre nos mains et garder la famille de France à distance. Mon père m'avait enseigné la plupart des connaissances dont j'avais besoin et M. Enrique veillerait au reste. Lui et moi travaillions bien ensemble et je compris rapidement que notre affaire allait mal. Une fois de plus, nous étions les victimes du mauvais temps. À la saison des tempêtes, nous avions perdu navires et marchandise. La suggestion de M. Enrique était de vendre ce qu'il restait de l'entreprise de transport maritime – le domaine de mon époux – pour retourner à la vente – l'entreprise d'origine de mon père – et à son meilleur atout, le magasin.

« Laissons les autres prendre les plus gros risques et engranger les plus gros bénéfices. Le magasin procurera un revenu régulier. C'est plus sûr pour une femme seule avec une famille à charge. »

Je trouvais M. Enrique sage et le laissai effectuer les calculs. Puis je présentai le projet à ma mère. La seule idée de m'asseoir avec elle me redonna une poussée d'eczéma alors que celui-ci avait disparu après la naissance du bébé. Mais, que cela me plaise ou non, ce devait être fait. Ma mère et moi étions tout ce qu'il restait de la famille à présent, et nous pouvions peut-être nous accorder sur un projet qui nous permettrait d'avoir voix au chapitre sur le devenir de la propriété qui avait jadis appartenu à mon père.

Nous nous sommes retrouvées dans le bureau de mon père. Entourée par les étagères vides, j'ai senti remonter mon chagrin de l'avoir perdu. Je me souvenais du soir où il était venu me trouver pour me dire que je serais mariée et de la satisfaction que j'avais éprouvée à sauver ma famille du désastre. Mais, ainsi qu'Adelle m'en avait prévenue, mon époux était manifestement poursuivi par la malchance. La tragédie ne l'avait pas lâché. Lorsqu'il avait allié son entreprise à la nôtre, au lieu de renforcer l'une et l'autre, il les avait anéanties toutes les deux, aussi peu avisé qu'il était dans les voies du commerce que dans les dangers du temps. La fierté que j'avais naguère éprouvée à sauver l'entreprise de mon père en acceptant d'épouser Isaac était une fausse fierté. Ce mariage n'avait servi à rien. Mais peut-être aujourd'hui pouvais-je réellement venir à notre rescousse en présentant à ma mère un projet qui certes réduirait notre affaire mais la rendrait plus rentable. Elle jeta un coup d'œil aux grands livres et aux chiffres puis agita la main impatiemment.

« Tu ne penses tout de même pas que le négoce va vous être confié, à toi et Enrique ?

— Nous travaillons bien ensemble, lui et moi. Alors oui. Ce serait logique. »

L'expression de ma mère était pleine d'aigreur.

« Tu n'as jamais pu accepter le fait que tu es une femme et rien de plus. Je le savais déjà quand je te portais. Que tu ne causerais que des ennuis.

— Je suis navrée que tel soit votre sentiment », lui ai-je dit alors que je n'étais point navrée du tout.

J'étais bien contente de lui avoir causé des ennuis.

Ma mère se leva et s'écarta du bureau. L'entrevue était terminée.

« La famille de ton mari envoie son neveu de Paris. Il décidera de la suite des événements. »

Je me suis levée aussi. Je ne pense pas qu'elle se soit rendu compte que je tremblais. Je n'aurais pas voulu qu'elle le sache.

« Vous préférez un homme que vous ne connaissez pas à votre propre fille ?

— C'est le système légal qui le préfère, pas moi, me rappela ma mère. Je n'ai hérité de rien, et tu n'hériteras pas non plus. Mais tu te crois au-dessus des règles et tu penses pouvoir faire ce qui te plaît. Fais bien attention à ne point enseigner cela à tes enfants. »

Je n'avais pas le cœur à dire à M. Enrique que notre projet avait été rejeté, mais il le savait. Tout le monde savait que le neveu de mon mari arrivait. M. Enrique a continué à s'occuper de l'affaire mais moi, je me suis alitée. Je sentais une fièvre me consumer, une fièvre vert jade dans mon cœur et mes os. C'était mon amertume, héritée de ma mère. J'étais si malade que celle-ci ne protesta pas lorsque Rosalie appela Jestine à mon chevet.

Défiant ma mère, Jestine est venue me faire prendre du thé au gingembre mais ce n'était point là le médicament qu'il me fallait. J'ai remarqué qu'elle portait les perles et elle les a étalées sur ma poitrine : elles étaient plus froides que la glace. J'ai pu me concentrer à nouveau. Jestine m'a dit que la fièvre était à l'intérieur de mon esprit. C'était vrai, un rideau noir s'était abattu depuis que j'avais emménagé chez ma mère. Le bord des fleurs qui grimpaient autour de la fenêtre m'était caché par des volets en bois. Je ne pouvais rien voir de beau.

Ma mère se présenta sur le seuil, une ombre. Elle n'avait pas cessé de porter du noir depuis le décès de mon père. Je l'ai regardée avec le sentiment de regarder dans un miroir. Nous nous ressemblions par trop toutes les deux.

« Tu n'as rien à faire ici », a-t-elle dit à Jestine. Puis elle s'est tournée vers moi. « Si tu n'as pas l'intention de mourir, tu ferais mieux de sortir du lit. »

Lorsqu'elle est partie, Jestine et moi nous sommes regardées et avons éclaté de rire. Merci pour la compassion.

« Jamais tu n'aurais échangé ta place avec moi », lui ai-je dit.

Jestine a acquiescé d'un hochement de tête.

« Même pas pour une seule journée. »

Elle a ramassé sa sacoche et en a sorti un cadeau qu'elle avait confectionné pour moi : c'était une robe vert clair, à l'aspect très frais, semblable à de l'herbe et des feuilles.

« Quand tu seras prête à sortir du deuil, elle sera là. Tu pourras alors montrer à ta mère que tu n'as pas peur d'être celle que tu es. »

J'aurais aimé refermer les yeux et me rendormir mais j'avais des enfants, sept, qui m'attendaient. J'ai fait ce que je devais faire mais je l'ai fait en somnambule, toujours dans mes vêtements de deuil. Je n'étais pas prête pour la robe verte. Toutefois, quelque chose avait changé en moi. J'avais un but à l'esprit : m'échapper de la maison de ma mère. Un après-midi, je suis allée au magasin chercher du sucre et de la farine pour Rosalie et M. Enrique m'a fait signe de le suivre. Il y avait un escalier qui menait à l'étage. Je m'en souvenais comme d'une réserve, à l'époque où nous avions une surabondance de marchandises, mais à présent que nos stocks s'étaient réduits comme peau de chagrin, les pièces de l'étage se révélaient être un logement. Il y avait plusieurs chambres et une cuisine avec un vieux fourneau laissé par les propriétaires précédents.

« Nous pourrions louer ce logement », me dit M. Enrique. Il l'avait fait nettoyer par quelques-uns de nos ouvriers et débarrassé de son mobilier inutilisé, trop vieux pour être vendu. « Ou peut-être que vous avez une meilleure idée. »

J'ai souri largement. M. Enrique m'avait sauvée, comme il avait jadis sauvé mon père.

« Je vais le prendre. »

J'ai ouvert les volets et la lumière est entrée à flots. J'apercevais la rue et quelques marchands de fruits en contrebas.

« Qu'y trouvera-t-elle à redire ? a demandé M. Enrique d'un ton plein de malice.

— Elle peut dire ce qu'elle veut. C'est à l'inconnu de France de décider de notre destin. Ma mère n'a pas plus voix au chapitre que moi. »

Quand j'ai déclaré que nous allions déménager dans l'appartement au-dessus du magasin, ma mère n'a pas cherché à me défier. Peut-être était-elle soulagée d'être débarrassée de moi. Nous nous étions mutuellement causé suffisamment de chagrin et elle avait énormément vieilli. Elle était si malade qu'elle passait ses journées dans le fauteuil de mon père. Souvent, quand un voisin passait dans le crépuscule, elle l'appelait du nom de mon père, comme si c'était lui qu'elle avait vu.

Notre nouveau logement était surpeuplé et nous manquions de meubles, mais je préférais être là. Les plus jeunes enfants partageaient une chambre, avec des matelas par terre. Les plus grands garçons, David et Samuel, dormaient dans ce qui avait autrefois été un parloir, et la cuisine était notre pièce commune. J'entendais M. Enrique le matin, travaillant au bureau, passant des commandes et tenant les livres de comptes. Rosalie lui faisait souvent son thé. Elle passait une heure ou plus dans son bureau mais il n'était pas homme à s'en plaindre.

Lorsque ma mère mourut, étendue tout habillée sur le lit qu'elle avait partagé avec mon père, cela ne surprit personne. Il m'arrive de penser qu'elle a décidé de sa mort. Elle en avait terminé avec sa vie ici-bas et ne désirait rien de plus que d'aller retrouver son époux. Elle me laissait ses bijoux, les boucles d'oreilles en diamant et la broche qu'elle avait glissées dans l'ourlet de sa robe, mais tout le reste appartiendrait au neveu de mon mari lorsqu'il arriverait, y compris la maison et tout ce qu'elle contenait. Je m'y suis introduite un soir pour prendre quelques cartes de Paris ayant appartenu à mon père ainsi qu'un stylo en argent dont il se servait. Alors que je traversais ma maison de famille plongée dans l'obscurité, j'ai vu des étincelles crépiter sur les paumes de mes mains, mais lorsque j'ai voulu les attraper, elles se sont dissipées. Si j'avais jamais été capable d'appeler à moi les esprits, ce don m'avait désormais quittée.

Dans le jardin, j'ai cru voir le lézard qui avait été l'animal de compagnie d'Aaron des années auparavant, là sous les arbustes dont les feuilles étaient si sèches qu'elles bruissaient comme du papier. Comme je m'en allais, quelque chose m'a retenue. Je me suis retournée et suis allée arracher le petit pommier de son pot en céramique pour l'emporter en le traînant derrière moi. J'ai laissé un sillage de terre et mes bras étaient douloureux lorsque je suis arrivée dans le petit jardin derrière le magasin. J'y ai laissé l'arbre pour que les garçons l'y plantent le lendemain.

Dans les jours qui suivirent, j'ai reçu les gens qui souhaitaient témoigner leur respect en se présentant avec des plats de nourriture et de desserts. Je ne puis dire que j'éprouvais un véritable chagrin, et j'avais beau garder mes sentiments pour moi, l'amie la plus proche de ma mère, Madame Halévy, me jeta un regard lorsqu'elle et sa servante nous apportèrent à dîner: curry de poulet et pain à la mélasse, plus diverses pâtisseries à la mangue et à la noix de coco.

« Tâche de feindre que tu comprends le chagrin, me dit Madame Halévy d'un ton pincé.

— Vous semblez persuadée d'en savoir tellement plus que moi, lui ai-je rétorqué sans amabilité.

— Rappelle-toi ce moment lorsque tu auras mon âge, m'a répliqué Madame Halévy. Alors tu connaîtras la réponse. »

J'ai écrit à Aaron et, même si je ne comptais guère sur la courtoisie d'une réponse, quelques semaines après la mort de ma mère, une lettre de lui est arrivée. Il exprimait ses regrets concernant sa disparition en une seule ligne. *Elle a été bonne avec moi alors que rien ne l'y obligeait.* Le reste de sa brève missive concernait Jestine. L'intimité de ses mots m'a embarrassée. Elle lui manquait terriblement, écrivait-il, et son regret était intolérable. Dans cette mesure, ma mère avait détruit sa vie autant que la mienne. J'ai cessé de lire et apporté la lettre à Jestine. J'ai attendu, assise dehors, pendant qu'elle emportait la lettre d'Aaron dans sa chambre. Au bout d'un moment, elle est venue me rejoindre. J'avais parcouru suffisamment de la missive pour savoir qu'Aaron avait écrit que leur fille était bien élevée, qu'elle était une enfant aussi belle qu'intelligente. Comme si un tel message pouvait soulager le désespoir de Jestine. *Peut-être ai-je mal agi*, avait-il écrit, *mais j'ai agi par amour, afin qu'elle ait une vie meilleure.*

C'était déjà le printemps. L'époque où Jestine et moi attendions l'arrivée des tortues sur le rivage. Mais Jestine avait perdu tout intérêt pour la chose. Ce qui se passait sur notre île l'indifférait. Son regard était tourné vers la France où son cœur et son âme résidaient. Lorsque nous nous retrouvions, les fins d'après-midi, laissant les enfants aux soins de Rosalie, nous allions souvent marcher le long du quai. Nous observions le port, repérant les bateaux qui arrivaient, puis nous rentrions chez nous séparément.

Nous avons passé notre trentième anniversaire ensemble. Nous avions neuf mois d'écart mais avons choisi un jour au milieu pour toutes les deux. Nous avons cuisiné notre dîner chez Jestine, un repas d'enfance composé de crème de maïs et de gâteau à la noix de coco, mais nous avons aussi bu beaucoup de rhum dans l'espoir que cela nous facilite l'année à venir. Nous n'avons pas dit à voix haute ce que nous désirions, même si nous avions le même désir : embarquer à bord de l'un de ces voiliers et traverser l'océan. Tard dans la soirée, alors que nous avions bu trop de rhum, Jestine a pleuré pour sa fille. Je suis restée avec elle jusqu'à ce qu'elle s'endorme. Je n'avais pas mesuré à quel point la solitude était grande la nuit dans sa maison, comme dans un bateau perdu en mer. Passé minuit, je suis retournée en ville, au magasin en haut de la colline. Il y avait une certaine liberté à être veuve. Personne ne me demandait où j'allais ni avec qui je passais mon temps. Sans ma mère pour me surveiller, je pouvais faire ce que bon me semblait. Je n'avais pas peur de marcher seule sur la route. Il y avait des chauves-souris dans les arbres mais j'agitais les mains pour les chasser comme si j'étais un esprit. J'avais été jeune il y avait seulement un instant. J'imaginais que dans un battement de cils, je serais vieille et ma vie serait terminée avant que j'aie eu le temps de me l'approprier. Peut-être mon histoire ne se terminerait-elle point comme je l'avais prévue. Ou peut-être se transformerait-elle en quelque chose que je n'avais jamais escompté, si bien que dans des années d'ici, regardant en arrière, je m'aviserais que j'en savais bien peu quand j'étais jeune, exactement comme Madame Halévy l'avait dit.

Chapitre cinq

Amour Mortel

CHARLOTTE AMALIE, SAINT-THOMAS
1825
ABRAHAM GABRIEL FRÉDÉRIC PIZZARRO

Il arriva au 14 Dronningens Gade, dans le secteur connu sous le nom de Quartier de la Reine, avec un jour de retard, après une saison de tempêtes où tant de bateaux furent perdus en mer entre Saint-Thomas et Charleston que la mer bleu indigo se changea en un cimetière de coques et de mâts. On lui avait envoyé un colis contenant les clés des propriétés que le frère de sa mère avait possédées, ainsi que de celles que le même oncle avait héritées de son beau-père. Abraham Gabriel Frédéric Pizzarro[1] avait vingt-deux ans, mais il était l'exécuteur testamentaire de son oncle Isaac et désormais la seule personne habilitée à décider du sort de son affaire et d'une dizaine de parents dont seuls trois lui étaient apparentés par le sang. Les membres de sa famille, dont certains vivaient à Passy, juste à l'extérieur de Paris, et d'autres à Bordeaux où les Juifs avaient le statut de citoyens depuis soixante-quinze ans, s'étaient réunis pour décider du sort du négoce aux Antilles. Son grand-père, Pierre Rodrigues Alvares Pizzarro était un marrane portugais, un Juif dissimulé dont la famille avait vécu durant plusieurs générations dans ce pays après leur fuite d'Espagne. Après de longs débats, ils avaient décidé que la jeunesse de Frédéric serait pour

[1] Le nom d'origine était Pizzarro avant que Camille Pissarro ne le modifie avec une orthographe française dans les années 1880.

lui un atout pour entreprendre ce long et pénible voyage et s'adapter au climat tropical. Peu d'entre eux souhaitaient partir pour une région connue pour la fièvre jaune et les naufrages en mer. Frédéric avait lu toute la comptabilité des biens de son oncle : à savoir deux maisons, un magasin et une entreprise de transport maritime en faillite. Son oncle avait laissé trop d'enfants et trop de dettes dont il fallait maintenant s'occuper. Il appartenait à Frédéric de redresser la situation, étant donné qu'il s'agissait désormais d'une entreprise familiale possédée à parts égales par la veuve d'Isaac, qui n'avait aucune voix en matière commerciale, et par la famille en France, qui elle en avait. C'était la loi, et la manière dont les propriétés étaient divisées. Frédéric parlait couramment le français, l'espagnol, l'anglais et le portugais, ce qui lui serait utile malgré son ignorance totale du danois, langue officielle de ce qui serait son nouveau pays, une île minuscule dont il n'avait jamais entendu parler. Frédéric était néanmoins leur choix. Responsable, respectable, bon connaisseur des questions légales, il était l'homme de la situation.

Plusieurs femmes à Paris avaient été mécontentes d'apprendre la nouvelle de son départ imminent. Après tout, Frédéric était grand, brun, le pas assuré, si beau que des femmes le suivaient souvent, même dans la rue, pour son plus grand embarras, afin de lui remettre des cartes à leur adresse l'invitant à souper ou pour le thé. Il déclinait toujours ces propositions. Il n'aimait pas cette sensation d'être pourchassé. Il avait quelque chose d'un solitaire et ses rêves étaient emplis de nombres et de théorèmes. Il croyait à la logique et avait l'esprit mathématique ; un extrait mémorisé de la déclaration de Galilée l'accompagnait partout. *On ne peut comprendre l'Univers si d'abord on n'apprend pas à connaître la langue et les caractères dans lesquels il est écrit. Or il est écrit en langue mathématique*[1].

Sans cette connaissance, on erre dans un labyrinthe obscur.

Certains disaient qu'il était un ange car assurément aucun homme ordinaire ne pouvait agir avec une si parfaite intégrité, mais il riait lorsqu'il entendait de telles affirmations. Il était de chair et de sang. Il perdait son calme, faisait des erreurs, connaissait la peur, avait

---

[1] Traduction extraite de *L'essayeur de Galilée*, Christiane Chauviré, p. 141.

de vilaines pensées. Par moments, l'intensité de ses propres désirs le déconcertait ; il les tenait sous son contrôle mais ceux-ci luttaient, semblait-il, juste sous sa peau afin de se libérer, comme pour l'inciter à se surprendre lui-même en se saisissant du pur plaisir, chose qu'il lui arrivait rarement de connaître. Il brûlait pour tout ce qu'il désirait mais ignorait l'ardeur de ses désirs car il avait un projet de vie : prospérer et devenir l'homme de sa famille sur lequel tous pourraient compter. Il désirait accomplir cela afin d'honorer son Dieu, sa foi et sa famille. Et donc, lorsqu'on vint le chercher pour lui dire qu'il allait quitter la France, il présuma qu'il s'agissait du projet de Dieu. Il n'était pas ouvertement religieux mais il croyait aux miracles, grands et petits. Le voyage l'avait émerveillé et transformé. Il s'était cramponné au bastingage du navire au milieu des tempêtes et laissé doucher par la pluie. Durant l'une de ces houles particulièrement mauvaises, avec des vagues de six mètres de haut, il avait fermé les yeux et demandé à son Dieu de le prendre et d'accomplir avec lui sa volonté. Lorsqu'il avait rouvert les yeux pour se découvrir toujours en vie et non point balayé et enseveli sous les eaux comme l'avaient été deux autres hommes du bord engloutis avant que quiconque ait pu leur tendre la main ou une longueur de cordage, il avait su qu'il avait devant lui un avenir à embrasser.

Il avait quitté la France jeune étudiant naïf, mais trois mois en mer en compagnie d'hommes plus âgés et plus aguerris lui avaient fait voir le monde comme un lieu différent, dangereux certes et déconcertant, mais grand ouvert et fascinant, un livre qu'il venait juste de commencer à lire. Peut-être le destin n'était-il point écrit par Dieu mais façonné par les hommes. La première semaine, il avait été trop malade pour quitter sa couchette, incommodé par la mer houleuse et le goût métallique de l'eau conservée dans le tonneau devant sa porte. Mais la deuxième semaine, lorsque les tempêtes étaient revenues, il était monté sur le pont avec les marins et en avait plus appris en cette seule semaine qu'au cours de toute sa vie passée. Il avait appris que l'on pouvait se nourrir de rats et de citrons quand ne restait plus dans la réserve que du pain moisi, tout comme il avait découvert que les étoiles dans l'hémisphère sud étaient bien plus brillantes que toutes celles qu'il connaissait, et que sous l'eau vivaient des créatures si immenses qu'elles créaient des vagues, comme si elles étaient les maîtres de l'océan, de l'univers, et de la destinée. Il avait cédé à ce monde, plus vaste et plus mystérieux que tout ce qu'il avait jamais imaginé, et renoncé à une part du contrôle qu'il avait exercé sur ses nerfs et sur ses désirs. Les gens à Paris auraient été choqués d'entendre comme il riait souvent et comme il savait si bien se soûler sans rouler sous la table.

Il descendit du bateau avec de la barbe, et des cheveux si longs qu'ils lui tombaient dans les yeux. Son sac de voyage en cuir était blanchi par le sel et ses vêtements aussi crasseux que ceux des marins du bord. Il était toujours trop beau pour son propre bien, mais avec des rides sur le visage à présent en dépit de sa jeunesse, creusées par le sel et la mer, et une peau halée qui formait une plus épaisse protection qui, il s'en rendit compte, serait nécessaire pour survivre. Il ne connaissait personne dans la ville de Charlotte Amalie, ni à Saint-Thomas, ni nulle part ailleurs dans ce nouveau monde si éclatant qu'il devait cligner des yeux pour le regarder. Le monde était incandescent, en feu, et la mélancolie de son séjour en mer s'évapora. Il avait été materné par sa mère, chouchouté par sa famille, encouragé par ses professeurs et mentors. Les affres de l'existence, c'était une histoire qu'il avait lue dans les livres, rien de plus, jusqu'à ce voyage qui lui avait laissé entrevoir à quoi le monde pouvait ressembler. Il comprenait maintenant que la mer était énorme et sans fond. C'était saisissant, somptueux et bien au-delà de son contrôle, comme l'était toute la vie. Il se sentit sot d'avoir un jour pensé pouvoir prédire son avenir, car jamais il n'aurait pu prédire un pays où les montagnes escarpées étaient rouges, où des volées d'oiseaux s'échappaient des arbres d'une seule secousse, telles des fleurs jaunes chutant à l'envers dans le ciel.

En quittant le navire, il se sentit aveuglé par la lumière fauve du soleil et prit rapidement l'habitude de plisser les yeux, habitude qu'il conserva le restant de sa vie. La chaleur ressemblait à une chose vivante qui vous retenait dans son étreinte. Si vous la combattiez, vous ne pouviez l'emporter ; il décida donc de lui céder. C'était ce qu'il avait appris en mer, ne point combattre les éléments, ni – il continuait d'en faire l'expérience – sa propre nature. Il ne se fatigua point à endosser une veste comme il l'aurait fait en France, mais préféra s'esquiver dans une ruelle pavée pour enfiler l'une des deux bonnes chemises blanches qu'il lui restait, épargnées pour l'occasion. On lui avait dit que certains hommes succombaient à une prostration due à la chaleur dans les premiers instants de leur arrivée sur cette île. D'autres lentement devenaient fous, poussés à la boisson par l'ennui ou le mauvais temps, cherchant abri dans les tavernes et les vieux tripots danois où ils devenaient la proie du rhum. Mais, tandis qu'il poursuivait son chemin, tout ce qu'il éprouvait était un sentiment de liberté. Debout sur le quai, il contempla le rivage où les maisons étaient construites sur des pilotis si hauts qu'elles ressemblaient à des cigognes, leurs volets peints de nuances éclatantes de bleus, jaunes et verts. Frédéric avait été malade enfant, une affection des poumons. L'hiver à Paris il portait toujours deux paires de chaussettes de laine et un épais gilet sous sa veste. La chaleur ici lui fit l'effet d'un paradis.

Il remonta la route jusqu'à la ville, dépassant plusieurs quais animés, s'arrêtant sous un bougainvillier pour y écouter les abeilles. Le ronflement était saisissant ; il sentit ce bourdonnement le traverser et se loger quelque part à l'intérieur de son cœur. Peut-être n'avait-il jamais rien entendu avant d'entendre le son de ces abeilles. Il était un homme d'affaires, envoyé pour redresser la situation et reprendre en main une affaire en faillite, une mission sérieuse, or il lui semblait être entré dans un rêve. Il aperçut un âne occupé à brouter des tiges d'herbe verte et il rit si fort que l'âne sursauta avant de braire et de prendre la fuite. Dans son sac, Frédéric transportait un dossier de documents ainsi qu'une Bible. Pas un jour ne se passait sans qu'il récitât les prières du matin et du soir, coiffé de la kippa qu'il transportait aussi avec lui. C'était un Juif séfarade dont le grand-père était arrivé de la petite ville de Braganza au Portugal, chassé de sa maison au beau milieu de la nuit à cause de sa foi, sans bien et sans destination. Frédéric avait le voyage dans le sang. Il sortit son livre de prières de son sac et s'arrêta sur la route pour rendre grâce à Dieu, pour ce jour et pour tous les autres à venir. L'heure était propice pour remercier le Tout-Puissant. Une étoile venait d'apparaître dans le calme ciel bleu. Le soir tombait de bonne heure ici et Frédéric se hâta d'en finir avec ses prières. Deux Africains le croisèrent, poussant une carriole de fruits et de légumes dont beaucoup lui étaient inconnus. Il y avait des fruits bruns si sucrés que les mouches bourdonnaient autour de leur écorce mûre et sur le point d'éclater, et d'autres, orange, qui semblaient avoir été colorés par le pinceau d'un peintre. Chaque fruit ressemblait à un miracle, cueilli dans un rêve.

« Vous semblez perdu », lui dit le plus vieux des deux. Il parlait espagnol, la langue que Frédéric avait toujours entendue et parlée chez lui. « Êtes-vous dans le bon pays ? »

Frédéric se mit à rire. Il donna le nom de la rue qu'il cherchait et les vendeurs ambulants lui indiquèrent la direction. Il repéra un fruit rouge dans l'un de leurs paniers, seule chose qu'il reconnût. Les hommes lui dirent que c'était un fruit très rare dans leur pays et qu'un vieil homme de Saint-Domingue en avait planté un arbre dans sa cour, et cet arbre était devenu si grand que son fruit était tombé de l'autre côté du mur et quelques personnes avaient semé les pépins de cet unique fruit et à présent des arbres poussaient dans plusieurs jardins. Il lui donnèrent un de ces fruits à manger, une pomme, non pas croquante mais tiède de la chaleur du soleil, sa pulpe fondant dans sa bouche. Cela lui rappela chez lui et c'était, de loin, la chose la plus délicieuse qu'il eût mangée depuis le début de son voyage.

« Cherchez-vous une femme ? demanda le deuxième homme. Ou juste un endroit où loger ?

— Un endroit où loger, répondit promptement Frédéric. Je ne suis pas prêt à m'engager avec une femme.

— Qui l'est ? », répliqua le plus vieux des deux.

Tous trois rirent. Frédéric était grand et beau. Son français de Paris était si précis que c'en était presque une langue différente du créole parlé sur l'île. Ces hommes le jugèrent probablement expérimenté avec les femmes, mais il ne l'était point. Ses cousins fréquentaient des maisons de passe et l'avaient souvent incité à les accompagner. En ces occasions, il s'asseyait sur un divan dans l'entrée et conversait avec la tenancière, l'écoutant lui raconter sa vie et lui donnant des conseils financiers. Il avait des idées sur tout et l'aidait à calculer comment accroître ses bénéfices.

« Tu préfères les hommes ? lui avait-elle demandé un jour.

— Je préfère l'amour, avait-il répliqué.

— Que tu es jeune. » Elle avait haussé les épaules devant tant de naïveté. « Reviens donc dans deux ans. »

Maintenant deux ans avaient passé et il se trouvait à Saint-Thomas où il ne connaissait pas une âme mais se sentait cependant reconnaissant d'être seul. Le monde autour de lui était un émerveillement plus que suffisant pour le satisfaire sans l'intrusion d'une quelconque relation. Dans un rêve, peu importe avec qui l'on se lie ; tout ce qui compte est ce que l'on voit et ce que l'on fait. Ici, toutes les couleurs étaient vibrantes, une palette complètement différente de celle de Paris. Le ciel clair, d'un blanc incandescent de chaleur il y avait seulement quelques heures, au moment où il avait accosté, était maintenant baigné de rose et d'or. *Un miracle*, songea-t-il, *avec davantage encore à venir.*

Frédéric savait que sa famille avait envoyé à la veuve un message concernant son arrivée et qu'elle avait répondu par la négative. Il avait alors été prié de lui écrire une lettre, ce qu'il avait fait, mais celle-ci était restée sans réponse. Peut-être l'attendait-elle, mais il était trop sale pour être présentable. Les vendeurs de fruits le conduisirent en haut de ce qu'ils nommaient la Colline de la Synagogue. Ils lui dirent que les gens de son peuple vivaient principalement là et lui souhaitèrent bonne chance. Ils lui dirent aussi d'être prudent : des gens pensaient que les membres des anciennes familles danoises ayant possédé des esclaves pouvaient se transformer en loups-garous. Ils mangeaient des Africains et des Juifs au souper. Ils pouvaient courir plus vite que n'importe quel homme. C'était la raison pour laquelle certaines rues comportaient quatre-vingt-dix-neuf marches au lieu de cent, pour que le loup-garou s'arrête, cherchant la centième, laissant ainsi à sa victime le temps de s'échapper.

Les rues étaient effectivement escarpées et les longues jambes de Frédéric étaient fatiguées. Il remarqua une adresse qu'il avait vue dans ses documents légaux, celle d'une des maisons que la famille avait possédées, déserte maintenant que la matriarche était morte. Elle avait l'air d'un fantôme de maison dans l'obscurité tombante. Il repéra une spirale de fumée venant de derrière et poussa un portail de fer afin de voir ce qui s'y trouvait. Il entendit un petit bruit de pas vif qui le prit au dépourvu, aperçut l'éclair d'une queue d'animal. Il songea à des monstres et des bêtes sauvages, à des queues, des dents, des griffes. L'air embaumait et il y avait des fruits partout, croissant en toute liberté, abandonnés. Personne ne vivait plus ici depuis un certain temps. Il traversa la cour et ouvrit un autre portail, peint en vert, donnant sur une rue en retrait. Une maisonnette se dressait devant lui et un homme élégant, noir de peau, était en train de dîner à une table en bois dressée dans un petit patio dallé de pierre. Ou du moins était-il en train de prendre son repas avant que Frédéric ne franchisse le portail. L'homme leva alors les yeux, délaissant sa nourriture. Frédéric vit bouger son autre main. Il tenait un revolver sur les genoux.

« Je ne voulais point vous déranger », dit Frédéric en espagnol. Il refusait de croire que son destin était d'être abattu alors qu'il venait à peine d'entrer dans ce qu'il considérait comme le paradis.

« Je préfèrerais que vous me parliez en français, lui dit l'homme. Ainsi, si je dois vous abattre, comprendrais-je au moins vos dernières paroles. »

Il en était arrivé davantage à Frédéric dans les heures qui avaient suivi son débarquement sur le quai de Charlotte Amalie qu'au cours de toutes les années qu'il avait passées en France.

« Vous n'avez aucune raison de me tuer.

— Dites-moi pourquoi et je verrai si je vous crois. »

Dans un français élégant, Frédéric expliqua rapidement qu'il venait juste d'arriver et cherchait un lieu où passer la nuit avant d'aller rencontrer la veuve dont il avait mission de reprendre en main les affaires.

« Vous comptez donc rester ici pendant que vous spolierez la veuve de ses biens ?

— J'ai été envoyé pour diriger l'affaire, non pour la voler. J'y serais allé directement mais je ne peux me présenter ainsi à une veuve chargée de six enfants.

— Sept, corrigea M. Enrique. Vous retardez.

— Vous connaissez la famille ?

— Vous non, visiblement. Et voilà que vous souhaitez passer la nuit dans la maison d'un inconnu que vous n'avez jamais rencontré avant ? » Il dévisagea l'intrus puis secoua la tête. « Pensez-vous être assez malin pour diriger une affaire ? »

Frédéric s'estimait bon juge en matière de caractère. À cet instant, il ne craignait plus pour sa vie. Au contraire, il se sentait plus vivant qu'il ne l'avait jamais été auparavant.

« Dînez-vous toujours avec un revolver sur les genoux ?

— Je suis le gardien, ici, entre autres choses. La grande maison est vide. Et il y a toujours des voleurs. Vous pouvez y passer la nuit. Demain matin, je vous conduirai où vous souhaitez aller. Je pense que vous aurez besoin d'aide sur cette île. Ce n'est pas la France ici, vous savez. Nous avons des insectes, sans parler des hommes, capables de vous tuer. »

Frédéric accepta avec gratitude le dîner qui lui fut ensuite offert. C'était un ragoût appelé calalou, composé d'épinards, de vert de taro, de gombos et de viande salée, un mets si savoureux, au parfum épicé de clous de girofle et de cardamome, qu'il lui délia la langue. Tenant son assiette sur ses genoux, il jura qu'il n'avait jamais rien mangé d'aussi bon en France. Il but quelque chose de doux, un mélange enivrant appelé rhum de guavaberry, et se retrouva bientôt à parler de sujets extrêmement personnels, de sa vie à Paris et de sa famille là-bas, et de leurs attentes concernant son retour. Il savait que certains hommes du monde extérieur détestaient cette île – son climat, la décontraction de ses habitants, le mélange des races, des religions et des conditions. Mais certains hommes se fondaient en elle et en devenaient une partie : ils acceptaient l'étreinte qui leur était offerte. Frédéric savait déjà qu'il était animé de l'esprit des seconds, ceux dont le sentiment était qu'ils avaient enfin trouvé leur véritable foyer.

Il se dirigea dans le noir vers la grande maison déserte, suivant le sentier envahi de végétation qui traversait le jardin. C'était une maison en stuc à fondation de pierre, avec de la mousse croissant dans les interstices entre les blocs. Le parfum des fleurs était enivrant. Des fleurs roses s'accrochaient à des lianes serpentant le long des vérandas et s'enroulant aux façades. Dans les haies nichaient des bananaquits, oiseaux jaunes dont le plumage luisait dans la pénombre comme si des rais de soleil leur avaient été peints en travers du ventre. La porte d'entrée n'était pas verrouillée. Les gonds grincèrent lorsque Frédéric la poussa et entra dans le vaste et frais vestibule. Une bouteille de rhum et des verres poussiéreux étaient dressés sur une haute table d'acajou. Il but directement à la bouteille. Un lézard passa la tête à la porte, puis entra en courant dans le vestibule où il se cacha sous un tapis. Frédéric but beaucoup trop. Chez lui, il buvait rarement du vin ou de l'alcool et prenait souvent un thé avant d'aller se coucher. Ici, il semblait atteint d'une soif surnaturelle.

Il était tard lorsqu'il s'achemina vers l'étage et s'introduisit dans la première chambre qu'il trouva. Il ouvrit les volets, dérangeant les chauves-souris dans la cour qui s'élevèrent toutes en un vortex sombre comme de la fumée montant des arbres. Ivre, il sombra dans un sommeil profond. Les oreillers sentaient la lavande. Ils étaient presque trop souples, emplis de plumes d'oiseaux locaux, mille couleurs à l'intérieur de leurs taies de coton. Cette nuit-là, il rêva de Paris, et de la pluie. Ses rêves furent gris et vert, emplis d'ombres. Lorsqu'il se réveilla, le soleil était aveuglant et sa tête le lançait à cause de tout le rhum qu'il avait bu. Il y avait des pétales roses sur le sol et le lézard était posé sur l'appui de la fenêtre, créature vert clair aux grands yeux et au port royal, comme si la maison lui appartenait. Frédéric se réjouit que cette vie éveillée fût la sienne. Il rendit grâce à sa famille de l'avoir envoyé ici. Sur le bateau, il s'était inquiété de n'être point à la hauteur de leurs attentes, craignant d'être mieux adapté au vieux continent, à un emploi dont il était coutumier, dans le monde qu'il connaissait. Mais à présent, il comprenait. Ils avaient fait le bon choix.

Il trouva des vêtements propres, presque à sa taille, dans un placard. Ils étaient faits d'étoffe plus légère, lin ou coton. Gris clair et blanc. Il se versa un broc d'eau froide sur la tête et se rasa de son mieux. Ses cheveux étaient plus longs qu'il n'aurait été acceptable à Paris, mais ici, il avait vu des hommes les nouer simplement sur la nuque, et il fit de même. Il chercha dans son sac le foulard de soie qu'il portait pour les occasions solennelles.

« Paré pour voler la veuve », observa M. Enrique lorsqu'ils se retrouvèrent dans la cour.

Des oiseaux noirs au ventre vert, guère plus gros que des phalènes, fusaient dans l'air et se posaient sur des branches tremblantes.

« Je suis ici pour l'aider. Si j'étais un voleur, il ne manque pas de choses à voler en France et je me serais épargné la peine de voyager jusqu'ici.

— Eh bien, je ne pense pas qu'elle verra les choses ainsi. »

Ils descendirent la colline pour rejoindre le quartier commerçant, leurs bottes résonnant sur les pavés. Les rues étaient emplies du tintamarre des gens au travail et des trilles des chants d'oiseaux. Un homme sur le marché vendait des oiseaux apprivoisés, volètements de plumes jaunes et vert pistache dans des cages en bambou. Frédéric regretta de n'avoir point le temps de s'arrêter à tous les étals et de goûter à tout ce qui s'offrait à lui, toutes sortes de nourritures qu'il n'avait jamais vues auparavant. Les boissons avaient des noms qui le ravissaient : punch potiron, punch pistache, eau de coco, thé citron. Il y avait des fruits dans les arbres et dans le lointain, les montagnes paraissaient rouges plutôt que vertes. C'était le mois de mai et la première floraison des flamboyants avait commencé. L'air était lourd de sel et du parfum des citrons verts. Ils dépassèrent un café où des pêcheurs, déjà rentrés de mer, engloutissaient leur petit déjeuner.

« Arrêtons-nous pour manger », suggéra Frédéric.

La soupe de poissons paraissait particulièrement délicieuse et le parfum du curry chatouillait leurs narines.

M. Enrique décocha un regard à son compagnon.

« Il y a des choses que vous devriez savoir à propos de cette île. » Il comprenait maintenant combien son compagnon était jeune et naïf. « Les vôtres se sont vus accorder tous les droits sur cette île, à part le fait que vous ne pouvez vous marier en dehors de votre propre race, mais les miens n'ont pas eu ce privilège. La vente d'êtres humains a été abolie dès la première moitié du siècle, le gouvernement danois y a veillé lorsqu'ils se sont emparés de l'île. Mais ceux qui sont arrivés ici esclaves le sont restés. Certes, beaucoup de gens de couleur sont libres ici, mais cela ne signifie pas que vous pouvez vous asseoir publiquement avec moi pour partager un repas. »

Frédéric haussa les épaules.

« Nous pourrions l'acheter et l'emporter.

— On ne me servirait pas dans cet établissement. Il nous faudrait descendre plus bas dans la rue et nous n'avons pas le temps. »

Frédéric se mit à rire.

« Parce que la veuve nous attend. En ronflant dans un fauteuil ? »

Il s'était visiblement fait d'elle une image fausse et M. Enrique lui adressa un regard dur.

« Vous devriez savoir que la veuve n'est pas vieille. Elle n'est pas ce que vous escomptez. Elle s'y connaît en affaires et elle est brillante.

— Et vous savez cela parce que ?

— Parce que j'étais l'employé de bureau de son père, et il apparaît maintenant que je vais être aussi le vôtre. Cela dit, si elle vous autorise à entrer dans le bureau.

— Je suis l'héritier des biens de mon oncle, lesquels comprennent les biens de son père. Je crains qu'elle n'ait pas le choix, déclara Frédéric à son compagnon, son côté plus sérieux reprenant le dessus.

— Peut-être bien, mais elle réussirait probablement mieux que quiconque dans la direction de l'entreprise, si la loi n'interdisait point aux femmes de le faire. »

Ils étaient arrivés au magasin qui fourmillait déjà d'activité à cette heure. Frédéric admira la façade de pierre et de stuc. Enrique lui expliqua qu'au-dessus du commerce se trouvait le logement occupé par la veuve et ses enfants. Ce qui était aussi bien. La famille entendait vendre la maison où son oncle Isaac avait vécu, de même que la maison de la belle-mère de son oncle, où Frédéric avait passé la nuit. Il repensa à ses rêves de pluie et frissonna. Il venait juste d'avoir vingt-deux ans et soudain, il ressentait sa jeunesse, le peu qu'il savait de la vie des autres : veuves, enfants, hommes mourants. Il s'apprêtait à entrer dans la vie de gens qu'il ne connaissait pas. Il hésita à la porte. Il y avait une haie garnie de ces mêmes fleurs roses qu'il avait vues à la grande maison en stuc, et les abeilles semblaient l'avoir suivi jusqu'ici. Il ferma les yeux un instant et les écouta bourdonner, puis eut soudain le sentiment d'être observé. Il leva la tête en plissant les yeux, mais tout ce qu'il vit furent des rideaux de dentelle française.

Lorsqu'ils furent à l'intérieur du grand vestibule principal, Enrique lui indiqua la direction du logement de la veuve avant de continuer son chemin vers le bureau, à l'arrière du magasin. Frédéric franchit une porte latérale et monta les escaliers menant aux modestes quartiers d'habitation. En France, ce logement aurait été considéré comme celui d'une personne de peu. Frédéric détenait la clé des lieux et il était le propriétaire légal de tout, mais se servir d'une clé sans s'être annoncé le gênait beaucoup, aussi frappa-t-il à la porte. Il entendait des gens parler à l'intérieur, une mélodie de voix s'exprimant en français. Il toqua encore contre le panneau de bois et à nouveau n'obtint aucune réponse. Il attendit un moment dans le couloir, assez longtemps pour s'aviser que personne vraisemblablement ne lui répondrait, et se résolut donc à utiliser l'une des clés qui lui avaient été envoyées.

Il y eut un déclic, puis la porte s'ouvrit sur le monde qu'il avait reçu mission de diriger et de guider. Il ne s'était pas attendu à la scène qui s'offrait à lui : deux garçons qui étaient presque déjà des hommes rassemblant leurs livres de classe, tant d'enfants autour de la table qu'il ne pouvait tous les compter, une femme africaine leur servant le petit déjeuner en les houspillant parce qu'ils étaient gourmands et se mettaient en retard, un garçonnet, et des fillettes encore plus jeunes, pieds nus, les cheveux nattés et relevés. C'étaient Emma et Delphine, si proches en âge qu'on aurait dit des jumelles. Peu importait combien ils étaient : il ne parvenait à les voir clairement car son attention était rivée sur la femme qui venait de sortir d'une chambre, vêtue d'une robe droite blanche, son opulente chevelure brune lâchée, un bébé sur la hanche. Il songea à une rose blanche, car il y en avait dans le jardin de ses parents à l'extérieur de Paris, leurs boutons éclosant sur de fines branches frémissantes couvertes d'épines. La femme paraissait venir de se lever de son lit. Son vêtement était assez ample et léger pour que Frédéric pût déceler sa silhouette. Il se trouva soudain pétrifié, là sur le seuil d'une demeure dans laquelle il n'avait pas été invité, ni n'était visiblement attendu.

L'une des petites filles l'aperçut la première et le montra du doigt.

« *Qui est cet homme** ? », demanda-t-elle d'une voix chantante.

Il faudrait des semaines à Frédéric pour arriver à savoir laquelle était Delphine et laquelle était Emma. Les autres enfants, jusque-là bruyants comme des oiseaux, se turent et le fixèrent avec suspicion. La femme noire lui dit, dans un anglais accentué :

« Qui vous a permis d'entrer ici ? »

Tous se mirent à lui parler en même temps, sauf la femme aux cheveux bruns vêtue de blanc, qui s'était contentée de lever les yeux vers les siens. Elle le dévisageait avec froideur, refusant de lui laisser voir à quel point elle le trouvait beau, avec quelque chose de profond dans la physionomie, comme s'il y révélait son être le plus intime. Elle vit qu'il portait des bottes de cuir gris et elle sut qu'il venait de Paris ; et à cet instant, Rachel Pomié Petit, qui avait la langue la plus acérée de Saint-Thomas, se découvrit sans voix.

Ignorant les autres, Frédéric parvint à faire quelques pas vers la maîtresse de maison afin de se présenter. Il imaginait maintenant quel sot il avait pu paraître aux yeux de M. Enrique lorsqu'il avait parlé d'elle comme d'une femme âgée. Il avait été prévenu qu'elle n'était point telle qu'il l'escomptait. Il parvint à se présenter et à dire que sûrement elle avait dû recevoir la lettre de France l'informant de son arrivée.

« Mon objectif est de vous aider de toutes les façons possibles, lui assura-t-il. *S'il vous plaît, permettez-moi de vous aider**. »

La veuve le regardait fixement. Il avait un accent parfait : désinvolte et élégant. Elle rit et répondit :

« Avant que je me sois habillée, ou après ? »

Il s'avisa qu'elle portait une chemise et un jupon, et non une robe blanche. Il n'arrivait pas à se rappeler son nom exact mais juste à cet instant, la femme africaine l'appela Rachel, familiarité qui jamais n'aurait eu cours en France entre une maîtresse et sa servante. Il se souvint de ce qu'il avait lu dans les dossiers qu'il transportait. Rachel Pomié Petit, née à Saint-Thomas, fille d'un commerçant respecté du nom de Moïse Pomié, mariée à son oncle Isaac alors qu'elle n'était guère plus qu'une adolescente.

Les enfants s'étaient remis à se préparer pour la journée. Les plus grands garçons continuaient à le regarder fixement, mal à l'aise, peut-être parce que Frédéric n'était guère plus âgé qu'eux, mais les plus jeunes l'avaient oublié. Il se sentait en plein chaos, les enfants finissant de manger, la servante, qui s'appelait Rosalie, débarrassant au fur et à mesure tout en criant des ordres que les enfants ignoraient plus ou moins. Frédéric voyait seulement la femme qui se tenait devant lui. Le reste s'estompait, sombrant par-delà son champ de vision. Un parfum montait du magasin du rez-de-chaussée, c'était le parfum de la mélasse, qui lui reviendrait toujours à l'esprit lorsqu'il repenserait à ce jour, le matin où il était tombé amoureux d'une femme mère de sept enfants.

« J'avais envoyé Rosalie vous chercher au bateau hier mais vous n'y étiez pas », l'informa Rachel.

Il se tenait tellement droit, pas du tout comme les hommes de Saint-Thomas qui s'affalaient sous la chaleur. Il avait la posture qu'elle imaginait propre à tous les hommes de Paris, emplie d'une grâce naturelle.

«Je pensais que vous aviez changé d'avis et décidé de rester à Paris: ce qui ne me faisait penser à vous que davantage.

— Y êtes-vous allée? lui demanda-t-il pour engager une conversation susceptible de dissiper le malaise dû à leur situation, sur un registre plus social, si possible.

— Non, pas encore.»

Quand elle riait, elle ressemblait à une jeune fille du même âge que lui, alors qu'elle était légalement sa tante et qu'elle avait sept ans de plus. Le même nombre d'années pendant lequel avait servi Jacob dans la Bible avant de pouvoir épouser Rachel, même si chaque année lui avait fait l'effet d'un jour en raison de l'amour qu'il éprouvait pour elle.

«Eh bien, je suis flatté que vous ayez pensé tant soit peu à moi, dit-il. Je ne voulais point vous déranger, j'ai donc accepté l'hospitalité de votre employé de bureau et passé la nuit dans la maison de vos parents.

— Avec quelle rapidité vous avez emménagé dans une demeure qui autrefois nous appartenait. Vous arrivez de Paris sur ce petit point dans l'océan en vue de revendiquer des biens qui appartenaient à mon père et à mon mari et, si les lois avaient plus d'égards pour les femmes, à moi aussi.»

La couleur lui montait au visage et au cou tandis qu'elle parlait. Elle éprouvait manifestement de la rancœur envers lui. Elle avait supplié la famille d'Isaac en France de lui faire confiance pour diriger l'affaire et, en réponse, ils avaient envoyé ce jeune homme qui se tenait maintenant dans sa cuisine, étonné de tout ce qu'il découvrait. C'était comme si un héron était entré par la fenêtre et s'était figé sur place, choqué par les manières insolites des humains. Rachel l'observait maintenant plus attentivement, car lui-même était tout aussi étrange pour elle. Son accent parisien, sa façon de passer sa main sur son front quand il parlait, ses yeux, qui semblaient changer de couleur selon la lumière. Malgré sa jeunesse, il semblait empli d'une certaine autorité, sûr de lui comme devait l'être, présumait-elle, tout homme éduqué à Paris. Elle l'avait aperçu de sa fenêtre et avait tout de suite su que c'était lui. L'homme venu régenter sa vie. Elle avait noté au vol sa beauté, et son apparence si française due à son extrême maîtrise de soi. Bon, face à face, cette maîtrise n'était plus si évidente. Il tiraillait un fil de sa chemise. Rachel reconnut le pantalon et la veste.

« Vous portez les habits de mon cousin, à ce que je vois.

— Ah, vraiment ? Je n'ai fait que les emprunter. Je les rendrai, naturellement. Je ne suis certes pas un voleur. Je vous assure que je suis ici pour vous aider. Rien de plus. »

Ce n'était pas l'entière vérité. La famille Petit en France prenait possession de ce qui lui revenait légalement, la moitié de l'affaire, et ils entendaient la faire prospérer ; Frédéric était donc là pour des raisons autres que se mettre au service de Rachel, quelles que soient ses prétentions d'être venu l'assister. Il était là pour la famille. Maintenant qu'il se tenait devant elle, il se sentait en quelque sorte attristé des arrangements légaux qu'il était venu superviser.

« Gardez donc ces habits, lui dit la veuve. Mon cousin ne reviendra pas. Il a la sagesse de rester à Paris. Mais, je vous prie de m'excuser pendant que je me mets en quête des miens. »

Frédéric attendit à la table de cuisine pendant que la veuve s'habillait et que les enfants partaient pour l'école. Il aurait aimé une tasse de thé mais se garda de demander de peur d'outrepasser les limites de l'hospitalité. Il se demanda quelle sorte de thé l'on buvait ici. Certainement parfumé à la rose et au jasmin plutôt qu'un simple breuvage aux feuilles de thé noir. Comme si elle avait lu dans ses pensées, la servante déposa une tasse devant lui. Citron et gingembre. Amer et doux.

« Elle n'est pas près de vous aimer », lui dit Rosalie. La servante avait deux bébés sur les genoux, ce qui ne l'empêchait pas de garder un œil sur lui. « Alors n'essayez même pas. »

Rachel revint vêtue d'une robe vert clair, les cheveux noués derrière la tête. C'était la première fois qu'elle délaissait ses vêtements de deuil. À leur place, elle avait enfilé la robe que Jestine avait faite. Elle se disait que cette robe était la première chose qui lui était tombée sous la main, mais ce n'était pas exactement la vérité. La robe avait des boutons de nacre, comme souvent les robes françaises, et une crinoline bordée de dentelle.

N'étant plus prise à l'improviste, Rachel semblait différente, plus lointaine. Frédéric voulait que le moment d'avant revienne, quand elle était sortie de sa chambre, sans méfiance, ses cheveux défaits dans son dos. Il y avait des milliers de femmes à Paris vêtues de robes de soie, mais il n'en avait jamais vu une seule en combinaison blanche.

«Je présume que vous êtes là pour affaires, alors commençons», lui dit-elle sans cérémonie.

L'un des enfants se mit à chantonner et Rachel rit, redevenant la première femme qu'il avait aperçue, son visage levé empli de lumière, sa bouche brune et belle. Il eut le sentiment d'entrevoir un secret, une vision réservée à bien peu. Lorsqu'elle tourna les yeux vers lui, il ressentit du désir. Surprenant son regard, elle se rembrunit; peut-être pouvait-elle lire ses pensées, lesquelles étaient embarrassantes même pour lui. Les choses qu'il désirait faire à cette femme, il n'aurait point osé les formuler tout haut.

Rosalie sortit avec les bébés et, l'espace d'un instant, la gêne s'installa entre eux, deux étrangers dans une pièce exiguë, plats et assiettes abandonnés sur la table avec des reliefs de nourriture, croûtes de pain et restes de fruits, et des mouches se posant sur les bords. La chaleur du jour commençait. Il n'y avait rien à dire, et il y avait tout à dire. Une femme n'était point censée se trouver seule avec un homme mais il faisait partie de la famille, et il était si jeune, à peine quelques années de plus que David, l'aîné de la fratrie. Assurément, il n'y avait rien de mal à ce qu'ils fussent dans la même pièce. Elle servit une autre tasse de thé à Frédéric et versa par inadvertance un peu de liquide brûlant sur sa main. Cela ne le dérangea nullement, au contraire. Il laissa la douleur irradier. On aurait dit que tous ses sens étaient exacerbés. Il lui assura que tout allait bien, qu'elle ne l'avait pas brûlé mais, comme elle en doutait, elle lui appliqua un torchon mouillé sur la peau. Son expression était indéchiffrable: il semblait n'avoir même pas cillé. Mais elle avait un onguent, qu'elle pouvait aller lui chercher.

«Cela ne prendra qu'une minute», dit-elle.

Il la pria de ne point se déranger, assura qu'il n'avait rien. Elle retira le linge et vit la cloque qui s'était formée. Elle sentit qu'elle éprouvait pour lui bien plus que de la sollicitude. Une émotion beaucoup trop brûlante. Il lui sembla que c'était elle qui risquait de s'évanouir. Il avait raison, elle ne devait pas insister. Elle lui tourna le dos et essora le torchon. Déjà, il occupait bien trop ses pensées. Il ressemblait à un homme venu d'un monde froid, dans ses bottes grises, avec ses cheveux noirs en catogan et sa posture droite, alors même qu'il s'était fait brûler.

« Nous devrions descendre, dit-elle.

— Oui, c'est vrai », convint-il.

Ils gagnèrent le rez-de-chaussée où Rachel lui présenta M. Farvelle qui supervisait maintenant les activités quotidiennes au magasin. L'air y était si sucré qu'il était difficile de respirer. Frédéric apprendrait bientôt que tout, sur cette île, était imprégné du parfum de la mélasse, mais pour l'instant, il associait cette senteur au désir. Pendant que les hommes parlaient entre eux, Frédéric parcourut rapidement les livres de comptes du magasin et repéra des dizaines d'erreurs. Rachel, assise sur une chaise, mains croisées sur les genoux, l'observait. Il se sentit devenir fiévreux sous son regard. Il montra aimablement du doigt quelques erreurs à Farvelle, qui n'apprécia guère d'être repris par un inconnu, aussi jeune que son propre fils, de surcroît.

« Vous êtes doué pour les chiffres, lui dit Rachel alors qu'ils se rendaient au bureau d'expédition, à l'arrière du magasin.

— J'en vois dans mes rêves. »

Elle rit.

« Quel étrange sujet de rêve. Mais qui suis-je pour en juger ? Moi je rêve de pluie. »

Le corridor était étroit et encombré de caisses. Des grains de poussière voletaient dans l'air, certains aussi grands que des papillons de nuit. Il ne pouvait la quitter des yeux. Il se demandait si c'était dans son lit à elle qu'il avait dormi dans la grande maison, et si le rêve qu'il avait fait était aussi le sien. Il détestait la pluie lorsqu'il était en France mais à présent, il désirait refaire ce rêve de pluie, dans ce lit qui peut-être avait été le sien, avec ces oreillers si moelleux, cette fenêtre ouverte, cette lumière jaune du matin et ce vert rêve frais qu'ils avaient partagé.

Elle l'amena à M. Enrique qui lui serra la main en disant : « Bonjour, monsieur », comme s'ils ne s'étaient jamais rencontrés, ni n'avaient parlé de la vie en des termes personnels.

« Bonjour », répondit Frédéric, plutôt troublé par les complexités des attentes sociales en ce pays.

Il comprenait qu'il devait suivre l'exemple de M. Enrique et faire comme si la soirée de la veille n'avait pas existé, qu'ils n'avaient point dîné ensemble ni évoqué leur histoire personnelle. À Paris, votre place dans la société était fixée : un individu n'avait que peu à faire avec les gens extérieurs à sa position et à sa confession. Les Juifs partageaient le cercle des Juifs, les banquiers celui des banquiers, et ainsi de suite. Tout cela était parfaitement logique. Plus tard, Frédéric comprendrait que sur cette île, il y avait les règles concernant ce qui devrait être, et il y avait la vérité plus profonde de ce qui était réellement. Les gens se connaissaient intimement, et feignaient ensuite ne s'être jamais rencontrés.

« Première des choses : M. Enrique doit conserver sa place, fit savoir Rachel à Frédéric bien qu'elle n'eût aucun droit de donner des ordres.

— Bien entendu. »

Frédéric ne souhaitait point que sa gestion lui déplût, et ils n'avaient aucune raison d'être en désaccord. Il avait tout intérêt à garder M. Enrique.

« Et j'ai besoin d'une signature sur ces documents tout de suite. »

Rachel poussa un document sous ses yeux, qu'il parcourut, essayant d'en comprendre la signification bien que Rachel le pressât de s'exécuter, lui tendant un stylo, indiquant l'emplacement où signer. Lorsqu'il hésita, elle mit ses mains sur ses hanches.

« Je vois que vous n'avez pas confiance en moi, or je suis sûre que vous tenez ma confiance en vous pour acquise, dit-elle.

— Les affaires s'établissent-elles sur la confiance ou sur la connaissance ? demanda Frédéric. Je suis ici pour faire ce qui est le mieux pour vous.

— Voici ce qui est le mieux. Ces documents feront de Rosalie une femme libre. Je n'ai pas le droit d'y apposer ma propre signature. »

Il comprenait maintenant ; Rosalie était une esclave. Il supposait qu'elle faisait, par essence, partie de la succession de son oncle, non qu'il y eût aucune raison d'en informer la famille en France car il s'agissait d'une violation du plus absolu des droits humains. Rachel l'observait attentivement et il voyait bien que c'était à un tel moment qu'elle le louerait ou le condamnerait. Il savait déjà qu'il ne souhaitait pas la perdre.

« Bien entendu », répéta-t-il.

Lorsqu'il leva les yeux, la veuve et son employé étaient en train d'échanger un regard réjoui.

Frédéric lui rendit le document. Elle ne le remercia pas mais l'observa plus attentivement encore que précédemment. Elle avait les yeux fixés sur sa veste. C'était comme si elle pouvait voir à travers ses vêtements.

« Je présume que vous lui avez donné les habits de mon cousin, dit-elle à M. Enrique d'un ton taquin.

— Personne ne les lui a donnés. Il a pris ce qu'il voulait, bien qu'il prétende ne pas être un voleur. » M. Enrique et Rachel échangeaient souvent des plaisanteries, et c'était ce qu'ils étaient en train de faire en cet instant, aux dépens de Frédéric. « Vous devriez veiller à ce qu'il ne vous prenne point trop sans demander. »

Rachel tourna ses regards vers le neveu de son mari, le jeune homme venu de France qui était trop beau pour son propre bien, qui rêvait de chiffres, qui prenait ce qu'il voulait, et qui maintenant baissait la tête, embarrassé à l'idée même d'être jugé indigne de confiance, même s'ils étaient simplement en train de plaisanter avec lui.

« Qu'avez-vous à dire pour votre défense ? lui demanda Rachel. Avez-vous l'intention de me voler ? »

Elle avait dit cela par raillerie mais ses intentions prirent un tour tout différent quand il leva les yeux vers elle. Son regard la transperça. Il avait les yeux d'une couleur indéfinissable, une sorte de gris ou de vert. Des yeux couleur de pluie. Elle ignorait jusque-là que la pluie pût avoir une couleur : elle l'avait cru transparente, mais elle s'était trompée.

« Je n'accepterais de prendre que ce que vous offrez », dit-il.

Rachel fut impressionnée par sa franchise, et nullement froissée, comme une autre femme aurait pu l'être. Au contraire, elle sentit son intérêt s'aviver.

Quelque chose, enfin, lui était arrivé de Paris.

⁂

Frédéric obtint rapidement son Certificat de Citoyen de l'association des commerçants, ce qui lui permit de reprendre les possessions de son oncle et d'être accepté au sein de la communauté. Il vivait dans une pièce libre du magasin, au-dessous de l'appartement, à côté du bureau où il travaillait. Il était attendu qu'il déménagerait dans son propre logement lorsqu'une résidence se libérerait, mais il n'était pas pressé. Il ne cherchait même pas une autre habitation, ni ne répondait aux suggestions faites par les hommes de la congrégation qui savaient quelles pensions de famille ou quelles chambres étaient à louer. Il disait qu'il était trop occupé, et que le suivi des affaires de son oncle l'accaparait mais la vérité était qu'il ne désirait aller nulle part ailleurs. Dans sa chambre actuelle, il y avait une fenêtre qui laissait entrer plus de soleil que toutes les fenêtres combinées de la maison de ses parents en France. Ici, chaque jour était une joie, baignée de lumière. Les bananaquits nichaient devant sa fenêtre et l'éveillaient le matin de leurs chants. Cependant, quelle que fût la chaleur du temps, il rêvait de pluie toutes les nuits. Elle tombait à verse dans ses rêves et quand il se réveillait, il éprouvait ce que peut éprouver un homme qui se noie lorsqu'on le tire de la mer et que l'air et la lumière s'engouffrent à nouveau en lui.

Les inconvénients ne le dérangeaient pas. Il se souciait peu de luxe. Il y avait des cabinets extérieurs derrière le magasin et un broc et une cuvette sur la commode. Il se rasait seulement une fois tous les quelques jours et nouait ses cheveux sur sa nuque d'un lacet de cuir. Il commença par vendre les deux maisons, ce qui paya les dettes et laissa une jolie somme à investir dans l'affaire. Rachel vint avec lui faire le tour des maisons vides. Ils se rendirent d'abord à la maison de son oncle Isaac. Il y avait un écho sur le dallage des sols, une épaisseur dans l'air. Rachel s'arrêta sur le seuil de la chambre qu'elle avait partagée avec son mari et tendit les mains en une sorte de prière. Frédéric se tenait debout à côté d'elle, la gorge douloureuse.

« Elle est partie. »

L'expression de Rachel était grave, ses yeux noirs perçants.

« Elle ? », demanda Frédéric, pensant avoir mal entendu.

Assurément, c'était de son oncle Isaac que Rachel voulait parler.

« La revenante.

— Ah, dit Frédéric, soulagé qu'elle ne pleure plus la perte de son époux. La maison était donc hantée.

— Vous ne me croyez pas ?» Rachel redressa les épaules, comme prête à se battre. « C'était sa première femme. Celle qu'il aimait.

— C'est vous qu'il aimait, dit Frédéric avant d'avoir pu se retenir.

— Comment pouvez-vous dire cela ?»

Frédéric haussa les épaules.

« Parce qu'il aurait été sot de ne point le faire. »

Ils longèrent la loggia vide qui jouxtait les pièces. Tous les meubles avaient été vendus ou emportés. Il y avait une poupée dans un coin, un jouet d'enfant.

« Vous avez vu comment il a géré nos affaires. » Rachel parlait doucement. Il était terrible de déambuler dans une maison vide, perdue par la faute d'erreurs de fortune. « Peut-être l'était-il, sot.

— Eh bien, moi je ne le suis pas », dit simplement Frédéric.

Ils sortirent par le porche puis rejoignirent le portail orné de hérons. Le ciel était opalescent. Rachel abrita ses yeux pour pouvoir regarder dans ceux de Frédéric. Plonger dans son regard ressemblait à s'élancer sous la pluie.

M. Enrique se vit attribuer le titre de gérant et, en contrepartie, il travailla de longues heures, apprenant la gestion de l'affaire à Frédéric. C'était un bon professeur, aussi doué pour les chiffres que l'était Frédéric. Rosalie leur apportait souvent leur dîner lorsqu'ils travaillaient tard le soir. Frédéric fut prompt à s'aviser qu'il y avait quelque chose entre eux, une tendresse due à des années d'intimité.

« C'est votre épouse ? demanda-t-il un soir.

— Est-ce là votre affaire ?»

Enrique se détourna et Frédéric n'insista pas.

Plus tard, alors qu'ils fermaient le bureau pour la nuit, Enrique lui confia :

« J'avais une épouse autrefois, mais nous nous sommes disputés. J'ignore si elle est en vie aujourd'hui. Tout ça se passait sur une autre île, dans une autre vie. Alors comment puis-je me marier ?»

Ils s'en tinrent aux livres de comptes après ça, car discuter de votre vie personnelle pouvait vous créer des ennuis. Ils convinrent tous deux que le magasin était le bien le plus rentable de la succession et ils se consacrèrent à accroître l'importance des ventes, ainsi que M. Enrique l'avait suggéré, l'affaire de transports maritimes étant la proie du mauvais temps, des pirates et des impôts. Le destin, lui dit M. Enrique, était un associé terrible en affaires. Frédéric suivit les conseils de son gérant en toute chose: ils vendraient de la mélasse et du rhum et laisseraient d'autres hommes risquer leur chance dans la navigation et la ruine.

Quand il n'y prenait garde, Frédéric rêvait de Rachel. Il gardait ses distances. Il entendait ce que l'on racontait sur elle à la synagogue. Il entendit d'autres femmes dire qu'elle avait une trop haute opinion d'elle-même, qu'elle disait ce qu'elle pensait comme si elle était un homme et ne se montrait jamais polie envers les autres dames. Il se détournait de pareilles conversations. Cela ne le concernait pas, de toutes façons. Néanmoins, quand des membres des Bénédictions et de la Paix l'invitaient à des dîners, il n'avait d'autre choix que d'y aller. C'étaient des soirées distinguées et il n'avait qu'un seul costume noir que Rosalie lui repassait chaque fois qu'il se rendait à l'une de ces invitations. Il s'avisa qu'on le présentait à toutes les jeunes filles et jeunes femmes à marier. Lors d'un dîner, il avait si chaud et se sentait si nerveux qu'il sortit dans la cour, un verre de rhum à la main. Il faisait encore plus chaud dehors, mais au moins il était seul. C'est du moins ce qu'il pensait. À première vue, il semblait y avoir un héron dans le patio, l'un de ces étranges oiseaux bleus qu'il avait observés dans les marais. Puis Frédéric s'avisa que c'était l'une des femmes âgées de la congrégation, vêtue d'une robe couleur d'azur.

« Savez-vous ce qu'est un péché ? », lui lança la vieille femme.

Pris au dépourvu, il répondit : « Pardon ? » en chassant de la main les phalènes que sa lotion capillaire semblait attirer.

« C'est ce que vous désirez, sachant que vous ne pourrez l'obtenir. »

C'était Madame Halévy.

« Voulez-vous parler du rhum ? demanda-t-il d'un ton amusé.

— Je veux parler du désir, dit Madame Halévy.

— Eh bien, je vous remercie de votre intérêt. »

Frédéric s'appliquait à garder ses réflexions pour lui. Il pensait qu'il était peut-être tombé sur une femme sachant lire dans les pensées d'autrui. Il avait entendu dire qu'il existait de telles femmes sur cette île.

« Il ne s'agit point d'intérêt. » La vieille femme lui fit signe de l'aider à se lever du banc où elle était assise et il n'eut d'autre choix que de s'exécuter. « Il s'agit d'une mise en garde, poursuivit-elle. Afin que vous compreniez qu'il existe une proscription de l'inceste.

— Madame, je suis bien certain de ne point comprendre où vous voulez en venir.

— Comme un frère ne peut coucher avec sa sœur, ni un père avec sa fille, de même un neveu ne peut coucher avec sa tante. Il n'est point besoin de partager le même sang pour être de la même famille. »

Il eut envie de la cingler en retour, vieille carne qu'elle était, mais il se montra poli, ainsi qu'on le lui avait appris.

« J'ignore ce qui vous pousse à tenir de tels propos, répondit-il d'un ton froid.

— C'est Rachel qui m'y pousse, répondit Madame Halévy. Elle n'a jamais compris qu'elle doit se conformer aux règles. Pour votre bien à tous les deux, j'espère que vous-même le comprenez. »

Il aida la vieille femme à retourner à l'intérieur puis planta là la congrégation. À compter de ce jour, il ne fréquenta plus personne. L'avertissement de la vieille femme l'avait conduit à réviser ses actions. Désormais, lorsqu'il avait du temps de libre, il partait explorer l'île. Il allait nager sous une cascade qu'Enrique lui avait indiquée, un endroit secret situé dans une zone marécageuse où venaient nicher les hérons. Son premier vrai bain, Frédéric le prit en compagnie de minuscules poissons bleus fusant autour de lui. Il avait rapidement accepté la sagesse locale selon laquelle il valait mieux boire du rhum que du vin. Le rhum vous gardait des maladies de même que la moustiquaire qu'il suspendait au-dessus de son petit lit. Parfois, il retournait à l'endroit où il avait pour la première fois entendu des abeilles le jour de son arrivée à Charlotte Amalie. Il fermait les yeux et écoutait le bourdonnement tandis qu'elles butinaient de fleur en fleur et, en dépit de sa résolution à ne point le faire, il pensait à Rachel.

Lorsqu'il rendait visite à la veuve de son oncle, le vendredi soir après l'office religieux, il apprenait à tenir correctement un bébé sur ses genoux pendant qu'il mangeait à leur table. Il aidait les garçons à faire leurs devoirs et trouvait que David avait une tête particulièrement bien faite pour les chiffres. Il se disait, et le disait à quiconque prenait la peine de demander, qu'il se rendait à ces dîners du vendredi soir pour être poli, et parce que c'était son devoir, et parce que, d'une certaine façon, il était dorénavant l'homme de la maison. À ces moments, et à tout moment, il faisait tout son possible pour ne point regarder Rachel ni l'imaginer dans sa combinaison blanche. Or il semblait qu'il eût mémorisé le moindre détail de ce vêtement : ses coutures, ses boutons de nacre, comment sa coupe était ajustée à son corps, comment il l'en déferait et même la lui arracherait, comment elle le supplierait de le faire. Il était furieux contre lui-même de ces pensées qu'il semblait incapable de contrôler.

Elle avait sept ans de plus que lui et avait vécu une vie entière pendant ces sept années. Elle avait été une femme mariée, une veuve, une mère, et lui n'était rien de plus qu'un jeune homme doué pour les chiffres. Un soir, après être sorti dans la rue, il leva les yeux vers sa fenêtre. Il la vit dénouer ses cheveux noirs. Il ne bougea pas alors qu'il savait qu'elle allait ôter sa robe. C'était comme si son fantasme s'était matérialisé et il fut incapable de se détourner. Les quelques gestes suivants, lorsqu'elle se défit de ses habits, le bouleversèrent. Il était subjugué. Il entendait des abeilles bourdonner, mais il n'aurait su dire si elles étaient près de lui dans une haie ou à l'autre bout de l'île. Après quoi, il traversa la ville et monta dans les collines ; il parcourut des kilomètres, espérant que ses pas dissiperaient ses pensées. Il se retrouva perdu dans une prairie. Tout était d'un noir d'encre. Il se sentit absolument seul au monde, plus seul encore qu'en mer où, s'il s'était anéanti dans les vagues, nul n'en aurait rien su. Il fut saisi de panique en voyant des yeux le fixer dans l'obscurité. Il crut qu'il était en présence du diable, que c'était le diable qui lui avait inspiré ces pensées à l'endroit de Rachel, et que maintenant il allait être puni. Mais en regardant plus attentivement, il vit que ce n'était qu'un bouc, derrière une clôture en bois, qui le regardait fixement. Il rit alors de lui-même et de ses frayeurs. Il s'était vanté auprès de Rachel de n'être point un sot mais, de toute évidence, il en était un désormais.

Un vendredi soir, au dîner, Rachel toucha sa main de la sienne en lui passant son assiette. Ce ne fut rien qu'un bref effleurement mais il sentit sa peau brûler. Il en perdit l'envie de manger. Il la vit ensuite baigner ses mains dans de l'eau froide et comprit alors, tout soudain, qu'elle éprouvait la même chose que lui. Après quoi, il travailla plus dur, plus tard. Il écrivit à sa famille en France, de longues lettres à propos du négoce, sans la mentionner elle. La nuit, il écoutait le vrombissement des moustiques et des papillons. Il sentait les ténèbres bleu-noir tout autour de lui. Il faisait le vœu qu'à son réveil, il découvrirait qu'il avait oublié sa première rencontre avec elle.

Une nuit, elle entra dans sa chambre alors qu'il dormait. Il rêvait qu'elle était là, dans sa combinaison blanche, et lorsqu'il ouvrit les yeux, elle était bien là, une lanterne à la main. Elle chuchota : « Vite, habillez-vous » puis sortit l'attendre dans le couloir. Il sauta du lit et enfila ses habits, pressé de voir si elle était réelle ou le fruit de son imagination enfiévrée. Ses bottes à la main, il sortit précipitamment dans le corridor. Elle rit en le voyant se jeter hors de sa chambre, si grand et élancé, désorienté, frottant ses yeux pour en chasser le sommeil.

« On dirait que vous attendiez autre chose », lui dit-elle, car elle était tout habillée et portait une cape légère par-dessus sa robe verte.

Son amusement lui causa une légère irritation, ou peut-être était-ce la pure blessure qu'il ressentait de savoir qu'elle avait appartenu à son oncle, un homme plus âgé qui avait ruiné leur affaire.

« Vous êtes venue me trouver, dit-il avec froideur, pour aussitôt regretter le ton de sa voix.

— C'est un fait. » Elle hocha la tête, piquée au vif. « Je ne saurais le nier. »

C'était comme si tous les autres membres de la maisonnée avaient disparu, emportés dans la nuit bleue par magie. Rosalie habitait avec eux en semaine. Elle dormait dans sa propre chambre lorsqu'elle s'occupait des enfants, porte ouverte afin de pouvoir entendre les bébés s'ils se réveillaient. Tous dormaient. Nul ne semblait plus faire partie de ce monde à l'exception de la veuve et de son neveu. L'air était lourd, enchanté, et il y avait comme une urgence dans la chanson basse et insistante des grenouilles. Quelques jours plus tôt, Frédéric avait découvert une grenouille sous son oreiller, verte avec un point rouge sur le dos.

« Venimeuse, avait déclaré Rosalie quand il avait décrit l'animal au petit déjeuner. Vous feriez bien de faire attention à vous. On n'est pas à Paris ici. »

Il avait plus tard appris des enfants que ce n'était pas vrai, cette grenouille était inoffensive et Rosalie se moquait de lui. Maintenant, chaque fois que Rosalie le voyait, elle lui disait : « Est-ce que vous faites attention aux grenouilles ? ». C'était devenu une sorte de plaisanterie entre eux.

Mais la veuve de son oncle le conduisait à présent dans la nuit obscure, et ce n'était pas une plaisanterie. Il avait l'impression d'entendre son propre cœur et il espérait qu'elle-même ne l'entendait pas palpiter, comme s'il était un écolier incapable de se contrôler. Ils descendirent une rue escarpée, déserte à cette heure, et sortirent de la ville. L'air était soyeux et lourd tandis qu'ils approchaient de la plage que Rachel voulait lui montrer. C'était l'époque où les tortues venaient pondre leurs œufs sur le rivage, attirées par la clarté de la lune. Rachel lui expliqua qu'une lanterne les aurait désorientées. Elle souffla sur la flamme et ils s'étendirent dans le sable, se touchant de toute la longueur de leurs corps. Elle lui raconta l'histoire de la tortue qui était à moitié humaine et ressemblait assez à une femme pour que tous les hommes tombent amoureux d'elle en la voyant. Certains de ses soupirants plongeaient dans la mer pour la suivre, même s'ils ne savaient pas nager, mais jamais elle ne regardait en arrière.

Cette histoire tourmenta Frédéric. Était-ce une mise en garde ou un aveu ? Lui enjoignait-elle de garder ses distances ou l'incitait-elle à la suivre ?

« J'avais l'habitude de venir ici avec ma meilleure amie mais elle ne souhaite plus assister à des miracles, lui confia Rachel. Elle n'y croit plus. Contrairement à moi, je suis surprise de le reconnaître. »

Qui que fût cette amie, il lui était reconnaissant de son manque de foi qui faisait de lui le compagnon de Rachel pour assister au miracle de cette nuit. Le sable était froid et moite, l'air presque aussi humide que la mer, mais Frédéric brûlait. Il n'arrivait pas à croire qu'elle ignorait ce fait et il s'attendait presque à ce qu'elle le giflât pour ses pensées mais lorsqu'elle le regarda, il perçut une sorte de compassion dans ses yeux, comme si elle éprouvait de la pitié pour lui, pauvre humain, et peut-être en éprouvait-elle aussi pour elle-même.

Des centaines de tortues arrivaient de la mer. Certaines passaient juste à côté d'eux, progressant lourdement sur la plage, résolues à trouver l'étendue de sable parfaite dans laquelle pondre leurs œufs. La pleine lune était pâle, masquée par des bancs de nuages, et l'on apercevait quelques piqûres d'épingle qui étaient des étoiles. La lueur la plus vive provenait des reflets sur l'écume blanche des vagues. Puis les nuages s'écartèrent et la lune éclaira une allée pour les tortues : la plage vira au vert tandis qu'elles étaient de plus en plus nombreuses à accoster. Il fallut toute la nuit aux tortues pour pondre leurs œufs, les recouvrir de sable et s'en retourner enfin, exténuées, à la mer.

Comme Rachel et Frédéric marchaient vers la maison, l'aube poignait sous le ciel. Le monde était clair et beau, empli d'un entrelacs de chants d'oiseaux, une musique si forte qu'il semblait à Frédéric que sa tête allait éclater. Ils n'avaient pas dormi, si bien que la nuit semblait avoir duré beaucoup plus longtemps que tout autre nuit ordinaire.

« Je devrais vous haïr », lui dit Rachel.

Elle était la proie d'un désir sans nom et elle en voulait à Frédéric de ses émotions à fleur de peau. Sa présence était comme un envoûtement, son prénom une incantation. Elle l'avait évité mais cette tactique n'avait pas fonctionné. Elle n'était plus allée au cimetière depuis son arrivée. Elle ignorait les enfants lorsqu'ils pleuraient. Elle s'enfermait dans sa chambre toutes les nuits et se regardait fixement dans le miroir, se demandant si elle était vieille, et s'il y avait un remède au vieillissement, quelque herbe ou plante qu'elle puisse ingérer ou appliquer afin qu'il la désire. Elle aurait dû n'avoir rien à faire avec lui, il était l'ennemi, l'intrus, mais il était trop tard à présent. Elle en savait trop sur lui et tous ses gestes étaient frappés du sceau de l'intimité. Comment il drapait son veston sur le dossier de sa chaise avant de se mettre à travailler, comment il découpait méticuleusement sa nourriture, comment il la regardait quand il pensait qu'elle avait le dos tourné, comment il avait retenu son souffle lorsque les premières tortues les avaient dépassés, comment il avait gémi la première fois qu'elle l'avait touché sans le vouloir. Adelle lui avait dit que son destin l'attendait, et qu'elle le reconnaîtrait quand il se présenterait.

Comme ils passaient la porte d'une maison voisine, il l'attira à lui dans l'entrée obscure, où il l'embrassa. Son baiser était si ardent que c'est à peine si elle put reprendre son souffle, mais elle n'envisagea à aucun moment de lui dire que son geste était déplacé. Elle sentit sa chaleur lorsqu'il passa sa main sous sa cape, puis sous sa robe, celle que Jestine lui avait faite pour lui rappeler le printemps. Maintenant elle savait, après sept enfants, après toutes ces années passées à attendre une autre vie en guettant le son de la pluie : c'était cela l'amour. Elle ne l'interrompit point, elle lui céda, puis il y eut un bruit, un oiseau peut-être, et il sursauta et s'écarta promptement comme s'il avait commis un crime. Selon les traditions de leur société, ce qu'il venait de faire était à la fois immoral et illégal. Il lui fit ses excuses et la laissa devant sa porte sans un mot de plus.

Il se dit que sa relation avec l'épouse de son oncle ne pouvait aller plus loin. Il passa désormais ses soirées avec Enrique et ne se présenta plus le vendredi soir à la table du dîner. Que Rachel et lui fussent parents par alliance et non par la lignée importait peu : ces choses-là ne pouvaient se produire à l'intérieur d'une même famille, il y avait une proscription qui l'empêchait ainsi qu'on le lui avait tout récemment rappelé. Ses heures à la synagogue se firent plus nombreuses. Il avait déjà la réputation d'être un homme pieux, à présent les gens se demandaient s'il ne souhaitait point être pressenti pour le conseil d'administration, la synagogue étant de toute évidence sa vie. Était-ce par orgueil ou par pénitence qu'il en balayait l'entrée, rangeait les livres de prière, s'occupait du jardin, et le désherbait à la main ? Dans un cas comme dans l'autre, il ne pouvait qu'en être loué, et les gens parlaient de lui avec affection et fierté.

Lorsqu'il voyait Rachel au magasin ou dans la rue, il baissait les yeux. Il veillait à l'appeler Madame Petit, pour se rappeler qu'elle était l'épouse de son oncle et rien de plus. Il avait été envoûté.

Cela arrivait à des hommes sur cette île. Il avait entendu raconter des histoires dans les tavernes et les tripots, d'hommes perdant le contrôle d'eux-mêmes et sautant du haut de falaises, d'hommes nageant vers le large, d'hommes jurant qu'ils voyaient des femmes à la cime des arbres ou sous l'eau.

Il faisait de son mieux pour être sociable et acceptait les invitations de ceux qui désiraient faire plus ample connaissance avec lui. Néanmoins il était nerveux et bredouillait en parlant. Il acquit bientôt une réputation de timidité car il s'excusait souvent et s'en allait avant le dessert. Peut-être était-il trop pieux pour chercher à prendre femme. Il allait se coucher de bonne heure, soufflait sa lanterne et cherchait de son mieux le sommeil. Il savait qu'elle était dans la chambre au-dessus de la sienne. Il entendait souvent quelque chose devant sa porte. Ce n'était pas une grenouille. Les grenouilles ne font pas de bruit. C'était la veuve de son oncle, déambulant dans le magasin. Dans ses fantasmes, elle portait la combinaison blanche, elle était une rose dans la nuit noire. Une fois, il rêva qu'elle était dans ses bras, qu'elle était entrée dans sa chambre, et dans son lit. Elle le désirait, dans ce rêve, et lui disait ce qu'il devait faire et comment la satisfaire. Au matin, lorsqu'il se lécha les lèvres, elles avaient le goût de la mélasse. Il pensait souvent à la vieille femme dans le jardin. Et de nouveau, celle-ci dut lire dans ses pensées, car elle lui écrivit un mot que vint lui apporter une vieille servante qui pouvait à peine marcher. *Ne détruisez pas cette famille et, dans la même foulée, vous-même.**

« Avez-vous une réponse pour Madame Halévy ? », lui demanda la vieille servante.

Il y avait des abeilles dans le jardin, et un arbre dont on disait qu'il était venu de France, et le genre de chaleur qui vous donnait envie de fermer les yeux et de rêver.

« Non, lui répondit Frédéric. Je n'en ai point. »

⁂

L'été vint et s'en fut, sa chaleur tout à la fois un mystère et un délice pour lui. Il voulait que quelque chose en lui fût consumé. Il allait à la cascade le soir, à l'heure où sortent les moustiques et où la plupart des gens s'en tenaient éloignés, et il s'enfonçait dans l'eau saumâtre et fraîche. Les enfants l'adoraient. Il jouait avec les plus jeunes dans le jardin et apprenait aux plus grands le monde des affaires. La plus jeune des fillettes, Delphine, était tout particulièrement attachée à lui. Par un après-midi scintillant, elle l'appela par inadvertance papa, et après cela il ne joua plus aussi souvent avec eux, et il pria les enfants de l'appeler Monsieur Frédéric. Comme il ne mangeait plus avec eux le vendredi soir, Rachel déposait une assiette dans le couloir devant sa porte.

« Vous préférez manger dans votre chambre ? lui demanda-t-elle.

— Je n'ai aucune raison d'imposer ma présence à votre famille, répondit-il.

— Vous nous l'avez déjà imposée mille fois, quelle différence un dîner de plus peut-il faire ?

— Vous le reconnaissez donc, que je me suis imposé.

— Frédéric, lui dit la femme de son oncle d'une voix douce, je ne vous mordrai pas si c'est là ce que vous craignez.

— Non, ce n'est pas ça », répondit-il vivement, car dans ses rêves, c'était exactement ce qu'il désirait.

Il continua de prendre ses repas à une table de bureau dans sa chambre et, même ainsi, il n'arrivait pas à goûter ce qu'il mangeait. Il perdit du poids. Souvent il ne parvenait pas à dormir. Mais il restait à distance de l'épouse de son oncle même s'il pensait l'entendre, de temps à autre, tard dans la nuit. Ou peut-être n'était-ce là que son souhait. Qu'un jour, elle franchisse le seuil de sa chambre et lui dise qu'elle le désirait et il lui répondrait avec reconnaissance et empressement, sans chercher à s'en empêcher.

Il ne se sut point malade, tout d'abord, car le temps avait changé et il y avait cette froide et soudaine moiteur qui survient lorsque l'air se fait bleu et venteux. L'été avait passé et il pensa que c'était la fraîcheur de la saison plutôt que sa propre constitution qui l'accablait d'une telle faiblesse. Cela faisait huit mois qu'il était à Charlotte Amalie. De plus en plus, il songeait à rentrer à Paris afin de s'interdire, défi quotidien, toute action impulsive. Il aurait pu confier à M. Enrique la bonne marche quotidienne des affaires, parce qu'ils étaient égaux en ce domaine et qu'il avait toute confiance dans le jugement de son employé, mais il restait car il ne pouvait envisager le monde sans la veuve. Paris se faisait de plus en plus lointain, plus obscur, un lieu de ciels brouillés traversé par un fleuve à peau de poisson marbrée.

Et puis l'obscurité s'épaissit en lui et il la sentit telle un nuage dans ses poumons, et il tomba malade. Les vents alizés venus d'Afrique malmenaient les feuillages et de grands vols d'oiseaux partaient vers le sud. L'obscurité de son pays l'avait suivi jusqu'ici. Il était frigorifié. Il ne pouvait garder sa nourriture et ensuite ne pouvait trouver le sommeil. Il sentait quelque chose s'insinuer dans ses os, comme s'il était victime d'un sortilège. Son sommeil durait trop longtemps et il ne pouvait se forcer à se réveiller. Les jours où l'air était glacial il transpirait dans ses vêtements, puis au grand soleil il frissonnait. Peut-être ces choses-là arrivaient-elles sur cette île et un homme devait-il combattre l'épuisement de toutes les manières possibles. Il buvait du rhum pour ses vertus curatives. Il ne mangeait que des fruits. Il gardait sa veste pour se mettre au lit, et ses bottes aussi, pour se tenir chaud. Il revit la grenouille et se demanda si c'était elle qui l'avait empoisonné. Elle était assise à côté de son lit mais il était trop las pour l'attraper et la relâcher dans le jardin.

Un matin, il ne se présenta pas au bureau. M. Enrique le trouva dans sa chambre, frissonnant dans son petit lit, ses vêtements éparpillés dans la pièce, des assiettes de nourriture intacte sur son bureau. Il faisait un temps exceptionnellement doux pour la saison et la température avoisinait les trente-cinq degrés. Frédéric réclama une courtepointe, puis une autre couverture. Le médecin vint et dit que c'était peut-être la fièvre jaune, qu'il fallait attendre de voir. Il fit une saignée à Frédéric qui ne sembla se rendre compte ni de l'incision au scalpel, ni du saignement, ni du fait qu'il parlait à voix haute et disait des choses qu'il n'aurait point dû. Rachel et Rosalie se relayèrent pour appliquer des linges mouillés d'eau froide sur son visage. Une fois, Rachel passa sa main sous sa chemise pour tâter son cœur. Là aussi, il brûlait.

Elle se rendit au cimetière avec les derniers rameaux de fleurs rouges de la saison. Elle supplia celle qui l'avait précédée de leur accorder son aide pour tenir la mort à distance de lui. Elle avait pris soin des enfants d'Esther et les avait aimés comme s'ils étaient les siens, alors sûrement méritait-elle de se voir accorder ce seul vœu. Mais la maladie de Frédéric s'aggrava. Il semblait qu'Esther ne l'écoutât plus. Son spectre s'était dissous aussitôt que son mari l'avait rejointe. Il n'était plus possible de la contacter.

Monsieur DeLéon et d'autres anciens de la synagogue vinrent présenter leurs respects. Ils se rassemblèrent autour du lit de Frédéric et récitèrent les prières du soir. Ils étaient dix, un miniane, le nombre d'hommes adultes requis dans la foi juive pour la récitation des prières collectives.

« Nous sommes là pour lui, dit Monsieur DeLéon lorsque les hommes sortirent. Pour son temps en ce monde et dans le suivant. »

Tout à coup, Rachel comprit qu'ils s'attendaient à ce que Frédéric meure. Elle vit combien sa peau était veinée de pâleur, jaune le blanc de ses yeux, léthargique sa silhouette. Le voyant ainsi, elle sut ce qu'il y avait à faire, tout comme elle sut qu'elle n'avait cure des prédictions du médecin ou des hommes de la congrégation.

Bien que Jestine n'aimât plus la compagnie des enfants, elle avait pris ceux de Rachel chez elle, au cas où la fièvre serait contagieuse. Elle l'avait fait sans hésiter. Rachel reprit le chemin de la maison sur pilotis. Tous les enfants étaient endormis sur des courtepointes étalées à même le sol, ils respiraient doucement, bercés par le bruit de la mer.

« J'ai besoin de ton aide », dit-elle à Jestine.

Rachel avait les cheveux en bataille et portait une vieille jupe, de celles qu'elle mettait lorsqu'elles s'échappaient toutes les deux dans les collines pour passer une après-midi à faire ce que bon leur semblait. Encore une fois, Jestine n'hésita pas. Elles réveillèrent l'aîné, David, pour lui dire qu'il avait la charge de ses frères et sœurs. Il avait seize ans, il était assez grand pour être responsable. Si l'apparence de sa belle-mère et sa maigreur le choquèrent, il n'en dit rien.

Jestine prit une lanterne et drapa un châle sur ses épaules. Elles montèrent dans les collines, trouver un guérisseur auquel Adelle avait souvent eu recours. Jestine l'avait accompagnée une fois étant enfant et pensait pouvoir retrouver sa maison. Tandis qu'elles cheminaient dans l'obscurité en chassant de la main les moustiques,

Rachel pensait à Paris. Les cloches dans les églises, les pavés sur la chaussée, les tourterelles dans les jardins, les pelouses d'un vert de velours profond. Si Frédéric était resté là-bas, jamais il ne serait tombé malade. La détermination de Rachel à rejoindre la France était comme une pierre en elle, qui roulait tandis qu'elle marchait dans les hautes herbes. Des grenouilles chantaient près d'un ruisseau. Elle se demanda si Lydie avait déjà commencé à oublier tout ce qu'elle avait connu de leur monde: les forêts obscures qui dévalaient le flanc des montagnes, le lourd voile d'humidité dans l'air, les fleurs pourpres croissant sur des lianes, les colibris venant boire le nectar des fleurs dans les jardins, sa mère, sa marraine, sa vie d'avant qu'elle leur soit ravie.

Rachel et Jestine se tenaient par la main en avançant dans la nuit. Elle n'eurent pas le temps de s'en apercevoir que déjà elles avaient trouvé la maisonnette. Le guérisseur les attendait debout sur le seuil. Il était âgé, mais il ne dormait pas. C'était comme s'il avait su que quelqu'un montait le voir. Elles lui dirent qu'Adelle le tenait en haute estime, lui et ses remèdes aussi. Il invita Jestine à entrer mais demanda à Rachel d'attendre dehors. Peut-être ne lui faisait-il point confiance. Ça lui était égal. Jestine entra seule dans sa maisonnette. Elle lui expliqua qu'un homme souffrait de fièvre et de froid et que le médecin ignorait le nom de son mal. Cela ressemblait à la fièvre jaune, mais l'homme brûlait avec une telle intensité que le médecin pensait qu'il était trop tard pour lui.

« Cette maladie exige trois remèdes, dit le guérisseur.

— Vraiment ? » Jestine était sceptique. « Cela veut-il dire que vous allez me demander trois prix ? »

L'homme aux herbes lui adressa un regard bref mais ne répondit rien. Il prépara un mélange à tisane fait de feuilles d'arbre-coton pour guérir, puis il remplit un autre paquet avec de l'écorce d'un bois d'acajou mélangée à du sel pour soulager la fièvre. Enfin, il prépara un cataplasme à base de tamarinier, arbre importé d'Afrique sur cette île, pour soulager et la fièvre et la douleur, principalement au niveau du foie où la fièvre jaune s'accumulait.

Il désirait être payé pour son travail, comme n'importe quel homme. Tout ce que Jestine avait à offrir était le collier de perles de la mère de Rachel, qu'elle portait autour du cou et qu'elle lui remit volontiers. «Je ne les ai jamais aimées, dit-elle plus tard à Rachel. Elles étaient froides sur ma peau.»

Lorsque Jestine eut payé les remèdes, elle sortit de la maison du guérisseur. Elle avait à la main un paquet noué de ficelle.

«Il m'a prié de l'embrasser pour lui porter bonheur, dit-elle à Rachel. Je lui ai dit que si ton homme s'en tirait, je te renverrai, toi, l'embrasser, et il a dit que ce serait parfait.»

Elles rentrèrent, marchant parmi les lianes

Rachel était songeuse.

«Ce n'est point mon homme.»

Jestine la regarda, et toutes deux se mirent à rire.

«Tu peux duper tout le monde, lui dit Jestine. Mais pas moi.»

Elles dépassèrent un cercle de pierres qui était tout ce qu'il restait d'une maison abandonnée. Un feu y avait récemment été allumé et il flottait une odeur de cendres. Des ustensiles de cuisine traînaient. Quelqu'un avait décidé d'emménager et tentait de reconstruire.

«Fais bien attention avec ça», lui dit Jestine en lui tendant les remèdes. Elles avaient atteint les faubourgs de la ville. Tout était bleu de nuit, comme dans les rêves. «Peut-être que son sort est déjà jeté. Si tu le sauves, tu risques de changer tout ce qui serait arrivé si sa maladie l'avait emporté, le bon comme le mauvais.»

C'est à peine si Rachel l'écoutait. Elle savait déjà que cette fois-ci, elle déciderait elle-même de son propre sort. Elle rentra chez elle en hâte, courant presque tout le long du chemin. Rosalie était assise au chevet de Frédéric et Rachel lui dit qu'elle pouvait les laisser.

«Et si vous avez besoin de moi? dit Rosalie.

— J'ai déjà eu besoin de toi et tu as toujours été là, mais M. Enrique n'a pas besoin d'être seul ce soir.»

Quand Rosalie fut partie, Rachel prépara la première infusion et l'apporta dans la chambre de Frédéric. Il disparaissait: c'est à peine si elle l'apercevait sous la courtepointe. Un tel silence régnait dans la pièce qu'elle entendait une phalène à la fenêtre. La même phalène qu'elle avait entendue, petite fille, quand elle faisait le vœu de se réveiller de l'autre côté du monde, dans un lit à Paris.

Frédéric se redressa quand elle le lui demanda mais il était si faible qu'il eut peine à avaler le breuvage. Lorsqu'elle prépara le second, il ne put en prendre que quelques gorgées si bien qu'elle dut le lui faire boire à la cuillère. Alors qu'il en absorbait de minuscules cuillerées, elle lui conta l'histoire d'un oiseau aussi grand qu'un homme qui dansait dans un marais pour séduire sa bien-aimée. Elle pleura en racontant l'histoire, consumée par la panique à la pensée que Frédéric risquait de mourir. Elle appliqua le cataplasme sur sa large poitrine, couvrant son cœur et ses poumons, puis sur son foie où résidait le mal. Le corps de Frédéric lui répondit ; il se rapprocha d'elle sans y penser. Rachel ignorait pourquoi elle frissonnait. Il faisait une chaleur brutale, or elle était trempée de sueur. Elle retira tous ses vêtements sauf sa chemise de jour blanche et ses culottes. Mais elle brûlait encore. Elle craignit d'avoir contracté le mal, mais elle s'en moquait. Elle se glissa dans le lit à côté de lui et tira la courtepointe sur eux.

Rosalie les trouva ainsi au matin, enroulés l'un dans l'autre comme on dit que l'on trouve les noyés, de sorte qu'il est souvent impossible de savoir lequel était venu en sauveteur et lequel s'était noyé. Rosalie ne s'était pas attendue à autre chose et elle n'avait point été surprise lorsque Rachel l'avait renvoyée. Elle savait ce que l'amour peut faire aux gens. Elle attendrait le lendemain pour aller rechercher les enfants et laisserait Rachel et ce jeune homme continuer à dormir. Ils restèrent enlacés, à rêver de pluie.

La nouvelle synagogue fut finalement achevée cette année-là, avec des bancs en acajou et un autel dressé au centre de la salle, dans le style espagnol. Cela avait pris du temps mais à présent, elle était parfaite et nul incendie, nulle tempête ne pourrait la détruire. Il y avait une petite paroi sculptée pour séparer les hommes des femmes. Le sol de sable avait été conservé, comme il l'était par le passé en Espagne et au Portugal, bien que pour de nombreux Juifs arrivés récemment du Danemark et d'Amsterdam, il parût fou de se voir rappeler quotidiennement une histoire brutale, quand toute prière était un secret et tout Juif un ennemi de l'État. Rachel Pomié Petit avait dépassé la trentaine à présent et quoiqu'elle eût été considérée comme une fillette sans attrait, elle était devenue singulièrement belle, sa chevelure brune relevée et maintenue par des peignes en écaille de tortue, ses yeux semblables à une eau noire. En prenant de l'âge, elle avait gagné en solidité. Il y avait dorénavant une certaine férocité dans ses traits. Il était difficile de la prendre en défaut car, après tous ses deuils, elle avait mieux réussi que la plupart des femmes dans sa situation. Elle dirigeait sa maisonnée avec frugalité, son affaire prospérait enfin et ses enfants étaient bien élevés. Les fils de son mari, considérés comme des hommes à présent, travaillaient au magasin avec le neveu de Paris.

Quant à ce bel homme, Frédéric Pizzarro, après un début si prometteur, lui aussi s'était finalement révélé manquer de cordialité. Bien qu'il vînt prier matin et soir, il refusait toute proposition d'amitié. Il s'excusait afin de quitter les événements mondains et les dîners, même lorsque c'étaient les femmes les plus accomplies de la Coopération Féminine qui l'invitaient. Certaines de leurs filles auraient aimé avoir l'occasion de le mieux connaître et certaines jeunes femmes se montraient clairement intéressées. L'une d'elle, Maria Mendes, était si résolue à le charmer qu'elle se mit à venir l'attendre tous les jours devant le magasin, vêtue de ses plus beaux atours. Elle avait seulement dix-neuf ans, était certainement belle, mais Frédéric la traitait comme si elle n'était qu'une enfant. «Je suis navré, lui dit-il lorsqu'il comprit qu'elle le poursuivait de ses assiduités. Je suis trop occupé pour penser à autre chose qu'à la bonne marche de mes affaires.»

Elle ne renonça point car tous les hommes disent qu'ils sont occupés jusqu'au jour où ils cessent de l'être. Un beau jour donc qu'elle était patiemment postée là à attendre qu'il change d'avis, elle reçut un pichet d'eau sur la tête, déversé d'une fenêtre de l'étage, et elle en fut trempée. Elle leva les yeux en bredouillant et même si la fenêtre se refermait déjà sur la personne qui l'avait arrosée, elle raconta à ses amies qu'elle avait aperçu l'ombre de la veuve. Rachel Pomié Petit ressemblait à une araignée, dit Maria, sa toile s'étendait pour tenir les autres femmes à l'écart de Monsieur Pizzarro.

Frédéric avait encore une bonne réputation en dépit de son manque de sociabilité: on le considérait comme un homme intègre qui honorait Dieu tous les jours. On disait qu'il se repliait dans sa chambre après sa journée de travail. Ses centres d'intérêt étaient plutôt ceux de l'esprit. On le savait grand lecteur et il donnait des cours particuliers de mathématiques aux enfants Petit. On le voyait souvent avec les enfants, qui s'étaient plus qu'habitués à lui, le traitant comme un grand frère plus avisé. Quand le travail et l'étude étaient accomplis, il les emmenait sur les quais pour pêcher. Il adorait courir, pour le pur plaisir que cela lui procurait, et les garçons couraient souvent avec lui par les rues et jusqu'à la plage. Il n'y avait rien de suspect dans tout cela, or certains membres de la congrégation trouvaient que la présence de Pizzarro chez la veuve était incorrecte. Il était temps pour lui d'avoir son propre domicile, sa propre épouse, disaient ces gens-là. Il l'avait suffisamment aidée.

L'un des hommes de la congrégation passa devant le magasin Petit par une nuit bleue et obscure et, après cela, rien ne fut plus pareil. Que sa connaissance de la situation eût été acquise par hasard ou à dessein, il ne le précisa point, mais lorsque ce gentilhomme, un jeune cousin de Madame Jobart, tourna les yeux vers la fenêtre, il aperçut une femme dans la chambre de Frédéric Pizzarro. Les volets étaient tirés mais il put quand même la voir, nue, allongée sur le lit. La vérité était que l'intrus s'était approché en catimini de la fenêtre. De sa cachette en dessous des lianes d'un bougainvillier, il avait entendu une femme gémir de désir. Il avait attendu, dissimulé dans les branchages, l'oreille aux aguets ; et lorsqu'il rapporta son histoire, il omit de mentionner qu'il avait passé la main à l'intérieur de la fenêtre ouverte afin d'écarter les rideaux pour mieux voir. C'était la veuve d'Isaac Petit qu'il avait aperçue et malgré ce que l'on pouvait dire de sa nature froide, elle se montrait visiblement plus qu'amicale envers son jeune neveu qui, semblait-il, ne se contentait point de lui offrir l'hospitalité dans sa propre demeure, mais lui offrait aussi son lit.

La nouvelle du scandale passa de maison en maison, tel l'ange de la mort la veille de Pâque. Elle apparut sous la forme d'une brume, de couleur rouge, qui s'introduisit par les cheminées et au travers des fenêtres. Désormais, lorsque Rachel Petit marchait en ville, elle n'avait plus besoin d'éviter quiconque, tous la contournaient. Son chemin était rouge, car elle avait commis un péché aux yeux de sa foi. Les gens changeaient de trottoir plutôt que de la regarder en face, ainsi qu'ils l'avaient fait avec Nathan Lévy et sa femme africaine. Les rumeurs n'avaient pas encore pénétré la maison Petit et le couple pensait que nul ne savait. À la table du dîner, avec les enfants autour d'eux, Rachel et Frédéric veillaient à ne point s'asseoir trop près l'un de l'autre. Mais la nuit, quand tout le monde dormait, ils tiraient les rideaux puis fermaient hermétiquement les volets et les accrochaient, comme on le faisait à l'annonce d'une tempête. Il était possible qu'ils se fussent sentis espionnés, car désormais ils se retrouvaient toujours dans l'obscurité.

Deux femmes de la congrégation, de vieilles amies de sa mère, invitèrent Rachel à prendre le thé. Elle refusa. Elle envoya un mot pour les remercier et les informer qu'elle était trop occupée. Elle avait ses enfants, le magasin, des responsabilités sans fin, elle envoyait donc ses regrets. Le manque de temps n'était pas la seule raison de sa répugnance à les rencontrer, et les vieilles femmes le savaient. Elles voulaient s'entretenir de la brume rouge, des rumeurs qui avaient causé une division dans leur communauté et risquaient sous peu de faire s'intéresser les Européens de trop près aux affaires de la congrégation. Elles voulaient rappeler à Rachel sa dette envers la mémoire de sa mère, elles vinrent donc la trouver. Elles attendirent devant le magasin et, lorsque Rachel sortit, portant dans ses bras son plus jeune fils Isaac né quelques mois après la mort de son père, traînant deux autres enfants dans son sillage, les amies de sa mère la suivirent dans la rue et lui parlèrent là, comme elles l'auraient fait avec une vulgaire putain. Ces deux femmes étaient Madame Halévy et Madame Jobart, les plus proches amies de Sara Pomié. Elles étaient venues en visite à la maison Pomié quasiment toutes les semaines du vivant de la mère de Rachel et avaient assisté tant au mariage de Rachel qu'à l'enterrement de ses deux parents. Elles étaient présentes aussi à l'enterrement d'Isaac Petit et elles avaient remarqué que sa veuve n'avait pas pleuré. Nonobstant, elles avaient fait porter par leurs servantes des paniers de nourriture pour ses enfants et des habits noirs de deuil pour elle qui s'obstinait à ne vouloir porter qu'une seule robe noire. À présent, voilà qu'elles remarquaient que Rachel portait une jolie robe verte, inappropriée pour une femme ayant perdu son époux moins d'un an avant.

« De nombreuses femmes sont prises de folie après la mort de leur époux, lui dit Madame Halévy. Elles restent la proie d'une sorte de délire pendant des mois, voire des années. Madame Jobart et moi sommes veuves toutes les deux. Nous comprenons votre chagrin. » Elle observa Rachel attentivement. « Si c'est bien de chagrin qu'il s'agit.

— Que suggérez-vous ? dit Rachel, curieuse de voir jusqu'où Madame Halévy pousserait sa brutale honnêteté.

— Je suggère que pour une fois dans votre vie vous écoutiez quelqu'un de plus âgé et de plus avisé que vous. »

C'était un honneur que de se voir conseillée par Madame Halévy mais Rachel s'en serait volontiers passée. Elle savait pourquoi les amies de sa mère étaient venues la trouver. Plus par souci de contrôle que par souci d'elle. Elles allaient lui dire que la situation dans sa maison était incorrecte et que Rachel devait chercher un mari parmi les hommes plus âgés, ou veufs, de la congrégation.

« Certaines femmes en quête de consolation se tournent vers la mauvaise personne, confia Madame Halévy à Rachel.

— Vraiment ? lui répondit Rachel. Se tournent-elles vers vous ?

— Laissez-nous vous aider », lui dit Madame Jobart.

Cette dernière était active à l'école de la synagogue et elle était allée jusqu'à questionner les enfants de Rachel. Ceux-ci appelaient Monsieur Pizzarro Fred et ils ne semblèrent pas comprendre où elle voulait en venir quand elle leur demanda où dormait Frédéric. *Dans sa chambre*, lui répondit l'une. *Je ne crois point qu'il dorme*, lui répondit l'autre.

« Dès lors que vous êtes engagée dans les activités adéquates, lui disait maintenant Madame Jobart, vous vous gardez de toute action pouvant conduire au désastre.

— Nous pouvons peut-être vous aider à trouver le partenaire adéquat », ajouta Madame Halévy.

Les enfants, silencieux et bien élevés, écoutaient. Isaac, dans les bras de sa mère, était sage, les yeux écarquillés.

« Je vous remercie de votre considération. »

Rachel avait le visage en feu. Elle était persuadée qu'elles avaient une liste de vieillards à lui proposer qui auraient aussi bien supporté d'avoir une servante pour épouse. Elle ravala les mots qu'elle avait envie de prononcer, ayant pratiqué l'art de maîtriser son arrogance dans toutes les conversations qu'elle avait jamais eues avec sa mère.

«Je suis très occupée avec mes enfants en ce moment.

— Nous serions désolées de vous voir commettre une erreur, lui dirent ces femmes qui n'étaient point ses amies.

— Tout le monde fait des erreurs, répliqua Rachel.

— Pas comme celle-ci», lui glissa Madame Halévy. Elle entraîna Rachel à l'écart. «J'ai parlé à Frédéric, dit-elle, mais il est évident qu'il est victime d'une espèce de sort.

— Vous lui avez parlé?» Rachel était furieuse. «Qui êtes-vous pour oser vous interposer?

— J'étais l'amie de votre mère, par conséquent je tente de faire ce qu'elle aurait fait si elle était encore en vie. Vos sentiments pour cet homme vous paraissent bouleversants en ce moment, mais qu'est-ce que l'amour sinon un enchantement? Vaut-il la peine de détruire la vie de vos enfants? Si vous voulez être une paria, c'est votre choix, mais sachez que ce sera leur destin à eux aussi.

— Que savez-vous de l'amour?

— Je sais quelque chose de la ruine, lui dit Madame Halévy. Montrez-vous aussi intelligente que vous pensez l'être. Mettez votre cœur en quarantaine et écoutez-moi.»

Rachel ramena les enfants à la maison et les laissa sous la garde de Rosalie. Elle avait besoin de temps pour réfléchir à tout cela. Elle marcha le long de la plage où venaient nicher les tortues, là où elle et Frédéric s'étaient étendus côte à côte dans le sable pour assister à un miracle. Elle songea à ce que Rosalie disait qu'il pouvait vous arriver si vous aimiez trop fort quelqu'un. Elle se souvenait de tout ce que Jestine avait perdu au nom de l'amour. Ses pensées étaient éparses et elle ne parvenait pas à les rassembler. Et puis elle se rendit compte qu'elle ne pouvait baser ses actions uniquement sur des pensées.

La nuit elle reposait auprès de Frédéric dans son petit lit. Elle l'y rejoignait une fois les enfants endormis, se mouvant si discrètement au long des corridors qu'elle aurait bien pu être un spectre elle-même. Parfois, elle entendait la pluie lorsqu'ils s'endormaient ensemble. Frédéric disait que c'était mal, qu'il trahissait son oncle, sans parler de la souiller, elle. C'est dans ces moments-là qu'elle se rappelait combien il était jeune. Il n'avait pas idée qu'elle se moquait bien de tout cela. Et d'ailleurs, il ne laissait aucun de ces regrets l'arrêter. Il poussait souvent une chaise contre la porte afin qu'aucun des enfants ne pût entrer par mégarde. Il posait une main sur sa bouche pour l'empêcher de crier, mais il y eut une fois où ni l'un ni l'autre ne parvint à se contrôler. Emma vint à la porte, effrayée, pour demander s'il y avait des fantômes dans la maison car elle les avait entendus gémir. Rachel enfila sa chemise de nuit et ouvrit la porte ; elle prit sa fille dans ses bras pour aller la recoucher.

« Ces choses-là n'existent pas », murmura-t-elle.

Mais Emma avait vu un fantôme dans le lit de sa mère. Il avait pris la forme de leur Fred bien-aimé. Au matin, Emma traça un cercle de sel autour de la chaise où son oncle avait coutume de s'asseoir, car Rosalie avait dit que les esprits craignaient non seulement la couleur bleue mais aussi l'odeur âpre du sel.

Le même soir, Frédéric lui demanda de l'épouser. Il le fit à la manière française, en y mettant les formes. Il avait prévu le déroulement de la soirée, demandant à Rosalie d'emmener les enfants à l'extérieur, visitant les meilleurs bijoutiers à qui il avait acheté un mince anneau d'or d'une exquise finesse, avec des poinçons d'origine française. Il apporta des fleurs roses du jardin sur leur table, mais se fit piquer par une abeille en les cueillant. Lorsqu'il entra, Rachel vit qu'il souffrait. Elle se désintéressa des fleurs pour prendre ses doigts dans sa bouche. Les vieilles dames de la ville disaient qu'une piqûre d'abeille pouvait être soulagée de cette manière mais Frédéric, maintenant enflammé de désir, l'emporta tout de suite au lit et ne voulut plus l'en laisser partir, même lorsque Rosalie cria qu'il était l'heure de préparer le souper. Il plaqua une main sur sa bouche pour l'empêcher de répondre et elle le mordit comme elle l'avait fait dans son rêve et il rit en pensant que la frontière était bien mince entre ses rêves et le monde de tous les jours.

Enfin, Rachel se libéra et enfila sa robe. Pendant qu'elle avait le dos tourné, Frédéric posa un genou en terre, dans le plus simple appareil, et lui demanda d'être sa femme. Rachel en rit si fort qu'elle en tomba à la renverse par terre à côté de lui.

Vexé, Frédéric secoua la tête.

« C'est de moi que tu ris.

— Mais non, le détrompa-t-elle. C'est simplement que nous ne le pouvons pas.

— Bien sûr que si, nous le pouvons. »

Il se releva et lui tourna le dos en commençant à se rhabiller. Rachel s'approcha de lui pour l'enlacer, posant sa tête contre son dos. Elle sentait tout ce qui l'habitait, y compris la blessure qu'elle venait de lui causer. Elle l'en aima deux fois plus fort qu'elle ne l'aimait il y avait seulement un instant.

« Es-tu certain de vouloir affronter Madame Halévy ? », lui demanda-t-elle.

Ce fut au tour de Frédéric de rire.

« Je pensais que tu n'avais pas peur de cette sorcière. Je sais quant à moi que je ne la crains pas. Ceci est notre affaire ; ni la sienne ni celle de personne d'autre. À la fin, c'est nous qui l'emporterons.

— Tu connais mal ces gens. Ils ont vécu des centaines d'années de souffrance, toutes pour leur liberté. Il y a une raison à chacune de leurs règles, et une raison pour laquelle ils ne sauraient tolérer les gens comme moi. Ils se ligueront contre nous.

— Non, affirma Frédéric. Ils ne pourront faire autrement que de nous accepter. »

Il l'embrassa sans s'arrêter et elle sut que ce que Madame Halévy avait dit était vrai et que si tel était son destin, elle ferait s'abattre la ruine sur eux.

Elle répondit oui à sa proposition mais refusa de porter son alliance tant qu'ils n'étaient pas mariés. Le soir elle marchait sur la plage et se demandait si elle devait se raviser. Elle était la plus âgée des deux, la plus expérimentée. Elle aurait dû être plus avisée et mettre un terme à leur histoire d'amour. Elle aurait pu écrire à la famille de Frédéric pour demander qu'il soit rappelé en France et qu'on envoie à sa place un vieil oncle, un couple marié, l'homme le plus désagréable de la famille.

Elle avait fait de son mieux pour tenir Frédéric à distance. Après la mort d'Isaac, elle avait écrit à son neveu pour lui suggérer de rester en France. *Merci pour votre bonté mais ne vous sentez point obligé de venir sur notre île car je m'y trouve très bien toute seule.* À quoi il avait répondu : *Je viendrai tout naturellement vous assister.* Elle l'avait maudit, mais le lendemain de la réception de sa lettre, elle s'était éveillée au son de la pluie alors que c'était la saison sèche. Maintenant, en relisant sa lettre, elle remarquait une ligne rajoutée en dessous de sa signature, qu'elle avait négligée de lire précédemment.

Je ne penserai qu'à vous.

Chaque soir elle marchait plus loin et il advint qu'une nuit, elle était si absorbée par ses pensées qu'elle ne surveilla pas où elle allait. Sans savoir comment, bien qu'elle eût passé toute son enfance dans ces collines, elle se perdit. Elle se retrouva sur un sentier de montagne. Elle entendit une chute d'eau. La cascade. Sa musique était comme un battement de cœur. Elle songea à l'amour et à son mystère, à la façon dont, lorsqu'il survenait, il semblait inévitable.

Elle était arrivée à la maison du vieux guérisseur. Elle n'avait aucune idée de la façon dont elle s'y était prise pour trouver cet endroit, qui était si bien caché que même Jestine avait eu du mal à se rappeler où il se trouvait. Peut-être que tout ce qui était arrivé devait arriver, car voici où son amour l'avait menée. Le guérisseur sortit, comme s'il l'attendait. Elle lui devait quelque chose, c'était vrai.

« Merci de m'avoir donné ma vie », lui dit-elle.

Elle l'embrassa alors et, sans la remercier ni l'arrêter, le vieil homme accepta sa gratitude.

Ils se rendirent à la synagogue pour demander à être mariés. Ils portaient leurs meilleurs habits pour la circonstance. Tous deux étaient agités, les nerfs à vif. Mais ils auraient pu s'épargner la toilette, car ils ne furent point admis dans le bureau du rabbin. Son secrétaire leur annonça qu'il était très occupé et, après une attente de quatre heures au cours desquelles ils virent entrer et sortir des gens qui furent reçus, Frédéric frappa à la porte. Le secrétaire l'informa alors que le brave homme était rentré chez lui pour dîner. Ils réitérèrent leur visite le lendemain et furent à nouveau éconduits. Ils ne désemparèrent pas de la semaine, toujours vêtus de la même tenue. On leur disait chaque jour que le rabbin ne pouvait les recevoir et chaque jour ils attendaient sur un banc de bois sculpté. Finalement, le rabbin leur adressa un message écrit qu'il leur fit porter par son assistant dans le couloir où ils patientaient. Frédéric le lut puis le froissa et le laissa choir avant de sortir d'un pas dédaigneux. Seule dans le couloir, Rachel récupéra la missive adressée à Frédéric.

C'est non seulement un péché et une abomination de coucher avec un membre de sa propre famille, mais c'est également un acte criminel. Nous vous suggérons de retourner à Paris.

Frédéric l'attendait dans la rue. Rachel retira le voile de mariée de sa mère et le donna à la première femme qui passait, une jeune Africaine qui la remercia du cadeau car c'était de la très belle dentelle française.

«Je me fiche de ce voile, je ne l'ai jamais aimé», dit-elle à Frédéric.

Il rit et elle en fut soulagée. Il avait semblé si blessé et troublé de se voir refoulé et traité de criminel.

«Je me fiche aussi de l'opinion qu'on peut avoir de moi, reprit Rachel.

— C'est ce que j'ai entendu dire de toi.» Il lui souriait. «J'ai entendu dire beaucoup de choses sur toi.

— Elles sont toutes vraies.»

Rachel elle-même aurait pu se sentir sotte, debout là dans la rue vêtue de ses plus beaux atours, mais non. Ils repartirent comme ils étaient venus. Certains, qui les virent, dirent qu'ils allaient main dans la main mais ils se tenaient si près l'un de l'autre qu'il était difficile de savoir.

Certains furent surpris, et d'autres pas, lorsque deux ans après la mort de son époux et moins d'un an après l'arrivée de son neveu sur l'île, Rachel Pomié Petit parut attendre un enfant. Elle se comportait comme si personne ne l'avait remarqué, mais en fait elle était le seul sujet de conversation que l'on pût trouver. Dans tous les foyers, le scandale était évoqué au petit déjeuner, puis encore à la table du dîner. Généralement, ceux qui enfreignaient les règles aussi effrontément avaient la décence de disparaître : ils quittaient la congrégation et partaient vivre dans l'une des deux Caroline ou en Amérique du Sud plutôt que d'apporter la honte sur leur peuple. Mais pas Rachel Pomié Petit. Au contraire, elle devenait plus provocatrice avec chaque jour qui passait. Certains disaient qu'un pélican volait au-dessus d'elle lorsqu'elle accompagnait ses enfants à l'école de la synagogue, pour peut-être prévenir les moqueries des autres enfants. Quoi qu'il en soit, nul ne disait mot de son état, ni les enfants, ni leurs parents, ni les femmes des Œuvres d'Amour, de Bénédictions et de Paix. Tous attendaient de voir ce qui allait se passer ensuite.

Ce bel homme, Frédéric Pizzarro, venait toujours prier matin et soir à la synagogue, même si nul ne lui adressait la parole et aucun homme ne s'asseyait près de lui. Cela ne semblait guère le déranger. Il avait eu quelque chose d'un solitaire dès le jour de son arrivée. Lorsque Rachel Pomié Petit fut trop grosse pour que quiconque ignorât son état, elle resta chez elle où l'on disait que Frédéric Pizzarro s'était installé dans sa chambre sans le bénéfice d'un contrat de mariage.

Les commérages parvinrent aux oreilles de la famille à Bordeaux, associés en affaires inquiets pour leur avenir financier, qui dénoncèrent immédiatement la relation. Le couple ne semblait pas remarquer la désapprobation dont il était l'objet et, s'il la remarquait, il s'en moquait. Frédéric ne répondit pas aux lettres affolées des membres de sa famille mais continua simplement à leur adresser son rapport d'affaires mensuel. Lorsque l'heure du bébé arriva, par un jour éclatant de février, Rachel envoya chercher Jestine qui vint aider à la délivrer. Et quelques semaines seulement après la naissance, l'on put voir Madame Petit promener son bébé en ville comme si elle était une femme mariée, comme si le père de l'enfant n'était point le neveu de son époux, comme si le péché était bien la dernière chose à laquelle elle pensait.

Chapitre six

La Nuit de l'An Vieux

CHARLOTTE AMALIE, SAINT-THOMAS
1826
RACHEL POMIÉ PETIT PIZZARRO

Les membres de la congrégation auraient assurément approuvé si je m'étais recluse, vêtue de deuil, pour le restant de mes jours. Beaucoup auraient préféré que je donne mon bébé à une famille stérile. Toutes les portes se sont fermées. Lorsque je traversais la place du marché, les autres femmes me croisaient sans me regarder. J'étais le récit-repoussoir et les jeunes filles en particulier m'évitaient. J'en vins à comprendre pourquoi les femmes des pirates avaient vécu seules dans les grottes, refusant même la compagnie les unes des autres. Il est plus facile de ne point se confronter au jugement, surtout celui des vôtres.

Nous avons appelé notre fils Joseph Félix, deuxième fils pour moi à porter le nom de l'enfant mort de celle qui m'avait précédée, afin de lui porter chance. Mais c'était un enfant calme et pâle qui ne criait jamais, trop calme, j'en étais persuadée. Je me demandais s'il avait été maudit dans le temps que je le portais, si les murmures dont j'avais été l'objet ne s'étaient pas infiltrés en moi pour lui porter atteinte, car il était souvent apathique et semblait manquer de vigueur. Je le gardais contre moi et le prenais souvent avec nous la nuit afin que nos corps le réchauffent et lui apportent la sécurité malgré l'accueil froid que notre peuple lui avait réservé. Pendant des mois après la naissance du bébé, Frédéric était allé trouver les anciens de notre communauté, les suppliant de nous laisser nous marier, mais il avait essuyé un refus après l'autre. Le rabbin ne voulait pas le recevoir et lorsque Frédéric força la porte du conseil, tenu par les anciens qui décidaient de tout, ils se montrèrent irrespectueux, lui suggérant de trouver ses propres quartiers d'habitation et de chercher une épouse convenable.

Frédéric me raconta que Monsieur DeLéon l'avait pris à part. Cet homme avait de l'affection pour moi et me connaissait depuis mon enfance. «J'ai fait pour vous tout ce que j'ai pu, avait dit Monsieur DeLéon à Frédéric, et je continuerai de le faire, mais cette règle a toujours été en vigueur ici. Pas de mariage à l'intérieur d'une même famille.

— Je ne suis pas de sa famille, affirma Frédéric.

— Dirigez-vous le négoce de son père? Êtes-vous le neveu de son mari?» Les deux hommes avaient échangé un regard. «Sur cette île, c'est cela la famille», l'informa Monsieur DeLéon.

Le conseil des anciens était que Frédéric retourne en France sans tarder, avant que les autorités danoises ne s'intéressent à ce qui était une affaire personnelle entre Juifs. Frédéric rentra à la maison après cette séance, épuisé et écœuré. Il avait toujours été le bon fils, le frère et le cousin fiable, le jeune homme sur qui l'on pouvait compter. L'opinion des autres lui importait. Rosalie me raconta que sur le marché, les gens disaient que j'étais une sorcière et que je lui avais jeté un sort, et peut-être était-ce vrai. De fait, je voulais qu'il les défie tous, y compris Dieu si nécessaire, même si je ne croyais point que Dieu pût s'opposer à un amour comme le nôtre. Nous n'avions à nous repentir de rien, et rien de quoi nous sentir coupables.

Comme nous n'étions pas mariés, le nom de mon fils n'avait pas été inscrit dans le Livre de la Vie, lequel répertoriait chaque naissance, mort et mariage au sein de notre communauté. Cela signifiait qu'il n'existait pas au regard de Dieu et ne serait pas enterré au cimetière s'il venait à décéder. Huit jours après la naissance de notre fils, Monsieur DeLéon amena chez nous un homme dont la fonction était de circoncire les petits garçons de notre confession. La cérémonie eut lieu après la tombée de la nuit, à une heure où nul ne s'aviserait de sa présence à mon domicile. Rosalie nettoya la table de cuisine et y déploya un linge blanc propre, et même lorsque le sang coula notre enfant ne pleura pas.

Puisque personne à la synagogue n'allait l'inscrire sur les registres officiels, je me suis vue forcée de m'en charger moi-même. Le vieux concierge m'a laissée entrer, car je me suis comportée comme si j'étais chez moi. Je lui ai expliqué que l'on m'envoyait faire le ménage et j'avais apporté un balai pour le convaincre. Une femme qui sait ce qu'elle veut, me disait toujours Adelle, a des chances de l'obtenir. J'étais sûre de moi, du moins extérieurement. Avec un hochement de tête, j'ai franchi les portes de la synagogue sans la moindre difficulté. Le concierge s'est incliné en m'appelant Madame. Je me suis gardée de le corriger ou de lui signaler que la plupart des gens de notre congrégation m'auraient traitée de putain. J'ai cru apercevoir un héron dans le jardin, ou peut-être était-ce une femme assise dans l'ombre mouchetée de la fontaine de pierre.

Il était exactement deux heures de l'après-midi, l'heure la plus chaude de la journée où la plupart des gens rentraient chez eux somnoler dans leurs chambres ou parloirs, et où les magasins et cafés étaient fermés. Mes plus jeunes enfants étaient sous la garde de Rosalie, ce qui m'accordait la liberté de veiller à ce que mon dernier-né ne restât point inconnu de Dieu. Ayant trouvé le registre le plus récent, j'y ai inscrit le nom et la date de naissance de Joseph Félix Pizzarro, avec Frédéric et moi pour parents. Mon écriture était soignée et lisible en sorte que nul ne puisse contester le droit de mon fils à être membre de notre communauté. En refermant le livre, je me suis avisée que les registres auraient pu être mieux tenus, encore que je n'eusse aucune intention de m'en charger.

Des tourbillons de poussière s'élevaient dans l'air. Beaucoup, parmi les documents empilés, étaient vieux de plusieurs décennies, et l'encre avait fané sur ceux qui étaient restés exposés à la lumière du soleil. Mon père m'avait appris à lire des documents et des livres de comptes, mais ces registres-là étaient complètement désorganisés. Dans les Livres de la Vie successifs, les entrées avaient été rédigées les unes sur les autres, en pattes de mouches dues à toute une série de secrétaires et d'assistants dont chacun avait inventé son propre système énigmatique de notation. Est-ce le destin, est-ce la volonté de Dieu, toujours est-il que je suis tombée sur le registre de naissance de mon cousin Aaron. La date mentionnée était antérieure de trois ans à ma naissance. On m'avait toujours dit qu'Aaron était un parent éloigné et que ses parents avaient été perdus en mer, mais ce document disait tout autre chose. Aaron avait pour mère une femme célibataire, membre de notre congrégation. Le symbole pour cet état de choses était la lettre *X*. J'ai parcouru les registres et constaté que cette lettre revenait très souvent. Je me suis demandé combien de femmes avaient perdu leur enfant du fait de cette seule lettre. L'identité du père d'Aaron n'était pas mentionnée. *Inconnu**. Le nom de sa mère avait été recouvert d'encre, faisant d'elle une inconnue aussi. Il me fut impossible de déchiffrer l'inscription d'origine, même en regardant le papier par transparence. Ma mère était désignée comme tutrice officielle et le nom de famille du bébé, Rodrigues, était un nom courant dans sa famille longtemps avant leur fuite d'Espagne et du Portugal.

Il n'y avait aucun moyen de savoir si la femme qui avait donné naissance à Aaron l'avait abandonné de son propre gré, ou bien si on le lui avait retiré. Il était plus vraisemblable que son choix en la matière avait été limité ; peut-être avait-elle apaisé son esprit en s'imaginant qu'un vent l'avait emporté et déposé à l'abri en haut d'un arbre, aux bons soins des perroquets, jusqu'à ce que ma mère vienne le chercher, ravie de revendiquer le fils qu'elle avait toujours désiré. Ce qu'Aaron m'avait dit dans le jardin, il y avait si longtemps, était donc vrai. Jamais notre mère ne lui aurait permis d'épouser Jestine.

Un après-midi, comme je quittais notre magasin, Madame Halévy m'attendait. Cela faisait des mois qu'elle et Madame Jobart avaient tenté de me persuader de les laisser me trouver un parti convenable, un mari dont je ne voulais point et que je n'aimais point. J'étais certaine que tout ce que Madame Halévy aurait à me dire à présent ne m'intéresserait pas davantage. J'ai fait de mon mieux pour disparaître, accélérant le pas. Mais elle m'a suivie comme si elle était une femme beaucoup plus jeune, malgré sa canne.

« Je ne t'ai pas oubliée ! me cria-t-elle.

— Ne vous gênez pas pour le faire. »

Je n'ai pas ralenti mais Madame Halévy m'a surprise en ne cédant pas de terrain. Je n'ai eu d'autre choix que de m'arrêter pour lui faire face.

« Ta mère t'aimait, en dépit de ce que tu crois, me dit-elle. Tu ne connais pas toutes les circonstances. »

Ma mère avait toujours dit qu'il n'existait point à Saint-Thomas de plus excellente femme que cette Madame Halévy mais pour moi, elle ressemblait à un serpent, lové sur lui-même, aux aguets. Elle voulait me convaincre de penser comme elle.

« Je vous remercie du renseignement, lui dis-je avec ironie. Si vous ne me l'aviez point dit, je ne l'aurais jamais su.

— Sara Pomié était une femme pleine de compassion. Elle désirait le meilleur pour notre peuple. Et pour toi. » Madame Halévy m'a pris le bras. Nous nous tenions debout au milieu des ombres. J'étais comme hypnotisée : un moineau face à son serpent. « Si elle voyait comment tu te conduis aujourd'hui, elle serait horrifiée. Vivre avec un homme sans être mariée. Fouiller dans le bureau du rabbin. » Elle me jeta un regard. « Pensais-tu trouver Dieu dans ces registres ? »

Elle m'avait donc espionnée, en fin de compte. Je me suis écartée d'elle.

« Moi aussi, je connaissais ma mère, lui ai-je dit. Rien de ce que je faisais n'avait grâce à ses yeux. Si mon but dans la vie avait été de la satisfaire, j'aurais déjà échoué une bonne dizaine de fois.

— Tu étais un bébé difficile, maintenant tu es une femme difficile, me sermonna Madame Halévy. Tu pleurais toute la nuit. Je m'en souviens bien. Ta mère m'appelait auprès d'elle pour pouvoir s'accorder quelques heures de sommeil. Crois-moi, son époux n'était pas là.

— Je vous interdis de parler de mon père, lui dis-je.

— Je te connais depuis toujours, alors laisse-moi te dire en termes clairs que ce scandale que tu crées nous affecte tous. Il est des péchés discrets, et d'autres qui ont un retentissement pour chacun d'entre nous. Cette situation outrepasse tes petits besoins personnels. Les Juifs sont regardés avec haine et méfiance, et si nous nous querellons entre nous, cela donne à nos détracteurs encore plus de raisons de nous mépriser. Nous devons nous garder de toute souillure.

— Est-ce la raison pour laquelle le Livre de la Vie est modifié quand cela convient à la congrégation ? Pour s'assurer que les faits corroborent nos croyances ? »

Son regard s'étrécit.

« Tu as vu des modifications ?

— Des noms recouverts d'encre. Des gens effacés. »

Madame Halévy n'a pas mâché ses mots.

« Nous devons nous protéger.

— Dites cela au rabbin, lui ai-je suggéré. Je suis sûre qu'il sera d'accord avec vous. Mieux encore, dites-le à sa première femme. Elle est morte en couches et il s'est remarié dans l'année avec la jeune fille de son choix. Mon premier mari a fait la même chose quand il m'a épousée pour sauver son affaire, et je n'ai jamais fait d'objection ni demandé pourquoi ma vie avait tellement moins de valeur que la sienne.

— Rachel. » Madame Halévy m'a fait taire. « Ne crois-tu point que ce scandale reviendra te hanter un jour ? »

Je n'avais aucune peur des spectres et le lui ai dit. J'avais été hantée auparavant et j'étais encore en vie pour le raconter. Je l'ai remerciée poliment et me suis excusée pour prendre congé. Je l'ai sentie me suivre du regard tandis que je m'éloignais mais cela m'indifférait. Peut-être Madame était-elle animée de bonnes intentions, mais les intentions ne suffisent pas. Je m'étais dépossédée de mon destin une fois déjà, et plus jamais je ne permettrais à l'opinion d'autrui de gouverner ma vie. Jeune fille, j'avais fait ce qui s'imposait, mais jeune fille je n'étais plus.

Adelle m'avait promis que j'aurais un autre mari.

Cette fois, ce serait moi qui le choisirais.

⁂

Frédéric n'ayant pu faire plier le rabbin, j'insistai pour l'accompagner afin de plaider notre cause. Mes armes étaient l'amertume et l'intégrité. Frédéric était encore un jeune homme, avec cette certitude de jeune homme que le droit finirait par triompher, tandis que moi je savais que nous devions nous battre pour obtenir ce que nous voulions. Le temps était humide, et une tempête couvait en mer.

C'était un mauvais présage et, comme de bien entendu, l'épouse du rabbin a refusé de nous laisser entrer. Les femmes devaient rester à la maison, surtout les pécheresses comme moi. Elle nous a laissés debout sous la pluie lorsqu'il s'est mis à pleuvoir sur nous.

L'épouse du rabbin évitait de me regarder et préférait fixer le sol des yeux. Il y courait des fourmis rouges, de celles sur lesquelles on n'a pas envie de marcher pieds nus. L'épouse du rabbin tremblait.

« Vous devez vous retirer ou bien nous devrons appeler les autorités. »

Elle avait le visage rouge et elle trébuchait sur les mots. On lui avait visiblement dicté quoi nous dire.

J'étais une mère de huit enfants, la fille de Moïse Pomié, la propriétaire du plus grand magasin de l'île, habitante de Charlotte Amalie depuis toujours, membre à part entière de notre congrégation, or j'étais là, trempée, comme si j'avais été une mendiante. Frédéric a pris mon bras. Contrairement à moi, il avait le cœur bon et enclin au pardon, et il ne souhaitait insulter personne.

« Nous n'avons rien à faire ici. Ne nous abaissons pas davantage. »

Mais j'ai refusé de partir. Que quiconque m'oppose un non et mon dos se redressait. Il me poussait des griffes et des dents. J'avais eu tant de prises de bec avec ma mère quand j'étais petite fille que j'étais bien entraînée à cet exercice. Je me suis rapprochée de l'épouse du rabbin à la toucher. Une chaleur émanait de moi, comme si je bouillais intérieurement. Elle s'est reculée.

« Nous avons le droit de parler à votre époux », lui ai-je dit.

Son nom, je le savais, était Sara, comme ma mère. Elle était plus jeune que moi, bien que son époux approchât de la cinquantaine. La première épouse était morte des suites de couches, tout comme la première Madame Petit, et de la même cause, fièvre puerpérale. Dans son cas, cependant, l'enfant était mort aussi. Il aurait dû exister un lien entre nous du fait de la similitude de nos histoires, mais il n'y en avait aucun. J'en ai donc appelé à l'esprit de la première épouse du rabbin, ainsi qu'à l'esprit de la première Madame Petit, afin qu'elles viennent se tenir près de moi. Je promettais d'apporter des fleurs sur leurs tombes, de réciter une prière en leur nom et d'allumer une bougie tous les soirs si elles me donnaient la force de me dresser pour défendre ma cause.

L'épouse du rabbin m'a répondu qu'elle ne pouvait rien pour moi et elle a refermé la porte. Mais j'avais maintenant, debout à mes côtés, les deux épouses du monde au-delà du nôtre, des femmes bonnes et obéissantes qui avaient donné leur vie en remplissant leur devoir de mère et d'épouse. Je ressentais leur énergie, la force de vie qui leur avait été ravie. Peut-être qu'une part de mon courage me venait d'elles. J'ai commencé à frapper sur la porte, puis à la marteler. Peu m'importait si mes mains saignaient. Qu'elles saignent. J'étais prête au combat. Je me suis mise à crier et à appeler, et Frédéric n'a pu m'en empêcher, quoiqu'il s'y employât de toutes ses forces, craignant que je n'attire sur nous l'attention des autorités danoises.

Enfin, le rabbin est venu à la porte. Nous lui avons dit que c'était l'amour qui nous avait réunis et qu'une telle chose était un don de Dieu. Il a secoué la tête et déclaré que notre amour était un amour destructeur. Je me suis sentie la proie d'une sombre et oppressante humiliation, et mon amertume a grandi en moi.

« Voyez ce que vous avez fait, a dit Frédéric au rabbin. Elle va en être malade.

— Ce que j'ai fait ? » Le rabbin montrait peu de compassion envers moi. « Vous n'étiez guère qu'un enfant et elle vous a séduit. Ce n'est pas vous que je blâme. C'est elle. »

Le rabbin me foudroyait du regard comme si j'étais une sorcière, détaillant mes vêtements maintenant trempés et collés à mon corps. Mes cheveux noirs n'étaient pas peignés, mes bottines étaient maculées de boue. Je tenais l'ourlet de ma jupe relevé pour lui éviter de se mouiller, sans succès. J'avais vraisemblablement l'aspect d'une sorcière, animée de désirs de sorcière.

« Ne parlez point d'elle en ces termes, dit Frédéric d'un ton sévère. Ceux de notre peuple sont des frères et des sœurs, non des ennemis.

— Vous êtes en effet comme un frère et une sœur. C'est bien de cela qu'il est question. » Le rabbin avait élevé la voix. « Vous ne comprenez donc pas ? Vous êtes apparentés et ne pouvez donc être mariés. C'est contraire à notre morale et à nos lois. Si vous persistez, rien de bon ne pourra sortir de tout cela.

— Pourtant quelque chose de bon en est déjà sorti », dit Frédéric.

Il voulait parler de notre amour et de notre enfant. La porte s'est refermée en claquant et nous sommes repartis à pied, sous la pluie qui tombait comme elle tombait dans nos rêves. J'étais glacée. Peut-être avais-je commis une terrible erreur et entraîné la personne que j'aimais le plus au monde en enfer. J'ai dévisagé Frédéric. Comme s'il pouvait lire mes pensées les plus intimes, il m'a dit:

«Je ne regrette rien.»

Moi non plus je ne regrettais rien.

Lorsque nous sommes arrivés à la maison, j'étais toujours glacée et je frissonnais. Rosalie a fait chauffer de l'eau et j'ai pris un bain dans le baquet. Cela m'a rappelé cette horrible femme, Élise, qui était venue de France pour voler l'enfant de Jestine. Je me suis laissée couler, comme Élise l'avait fait, et j'ai ouvert les yeux pour observer le plafond avant de remonter à la surface en crachant. Je détestais les règles, les lois, la morale qui étaient détournées pour en faire ce que les gens voulaient. Je suis restée dans la baignoire jusqu'à ce que l'eau tiédisse. À ce moment, je tenais mon plan. Mon père avait toujours dit que je pensais comme un homme et peut-être y avait-il du vrai dans cela. Le rôle de femme oisive, assise à tirer son aiguille ou à faire de la pâtisserie tout en surveillant les enfants pendant que le monde prenait des décisions autour de moi, n'était pas à mon goût.

J'ai gagné mon bureau pour le rédiger afin de le présenter à Frédéric. Nous passerions au-dessus de notre rabbin et déposerions une requête directe auprès du Grand Rabbin du Danemark afin d'obtenir le droit de nous marier.

Ce genre de choses ne se faisait pas. Ce serait une insulte tant pour notre rabbin que pour notre communauté tout entière. Nous les ferions paraître petits et impuissants aux yeux du Grand Rabbin du Danemark, mais cette île était petite, c'était la vérité, et vus d'en haut, les gens qui évoluaient autour de nous n'étaient rien de plus que des figurines. Nous n'avions pas d'autre choix. Assurément, Dieu s'en rendrait compte et bénirait notre entreprise. Une étincelle de foi se ralluma en moi.

Frédéric écrivit la lettre et me la lut à haute voix. J'approuvais les sentiments qu'il y exprimait. L'étincelle en moi s'aviva. Je me mis à prier, silencieusement, dans le jardin. Peut-être n'avions-nous pas été abandonnés et si nous nous adressions à Dieu plus directement, il nous entendrait. Nous avons relu plusieurs fois la lettre cette semaine-là, en examinant chaque mot, jusqu'à ce qu'elle soit enfin prête. Frédéric la porta au bureau de poste et je l'attendis dehors, sous le couvert de mon manteau, bien que le temps fût chaud. Envoyer notre lettre s'apparentait à confectionner une bombe qui pouvait exploser n'importe quand, n'importe où.

Frédéric redescendit les marches du bureau de poste. La chose était faite, sans possibilité d'être défaite. Il était si jeune. Rien que de le regarder, j'en avais le cœur déchiré. Ce soir-là dans notre lit nous n'avons pas parlé mais nous nous sommes enlacés comme nous l'avions fait la première nuit, quand je pensais qu'il risquait de mourir de la fièvre jaune. Peut-être avions-nous tous les deux la fièvre, pour oser agir aussi imprudemment et insulter toute notre communauté. La lettre qui transformerait notre destin était en route pour le Danemark, et nous, nous étions en sécurité dans notre lit. Je ne pouvais guère penser à grand-chose à part cette enveloppe claire voyageant par-delà l'océan, innocente, simple encre sur un parchemin, jusqu'à ce qu'elle fût ouverte et lue. Alors nos vies ne seraient plus jamais les mêmes. Nous serions considérés comme des traîtres qui entendaient trahir notre peuple. Jestine serait la seule à ne pas me juger pour l'avoir fait. Elle comprenait l'amour. *Ce qui te détruit te sauve*, m'avait-elle dit. À présent, je savais ce qu'elle avait voulu dire. Mon amour pour Frédéric serait ma ruine, or je ne l'aurais échangé pour rien au monde.

⁂

Je me mis à observer des choses dont je n'avais pas pris conscience jusque-là. J'avais peut-être été naïve, ou il était possible que j'aie simplement répugné à voir la cruauté qui m'entourait, or elle était là, dans toutes les rues de Charlotte Amalie, et aussi dans la campagne où s'élevaient les manoirs et les châteaux. La loi danoise avait décrété qu'il n'y aurait plus d'esclavage sur l'île, mais les esclaves encore possédés étaient toujours considérés comme des biens. On leur donnait leur dimanche comme s'ils étaient des citoyens libres et ils pouvaient naviguer jusqu'aux îles voisines rendre visite à des membres de leur famille, mais quand ils revenaient le lundi, ils redevenaient des esclaves. Sur notre île, la moitié de la population africaine était libre, et ceci comprenait pratiquement tous les individus de père européen, mais les autres étaient des esclaves, de simples biens.

J'avais une meilleure appréhension maintenant de la façon dont un destin individuel pouvait dépendre de règlements arbitraires inventés par des hommes afin d'en retirer un profit ou un autre. Si j'avais vécu au Danemark, j'aurais pu épouser Frédéric. La communauté y était plus grande et nous aurions pu disparaître dans les faubourgs d'une ville et nous comporter à notre guise. Ici, je vivais dans le péché. J'avais été aveugle à la douleur des autres tant que je n'avais pas eu mon propre fardeau à porter. Maintenant, lorsque je voyais des esclaves au marché, je me demandais comment ils se contenaient. On les privait du droit à leur propre existence, à leur chair, à leur sang, à leur souffle. Implorer le salut, n'en trouver aucun et continuer d'avoir la foi, voilà qui demeurait un mystère pour moi. Je me sentais abandonnée par Dieu et par mon peuple. Même si j'allumais les bougies, je ne récitais plus de prières le vendredi soir. J'en laissais le soin à mon bien-aimé, qui lui croyait encore.

Notre fils avait moins d'un an lorsque le Grand Rabbin autorisa notre mariage par un document légal émanant de la plus haute autorité. Notre contrat de mariage arriva du Danemark. C'était un document tout simple mais il avait du poids car il était signé par la voix suprême de notre congrégation. Le lendemain, 22 novembre 1826, nous avons fait paraître une annonce dans le journal officiel, le *Tidende*, et la même dans le *St Thomas Times*: *Sur autorisation de Sa Très Gracieuse Majesté le Roi Frédéric VI, ils ont été mariés conformément au rite israélite.*

Nous pensions pouvoir reprendre le cours de notre vie sans plus être considérés comme des parias, mais le lendemain, lorsque Frédéric rentra à la maison, venant du magasin, il tenait à la main le nouveau numéro du *Tidende*.

«Tu n'as pas envie de voir ça», me dit-il.

Il a voulu le brûler dans le fourneau mais je le lui ai pris des mains et j'ai lu la page des annonces. Nous y étions dénoncés par la congrégation qui prétendait que nous nous étions mariés *sans en informer les Recteurs et les Gouverneurs de la synagogue, et sans que la cérémonie soit célébrée conformément à la coutume usuelle.*

Notre propre peuple voulait nous punir d'être passés au-dessus du rabbin. Dès que des Juifs se mettaient à agir à leur guise, en dehors des confins de la loi, tout pouvait arriver, la synagogue risquait de s'écrouler, le monde tel qu'ils le connaissaient risquait de disparaître. Cela risquait d'inciter le gouvernement danois à agir contre nous, et alors nous risquions d'être les victimes d'un nouvel assaut. Et donc le président de la congrégation s'était rendu au siège du journal, faisant de nous un objet de scandale au vu et au su de toute l'île. Des lettres étaient parties du secrétariat du rabbin vers les rabbins en chef de Londres, Amsterdam et Copenhague. Protestants, catholiques, Africains, des gens à tous les niveaux de l'échelle sociale avaient lu notre histoire et nous étions le sujet de discussion dans toutes les cuisines. *L'homme de bien et l'enchanteresse.* Certains racontaient que j'étais faite en mélasse : une bouchée et l'on ne pouvait plus s'en passer. On disait que je me transformais en oiseau le jour et que je volais au-dessus de l'île, à la recherche de mes ennemis afin de fondre sur eux et les piquer, et que si ma colère était assez brûlante, je pouvais semer des étincelles de feu sur leur toit. Puis, la nuit, je redevenais une femme, disait-on, et je me glissais dans le lit de mon homme. Avant qu'il pût en appeler à la protection de Dieu, avant qu'il pût s'échapper, j'avais refermé mes bras sur lui.

La violence de l'attaque dirigée contre nous sur la place publique était sans précédent. Mes enfants avaient besoin d'être protégés. Les aînés avaient déjà entendu des médisances sur nous en ville et au magasin, mais nous avons dissimulé la gravité de la situation aux plus jeunes. Rosalie, je le savais, me plaignait.

« Ça n'a pas d'importance, ce que les gens disent, m'assura-t-elle. Il est déjà votre mari. »

Rosalie comprenait ce que c'était que de désirer l'impossible, M. Enrique ayant une femme sur une autre île et ne pouvant l'épouser.

Mais je n'étais ni aussi patiente ni aussi tolérante qu'elle. L'amertume verte qui croissait en moi était une fleur vénéneuse. Je percevais la saveur acide qu'elle dégageait, pareille à de l'arsenic, le poison utilisé contre les mangoustes envoyé ici depuis l'autre bout du monde.

En quelques semaines, des lettres commencèrent à arriver de la famille Petit qui essayait de reprendre le contrôle sur notre affaire. Ils en étaient propriétaires à parts égales, après tout, ayant hérité des biens de mon père en même temps que de ceux de mon époux. Le journal de Saint-Thomas leur était parvenu et ils étaient sous le choc, craignant que leurs possessions sur l'île ne disparaissent s'ils les laissaient entre nos mains. Frédéric rangea les lettres mais je les trouvai. La famille écrivait qu'il était trop jeune et qu'ils avaient fait une erreur en l'envoyant : on le priait maintenant de céder la direction de l'entreprise et d'envoyer les livres de comptes et les archives commerciales en France. Mais il ne le fit point. Il était peut-être jeune mais il était aussi obstiné, et il croyait à l'action moralement juste même si cela impliquait de violer la loi.

Nous reçûmes bientôt une lettre de la congrégation nous informant qu'ils avaient écrit au Rabbin de Copenhague pour demander à ce que le Roi annule notre mariage, lequel, affirmaient-ils, avait été accordé en contradiction avec la loi juive. Nous étions assiégés. Frédéric et tous les enfants tombèrent malades, victimes d'un mal mystérieux qui les rendait incapables de se nourrir. Je fis bouillir des plantes et leur préparai des infusions de baies et de gingembre et ils commencèrent à guérir. Mais l'action intentée contre nous se poursuivit.

Sous la pression de la communauté, le Roi renversa subitement son jugement, déclarant notre mariage illégal, sous prétexte que nous ne nous étions pas présentés en tant que Juifs lorsque nous avions déposé notre demande. J'étais officiellement une pécheresse, damnée par le Grand Rabbin. Maintenant les femmes crachaient dans la rue en me voyant. Je me mis à transporter une pomme sous mon châle, non pour la faim mais parce que c'était le fruit de notre famille et que j'étais convaincue de sa capacité à repousser tout mauvais sort qui pourrait m'être jeté. Bientôt je cessai de sortir. Je m'enfermai à la maison et me remis à porter du noir.

Rosalie vint à mon chevet.

«Ne les laissez pas gagner, me dit-elle.

— Ils ont déjà gagné.

— Ils pensent avoir gagné. Mais ils ne le peuvent si vous ne le permettez pas.»

Je gardai néanmoins le lit pendant une semaine, jusqu'à ce que Rosalie déclare que je devais la laisser changer les draps. Quand je me suis levée du lit, elle m'a versé un broc d'eau froide sur la tête. J'ai poussé un hurlement et je suis restée plantée là à cracher, trempée, pendant que mes plus jeunes enfants riaient.

«Si vous n'arrivez pas à vous réveiller, alors nous allons le faire pour vous.»

J'étais ahurie, toute mouillée, mais quelque chose en moi s'est réveillé, mon vrai moi, la femme qui savait ce qu'elle voulait et ce qui lui revenait. De gratitude, j'ai pris Rosalie dans mes bras. Puis je me suis habillée et préparée à affronter le monde, mue par la colère et le désir, mais peut-être est-ce toujours cela qui pousse une femme à riposter. J'ai envoyé mes fils dans les collines cueillir des brassées de fleurs de flamboyants que j'ai emportées au cimetière. Je les ai enveloppées de mousseline humide afin qu'elles se parent d'un rouge écarlate plus profond en fleurissant. Le crépuscule approchait. La clarté bleue filtrait autour de moi tandis que je priais sur la tombe d'Esther Petit. Je lui ai laissé des brassées des fleurs qu'elle aimait. Puis j'ai cherché la tombe de la première femme du rabbin. Je lui avais apporté quelque chose de spécial à elle aussi, une pomme de l'arbre que mon père avait fait venir de France il y avait si longtemps. J'ai supplié la femme du rabbin de dire à son mari resté sur terre de nous laisser tranquilles. Même s'il n'avait connu l'amour dans aucun de ses deux mariages, il devait bien être capable de le reconnaître quand celui-ci se manifestait juste sous ses yeux.

Nous avons continué à mener notre vie comme si nous étions seuls au monde. Je me suis découvert quelques cheveux blancs et Jestine me les a arrachés. Assises sous sa véranda, nous contemplions la mer, attendant de voir ce qui se passerait ensuite comme nous le faisions quand nous étions gamines et que notre vie ressemblait à une histoire que nous pouvions raconter nous-mêmes. Je rêvais toujours de Paris sauf qu'à présent, dans mes rêves, je traversais les Tuileries à la recherche de quelqu'un, mue par la panique, courant sous la pluie. Certaines nuits, je n'arrivais plus à respirer et Frédéric me réveillait et me rassurait, me disant qu'il serait toujours près de moi et que je n'avais plus besoin de le chercher. Je suppose que j'avais dû parler dans mon sommeil. Je le serrais contre moi et l'embrassais jusqu'à en cesser de penser.

Lorsque nous nous sommes mariés, nous n'en avons informé ni la congrégation, ni les anciens, ni le rabbin qui nous avait fait attendre sous la pluie. Nous n'avions aucune autorisation de nous marier mais nous l'avons néanmoins fait. La petite réunion s'est tenue dans le parloir de la grande maison de Monsieur DeLéon. Il avait prononcé un discours lors de mon premier mariage et ne m'avait jamais abandonnée par la suite même s'il ne faisait point mystère qu'il désapprouvait mes choix. S'il m'aida, invitant dix hommes qui étaient bar mitzvah à être nos témoins, ce fut par respect pour mon père. Tous étaient en noir, comme pour un enterrement. DeLéon était un homme instruit, comme l'avait été mon père, et il récita les prières comme le rabbin l'aurait fait. Les dix hommes pieux étaient mal à l'aise mais ils murmurèrent *amen*. Je savais qu'aussitôt la cérémonie terminée, Monsieur DeLéon éviterait de me voir ou de me parler de crainte d'être exclu de la communauté.

Ce soir-là, j'étais une femme mariée. En guise de cadeau de mariage, Frédéric m'offrit un exemplaire du livre illustré de Redouté sur les roses, *Choix des plus belles fleurs*, imprimé en France. Aucun autre homme n'aurait su que je désirais ce livre plus que tout au monde, plus que des perles ou des diamants. Allongés dans notre lit, nous avons tourné les pages : le papier épais sentait le sel du voyage qu'avait accompli le volume par-delà les mers.

« Es-tu heureuse de l'avoir ? », me demanda mon mari.

J'ai hésité à exprimer mes sentiments, car j'aimais tant Frédéric que je craignais d'être punie pour cela. Néanmoins j'ai dit « Oui » et nous n'avons pas quitté notre chambre pendant douze heures.

Rosalie m'a taquinée tous les jours, après ça.

« Les gens mariés ne se comportent point comme vous », me disait-elle.

À la naissance de notre deuxième fils, Moïse Alfred, trois ans plus tard, son nom fut inscrit dans les registres de la synagogue en dessous de celui de son frère. Cette fois, je n'eus pas à m'introduire pour le faire moi-même, le secrétaire du rabbin s'en chargea. D'après Rosalie, la raison en était peut-être que j'avais donné à mon bébé le nom de mon père, qui avait été si aimé à Saint-Thomas, et celui du patriarche qui avait conduit notre peuple vers la liberté. Frédéric, lui, croyait que la congrégation était lassée du scandale. Nous les avions eus à l'usure, disait-il. Il rit et m'embrassa et demanda qui parmi eux pouvait nier que nous n'étions rien d'autre qu'un vieux couple marié, avec ou sans la bénédiction du rabbin. Mon mari et Rosalie pouvaient penser ce qu'ils voulaient. Moi je savais la vérité. Si la congrégation n'était plus remontée contre nous, c'était grâce aux épouses du rabbin, celle qui était morte et enterrée et dont j'avais honoré l'esprit, et celle qui était vivante et à l'aide de qui j'en avais appelé.

Nous restions néanmoins des parias et vivions notre vie comme tels. Le samedi, Frédéric récitait des prières dans le jardin avec les garçons, puis nous allions Place du Marché où les gens qui n'étaient pas de notre confession passaient leur journée de repos. Plus d'une douzaine de nationalités étaient recensées à Saint-Thomas et il y avait tant de nourritures diverses parmi lesquelles choisir le samedi que cela ressemblait à une fête foraine. J'avais toujours l'envie de manger espagnol : œufs, sardines et olives, et nous prenions du mabi, une boisson sans alcool préparée avec de l'écorce de bois de mabi fermentée, parfumée à la cannelle et délicieuse pour qui avait appris à l'aimer. Les commerces juifs, y compris le nôtre, étaient fermés le samedi et tous les magasins fermaient entre midi et deux heures tous les jours, aussi allions-nous souvent nous baigner le samedi après-midi, descendant jusqu'à la plage où les tortues venaient pondre une fois l'an. Je me baignais en sous-vêtements car mes enfants étaient avec moi. Hannah était toujours là pour veiller sur eux. Âgée maintenant de treize ans, elle faisait une meilleure mère que moi. Je pensais qu'elle avait dû apprendre ce qu'était un cœur bon durant les douze jours où sa mère avait vécu. Ses cheveux blonds étaient dorés dans le soleil et je priais pour qu'elle ait une vie plus facile en ce monde que celle réservée à la plupart des femmes. Lorsqu'elle venait s'asseoir près de moi, je sentais l'amour de sa mère nous entourer toutes les deux tandis que des feuilles chutaient des arbres même s'il n'y avait aucune brise et que l'air était immobile.

Notre troisième fils naquit le 10 juillet 1830. J'eus encore la chance d'avoir Jestine et Rosalie près de moi, car ce fut loin d'être une naissance facile. Ce bébé avait sa propre personnalité et se souciait peu de la douleur intense qu'il me causait. Je m'étouffais pour retenir mes cris et Frédéric et les enfants furent priés de quitter la maison. Ce n'est que bien plus tard que Jestine m'avoua qu'elle et Rosalie avaient bien cru me perdre car le travail avait duré trois jours et trois nuits, dont chaque heure avait été une agonie. J'avais commencé à parler aux esprits. Lorsque Jestine et Rosalie s'avisèrent que j'étais en pleine conversation avec la première Madame Petit, comme si mon intention était de la rejoindre, leur frayeur fut telle qu'elles jurèrent de faire tout ce qui serait en leur pouvoir pour me sauver. Dussent-elles être confrontées à un choix, elles laisseraient partir le bébé et me ramèneraient à la vie.

J'ignorais tout de cela, naturellement. Ma fièvre était telle que je ne vis pas que Rosalie pleurait. Je me consumais comme si j'étais dévorée par une force plus puissante que moi et les douleurs que je ressentais étaient différentes de toutes celles que j'avais connues lors des accouchements précédents. Avant même de se présenter, cet enfant se montra difficile, résolu à me causer de la souffrance. Or dès qu'il fut né, c'est lui que j'ai aimé le plus, justement à cause de notre lutte, un secret que je n'ai révélé à aucun des autres. Je l'ai prénommé Abraham, le premier prénom de son père, puis Jacob, d'après le Jacob de la Bible, et enfin Camille afin de toujours lui rappeler qu'il était français. Il me ressemblait beaucoup et avait mes défauts. Il ne dormait pas et criait toute la nuit, tout comme Madame Halévy avait dit que je le faisais. Lorsque je voulais le prendre, il me repoussait. Il était parfait, c'était un très beau bébé, mais je me demandais si son tempérament insomniaque était dû à une maladie.

Même sous les tendres soins de Jestine, ce bébé semblait tourmenté. Après deux semaines d'affilée, alors que je n'avais toujours pas fermé l'œil et que Jacob n'avait toujours pas pris de poids, je sus ce qu'il nous restait à faire. J'ai demandé à Jestine si elle voulait bien m'accompagner chez le guérisseur bien que ni elle ni moi ne sachions si le vieil homme était toujours en vie. Il était très âgé la dernière fois que nous l'avions vu et si des gens en ville allaient le consulter, ils ne s'en vantaient pas, car de telles excursions étaient destinées à combattre les embarras et les tragédies.

Nous étions au cœur d'un été vert et brûlant; j'ai quand même enroulé le bébé dans une couverture de coton afin de le protéger des refroidissements. Nous avons emporté une bouteille d'eau additionnée de citron vert. J'avais aussi sur moi des pièces d'or afin d'être en mesure de payer le prix de la cure, cette fois. Nous marchions plus lentement que lorsque nous étions des fillettes galopant dans les collines, pourchassant les ânes ou pourchassées par eux. Nous en avons repéré quelques-uns, broutant l'herbe sèche sur les bas-côtés de la route. Je me suis demandé si Jean-François, l'ancien animal de compagnie de mes enfants, était parmi eux. Quand je l'ai évoqué tout haut, Jestine a secoué la tête.

« S'il y est, tu n'as pas besoin de le savoir. Inutile de te briser à nouveau le cœur pour un animal qui devrait être sauvage de toute façon. »

J'ai quand même sifflé en appelant son nom. Tous les ânes ont levé la tête pour nous regarder. Jestine a ri.

« Tu vois. S'il est avec eux, il est devenu comme eux maintenant. Tu lui as fait une faveur en le relâchant, et à toi aussi. »

Mais j'ai vu les yeux de l'un des ânes posés sur moi et j'ai su. C'était Jean-François. L'animal apprivoisé que j'étais allée perdre dans les collines et qui avait essayé de me suivre pour rentrer.

Jestine a vu ma mine.

« Voilà que tu vas pleurer maintenant, a-t-elle déclaré.

— Sûrement pas », ai-je répondu.

Je me suis détournée pour qu'elle ne voie pas mes larmes. Dans mes bras, le bébé s'agitait. Jestine a glissé un bras autour de ma taille.

« Tu as le cœur tendre, m'a-t-elle dit. Mais ne t'en fais pas. Je ne le dirai à personne. »

Nous avons ri alors, toutes les deux. Nul ne me connaissait mieux qu'elle, pas même Frédéric. Quiconque vous a connu quand vous étiez jeune peut voir en vous et reconnaître la personne que vous étiez naguère, et que vous êtes peut-être encore quelquefois. Je me suis laissée aller et j'ai pleuré, avant de me ressaisir.

La lumière était jaune à présent, et plus chaude. Nous avons poursuivi notre chemin vers la maison de l'homme aux herbes. Notre route nous a fait croiser la cascade, qui se déversait dans un bassin où de minuscules poissons bleus fusaient dans les hauts-fonds. J'aurais aimé que nous puissions nous dévêtir et nous immerger dans l'eau fraîche, mais nous avons continué, par-delà des fouillis de lianes, certaines épineuses, d'autres non. Le calme régnait là, et Jacob s'est tu, pour la première fois, je crois, en ses deux semaines de vie. Nous avons continué à marcher à travers les entrelacs de vert, le pied léger, comme si nous étions des petites filles à nouveau. Il y avait les ruines d'un château, datant de cent ans auparavant, tombant en poussière de pierre, et des tiges de canne à sucre revenues à l'état sauvage. Enfin, nous avons atteint la clairière où le guérisseur avait sa cabane. Quelqu'un vivait là, cela ne faisait aucun doute. Il y avait des braises dans un petit foyer creusé dans le sol et des casseroles et des marmites éparpillées alentour. Jestine ignorait que j'étais moi-même venue ici un jour pour remercier le vieil homme. Elle ignorait que je l'avais embrassé. Elle s'est avancée pour entrer dans la maison mais je lui ai dit que cette fois, je le ferais. Je n'avais pas peur. Si quelqu'un devait payer pour guérir mon bébé, ce devait être moi.

« Veux-tu que je lui demande quelque chose pour toi, aussi ? », ai-je proposé avant d'entrer.

L'expression de Jestine a changé et j'ai vu son chagrin.

« Demande-lui de me rendre tout ce que j'ai perdu. Vois s'il peut faire cela pour moi. »

J'ai frappé à la porte et une voix m'a dit d'entrer. Le bébé s'agitait, mais à peine. Il m'a fallu un temps pour m'habituer à l'obscurité. J'ai aperçu le guérisseur assis dans son fauteuil. Il paraissait très très vieux, comme s'il était déjà dans un autre monde.

« Vous souvenez-vous de moi ? », lui ai-je demandé.

Il a haussé les épaules. Quelle importance.

« Est-ce cela le problème ? »

Il a désigné mon bébé de la tête.

«Il ne dort ni ne mange.»

J'ai amené Jacob plus près afin qu'il puisse l'examiner. Le vieil homme aux herbes a écarté les pans de la couverture et observé la silhouette du bébé. Mon fils a lancé ses bras en l'air en criant d'une voix sonore.

«Il est fort, a dit le vieil homme. Il n'a pas de fièvre. Il a simplement d'autres choses en tête.

— Quelles choses?»

Je ne voyais pas à quoi pouvait penser un bébé à part téter, dormir et sentir la chaleur des bras de sa mère.

«Il voit ce que vous ne pouvez voir.» Le bébé s'était tu et regardait le guérisseur dans les yeux. «Il voit peut-être ma mort. Cela ne m'étonnerait pas qu'il me voit sortir, m'allonger dans l'herbe, cligner des yeux et disparaître. Je monterai droit vers les étoiles et le regarderai de là-haut. Ou peut-être qu'il voit seulement les ombres sur le mur.»

Le vieil homme aux herbes m'a fait signe de recouvrir mon bébé. Pendant que je m'exécutais, il s'est levé lentement pour aller chercher un flacon de liquide brun, une décoction de feuilles de corrosol et d'autres plantes réduites en poudre. Il m'a donné une poche de feuilles de corrosol à frotter sur les couvertures du bébé. Le guérisseur était si vieux qu'il pouvait à peine marcher. Je me suis demandé comment il se nourrissait et j'ai pensé que peut-être je devrais laisser des fruits et du pain devant sa porte toutes les semaines. Il est revenu m'ôter le bébé des bras.

«Il dormira avec une goutte de cette potion tous les soirs. Ainsi il s'habituera au sommeil. Il aimera dormir. Mais cela ne changera rien à qui il est ni à ce qu'il voit.»

Le guérisseur fit boire à mon fils une goutte de la décoction sur le bout de son doigt. Le bébé fit la grimace mais il ferma les yeux.

«Chaque fois que vous faites cela, parlez-lui, qu'il entende votre voix. Ainsi, il saura que vous serez toujours là pour lui. Parlez maintenant», me dit-il.

J'étais si abasourdie que j'ai commencé à raconter la première histoire qui m'est venue à l'esprit, celle qui avait toujours terrifié Aaron. Ce n'était certainement pas bien de parler de loups-garous en présence d'un nouveau-né. Mais je l'ai fait. J'ai murmuré que les vieilles familles danoises devaient payer le prix de leur cruauté et qu'à la pleine lune, ils sentaient leurs corps se couvrir de poils et leurs griffes pousser. Lorsque j'eus terminé, mon enfant dormait.

« Il aime les histoires qui ont des dents, déclara gaiement le guérisseur. Encore un signe de sa force. »

C'est alors que j'ai remarqué le collier de perles autour du cou du vieil homme, celles que ma mère avait cousues dans l'ourlet de sa robe quand mes parents avaient fui Saint-Domingue, celles que ma grand-mère avait emportées en s'échappant d'Espagne. Jestine avait payé de ces perles la vie de Frédéric.

Le guérisseur a surpris mon regard.

« Vous les aimez ? m'a-t-il demandé en soulevant le collier. Je les porte pour faire passer la malchance dont elles sont chargées. »

J'ai sorti une pièce d'or et l'ai posée sur la table. C'était beaucoup trop pour un remède contre l'insomnie et nous le savions tous les deux. J'ai expliqué que je voulais reprendre les perles.

« Quelqu'un en a besoin, ai-je dit. Elle veut retrouver ce qu'elle a perdu.

— Vous les lui donnez, vous lui donnez aussi votre chance, m'a dit le vieil homme. Êtes-vous sûre de vouloir faire cela ? »

J'ai répondu que oui. Je n'en devais pas moins à Jestine.

Il a retiré le collier de perles et me l'a donné. Elles étaient si chaudes qu'elles m'ont brûlé la peau. Je m'apprêtais à poser une autre pièce d'or sur la table mais le guérisseur m'a arrêtée.

« À quoi cela me sera-t-il bon là où je vais ? m'a-t-il dit. Il y a quelque chose que j'aime bien mieux que les pièces. »

Alors je l'ai embrassé comme je l'avais déjà fait.

Nous avions descendu la moitié de la colline lorsque j'ai donné le collier à Jestine. Des nuées de moustiques tourbillonnaient déjà au-dessus de la cascade quand nous l'avons dépassée.

« Tiens, ai-je dit à mon amie, tu devrais reprendre ce qui t'appartient. »

Jestine m'a regardée, elle a glissé le collier autour de son cou et m'a embrassée. Je lui avais donné ma chance et j'étais contente de l'avoir fait.

Tandis que nous marchions sur la route, je tenais mon enfant tout contre moi pour qu'il entende le son de ma voix, comme le vieil homme aux herbes me l'avait recommandé. Je lui ai raconté l'histoire de la femme-tortue qui ne pouvait décider si elle voulait ou non être humaine, et celle du poisson à face de cheval, et celle de l'âne qui portait un nom de petit garçon français et qui arrivait au trot quand on l'appelait pour dîner. Quand nous sommes arrivées dans ma rue, mon bébé dormait à poings fermés comme si le sommeil ne lui avait jamais posé la moindre difficulté.

1831

Au cours de la nuit séparant la fin d'une année du début d'une autre, une célébration particulière avait lieu sur notre île. C'était un temps où la vieille année fatiguée était balayée, les torts oubliés et l'espoir restauré. Toute la ville prenait part à cette fête sauvage, et ce que vous faisiez cette nuit-là n'était pas retenu contre vous, vous n'étiez point jugé. Vous pouviez embrasser un inconnu dans la rue, boire toute la nuit, vous battre à coups de poing, jouer de l'argent, vous déchaîner et être quand même absous de tout forfait. Parfois, je me disais que c'était la seule nuit où certaines personnes sur notre île possédaient la capacité de pardonner dans notre monde injuste. Gens de couleur et Européens, riches et pauvres, descendants de rois ou d'esclaves inondaient les rues pour danser. Déjà, nombre de gens de couleur étaient libres sur notre île et bientôt, ils se verraient accorder la citoyenneté et seraient accueillis dans l'Association des Citoyens afin de pouvoir créer des entreprises, tout comme les Juifs se verraient accorder le droit d'épouser des non-Juifs, même si peu d'entre eux le feraient et oseraient affronter le courroux de leur congrégation.

Au cours de cette nuit unique, cependant, tous étaient égaux dans la rue. Certains portaient des masques afin de ne pas être reconnus de leur mère, de leur épouse ou de leurs voisins susceptibles d'ébruiter une quelconque transgression et de déclencher un scandale. La fête commençait à quatre heures de l'après-midi et se poursuivait toute la nuit ; même les esclaves étaient libres de faire ce que bon leur semblait, dansant et formant des orchestres dont beaucoup jouaient du tambour appelé *gumbe*. Dans notre communauté, seuls les hommes étaient autorisés à prendre part à cette célébration, mais je n'avais jamais obéi aux règles. Je n'avais même pas dit à Frédéric où j'allais. J'avais pris congé en l'embrassant et l'avais laissé penché sur les livres de comptes. Rosalie avait promis de rester avec les enfants jusqu'à minuit puis elle irait rejoindre M. Enrique. Je portais la robe verte que Jestine avait cousue pour moi à l'époque où je pensais porter du noir jusqu'à la fin de mes jours. J'avais natté mes cheveux, ôté mon alliance et mes bagues, retrouvé un masque caché dans une commode. Mon mari avait confiance en moi et il ne me posa aucune question, ce qui me fit l'aimer encore davantage. Si quiconque s'avisait que je courais la ville seule, agissant à ma guise, je serais à nouveau l'objet d'un scandale. J'ai mis mes enfants au lit et descendu l'escalier dans l'obscurité.

Jestine m'attendait en bas. Nous avons enfilé l'une et l'autre les masques de plumes qui nous permettraient de ne pas être reconnues. Jestine portait le collier de perles de ma mère, celles que j'avais troquées contre ma bonne fortune. Il y avait toujours des hommes pour pourchasser mon amie car, même masquée, elle était d'évidence la plus belle femme dans la foule. Elle n'y prêtait aucune attention. Peut-être avions-nous échangé nos places, en définitive, car elle ne croyait plus à l'amour. Une seule personne occupait ses pensées, sa fille, ce qui ne laissait de place pour personne d'autre. Les gens nous prenaient pour des sœurs et nous adressaient la parole comme telles. Nous riions en buvant du rhum vendu aux étals dans la rue.

« Je suis la plus jolie des deux sœurs mais c'est toi qui vois tes souhaits exaucés », m'a dit Jestine.

C'était vrai. J'avais dix enfants et un homme que j'aimais. Quels que soient mes problèmes, quel que soit le rejet infligé par ma communauté, j'étais bénie par les innombrables richesses de ma vie.

« Un monde neuf va recommencer dans quelques heures, ai-je dit à Jestine. C'est l'espoir que tu es censée cultiver ce soir.

— C'est ce que je fais. J'espère que la femme aux cheveux roux mourra d'une mort atroce. »

Pareilles choses ne devraient point être exprimées à haute voix, mais je la comprenais et je me suis ralliée à son souhait. Nous avons levé nos verres et bu à la mort de la Française. Je n'ai eu aucun scrupule à le faire.

Nous avons déambulé dans la foule ivre, par les ruelles de La Bouteille de Verre et de La Cloche où nous n'étions pas censées nous trouver. Nous avons mangé à un étal de rue, bu du rhum de guavaberry, applaudi les musiciens, traversé la ville main dans la main. Nous sommes restées dehors jusqu'à ce que les étoiles commencent à disparaître du ciel.

C'est des heures plus tard que l'incendie s'est déclenché. Une bagarre avait éclaté et une lampe à pétrole avait été renversée. En quelques instants, des bâtisses de bois s'enflammèrent comme de la paille. J'étais au lit avec mon mari quand nous avons entendu ce que nous avons pris pour les cris d'un de nos enfants. Mais le vent s'était levé et c'était l'alerte au feu alors que les bâtiments flambaient l'un après l'autre. Frédéric n'a pas traîné au lit. En une seconde, il a enfilé chemise et pantalon. J'aimais voir les épaules et les bras musclés de mon mari lorsqu'il s'habillait. J'aurais voulu qu'il restât près de moi et laissât le feu aux autres mais il n'était point homme à se défiler face au danger.

« Commence à arroser autour de la maison, m'a-t-il dit. Et ne quitte pas la colline. »

J'ai ressenti de la panique quand il est sorti. J'ai crié son nom mais il avait déjà disparu. Lui seul me souciait. J'éprouvais un poids en dedans de moi comme si ma vie m'avait quittée. Je suis allée à la fenêtre pour le chercher du regard mais il avait déjà tourné le coin et emprunté les escaliers pour descendre la colline, en route vers la synagogue où une brigade armée de seaux avait déjà commencé à arroser les maisons. Les hommes ne ménagèrent pas leurs efforts, et en redoublèrent lorsque le vent forcit, arrosant chaque mur, chaque toit. J'ai réveillé Rosalie et, avec l'aide des plus grands enfants, nous avons fait de même pour notre maison et notre magasin. L'air était lourd d'étincelles et de fumée, mais nous avons travaillé sans relâche, dans nos vêtements trempés. J'ai pensé à Jestine, seule sur le port, déversant des seaux d'eau de mer sur sa véranda et tout autour de sa maison. Des vols d'oiseaux passaient dans le ciel noir, fuyant les fumées, lancés à tire-d'ailes vers le large, par-delà la maison de Jestine. Le pélican qui avait toujours niché sur notre toit, et que je croyais porteur de l'esprit d'Adelle, partit ce matin-là lorsque des étincelles tombèrent sur son nid. Je ressentis un vide sans la présence de cet oiseau, là au-dessus de moi, comme l'une des étoiles montant au firmament au-dessus de nous.

L'incendie a fait rage pendant deux jours, deux jours au cours desquels nous n'avons pas bougé de chez nous, arrosant rue et jardin, déversant seau après seau. Quand notre citerne d'eau de pluie a été vide, j'ai envoyé les garçons au port chercher des seaux d'eau de mer. Je comptais les minutes jusqu'à ce qu'ils rentrent à la maison, épargnés par les flammes. Les escarbilles brûlaient nos vêtements et nos yeux. Des oiseaux qui avaient trop attendu tombaient du ciel, leurs corps s'écrasant au sol, leurs plumes partant à la dérive dans les flaques. Je suis montée sur le toit et les enfants me faisaient passer des seaux d'eau verte que je déversais sur les avant-toits. Il n'y avait plus de chants d'oiseaux, plus de bavardages dans les rues, plus de sirènes de bateaux, il restait seulement quelque chose qui ressemblait à un cri. Deux jours durant, c'est à peine si nous avons mangé et dormi. Frédéric n'était pas revenu. J'avais l'impression d'avoir perdu la moitié de moi-même, plus de la moitié en fait, car je n'étais rien sans lui. Beaucoup de gens avaient été tués ou blessés dans les incendies, et plus de mille édifices avaient brûlé du sol au plafond. Je pleurais pour toute la ville mais il y avait une seule personne que j'attendais au portail, le cœur noué par la terreur. J'avais les cheveux défaits, lourds de cendres, des ampoules aux mains d'avoir hissé des seaux aux anses brûlantes.

Lorsqu'enfin mon mari rentra à la maison, il était noir de suie. Cela m'était égal et j'ai couru l'embrasser. C'était comme si mon cœur m'avait été rendu. J'ai pleuré mais sans le lui laisser voir. Je devais le laisser être lui-même, un homme jeune, plein d'espérance. Je ne pouvais l'accabler de la profondeur de mon amour ni de la terreur que m'avait inspirée la perspective de le perdre. Je me suis écartée de lui pour qu'il puisse aller se laver.

Il s'est débarrassé de ses vêtements et, debout dans le jardin, il s'est aspergé de seaux d'eau. Le sol n'a pas tardé à devenir noir. Même après s'être lavé, lorsqu'il est venu se coucher, il sentait encore la fumée.

« Personne ne m'a adressé la parole, m'a-t-il dit. Ils m'ont laissé leur prêter main forte, mais quand tout a été terminé, et que tout a été brûlé, ils m'ont tourné le dos. Pas un seul homme de la congrégation ne m'a salué par mon nom. »

J'ai perçu la douleur et le trouble dans sa voix et je me suis dit que, quoi qu'il arrive, que notre mariage soit un jour considéré comme légal ou que nous soyons à jamais des hors-la-loi, je ne ferais plus jamais confiance à personne dans notre communauté. Un paria restait un paria, même lorsque la marée s'inversait. Je serais toujours la pécheresse. J'étais capable de transformer les hommes en statues de sel, de les enchanter pour qu'ils me soient soumis, de les faire me supplier pour entrer dans mon lit. Mon amertume aux reflets verts courait dans mon sang. Et pourtant, en dépit de ma haine pour ces hommes qui s'étaient détournés de Frédéric, j'étais capable d'aimer mon mari sans partage. C'était un homme si beau, autant son être physique que l'âme qu'il abritait. Cette nuit-là dans notre lit, il s'est étendu près de moi, des cendres encore mêlées à ses cheveux bruns, ses longs bras enroulés autour de moi.

La ville était en ruines, de la fumée s'élevait des maisons calcinées et nous étions deux personnes marquées par l'épreuve du feu, mais en vérité je me sentais plus chanceuse que la plupart, même si j'avais cédé ma part de chance à Jestine. J'ai remercié les femmes dont les esprits marchaient dans les arbres au-dessus de ma tête quand j'allais au cimetière. Au matin, quand j'ai regardé dans notre jardin, les dalles de pierre de notre patio étaient jonchées de branches de notre pommier aux feuilles brûlées. Mais son écorce était toujours verte. Cet arbre venu de France avait survécu tant aux voyages qu'aux ouragans. Il avait été transplanté chaque fois que la famille avait dû fuir, arraché la dernière fois par mes propres mains quand je l'avais volé dans le jardin de la maison de mes parents. Je pensais que le feu n'aurait pas non plus raison de lui, même si à compter de cette date il n'a plus donné de fruits qu'une fois tous les deux ans, des pommes plus amères que jamais mais délicieuses trempées dans un sirop composé de mélasse et de rhum à parts égales.

Quand est né le quatrième fils que j'ai eu de Frédéric, je l'ai prénommé Aaron Gustave, dans l'espoir que mon choix lave ce nom, mais ce fut vraisemblablement une erreur. Jestine a refusé de regarder le bébé et, plus tard, quand elle s'est radoucie, elle l'a surnommé Gus, du nom du bouc qui avait appartenu à l'un de nos voisins. Moi-même, je n'ai pu m'empêcher d'en rire.

J'avais maintenant onze enfants car je considérais mes beaux-fils et ma belle-fille comme mes propres enfants, même s'ils étaient adultes à présent. J'étais toujours inquiète au sujet de Félix, celui qui se trouvait dans mon ventre quand j'avais dû rester sous la pluie devant la porte du rabbin. Il était fragile, prompt à s'enrhumer, très calme, avec des yeux sombres et brillants. Et puis, l'année suivante, j'ai perdu un bébé encore plus fragile, un garçon arrivé prématurément alors que je me trouvais seule dans le jardin. J'ai ressenti un élancement de douleur et je me suis accroupie, comme les femmes des pirates avaient dû le faire, seules et sans aide. Il est arrivé mort avant que d'avoir été vivant, sans donc pouvoir être nommé ni protégé contre Lilith. Je me suis sentie volée et n'ai confié ma perte à personne. Il n'y avait que Frédéric et moi à l'enterrement, que nous ne pouvions faire célébrer à la synagogue, et un seul fossoyeur que nous avions loué, un homme qui n'était pas de notre confession. Nous l'avons fait au crépuscule, cette heure bleue et vide. J'ai allongé l'enfant dans sa dernière demeure auprès de mon père qui, je l'espérais, veillerait sur lui dans le monde à venir, si semblable chose existait. Je n'ai pas pleuré, mais mon mari a sangloté. Quand il s'est agenouillé pour lancer ses cris vers Dieu, j'ai senti mon amertume me brûler les entrailles. Nous avons congédié le fossoyeur, pris nous-mêmes la pelle et enseveli ensemble notre enfant. Désormais, notre garçon sans nom demeurerait parmi les esprits.

⁂

En l'an 1833, les anciens de notre congrégation convinrent que notre mariage était légal et inscrivirent notre union dans leur livre. Elle était désormais là, au vu et au su de tous. Nous étions officiellement mari et femme. J'ignore ce qui changea, mais peut-être avions-nous été davantage objets de scandale en tant que parias que nous ne le serions en tant que membres reconnus de la synagogue.

Frédéric recommença aussitôt à se rendre aux offices religieux, mais je déclinai. Je l'attendais dans le jardin le samedi et, quand il rentrait, nous prenions place ensemble et il récitait une prière pour moi, puis pour nos enfants, puis pour notre maisonnée.

Je n'attendais pas le pardon de Dieu puisque j'avais agi selon mon bon vouloir. Je ne comptais pas davantage sur la chance puisque j'avais cédé la mienne. J'avais fait cela dans l'espoir que Jestine se voie accorder un peu de bonne fortune, mais elle était toujours seule dans sa maison près de l'eau, et toujours en deuil. J'avais écrit plusieurs lettres à Aaron et n'avais reçu aucune réponse. J'essayais de lui faire comprendre la douleur que ses actions avaient causée et le priais d'envisager de laisser Lydie rentrer. Il n'arriva aucune réponse jusqu'à un jour, en fin de journée, où Frédéric entra dans nos appartements. C'était la pleine saison et je m'étonnai qu'il eût délaissé le magasin pendant que Rosalie et moi préparions le repas du vendredi soir. Mon mari m'emmena dans le jardin, où nous pourrions jouir d'un peu d'intimité. Il paraissait soucieux et tant de pensées assaillirent mon esprit que j'éprouvai une vague de soulagement lorsqu'il me tendit une enveloppe venue de France. Il s'était rendu à la poste, où on lui avait remis le pli qui attendait.

« De ton cousin, je présume », me dit-il.

J'ouvris la lettre à l'aide d'un couteau de cuisine oublié dans le jardin. La lame rouillée laissa une trace couleur de sang sur le papier. J'examinai l'écriture.

« De sa femme », dis-je.

Je n'en lus pas davantage et décidai d'apporter plutôt la lettre à sa destinataire légitime. J'emmenai Jacob avec moi. Il avait presque quatre ans, c'était un enfant silencieux qui refusait souvent de faire ce qu'on lui demandait. En vérité, j'aimais toujours Jacob plus qu'aucun autre, tout en dissimulant le fait qu'il était mon préféré. Il était tout à la fois intelligent et rêveur, intéressé par le monde des adultes que les autres enfants ignoraient.

« Tu vas m'aider à porter un paquet », lui dis-je.

Il aimait toujours se rendre utile. Nous prîmes des fruits et quelques tranches du pain de cassave que Rosalie avait cuit le matin même et emportâmes la nourriture dans les collines avant de descendre chez Jestine. Je désirais une faveur et espérais que ces offrandes me la garantiraient. Nous les avons laissées devant la porte du guérisseur. J'y ai vu des signes de vie : des marmites, des casseroles, un seau d'eau.

« Est-ce que c'est la maison du loup-garou ? », m'a demandé mon fils.

Je lui avais lu toutes mes histoires, et il ne se lassait pas d'entendre celle-là. Mais maintenant, il avait les yeux écarquillés.

« Oh non, l'ai-je détrompé. Un homme bon habite ici. Nous lui laissons un peu de nourriture car il est très vieux. »

Un autre enfant, peureux, se serait caché dans les jupes de sa mère, mais mon fils guigna par la fenêtre. Celle-ci était obturée de deux planches reliées par un morceau de moustiquaire. Le vieil homme aux herbes était vraisemblablement couché, ou en train de nous observer, attendant notre départ. Quelques perroquets s'agitaient dans les tamariniers et des feuilles tombaient sur nous.

« Il pleut », dit Jacob.

Et il rassembla les feuilles et alla les déposer sur le seuil du vieil homme en guise d'offrande supplémentaire.

Nous avons pris le sentier, qui semblait se transformer chaque fois que je l'empruntais. Nous sommes tombés sur des ânes et nous sommes accroupis pour les observer. Jacob était captivé. Lorsque j'ai posé un doigt sur mes lèvres, il a hoché la tête, acceptant de se taire pour ne point effrayer les bêtes.

« L'un d'eux est Jean-François », ai-je murmuré.

Mon fils a secoué la tête.

« Les ânes n'ont pas de nom », a-t-il murmuré en retour.

Il était déjà si sûr de lui. J'aurais dû me douter que cela présageait des difficultés entre nous, nos tempéraments étaient si semblables, mais j'ai préféré rire et les ânes se sont dispersés et nous les avons regardés disparaître dans les collines.

Quelques mois auparavant, nous avions essuyé un terrible ouragan et de nombreux bâtiments sur le port étaient encore endommagés. Mon mari avait payé des ouvriers pour réparer le toit de Jestine et poser des volets neufs qu'elle pouvait fermer de l'intérieur lorsque le mauvais temps frappait. Elle les avait peints en bleu et blanc. Beaucoup de palmiers avaient été déracinés et gisaient encore sur le bord de la route. J'avais la lettre glissée dans le corsage de ma robe. Je la sentais peser comme une pierre. Je tenais la main de Jacob, mais il s'est libéré pour courir vers la maison de Jestine, grimpant les marches quatre à quatre pendant que je retenais mon souffle, craignant qu'il ne tombe et ne soit emporté par les flots.

Nous avions beaucoup de tailleurs expérimentés dans notre pays : c'est un métier utile sur une île où les marins ont souvent besoin de renouveler entièrement leur garde-robe. Mais le travail de Jestine était à nul autre pareil. Elle avait appris son métier en confectionnant d'abord ma robe de mariage, puis ma robe de deuil, et enfin ma robe vert printemps. Elle avait cousu tous les vêtements de Lydie. Désormais, elle avait sa propre affaire renommée. Il y avait une liste de femmes attendant d'être habillées par elle. C'était une couturière talentueuse mais le plus important, c'est qu'elle était capable d'imaginer des robes comme personne. Elle leur donnait à toutes un nom : La Tempête pour une création en soie couleur d'encre qu'elle avait commencée pendant l'ouragan quand le vent s'engouffrait dans sa maison. La Phalène, en tissu de lin français gris clair, si lumineuse et belle que Jestine répugnait à la vendre au vieux laideron qui la lui avait commandée. À présent, elle travaillait sur Clarté d'Étoile, tout en damas argenté, une étoffe qui réfléchirait si bien la lumière sur le visage de celle qui la porterait que tous se verraient incapables de regarder ailleurs. Celle-ci était encore pour la vieille dame qui ne méritait point tant de beauté. Il y avait, posées à côté de Jestine, une bobine de fil blanc et des poignées de perles de cristal.

Jacob adorait venir ici et il s'installait tout de suite comme chez lui. Jestine était pour lui comme une tante bien-aimée et la vérité était que j'en étais jalouse. Ils bavardaient de choses sans intérêt pour moi, de la couleur de la mer, et de celle des feuilles de palmier, et se réjouissaient des multiples nuances de rouge qui existaient. Mon fils est entré et il est allé s'étendre sur le lit de Jestine, ramenant sur lui la fine courtepointe bleue. Depuis le jour où il avait goûté la potion du vieil homme aux herbes, c'était un excellent dormeur. Jestine et moi avons ri en pensant à l'époque où, nourrisson, il m'empêchait de dormir la nuit par ses cris.

Enfin, j'ai tendu la lettre à Jestine. Son ouvrage a glissé de ses genoux quand elle l'a vue. L'aiguille qu'elle tenait l'a piquée et une unique goutte de sang est tombée de son doigt. Plus tard, elle emploierait une pâte à l'eau de citron vert pour détacher le tissu mais, par la suite, chaque fois que je verrais la femme laide porter cette robe en public, je repenserais à ce jour.

« Ça pourrait être des mauvaises nouvelles », dit Jestine.

Je savais ce qu'elle pensait. Une lettre après tout ce temps pouvait signifier que Lydie était affligée de quelque mal; elle était peut-être morte. Cela faisait dix ans qu'elle avait été enlevée, assez longtemps pour que tout puisse arriver.

« Lis-la moi. »

Tremblante, Jestine repoussa la lettre entre mes mains.

J'ai remarqué qu'un pélican nichait sur le toit neuf, peut-être le même qui s'était envolé de chez moi pendant l'incendie de la Nuit de l'An Vieux. Ma chance, j'en étais sûre, était maintenant celle de Jestine. Cette pensée m'a donné le courage d'ouvrir la lettre et de lire, même si, au début, j'avais le cœur dans la gorge.

J'ai souvent pensé vous écrire par le passé mais je resterai brève en raison des circonstances. Je pensais que vous auriez aimé savoir que votre fille était devenue une très belle femme. Pendant le retour vers la France, j'ai craint qu'une fièvre ne l'emporte. Elle a sombré dans un profond sommeil et lorsqu'elle s'est réveillée, elle ne se souvenait presque plus de rien, ni même de son propre nom.

Aujourd'hui, elle est fiancée pour être mariée. Comme elle est encore jeune, elle doit attendre deux ans avant que le mariage puisse être célébré.

J'ai levé les yeux et vu que Jestine pleurait. Elle avait repoussé la robe qu'elle cousait afin que ses larmes n'abîment point le tissu.

« Jestine », ai-je dit en reposant la lettre.

Elle a secoué la tête.

« Ils ont failli la tuer avec leur amour. Continue. Lis tout. »

J'ai repensé à Élise dans notre baignoire, sa chevelure rousse ruisselant dans son dos, sa peau claire éclaboussée de taches de rousseur, cabriolant dans l'eau comme si elle n'était rien d'autre qu'une petite fille insouciante. Peut-être est-ce là que j'ai appris que les gens ne sont pas toujours conformes à leur apparence.

Je vous supplie d'être heureuse de la joie qu'elle connaît et de ne point me mépriser pour lui avoir donné une vie meilleure que celle qu'elle aurait pu avoir si elle était restée sur votre île. J'imagine que vous devez me maudire tous les jours mais je vous en prie, sachez que je l'ai toujours aimée.

Je vous écris cette nouvelle dans l'espoir qu'elle vous apporte du bonheur à vous aussi.

Nous avions toutes les deux une image de Lydie figée à l'âge où elle avait été ravie. C'était pour nous une fillette, pas une jeune femme fiancée pour être mariée.

Le monogramme d'Élise était imprimé sur le papier à lettres.

« Nous devrions brûler cette lettre », ai-je dit.

Ce jour-là, la mer était d'huile. Il semblait qu'on eût pu la traverser à pied, marchant sur le dos des tortues, jusqu'à atteindre les rivages de France et les marais salants de l'antique cité de La Rochelle. Je regrettais qu'il n'en fût pas ainsi, comme je regrettais de ne pouvoir rendre sa fille à mon amie. Je lui aurais même donné l'une des miennes, mais pareille chose était impossible.

Nous sommes rentrées dans la maison de Jestine confectionner de la crème de maïs pour notre dîner. Nous en avons mis un bol de côté pour Jacob qu'il mangerait quand sa sieste serait terminée ; mais pour le moment, nous l'avons abandonné à ses rêves. Cette bouillie avait été le repas préféré de Lydie quand la fillette était plongée dans la vie qui aurait dû être la sienne. Nous n'en avons pas préparé une assiette pour elle afin de l'aider à rentrer à la maison, car l'on disait que c'était une façon d'appeler l'esprit de quelqu'un et nous craignions de troubler le bonheur qu'elle avait trouvé avec cet homme qu'elle devait épouser. Mais nous avons brûlé la lettre après manger. Nous avons vu que la fumée était bleue, signe que son auteur n'en avait plus pour longtemps à vivre. C'était assurément la raison pour laquelle la femme de mon cousin avait écrit, après tout ce temps, dans une tentative pour se libérer de ses péchés. Pourtant, il n'y avait nul regret dans son message, nulle excuse, ni même aucune gratitude. Si cela n'avait été que de moi, certes oui, je l'aurais maudite. Mais Jestine versa simplement de l'eau sur les cendres pour s'assurer que toutes les flammèches étaient bien noyées. Nous avons jeté à la mer ce qu'il restait.

Mon fils s'est alors réveillé et il a couru vers nous. Mais c'est autour de Jestine qu'il a jeté ses bras, non de moi.

Chapitre sept

L'Artiste de l'Évasion

CHARLOTTE AMALIE, SAINT-THOMAS
1841
JACOB CAMILLE PIZZARRO

J'ai désiré ma liberté dès le début. Je ne souhaitais point aller à l'école et j'aurais bien préféré marcher par les rues de la ville, contournant le port pour rejoindre le rivage, afin d'y pouvoir observer les vagues, le sable, la lumière, les oiseaux. C'était ma bibliothèque, ce paysage autour de moi, lumineux et incandescent, ou bien étoilé et noir. J'aimais la compagnie des gens simples, les regarder travailler, surtout sur les quais où régnait une débauche de couleurs et montait une flambée d'excitation chaque fois qu'un navire accostait, car c'était ainsi que le monde arrivait à nous pour nous réveiller avec ses nouvelles, ses événements, ses gens. Nos vies ici étaient petites. Chaque groupe restait entre soi et les gens de notre confession étaient très soudés. Mes frères et sœurs aînés avaient tous fréquenté des écoles européennes et plusieurs d'entre eux s'étaient mariés et avaient quitté l'île. Mais nous, les cadets, ne fréquentions pas l'école de la synagogue, rebâtie de pierre et de briques après l'incendie qui l'avait ravagée. Nous ne fréquentions pas davantage les écoles que les Européens non-juifs fréquentaient. Nous étions des parias et, pour ce qui me concernait, c'était une chance. Tant mieux pour nous.

Mais pour ma mère, il était impératif que tous les enfants apprennent à lire et à écrire, et elle nous inscrivit à l'école des Frères moraves, des missionnaires venus du Danemark. L'école morave à Saint-Thomas avait été fondée cent ans plus tôt par la princesse danoise Charlotta Amalia, l'épouse bien-aimée du roi Christian V, née en 1650, et c'était son nom qu'avait l'honneur de porter notre capitale. Mes frères et moi étions les seuls Européens à fréquenter cette école et, au début, les autres élèves nous avaient dévisagés, bouche bée, et avaient fait des plaisanteries à notre sujet, mais cela n'avait pas duré longtemps. Nous devions travailler trop dur pour qu'il y ait le temps de se moquer. On nous y apprenait l'anglais, le danois et l'allemand. Comme nous parlions français à la maison et que je ne connaissais pas un mot de ces autres langues au début, je restais assis dans un état de rêverie. Je me demandais si c'était ce que notre chien, appelé Souris – un mot français – ressentait lorsque mes sœurs lui parlaient. Souris était un descendant des chiens amenés de Madagascar par les pirates, une race courante sur notre île, blancs et duveteux comme du coton mais impitoyables pour la chasse aux rats et aux lézards. Mes sœurs, surtout Delphine, aimaient déguiser Souris avec une coiffe de bébé et le faire asseoir sur une chaise pour prendre le thé, et mon père, qui avait un caractère bon enfant, tolérait ces jeux. Mon père aimait le calme et la tranquillité ; ce qui l'intéressait le plus, c'était les chiffres et les comptes. Il s'exprimait avec douceur et il avait bon cœur. Je crois que lorsque ma mère avait le dos tourné, il donnait à mes sœurs des biscuits à partager avec Souris et riait avec elles des facéties du chien. Delphine était sa préférée, elle était si jolie qu'il était difficile de lui résister. Il semblait nettement plus facile de me résister à moi, car lorsque j'avais supplié mon père de me permettre d'échapper aux longues heures perdues à l'école, il m'avait répondu que tout homme se devait d'être instruit. Je savais qu'il n'irait pas à l'encontre de la volonté de ma mère. Jamais.

Par chance, à notre école, j'étais assis à côté d'une fillette nommée Marianna King, qui souriait de ma confusion et me chuchotait en français : « Fais semblant de comprendre ce qu'ils te disent et à la fin, tu comprendras. » Cela s'est révélé exact même s'il a fallu des mois pour que le miracle de ma compréhension s'accomplisse. Pendant ce temps-là, tout le monde en était venu à croire que j'étais un idiot et certains pensaient peut-être que c'était la raison pour laquelle j'allais à cette école avec des gens de couleur plutôt qu'à l'école de la synagogue comme les autres garçons de ma confession.

Mais mon idiotie en matière scolaire n'en était pas la raison. Quelque chose s'était passé des années avant ma naissance et les gens de notre communauté nous étaient hostiles. Nous n'étions pas les bienvenus à la synagogue. Une ou deux fois, je m'étais aventuré en haut des marches de marbre et faufilé par le portail de la cour pour risquer un œil à l'intérieur. J'avais vu le meuble d'acajou qui était la demeure de la Torah, les rouleaux de notre loi, et les grandes tablettes sur lesquelles étaient inscrits les commandements de Moïse. Il y avait un plafond en coupole et comme le soir ce lieu de culte était éclairé avec des bougies, le dôme scintillait comme un firmament. *Béni soit celui qui vient au nom du Seigneur*. Mais moi j'étais venu attiré par la curiosité et l'émerveillement plutôt que par la foi. Notre famille n'était pas invitée aux dîners de fête, aux soirées, aux enterrements, aux mariages. Je savais que mes parents avaient offensé le rabbin et qu'un scandale en avait résulté. Ma mère ne l'admit jamais devant moi mais j'avais entendu les rumeurs et mes frères aînés m'avaient dit qu'ils étaient nés avant que nos parents soient officiellement mariés. Je trouvais cela difficile à croire.

Peut-être la mise à l'écart de ma famille était-elle renforcée par le fait que personne n'aimait ma mère. Seule sa servante, Rosalie, défendait ses manières obstinées. Rosalie avait des raisons de préférer ma mère car c'était elle qui avait insisté pour que mon père engage un avocat afin de rechercher l'épouse de son gérant sur une autre île. Ce qui avait permis de découvrir que cette épouse était décédée dix ans plus tôt. M. Enrique était donc libre d'épouser Rosalie. Pour cette raison seule, Rosalie lui était loyale, et même si elles appartenaient à deux mondes différents, toutes deux étaient fidèles l'une à l'autre. Confier un secret à l'une revenait à le confier à l'autre.

Ma mère s'était arrangée pour que le mariage de Rosalie se déroule dans le jardin de son ancienne maison d'enfance, juste à côté de la maisonnette où M. Enrique, et désormais Rosalie avec lui, habitaient. Elle l'avait louée pour l'occasion à la nouvelle famille qui l'occupait sans se soucier de préciser qu'il ne s'agirait pas d'un mariage juif mais plutôt de celui de personnes d'origine africaine. Les nouveaux propriétaires avaient fermé leurs volets et quitté les lieux pour la soirée. De ce fait, ils ne virent pas la beauté éthérée de leur jardin, éclairé par des bougies, enchanté, le soir du mariage. La musique, flûtes et tambours, fut merveilleuse. Nous étions les seuls Européens invités. On dansa jusqu'à l'aube et mes frères apprécièrent le spectacle des femmes parées de leurs plus beaux atours. Mais moi j'ai préféré m'isoler au fond du jardin à contempler les fleurs roses du bougainvillier qui grimpait le long des murs en stuc en déployant ses énormes bouquets. Il y avait un très vieux lézard sous une haie, qui n'a presque pas bougé lorsque j'ai examiné sa silhouette. J'ai dessiné par terre avec un bâton, essayant de reproduire les contours d'une agave aux énormes feuilles gris-vert. M. Enrique travaillait avec mon père. Ce soir-là, il portait un costume de cérémonie avec jaquette commandé à Paris, cadeau de ma mère. Il m'a surpris en me rejoignant dans le jardin. Il était désormais un homme marié et il avait peut-être besoin d'un moment de quiétude pour méditer sur sa nouvelle situation dans la vie. Il avait au moins vingt ans de plus que la mariée, et le respect de ma famille et de sa communauté.

« Ça fait beaucoup de bruit, un mariage », me dit-il, mais il avait l'air content.

Ma mère m'avait raconté que si M. Enrique n'avait pas sauvé mon grand-père, je n'existerais pas, j'éprouvais donc pour lui une certaine admiration craintive.

« Un bout de papier ne signifie rien, a poursuivi le nouveau marié. Ta mère le sait bien. »

Très tôt, j'avais pris conscience que ce n'était pas parce qu'une règle existait qu'elle était nécessairement juste. Dans la rue, ma mère jetait des regards noirs aux autres femmes de notre confession, lesquelles ne la saluaient jamais, et quand ces femmes venaient faire des achats dans notre magasin, la conversation était inexistante. Cependant, l'amour qui unissait mes parents ne ressemblait à rien de ce que j'observais chez les autres couples mariés, lesquels se traitaient avec componction, s'appelant mutuellement Madame et Monsieur après des décennies de mariage. Mes parents étaient incapables de réprimer leurs émotions. Parfois, j'entendais des murmures et des rires en provenance de leur chambre et je les voyais souvent se tenir par la main quand ils pensaient ne pas être dérangés. Leur amour était un mystère pour moi et pourtant il faisait partie de nos vies, c'était une porte qui se refermait sur eux, nous laissant tous en dehors, un lieu habité par eux seuls. Je n'aurais aimé voir personne dire du mal de mon père en présence de ma mère. Elle était féroce et, quand j'étais tout petit, je me demandais si elle n'avait pas été mordue par un de ces loups-garous des histoires qu'elle me racontait. Je l'avais vue contempler la lune comme le font, dit-on, ces créatures, comme si elle reconnaissait quelque chose là-haut, au-dessus de nous, invisible à nos yeux d'humains.

Ma mère allumait les bougies le vendredi soir mais elle ne priait pas. Mon père, en revanche, était un homme extrêmement pieux. Même s'il n'était pas le bienvenu à la synagogue, il priait dans notre cour tous les matins et au crépuscule. Je l'observais parfois, courbé devant Dieu, sa voix telle une rivière s'élevant en tonalités d'ors et de bleus.

« Penses-tu que Dieu l'entend ? », me demanda un jour ma mère.

J'avais dix ans mais elle me posait souvent des questions comme à un adulte.

« Je pense que c'est lui qui entend Dieu », lui répondis-je.

Ma mère me regarda durement, pour vérifier que ce n'était pas une plaisanterie que je venais de faire. Ce n'en était pas une. Je pensais qu'il était peut-être plus important d'écouter que d'être entendu. J'avais coutume de veiller la nuit, écoutant les phalènes à la fenêtre, les grenouilles dans les flaques, le vent soufflant depuis l'autre côté de l'océan.

Le différend de ma famille avec la synagogue était la raison pour laquelle j'allais à l'école avec des gens de couleur, chose si inhabituelle que la plupart des élèves en avaient été ébahis quand ma mère et Jestine nous y avaient inscrits. Jestine était comme une tante pour moi, d'autant que nous n'avions pas de famille élargie à Saint-Thomas. Comme je n'avais que peu affaire avec les gens de ma propre foi, je ne compris pas pourquoi les autres élèves furent si stupéfaits de notre arrivée. Mes frères se montraient distants, embarrassés d'être tellement différents, mais moi j'étais content.

Jestine m'avait dit que c'était la meilleure école de l'île et que j'y découvrirais ma vocation. Nos enseignants étaient des gens croyants et zélés dont le but était d'apporter l'instruction dans le nouveau monde et leur tolérance en matière de race et de religion était pour moi tout aussi surprenante que rassérénante. Déjà, très jeune enfant, je ne supportais pas les diktats et supportais encore moins ceux qui les imposaient, lesquels étaient nos aînés et se considéraient comme nos supérieurs. C'étaient les mêmes qui crachaient dans la rue sur le passage de ma mère. Si je n'étais pas né rebelle, si le traitement infligé à mes parents n'avait pas fait de moi un radical, alors les injustices dont je fus le témoin sur l'île en firent définitivement un de moi. Depuis le tout début, je me suis interrogé sur le sens de la liberté. Ma mère disait que je posais trop de questions. *Tu regardes trop profondément à l'intérieur des choses. Ne cherche pas les ennuis*, me disait-elle. Ce qui était plutôt risible au vu de tous les ennuis qu'elle-même avait attirés sur notre famille, et à voir comment mon père devait encore lui rappeler d'éviter de dire ce qu'elle pensait en public, car elle ne se censurait pas. Elle avait la dent dure et, quand elle était en colère, je m'appliquais à l'éviter.

La vérité, c'était que j'étais bien content de ne pas aller à l'école de la synagogue et de m'épargner le travail supplémentaire d'apprendre l'hébreu et d'étudier la Torah. À l'école morave, nous apprenions aussi des histoires tirées de la Bible mais elles concernaient Jésus, dont je n'avais jamais entendu parler avant, et de la possibilité du salut malgré nos péchés sur terre. Ces histoires-là m'intéressaient et, durant mes années de scolarité, je les ai écoutées avec attention. L'idée que Dieu veuille avoir un fils sur terre était particulièrement fascinante. Cela rapprochait Dieu de l'humanité, le rendait plus impliqué dans les épreuves de nos existences quotidiennes. J'avais eu des difficultés à accepter le concept d'un Dieu enclin à laisser son peuple souffrir et à rendre le monde dans lequel nous vivions aussi injuste, surtout quand, en chemin pour l'école, je dépassais les quartiers de taudis, car nous y allions à pied et la route était longue et je traînais en arrière pour pouvoir tout bien regarder. Était-il juste que certaines personnes sur cette île vivent dans d'immenses maisons entourées de cours remplies d'arbres fruitiers pendant que d'autres vivaient dans des cabanes ? Dans les histoires qu'on nous racontait, Jésus était un paria et un rebelle. C'était un Juif qui refusait de courber l'échine devant les Romains ou toute autorité autre que Dieu. Je l'admirais de plus en plus en grandissant, chose que je n'aurais jamais osé signaler à ma mère. Je n'étais point croyant en la foi chrétienne, j'étais simplement un observateur intéressé. Je prononçais *amen* à la fin de leurs prières puis ressentais les affres de la culpabilité.

Un jour, j'ai interrogé Marianna à ce sujet et elle s'est contentée de hausser les épaules. Elle m'a dit que sa famille pratiquait l'ancienne religion d'Afrique. « À l'école, tu dois faire semblant d'accepter leur foi. Ma mère ne croit pas à ces choses-là. Moi je me contente d'accepter leurs histoires. »

À cet instant-là, j'ai compris que nous étions semblables : des incroyants entourés par des croyants. Des parias sur une île où nous n'étions pas égaux, elle encore moins que moi du fait de sa couleur et de son sexe. J'ai senti ma gorge se nouer sous la force de ce lien et c'est une compréhension du monde que j'ai conservée toute ma vie. J'avais huit ou neuf ans à l'époque, mais plus tard j'en suis venu à considérer que cela avait été ma première expérience d'amour véritable : connaître quelqu'un et être connu d'elle ou de lui. Que Marianna fût belle, et toujours plus belle à mesure que nous grandissions, ne gâchait rien. Elle avait des pommettes hautes, la peau très foncée et des yeux lumineux mouchetés de vert. Quand elle souriait, le monde devenait pour moi un endroit neuf. C'était ce que je souhaitais depuis toujours, même petit garçon : voir ce qui était là, mais aussi ce qui se trouvait sous la chair et l'os, l'écorce et le noyau, la feuille et le rameau. Par-dessus tout, en dépit des avertissements de ma mère, je voulais *voir*.

J'ai commencé à dessiner en classe. Je n'avais aucune conscience d'avoir un talent particulier jusqu'à ce qu'on me le fasse remarquer. D'autres enfants faisaient cercle autour de moi et me demandaient de dessiner ceci ou cela. Ils me flattaient et me sollicitaient pour mon art. Parfois, je leur donnais satisfaction, dessinant leurs visages ou bien la silhouette d'un âne, mais le plus souvent, je faisais ce que bon me semblait. J'avais toujours observé le monde comme si c'était une énigme – qu'il s'agisse d'une scène, d'un paysage ou d'un individu –, les pièces du puzzle se dissolvant dans mon esprit de telle manière que je puisse ensuite les rassembler à nouveau pour reconstituer le tout. Cette façon de procéder avait sa logique lorsque je dessinais, créant les divers éléments image après image jusqu'à ce que le monde apparût sur la page.

Plutôt que de rentrer directement à la maison comme mes grands frères le faisaient, j'allais sur la plage faire le portrait de Marianna avec un bout de charbon sur du papier épais que j'avais pris dans la réserve de l'école. J'ai dessiné Marianna tant de fois que je connaissais son visage mieux que le mien. J'avais le sentiment d'avoir rencontré le centre de la vie et son sens : découvrir et recréer la beauté. Nous passions des heures ensemble mais ceci n'eut qu'un temps. La mère de Marianna nous surprit ensemble. Elle me saisit au collet et me dit que si je continuais d'embêter sa fille, elle me ferait corriger. J'en doutais fort mais Marianna fut trop effrayée à l'idée de se mal conduire pour continuer à me voir après l'école. Nous n'avions guère plus de neuf ans et Marianna était respectueuse des règles ; par bien des aspects, elle était plus mûre que moi. Elle m'a dit qu'elle ne pouvait plus être mon amie. J'ai compris. Mes sœurs se comportaient de même au regard des exigences de ma mère. Elles s'y conformaient. Elles ne voulaient point d'ennuis.

Lorsque Marianna a cessé de pouvoir passer du temps avec moi après l'école, je n'ai pas renoncé à l'art. J'ai dessiné l'île qui m'entourait, en commençant par un palmier. Je l'ai dessiné partie après partie, feuille après feuille. Je suis devenu le palmier, ce faisant, le connaissant intimement. Le dessous des feuilles, que je n'ai pas dessiné, je le connaissais néanmoins en pensée. Je rêvais de tout ce que je dessinais : les palmes, une chauve-souris suspendue à un tamarinier, une femme descendant la rue avec un panier de linge sous le bras. Je n'avais pas grand-chose à faire avec mes frères et sœurs. Ils étaient occupés, les plus âgés travaillant au magasin, les plus jeunes appliqués à leurs études. Parfois, je surprenais le regard de ma mère sur moi. Elle avait une expression énigmatique en ces instants, comme si j'étais un spécimen qu'elle examinait sous verre.

Quand j'étais petit, on m'appelait Marmotte, le dormeur. Je pouvais faire un somme sous la table sans problème. Mes parents disaient qu'ils me trouvaient souvent en train de somnoler sur un banc dans le jardin, ou sur la plage pendant que les autres enfants jouaient et se baignaient. Maintenant que j'étais plus grand, je ne dormais guère. Et quand c'était le cas, je rêvais de couleurs. De bleu, surtout, dans toutes ses nuances, car notre île est constituée des nombreux tons de cette couleur. Pendant les mois les plus chauds, je rêvais aussi de vert. Dans ces cas-là, je me réveillais en proie au vertige, comme si j'avais dormi en plein champ. Je flairais l'herbe humide, les enchevêtrements de baies sur les lianes, les fleurs au parfum de miel. Et ainsi advint-il que je portais ces couleurs en moi, en état de veille comme dans le sommeil. Peu importait que je fusse en classe ou dans la maison de mes parents ; j'étais ailleurs aussi. Dans du bleu, dans du vert, dans un palmier, dans les yeux mouchetés de lumière de Marianna.

Être un paria signifiait que je possédais une liberté que je n'aurais jamais eue sans cela, et c'était bien ce que je désirais depuis l'époque où bébé, j'avais commencé à ramper. Petit garçon, j'étais un solitaire. Il y avait des jours où personne ne savait où je me trouvais. Je chipais du papier et des pinceaux dans le magasin de mon père puis je m'en allais dans les collines, et j'appris bientôt à fabriquer mes propres pigments dans la nature : avec des pétales rouges, de la boue, des coquilles de palourdes, des coques de diverses noix. J'utilisais souvent des planches en bois en guise de toiles. Je me servais d'un couteau et créais mes propres images en tranches. J'appris beaucoup de Jestine, concernant les teintes pour mes peintures. Si proche de Rosalie que fût ma mère, Jestine était la seule personne en qui elle avait toute confiance, bien que leur relation fût cahoteuse, avec des hauts et des bas que je ne comprenais pas. Parfois, quand ma mère venait la voir, Jestine faisait comme si elle n'entendait pas frapper à sa porte. Ceci pouvait se prolonger pendant des mois, et puis un jour Jestine ouvrait grand ses bras à ma mère comme si elles étaient des sœurs.

Jestine était couturière, la meilleure du pays. J'allais souvent la voir à sa maison près du port où elle avait des bacs de teinture installés sous sa véranda en rangées de couleurs chatoyantes.

Quand l'une des robes qu'elle confectionnait était particulièrement réussie, elle disait : « Celle-ci n'est point encore digne de ma fille ». Comme elle n'avait pas de fille, je présumais qu'elle espérait en avoir une un jour, à moins que cela ne soit qu'une façon de parler.

« Si, cette robe est très belle, lui disais-je, mais elle secouait toujours la tête.

— Non, tu ne sais pas, me répondait-elle. Tu es trop jeune. »

Je trouvais beaucoup plus facile de parler à Jestine qu'à ma mère. J'étais plus proche d'elle et pouvais lui parler de choses que ma mère n'aurait jamais comprises. C'est par nos conversations que j'acquis mes premières notions de couleur, apprenant notamment comment une teinte appliquée sur une autre crée une alliance d'une certaine nuance. Jestine m'avait enseigné à ne jamais précipiter une création, mais plutôt à la laisser advenir comme si elle avait sa propre âme. C'était si agréable d'être chez Jestine. Ma mère, elle, me surveillait comme un faucon, comme si elle attendait que quelque trait négatif en moi se manifeste. Elle me couvait de son œil de faucon d'une manière qui me donnait envie de la fuir. Mais Jestine me laissait libre.

J'aimais mon pays natal, or je souhaitais le quitter. Je longeais des ruelles bordées d'entrepôts menant jusqu'au port. J'avais ce désir de voyage dans le sang. Je regardais les navires appareiller et je regrettais de ne pas être à bord de l'un d'eux. Peu m'importait la destination : Amérique du Sud, New York, Europe. J'étais désireux d'aller partout, affamé de toute la couleur du monde. Je regardais les reflets des nuages disparaître et songeais que dans un autre port, l'eau risquait fort d'être d'une couleur entièrement différente, le ciel d'un gris tourterelle tendre, les montagnes vert forêt, les vagues, froides comme la glace, d'un indigo profond et infini.

Jestine m'offrit un aperçu de la personne que ma mère avait jadis été. J'avais fait une remarque sur elle et son incapacité à comprendre la beauté de notre monde, son obsession pour les tâches ménagères et pour mon père. Jestine me dit que je me trompais. Elle m'emmena dans un champ où, me dit-elle, ma mère et elle accouraient chaque fois qu'elles pouvaient échapper à leurs corvées. Elle m'apprit que la seule tâche qui plaisait à ma mère, c'était de tuer des poulets pour les dîners du vendredi, et cela me fit rire. Des escargots bleus grimpaient dans les tamariniers et l'eau de mer pénétrait dans le champ en un entrelacs de mares peu profondes et salées. C'est ici, me raconta Jestine, qu'elles s'allongeaient dans l'herbe, immobiles à l'exception de leur souffle qui faisait onduler l'herbe comme la mer. Je ne pouvais imaginer ma mère petite fille, mais dans ma peinture suivante je peignis l'herbe et les arbres aux fleurs rouges et le scintillement de l'eau. Je fis de mon mieux pour représenter le vent en touches de bleu et de gris superposés.

Jestine m'emmena ensuite sur une plage où, me dit-elle, les tortues venaient une fois l'an pondre leurs œufs. C'était l'endroit où elle et ma mère venaient se dissimuler dans l'obscurité. Elles faisaient semblant d'être des filles-tortues et s'imaginaient partir à la nage sans un seul regard en arrière. Le ciel était d'un bleu nocturne, l'une des couleurs avec laquelle j'adorais peindre, une teinte dont je rêvais souvent. Je peignis la plage et un palmier qui s'ouvrait comme une fleur. Dans les ombres se trouvaient les tortues, leurs carapaces d'un noir-vert remonté des profondeurs de la mer.

Puis nous partîmes nous poster debout devant le magasin, sous la fenêtre de ma mère. Jestine m'a dit : *Elle est tombée amoureuse en regardant dehors dans la rue.* La rue était jaune, avec des fleurs couleur de rose dans les haies. Nous avons poursuivi notre excursion dans notre partie de la ville jusqu'à la grande maison où avaient vécu mes grands-parents et où le plus vieux lézard de l'île se cachait dans la cour.

Je me suis souvenu du mariage de Rosalie et du jardin tout illuminé ce soir-là. Ma mère était partie à ma recherche. Elle pensait que j'avais disparu pour aller m'endormir dans un endroit tranquille mais j'étais accroupi dans les buissons, guettant le lézard. « Mon cousin faisait la même chose. Il savait l'appeler et cet iguane venait. C'était un si beau garçon. »

Peut-être ma mère avait-elle oublié qu'elle me parlait. Elle laissa échapper que lorsqu'elle était venue habiter chez son premier mari, Rosalie y était une esclave. Elle n'en avait rien su jusqu'à la mort de Monsieur Petit et la lecture du testament. Le premier geste de ma mère veuve avait été de faire établir des documents en vue de l'émancipation de Rosalie. Mais elle avait dû attendre l'arrivée de mon père de France pour les signer, car une femme n'était pas légalement autorisée à le faire. Pour le mariage de Rosalie, une centaine de bougies avaient été allumées et l'on aurait dit que les étoiles étaient tombées du ciel. En me conduisant une nouvelle fois à cette maison, Jestine m'avait remis en mémoire ce moment passé avec ma mère dans ce jardin. De retour chez moi, je sortis mes peintures et mes pinceaux et m'appliquai à recréer les pièces de la maison de mon grand-père sans les avoir jamais vues. Les murs étaient de teintes pistache, saumon et or clair.

J'ai pratiqué mon art jusqu'à me sentir prêt à réaliser un véritable portrait. J'ai choisi d'esquisser le croquis de Jestine travaillant à teindre des étoffes, puis de peindre cette image. Alors que je croquais Jestine, je vis quelque chose sur son visage que je n'avais jamais remarqué auparavant. Tout à coup, je vis que la couleur du chagrin était le bleu et que ce bleu irradiait d'elle. Je la peignis dans cette teinte. Les nuances de la peau ne reflètent point la véritable substance des êtres, pas plus leur aspect physique que leur âme.

Depuis que j'avais commencé cette peinture, j'avais des difficultés à dormir. Je songeais à Jestine parlant d'une robe pour sa fille, et à la couleur du chagrin, et à ma mère en train de m'observer, debout dans le jardin, soupçonneuse, comme si j'étais son cousin d'il y a longtemps. Je songeais à des choses que j'avais entendues alors que ma mère et Jestine n'imaginaient pas que je les écoutais. Je ne leur prêtais pas réellement attention mais j'avais tout de même surpris des bribes de conversation. *Comment une personne pouvait-elle être aussi égoïste ? Comment l'amour pouvait-il se changer en cendres ? Pourquoi, s'il veillait réellement sur ses fils et ses filles, Dieu autorisait-il la cruauté en ce monde ?*

Le lendemain, je rassemblai assez de courage pour questionner ma mère. Je la trouvai dans la cuisine avec Rosalie. Elles discutaient du dîner, chose qu'elles faisaient pratiquement tous les jours, et pourtant elles semblaient trouver ce sujet éternellement fascinant. Mangerions-nous du poisson ou du poulet ? La sauce serait-elle acide ou sucrée ?

« Jestine a-t-elle une fille ? », ai-je demandé.

Ma mère et Rosalie échangèrent un regard et continuèrent leurs préparatifs pour le dîner, faisant claquer marmites et casseroles en fonte. Elles avaient décidé que nous mangerions du poulet parfumé au thym et au persil avec des tomates, de la crème de maïs et du pain tout chaud. Mon père dirait les bénédictions au-dessus du repas puis mes frères et moi, affamés à la fin de la journée, nous emparerions des morceaux que nous voulions jusqu'à ce que ma mère tape dans ses mains en nous enjoignant d'être civilisés. D'habitude, j'aurais essayé de chiper un peu de la nourriture en train d'être préparée, mais ce jour-là je me suis contenté d'examiner ma mère, qui était visiblement troublée par ma question.

« Tu es un fouille-au-pot », m'a dit Rosalie de sa manière directe.

Elle protégeait toujours ma mère, me priant de me taire, disant que je devrais garder pour moi ce que je pensais.

Je ne me suis pas laissé impressionner.

« Elle a parlé d'avoir une fille. »

Ma mère a haussé les épaules.

« Elle en a eu une naguère », admit-elle.

J'avais mes soupçons, pourtant je fus choqué de les entendre confirmer.

« Et ? Que s'est-il passé ?

— Demande à Jestine », suggéra ma mère.

Je connaissais ma mère. Le sujet était clos. Elle n'en dirait pas davantage, et me tourna le dos.

La fois suivante, j'ai demandé à Jestine si c'était vrai, si elle avait eu une fille.

« C'est vrai. Mais tu es peut-être trop jeune pour savoir ces choses-là.

— Non, je ne le suis pas », lui dis-je.

Elle me fixa de ses yeux gris profondément enfoncés comme à la recherche de quelque chose. Un instant, je crus qu'elle allait me demander de partir mais elle ne le fit point. Elle eut un geste en direction de la mer.

« Ma fille m'a été volée.

— Volée ? Par qui ? »

À ce moment-là, j'eus la vision de moi-même en héros bondissant pour retrouver la trace de sa fille égarée. Je fondrais sur les ravisseurs pour déjouer leurs projets, et peut-être prouver à ma mère que je valais plus que ce qu'elle pensait.

« Demande à ta mère qui est le voleur, m'a dit Jestine avec une sorte de calme étrange. Elle le sait bien. »

Je n'avais jamais aimé me retrouver pris entre elles deux, et j'avais commencé à comprendre que ce qui était arrivé était à la racine de toutes leurs disputes. Je craignais d'en reparler à ma mère. J'avais peur qu'elle ne me prive de toutes ces petites libertés dont je disposais. Je travaillais secrètement à ma peinture de Jestine que je conservais dans l'arrière-boutique du magasin où étaient entreposés des barils de céréales et de riz. Je trouvais que c'était la meilleure œuvre que j'avais jamais faite, différente de mes autres peintures, plus complexe, avec plus de couches superposées, et cependant simple dans l'émotion qu'elle véhiculait. Un jour où je revins le chercher, je découvris qu'elle avait disparu. Je brûlais de rage. Au moins, là, je savais qui était le voleur. Il y avait une seule personne qui me disait continuellement que dessiner et peindre était une perte de temps. Une seule personne qui secouait la tête comme si je me livrais à une activité honteuse lorsque je feuilletais des livres illustrés afin d'y étudier les œuvres des grands maîtres que j'espérais voir un jour de mes propres yeux au Louvre.

Ma mère se trouvait au jardin où nous avions des arbres fruitiers, dont un vieux pommier noueux à l'écorce noire comme une peau de serpent. Parfois, Rosalie faisait un gâteau avec ces pommes, en y ajoutant des herbes et des épices. Peu importe la recette, tout ce qu'elle confectionnait avec les fruits de ce pommier était amer, même si ma mère semblait s'en régaler.

Comme j'approchais, ma mère me regarda de haut en bas.

« Tu devrais te consacrer à tes études », me dit-elle avant que j'aie le temps de prononcer un seul mot. Peut-être avait-elle vu la tache de peinture sur ma chemise. « Je sais à quoi tu t'occupes, m'informa-t-elle.

— Il n'y a rien de mal à faire ce que je fais. »

J'eus le sentiment de m'être débarrassé d'une entrave. Je ne ressentais plus la peur qui m'étreignait généralement quand je lui répondais.

« Eh bien si, me dit ma mère. La façon dont tu peins ne ressemble en rien à notre monde. Je crains que tu n'aies un problème de vision.

— Croyez-vous donc que ce monde-ci est tout ce qui existe ? »

Je me sentais à la fois insulté et gêné. Peut-être bien que les couleurs que j'employais n'étaient pas de ce monde ; elles témoignaient au contraire de ce qui se trouvait en dessous de sa surface, l'étincelle de couleur en son noyau le plus profond.

« Si vos yeux voient tout, ont-ils vu qui a volé la fille de Jestine ? »

Ma mère a reposé son panier de pommes. Je pense qu'elle a mesuré pour la première fois qui j'étais, un individu qui ne se plierait pas facilement aux ordres d'autrui. Pour la première fois, j'avais laissé voir mon être véritable. Un pélican passa au-dessus de nos têtes et projeta son ombre sur nous. Aussitôt, ma mère se ressaisit.

« Cela ne te regarde pas, me dit-elle. C'est l'affaire de Jestine. Et celle de personne d'autre. »

Après cela, mon père m'apprit que je travaillerais au magasin le samedi. J'avais peut-être dix ans à l'époque et je savais déjà que j'aurais préféré être ailleurs. Mes grands frères travaillaient tous au magasin et je fis de mon mieux pour les imiter, mais les chiffres m'ennuyaient. Lorsqu'on s'aperçut de mon incapacité à compter, on m'attribua le travail de veiller à ce que les étagères soient époussetées et achalandées. Alors, je pus facilement m'esquiver dans l'arrière-boutique. Je subtilisai un carnet à croquis et, malgré mon sentiment de culpabilité, je fus enchanté de ma nouvelle possession et me servis de charbon de bois en guise de fusain pour mes esquisses.

L'une de mes tâches était de porter les paquets à domicile pour les dames qui venaient faire leurs achats chez nous et cela me plaisait car cela me rendait un peu de mon indépendance perdue. Quelquefois, ces dames me remettaient une pièce que j'épargnais dans l'espoir de m'offrir une boîte de craies à pastel. Une fois, je dus porter les courses d'une certaine Madame Halévy, une très vieille dame qui me regarda à peine. Elle était un peu effrayante, comme le vieux lézard dans le jardin de mon grand-père. Lorsque nous sommes arrivés chez elle, une énorme demeure en stuc peinte en jaune d'or, elle m'a dit qu'elle voulait que j'apporte ses paquets à l'intérieur. Puis elle m'a demandé de ranger la farine, la mélasse et le sucre en poudre dans la dépense où l'on conservait ces denrées à l'abri des insectes et des fourmis rouges. Elle avait deux cuisines, une d'intérieur et une d'extérieur, et je me suis demandé si elle était tellement riche qu'elle avait tout en double. Elle s'assit à sa table et m'examina pendant que je travaillais, me criant où chaque chose devait être rangée. Quand j'eus terminé, elle me demanda de venir m'asseoir en face d'elle.

Je voyais les plis de sa peau, la taie blanche sur ses yeux pâles. Je trouvais tout cela fort intéressant. L'une de ses mains était agitée d'un tremblement qu'elle ne parvenait pas à contrôler et j'eus dans l'idée qu'elle risquait de m'attraper pour me secouer jusqu'à m'ôter la vie, là dans sa cuisine, si elle désapprouvait le moindre de mes mots ou de mes gestes. Pourtant j'étais plus curieux qu'effrayé. Elle a retiré ses épais gants blancs : c'était un accessoire démodé auquel seules les très vieilles dames de l'île restaient fidèles. Il faisait beaucoup trop chaud pour porter des gants. J'aurais bien aimé un verre de limonade au citron vert mais je n'ai rien demandé.

« Aimerais-tu connaître la vérité sur ta famille ? », m'a-t-elle demandé.

J'ai fait la grimace.

« La vérité est différente pour des personnes différentes. »

Franchement, je répétais ce que m'avait dit Jestine.

Madame Halévy a ri.

« C'est une chose pour ta mère de coucher avec un neveu assez jeune pour être son fils, puis de l'épouser alors que la congrégation refuse l'union, et c'en est une autre de continuer à se croire mieux que tout le monde.

— Elle l'est peut-être. »

J'avais beau avoir dix ans, j'étais rusé. Ma mère et moi avions nos propres problèmes, mais c'était privé. N'importe comment, j'étais content qu'on me fournisse des renseignements que j'avais seulement devinés jusque-là.

Madame Halévy s'est remise à rire. Je voyais bien que je lui plaisais malgré elle.

« Aimerais-tu venir à notre école et apprendre l'hébreu ? », m'a-t-elle demandé.

J'ai haussé les épaules.

« Je ne suis pas très bon en classe.

— Bon, dans ce cas, aimerais-tu apprendre ce qui est arrivé à la fille de Jestine ? »

J'étais abasourdi par cette proposition et cela dut se voir sur mon visage. La vieille dame souriait. Elle avait réussi à capter mon intérêt. Je me suis rendu compte qu'à part sa servante, qui venait parfois faire les courses à notre magasin, Madame vivait seule. Son mari et ses enfants étaient morts, à part une fille dont j'avais entendu dire qu'elle était partie vivre en Amérique. Peut-être se sentait-elle seule et éprouvait-elle le besoin de parler librement à quelqu'un. Quel danger représentait un enfant de dix ans ?

« Viens prendre le thé demain », me dit-elle.

À table ce soir-là, je racontai à ma famille que j'avais porté les courses de Madame Halévy jusqu'à chez elle.

« Cette sorcière », dit ma mère.

Et elle cracha par terre.

« C'était une amie de ta grand-mère », me dit mon père. Puis lorsque ma mère lui décocha un regard, il ajouta : « Il y a longtemps ».

J'ai vu ma mère ce soir-là nourrir un pélican qui nichait sur le toit de la maison de Jestine mais qui venait parfois dans notre jardin. J'ai reconnu l'oiseau, car il avait une collerette de plumes grises autour du cou. Ma mère lui a donné non seulement des arêtes de poisson mais un petit poisson tout entier, cuisiné et épicé. Elle parlait à l'oiseau comme s'il était humain, bien que sa seule réponse fût de la regarder fixement en retour. « Tu es d'accord avec moi », l'entendis-je dire à l'oiseau. Ma mère s'était accroupie comme une petite fille au pied du frangipanier. Le ciel était d'un bleu fragile et doux. L'air lui-même était teinté d'une nuance d'encre, comme s'il y avait des gouttes d'eau dans le voile qui nous entourait. Je vis alors ma mère telle que Jestine me l'avait décrite : une fillette qui galopait dans la campagne pour aller voir les tortues et les oiseaux, qui faisait le projet de s'enfuir à tire-d'ailes ou bien de sauter dans la mer pour être emportée vers un autre rivage.

Je n'ai pas pu trouver le sommeil cette nuit-là et j'ai rêvé de nuances d'outremer, d'indigo et de bleu marine. Toute la journée suivante à l'école, je me suis demandé si j'allais retourner chez Madame Halévy sachant que ma mère désapprouverait. Marianna et moi partagions encore un pupitre, mais l'année suivante, il me faudrait partager le mien avec un garçon. Nous serions alors considérés comme trop âgés pour rester innocemment assis l'un à côté de l'autre. J'avais le sentiment que sans tarder, ce temps-là serait mon passé.

À trois heures de l'après-midi, je suis allé frapper à la porte de service de chez Madame Halévy et la servante m'a fait entrer.

« Elle m'a fait confectionner un gâteau aux bananes pour toi », m'a dit la servante. Elle était presque aussi vieille que Madame Halévy et je savais que lorsqu'elle venait au magasin, mes frères se moquaient de son dos tout voûté. « Je n'en ai plus fait depuis tellement longtemps que j'avais oublié la recette, me dit la servante. Manges-en quand même pour ne pas qu'elle me crie après. »

Madame m'attendait dans la salle à manger. C'était une pièce élégante remplie d'antiquités venues de France : chandeliers en argent, porcelaine coûteuse, chemin de table en dentelle. Il y avait des chaises en velours vert émeraude venues de France et des tapis de laine dorée tissés à la main. La lumière qui entrait par la fenêtre était atténuée par des rideaux de soie qui la faisaient se projeter en rouge sur le parquet.

« Te voilà, me dit-elle. Je me disais que tu allais revenir. Je sais bien juger des caractères. »

Nous prîmes donc notre thé, et je mangeai une tranche entière de gâteau pour faire plaisir à la servante. Comme les miettes me collaient à la gorge, je dus les faire descendre avec du thé au gingembre froid avant de pouvoir parler.

J'ai rappelé à Madame :

« Vous vouliez me parler de la fille de Jestine. »

Je lui donnais quatre-vingts ans ou plus. Peut-être quatre-vingt-dix. Elle portait deux alliances en or.

« J'étais très proche de ta grand-mère. C'était une personne adorable et la meilleure amie que j'ai jamais eue, comme une sœur. Les bonnes actions qu'elle a faites sont passées inaperçues. Mais elle ne s'entendait pas avec ta mère. Personne n'aime les petites filles entêtées qui refusent de faire ce qu'on leur dit. Ta grand-mère a adopté un petit garçon par bonté de cœur. Elle l'a traité comme un fils et je suppose que ta mère lui en a voulu. Peut-être cela a-t-il créé un fossé entre mère et fille qui ne s'est jamais comblé. Ou peut-être est-ce parce que ta mère a toujours cherché à obtenir ce qu'elle voulait par tous les moyens, quitte à ruiner la vie de ses propres enfants. »

J'ai mangé une autre tranche de l'horrible gâteau à la banane et continué à écouter. J'ai remarqué que les yeux de la vieille Madame étaient si pâles qu'ils ressemblaient à des galets sur la plage. Je me suis demandé si elle y voyait à travers les taies blanches. Les angles de son visage étaient acérés, leurs surfaces planes comme des ailes d'oiseau. Le deuil l'avait marquée. Je voyais bien qu'autrefois elle avait été d'une captivante beauté. Elle avait en elle un livre entier d'histoires, attendant d'être racontées, mais elle ne donnait rien sans contrepartie. Je savais qu'elle voulait quelque chose de moi, même si je n'arrivais pas à imaginer ce que cela pouvait être.

Au bout d'un moment, elle a agité la main pour me congédier.

« Reviens jeudi si tu veux en savoir davantage. »

Je l'ai remerciée poliment et elle m'a serré la main. Elle avait de la force. Et elle ne m'a pas lâché tout de suite.

« Dis à ta mère que tu es venu ici. Et demande-lui si elle a quelque chose à me dire. »

J'étais troublé. Voilà deux femmes qui visiblement se haïssaient et qui cependant s'intéressaient à la vie l'une de l'autre. À mon retour à la maison, j'ai parlé de ma visite à ma mère, simplement pour voir sa réaction. Elle était assise au jardin avec ma sœur Hannah, qui était une femme adulte, et très proche d'elle. Lorsque je leur ai dit où j'étais allé, Hannah et ma mère échangèrent un regard. Ma sœur avait l'âge de se marier et je savais qu'il y avait un jeune homme qu'elle rencontrait, tard le soir. J'avais entendu leurs voix dans la petite cour derrière le magasin. Il y avait quelque amertume dans cette aventure, et quelque intrigue aussi, car il venait seulement le soir lorsque personne ne savait qu'il était là. J'avais fini par comprendre que ma sœur n'était pas considérée comme assez bien pour sa famille.

« Tu rends visite à Madame Halévy ? »

Ma mère était sincèrement choquée. Cela faisait des années qu'elle n'avait plus eu affaire avec des gens de notre confession. Sur une île aussi petite que la nôtre, les deux femmes avaient dû faire de gros efforts pour s'éviter, mais elles y étaient parvenues. Après tout, quand on croisait quelqu'un que l'on n'avait pas envie de saluer, on pouvait toujours traverser la rue.

« Elle veut savoir si vous avez quelque chose à lui dire. »

J'étais un messager calme et détaché, mais excité intérieurement à l'idée d'irriter ma mère. Je ressentais tout l'aspect dramatique de la situation et, pour une fois, j'étais convaincu d'avoir l'avantage.

J'ai remarqué que Hannah secouait le bras de ma mère, insistant pour qu'elle me donne une réponse.

« Dis-lui qu'elle est une sorcière », me dit ma mère.

Le lendemain après-midi, Hannah m'attendait à la sortie de l'école. Nous avons marché un moment ensemble. La mer était aigue-marine, le soleil si étincelant que nous devions plisser les yeux pour seulement y voir. Le monde était lumière et blancheur. Nous avions des parents différents, mais Hannah était la sœur dont je me sentais le plus proche. Elle était grande, avec des yeux bleus et des cheveux blond vénitien. Il était évident pour n'importe quel œil que Hannah n'avait aucun lien de sang avec ma mère. Elle était d'un naturel doux qui ne se retrouvait nulle part ailleurs dans notre famille.

« Quand tu iras voir Madame, dis-lui que notre mère lui envoie ses sincères salutations et la prie de lui pardonner en toute chose. »

J'avais beaucoup de défauts, mais je n'étais pas un menteur.

« Hannah, lui ai-je répondu, notre mère me tuerait si je disais cela. Et je ne suis pas sûr que Madame Halévy me croirait. »

Ma sœur m'expliqua qu'elle souhaitait épouser un homme de notre congrégation qu'elle avait rencontré lorsqu'il était venu à notre magasin, mais comme le mariage de nos parents restait un point très sensible, cet homme ne pouvait parler de son amour pour elle à sa famille. Nous étions des parias et lui était un membre éminent de la communauté. C'était un cousin de Madame Halévy et la bénédiction de Madame pouvait tout changer si elle daignait leur venir en aide. Hannah était tout empourprée en me parlant. Je m'avisai qu'elle avait dépassé l'âge auquel la plupart des filles se marient. Elle était pleine d'animation, sa peau claire rougie par la chaleur et par quelque chose en quoi j'étais trop jeune pour reconnaître le désir. J'ai remarqué un fil bleu passé dans la robe jaune qu'elle portait, un ruban presque invisible à l'œil nu.

J'ai travaillé au magasin ce jour-là, aux côtés de mes trois frères qui étaient bien meilleurs que moi en toute tâche. À la fin de la journée, j'ai pris une bouteille de rhum que j'ai emballée dans de la toile de jute et que j'ai rangée dans mon cartable. Je venais juste d'avoir onze ans et, après cet anniversaire, mon père s'était assis avec moi pour me parler. Il souhaitait que j'apprenne l'hébreu de manière à pouvoir devenir bar mitzvah à l'âge de treize ans. Il m'avait dit que la synagogue ne pourrait me le refuser, mais moi je pensais qu'ils le feraient vraisemblablement et je n'avais aucun intérêt pour ces leçons d'hébreu, hormis le fait que le professeur que mon père m'avait trouvé, un certain M. Lieber, était un homme instruit et affable, originaire d'Amsterdam, qui me racontait des histoires que j'adorais écouter. Il me parlait du patin à glace sur les canaux, mais le plus intéressant pour moi était la couleur du monde de son enfance, car il était blanc et lumineux, avec de la neige se posant partout, sur le fleuve gelé, sur ses cils. Je songeais aux nombreuses nuances de blanc qui pouvaient exister : blanc teinté de bleu par le froid, blanc doré, et le blanc argenté qui tombait du ciel nocturne.

J'avais appris un peu d'hébreu avec M. Lieber mais, honnêtement, malgré les bonnes intentions de mon père, j'étais un élève bien médiocre.

Le jour où je devais rendre visite à Madame Halévy, je me suis rendu à ma leçon d'hébreu, mais, comme d'habitude, je n'avais rien préparé.

« Je remarque que tu n'étudies pas, me dit M. Lieber. Si tu le faisais, cela pourrait changer bien des choses.

— Je ne suis pas un bon élève. »

M. Lieber secoua la tête.

« Tu es un élève qui n'est pas intéressé. »

J'ai offert à M. Lieber la bouteille de rhum que j'avais prise au magasin et je lui ai demandé si je pouvais sauter mes leçons dorénavant. Je m'arrêterais pour le saluer puis je m'en irais vaquer à d'autres occupations, dans les montagnes avec mon carnet de croquis à la main ou, chose que je me gardais bien de signaler, dans la salle à manger de Madame Halévy pour m'asseoir à sa table et écouter ses histoires.

« Et que dirai-je à ton père ? me demanda M. Lieber.

— Dites-lui que je fais des progrès, lui ai-je suggéré.

— Y a-t-il quelque chose que tu aimes ? », m'a-t-il demandé.

C'était une question difficile mais je connaissais la réponse. J'aimais la lumière, la couleur, la structure des os, le mouvement des feuilles dans les citronniers verts, les écailles lumineuses des poissons dans le port. Comme je ne savais pas comment l'expliquer, j'ai dit :

« Oui, mais ça ne figure dans aucun livre.

— Au moins, tu es honnête », m'a-t-il répondu.

Nous nous sommes serré la main, il a accepté la bouteille de rhum, et je m'en suis allé voir Madame Halévy. Plus elle refusait de me raconter l'histoire de la fille de Jestine, plus je désirais l'entendre. Je pense que cela m'obsédait. J'adorais Jestine et je ne pouvais supporter d'imaginer sa souffrance. C'était comme si le mystère de l'univers me serait révélé une fois que je comprendrais ce qui était arrivé à cette petite fille.

La servante avait préparé une pâtisserie à la mangue sirupeuse qui attirait les mouches.

« Voici notre petit invité », dit-elle en me voyant passer la porte.

J'étais aussi grand qu'elle alors j'ai ri. J'avais hérité de mon père sa haute stature et j'étais le plus grand garçon de ma classe, aussi bien que le plus fainéant s'agissant de mes études.

Je m'en fus m'asseoir à la table de la salle à manger. Le chemin de table, en dentelle de Bourgogne, était disposé sur l'acajou luisant. Je voyais maintenant qu'il était effiloché et aussi fin que du papier de soie. Après examen, je m'aperçus que l'argenterie était tordue et très vieille, apportée de France deux générations plus tôt. Certains couverts avaient noirci à cause de l'air marin. Tout ce qui avait été neuf et beau était à présent vieilli. Le climat de l'île n'était pas adapté à la conservation des choses délicates.

Madame Halévy vint m'accueillir.

« Ta mère a-t-elle un message pour moi ?

— Oui, elle en a un.»

J'ignorais encore ce que serait ma réponse.

Madame semblait aimer la pâtisserie confectionnée par sa servante: elle y plongea sa cuillère, aussi ai-je fait semblant de manger pour être poli. Mais j'ai surtout promené la croûte dans mon assiette. Cette pâtisserie était feuilletée et pâle, de la couleur du sable mouillé. J'ai décidé de transmettre à Madame Halévy le message fabriqué par ma sœur.

«Ma mère vous envoie ses plus sincères salutations et vous demande de lui pardonner toutes ses transgressions.

— Vraiment?», dit Madame Halévy d'un ton songeur.

Ses yeux brillaient sous la taie blanche qui les recouvrait. Je voyais l'intelligence de son expression. Je ne pensais pas une minute qu'elle croyait ce que je lui disais.

«Comment se porte ta sœur Hannah?», me demanda-t-elle.

Elle était madrée en toute circonstance.

«Très bien.» J'acquiesçai de la tête. «Prête pour le mariage.»

Je ne savais pas si je faisais bien d'en parler ou non, aussi me suis-je concentré sur mon thé. La porcelaine venait de Paris, elle était blanche et or, et avait la finesse de l'os. J'ai rajouté du sucre puis, comme le faisaient les habitants de notre île, une goutte de mélasse. On obtenait ainsi un mélange très sucré et délicieux.

«Un mariage comme il faut, à la synagogue? s'enquit Madame Halévy.

— Oui, c'est bien son souhait, répondis-je.

— Ce que tes parents ont fait a déchiré notre communauté. Nous sommes trop peu nombreux et nous avons souffert en tant que peuple aux mains de trop nombreux ennemis pour nous permettre de nous battre entre nous comme des poulets de basse-cour.»

Je me suis souvenu de quelque chose que m'avait dit Jestine.

«Ma mère avait l'habitude de tuer des poulets le vendredi quand elle était petite. Elle m'a dit que ça lui plaisait.»

Madame Halévy a eu un rire revêche.

«Cela ne m'étonne pas. Assez pour aujourd'hui. Je prendrai le souhait de ta sœur en considération.»

«Et la fille de Jestine, alors?»

Madame semblait avoir oublié sa promesse de me raconter cette histoire.

« Dis à ta mère que j'accepte ses excuses. Je les invite à dîner, elle et ton père, vendredi soir prochain. Hannah peut les accompagner. Nous irons d'abord assister à l'office religieux. Reviens ensuite et je te raconterai toute l'histoire. »

Pour pouvoir entendre la fin de l'histoire, il me fallait accomplir une tâche qui risquait de s'avérer impossible. Je devais convaincre des gens qui ne s'étaient pas adressé la parole depuis plus de dix ans de réengager une conversation polie autour de la table du dîner. Cela ressemblait à une tâche herculéenne. J'ai pensé à mon père priant seul dans le jardin. C'était un homme bon et quelquefois, quand il lui arrivait de passer devant la synagogue la nuit, il s'arrêtait pour prier sur le seuil. Je me demandais si ma mère lui avait jeté une espèce de sort qui le liait à elle. Si je m'engageais un jour avec une femme, il faudrait qu'elle ait un cœur bon et ouvert et qu'elle comprenne qu'il y avait une autre façon de voir le monde au-delà des règles que l'on nous avait inculquées.

Je suis passé par la cuisine en sortant de la maison de Madame. La servante était encore là, occupée à préparer le dîner. Elle venait de cuire du pain de cassave qui dégageait une odeur divine. Elle s'appelait Helena James, me dit-elle, et, maintenant que je semblais être un habitué de la maison, nous devrions lier connaissance. Nous avons échangé une poignée de main solennelle. Nous étions les seules personnes à entrer dans la maison de Madame. Madame se rendait aux offices et aux réunions de la Coopération Féminine, mais elle aimait être seule chez elle. Cependant, Mme James m'a dit que sa maîtresse se réjouissait de mes visites. Madame avait perdu deux enfants, morts des fièvres, et une troisième partie vivre à Charleston et dont on recevait rarement des nouvelles. Sa fille avait toute une famille en Amérique, que Madame Halévy n'avait jamais rencontrée. Je suis resté un moment et j'ai dessiné Mme James alors qu'elle découpait des fruits et des légumes en petits dés à l'aide d'un couteau de cuisine affûté. Mme James avait une prédilection pour les mangues, car elles apportent la bonne santé. Elle m'apprit que l'on pouvait survivre en mangeant seulement des mangues et que c'était exactement ce que faisaient les pirates durant de longs mois. Mme James n'était pas une bonne cuisinière, loin de là, mais son pain de cassave était un miracle. J'aurais été bien content de manger de son pain à tous les repas. J'aimais ses manières sereines et le fait qu'elle aime deviser. Lorsque j'évoquai innocemment Jestine, sans imaginer que j'obtiendrais plus de renseignements de la servante que je n'en avais obtenu de Madame Halévy, Mme James secoua tristement la tête.

«Je ne veux pas parler de la malchance. Mieux vaut l'oublier.

— Je ne crois ni à la chance ni à la malchance», lui dis-je.

Mme James a ri et m'a dit:

«Tu es trop jeune pour savoir en quoi tu crois.»

Elle s'assura que nous étions seuls dans la cuisine et que personne ne surprendrait nos propos, puis:

«Enlèvement», me souffla-t-elle.

Ce mot évoquait un acte religieux. J'ai pensé qu'il s'agissait peut-être d'une pratique conduite à l'église ou dans l'un des lieux de culte africains. J'ai retourné ce mot dans ma tête toute la journée. Quand je suis passé chez M. Lieber, pour donner l'impression que je continuais à étudier, il faisait la sieste. J'en ai profité pour faire des recherches dans sa bibliothèque. J'ai trouvé le mot dans un petit dictionnaire relié de cuir. *Rapt. Abducción. Capture.*

C'était bien ce que Jestine m'avait dit. On lui avait volé sa fille.

C'est Hannah qui a dû m'indiquer la meilleure façon de renouer le contact entre notre mère et sa vieille ennemie. Je suis allé parler à mes parents après dîner. Ils étaient assis sur un sofa dans le parloir, tout près l'un de l'autre, en grande conversation. Ma mère avait la main glissée dans la manche de mon père. On aurait dit qu'elle était une liane encerclant son bras sous l'étoffe de lin blanc. C'était un geste étrangement intime, d'une intimité qui me mit mal à l'aise pour des raisons que je ne comprenais pas. Depuis le seuil, ils ressemblaient à ces amoureux que je voyais parfois se promener sur les quais, si absorbés l'un par l'autre qu'ils semblaient avoir oublié qu'il y avait un monde en dehors d'eux. J'ai aperçu un sourire qui m'a surpris sur le visage de ma mère. Dès que je me suis approché gauchement, elle a levé les yeux. Le sourire a aussitôt disparu.

«Tu ne préviens jamais avant d'entrer? me dit-elle. Tu te déplaces comme un voleur.

— J'ai une invitation pour vous, ai-je annoncé. À dîner vendredi soir chez Madame Halévy. »

Le son de ma voix était mal assuré, peut-être à cause de l'expression rembrunie de ma mère.

« T'ai-je bien entendu ? m'a-t-elle demandé.

— Après l'office religieux, ai-je poursuivi. Tous les deux, et Hannah.

— Nous ne sommes pas les bienvenus aux offices, a dit ma mère. Et qui t'a demandé de t'en mêler ?

— Vous serez bienvenus, ai-je dit, savourant le pouvoir d'en savoir plus que ma mère.

— Parfait », a dit mon père. Il semblait satisfait. « Nous acceptons. Nous irons dîner. Après l'office. »

Le vendredi suivant, ma sœur a mis une heure à s'habiller. J'entendais fleurir la conversation dans le vestibule tandis que Rosalie l'aidait à se préparer. Elles riaient en parlant de chaussures et de chapeaux. Mes parents semblaient nerveux. En fait, ils étaient restés silencieux toute la journée, à échanger des regards. J'avais entendu mon père dire :

« Que peuvent-ils nous infliger de plus ? Le temps est peut-être venu d'aller de l'avant.

— Ce temps-là est déjà venu et reparti », lui avait répondu ma mère.

Ce qui s'était passé naguère à la synagogue – j'ignorais quoi – était peut-être le germe de son amertume. Les ombres autour d'elle, sur les carrelages en mosaïques, paraissaient plus vertes et plus longues à mesure que le jour avançait et qu'approchait l'heure pour elle de retourner à la congrégation. Un instant, je l'ai vue telle qu'elle avait dû être quand elle était jeune et peu sûre d'elle. Ses traits familiers se modifiaient et semblaient vulnérables et encore informes. J'avais l'impression que mon regard remontait droit à travers le temps. Plus tard, je me suis observé dans le tain obscur d'un miroir. Je n'aimais pas l'idée de lui ressembler mais nos yeux étaient les mêmes. Foncés et pleins de défiance.

Je suis allé à la synagogue pour la première fois ce soir-là. Je n'y étais jamais entré, j'avais seulement lorgné à l'intérieur, et soudain je fus stupéfait de tant de beauté. Une sorte de calme se fit en moi et je pensai à Dieu demeurant en un lieu où il écoutait les prières qui lui étaient adressées. Je portais un costume noir et une chemise blanche empruntés à l'un de mes frères. Tout était trop grand et mon père m'avait fait signe de bien rentrer les pans de la chemise. «J'espère que tu as bien appris ton hébreu!», avait-il plaisanté.

Non, je ne l'avais pas appris et je fus forcé de suivre en marmonnant quand les prières étaient récitées. Mon père et moi étions debout avec les hommes tandis que Hannah et ma mère se tenaient du côté des femmes. J'ai aperçu Madame Halévy. Elle portait un châle de dentelle et une robe de couleur prune. Elle a levé les yeux vers moi et l'éclair d'un message a scintillé sur son visage. J'avais bien fait d'amener mes parents ici et elle était satisfaite. Ma mère m'a dévisagé, yeux étrécis, et j'ai précipitamment détourné mon regard des femmes. J'ai regardé droit devant en direction de l'autel dressé au centre de la salle. En dépit du regard inquisiteur de ma mère, je me sentais étrangement satisfait d'avoir aidé Madame Halévy.

Quand nous sommes sortis, les gens nous ont suivis des yeux. Quelques-uns des hommes sont venus trouver mon père et lui ont serré la main. Avec leur salut, le retour de ma famille dans la congrégation était accepté. Ma mère tint sa langue et se contenta d'adresser un signe de tête aux femmes qui l'avaient si longtemps ignorée.

Je n'avais pas été invité à me joindre aux adultes pour le dîner; au lieu de quoi, je suis resté assis à la cuisine avec Helena James. Mme James avait cuisiné un ragoût de quenelles de poulet, cuit un merveilleux pain de cassave et un de ses horribles gâteaux à la mangue.

«Le préféré de Madame», me dit-elle. Elle me raconta qu'elle travaillait pour Madame depuis près de cinquante ans. Elle l'avait aidée à élever ses enfants et tous adoraient le gâteau à la mangue. «Tout comme toi», m'a-t-elle dit.

J'ai mangé tout ce qu'il y avait dans mon assiette, bien sûr.

J'entendais le flux et le reflux de la conversation dans la salle à manger. Je guettais un éclat de voix, et l'âpre ton de colère de ma mère, mais je n'entendis rien. J'ai dû m'endormir, la tête sur la table de la cuisine. Tout à coup, il était tard: mes parents s'en allaient et Hannah était dans les bras de Madame Halévy qui l'étreignait en la qualifiant de charmante invitée.

Cette soirée signa la fin de notre éviction et le nuage qui avait plané au-dessus de ma famille s'évapora. Après ce moment, plus personne ne fit allusion au scandale ni aux années durant lesquelles personne ne nous adressait la parole. Je crois bien qu'après cette soirée-là, des lettres furent envoyées au roi et au rabbin du Danemark pour retirer toute plainte à l'encontre de mes parents. Les clients s'adressaient maintenant à nous comme si nous étions des membres de la famille. De temps à autre, ma mère me regardait, comme si elle cherchait à me percer à jour. Comment avais-je accompli cette paix fragile après de si longues années de guerre entre elle et tous les autres membres de notre confession? Elle pinçait les lèvres et semblait se demander qui j'étais. Mais ça n'avait rien de nouveau pour moi, et j'ai continué à mener ma vie comme je l'entendais. J'avais plusieurs amis à l'école à présent, des garçons qui devaient travailler dans les champs après la classe ou aller pêcher avec leurs frères. Je montais parfois dans des pirogues avec eux mais ils me traitaient de fainéant car je voulais les dessiner pendant qu'ils travaillaient plutôt que pêcher avec eux. Mes plus proches amis étaient Pierre et Élie, deux frères, l'un plus âgé que moi, l'autre d'un an mon cadet. Afin d'être de la partie, j'appris comment pêcher et nettoyer le poisson. J'appris à connaître l'eau et vis les nombreuses couches qui la composaient, les créatures marines flottant juste en dessous de nous, les poissons couleur d'or pâle et rouge, les algues vert mousse, les coquillages miroitant tels des opales, du feu, des étoiles lâchées dans la mer. Je me mis à regarder différemment les travailleurs et à les dessiner pendant qu'ils travaillaient.

Il ne fallut que quelques semaines pour que Hannah reçoive sa demande en mariage, et mon père se mit à assister régulièrement aux offices à la synagogue, tous les matins et le vendredi soir. Toute la famille se rendait aussi aux offices du vendredi soir. Je m'esquivais souvent, profitant de l'occasion qui m'était donnée d'avoir ces soirées pour moi. Je descendais dessiner sur le port et me faisais même un peu d'argent quand des marins me demandaient de réaliser leur portrait. Tous les soirs, mon père continuait à réciter ses prières dans notre jardin, en privé et seul. J'entendais ses bénédictions monter jusqu'à ma fenêtre ouverte. Il était encore dans la trentaine à cette époque, toujours un jeune homme, sérieux et intéressé par le monde qui nous entourait. Il aimait parler aux travailleurs et les appréciait, comme je les appréciais. Quand nous marchions ensemble il posait des questions sur les choses les plus simples, car il n'avait pas grandi sur cette île et chaque oiseau, chaque fleur l'intéressait, comme ils m'intéressaient. Je me sentais plus proche de lui en grandissant et je pense qu'il se sentait proche de moi. Il s'adressait souvent à moi comme si j'étais un ami aussi bien qu'un fils. Il me confia un jour qu'à son arrivée sur cette île, il avait été ensorcelé. Il rit en disant cela, mais le tour qu'avait pris sa vie semblait encore l'intriguer. Je lui confiai alors mon intérêt pour le dessin et la peinture. Lorsque j'affirmai que la couleur était tout, il hocha la tête, me signifiant son accord. Il se souvenait de la première fois qu'il avait aperçu la mer turquoise, les collines rouges, les vols d'oiseaux au plumage éclatant. Une fois, nous avons coupé un rameau de bougainvillier et l'avons dépouillé de toutes ses bractées, les détachant délicatement et les alignant au sol afin d'en étudier les différentes nuances de rose et d'écarlate. Un autre soir, alors que nous marchions le long des quais pour surveiller l'acheminement d'un chargement jusqu'au magasin, il me raconta que ma mère et lui faisaient souvent le même rêve. J'ai compris que cela faisait partie de l'enchantement dont il m'avait parlé.

Je continuais d'apporter ses courses à Madame Halévy, attendant toujours l'histoire qu'elle avait promis de me raconter. Parfois, je tombais sur Marianna dans la rue. Elle se moquait de moi quand elle me voyait transporter les sacs de farine et les paniers de légumes. « Tu vas à la maison de la vieille sorcière ? Pourquoi tu fais ça ? Tu n'es pas son domestique. »

Je ne pouvais l'expliquer. Peut-être m'étais-je simplement habitué à me rendre à l'énorme demeure en stuc. Cette maison était toute délabrée, Madame Halévy n'ayant aucun fils pour réparer le toit et les murs, et pas d'argent pour d'autres employés à part Mme James.

Mais je continuais à y aller. J'aimais la façon dont les ombres tombaient dans son jardin, s'entrecroisant avec des rais de lumière jaune, et j'admirais sa maison, la vieille vaisselle sur sa table, les pivoines qu'elle cultivait dans son jardin, couleur abricot et rose, certaines aussi grandes que des assiettes. Je trouvais harmonieuse la façon qu'avait Mme James d'incliner la tête quand elle émincait des oignons et de la menthe, et peut-être plus encore, j'aimais la façon dont Madame Halévy et Mme James admiraient mes talents : les deux vieilles dames applaudissaient lorsque j'arrivais à réparer les choses les plus simples. J'ai souvent apporté un marteau et des clous et fait de mon mieux pour réparer les lames des volets ou de la véranda.

Lors d'une de mes visites, j'ai découvert le petit portrait d'une fillette sur une étagère. Une enfant aux yeux bleus dont j'ai présumé qu'il s'agissait de la fille partie vivre à Charleston. Quelque chose m'avertit de ne pas poser de questions sur elle. J'en étais venu à comprendre que Madame Halévy me conterait ses histoires lorsqu'elle estimerait le moment venu.

Un jour, elle me fit une surprise. Au lieu d'attendre ma visite, Madame Halévy vint me trouver. Quand je quittai le travail, elle m'attendait dehors devant le magasin. En plein soleil, je vis combien elle était âgée. Sûrement plus de quatre-vingt-dix années sur terre. Je vis aussi combien elle était frêle. Je voyais presque son cœur battre de l'effort qu'elle avait fait pour monter la colline jusqu'au magasin. M. Enrique sortit une chaise métallique pour elle, car elle était visiblement exténuée.

« Je vous aurais apporté votre épicerie », lui ai-je dit.

Il était midi et la chaleur du jour nous accablait.

Madame Halévy m'a donné un peu d'argent et m'a demandé d'acheter de la mélasse et du sucre. Et quelques autres denrées : un peu de menthe, quelques noix. Pas grand-chose. Elle voulait qu'Helena James confectionne un gâteau spécial pour ma prochaine visite.

« Raccompagne-moi chez moi », me dit-elle lorsque j'eus terminé ses emplettes et revins la trouver avec ses achats.

Nous avons marché lentement, et en silence, mais sans tarder, elle s'est mise à parler.

« Le pire qui puisse vous arriver, c'est de perdre un enfant. Mon fils le plus jeune avait à peu près ton âge quand la fièvre jaune me l'a pris. Il avait douze ans. »

J'étais content qu'elle me croie plus âgé que je n'étais.

« Mon autre fils avait quatorze ans. Je l'ai perdu à la saison suivante. J'avais couvert toutes les fenêtres. Je ne voulais point le laisser sortir mais la fièvre a réussi à le rattraper dans sa chambre. » Elle a baissé la voix. « C'est le destin, dit-elle. Je ne pouvais le combattre.

— Et votre fille ? ai-je dit.

— Elle est en vie, a dit Madame. C'est le plus que l'on puisse demander. »

Et pourtant, depuis le temps que je la connaissais, elle n'avait pas reçu une seule lettre de Charleston. J'avais beau avoir posté toutes celles qu'elle avait écrites à sa fille, aucune réponse n'était arrivée. Plusieurs fois, j'avais ressenti l'envie de déchirer l'une des enveloppes que Madame Halévy avait rédigées pour voir ce qu'elle avait à dire à sa fille en Amérique, mais je n'avais pas eu le cœur de le faire.

« Ta grand-mère a perdu un petit bébé, était-elle maintenant en train de me dire. Un garçon. Je ne suis même pas sûre que ta mère le sache. Il est né et mort le même jour. Je le sais parce que j'y étais. J'étais son amie et je l'ai regardée pleurer. Elle a trouvé quelque réconfort à adopter un bébé qui avait été abandonné. Elle l'a élevé et aimé comme le sien. Ta grand-mère a tout fait pour lui. Elle n'aurait pu faire davantage. Hélas, tout ne s'est pas terminé comme chacun l'aurait souhaité. On veut penser le meilleur de ses enfants et donc, lorsqu'on voit des défauts, on ferme les yeux. C'est peut-être parce qu'elle l'a gâté. Il a dilapidé d'importantes sommes d'argent du négoce. C'est en partie le fait d'un manque de discernement. Je crois qu'il jouait à des jeux d'argent. T'arrive-t-il d'aller voir les combats de coqs ? »

Les combats avaient lieu tous les soirs et toutes les fins de semaine, et j'avais déjà assisté à plusieurs. J'étais resté dans le fond avec mes amis de l'école pendant que leurs pères et leurs frères pariaient sur le coq qui survivrait et celui qui mourrait. Une fois, du sang avait giclé sur mes chaussures et j'avais senti comme il était bouillant, et combien l'humeur des hommes était bouillante. Je savais que Madame désapprouverait.

«J'en ai entendu parler», dis-je.

Elle a ri.

«Oh, je n'en doute pas.» Elle lisait clairement en moi. «Bref, le fils de ma chère amie était un garçon adorable, mais il avait été abandonné à la naissance et il est possible que cet abandon l'ait marqué. Je lui avais dit de se montrer plus stricte, mais elle avait le cœur tendre à l'endroit de ce garçon. Je te raconte tout cela parce que c'est lui, le père de l'enfant de Jestine. Il était amoureux de Jestine mais il ne pouvait aller contre la volonté de sa mère, et elle avait décrété qu'ils ne pourraient se marier. Jestine n'était pas membre de la confession dans laquelle il avait été élevé. Mais cela ne l'a pas empêché de faire un enfant avec elle. Tu me comprends?»

J'ai fait oui de la tête. J'en savais autant sur le sexe que n'importe quel gamin de onze ans, peut-être un tantinet plus parce que mon ami Élie m'avait appris quelques détails.

«Cette liaison fut une erreur, poursuivit Madame, mais lorsqu'on fait une erreur, on la répare, n'est-ce pas? on en assume la responsabilité, tu n'es pas d'accord avec moi?» J'ai marmonné que je l'étais et elle a continué. «Il est parti, et les choses auraient pu en rester là. Mais il est revenu. Lui et son épouse étaient sans enfants. Ce sont eux qui ont pris la fille de Jestine.

— On ne peut pas prendre quelqu'un juste comme ça, ai-je dit. C'est du vol.

— Tu as douze ans», m'a répondu Madame. Encore une fois, je me suis gardé de la détromper. «Sais-tu que les femmes ont peu de droits? Et les femmes africaines encore moins? On vole des gens tous les jours, mon cher enfant. Et il en est parmi nous qui pensent qu'elle a été emmenée vers une vie meilleure.»

La chaleur était forte et ma compagne a trébuché malgré sa canne. Elle a dû s'appuyer contre le mur du bâtiment que nous dépassions. Après quoi, nous nous sommes arrêtés de temps en temps pour que Madame Halévy puisse se reposer. Quand la fatigue a eu raison d'elle, elle s'est assise sur un muret de pierres en bordure d'un verger. Il y avait là quelques perroquets qu'elle m'a désignés du doigt, balafres de vert vif et d'écarlate parmi les feuillages.

« Quand j'étais petite fille, il y en avait des centaines, m'a-t-elle dit. Tu devines sans doute que j'ai moi-même atteint la centaine et que je n'arrive même pas à me souvenir d'avoir été jeune. Penses-tu que tu vieilliras ? m'a-t-elle demandé.

— Je mourrai probablement avant, dans un combat ou d'une chute. » Je me voyais en héros, non en vieil homme avec une barbe. « Peut-être sur un bateau. Ou dans les montagnes.

— C'est peu vraisemblable. Non. Tu seras un vieil homme qui devra s'asseoir sur un petit mur de pierre, et quand tu le feras, tu penseras à moi. »

Quand nous sommes arrivés à la vieille demeure, j'ai demandé à Madame où la fille de Jestine avait été emmenée.

« Paris. Si elle est encore en vie. Cela fait des années. On perd des gens, parfois, tu sais. On ne s'y attend pas, et puis cela arrive, et on ne peut plus les faire revenir. »

Nous sommes entrés dans la cuisine où Mme James nous a débarrassés des courses et a demandé à Madame Halévy ce que diable il lui prenait de traverser la ville à pied par une journée aussi chaude. Des gens s'évanouissaient par un temps pareil. Elle aurait dû rester derrière ses volets fermés, qui faisaient écran à la lumière trop vive du soleil.

« Il fallait que je raconte à ce garçon la fin de l'histoire.

— Ce n'est pas la fin, ai-je dit. Vous ignorez si elle est encore à Paris.

— La fin de cette histoire-là, m'a corrigé Madame Halévy. Jestine n'est pas la seule à avoir une histoire, tu sais. Il y a des gens qui meurent d'un seul coup, comme si leur cœur explosait. Mais pour d'autres, cela prend longtemps. Ils continuent à marcher, à droite et à gauche, comme s'ils étaient toujours en vie, et des années se passent avant que l'on s'avise qu'il n'y a plus rien en eux.

— Suffit », nous a dit Mme James.

Elle nous a enjoint de quitter sa cuisine et nous a dit qu'elle allait nous apporter de l'eau au citron vert pour nous désaltérer. Elle ajouterait une larme de rhum pour Madame. Après qu'elle nous eut apporté nos rafraîchissements, Madame et moi sommes restés assis ensemble au parloir. Il y faisait beaucoup plus frais, avec un souffle d'air. La peinture sur les murs était fanée, je l'ai remarqué, avec des plaques de plâtre qui transparaissaient. Il y avait des veines de suie sombres aux carreaux des fenêtres.

Je me suis rendu compte que les yeux de ma compagne étaient clos et qu'elle s'était endormie. Les quelques rais de soleil égarés dans la pièce étaient couleur citron, avec un chatoiement rappelant le crépuscule. Il y avait un parfum de verveine. J'ai fermé les yeux et rêvé que je marchais le long d'un sentier de terre rouge clair sous un tendre ciel nuageux. Il y avait des oiseaux que je ne reconnaissais pas. Je me suis réveillé dans un sursaut de frayeur. Ma compagne était déjà réveillée et m'observait. Je me suis alors avisé qu'elle n'avait pas dit un mot de sa propre fille et je lui ai demandé de m'en parler. Pourquoi était-elle partie à Charleston ? Pourquoi ne répondait-elle pas aux lettres de Madame ?

« J'ai décidé de ne point t'encombrer avec mon histoire. Je pense que je vais la replier et l'emporter avec moi lorsque je m'en irai. Tu es un trop gentil garçon pour porter le poids de quelque chose qui ne t'appartient pas, par dévouement pour une vieille dame qui ne sera plus très longtemps de ce monde. »

Elle a tapoté mon bras et je me suis avisé alors que je n'étais plus juste un garçon de courses pour elle. Elle s'était attachée à moi, et moi à elle.

Après cela, je ne cessai de penser à son histoire, repliée dans un tiroir de bureau ou dans sa table de nuit ou peut-être dans une poche qu'elle s'était cousue tout près du cœur. J'avais l'intention de retourner la voir mais un chargement arriva du Portugal, rempli de toutes sortes d'étoffes, broderies, dentelles et mousselines fleuries. Mon père exigea que j'aide mes frères à déballer la marchandise et à tout ranger soigneusement dans du papier de soie. Ce faisant, j'ai mis quelque chose de côté, peut-être pourrait-on dire que je l'ai volé, même si moi je ne voyais pas les choses de cette façon-là. C'était un chemin de table en dentelle, pour remplacer celui qui était tout usé sur la table de Madame. Je n'ai jamais eu l'occasion de le lui offrir. Madame Halévy est morte la semaine suivante. J'ai assisté à son enterrement à la synagogue.

Les gens ont prié et j'ai vu mon père là parmi les hommes. J'ai suivi le cortège en deuil et le rabbin jusqu'au cimetière juif.

Je portais le costume noir de mon frère, celui que je portais pour me rendre au dîner de Madame même si je n'avais pas dépassé sa cuisine. Je ne comprenais pas ce que je ressentais, le cœur noué comme si j'avais souffert une immense perte. Je connaissais à peine Madame Halévy et elle n'avait même pas fini de me raconter son histoire. Puis j'ai compris que lorsque quelqu'un commence à vous raconter son histoire, vous devenez entremêlés. Peut-être plus encore lorsque la fin de l'histoire n'a pas été divulguée. C'était exactement comme faire toujours le même rêve, puis se réveiller trop tôt et ne jamais découvrir ce qui était arrivé. Pendant que les prières du matin étaient récitées, je regardais les feuilles tomber. Les gens d'ici disent que cela signifie qu'un esprit marche dans les arbres au-dessus de vous, et qu'une fois qu'une âme est libre de les rejoindre, elle peut marcher ainsi jusqu'au monde d'après. Ça c'est une histoire que j'ai décidé de croire.

Je pensais souvent au fils de Madame Halévy, mort alors qu'il avait seulement un an de plus que moi, et au second fils qu'elle avait tenté de protéger de la fièvre en le gardant à l'intérieur durant un an. J'avais une perception différente du temps maintenant, il ne s'étirait plus de la même façon devant moi. Je le voyais désormais comme une boîte. Je traversais cette boîte à pas de fourmi et, avant longtemps, j'atteindrais l'autre côté. Je m'imaginais souvent en vieil homme assis sur un petit mur de pierres, ce vieil homme que Madame Halévy avait prédit que je deviendrais.

J'ai réintégré mon existence. Je me suis concentré sur ma peinture. Ma mère m'a foudroyé du regard et demandé comment je pensais gagner ma vie quand je serais un homme.

« Il y a une seule chose que j'ai envie de faire, lui ai-je répondu. Et j'entends la faire.

— Quiconque dit cela est un sot.

— Avez-vous été sotte de vivre comme bon vous semblait ?

— Cela ne te regarde pas », m'a répondu ma mère.

J'ai ri à ces mots. Après tout, les décisions qu'elle avait prises avaient donné forme à ma vie.

Je suis sorti de la maison en claquant bruyamment des talons. Si le temps qui m'était imparti était limité, j'avais le projet d'en faire ce que bon me semblerait. J'ai peint pendant des heures, trouvant refuge les jours pluvieux dans une cabane abandonnée au fond des bois. J'étais tombé dessus par hasard et j'avais aussitôt décidé qu'elle était faite pour moi. Les bois étaient verts et ombreux et il y avait des gommiers rouges dont l'écorce se détachait par lambeaux comme de la peau brûlée par un coup de soleil. J'avais frappé et, n'obtenant pas de réponse, j'avais poussé la porte. Personne n'avait vécu là depuis longtemps. C'était comme si ce lieu m'attendait.

J'aimais la façon dont la lumière entrait par les fenêtres, projetée en rais éblouissants à travers les arbres. J'ai peint comme un possédé, couvrant les parois de la cabane de portraits, puis de paysages, les uns par-dessus les autres. Dehors, l'herbe était haute et les oiseaux descendaient en piqué sur les moustiques au crépuscule. J'y restais si tard le soir que j'apportais des bougies pour pouvoir peindre après la tombée de la nuit. Les couleurs changeaient dans ces conditions. La lumière vacillait comme si des étoiles étaient piégées à l'intérieur de moi. Je voyais différemment : les objets passaient du trouble au lumineux. Il y avait toutes sortes de plantes anciennes suspendues au plafond à des longueurs de vieille corde. Le parfum dans la cabane était d'anis, de bois et de menthe. Chaque fois que je rentrais chez moi, j'avais le sentiment de laisser en arrière mon véritable moi, l'impression de laisser la personne authentique accroupie près d'un mur moucheté de couleur tandis que le garçon qui passait de pièce en pièce dans la maison de sa famille n'était rien de plus qu'un fantôme.

Un jour que je peignais, m'efforçant de perfectionner le rendu d'une main humaine, et me servant de la mienne comme modèle, j'aperçus une ombre. Marianna était dehors. Je suis sorti pour me tenir dans l'herbe à ses côtés. Elle n'allait plus à l'école. Sa mère avait besoin d'elle pour leur entreprise de blanchisserie. Elles prenaient à domicile la lessive des marins et trouvaient souvent des breloques dans leurs poches, des coquillages de l'autre bout du monde, des clés de chambres d'hôtels en Europe et en Amérique du Sud, des adresses de femmes que ces marins avaient aimées un jour. Marianna m'a montré comment elle savait porter une corbeille de linge sur la tête. Elle le faisait à la perfection. J'ai essayé et, quand je suis tombé, elle s'est moquée de moi. Je l'ai invitée à entrer dans la cabane mais elle a secoué la tête et reculé d'un pas. Quelque chose est passé sur son visage, une expression que je ne lui avais jamais vue.

« Un vieil homme a vécu ici. Il avait coutume de jeter des sorts aux vivants et de sauver les hommes mourants. Il savait guérir les gens quand personne ne pouvait plus rien faire, mais tu devais le payer avec quelque chose qui t'était cher. Je ne voudrais pas entrer là-dedans, m'a-t-elle dit. Et je ne voudrais pas y entrer avec toi. »

Nos différences étaient là entre nous et j'ai détesté ça. Je me suis détourné pour retourner à l'intérieur. Elle m'a suivi et s'est arrêtée sur le seuil. Je voyais bien que notre amitié était terminée. Elle était trop grande fille, m'a-t-elle dit. Et plus la petite écolière qu'elle avait été. Elle me l'a prouvé en m'embrassant. Puis elle a disparu si rapidement qu'il semblait qu'elle n'eût jamais été là. J'avais rêvé toute la scène, assurément. Il y avait des traces de pas dans l'herbe mais bien vite, celles-ci ont disparu également. Je suis gêné de l'admettre mais j'ai pleuré, parce qu'elle avait été mon amie la plus sincère, et qu'elle ne l'était plus. J'avais ressenti les premiers émois de l'amour, mais ça ne comptait pas.

J'espérais que le vieil homme qui avait vécu là pourrait me guérir. J'ai peint encore et encore, avec l'énergie du désespoir, espérant recevoir une vision envoyée par le guérisseur. Assis par terre, j'ai regardé autour de moi et soudain, je me suis aperçu que j'avais ma réponse. J'avais dessiné ma main comme si elle était composée de palmes et de prairies. Cette île, je l'avais à l'intérieur de moi. J'avais capturé sa lumière, sa chaleur, son herbe, son ciel. J'avais tout cela dans mes mains.

1842

Juste avant mon douzième anniversaire, mon père m'a convoqué. Il m'a remis une enveloppe. Le papier en était d'un beau bleu d'azur. Quand j'ai ouvert l'enveloppe, j'y ai trouvé un billet pour une traversée en goélette. J'ai pensé que je rêvais. Je me suis pincé la jambe et j'ai senti la brûlure. Ma mère se tenait debout sur le seuil. Il y avait là son ombre teintée de vert. Elle savait vraisemblablement que je n'allais pas à mes leçons. Elle savait très certainement que je n'avais aucun intérêt pour le commerce familial. Et voilà que l'on m'envoyait chez des parents à Paris, et dans une école où j'étudierais avec un certain Monsieur Savary. Mes parents n'étaient pas satisfaits de mon travail scolaire et ils estimaient que mes horizons devaient être agrandis. Ils étaient visiblement inquiets pour mon avenir sans quoi ils n'auraient pas pris une mesure aussi radicale. Je manquerais le mariage de Hannah, je manquerais mon propre anniversaire, que je fêterais non pas chez moi avec ma famille mais dans un pays que je n'avais jamais vu que sur des gravures, où je vivrais avec des gens que je n'avais jamais rencontrés auparavant.

Je ne savais qu'éprouver. Saint-Thomas était tout ce que je connaissais et je me demandais si en partir ne risquait pas de me transformer de maintes façons qui feraient de moi quelqu'un d'autre : si je ne risquais pas de ressembler davantage aux garçons de mon âge de la congrégation qui se conformaient aux règles et aux lois édictées par leurs parents. J'avais une attitude pleine de défi, et je suppose que l'on me punissait pour cela. Dans les jours qui suivirent, je m'en fus vagabonder pour ne rentrer chez moi qu'au matin. Quelquefois, j'apercevais de ces chevreuils élancés qui avaient été amenés ici plus de cent ans auparavant dans le seul but d'être chassés, des bêtes devenues si craintives qu'elles fuyaient le contact de l'homme et demeuraient le plus souvent invisibles. J'allais à la campagne me tenir à l'extérieur du rond au centre duquel des coqs se battaient. Les hommes buvaient sec et pariaient sur leur volatile et il y avait une odeur de sang. Mon propre sang battait vite et je buvais sans modération dès que je pouvais mettre la main sur une bouteille. Les deux frères, mes amis, se méfiaient de moi à présent. Peut-être nos différences pesaient-elles trop sur notre amitié, en ce temps et en ce lieu. Ma mère aurait désapprouvé ma présence là autour du rond, elle aurait jugé ces hommes barbares. Et pourtant Jestine m'avait dit que ma propre mère semblait adorer exécuter des poulets quand elle était enfant. Ainsi donc, c'était bien ça : ma mère était une hypocrite et une inconnue. Elle faisait une chose mais exigeait que je fasse le contraire. Je me suis aperçu que je la haïssais. Ce n'était pas ce que j'étais censé ressentir aussi me suis-je haï moi-même.

Une nuit alors que le ciel était encore obscur, je me suis trouvé sur le port. J'ai déambulé, absorbant les odeurs et les sons, puis je suis allé m'asseoir sur les marches de chez Jestine. Je regrettais de ne pas l'avoir eue pour mère, car elle me comprenait comme jamais ma mère ne le ferait. Les dernières étoiles brillaient encore au ciel, l'eau reflétant leur pâle lueur. Jestine sortit de sa maisonnette avec deux tasses de café sucré. Ses mains étaient tachées du bleu indigo des robes qu'elle avait teintes ce jour-là.

« Tu n'arrives pas à dormir, me dit-elle. Moi non plus.

— Je sais ce qui s'est passé, lui ai-je dit. Je vais à Paris. Quand j'arriverai là-bas, je chercherai ta fille.

— Chercher n'a jamais fait de bien à personne. »

J'ai corrigé mes propos :

« Je la trouverai. »

Jestine a hoché la tête et m'a tapoté le dos. J'ai senti qu'elle avait confiance en moi, bien que je sois un garçon. Elle est rentrée, et j'ai bu mon café. Elle est revenue avec une lettre dans une enveloppe cachetée.

« J'ai écrit ceci le jour où ils me l'ont prise. »

J'ai plié la lettre dans ma veste. Le papier en était doux, soyeux, comme s'il avait été manipulé des milliers de fois. Je l'ai repliée, comme Madame Halévy avait replié sa propre histoire.

Je suis arrivé chez moi à la pointe de l'aube, marchant à travers des nuées de moustiques. La lumière était rose pâle. Je pensais me glisser à l'intérieur, mais il s'avéra que ma mère n'arrivait pas à dormir non plus. Elle m'attendait dehors, assise sur la chaise métallique qu'on avait laissée là depuis que Madame Halévy était venue me trouver au cours d'une des dernières semaines de sa vie.

« Laisse-moi deviner. Tu étais chez Jestine. »

Ma mère avait un ton blessé.

« Pour lui dire au revoir », lui ai-je précisé, car il n'y avait rien de mal à cela.

Ma mère m'a précédé dans l'escalier sans un mot. Elle ne m'a ni réprimandé ni puni pour avoir découché toute la nuit. Nous avons monté les marches en silence afin de ne pas réveiller mes frères et sœurs. Dehors, les oiseaux s'agitaient et un voile de brume montait des rues alors que la chaleur du jour s'installait. Mon père était déjà descendu au jardin réciter ses prières avant de partir pour la synagogue offrir son aide à ceux qui étaient dans le besoin. Ma mère ne lui avait pas dit que j'étais absent : elle n'aimait pas inquiéter mon père. Elle se montrait tendre avec lui comme elle ne l'était avec personne d'autre. Voilà maintenant qu'elle ouvrait la porte de la chambre qu'elle partageait avec lui, une chambre dans laquelle nous les enfants n'étions jamais invités à entrer. À ma grande surprise, il y avait là mon tableau de Jestine, celui qui m'avait été pris dans la réserve. Il était accroché au mur. Ma mère avait des larmes dans les yeux, chose que je n'avais jamais vue auparavant. J'étais troublé. Elle m'avait dit que mes peintures n'avaient rien à voir avec le monde réel, or elle avait conservé celle-là. Comme ma mère avait toujours été une inconnue pour moi, j'avais toujours pensé être un inconnu pour elle également. À présent, je n'en étais plus aussi sûr.

« Tu penses que je ne vois pas ce que Jestine voit, me dit ma mère, mais je le vois. Je sais que tu as du talent. Mais tu dois le mettre de côté. Je veux que tu t'appliques assidûment à tes études. À ton retour, le commerce t'attendra. J'ai toujours voulu que ce soit toi qui le reprennes. Mais auparavant, je t'envoie à Paris pour que tu aies ce que moi je n'ai pas eu. »

Je n'aurais pas été plus surpris si elle m'avait dit qu'elle n'était pas ma mère. Ses cheveux noirs étaient lâchés et ses yeux étaient humides et sombres. J'ai vu quelque chose de nouveau en elle, cette personne dont m'avait parlé Jestine.

« Mon père était comme toi, me dit-elle. Il ne voyait aucune différence entre les gens. Il pensait que tout homme a des droits en ce monde. Je sais qu'il était convaincu que les femmes ont des droits aussi, car il m'a toujours traitée comme un fils, jusqu'à ce que les règles qui nous gouvernent rendent la chose impossible. Certaines choses sont impossibles, c'est vrai. » Ma mère pleurait à présent. « Mais d'autres ne le sont pas », dit-elle.

Je me suis rendu compte que ce qui me manquerait le plus de ma terre natale, ce seraient les couleurs, la lumière, les fleurs, les champs, les femmes au travail, transportant des panières de linge.

Jestine me manquerait, ainsi que ma sœur Hannah, et si les nuits étaient assez froides, et la neige blanc d'argent, ma mère aussi vraisemblablement me manquerait.

Je n'ai pu dormir la nuit précédant mon départ. Je suis allé marcher dans l'obscurité et j'ai rencontré Marianna sur la plage. Nous sommes restés assis là, nos mains entrelacées. Elle a pleuré quand je lui ai dit que je partais. « Oui, pars », me dit-elle, mais elle continuait de tenir ma main. Le temps que je revienne, elle serait sans doute mariée. Elle s'assiérait sur cette plage en compagnie d'un autre. Mais j'emporterais avec moi tous les détails la concernant.

Lorsque j'ai bouclé mon bagage, le lendemain matin, j'ai trouvé un sachet empli de quelque herbe à l'intérieur. Je l'ai reniflé. Ça sentait la lavande. Plutôt agréable. J'avais l'intention de le conserver au milieu de mes affaires mais, dans ma hâte, je l'ai oublié sur le bureau. J'étais en retard et j'ai dû courir pour attraper le bateau, je n'ai donc pas eu le temps de faire des au-revoir convenables. Ma mère a couru après moi et exigé de m'embrasser.

« Reviens-moi », m'a-t-elle dit et cela ressemblait à une espèce de sort qu'elle me jetait.

Elle avait les yeux brillants et s'il s'était agi de quelqu'un d'autre, j'aurais pu penser que c'étaient des larmes. Je l'ai embrassée trois fois puis j'ai embrassé mon père et mes frères et sœurs. J'aurais dû être effrayé de laisser mon foyer et tout ce que je connaissais. J'étais un tout jeune garçon et la France était très très loin, mais le voyage ne me perturbait pas. J'étais prêt pour les mers, les ciels et les tempêtes.

Le navire fut un rêve et le monde en mer un brouillard grouillant de vie. Tous parlaient des langues différentes et des hommes deux fois plus âgés que moi m'offraient du rhum. Je dessinais dès que je le pouvais. Les mouettes planant au-dessus de nous, les lampes brûlant le soir, les hommes qui travaillaient si dur que leurs bras étaient gonflés de muscles. Le voyage sembla interminable, et puis, tout soudain, le rivage fut visible. À mon arrivée en France, le crépuscule était gris, une nuance que je n'avais jamais vue avant, et le ciel argenté semblait à portée de main. J'ai remarqué des cheminées et des pavés tandis qu'une pluie vert pâle commençait à tomber. C'était l'automne, une saison que je n'avais jamais connue mais dont aussitôt je tombai amoureux. L'air sentait la fumée. Les feuilles dans les arbres étaient jaunes et cuivrées. Les nuages s'étendaient à l'infini, bancs de gris et de bleu, et une nuance de rose si fragile qu'elle se dissipa sous mes yeux. Tout autour de moi, à perte de vue, s'offraient des couleurs jamais vues auparavant : les pelouses émeraude, les châtaigniers vert et brun profonds, les vignes couleur de citron vert, les toits tachés de noir et de bleu nuit. Il y avait un millier de bleus différents tout autour de moi dans le soir tombant. Ils ondoyaient comme les vagues de la mer. J'ai respiré un seul effluve de Paris, et j'ai su. Enfin, à l'âge de douze ans, à quatre mille milles de chez moi, j'étais libre.

Chapitre huit

Une Planète Lointaine

PARIS
1847
LYDIA CASSIN RODRIGUES COHEN

Il pleuvait et elle était seule à la maison. De sa fenêtre, elle apercevait un marronnier, et les gouttes de pluie éclaboussant son écorce noire. Dans cet arbre vivait un rossignol, silencieux à cette heure. Habituellement ces oiseaux commençaient leur migration vers l'Afrique de l'Ouest à cette époque de l'année, mais celui-ci était resté dans leur jardin. L'air était lumineux et mouillé. Les enfants, quatre ans, deux ans et un an étaient sorties avec la bonne, en bottes et manteaux, pour aller ramasser des feuilles dans le parc. Son mari, Henri Cohen, associé dans une petite société bancaire familiale, rentrait souvent tard pour le dîner. Elle était parfois inquiète, du fait de l'instabilité politique en France, et de la violence qui éclatait souvent dans les manifestations contre le roi. Henri était l'amour de sa vie et il veillait toujours à ce qu'elle ne manquât de rien, mais c'était un être rationnel et il l'aurait vraisemblablement crue folle si elle lui avait dit qu'elle pensait que sa mère, morte voici près de cinq ans, lui était revenue sous la forme d'un rossignol, et que chaque fois qu'elle apercevait l'oiseau dans leur jardin, elle sentait un frisson la parcourir. Quand cela arrivait, elle allait fermer les rideaux de soie mauve, car elle éprouvait une sensation d'oppression comme si elle était en train de courir en plein champ, le soleil cognant sur elle comme si elle se trouvait à des millions de milles de distance, sur le point d'exploser de trop de lumière.

Une certaine tristesse lui était venue récemment. Son père était malade. Il souffrait d'une maladie des poumons et chacun espérait qu'il verrait la fin de l'année, mais à mesure que les jours passaient, cela semblait peu vraisemblable. Il ne voulait voir personne, seulement l'infirmière qui s'occupait de lui. Lydia s'était surprise à penser que cette femme avait été la maîtresse de son père déjà du vivant de sa mère, car Madame Cassin Rodrigues n'aimait pas cette femme et sur la fin avait supplié qu'on lui trouve une autre personne pour la soigner. Maintenant, cette Marie avait emménagé dans la maison de son père à Passy où elle prenait soin de lui avec une extrême tendresse. Elle lui parlait avec familiarité. Une fois, alors que Monsieur Rodrigues renâclait pour prendre son médicament, Lydia avait entendu Marie lui dire : *Mais, Aaron, il le faut*, avec l'autorité d'une épouse plutôt que d'une infirmière.

La dernière fois que Lydia avait rendu visite à son père avec les enfants, il avait dit quelque chose qui l'avait troublée. Il était assis dans un fauteuil près de la fenêtre surplombant le jardin. Il avait toujours été grand, mais désormais il était voûté. Son visage long avait naguère été si beau que peu de femmes étaient capables d'en détourner le regard. Il était concentré sur le monde extérieur. De sa fenêtre, il voyait encore quelques coquelicots sauvages en fleurs malgré la saison. Des nuances d'orangé et de rouge. De hauts panaches d'herbes folles. Elle lui avait apporté du thé et s'était accroupie près de son fauteuil pour pouvoir ajouter du sucre dans sa tasse à l'aide d'une pince.

Il l'avait dévisagée si intensément qu'il l'avait rendue nerveuse.

« J'aurais préféré que tu n'aies point les yeux argentés de ta mère, avait-il dit. Ils me la rappellent tous les jours. »

Prise au dépourvu, elle s'était comportée comme s'il n'avait pas prononcé des paroles aussi étranges. Elle lui avait demandé s'il voulait aussi de la crème dans son thé et il avait secoué la tête. Les yeux de la mère de Lydia étaient bleus, comme l'étaient ceux de son père et les siens même si les siens, en effet, étaient plus pâles, et quand le temps était nuageux, ils devenaient d'un gris changeant. Elle avait eu une palpitation étrange au creux de l'estomac. Il y avait une lumière au-dedans d'elle qu'elle ressentait parfois, une vive, cuisante luminosité.

Son père était de plus en plus désemparé, révélant une profondeur de sentiments dont elle ne l'aurait jamais cru capable.

«Je l'ai trahie, dit-il d'un ton lugubre. Quel genre d'homme se conduit de cette façon ?

— Je vais vous chercher une couverture, dit Lydia car il frissonnait.

— J'aurais dû te laisser où tu étais, lui dit-il alors. Je n'aurais pas dû être ton père.»

Elle partit chercher la couverture et s'avisa que des larmes roulaient sur ses joues. Son père avait toujours été assez distant, mais elle ressentait maintenant ses mots comme une attaque. Était-il en train de dire qu'il ne l'avait jamais aimée ? Ce qu'elle avait fait pour mériter cela, elle n'en avait pas la moindre idée. Peut-être était-ce sa maladie qui parlait, rien de plus.

Elle passa devant un miroir doré dans le vestibule et contempla fixement son reflet. Dans ce miroir, ses yeux paraissaient en effet aussi argentés que le verre.

Depuis ce jour, elle était perturbée. Et il y avait autre chose : un jeune garçon la suivait. Cela faisait déjà un petit moment que ça durait. Un garçon de haute taille qui était presque un homme. D'abord, elle avait cru que c'était son imagination. Elle était au parc avec ses trois filles et elles jouaient dans les feuilles quand elle avait remarqué une ombre se projetant sur elles. Elle faisait des rêves d'ombres, de gens surgissant pour lui confier des secrets, mais là, il faisait grand jour dans le parc. Elle portait une cape de laine soyeuse qui avait la couleur du vin de Bordeaux, avec une jolie robe grise et des bottines lacées haut. Elle leva les yeux et l'ombre fila comme une flèche. Elle avait fait quitter le parc en hâte aux enfants, remontant les allées de gravier, dépassant les bancs de bois peints en vert, jusqu'à la sécurité du foyer. Elle avait verrouillé les portes, tiré les rideaux et mis les enfants au lit. Plus tard, quand elle avait jeté un coup d'œil dans la rue, elle avait cru le revoir, un grand garçon mince en manteau, bottes et casquette noire, qui se frottait les mains l'une contre l'autre comme s'il était gelé alors même qu'on était seulement en octobre, ce mois splendide, enfumé, où les feuilles des platanes viraient au brun avant de se racornir lentement et de se désagréger.

Au lit avec son mari, elle chuchota que son père était mourant et qu'elle avait le sentiment qu'il ne l'avait jamais aimée.

« Ce n'est pas grave, avait dit Henri. Moi je t'aime. »

Elle ne lui parla pas du garçon dans la rue ni de la remarque sur les yeux argentés.

Ils assistaient aux offices du vendredi soir avec les enfants et allaient souvent dîner chez les parents d'Henri qui traitaient Lydia comme leur propre fille. Les Cohen n'avaient que des garçons, Henri et ses deux frères cadets, et le charme de Lydia les enchantait. Elle avait un léger accent, au sujet duquel ils la taquinaient, et un goût prononcé, insolite et amusant à leurs yeux, pour les épices dans son thé. Ils formaient une famille joyeuse, différente de la sienne. Sa propre mère était d'humeur changeante et, quoiqu'aimante, peu portée sur la vie en société. Elle n'aimait pas sortir, et les rares amies qu'elle avait venaient la voir pour le thé ou pour prendre un verre comme si elle était une invalide, ce qu'elle n'était pas. Son père, distant, et plus encore depuis sa maladie, était rarement à la maison. Elle se demandait où il était, tous ces soirs où on l'avait en vain attendu à la table du dîner. Peut-être avait-il été un homme à femmes depuis toujours.

La sœur de la mère d'Henri, sa tante Sophie, était une amie d'enfance de la mère de Lydia, qui venait souvent en visite : tous deux semblaient donc voués à se rencontrer. Tous s'accordaient à dire que leur destin ensemble était scellé. Henri était grand, avec des traits nettement ciselés, une grande et belle tête, des yeux lumineux. Il était plutôt bel homme, mais il y avait plus que de la beauté en lui. Il y avait de la compétence, de l'habileté en affaires, et c'était aussi un homme capable d'émotions profondes, ce pour quoi ses frères le taquinaient. C'était un astronome amateur passionné et il avait un télescope installé dans le jardin et une longue-vue plus petite qu'il promenait avec lui comme un autre aurait promené une canne. Ce n'était pas un banquier par vocation mais plutôt un scientifique et un observateur de la nature. Il avait été transporté par la découverte d'une planète l'an passé et, tout récemment, par la détection de sa lune.

« Il y a toujours plus à découvrir en ce monde », avait-il joyeusement confié à Lydia.

Elle adorait la facilité avec laquelle on pouvait le rendre heureux. Henri était le contraire de son père en ce sens, car le père de Lydia était un homme à qui il fallait toujours plus. La nouvelle planète était invisible à l'œil nu bien qu'elle eût été observée occasionnellement, par Galilée par exemple, qui l'avait confondue avec une étoile fixe. Le soir du dîner de famille où tante Sophie était venue de Lyon, Henri se trouvait au jardin à discuter avec son père et ses frères de la mystérieuse nature des cieux. Il y avait eu récemment une éclipse de lune et, depuis lors, les hommes de la famille s'étaient réunis régulièrement pour observer le ciel. Ils s'intitulaient eux-mêmes la *Société des Astronomes Amateurs**.

Les femmes étaient restées au parloir. Madame Sophie avait assisté à leur mariage mais Lydia ne l'avait jamais vraiment fréquentée et elle trouva cette femme plus âgée qu'elle captivante. C'était une formidable conteuse et même sans avoir été mariée, elle adorait les enfants. Elle leur narrait des contes de fées dans lesquels des hommes étaient changés en cygne et des jeunes filles devaient trouver leur chemin au milieu des bois. À cause de cela, la fille aînée de Lydia tenait à garder des miettes de pain à côté de son lit, même si cela attirait les souris dans sa chambre. Le temps que le conte de ce soir touche à sa fin, les fillettes somnolaient déjà dans les bras de leur mère. C'était l'histoire de trois sœurs tombées amoureuses, l'une d'un chasseur, la deuxième d'un ours, la troisième d'un prince sans le sou. À la fin du conte des trois sœurs, Madame Cohen, la grand-mère dévouée, était montée mettre les fillettes au lit.

«Je comprends pourquoi ma mère appréciait tant votre amitié lorsque vous étiez jeunes filles», lui dit Lydia lorsque les hommes furent sortis observer les étoiles.

Elle était vêtue de bleu, sa couleur préférée, une robe de soie damassée. Elle habillait souvent ses filles de trois nuances de bleu différentes. Ce soir, elle avait choisi un bleu sarcelle pour Amélie, un indigo pour Mirabelle et un doux bleu ciel pour Léa, qui était à peine plus qu'un bébé mais s'appliquait à suivre ses sœurs, trottinant dans leur sillage. C'étaient des enfants adorables, et adorées des parents d'Henri. Lydia regrettait que sa mère n'ait point vécu pour les connaître. Elles lui auraient assurément réjoui le cœur.

Son père s'était peu intéressé à ses petites-filles même s'il avait insisté pour venir voir chacune d'elles le lendemain de sa naissance. À présent, Lydia se demandait s'il ne recherchait pas ces yeux argentés dont il avait parlé. Il n'avait pas à s'inquiéter. Ses trois filles avaient les yeux bleus.

« Élise était une femme compliquée, dit Sophie alors qu'elles prenaient leur café. Je suppose que c'est ce qui m'intéressait. On attendait quelque chose d'elle, et elle se retournait pour faire quelque chose de totalement inattendu. Ceux qui pensaient qu'elle n'était rien d'autre qu'une jolie poupée n'étaient pas au bout de leurs surprises. Elle pouvait se montrer assez virulente si besoin était. Mais si elle vous donnait son amitié, c'était pour l'éternité.

— Entre nous, les choses étaient assez simples, dit Lydia. J'ai toujours su que je pouvais compter sur elle. Je suppose que c'est la raison pour laquelle elle me manque autant. Elle était celle sur qui je pouvais compter quoi qu'il arrive. Maintenant, c'est Henri qui joue ce rôle. J'ai donc eu beaucoup de chance dans mon choix. » Elle nota que Sophie la dévisageait. « Mes yeux vous paraissent-ils argentés ? », bredouilla-t-elle.

Sophie se mit à rire.

« Pas du tout. »

Les hommes étaient rentrés de leur séance d'observation du ciel, époussetant le givre de leurs manteaux. Ç'avait été une très belle soirée. Les invités étaient sur le point de partir lorsque Sophie suggéra qu'elle et Lydia prennent le thé ensemble, toutes les deux. Lydia accepta, imaginant que ce serait une invitation qui se concrétiserait plus tard dans l'avenir mais, dès le lendemain, Sophie se présenta à trois heures de l'après-midi. C'était gênant, vraiment, et inopportun, ce genre de choses se programmait généralement, mais il n'y avait rien que Lydia puisse faire sinon demander à la bonne d'emmener les enfants au parc. Pendant que la bonne préparait les fillettes, Lydia allait devoir préparer elle-même le thé. Elle choisit celui au jasmin, dont le parfum la rendait toujours triste, mais qui demeurait son préféré. Assise en face d'elle, Sophie s'excusa d'être venue sans s'annoncer.

« Je ne voulais point te déranger.

— Ce n'est rien, dit Lydia, embarrassée, signifiant par là que tante Sophie pouvait tout à fait se présenter sans envoyer préalablement un billet. Vous ne me dérangez pas du tout.

— Mais peut-être le seras-tu par ce que je vais dire.»

Sophie s'avançait avec précaution.

«Oh, vous pouvez dire ce que vous voudrez, répondit Lydia, toujours intriguée par le motif de cette visite-surprise. Je ne pense pas que je puisse en être offensée.

— Je suis heureuse que tel soit ton sentiment. Je n'imagine pas que cela change grand-chose, maintenant qu'Élise n'est plus. Et lorsque tu m'as interrogée sur la couleur de tes yeux, je me suis sentie libre de venir te parler. Jusque-là, je n'étais pas sûre que tu savais.

— Comme je vous l'ai dit, les choses étaient simples entre ma mère et moi. Elle m'appelait son magnifique et immense cadeau.

— Donc tu savais qu'elle ne pouvait pas avoir d'enfants.» Sophie paraissait soulagée. «Mais naturellement, elle a dû te le dire.»

Lydia ne broncha pas, de crainte de se trahir. Elle ne savait rien de tout cela. Son cœur se tordait dans sa poitrine. La bonne, déjà en manteau, apporta des gâteaux aux amandes glacés au sucre. Elle avait emmitouflé les enfants qui la suivaient comme des poussins. Il faisait déjà froid pour la saison, mais le parc les attendait. Les fillettes furent entraînées hors de la maison. Le thé fut servi. Le thé au jasmin était un thé japonais, délicieusement parfumé, avec des tonalités florales et boisées et une couleur vert clair dans les tasses en porcelaine blanche. Lydia avait l'impression de quelque chose coincé dans sa gorge; elle s'aperçut qu'elle ne pouvait même pas avaler une gorgée de thé.

«Elle te désirait désespérément, poursuivit sa visiteuse, et elle a été ravie quand tu es entrée dans sa vie. Tu as été de fait un cadeau et un trésor. Du moment que tu sais cela.

— Comment s'est passée mon entrée dans sa vie?» Voyant la perplexité de tante Sophie face à cette question posée par quelqu'un censé connaître son histoire, Lydia ajouta: «Je n'arrive jamais à me rappeler les détails.»

En dépit du feu qui brûlait dans l'âtre, elle avait froid en servant un peu plus de thé à son invitée. Elle entendit le rossignol dans la cour. C'était un vaste jardin, mais l'oiseau se perchait toujours dans le même arbre. Celui qui se dressait juste devant sa fenêtre.

« Qui se souvient des détails ! » Sophie haussa les épaules. « Parfois, c'est à peine si je me souviens de mon nom !

— Suis-je une enfant trouvée ?

— Non. Bien sûr que non. Tu es la fille de ton père – d'un premier mariage, je crois bien, avant qu'il n'épouse ta mère. Il semble que ta mère ait conservé quelques détails par-devers elle.

— En effet. » Lydia acquiesça d'un signe de tête.

« Je sais qu'elle voulait t'en dire plus sur la situation. Je me souviens d'en avoir discuté avec elle. Mais quand dire à sa fille que c'est une autre femme qui lui a donné naissance ? Je suppose que tu étais adolescente lorsqu'elle t'en a informée. »

Lydia tenta de mettre de l'ordre dans ses pensées mais apprendre que sa mère, qui avait été sa meilleure alliée et la personne la plus proche d'elle, n'était ni sa mère biologique ni une parente par le sang était confondant.

« Non, c'était assez récemment », mentit-elle.

Ce mensonge lui fit l'effet d'un bloc de glace, et pourtant Sophie parut la croire.

« Eh bien, elle a hésité sur ce qu'il fallait te dire pendant des années. Elle ne m'a jamais raconté les détails, sans quoi je te les confierais moi-même maintenant. Seulement dit qu'elle t'avait offert une vie bien meilleure que celle que tu aurais eue. Je présume qu'il y avait quelque scandale là-dessous. Mais le scandale est partout, n'est-il pas ? »

Cette nouvelle sur ses origines changeait les choses d'une façon que Lydia ne comprenait pas. Elle se sentait fâchée contre elle-même, pour avoir tout pris au pied de la lettre, et fâchée contre sa mère pour être morte sans lui avoir confié la vérité.

Ce soir-là, elle tint ses filles contre elle et jura de ne jamais les trahir. Elle voulait demander à son père de lui révéler qui était sa vraie mère mais quand elle alla lui rendre visite, Marie, l'infirmière, lui dit qu'il était trop malade pour avoir de la compagnie et ne lui permit pas d'entrer. Lydia, debout devant la maison de pierre blanche où elle avait grandi et où la vigne vierge grimpait au mur jusqu'à la chambre où elle avait dormi enfant, s'était sentie comme une étrangère.

« Pourrais-tu me mentir ? demanda-t-elle plus tard à Henri.

— Sur quoi pourrais-je bien te mentir ? » répondit-il.

Le fond de l'air était glacé mais ils étaient au jardin, à observer les étoiles. Le rossignol voletait de branche en branche, mais sans chanter une seule note. Henri était un homme réellement gentil et bon, et la mère de Lydia ne jurait que par lui. Lydia l'entendait encore dire : « Je crois qu'il est fait pour toi. Il ne te brisera jamais le cœur. »

Henri rêvait des constellations, avait-il confié à Lydia. Et d'elle.

Ses propres rêves étaient inaccessibles, ils se dissolvaient en brume avant qu'elle pût les atteindre en état de veille. *Je ne rêve pas*, prétendait-elle lorsqu'il la questionnait, mais cette affirmation ressemblait à un mensonge. Il y avait des oiseaux qu'elle ne parvenait pas à bien voir. Des voix qu'elle ne parvenait pas à bien entendre. Le bruit de la mer.

Henri tenta de lui montrer Neptune mais elle ne parvint pas à repérer la planète dans le télescope. Juste un tourbillon bleu près de points blancs incandescents. Elle pensait à sa mère qui n'était pas sa mère et à tout ce qui s'était passé entre elles. Maintenant, en regardant en arrière, le plus infime regard ou mouvement de tête prenait une signification nouvelle. *Je t'aime quand même. Je t'aime davantage. Tu es mienne. Je suis tienne.*

En vieillissant, la chevelure blond vénitien de sa mère avait blanchi. Elle était restée élégante et pour certains, principalement ses bonnes, son œil froid était redoutable. Elle aimait les choses faites avec style, son style. Elle avait sa propre chambre, avec des murs laqués rouge et des courtepointes gris tourterelle. La chambre du père de Lydia était au bout du couloir ; cette chambre sentait la fumée de cigare. Sa mère disait qu'elle ne supportait point sa fumée, ni ses ronflements crachotants, mais il y avait davantage, une distance entre eux. Quant à son père, il offrait régulièrement des cadeaux à sa mère mais s'arrangeait pour l'éviter et vivre sa vie. Il avait un appartement quelque part, censé servir à des rendez-vous d'affaires. Parfois, quand son père regardait sa mère, Lydia lisait une sorte de surprise au fond de ses yeux, comme s'il s'était égaré dans une maison inconnue, était rentré chez lui pour y trouver une épouse inconnue.

Avant de mourir, sa mère avait dit à Lydia: «Tiens compte de la femme venue avant toi. S'il l'a maltraitée, il ne te traitera guère différemment.»

Elles étaient seules dans la chambre, où flambait un feu pour réchauffer le fond de l'air, glacé bien que l'on fût en mai. Lydia, déjà mariée et amoureuse, avait ri. «Dans le cas d'Henri, dit-elle, il s'agirait donc de sa mère.» Mais quand elle avait commencé à voir Marie dans la maison si vite après la mort de sa mère, elle avait cru comprendre le message de la défunte. Son père ne lui avait pas été fidèle. Les cadeaux extravagants qu'il avait faits à sa femme – un pendentif en rubis des Indes, des robes de soie, des rangs de perles, des camées ivoire – il les avait vraisemblablement faits à d'autres. Avec le recul, Lydia se souvenait d'être allée avec sa mère dans des boutiques où les vendeuses leur disaient que Monsieur Rodrigues venait juste de passer y acheter un cadeau, et n'avoir pas compris pourquoi de telles déclarations faisaient fondre en larmes sa mère.

Lydia retourna voir son père par un jour de novembre froid. Les feuilles étaient rouges et brunes. Une brume descendait du ciel mouillé. Il pleuvrait plus tard, mais pas maintenant. Elle portait une lourde cape noire – sa cape de deuil, s'avisa-t-elle – achetée pour l'enterrement de sa mère au cimetière juif de Passy. Elle frappa poliment à la porte, sa propre porte, celle de la maison où elle avait grandi. Marie lui ouvrit, surprise de la voir. Son père se reposait.

«C'est mon père, et je désire le voir», dit Lydia à l'infirmière.

Elle entra, n'écoutant aucune protestation. Elle avait monté cet escalier des milliers de fois auparavant. Elle dépassa la chambre de sa mère et continua vers le fond du couloir. Son père était couché. Son lit avait été rapproché de la fenêtre pour qu'il puisse regarder au-dehors. Il se tourna vers elle, pensant trouver Marie. L'infirmière l'avait suivie et se tenait juste derrière elle. Lydia crut voir les yeux de son père briller lorsqu'il l'aperçut. Peut-être y avait-il là quelque affection, après tout.

«Il est très fatigué», dit Marie.

C'était irréfutable; Lydia signifia néanmoins à Marie que c'était à elle de sortir. Une fois que l'infirmière se fut éloignée dans le couloir, Lydia veilla à bien refermer la porte puis retourna au chevet de son père, où elle s'assit sur une chaise à dossier droit. Les yeux de son père se posèrent brièvement sur elle, puis il les détourna.

«J'entends un oiseau», dit-il.

Il avait commencé à pleuvoir. Il n'y avait aucun oiseau.

«Elle n'était pas ma mère?»

Une taie blanche recouvrait les yeux de son père, qui étaient toujours très bleus.

«Tu es née à Saint-Thomas», dit-il.

Sa mère le lui avait dit. Lydia était née là-bas au cours de l'un de leurs voyages. D'après sa mère, ils avaient quitté cette île lointaine alors qu'elle n'était encore qu'un bébé, mais Lydia se souvenait vaguement d'un long voyage et de sa mère lui chantant des chansons alors que les vagues les heurtaient, de milles et de milles de mer bleue. À présent, elle se demandait s'il était possible pour un nouveau-né d'emmagasiner de tels souvenirs, car ses filles n'en avaient aucun de leur plus tendre enfance. Elle était allée jusqu'à les interroger et les fillettes ne se rappelaient aucune des chansons qu'elle leur chantait ni aucun des jours où elle avait fait les cent pas en les berçant dans ses bras.

«De votre première épouse? suggéra Lydia.

— Non, je ne pouvais pas l'épouser, répondit son père. N'est-ce point une évidence? Nous n'y étions pas autorisés.

— Pourquoi? demanda Lydia, plus troublée que jamais.

— Crois-tu que j'en ai jamais aimé une autre?», dit son père.

Ses yeux étaient si pâles qu'il semblait possible de voir à travers eux jusque dans une part de lui-même que Lydia n'avait jamais vue auparavant. Lydia avait l'impression de ne plus du tout le connaître, d'avoir affaire à un homme perdu. Il tendit la main vers elle. À cet instant, Lydia eut envie de retirer la sienne et elle dut se forcer à étreindre la main tendue. Elle ne s'attendait pas à la trouver si légère, comme s'il n'y avait plus sous la peau que les os d'un oiseau.

«Ne fais point ce que l'on te dit de faire», dit son père.

Marie entra, une bonne dans son sillage, coupant court à l'entrevue, affirmant qu'il était l'heure pour son père de dormir. Lydia fut priée de sortir. Elle resta debout dans le couloir, mortifiée, pendant que Marie chantait une chanson à son père en le bordant pour la nuit. Lorsqu'il commença à somnoler, Marie la rejoignit dans le vestibule pour l'accompagner vers la sortie.

« Votre père n'en a plus pour très longtemps, dit-elle. Je ne permettrai plus qu'on le dérange.

— Je ne le dérangeais pas.

— Je pense savoir quand il est fatigué. »

Lydia eut envie de dire : *Tenez compte de la femme venue avant vous. S'il l'a maltraitée, il ne vous traitera guère différemment.* En fait, son père avait disparu pendant une semaine entière après l'enterrement de sa mère. Les gens prétendaient que c'était le chagrin qui avait motivé son absence mais maintenant Lydia n'en était plus aussi sûre. Assurément, il y avait une autre femme là-dessous, vraisemblablement l'épouse d'un de ses amis. C'était ainsi que les choses se passaient. Les liaisons extra-conjugales étaient tenues secrètes et ne sortaient pas d'un cercle privé, entre gens de même confession et de même statut social. L'infirmière n'était pas de leur confession ; toute relation avec elle ne pouvait donc être sérieuse, aussi était-il absurde pour elle de jouer les maîtresses de maison. Il était fort peu probable que son père lui laisse quoi que ce soit par testament, si c'était à cela que tout se résumait. Et puis, alors qu'elle quittait la pièce, Lydia le vit : un éclair rouge au cou de Marie. Le rubis des Indes ayant appartenu à sa mère.

Lydia se détourna et partit, affligée. Au bout d'un moment, elle remarqua la présence du garçon la suivant par les rues. Elle n'avait plus pensé à lui depuis des jours. Peut-être aurait-elle dû en être effrayée, mais c'était tout le contraire. Elle se sentait reconnaissante de ne pas être seule. L'idée d'avoir un compagnon lui plaisait. À un moment, elle laissa tomber à dessein l'un de ses gants, et en le ramassant, elle se retourna pour mieux le voir. Il n'avait rien d'un fantôme, il était clairement de chair et de sang, peut-être seize ans, aussi grand qu'Henri, d'allure plutôt sérieuse. Il ressemblait à un homme, mais il y avait quelque chose d'enfantin dans son attitude. Il passa une main dans ses longs cheveux bruns. Il s'arrêta en même temps qu'elle et se détourna pour examiner un jardin, où pommiers et herbes folles croissaient sans soin, puis il la regarda à nouveau. Elle lui fit signe mais il parut affolé et recula.

Peu de temps après, son père mourut. Le choc de sa mort résonna en elle avec un son creux. Lydia assista à l'office d'enterrement et à l'inhumation, mais en garda peu de souvenirs. Seulement celui de l'air glacial tandis que les hommes se relayaient pour jeter des pelletées de terre sur le cercueil. Les sanglots de l'infirmière. Un rossignol dans un arbre déroulant le ruban de son chant bien que ce fût le plein jour, le contraire de l'heure où chante habituellement cet oiseau. La maison fut rapidement vendue. Bien que l'argent de la vente dût revenir à Lydia et Henri, lorsqu'ils se rendirent à la maison pour la fermer, la plupart des biens qu'elle contenait avaient disparu, les tableaux enlevés des murs et tous les bijoux de sa mère, les camées, les colliers en or et, bien entendu le rubis, avaient eux aussi disparu. Les pièces vides résonnaient.

« Nous pouvons engager un avocat, dit Henri. Faire rechercher cette Marie.

— Non, lui dit Lydia. Laissons-la tranquille. »

Elle resta debout devant les portes vitrées donnant sur le jardin pendant qu'Henri faisait l'inventaire du bureau de son père. Tard ce soir-là, alors qu'ils étaient rentrés chez eux, Lydia fut réveillée par une odeur de brûlé. Elle descendit l'escalier dont les marches étaient recouvertes d'un moelleux tapis d'Orient rouge. Son mari était en train de brûler des documents dans la cuisine, la fenêtre ouverte pour laisser s'échapper la fumée. Une brise soufflait à travers la maison. À moins que ce ne soit une illusion, Lydia vit que la fumée était teintée de bleu.

« Que fais-tu ? demanda-t-elle.

— Il écrivait des poèmes, dit Henri. Adressés à une femme. Je ne pensais pas que tu voudrais les voir. Ils ne sont pas très bons. »

Certains étaient déjà partis en fumée, mais elle lui demanda d'arrêter ce qu'il faisait et ramassa les feuilles de papier. Elle alla dans la réserve, un petit couloir de bois lambrissé dans lequel ils conservaient épices et farine, et s'assit sur un tabouret. Elle les lut tous et, lorsqu'elle eut terminé, il lui sembla qu'elle avait avalé des pierres. Il aimait cette femme, c'était clair. Il l'appelait fleur rouge, étoile du ciel, femme capable de nager avec les tortues, qui jamais ne le libérerait, non qu'il désirât sa liberté, non qu'il eût jamais désiré rien d'autre qu'elle.

Dans les jours qui suivirent, Lydia fouilla ses souvenirs, mais ils étaient brumeux, des éclats d'événements vécus étant enfant puis jeune femme – leçons, fêtes, dîners et, finalement, sa rencontre avec Henri, l'instant où tout était devenu plus lumineux. La nuit, cependant, des images plus étranges entraient dans ses rêves. Elle parvenait à en capter des bribes et elle se levait le matin avec d'insolites tableaux en tête : des champs de hautes herbes jaunes, un bassin où nageaient de tout petits poissons, le bruit de la mer, des fleurs rouges foisonnant à flanc de colline, ses fillettes aux yeux devenus argentés, un garçon en manteau noir qui la poursuivait. Elle interrogea la bonne pour savoir si elle s'était avisée d'une présence derrière elle lorsqu'elle emmenait les enfants au parc.

« Cela a commencé il y a deux ans, lui confia la bonne. Je n'ai pas voulu vous inquiéter. Je l'ai chassé, mais par deux fois, il a eu le toupet de se présenter à la porte. Je lui ai demandé de ne jamais revenir, mais il s'est présenté à nouveau, à la porte de service, comme un domestique. Il s'est excusé de s'être présenté à la grande porte et de nous avoir suivies.

— Mais pour quelle raison ? », demanda Lydia.

Un froid, qui n'était pas exactement de la peur, l'avait envahie. Peut-être s'agissait-il d'une étrange excitation.

La bonne haussa les épaules.

« Je ne lui ai point laissé le temps de s'expliquer. Je pensais que c'était malséant. Il était nerveux et farouche, mais il a continué à venir jusqu'au soir où je l'ai accueilli avec un marteau à la main, et depuis il n'est plus revenu. »

Lydia ne savait que faire avec son poursuivant, ni même que penser. À l'évidence, cela faisait longtemps, des années en fait, qu'il les traquait. Et un soir qu'elle dînait seule avec ses filles, Henri devant rentrer tard de son travail, ce qu'elle devait faire lui vint subitement, tel un rêve entièrement dessiné. Elle retournerait la situation et suivrait le garçon. Elle se changerait en ombre lorsqu'il ferait demi-tour après l'avoir espionnée. Elle ressentit un frisson intérieur, comme si elle était en train de se réveiller, de prendre le contrôle de sa vie. Elle joua pendant des heures avec ses filles, des jeux de cache-cache qui servaient parfaitement son intention de poursuivre son poursuivant. À la fin de la soirée, il n'était pas un seul endroit de la maison – la cave, la cuisine, le plus petit cagibi – où elle ne pût trouver ses filles, pour peu qu'elle y mît toute sa détermination. Elle ferait de même pour attraper le garçon en manteau noir.

Le hasard voulut qu'elle l'aperçût à la synagogue le vendredi soir. C'était une chance, vraiment. Peut-être s'y était-il trouvé souvent et ne l'avait-elle jamais aperçu, hommes et femmes étant séparés. Mais maintenant qu'elle l'avait repéré, elle sentit son pouls s'accélérer. Elle annonça à sa belle-mère qu'elle avait mal à la tête et besoin d'air frais, et elle laissa les enfants sous la garde de Madame Cohen. Elle sortit et prit le chemin de chez elle, sachant ce qui allait se passer, percevant l'ombre derrière elle. Elle sentait la présence de son poursuivant, sa démarche hésitante, sa nervosité, sa jeunesse. Elle y trouvait une réconfortante familiarité : c'était comme si son propre passé la suivait. Elle pénétra dans sa maison, puis l'observa par la fenêtre. Quand il se retourna pour partir, pensant qu'elle s'était retirée pour la nuit, elle ressortit par derrière, se glissant par une porte donnant sur le jardin, prête à inverser les rôles. Elle marchait d'un pied léger, vêtue de sa cape de laine. L'air était froid, son parfum sucré comme si l'obscurité était faite de mélasse. Les pavés étaient encore glissants de l'averse récente. Elle marcha vaillamment derrière lui durant près d'une demi-heure par les rues obscures. Juste au moment où elle songeait qu'elle devait s'en retourner, craignant d'être irrémédiablement perdue, il arriva enfin à une grande maison de brique. Ils étaient encore dans le quartier juif. Par chance, un voisin passait par là et Lydia lui demanda qui habitait à cette adresse. Le nom de la famille était Pizzarro.

Elle songea à ce nom tout en retrouvant le chemin de sa demeure. Cette nuit-là, elle rêva de grands oiseaux bleu sarcelle évoluant dans des marais. Ils se déplaçaient comme des êtres humains l'auraient fait, d'une démarche royale, comme s'ils étaient des rois et des reines. Elle s'éveilla, auréolée d'une vapeur de sueur. Elle était couchée dans sa chambre glaciale, son mari endormi auprès d'elle, les étoiles derrière sa fenêtre, mais sa peau était brûlante. Elle se souvint de son propre regard, glissé entre les lames à claire-voie d'une véranda, pour observer le mouvement des vagues.

Elle écrivit un billet pour se présenter auprès de la maîtresse de maison, billet qu'elle fit remettre par sa bonne, et reçut en retour une invitation à prendre le thé. Elle s'y rendit seule, sans notifier sa sortie à Henri. Elle fut accueillie chaleureusement par Madame Pizzarro, qui avait une grande famille, venue à l'origine d'Espagne, avec de nombreux enfants, certains encore à la maison, d'autres déjà partis. Lydia lui confia la raison de sa visite, laquelle pouvait sembler somme toute assez logique – maintenant que ses enfants étaient plus grands, elle désirait agrandir son cercle de relations et s'investir davantage à la synagogue. On lui avait dit que Madame Pizzarro pourrait l'aider à rencontrer d'autres femmes de la congrégation. Madame rit en disant que ses propres enfants grandissaient aussi mais qu'elle avait peu de temps à consacrer à la Coopération Féminine car elle avait depuis plusieurs années pris sous son aile un jeune neveu pensionnaire dans une école proche mais qui passait tout son temps libre avec eux, sa famille élargie. Il passait parfois ses fins de semaines avec ses grands-parents, Joseph et Anne-Félicité Pizzarro, dont le fils, père du jeune garçon, dirigeait une affaire de famille sur l'île de Saint-Thomas.

Lydia ressentit un choc en entendant parler de Saint-Thomas. C'était là qu'elle était née, or elle ne connaissait rien de cet endroit.

« Quelle coïncidence, dit-elle. Je suis née là-bas durant une visite que mes parents y firent. »

Elle apprit que le neveu était arrivé à l'âge de douze ans et qu'il repartirait chez lui à la fin de l'année scolaire, après plusieurs années d'études à la Pension Savary sous la tutelle de Monsieur Savary, un expert en dessin et peinture. Le garçon, dont le père était un Pizzarro vivant à l'autre bout du monde, y était devenu un bon élève et un excellent peintre. Au début, ses hôtes avaient fait de leur mieux pour ne point encourager leur protégé dans cette voie ingrate, les affaires étant une vocation plus appropriée, celle que ses parents souhaitaient lui voir poursuivre. Mais son professeur avait applaudi à son talent, le qualifiant d'extraordinaire. De fait, Madame et son mari étaient assez fiers d'une petite huile sur toile offerte par leur neveu et qu'ils avaient au mur.

« Tout le monde croit que nous l'avons achetée à un grand artiste, et nous ne précisons jamais qu'elle est de la main de notre neveu.

La confusion des admirateurs le ravit, et nous aussi. Qui sait, il sera peut-être un grand artiste un jour. »

Lydia s'approcha pour regarder l'œuvre de plus près. Le tableau, dans un cadre doré à la feuille, était peint dans des tons lumineux. Elle se sentit attirée par l'image et comprit pourquoi les gens pensaient qu'un expert en était l'auteur. Une femme portant une corbeille de linge marchait vers une maison sur pilotis, la mer turquoise derrière elle, avec une expression sereine.

Lydia se rassit, à nouveau submergée par une bouffée de chaleur, agitée d'une façon qu'elle ne parvenait pas à s'expliquer. Elle eut une vision fulgurante de quelque chose, peut-être un souvenir, peut-être une frayeur. Elle expliqua qu'elle avait des migraines. Mais c'était un mensonge. C'était la peinture qui l'avait affectée. Elle avait l'impression étrange d'avoir été elle-même exactement au même endroit. Si l'on continuait plus avant sur la route, on rencontrait des fleurs rouges dans les collines, dévalant les pentes telles des marches d'escalier. C'était de ces fleurs qu'elle rêvait et quand elle se réveillait, elle continuait de les imaginer, comme si des pétales jonchaient le chemin où elle marchait alors qu'elle se promenait avec ses filles dans le quartier.

Enfin, le garçon qu'elle attendait rentra de l'école avec les deux fils de Madame, leur virilité modifiant soudain l'atmosphère de la maison, l'emplissant de leurs voix sonores, du claquement de leurs livres et d'un parfum d'air froid et de sueur. Les fils de Madame Pizzarro traversèrent le salon, absorbés dans une conversation animée, en route vers un goûter tardif. Puis le neveu entra, le nez dans un livre.

« On ne salue plus les invités ? », s'exclama Madame Pizzarro. Lydia reconnut le garçon plongé dans sa lecture. « Toi, mon cher neveu ? »

Le garçon leva les yeux. Il semblait être un jeune homme plein d'assurance mais lorsqu'il vit Lydia, il pâlit aussitôt. Elle crut le voir trébucher. Il était si mince et anguleux que son pantalon semblait flotter sur lui et sa veste était trop courte pour ses longs bras.

« Voici Madame Cohen », poursuivit son hôtesse.

Lydia se leva pour aller à sa rencontre et lui tendit la main.

« Je crois que nous nous sommes déjà rencontrés. »

Sa main dans la sienne était plus rêche qu'elle ne s'y attendait, et maculée de taches de peinture à demi effacées.

« C'est possible, répondit le garçon prudemment.

— Vous êtes un artiste ?

— Oui. » Il avait pris un léger ton de défi, comme sur la défensive. « Vous souhaitez peut-être me dire que je perds mon temps.

— Pas du tout », répondit-elle.

Il esquissa presque un sourire alors. Il n'était plus un fantôme. Il la regardait, soucieux, plus vulnérable qu'elle ne l'aurait imaginé.

« Lydie, prononça-t-il.

— Madame Cohen ! le corrigea sa tante. Où sont donc passées vos bonnes manières à tous ?

— Par la fenêtre, répondit le garçon. Là où elles sont le mieux. »

Lydia songea à ce que son père lui avait dit lors de sa dernière visite. *Ne fais pas ce que l'on te dit de faire.*

« Il est arrivé ici sous le nom de Jacob, mais une fois à Paris, il a pris son deuxième prénom. Camille. »

Le garçon haussa les épaules.

« Les gens changent.

— Il est devenu français jusqu'à la moelle des os », déclara sa tante, ravie.

La nuit tombant déjà, et Lydia étant une femme seule, il ne parut pas incongru qu'elle demande à ce que le garçon la raccompagne chez elle. La tante était heureuse que son neveu se rende utile. Jacob Camille Pizzarro lui tint ouverte la grande porte-fenêtre et ils sortirent dans l'air enfumé de novembre. Les rues luisaient, mouillées de pluie, et l'air était brumeux.

« Depuis combien de temps cela dure-t-il ? demanda Lydia.

— Quoi ? »

Il avait le ton circonspect : peut-être pensait-il qu'elle entendait le piéger par un aveu et en référer aux autorités.

« Votre poursuite.

— Je vais bientôt repartir chez moi, mais je vous suis depuis mon arrivée en France.

— Depuis l'âge de douze ans ! »

Elle rit, puis vit son expression. C'était donc vrai.

« Pas tout à fait. Il m'a fallu presque un an pour trouver l'adresse de votre père, puis encore des mois avant de m'apercevoir que vous n'habitiez plus là. Et puis, évidemment, j'ignorais que vous aviez pris le nom de votre mari, j'ai donc été de nouveau perdu. Il m'a fallu presque trois ans en tout pour vous trouver.

— Trois ans ! »

Elle en était quelque peu abasourdie.

« Votre bonne m'a éconduit à chacune de mes visites. Et je pensais que si je vous abordais dans un lieu public, vous risquiez de me faire arrêter.

— Arrêter un jeune garçon ! »

Lydia rit à cette idée.

« Je craignais de vous offenser. Je suppose qu'au bout d'un certain temps, j'ai perdu courage.

— Mais point votre détermination ! J'imagine que vous me suivez parce que vous avez quelque chose à me dire », suggéra gentiment Lydia.

Ce n'était encore qu'un garçon, et il avait une âme de peintre, peut-être désirait-il seulement faire son portrait et l'admirait-il pour le caractère de son visage.

Somme toute, elle souhaitait seulement connaître la cause de son intérêt. Son mari allait bientôt rentrer à la maison. Il était à l'instant même dans les bureaux de la famille avec ses frères, endossant son manteau de laine souple, songeant au dîner qui l'attendait, son épouse l'accueillant à la porte, les étoiles près d'apparaître dans le crépuscule pâle.

« Si vous vous étiez arrêtée pour me parler, j'en aurais été soulagé, lui dit-il. Pendant longtemps, vous ne m'avez pas remarqué. Et chaque fois que je me décidais à vous aborder, je redevenais hésitant. Vous semblez si heureuse. »

Elle sourit. Il était si sérieux et sincère. Il faisait effectivement plus que son âge.

« Et que pourriez-vous avoir à me dire qui pourrait altérer ce bonheur ?

— Nous sommes d'une certaine façon apparentés, lui dit-il.

— Vraiment ?

— Nous sommes tous deux originaires de Saint-Thomas.

— Oui. J'ai appris que je suis née là-bas.

— C'est une île toute petite. » Il se rembrunit à ce souvenir. « Trop petite. »

Ils poursuivirent leur chemin comme si le reste de Paris n'existait pas. Camille était sombre, peut-être parce qu'il admirait tout ce qui était français et savait qu'il repartirait à la fin de son dernier trimestre. Il expliqua que là d'où il venait, il existait très peu de liberté : sa mère le surveillait trop étroitement, et l'on attendait de lui qu'il vive une vie semblable à celle de son père et de ses frères, une vie dont il savait déjà qu'il la rejetterait.

« Des commerçants, commenta-t-il. Seulement soucieux de comptes et de ventes. Du moins ici, à Paris, la classe laborieuse se soulève-t-elle pour exiger ce qu'elle mérite.

— Il faut bien que les gens achètent, lui rappela Lydia.

— Croyez-vous ? Peut-être que tous les magasins devraient ouvrir grand leurs portes et laisser les nécessiteux prendre ce qu'ils doivent prendre. »

Il guetta sa réaction.

« Peut-être. Je ne connais pas la réponse à apporter aux malheurs du monde. C'est à peine si je connais la réponse à apporter aux miens. »

La perte de son père l'avait affectée plus durement qu'elle ne l'imaginait. Elle redoutait parfois que ses enfants ne deviennent orphelins, sa plus terrible crainte.

Ils dépassèrent le parc où il l'avait si souvent observée. Parfois, il s'y installait pour dessiner. Son professeur, Monsieur Savary, l'avait encouragé à toujours prendre son matériel d'artiste avec lui, car c'était souvent lorsqu'on s'y attendait le moins qu'un sujet se présentait. Une feuille, une femme, un sentier ombragé.

Les artistes, c'étaient ceux qui bénéficiaient de soutien, familles ou mécènes fortunés. Ils allaient à l'Académie et étudiaient auprès de maîtres, et rares étaient ceux qui se voyaient admis en pareille société. Lui était un Juif de Saint-Thomas, âgé de dix-sept ans, sans soutien financier. Sa silhouette longiligne était voûtée par le regret alors qu'ils avançaient. Et il était nerveux maintenant qu'il était en présence de Lydie. À maintes reprises il aurait pu lui parler, mais à chacune de ces occasions, il ne s'était pas senti le courage de lui révéler la vérité. Elle semblait beaucoup trop satisfaite de sa vie pour recevoir le message qu'il apportait. Mais voilà qu'elle parlait de malheurs, et il se demandait maintenant s'il n'aurait pas dû le lui dire depuis longtemps.

Malgré l'humidité, elle suggéra qu'ils s'assoient sur un banc dans le parc. Elle ressentait un frisson intérieur. Lorsqu'elle remontait le temps par la pensée, il y avait ce point sur lequel elle butait. Son père lui avait dit qu'elle était tombée très malade quand elle était enfant. Qu'ils étaient en voyage et qu'elle avait été la proie d'une si forte fièvre qu'elle en avait perdu la mémoire. Il disait qu'elle avait parlé quatre langues, mais qu'après sa guérison, elle les avait toutes oubliées sauf le français. Quelque chose la hantait concernant cette époque. De temps en temps, parlant à ses filles, il lui arrivait d'employer un mot de quelque langue inconnue. Une fois, alors qu'elle contemplait le ciel nocturne, elle avait dit *stjern*, et ses filles lui avaient demandé ce qu'elle voulait dire et elle n'en avait tout simplement aucune idée.

«J'avais fait la promesse de vous retrouver, sans quoi j'aurais renoncé.» Camille tira une enveloppe de la doublure de son manteau. «Votre mère vous a écrit ceci le jour où vous avez été enlevée.»

Lydia rit puis posa une main sur sa bouche. Un doux sanglot s'en échappa. Cette déclaration était ridicule, or elle avait un certain écho de vérité, surtout après sa conversation avec Madame Sophie.

«Mon père était bien mon père, n'est-ce pas?», dit-elle.

Le garçon hocha la tête.

«Il a été élevé par ma famille. Il était plus ou moins orphelin.

— *Enlevée* n'est pas le mot qui convient si j'ai été élevée par mon propre père.

— Mais c'est pourtant vrai. Vous avez été volée.» Voilà ce qu'il était venu lui dire et qu'il avait été incapable de formuler auparavant. «Volée à votre mère.»

Lydia laissa ces mots se poser en elle.

«Ils l'ont attachée à un arbre, surveillée par des hommes de main qu'ils avaient payés. Elle vous attend depuis ce jour. J'ai besoin de savoir ce que je dois lui dire à mon retour.»

Il faisait nuit noire à présent. Des hommes en pardessus et chapeau passaient, rentrant chez eux. Le ciel était d'encre, remarqua le garçon, ébène sur les bords, bleu nuit en son centre. Seuls subsistaient des lambeaux de lumière pâle. Cette ville était un miracle et l'idée qu'il allait bientôt la quitter le déprimait terriblement.

«Qui était ma mère pour vous? lui demanda Lydia.

— Une amie de notre famille. Et à une époque, avec sa mère, une servante.

— Une servante?»

Lydia était déconcertée.

«Et je dois vous dire aussi, je pense, en raison du monde dans lequel nous vivons, qu'elle était de descendance africaine.

— Je vois», dit Lydia même si elle en était loin.

Elle était une femme juive, l'épouse d'Henri Cohen, la mère de trois fillettes et elle vivait à Paris depuis si longtemps qu'elle n'avait aucun souvenir d'un passé plus ancien. Elle prit la lettre que lui tendait le garçon et ouvrit l'enveloppe. Le papier avait la texture de la soie, liquide; il avait été lissé et plié des centaines de fois. L'encre des mots avait fané, pâli, mais elle pouvait encore les lire sans difficulté:

Ma chérie, ma fille, mon étoile, ma vie,

Je n'aurais renoncé à toi pour rien au monde. Pour aucune somme d'argent, pour aucune promesse, pas même s'ils avaient invoqué un avenir meilleur. Tu étais destinée à vivre avec moi et jamais personne, ni sur terre ni au ciel, n'aurait pu t'aimer davantage.

Tu peux être qui tu veux être, mais tu seras toujours mon enfant, et nous serons toujours l'une à l'autre, même si nous ne devons jamais nous reparler ni nous revoir.

Elle replia le papier dans l'enveloppe et la glissa, ainsi que ses mains, à l'intérieur de sa cape. Ses mains étaient glacées. Elle était stupéfaite, et pourtant sans surprise, de découvrir que quelqu'un l'avait aimée au-delà de toute mesure.

«J'ai besoin de temps, dit-elle lorsqu'elle put parler. Pour y réfléchir.

— Bien sûr.»

Ce garçon, Camille, était tout à fait hors du commun. Il semblait être un égal. Un homme de Saint-Thomas capable de comprendre ce qu'un homme né et élevé à Paris ne comprendrait jamais. Il se leva pour la laisser à ses pensées.

« Qu'allez-vous faire de retour chez vous ? demanda-t-elle.

— Je feindrai d'être celui qu'ils souhaitent que je sois. » Il sourit brusquement, et elle vit sa jeunesse. « Mais ça ne marchera pas. En fin de compte, il me faudra décevoir quelqu'un : soit eux, soit moi. »

Elle-même ne pensait pas pouvoir rentrer encore chez elle. Elle entra dans un restaurant et dit qu'elle devait y retrouver son mari, car une femme seule n'aurait point été autorisée à s'asseoir. Elle s'installa côté salon, commanda un apéritif et le but. Elle frissonna et s'avisa qu'elle avait tout le temps froid. Elle avait froid depuis l'époque où elle avait eu cette fièvre. Elle se demanda ce qu'il y avait eu avant et pourquoi elle ne pouvait se souvenir que de bribes et de lambeaux : une fleur rouge, une voix de femme, un oiseau d'un jaune éclatant. Tout d'un coup, elle sut que c'était cette femme à qui son père écrivait et qu'il aimait. Ce garçon aurait pu être un menteur, la lettre un faux, l'information erronée. Mais elle y croyait. Il la suivait depuis si longtemps. Il la connaissait alors qu'elle-même ne se connaissait point, et si cette lettre émanait vraiment de la femme qui l'avait mise au monde, alors Lydia n'était plus certaine de savoir qui elle était. Certainement pas la même femme qui tout à l'heure était entrée dans la maison de Madame Pizzarro.

Lorsque le directeur de l'établissement vint lui demander si elle souhaitait qu'il envoie un cocher et une voiture chercher son époux, car elle ne pouvait continuer ainsi à boire seule, elle secoua la tête et le pria de mettre l'apéritif sur le compte de son mari. Tout paraissait neuf à ses yeux, ainsi que les choses paraissent neuves dans les rêves. Dans les rêves, la rue que l'on emprunte quotidiennement devient un mystère, la couleur gris pierre du pavé se métamorphose en argent, puis en or, puis la rue disparaît complètement.

Quand enfin elle arriva à la maison, Henri l'attendait à la porte, inquiet.

«Je ne pouvais imaginer ce qui avait pu se passer.»

Il l'étreignit, si reconnaissant qu'elle fût saine et sauve qu'il ne remarqua pas son absence de réponse. La bonne avait fait manger les enfants et les avait couchées. Elle s'appelait Ava: c'était une jeune paysanne originaire de la vallée de la Loire et elle n'était pas juive. Lydia ne lui avait jamais demandé si elle avait des frères et sœurs. Elles ne s'entretenaient que des détails de la vie quotidienne. Quel serait le menu, ce que le jardinier avait omis de faire, combien les enfants grandissaient vite, pareilles à de jeunes pousses. Même lorsque la bonne s'était ouverte à elle des visites fréquentes du garçon à la porte de service, Lydia n'avait pas pensé à lui demander si elle avait été effrayée ou perturbée par cet inconnu. Lydia sentit le rouge de la culpabilité la brûler de penser qu'elle n'avait jamais parlé à cette femme de rien de plus profond que menus et corvées domestiques: jamais elle n'avait posé de question, jamais manifesté le moindre intérêt.

Alors qu'elle se préparait pour le coucher dans son antichambre, elle s'approcha du miroir et considéra son reflet. Elle était la même et cependant toute neuve.

Et c'était vrai. Elle avait les yeux argentés.

Elle relisait la lettre dès qu'elle était seule. Et puis un jour, elle prit un stylo et une feuille de papier et y répondit. Elle raconta à sa mère tout ce dont elle se rappelait. Combien elle avait été malade sur le navire. Qu'elle avait refusé de manger et qu'on lui avait fait boire du jus de citron chaud pour faire tomber la fièvre. Elle avoua qu'elle ne savait plus parler que le français, mais son français était impeccable de sorte que tout le monde présumait qu'elle était née à Paris. Elle écrivit qu'elle rêvait de grands oiseaux bleu sarcelle qui dansaient les uns pour les autres, et que lorsqu'elle faisait ces rêves, elle se réveillait en pleurant. Elle écrivit une lettre par jour pendant vingt jours, et dans chacune, elle racontait davantage de l'histoire de sa vie. C'était comme si elle écrivait son journal intime en une fois, depuis le moment où elle s'était éveillée de sa fièvre sur le bateau jusqu'à ce jour. Elle craignait, bizarrement, de les envoyer par la poste. Elle nourrissait la crainte singulière que si elle les postait, ses lettres disparaîtraient ou bien seraient volées et n'atteindraient jamais leur destinataire. Elle préféra les conserver repliées dans un petit coffret de bois où elle gardait des sachets de lavande. Elle ne remarqua pas combien le temps passait vite. Il neigea au début de décembre.

« Pensez-vous rentrer chez vous pour Noël ? demanda-t-elle à sa bonne, Ava.

Elles étaient ensemble à la cuisine, notant ce qu'il manquait dans la dépense. Ava sembla choquée qu'on la questionnât sur ses projets.

« Si je peux avoir mon temps, répondit-elle, méfiante. J'aimerais bien, oui.

— Est-ce une ferme ?

— Oh, oui, dit Ava, les joues empourprées, heureuse de penser à sa famille et à son foyer. Surtout des chèvres et des poules.

— Je vous en prie, rentrez chez vous. Vous serez payée pendant votre congé. »

La neige tombait lorsque Lydia écrivit sa trentième lettre. C'était la nuit de Noël, un jour où ils restaient toujours à la maison. Ce n'était pas leur fête religieuse à eux, mais il régnait une telle paix lorsque la ville était profondément silencieuse, si différente de ce qu'elle avait été lors des émeutes de l'année passée. Lydia était dans le parloir et les enfants dormaient. Henri rentra du jardin où il observait les étoiles. La nuit était limpide. Il épousseta quelques flocons égarés sur son manteau. Un feu brûlait dans l'âtre, Lydia avait une enveloppe sur les genoux et le petit chien que les enfants avaient réclamé, et qu'elles avaient nommé Lapin, dormait sur un petit coussin vert mousse.

« Si nous avons un fils, déclara Henri, nous devrions l'appeler Léo. Pour la constellation du Lion.

— Que dirais-tu si je n'étais pas celle que tu crois que je suis ? », demanda Lydia.

Son joli visage était creusé d'inquiétude.

Henri s'assit à côté d'elle.

« C'est à cause de ton père ? Parce qu'il a laissé bien peu ? Tu sais que je n'en ai cure. Nous sommes à l'abri du besoin, Lydia. Tu n'as aucune raison de t'en faire.

— Je crois que mon père a peut-être été quelqu'un d'horrible. Il a peut-être fait quelque chose d'affreux.

— Eh bien, il n'est plus de ce monde, donc ça n'a plus vraiment d'importance. Pas plus que l'argent. La vente de la maison a rapporté une belle somme. Nos filles ne manqueront de rien.

— Oui mais, si je n'étais pas celle que tu crois que je suis. »

Il leur servit un verre à chacun et revint s'asseoir auprès d'elle. « Tu penses que je ne te connais pas ? », demanda-t-il.

Ce fut un de ces moments où elle aurait facilement pu l'enlacer et jeter sa trentième lettre dans le feu, qui brûlait déjà si vivement. Elle songea à une excursion à la plage qu'elle avait faite un été avec ses parents quand elle était petite. Ils étaient allés à La Rochelle, l'antique cité célèbre pour ses marais salants et ses fortifications médiévales. Lydia n'était jamais allée à l'océan auparavant, et elle était enivrée. Elle avait peut-être sept ans à peine, guère plus. Elle entendit une douce voix prononcer son prénom, comme si quelqu'un qui la connaissait l'appelait. Elle s'avança sur les blocs de roche, là de toute éternité, faits de vases calcaires emplies de fossiles d'escargots et de créatures marines qui avaient vécu avant qu'il n'y eût ni femmes ni hommes. Sa mère s'était ruée après elle, terrifiée. *Ne t'avise surtout pas !* avait crié sa mère. Lydia pensa que sa mère craignait qu'elle ne se noyât ou fût emportée par le courant. Soudain, elle se rendait compte que ce n'était pas du tout ça. C'était la facilité avec laquelle la mer l'appelait, la familiarité qu'elle semblait avoir avec elle, son évidence pour elle et sa beauté, comme si elle lui appartenait et la mer à elle.

Au lit, elle raconta tout à son époux. Elle était incapable de le regarder tandis qu'elle parlait.

Si l'on n'est pas né d'une mère juive, il est impossible d'être considéré comme appartenant à cette confession, et si elle n'était pas juive, ses filles ne l'étaient pas non plus.

« Facile à rectifier. La conversion est possible si nous l'estimons nécessaire, dit Henri.

— Je ne peux me convertir, venant d'où je viens. La mère de ma mère était une esclave africaine.

— L'identité de tes parents ne change rien pour moi, lui dit Henri. C'est ton cœur que je veux. »

Sa fausse mère ne s'était pas trompée sur un point : Henri était un homme qui ne lui ferait jamais de mal. Quant à son cœur, il était déjà brisé. C'était là la source de la fièvre qui avait causé la perte pour elle de son passé et d'elle-même.

« Et pour ta famille ? demanda Lydia. Qu'est-ce que cela changera ?

— Nous n'avons aucun besoin de nous confier à eux, ni de les convier dans les détails intimes de notre vie. »

Elle sut alors : il redoutait qu'ils ne soient point aussi ouverts que lui à sa véritable histoire. Leur affaire était une affaire familiale, basée autant sur les relations que sur les fluctuations du monde bancaire. Toutes leurs tractations se faisaient avec d'autres familles juives au sein de leur propre communauté. L'agitation autour du roi Louis-Philippe n'avait que peu concerné les membres de leur communauté par le passé, mais le manque de considération du monarque pour les travailleurs avait déclenché de sérieux soulèvements. Certains jours, de la fumée noire envahissait la ville ; des foules en colère se rassemblaient, indignées par le mépris du roi pour ceux qui s'estimaient privés de droits. Le désir des Cohen était de poursuivre une vie de travail sans histoire, ce qui n'incluait pas l'existence d'une belle-fille dont le passé familial risquait d'attirer l'attention sur eux. Cependant, Lydia ne souhaitait pas mentir aux grands-parents, oncles et tantes de ses enfants.

« Et si moi je voulais qu'ils le sachent ? dit-elle. Et si c'est de n'être pas moi-même qui m'avait rendue malade ?

— Es-tu malade ? interrogea Henri inquiet.

— Je l'ai été par le passé, et pourrais l'être à nouveau. »

Henri la serra contre lui.

« C'est ton choix. Quoi que tu décides, cela ne change rien pour moi. »

La neige continuait de tomber ; pourtant Lydia entendait toujours le rossignol. Elle pleura en pensant qu'elle ne lui avait laissé ni graines ni fruits et qu'il risquait de périr en cette nuit. Pourtant, elle ne sortit pas le voir mais tendit l'oreille jusqu'à être rejointe par silence. Enfin, elle s'endormit et rêva de la mer, et quand elle se réveilla, le ciel était clair. La neige recouvrait toute chose d'un manteau si épais que tout Paris s'était arrêté. Avant de se tourner vers son mari, ou d'aller voir ses enfants, elle enfila ses bottes et sa cape en lainage et sortit dans le jardin.

L'oiseau était couché dans la neige, gelé, ses plumes tout argentées de glace. Lydia s'agenouilla. Elle souleva le corps presque dépourvu de poids et le déposa sur ses genoux. Elle avait toujours plus ou moins cru qu'elle avait imaginé cet oiseau et son chant, mais non, il était réel. Le matin était si ouaté qu'elle entendait battre son propre pouls, sa respiration entrecoupée, puis quelque chose qui ressembla à un sanglot. Elle emporta l'oiseau derrière la maison, où l'on gardait les poubelles et le seau à charbon. Elle souleva le couvercle de l'une et laissa tomber le rossignol à l'intérieur. Elle sentit un frisson la parcourir lorsqu'elle entendit le petit choc sourd. Elle avait toujours pensé que sa mère était dans le jardin, chantant pour elle, veillant sur elle. Mais plus maintenant. La femme qui l'avait élevée n'était désormais plus rien pour elle.

L'hiver se poursuivit. Gris, glacial, avec de fortes gelées suivies par des chutes de neige. Elle ne revit pas le garçon ni dans la rue ni à la synagogue. Peut-être était-il occupé par son dernier trimestre. Peut-être lui avait-il dit tout ce qu'il avait à lui dire. Elle s'aperçut que sa présence lui manquait. Un jour, elle passa devant la maison de sa tante et n'osa pas se présenter à la porte. Il avait dit qu'il repartirait à la fin de l'année scolaire. Paris était sens dessus dessous. Le roi avait été renversé et les différentes factions de son opposition s'affrontaient maintenant. Un désordre jamais vu auparavant régnait dans les rues. Henri suggéra que Lydia et leurs filles ne s'éloignent pas de la maison. Durant des semaines, leur parloir fut leur monde et Lydia repoussa, du moins temporairement, la perspective de modifier ce monde. Les fillettes portaient leurs robes bleues et dansaient pendant que la neige, en quantités records, tombait et que des feux brûlaient dans le lointain.

Au printemps, Lydia s'aperçut qu'elle était enceinte. Elle se sentait différente par rapport à ses autres grossesses et elle supposa que l'enfant était un garçon. Si c'était le cas, ils l'appelleraient Léo, comme le lion dans le ciel. Henri avait dit que ce qu'elle avait découvert sur son histoire ne changeait rien, et pour lui c'était vrai. Mais naturellement, il y avait aussi le reste du monde. Elle y pensait chaque fois qu'elle sortait, qu'elle bavardait avec ses voisins, qu'elle discutait du dîner avec Ava. Elle pensait à ses filles, et à son fils à naître, et se demandait à quoi les exposerait d'être véritablement ce qu'ils étaient. Certains après-midi, elle allait flâner seule. Elle faisait cela le samedi, laissant sa belle-mère emmener les enfants à la synagogue, disant que sa grossesse lui donnait des vertiges. Ce n'était pas la vérité. Un jour, elle prit le tramway pour Montmartre où des femmes africaines travaillaient sur le marché. Beaucoup d'entre elles vendaient des paniers confectionnés à la main à partir de joncs tressés, des objets si beaux qu'ils firent jaillir des larmes de ses yeux. Elle en acheta un à une femme du Sénégal. Dans des paniers suspendus, il y avait des oiseaux, éclats d'orange et de jaune voletant. Le panier qu'elle acheta était petit, de forme ovale, et le jonc sentait la cardamome. Elle le garda posé sur son secrétaire et quand elle écrivait, elle le portait à ses narines pour humer le parfum de l'herbe. Son cœur, bien que brisé, continuait de battre.

Au lit, Henri et elle s'étreignaient sans rien dire et faisaient l'amour avec urgence, comme si le monde s'achevait et que la tempête faisait rage à leur porte.

Elle envoya un billet au jeune Camille lui demandant s'il accepterait de la retrouver dans le parc. On était presque en juin, date de son départ, et c'était heureux pour lui, car les émeutes ne feraient que s'amplifier jusqu'à l'élection de Napoléon III, un peu plus tard cette année-là. Il se souviendrait de la France telle qu'elle était à son arrivée, toute de couleur, de lumière et de beauté. Lydia l'attendit sur le banc pendant que ses filles jouaient sous la surveillance d'Ava. Elle savait maintenant que sa bonne avait deux frères dont l'un aurait aimé venir étudier à Paris mais la famille n'avait pas assez d'argent, et puis il y avait le travail de la ferme. Lydia pensait peut-être proposer son aide à ce frère-là. C'était le moins qu'elle pouvait faire.

Le jeune Camille était encore plus grand qu'avant : en quelques mois, il était devenu presque un homme.

« Vous m'avez évitée, lui dit Lydia du ton le plus léger possible. Après toutes ces années, on dirait que vous m'avez abandonnée.

— Je pensais que vous ne voudriez plus me revoir, avoua-t-il.

— Et pourquoi cela ? »

Camille haussa les épaules.

« Peut-être aimiez-vous votre vie telle qu'elle était.

— Cette vie était un mensonge. Qui donc aimerait vivre cela ? »

Il avait un sac de toile bleue avec lui.

« Je vous ai apporté quelque chose. Un cadeau avant mon départ. »

C'était une peinture représentant cet endroit précis du parc, avec les trois fillettes, le marronnier. Les bancs étincelaient, comme si une averse venait de tomber. La texture de l'air était d'un bleu surprenant, comme si l'artiste avait réussi à saisir des lambeaux de brume et à les mélanger à ses couleurs.

Elle le remercia et l'embrassa sur la joue. Elle lui était extrêmement reconnaissante mais s'il souhaitait lui faire un cadeau, ce n'était pas celui-là qu'elle voulait. Elle chuchota ce qu'elle désirait par-dessus tout et il acquiesça de la tête, puis rédigea un billet au sujet de celui qu'elle préférait. Elle lui remit alors le coffret contenant les soixante lettres. Elle les avait écrites en tout petits caractères, ce qui lui avait permis de relater toute sa vie telle qu'elle s'était déroulée jusque-là, ces années volées dont sa mère ne savait rien.

Camille prit les lettres et lui fit ses adieux. Il l'avait suivie durant tant d'années qu'il semblait étrange qu'il la laissât dans ce parc et ne la suivît pas comme son ombre sur le chemin de sa maison. Il connaissait son itinéraire, connaissait sa façon de passer la main dans les cheveux de sa cadette, et de s'arrêter pour lever les yeux vers les branches du marronnier dans sa cour pour voir si des oiseaux y nichaient. Avant qu'il ne parte, Lydia l'étreignit. Il lui était devenu très cher.

« Dites à ma mère que je vais donner naissance à un garçon, lui dit-elle. Nous allons l'appeler Léo. Je m'apprêtais à l'écrire dans ma prochaine lettre, mais je vous le confie à la place. »

Camille s'éloigna, puis se retourna vers elle et agita la main avant de disparaître. Il quitta Paris peu de temps après, bouclant six années de sa vie dans deux valises et une malle en cuir. Il détestait la perspective de rentrer chez lui et pouvait à peine se résoudre à imaginer ce qui l'attendait. Les exigences de sa mère, un travail au magasin, ses couleurs séchant dans la chaleur d'août, Marianna, la jeune fille qu'il désirait, déjà mariée… Il allait se donner deux ans puis, si la situation était aussi épouvantable qu'il l'imaginait, il trouverait le moyen de partir. Il avait ça dans le sang, une histoire d'hommes sachant quand rester et quand s'en aller, des hommes qui savaient reconnaître le moment de partir en quête d'une autre terre et d'une autre vie.

Peu après son départ, Lydia se rendit chez les Pizzarro. La tante de Camille l'accueillit lorsque la bonne l'introduisit dans le salon.

« Quelle surprise ! Mais c'est un plaisir. »

Elles ne s'étaient pas revues depuis la toute première visite de Lydia. On lui offrit le thé, mais ce n'était pas le thé qui avait conduit Lydia jusqu'à cette demeure, aussi déclina-t-elle, une autre fois peut-être.

« Votre neveu doit vous manquer, dit-elle.

— Oh, certes, répondit avec chaleur Madame Pizzarro.

— À moi aussi. Nous étions devenus très proches. Nous étions tous deux nés à Saint-Thomas, aussi m'a-t-il accordé quelque chose qui me rappellerait cet endroit. »

Lydia tira de son gousset le billet que Camille lui avait laissé, rédigé à la hâte dans le parc, un sourire aux lèvres alors qu'il exauçait son souhait. Il y demandait à ce que la toile accrochée dans le parloir de son oncle et de sa tante fût donnée à Madame Cohen le jour où elle se présenterait. Madame Pizzarro fronça les sourcils en le lisant. Elle s'était habituée à cette peinture et ne souhaitait point s'en défaire.

« Il faudrait que j'en parle avec mon époux, dit-elle. Il nous en a coûté une certaine somme pour la faire encadrer.

— Je peux vous le rembourser. Je sais que vous admirez cette toile mais si vous saviez la signification qu'elle a pour moi. Vous ne pouvez pas imaginer. »

Lydia était allée se poster devant le tableau. Une femme portant une corbeille de linge, la mer à l'arrière-plan. Lydia savait ce qu'il y avait dans la maison sur pilotis, et elle savait ce qu'il y avait plus loin sur la route où les ânes sauvages broutaient les hautes herbes et faisaient un petit bond de votre côté si vous osiez leur tirer la queue. Petit peu par petit peu, la mémoire dont la maladie et le choc l'avaient privée revenait. Elle découvrait qu'elle comprenait l'anglais, et elle désignait des nourritures courantes par des noms exotiques, appelant *fongee* le porridge que mangeaient ses filles le matin, ce qui les faisait rire.

Elle était si bouleversée qu'elle se mit à pleurer.

«Ma chère! s'exclama Madame Pizzarro. Non, ne pleurez pas!

— Je suis navrée, dit Lydia. Je suis affreusement navrée.» C'est à peine si elle arrivait à trouver les mots en français. Une phrase étrange lui vint: *Jeg er ked af*, sans trop savoir ce que cela signifiait. «Je ne crois pas que je pourrais vivre sans lui.

— C'est très manifeste, dit Madame Pizzarro en faisant signe à la bonne d'aller chercher du papier d'emballage. Il est à vous, ma chère.»

Lorsque le tableau lui fut offert, Lydia remercia son hôtesse et la bénit de ses vœux. Dans le vestibule où elle s'en fut reprendre son manteau, elle s'arrêta quelques instants pour se ressaisir. La chaleur qu'elle ressentait en elle ressemblait à celle qu'elle ressentait sur cette route menant au port les jours où cette femme la tenait par la main. *Ne t'en va pas courir trop loin de moi*, disait-elle toujours. Enfin, Lydia se risqua dans la rue. C'était presque l'été et les arbres exhalaient un parfum suave. Les chants d'oiseaux résonnaient dans l'air bleu azur, bleu «hantise» ainsi que le jeune Camille appelait cette nuance de bleu. Il disait qu'elle tenait les fantômes éloignés. C'était la couleur du ciel dans cette peinture qu'elle possédait dorénavant de sa mère, laquelle s'appelait Jestine et n'avait cessé d'attendre le retour de sa fille depuis que celle-ci lui avait été volée, convaincue qu'un jour soixante lettres lui parviendraient dans un coffret de bois fleurant la lavande, l'herbe qui vous ramène toujours l'être aimé.

Chapitre neuf

Le Sol sur Lequel nous Marchons

CHARLOTTE AMALIE, SAINT-THOMAS
1848
JACOB CAMILLE PIZZARRO

Il dormit dix-huit heures d'affilée après sa descente du navire. Lorsqu'il se réveilla, c'était comme s'il avait traversé non pas l'océan mais le temps lui-même. Un retour en arrière dans la chaleur, à écouter les clochettes des chèvres dans les collines et le volètement des papillons de nuit heurtant les volets de sa chambre plongée dans l'obscurité. Il se considérait comme un homme, mais ici on le prenait toujours pour un enfant. À demi réveillé, à demi habillé, il se dirigea vers la cuisine où Rosalie tenait prêt pour lui dans un bol jaune le *fongee* de son enfance, le même bol qui était naguère le sien quand il était un garçonnet trottant sur les talons de sa mère. Il remercia Rosalie, déclarant que la saveur de sa cuisine était bien meilleure que tout ce qu'il avait goûté à Paris. Et c'était vrai, la crème de maïs était plus qu'un simple aliment : elle faisait remonter son enfance et tout ce que celle-ci renfermait, à la manière d'un enchantement. Alors qu'il se tenait debout dans la cuisine observant Rosalie au fourneau, écoutant son français chantant, c'était comme si un sortilège s'était emparé de lui, ramenant à sa mémoire tout ce qu'il avait connu sur cette île, ce qu'il y avait aimé aussi bien que les raisons qui le rendaient impatient de lui échapper.

La raison principale pour laquelle il avait souhaité rester en France s'imposa avec évidence dès qu'il retourna dans sa petite chambre. Là, il trouva sa mère occupée à défaire ses bagages, furetant dans la grande malle que le voyage avait malmenée, son cuir rongé par l'air marin et éraflé par la brutalité de son débarquement.

« Qu'est-ce qui vous prend ? s'écria-t-il, oubliant en cet instant toute espèce de courtoisie et de respect. N'ai-je donc aucune intimité ? »

Il alla se poster devant sa malle dans laquelle étaient rangés six ans de sa vie, protecteur, défendant son contenu, déjà en guerre contre la femme qui lui avait donné la vie. Il dominait sa mère de toute sa taille. Peut-être son expression était-elle plus féroce qu'il n'en avait eu l'intention. L'espace d'un instant, elle parut avoir peur de lui.

« Mère, reprit-il, un ton plus bas. Je suis accoutumé à mon intimité.

— Aurais-tu quelque chose à cacher ? »

Elle avait repris le dessus, après le choc premier de sa réaction agressive.

« C'est à moi de m'occuper de mes effets. »

Il s'était rembruni, sa colère dirigée maintenant contre lui-même pour son attitude grossière, laquelle était réellement puérile. À Paris, sa tante était trop occupée pour se soucier de savoir où il était la moitié du temps. Il soupçonnait qu'elle avait une liaison avec l'un des associés en affaires de son oncle, lequel se présentait toujours à des heures indues. Cela ne l'avait aucunement dérangé. Sa vie lui appartenait et son talent était apprécié de ses professeurs et ses camarades.

« C'est la malle de votre père, l'informa sa mère, le remettant à sa place. C'est lui qui l'a achetée, pas toi.

— Dans ce cas, que ce soit lui qui l'inspecte. »

Mais Rachel avait déjà repéré le coffret en bois rangé contre ses vêtements. Son expression s'assombrit lorsqu'elle tendit la main pour le prendre. Le coffret entre les mains, elle foudroya son fils du regard.

« Plus léger qu'une plume, Jacob.

— Cela ne vous concerne pas, répliqua-t-il. Et s'il vous plaît, cessez de m'appeler ainsi. »

Il ne se considérait plus comme Jacob mais comme Camille, son prénom français. Mais peut-être était-ce Jacob, le garçon qu'il était naguère, qui s'appliquait à ne pas se laisser affecter par la désapprobation de sa mère. Vaguement hésitant, il tendit la main vers le coffret en bois. Certains, à Charlotte-Amalie, disaient que Rachel Pizzarro pouvait se changer en serpent ou en sorcière. On disait que ceux qui la contrariaient risquaient fort de ne plus jamais dormir la nuit. Il avait même entendu les rumeurs chuchotées, disant que son sang fait de mélasse attirait à elle les hommes même quand ils n'avaient aucune raison de la désirer. Camille recula d'un pas pour s'éloigner de sa mère. À part les mèches blanches dans sa chevelure qui n'y étaient pas auparavant, elle ne paraissait pas plus âgée qu'au moment de son départ.

« C'est pour Jestine », avoua-t-il, puis il s'en voulut d'avoir éprouvé le besoin de l'apaiser.

Lorsqu'elle entendit ces mots, l'expression de Rachel se métamorphosa pour devenir indéchiffrable.

« Et la chose est donc si importante pour que vous alliez jusqu'à manquer de respect à votre mère ? Savez-vous qu'il m'a fallu trois jours pour vous mettre au monde ? Trois jours durant lesquels j'aurais pu mourir. »

Le visage de Camille était rouge de honte. Elle lui avait déjà dit cela maintes fois auparavant.

« Mère, je vous fais mes excuses. Mais vous devez comprendre que je ne suis pas un enfant. »

Elle ne se laissa pas démonter.

« Tu es mon enfant. »

Ceci était irréfutable.

« Bien que tu aies changé ton prénom, ajouta-t-elle.

— Mon père se fait appeler par son troisième prénom. »

Là, il avait marqué un point, car son père était connu sous le nom de Frédéric plutôt qu'Abraham ou Gabriel.

« C'est exact. Bien, je vois que tu n'en feras qu'à ta tête, donc je t'en prie, va voir Jestine, dit-elle à sa grande surprise. Si je ne m'abuse, elle a attendu de tes nouvelles pendant toutes ces années. »

Il ne se le fit pas dire deux fois et fila aussitôt, avant que son père ne réclame sa présence au bureau, destin qu'il redoutait autant que s'il avait eu une peine de prison suspendue au-dessus de la tête.

Après tout ce temps à l'étranger, il avait perdu l'habitude de Saint-Thomas et il fut frappé par la chaleur comme s'il n'y avait jamais vécu. En route pour le port, il se mit à transpirer, trempant ses vêtements traversés par la forte lumière du soleil, qui semblait transpercer jusqu'à sa peau. Il avait le sentiment d'être un étranger, entouré par le tintamarre des hommes au travail, relevant leurs nasses dans le port, préparant les bateaux pour la mer, et les foules convergeant vers les marchés. Et puis, tout soudain, l'enchantement le saisit à nouveau et il fut chez lui. Un vent d'Afrique se leva, les palmiers se balancèrent, et une nuée d'oiseaux blancs prit son envol, nuée vivante et respirante. Tout comme le petit déjeuner qu'il avait pris, le paysage était une partie familière de lui-même qui refaisait surface dans ses rêves et dans son art. Une fois son passé revenu, il n'eut plus à réfléchir au chemin qu'il empruntait. Ses pieds le connaissaient, même si ses yeux voyaient que certaines maisons avaient disparu, remplacées par de nouvelles. Il était venu si souvent ici avec sa mère, libre de s'amuser tandis que Jestine et elle parlaient de choses qu'il n'était pas censé savoir : potins, tragédies, bribes de leurs vies quotidiennes.

Jestine était occupée à suspendre des plantes à sécher, qu'elle utiliserait ensuite pour ses teintures, mais elle s'interrompit dès qu'elle l'aperçut. Elle sentit une légèreté emplir son corps, comme si elle était une femme plus jeune. Elle avait attendu son retour et s'était presque imaginée que Lydie serait avec lui ce jour-là, même si elle avait lu la lettre de la voleuse et savait que tout retour était impossible. Lydie était une femme mariée à présent et il n'était pas si facile de laisser son mari derrière soi pour s'en aller trouver de l'autre côté du monde une mère que l'on ne connaissait pas.

Dès que le fils de son amie fut en haut des marches, Jestine jeta ses bras autour de lui. Lui ayant rendu son étreinte, Camille se recula, souriant largement. Il la pria de l'appeler par son nom français, Camille.

«J'imagine que Paris t'a changé, lui dit Jestine en l'évaluant du regard. Ça, tu es bien plus grand.

— Je suis le même sur un point: je t'avais dit que je la retrouverais et je l'ai fait.»

Jestine plissa le front, ne sachant encore si elle devait le croire.

«Tu l'as vue de tes propres yeux?

— De nombreuses fois.

— Combien de fois?»

Camille se mit à rire.

«Trop nombreuses pour les compter. Crois-moi! Elle est bien vivante et réelle et en bonne santé.

— Elle a un mari?»

Il acquiesça de la tête.

«Et trois filles.

— Trois?»

Jestine sentit la tête lui tourner lorsqu'il récita leurs noms. Amélie, Mirabelle, Léa. Avait-il jamais existé plus beaux prénoms? Des fillettes nées de son propre sang et de son espoir. Au moment où il était parti, lui confiait maintenant Camille, un autre bébé était en route, que Lydie et son mari prévoyaient d'appeler Léo si c'était un garçon. Il attendit, laissant Jestine prendre un moment pour elle-même. Elle s'assit sur une marche, tenant la rampe d'une main pour se soutenir. Elle était toujours belle malgré son âge. Comme toujours, elle portait son rang de perles préféré, Camille s'en souvenait, même lorsqu'elle était en tenue de travail comme aujourd'hui: une robe de coton toute simple avec un tablier noir par-dessus pour éviter que ses teintures ne tâchent ses bons habits. Il voyait bien que la nouvelle qu'il apportait représentait un choc. Les détails concernant sa fille étaient désormais filés en un mince fil, celui de la vie quotidienne.

De fait, quelque chose en elle rendait sa respiration difficile. C'était comme si une bulle était en train de monter à l'intérieur de sa poitrine. Cette bulle, faite de tout ce qu'elle ne souhaitait point ressentir mais ressentait tout de même, la faisait étouffer. Un désir de vengeance pour tout ce qu'elle avait perdu. Ce n'était point seulement une fille qui lui avait été volée, mais une famille entière.

Camille alla lui chercher un verre d'eau. Jestine se gourmanda : elle refusait de gâcher ce moment en repensant à la diablesse en robe de soie, une robe qu'elles avaient trouvée si belle, même si elle n'était rien comparée à ses propres créations. Camille revint et Jestine but quelques gorgées d'eau. Lorsqu'elle eut repris son souffle, elle lui fit tout décrire dans le moindre détail : les enfants et la maison dans laquelle vivait sa fille, sa façon de marcher et de parler, le parc tout proche avec ses grands tilleuls et ses bancs verts à accoudoirs de fer forgé, la neige qui ourlait les pavés telle une poudre blanche qui adhérait aux bottes, le mari qui observait les étoiles dans le jardin, la couleur argentée de ses yeux.

« Et sa mère ? », demanda Jestine.

Elle abritait son regard de l'éclat du jour et sa voix était neutre, Camille ne pouvait donc savoir quelle émotion l'agitait.

« C'est toi sa mère », répondit-il sans hésiter.

Jestine sourit. Cet enfant avait le cœur généreux.

« Celle qui me l'a volée.

— Morte. Je ne l'ai jamais rencontrée. »

Jestine hocha la tête. Satisfaite. Ce n'était pas tout, mais c'était quelque chose. La question qui venait ensuite était plus compliquée.

« Et son père ?

— Décédé lui aussi. »

À cette nouvelle, elle ressentit une pointe de regret.

Camille lui confia le coffret contenant les lettres de sa fille. Jestine l'ouvrit et fut submergée par le parfum de lavande.

« Mon garçon chéri, lui dit-elle en remerciement. Tu as fait ce que tu avais dit que tu ferais. »

Puis elle lui fit signe de s'en aller. Elle voulait rester seule avec les lettres.

« Tu en es sûre ? », demanda Camille, inquiet pour elle, craignant que les mots et la vie de sa fille ne soient trop d'émotion d'un coup.

Soudain Jestine ne paraissait plus si jeune que dans son souvenir. Un léger tremblement agitait ses mains. Mais elle attendait depuis vingt ans ce qu'elle venait juste de recevoir.

« Absolument sûre. »

Lorsqu'il fut parti, elle monta les marches et entra dans les ombres fraîches de la maison. Elle se sentait l'esprit clair maintenant. Plus du tout étourdie. Elle songea au jour où Rachel était venue la voir, quand elles étaient enceintes toutes les deux, et qu'elles étaient restées allongées ensemble sur le lit à rêver des enfants qu'elles auraient. Puis elle prit les lettres et s'allongea pour les lire jusqu'à ce qu'il n'y ait plus du tout de lumière. Après quoi, elle alluma la lanterne pour pouvoir continuer sa lecture.

Je ne savais pas si tu voudrais entendre parler de moi.
Si tu me détesterais d'avoir oublié.
Ils m'ont tout pris.
Ils m'ont pris mon monde.

Mais maintenant que le garçon est venu me trouver, cela me revient. Je me souviens des vagues et du bruit de l'eau sous la véranda. Je me souviens que tu m'as raconté l'histoire du poisson qui est entré à la nage dans la marmite de ta mère pendant une tempête. Tu m'as raconté la saison des dangers, d'octobre à mai, quand les tempêtes arrivaient d'Afrique, traversant l'océan comme des furies. Si une grosse vague survient, te disait ta mère, accroche-toi à moi. Parce qu'elle n'avait aucune confiance dans le monde et n'avait aucune raison d'en avoir, elle avait foi en sa capacité à te protéger. Elle s'était attachée au fourneau en fonte et puis t'avait attachée à elle. C'était pareil pour nous. Je restais assise sous la véranda et tu attachais mon pied au poteau pour que les vagues ne m'emportent pas. Jamais tu ne m'aurais laissée partir. Je me rappelle ta voix quand tu m'as dit cela, quand les hommes qui m'ont emmenée au bateau t'ont attachée à un arbre. Tu n'as pas pu me rattraper pour me protéger. Je me souviens qu'il y avait un pélican au-dessus de nous et tu lui as demandé de te picorer les yeux en rétribution s'il le fallait, mais de veiller à ma sécurité.

L'oiseau devait savoir que tu aurais besoin de tes yeux pour me voir quand nous nous retrouverions, car il t'a laissée tranquille et il a volé après moi et il a regardé pendant que je montais sur le bateau et qu'une femme que je ne reconnaissais pas me prenait dans ses bras. Le pélican a volé tellement loin au large que je me suis demandé comment il ferait pour rentrer chez lui. Je me suis demandé si j'allais te revoir un jour. J'ai crié vers le ciel: «Retourne lui dire que je serai toujours avec elle.»

Je m'en souviens aujourd'hui en te l'écrivant comme si c'était arrivé il y a quelques heures seulement et que tout ce temps qui a passé entre nous n'avait jamais existé.

Camille travaillait dans le magasin de son père comme employé aux expéditions mais la nuit, il faisait les cent pas dans sa chambre, agité, dépaysé, habitant une vie qui n'était pas la sienne. Dans leur chambre, Frédéric et Rachel parlaient de lui en chuchotant. Ils entendaient le bruit de ses pas et savaient qu'il ne dormait pas. Lui que l'on appelait Marmotte quand il était petit parce qu'il pouvait dormir partout quelles que soient les circonstances était désormais insomniaque, les yeux rougis au matin et d'une humeur massacrante. Peut-être qu'ils n'auraient pas dû l'envoyer faire ses études en France. Malgré les difficultés entre eux, peut-être Rachel l'aimait-elle trop. Ce n'était pas bien de préférer l'un de ses enfants aux autres, elle dissimulait donc ses émotions; Camille ne soupçonnait pas qu'il était une lumière éclatante pour elle. Et ce plus que jamais maintenant qu'il était revenu. Elle avait espéré qu'il serait bon pour lui de voir le monde au-delà du leur, ce qu'elle-même avait échoué à faire.

Ses parents attendaient que Camille s'adapte et se sente mieux fait pour le négoce, mais cela ne se produisit pas. Tout ce qu'il faisait était un désastre. Il renversait de l'encre, remplissait des ordres d'expédition en dépit du bon sens et délaissait sa table de travail. Après le dîner, et le savon passé par ses frères pour ses multiples bévues – erreurs qu'il reconnaissait volontiers – il allait s'isoler dans sa chambre. Il attendait que tous les autres soient endormis pour quitter l'appartement. Il ne remarquait pas sa mère à la fenêtre qui le regardait partir errer dans les rues, mains dans les poches, vêtu d'un pantalon noir et d'une chemise blanche. Grand et élancé, il ressemblait à son père jeune. Il n'était pas aussi beau mais il était captivant. Calme mais arrogant, animé d'une sorte de feu né du désir qui l'habitait. Les femmes l'observaient, curieuses, se demandant ce qui le rendait si orgueilleux. Il désirait désespérément quelque chose, de cela chacun pouvait s'apercevoir. Un désir dont il ne parlait pas. Son regard passait à travers les gens qui l'entouraient. Il n'était qu'un commis aux expéditions mais il semblait se croire bien davantage.

Bien qu'il soit un homme par la carrure et l'âge, il portait une révolte d'enfant sur les épaules. Il mettait le monde au défi de le brider à la façon dont le font souvent les mauvais garçons. Il s'était juré à lui-même qu'il ne se mettrait jamais à la merci de personne et il ne craignait point l'autorité, seulement il avait dix-huit ans et il était le fils de son père. Il faisait le travail qu'on lui demandait de faire, quel que soit le ressentiment qui montait en lui. Et ce ressentiment grandissait, jour après jour, jusqu'à ce qu'un mur se dresse entre lui et le reste de sa famille.

Dans l'arrière-boutique du magasin, il pensait exploser de tant d'heures vides et insipides passées sur les livres de comptes. L'arithmétique était difficile et vaine et le monde de la finance le laissait froid. L'argent, selon lui, était la ruine de l'être, et seulement nécessaire à la survie. Ceux qui en avaient se considéraient comme bénis ; ceux qui en manquaient étaient maudits pour des raisons qui n'avaient pour lui aucun sens, simples questions de circonstances et de chance. Il dessinait dans les marges des livres de comptes, des croquis des travailleurs qui venaient livrer la mélasse et le rhum à la porte de service, avec des linges noués autour du front pour empêcher la sueur de leur couler dans les yeux. Puis, une semaine durant, il dessina des oiseaux, les décomposant en parties ainsi qu'il le faisait lorsqu'il avait commencé à s'initier au dessin : ailes, pattes, serres, bec. Il passa des heures à dessiner les frondes dentelées des palmiers, les stries de chaque feuille différente de sa voisine et chacune singulièrement nervurée. C'était son échappatoire, jusqu'à ce que son père le surprenne dehors, et lui fasse laborieusement recopier les pages des livres de comptes qu'il avait gâchées avec ses croquis.

Après quoi, Frédéric déplaça Camille à la réception du magasin, pour voir s'il s'arrangerait mieux de cette position. Il n'en fut rien. Se montrer poli avec des clients impolis et devoir s'occuper de leurs commandes et préoccupations triviales le rendait fou. Il faisait la moue et gardait le silence. Il perdit l'appétit et devint plus efflanqué encore qu'auparavant. Ses frères aînés se faisaient un plaisir de le railler et de lui faire savoir qu'il était un incapable : il avait besoin d'être dressé et de comprendre qu'il leur était inférieur et devait se plier à leur volonté.

Exécuter des ordres n'était pas dans la nature de Camille. Il brûlait mais se taisait. Monsieur Savary lui avait appris à tenir compte de l'opinion de ceux qu'il respectait et à ignorer les autres. « Ne réagis pas aux épreuves que le monde t'impose », lui avait conseillé son professeur. Camille avait mesuré la justesse de ce conseil au cours des longues heures qu'il avait passées au Louvre à étudier les œuvres des grands maîtres. Chaque artiste devait trouver sa propre voie, sans se soucier des modes et des critiques. Il s'était tenu devant les œuvres monumentales de Léonard de Vinci : chaque tableau était un monde en soi mais vu clairement au travers des yeux d'un maître à nul autre pareil. C'était à travers cette vision unique que son travail avait atteint les sommets de l'art et du savoir-faire. Voilà pourquoi Léonard de Vinci avait compris comme nul autre la nature du véritable artiste.

Malheureusement, Camille se voyait piégé, incapable de prendre un tel essor et de mener la vie d'un artiste, victime du destin bourgeois dans lequel il était né. Il aurait aimé ouvrir grand les réserves et inviter les gens du pays à venir se servir, gratuitement, selon leurs besoins, jusqu'à ce que le magasin soit vide et lui libéré de sa prison. Puisque c'était impossible, il marchait la nuit pour passer sa rage, arpentant les rues dont il se souvenait, mais dont il se souvenait à travers la brume de ses pensées, comme si c'était à travers un rêve qu'il marchait.

Il avait la nostalgie de Paris et du chemin qu'il empruntait pour se rendre à l'école à travers les plaisantes rues de Passy, nostalgie aussi de la grande maison couverte de lierre qu'il avait découverte en suivant la fille de Jestine jusqu'à chez elle. Il repensait à la neige sous la semelle de ses bottes, aux jeunes feuilles des marronniers en avril, chacune si claire qu'elle en paraissait blanche, les bancs verts et moussus des Tuileries, le ciel plombé de nuages, la pluie grise luisant d'un éclat vert dans la lumière, les champs autour de Passy où fleurs de coquelicots et de moutarde croissaient dans une débauche de couleurs. Ici à Saint-Thomas la lumière du jour était si vive qu'il fallait fermer les yeux contre le soleil jusqu'à ce que les couleurs et les objets se métamorphosent en points de lumière. Rouge, vert, jaune et une centaine de nuances de bleu.

Il redevint familier des rues étroites de Charlotte Amalie, empruntant les ruelles tortueuses et escarpées faites entièrement d'escaliers où l'on disait que les loups-garous avaient coutume de rôder. Le plus souvent, il prenait inconsciemment le chemin de la campagne car c'était là qu'il se sentait le plus à l'aise. Il se souvint qu'enfant il avait la capacité, comme la plupart des îliens, d'adopter une vision nocturne: dès que tombait le crépuscule, l'horizon s'engloutissait dans une obscurité moirée, ombre intense au cœur d'une ombre intense. Il avançait sur les sentiers sablonneux, évitant les fossés que les flaques gonflaient dès qu'il pleuvait. Le monde nocturne était bleu et noir: un chaud rideau de velours tombé des branches des arbres. Il le traversait et sentait la moiteur sur sa peau, les piqûres d'aiguille des morsures d'insectes, le vent, quand il se faufilait dans les arbres et le dépassait, comme s'il était une créature volontaire et obstinée. Ici dans les collines se trouvaient les vieux bosquets d'acajous, et tant d'oiseaux qu'il les entendait au-dessus de lui s'agiter en cherchant leur repos pour la nuit. Des feuilles lui tombaient sur la tête et il se souvenait de cette histoire ancienne racontant que les esprits des morts marchaient à la cime des arbres. Il était habitué aux nuits noires, il connaissait ces nuits-là depuis le commencement de son existence, mais quand il pensait à ses années à Paris, ce qui lui manquait le plus c'était la lumière, la lueur jaune du matin, les ombres vertes de l'après-midi, le rayonnement argenté de l'hiver se fragmentant comme du givre sur une vitre.

Il devint plus silencieux et amer à mesure que les jours et les mois passaient, haute silhouette sombre s'enfonçant dans le soir sur des routes désertes. Quand il apercevait des groupes d'enfants dans les cours, il agitait la main pour les saluer mais face à cet inconnu dépenaillé, les enfants poussaient des cris et s'égaillaient, courant se réfugier dans leur maison. Il se mit à passer ses nuits dans la cabane de l'homme aux herbes où il allait peindre quand il était enfant. C'était déjà alors un endroit secret, et ça l'était toujours, abandonné depuis si longtemps que les rares personnes qui en connaissaient l'existence l'avaient complètement oublié. Il tombait toujours dessus au beau milieu de ses vagabondages, conduit jusque-là par pure chance. Ou peut-être s'y voyait-il conduit de la même manière qu'un rêveur retombe dans un rêve qu'il a fait des années plus tôt. Tout y était pareil, maintenant qu'il y revenait, et tout y était cependant différent, comme une toile couverte de couches superposées de couleurs. Il y avait un matelas de coton abandonné sur le sol, qu'il rembourra d'herbe fraîchement séchée. La cabane sentait son enfance, l'époque où sa mère l'emmenait partout avec elle, où il entendait des bribes de conversation dont il savait qu'il n'aurait pas dû les entendre, et où on lui donnait des bonbons de mélasse durcie pour qu'il se taise et soit heureux. À l'aide de boue et de paille, il calfata les trous dans les murs pour tenir à l'écart les mangoustes qui venaient s'y abriter des tempêtes. À l'aide de branches, il balaya les cadavres desséchés de scarabées empilés dans les coins. C'était la saison de migration des engoulevents et il les entendait crier en se posant dans les branches, épuisés par leur vol. Dans le noir, tout un monde d'insectes se heurtait au toit et aux murs, phalènes et moustiques s'acharnant à vouloir franchir les volets dès qu'il éclairait la pièce. Il allumait quand même une bougie, même si cela attirait des milliers d'insectes qui venaient cogner leurs ailes contre la moustiquaire, dans un vrombissement ininterrompu. Il lui fallait un minimum de lumière pour pouvoir peindre.

Il travaillait à une vieille table en bois, taillée et assemblée à la main, qui dégageait la senteur des plantes qu'on avait hachées sur son plateau de bois adouci. Le papier qu'il utilisait se chargeait de parfums de romarin et de lavande, se tachait de guavaberry. Son art s'adoucissait à la lueur de la bougie et il voyait les objets baignés de bleu et d'or. Il avait pris des peintures et des crayons au magasin et apporté des craies et des pastels de France. Il recouvrit les dessins enfantins qui tapissaient les murs et commença à refaire le monde tel qu'il le voyait dorénavant, avec son regard d'homme. Son professeur lui avait conseillé d'embrasser le paysage de son enfance, berceau de l'artiste qu'il était devenu, mais aussi de le voir au travers de son expérience actuelle. *Quelquefois, il faut fermer les yeux pour être en mesure de voir*, avait suggéré son professeur, aussi Camille imaginait-il ce qu'il verrait au lever du soleil. Le rouge profond des acajous, les nuances brillantes des fleurs écarlates, l'émeraude des collines, les femmes en robes de mousseline, en route vers leur travail à la ville, passant chargées de la lessive qu'elles avaient faite dans de grands chaudrons posés sur des feux.

Il y avait une cascade toute proche et il allait souvent y boire et se baigner. Un matin de bonne heure, alors qu'il s'en retournait au magasin, et à ce qu'il considérait comme sa pénitence pour les années de liberté qu'il avait goûtées à Paris, il s'agenouilla et but à longs traits. En repartant, il trébucha sur quelque chose. Il s'arrêta, stupéfait à la vue de ce qu'il découvrait, mais trop curieux pour s'en détourner. L'eau dégouttait encore de sa bouche. Le soleil était tiède dans son dos. Il était tombé sur des ossements éparpillés dans les hautes herbes. Des restes humains, nettoyés au fil des ans par les oiseaux, les mangoustes et les rats. Certains os avaient été déplacés par les animaux et les intempéries mais le squelette conservait encore sa forme humaine. D'après la position du crâne, on aurait dit qu'il se reposait là, en plein air, endormi peut-être, quand la mort l'avait trouvé. Camille s'allongea près des ossements afin d'entendre ce que le défunt avait entendu. Il écouta le vrombissement des moustiques et des mouches, les remous berçants de l'eau dans le bassin proche. Il ferma les yeux et rêva qu'il était le vieil homme aux herbes tenant un bébé dans ses bras, plongeant le regard dans ses yeux grand ouverts, y voyant sa propre mort. Les ombres des nuages passaient sur lui, et il se rappela le temps où bébé, il ne pouvait dormir, où il voulait si désespérément voir le monde qu'il n'osait point cligner des yeux.

Il s'éveilla en sursaut au beau milieu du jour, jeune et vivant. La gratitude l'envahit de n'être point un homme mort, d'avoir le monde offert pour y plonger. Il était en retard pour le travail et il savait, alors qu'il s'en retournait en courant vers la ville, qu'il aurait encore des ennuis. Depuis son retour, il avait été incapable de les éviter. Les siens disaient qu'il avait changé ; ses humeurs maussades, ses critiques visant sa famille et la politique en vigueur sur l'île. Mais peut-être était-il seulement plus en accord avec lui-même, un homme ayant à présent ses propres opinions, même si ses parents le trouvaient manifestement trop jeune pour avoir le droit d'agir conformément à ses besoins et ses désirs.

Il repensa à sa vie étriquée, quelques soirs plus tard, en apercevant Marianna sur le port. Il avait espéré la rencontrer. Il était dans un café quand il la vit sur la place du marché. Une femme mariée, portant des boucles d'oreilles en or, bavardant avec ses amies. Elle était toujours aussi belle, peut-être même davantage, mais elle n'était plus Marianna King, lui apprit le serveur lorsqu'il s'enquit de sa situation actuelle. Son nom d'épouse était Morris. Il repensa au temps où elle le connaissait mieux que personne. Il croisa son regard, mais l'expression de Marianna était indéchiffrable, elle le fixa simplement en retour comme s'il était un inconnu la dévisageant impoliment. Elle évita ensuite son regard et continua de parler avec ses amies. Un couteau le transperça. Ses frères avaient raison. Il n'était personne. Il garda néanmoins un œil sur Marianna. Quand elle partit pour rentrer chez elle, il la suivit. Contrairement à Lydia, qui des mois durant n'avait pas eu conscience qu'on la suivait, Marianna sentit son poursuivant et se retourna pour lui faire face.

« Qu'est-ce qui vous prend ? » Elle avait le ton réellement effrayé. « Ne vous approchez pas de moi.

— C'est moi, dit-il d'un ton plaintif, redevenant le garçon perdu assis près d'elle pendant qu'elle lui expliquait les histoires de la Bible que leur racontaient leurs professeurs. Tu ne me reconnais pas ?

— C'est bien pour cela que je vous dis de garder vos distances. Nous ne sommes plus des enfants. Nous ne pouvons pas faire ce que nous voulons. J'ai un mari. »

Il se sentit stupide. Elle dut voir que sa réaction l'avait peiné car son visage se radoucit.

« Tu ne sais pas comment c'est, ici ? Cela fait donc si longtemps que tu es parti ? Ce n'est pas parce que nous sommes allés à l'école ensemble que nous vivons dans le même monde. Et nous ne sommes certainement plus les mêmes personnes non plus. »

Il promit de ne plus chercher à la rencontrer, de ne plus la suivre, et même de ne plus la saluer si leurs chemins se croisaient de nouveau, si c'était là ce qu'elle souhaitait.

« Qui a parlé de ce que je souhaite ? Je te dis simplement comment sont les choses ici, comme je l'ai toujours fait. Tu devrais m'en savoir gré. »

Marianna avait raison de dire qu'il n'était pas le même qu'au moment de son départ, et sa famille aussi avait raison. Le monde s'était ouvert à lui et ce faisant, lui-même s'était fermé à cette île, gouvernée par des règles qu'il trouvait cruelles et inhumaines. À son retour de Paris, quand il avait demandé à ceux de sa famille de lui donner son troisième prénom, Camille, pour qu'il puisse au moins garder quelque chose de sa vie à Paris, ses frères s'étaient moqués de lui. *Sois donc qui tu veux*, lui avait dit son frère Alfred, *du moment que tu fais ton travail*. Ils avaient fait ce qu'il leur demandait, sauf sa mère, qui préférait ne pas prononcer son nom du tout plutôt que d'en changer. Elle parlait de lui en disant « il », désignant plus un étranger qu'un fils. *Il n'aime pas la nourriture. Il est arrivé en retard au bureau. Il a disparu. Il ne veut pas dîner avec nous*. Et, lorsque Camille refusa d'aller à la synagogue : *On dirait qu'il n'appartient plus à notre confession.*

À Paris, il n'avait pas à revenir sur l'histoire de sa famille à chaque fois qu'il prononçait le nom de Jacob à voix haute. Il y était simplement un homme, non pas un Juif mais un artiste. Ce sentiment d'être un paria ne concernait plus ses parents qui, de nouveau acceptés par les membres de leur congrégation, n'avaient aucun désir de connaître des Européens en dehors de leur communauté. Au sein de sa famille, on ne parlait jamais de la rupture que le mariage de ses parents avait causée. La honte d'avoir eu des enfants avant d'avoir été officiellement mariés n'était jamais évoquée, bien que ce fût un sujet toujours d'actualité dans d'autres foyers, derrière des portes fermées. La plupart des gens ne se souvenaient même pas de la raison pour laquelle la congrégation avait été si remontée et pourquoi les enfants Pizzarro avaient fréquenté l'école morave. Toutes ces années d'hostilité s'étaient évaporées et ses frères et sœurs semblaient avoir oublié cette époque.

« Cela fait si longtemps », lui dit sa sœur Hannah, désormais mère à son tour. On disait que son mariage avait marqué un tournant, mais c'était peut-être bien le dîner chez Madame Halévy.

Lorsque cette soirée s'était terminée, après que ses parents eurent remercié leur hôtesse et furent sortis dans la cour, Madame était entrée dans la cuisine où Camille attendait en compagnie de Mme James. « Maintenant, ta grand-mère et moi sommes à égalité, lui avait-elle confié, insistant pour qu'il emporte une part de gâteau qu'il s'était empressé de jeter aux oiseaux en arrivant sur la route. Rembourse toujours ce que tu dois, souviens-toi de cela », lui avait dit Madame Halévy en lui tapotant le bras.

Frédéric Pizzarro se rendait maintenant à la synagogue tous les jours pour les prières du matin. Au début, Camille accompagnait son père et ses frères le vendredi soir, mais contrairement à eux il ne pouvait oublier comment ces mêmes gens-là avaient manqué de respect à sa mère, la traitant comme si elle était un fantôme. Il supposait qu'il leur en tenait encore rancune. Il cessa d'y aller. À la place, il se découvrit attiré par l'église luthérienne, celle des Frères moraves, ses maîtres, qui avaient ouvert leur école d'abord pour les esclaves. Ces histoires tirées de la Bible qu'on lui avait racontées dans l'enfance s'étaient gravées en lui, et il considérait Jésus comme un grand maître, un rebelle qui refusait de voir les pauvres et les sans-droits maltraités. Il se rendait parfois à l'église et s'asseyait, les yeux clos, pour écouter les cantiques, chantés en allemand et en danois.

Il devait loyauté à son père ; c'est pourquoi il évitait de mentionner ses visites à l'église et ne se plaignait pas ouvertement de la tristesse de son existence depuis son retour de Paris. Ses frères aînés étaient contents de leur travail dans le négoce familial et les problèmes avec les Petit de France avaient été résolus. Une nouvelle affaire avait été fondée avec la belle-famille de sa sœur, plus rentable encore que la précédente. L'intérêt de la famille était tourné vers l'avenir. Qui était-il donc pour ruminer le passé ? Pour lui, cette île était une brume constituée de tout ce qui jadis avait été, un passé qui chaque jour l'enveloppait. C'était bien ce qu'il ressentait chaque fois qu'il se rendait sur la tombe de Madame Halévy et y déposait un caillou, en souvenir. Il avait fait ce qu'on lui avait demandé. Il ne l'avait pas oubliée. Chaque fois qu'il sortait du cimetière, les arbres faisaient pleuvoir leurs feuilles dans ses cheveux et il sentait Madame tout près de lui, lui rappelant de veiller à remplir ses devoirs, et de rembourser la moindre faveur.

Il apportait souvent des sacs de provisions à la bonne de Madame Halévy qui était allée vivre chez une de ses filles à la périphérie de la ville. Mme James était très âgée à présent et sa famille prenait soin d'elle. Camille veillait toujours à apporter des bananes et des mangues afin qu'elle puisse confectionner ses desserts. «Je ferai porter un gâteau chez toi par ma fille, lui disait-elle toujours.

— Non, je vous en prie. Merci, mais s'il vous plaît faites quelque chose pour vos petits-enfants.»

Il n'aimait toujours pas les desserts sucrés.

«Les gens pensent qu'ils connaissaient Madame mais ils ne la connaissaient pas», lui dit Helena James un jour. Elle avait confectionné une crème de guavaberry qu'elle le pria de goûter. «Elle n'était pas méchante comme on le dit.»

Camille sourit. Il avait versé des cuillerées de crème dans la haie pendant qu'elle avait le dos tourné et maintenant les abeilles tournoyaient.

«Elle adorait vos desserts», dit-il.

Mme James hocha la tête comme s'il s'agissait d'une évidence, puis elle enchaîna:

«Je pense qu'elle t'a raconté l'histoire de la fille de Jestine parce qu'elle aussi a perdu un enfant.

— Sa fille qui vit à Charleston?»

Camille racla la dernière cuillerée de crème, remercia son hôtesse et lui rendit sa coupe de porcelaine. Elle provenait de la vaisselle de Madame Halévy. Tous ses meubles de cuisine et ses ustensiles avaient été donnés à Helena.

«Quand on travaille dans la maison de quelqu'un, on sait des choses sur eux qu'ils ignorent eux-mêmes. Tout ce qu'ils essaient de cacher, tu le vois, même si tu n'as pas envie de le découvrir. Tu ouvres un tiroir, et c'est là. Et une fois que tu sais, tu ne peux plus faire autrement qu'avoir pitié d'eux. Voici la vérité concernant Madame.» Mme James jeta un coup d'œil alentour pour vérifier qu'il n'y avait personne avant de poursuivre. «Sa douleur n'a pas été que sa fille s'en soit allée à Charleston mais qu'elle ait dû s'en aller.

— Et pourquoi a-t-elle dû s'en aller ?», interrogea Camille bien que son intérêt ne soit pas aussi grand qu'il aurait pu l'être naguère. Il avait pris son carnet à dessin et s'appliquait à croquer les belles mains de Mme James, ses longs doigts ornés des deux alliances en or que Madame Halévy portait toujours. Celle-ci les lui avait données à elle plutôt qu'à sa propre fille.

« C'est une vieille histoire, lui dit Helena James. C'est du passé, autant dire mort et enterré une fois que je ne serai plus de ce monde. »

Camille comprenait la tendance des gens à vouloir effacer la souffrance qu'ils avaient endurée et réinventer le passé et le rôle qu'ils y avaient joué. Il avait vu cela de ses propres yeux sur la place du marché le 3 juillet, lorsqu'avait été lue la proclamation d'émancipation de tous les esclaves des Indes occidentales danoises. Ce fut une déclaration joyeusement reçue car depuis trop longtemps attendue, apportée par le gouverneur du roi en personne, Peter von Scholten, qui avait lui-même pour concubine une femme libre de sang mêlé. Huit mille esclaves vivant dans des conditions déplorables sur l'île de Sainte-Croix avaient réclamé et obtenu leur émancipation du gouvernement danois, et von Scholten s'y était rendu pour voir comment y parvenir sans effusion de sang. Il avait enclenché le même processus sur Saint-Thomas et, finalement, le roi avait accédé aux mêmes exigences.

Camille était heureux de se trouver là pour assister aux changements en cours, d'être témoin de l'abolition de ces lois cruelles. Il remarqua que les partisans de l'esclavage qui s'étaient vus forcés d'affranchir leurs travailleurs se comportaient maintenant comme s'ils n'avaient jamais fait usage d'une telle main-d'œuvre. La plupart des esclaves étaient originaires du Ghana où le Danemark détenait un fort identique à celui dressé sur leurs propres côtes. C'était le portail de l'enfer et il serait désormais fermé. Les gens lançaient papiers et écorces enflammés dans les entrées du fort et regardaient les fenêtres s'illuminer d'une lueur orange vacillante, comme si ce fort était une lanterne capable d'envoyer un message par-dessus l'océan. *Plus jamais*, disait ce message. *Pas de notre vivant, pas en notre temps.*

Une grande fête, qui dura une bonne partie de la semaine, fut donnée sur la place publique. Comme la date était le trois, tous les bébés nés cette année-là reçurent un prénom de trois lettres, le trois étant visiblement un chiffre porte-bonheur. Mais, pour beaucoup, les réjouissances renfermaient un germe d'amertume, car ce qu'ils venaient de recevoir leur était dû depuis toujours. Pour les plus vieux, c'était aussi un temps d'affliction pour toutes les années et les vies qui avaient été volées.

Rosalie se rendit sur la tombe de l'enfant qu'elle avait perdu. Elle regrettait qu'il n'ait pas vécu pour devenir un jeune homme qui aurait célébré la liberté pour tous sur leur île. Elle rassembla les feuilles tombées dans ses cheveux et les plaça sous son oreiller afin de rêver de son bébé. Elle ne croyait plus qu'il était mort parce qu'elle l'avait trop aimé. C'était de la sottise, lui avait dit quelqu'un, de penser qu'elle l'avait noyé, empoisonné avec son propre lait, et d'en avoir conçu de la culpabilité. La vérité, c'était qu'elle aimait trop Enrique aussi, et que son amour n'avait provoqué aucun dommage. Il était toujours de ce monde, vivant et en bonne santé, toujours le même bel homme qu'elle avait vu pour la première fois dans le jardin de la belle vieille maison des Pomié où vivaient à présent des étrangers venus d'Amsterdam. Elle entendait ces nouveaux habitants parler, bien qu'elle ne comprît point le hollandais, quand elle se tenait assise devant la maisonnette où elle vivait aujourd'hui avec Enrique. Elle se souciait toujours de la malchance même si elle ne croyait plus que l'amour apportait la malédiction. Elle redoutait qu'Enrique ne lui soit ravi. Mais le destin lui réserva une surprise et, le jour de la déclaration, elle ressentit quelque chose qu'elle n'avait éprouvé qu'une seule fois auparavant : le tressaillement de la vie.

Elle apprit la nouvelle à Enrique le soir même, sachant qu'il avait toujours désiré un fils. Il lui dit qu'elle pouvait donner au bébé le nom de l'enfant qu'elle avait perdu. Ce premier bébé s'appelait Leland Frost, un nom qu'elle n'avait révélé à personne, et son père était un marin de Sainte-Croix qui s'était noyé. « Non, répondit Rosalie après mûre réflexion. Il sera un être à part entière. Il aura son propre nom. »

C'est alors qu'elle sut qu'ils recommenceraient tout depuis le début. Ils s'assirent dehors où ils dînèrent en contemplant les feux allumés sur la colline tout autour du fort, d'où jaillissaient des éclairs orange et rouges. Elle s'était attachée aux enfants Petit orphelins de mère, puis Rachel l'avait étonnée à son arrivée dans la maison en sollicitant son aide. Rachel était si jeune et si inexpérimentée que Rosalie l'avait prise en pitié. Mais c'était il y a longtemps, après que la première Madame Petit eut contracté la fièvre et pleuré, et Rosalie avait pleuré avec elle. Mais une servante, si bien-aimée fût-elle, n'était point une amie, et une esclave était une ombre, rien de plus. Les étincelles des célébrations étaient si lumineuses qu'elles ressemblaient à des étoiles. C'était la dernière nuit du vieux monde. *Bon débarras*, songea Rosalie. Elle donnerait à ce petit garçon un nom que personne d'autre ne portait, afin qu'un jour il puisse être un homme à part entière, capable de tenir tête au diable lui-même.

Des feux de joie brûlaient tout autour de la Tour du Ciel, la tour de garde appelée Skysborg par les Danois qui l'avaient construite en 1678 sur le point culminant au-dessus du port. C'était là que le pirate Barbe Noire, né Edward Teach, avait vécu durant le temps qu'il avait passé sur l'île. Barbe Noire était réputé allumer sous son chapeau et dans sa barbe des mèches à canon trempées dans de l'eau de chaux afin d'être tout environné de fumée. Il paraissait ainsi plus féroce que le diable et certains croyaient qu'il l'était. Ses ennemis le craignaient tellement qu'ils lui remettaient sans discuter leurs navires et leurs marchandises, et allaient jusqu'à lui accorder leurs épouses. Ses quatorze épouses héritèrent du pire dans l'affaire, car il abandonna chacune d'elle. On pouvait encore trouver leurs squelettes dans les grottes à flanc de collines. Camille, au cours de ses balades nocturnes, était tombé sur leurs jardins redevenus sauvages, si profondément enfoncés dans les fourrés qu'ils avaient disparu pendant une centaine d'années. Là, des avocatiers et des parterres de menthe et de genévrier croissaient à l'état sauvage, colonisant les pentes, se mêlant aux plantes natives. Il avait dessiné ces restes chaotiques, mélange exotique d'espoir et désespoir mêlés, traversé de lianes à la croissance incontrôlée. Certains jardins étaient délimités par des murets de pierres et de coquillages, d'autres avaient des clôtures écroulées faites de roches et d'os, un autre encore était entouré d'étagements de rose et de rouge tous jaillis d'un seul rosier apporté de Madagascar. Il aimait rechercher ces jardins quand il s'en allait dans la campagne rendre visite à Helena James pour lui apporter des gâteries chapardées dans la réserve du magasin. Chocolats de France, sirop de noix de coco, oranges importées de Floride. S'il trouvait des bougainvilliers en chemin, il en cueillait quelques branches et les lui apportait aussi, puis les dessinait, toutes frémissantes dans un vase sur la table de la vieille dame.

«Il va y avoir du grabuge, lui confia Mme James un jour qu'ils étaient assis dehors et dégustaient des oranges coupées en tranches à l'aide d'un couteau à manche de corne qui ornait autrefois la table de cuisine de Madame Halévy. Sa fille revient, alors qu'elle avait juré à sa mère qu'elle ne reviendrait jamais ici. Ma fille le tient d'une femme qu'elle connaît qui travaille à l'hôtel.

— Pourquoi viendrait-elle maintenant? Ça fait déjà quelques années que Madame Halévy n'est plus.

— Pourquoi précisément. Réfléchis. Maintenant que sa mère est enterrée depuis si longtemps qu'elle ne se relèvera plus de sa tombe, la fille vient finalement voir ce dont elle peut hériter.»

Camille se renseigna un peu sur les quais en vue d'alléger les craintes de Mme James. Il découvrit que la vieille dame avait raison. La fille de Mme Halévy était déjà arrivée et séjournait à l'Hôtel du Commerce. Elle avait rencontré un avocat, réputé sur l'île pour ses méthodes agressives. Camille s'était posté à la terrasse du café de l'hôtel, où il avait commandé un café, puis un autre. Le serveur, qu'il connaissait et qui s'appelait Jack Highfield, la lui désigna du doigt lorsqu'elle sortit de l'hôtel: une femme dans la cinquantaine, bien habillée, avec une sorte d'arrogance désinvolte très américaine. Elle ne portait pas de chapeau et ses bottines de cuir blanc boutonnées apparaissaient sous sa robe de mousseline verte. Camille étant passé maître dans l'art de suivre les gens, il lui emboîta le pas pour voir ce qu'il pourrait découvrir. La fille de Madame Halévy se rendit directement à la banque de dépôts de Saint-Thomas. Camille y entra lorsqu'elle en sortit mais il ne connaissait personne dans la place et le directeur était trop occupé pour le recevoir. Il y avait maintenant plus de quarante mille habitants sur l'île et il était devenu impossible de connaître tout le monde et de savoir à quel négoce ils se consacraient, même si les nouvelles continuaient de circuler vite dans la communauté juive.

Camille fit questionner les femmes de la Coopération par Hannah et, évidemment, celles-ci connaissaient les raisons de la visite de la fille de Madame Halévy. Rebecca Halévy-Stein était venue pour la succession de sa mère. La vieille demeure était restée vide – on parlait de fantômes et de malchance – et c'était seulement maintenant qu'elle allait être vendue à une famille ashkénaze récemment arrivée d'Allemagne, via Amsterdam. Mme Halévy-Stein était venue récupérer les biens de sa mère, mais lorsqu'elle s'était rendue à la maison, elle l'avait trouvée presque vide. Les années avaient passé et ce que Madame n'avait pas donné avait été considéré comme abandonné, et par conséquent butin légitime ramené chez eux par les différents livreurs et entrepreneurs engagés pour réparer le toit, les volets ou les murs de pierre décrépits.

Le rapport de Camille sur les agissements de Mme Halévy-Stein ne rassura pas Helena James. Au contraire, elle en conçut plus d'inquiétude encore.

« Elle va venir me demander des comptes. Même si je l'ai en partie élevée, elle a toujours été égoïste, ne pensant à personne d'autre qu'elle-même. Sa mère dirait exactement la même chose si elle était en vie. »

De fait, Mme Halévy-Stein avait bien l'intention de venir trouver Mme James, accompagnée de son avocat, Edwin Holloway, qui n'était pas un membre de la communauté mais un citoyen américain expatrié originaire de Caroline du Sud. Ils s'étaient connus à Charleston. Camille fut averti de leur visite par l'un des petits-fils d'Helena James, Richard, un garçon de sept ou huit ans qui arriva en courant au magasin, hors d'haleine, affolé, sans même avoir pris le temps d'enfiler ses chaussures. Il affirma courir plus vite pieds nus, tout comme Camille quand il était enfant. Camille enfila néanmoins ses propres souliers quand le garçon vint le tirer par la manche. Il avait perdu l'habitude de courir dans le sable et les rochers.

Le gamin le pressait.

« Ma grand-mère pense que vous devriez venir parler en son nom. »

Frédéric surprit la scène et entraîna Camille à l'écart avant qu'il n'ait pu quitter le magasin.

« De quelle manière es-tu impliqué dans cette affaire ? »

Lorsque Camille expliqua que Mme James avait travaillé pour Madame Halévy pendant des années et qu'elle redoutait maintenant sa fille, Frédéric enfila sa veste.

« On y va ? », dit-il, clairement décidé à accompagner son fils.

Un grand sourire vint à Camille, étonné mais content de ne pas avoir à affronter seul Mme Halévy-Stein et son avocat. Après tout, il ne connaissait rien aux questions financières, comme son père le savait fort bien, et Frédéric était respecté pour son sens des affaires.

Ils suivirent le petit-fils de Mme James hors de la ville. Le garçon était rapide en effet, et Camille et son père eurent du mal à tenir le rythme.

« J'avais l'habitude de courir comme ça, dit Camille.

— Moi aussi », lui apprit son père.

Ils gravirent la colline aussi vite que possible, soulevant des nuages de poussière. Il était midi et il faisait trop chaud pour se livrer à de telles activités. Camille et son père étaient en veste, eu égard au sérieux de la situation, et ils transpiraient sous leurs vêtements.

« Ils vont emporter la vaisselle de ma grand-mère, disait Richard. Ils sont venus avec des caisses et des ânes. Ils vont lui voler tout ce qu'elle a.

— Ils ne vont rien emporter du tout », lui assura Frédéric.

Mais quand ils atteignirent la petite maison à flanc de colline, ils virent que plusieurs caisses en bois avaient effectivement été apportées de la ville et déposées dans la cour. Frédéric s'avança et se présenta immédiatement à Holloway, l'avocat, qui, bien que nouveau venu à Charlotte Amalie, connaissait Monsieur Pizzarro et son magasin.

« Je soupçonne qu'il a dû y avoir quelque confusion, dit Holloway. Il y a certains objets ici qui appartenaient à la mère de ma cliente. Peut-être cette brave Mme James les a-t-elle pris pour les mettre à l'abri, mais désormais ma cliente souhaite les récupérer pour sa propre maison à Charleston. »

La fille de Madame Halévy, celle qu'elle avait perdue, était si fraîche et décontractée que la chaleur ne semblait nullement l'incommoder. C'était une femme séduisante, grande et de formes agréables. Elle vint se joindre à la discussion et Frédéric Pizzarro se demanda si c'était là l'habitude des femmes de Charleston, de se comporter comme si elles avaient les mêmes droits que les hommes.

« Je sais gré à notre bonne d'avoir pris soin de ces ustensiles de ménage, dit-elle de sa voix douce et mesurée, mais ils m'appartiennent. »

Camille jeta un regard en direction d'Helena James qui secouait la tête. Il donna un coup de coude à son père et, d'un geste, lui signifia que c'était faux.

« Je crains que votre mère n'ait laissé ces objets à Mme James, dit Frédéric Pizzarro.

— Vraiment ? » Rebecca Halévy-Stein se tourna vers la bonne. « Quel genre de porcelaine est-ce là ?

— C'est le service vert. Celui que Madame aimait utiliser pour le dîner. »

Mme Halévy-Stein se tourna vers Monsieur Pizzarro avec un petit sourire supérieur.

« C'est de la porcelaine de Limoges. Importée de France et de grande valeur. La place de ce service est chez moi.

— Votre mère ne voulait pas que vous vous serviez de cette vaisselle parce que vous l'ébréchiez toujours, dit Mme James. Vous savez que ce que je dis est vrai.

— Avez-vous un écrit de la main de votre mère attestant que ces biens étaient les siens et qu'ils vous reviennent ? demanda Monsieur Pizzarro à Mme Halévy-Stein.

— Je suis la fille de ma mère. » Mme Halévy-Stein commençait à s'agiter. « Vous avez entendu Helena. Elle a reconnu qu'ils viennent de la maison de ma mère. Ils étaient utilisés pour le dîner. » Elle s'avisa d'autre chose et ouvrit de grands yeux. « Et ça, c'est la table que l'on dressait pour dîner. » Elle montrait du doigt l'intérieur de la maison. La porte était ouverte. « Là, dans cette pièce. En acajou. Du travail d'ébéniste. »

Monsieur Pizzarro haussa les épaules. Ceci ne prouvait rien.

« Peut-être Madame Halévy empruntait-elle cette vaisselle à Mme James afin de l'utiliser chez elle. »

L'avocat Holloway rit du ridicule de semblable suggestion, qu'une femme fortunée et au statut élevé dans sa communauté ait eu besoin d'emprunter de la vaisselle à sa bonne. Puis il vit la mine de Monsieur Pizzarro.

« Vous n'êtes pas sérieux ? »

Monsieur Pizzarro se tourna vers son fils.

« Tu as dîné avec Madame Halévy. As-tu déjà vu cette vaisselle chez elle ?

— Non, je ne l'ai jamais vue », dit Camille.

Mais naturellement, il n'avait jamais regardé. On lui servait généralement son dessert sur une assiette en grès.

Rebecca Halévy-Stein était une blonde au teint clair ; soudain sa peau rougit de colère et plus encore lorsqu'elle avisa un éclat d'or sur les mains d'Helena James.

« Qu'as-tu là ? »

Mme James cacha ses mains sous ses jupes.

« Ce sont les alliances de ma mère, dit Mme Halévy-Stein en se tournant vers son avocat. Elle les porte à son doigt !

— Elle me les a données, dit Mme James à Camille. Elle voulait que je les aie.

— Ceci pourrait être du ressort de la justice, dit Holloway.

— Pas sans document écrit. » Frédéric toisait l'avocat. « Existe-t-il un testament ? Vous avez dit qu'il n'y en a pas. Existe-t-il un document établissant le lien entre votre cliente et les biens personnels de Madame Halévy ? Il semblerait qu'un tel document n'existe pas.

— Je suis venue depuis Charleston pour m'occuper de cela, dit Mme Halévy-Stein. J'ai fait un long voyage, et je l'ai fait de bonne foi.

— Vous n'êtes pas venue une seule fois rendre visite à votre mère quand elle était en vie, dit Helena incapable de se retenir. Et vous et moi savons très bien pourquoi. Cela n'avait rien à voir avec la foi. »

Rebecca se tourna vers Mme James.

« C'est moi qui devrais avoir les alliances de ma mère, dit-elle. De mon point de vue, elles ont été volées, de même que tout le reste. Cette femme a-t-elle un document écrit attestant qu'elles lui appartiennent ? demanda-t-elle à Monsieur Pizzarro. Ma mère a-t-elle signé un document dans ce sens ? »

Mme James dévisagea la fille de Madame Halévy et secoua la tête.

« Je vous ai fait votre *fongee* tous les jours quand vous étiez petite. Je vous connais, et je sais pourquoi vous n'êtes pas revenue. Vous n'avez jamais écrit pour demander comment les choses s'étaient passées, vous vous êtes contentée de tout laisser sur les bras de votre mère. C'est moi qui l'ai aidée. Je l'ai aidée et elle m'a témoigné sa gratitude. Alors si vous décidez d'aller au tribunal et de m'accuser, je suppose que je ne vous en empêcherai pas. »

La tension dans l'air ressemblait à celle qui annonce la pluie, un picotement dans le choc de chaleur, étendue d'une mesure de froid, une moiteur se diffusant dans l'atmosphère.

« Allez-y, Rebecca, accusez-moi, dit Mme James. Convoquez-moi au tribunal. Voyez si ce que vous en retirez en vaut la peine. J'ai gardé toute l'histoire pour moi. »

Mme Halévy-Stein scruta le visage de la bonne puis se tourna vers son avocat.

« Ceci est ridicule. Allons nous occuper de la maison et restons-en là.

— Mais les caisses ? dit Holloway embarrassé. Tous les biens de votre mère ? Ils ont certainement de la valeur.

— Je ne vais pas me battre avec une vieille femme. » Rebecca Halévy-Stein ouvrit son sac pour payer les hommes qui avaient monté les caisses à dos d'âne et attendaient le moment de les remplir de meubles et de vaisselle. J'espère que vous êtes heureuse, dit-elle à Mme James.

— Le bonheur est pour les sots. » Helena James haussa les épaules. « C'est donc à vous que je le souhaite. »

Quand les hôtes importuns se furent retirés, et que les ânes et les caisses eurent également été enlevés, père et fils Pizzarro se virent offrir un verre de mabi et les remerciements de la famille. Mme James alla dans sa cuisine chercher un gâteau à la noix de coco qu'elle avait confectionné. Elle fit signe à Camille de venir l'aider. Il y avait un trou dans le toit pour laisser échapper les fumées et les odeurs de cuisson. Le fourneau était minuscule mais le four apparemment assez grand pour la pâtisserie de Mme James.

« Ton père est un homme bon, dit-elle.

— Oui. »

Aujourd'hui, Camille avait vu chez son père une rectitude dont il n'avait pas eu conscience auparavant. Son père était un homme silencieux, solennel, et Camille avait toujours présumé que la bataille avec la synagogue avait été le fait de sa mère ; à présent, il n'en était plus aussi sûr. Son père, il le comprenait maintenant, était un lutteur.

« Je m'en vais utiliser le service vert que tu n'as jamais vu dans la maison de Madame, lui dit Mme James. Le gâteau ressortira à la perfection dessus. »

Comme Camille était grand et avait de longs bras, elle lui fit attraper les assiettes rangées à leur place dans l'armoire qui s'était naguère dressée dans la cuisine de Madame Halévy. Elle continuait à l'appeler Jacob et il ne la corrigeait pas.

« Madame Halévy serait contente de voir que vous avez ses assiettes, dit-il. Elles sont dans la bonne maison.

— Elle n'a pas vécu pour te raconter l'histoire. Elle pensait le faire, et nous en avons parlé toutes les deux, et puis elle est morte. Donc je peux dire maintenant que la fin de l'histoire c'est qu'elle est morte et que sa fille n'est jamais venue la voir. Mais c'est le milieu de l'histoire qui compte. Rebecca a eu un bébé quand elle avait dix-sept ans. Personne ne l'a soupçonné : elle l'a caché sous ses vêtements. Une femme peut faire ça, jusqu'à un certain point. Quand le moment est arrivé où cela aurait pu commencer à se voir, elle s'est procuré quelque chose chez un homme aux herbes, qui a fait venir le bébé en avance. Cette dame qui voulait la vaisselle que tu n'as jamais vue dans la maison de Madame, qui n'est jamais revenue et n'a jamais écrit une lettre, elle a accouché toute seule quand elle n'était encore qu'une enfant. C'était courageux ou bien c'était stupide. Il y avait une tempête, et les tempêtes provoquent les accouchements. L'air descend très bas et fait descendre tout ce qu'il y a à l'intérieur de toi. Mademoiselle s'est cachée dans les bois, et quand ce fut fini, elle a laissé le bébé sous un arbre à l'extérieur du cimetière. Pas le cimetière juif. Le nôtre. Je le sais parce que je l'ai suivie.

«Peut-être que quelqu'un l'aurait trouvé et peut-être pas. Peut-être qu'il se serait noyé dans la pluie qui tombait à verse ou peut-être qu'il aurait nagé comme un poisson. Elle n'en savait rien et elle s'en moquait. Elle a couru comme une ombre ou un démon, si vite qu'on n'aurait jamais dit qu'elle était passée là. Je l'avais déjà suivie auparavant quand sa mère me l'avait commandé. Je savais qu'elle avait été avec un marin de Sainte-Croix. Ce n'était pas un homme de votre peuple. Mais du mien.

«Je n'ai pas attendu de voir si le bébé allait se noyer. J'ai ramassé ce bébé et je l'ai apporté à Madame Halévy. Rebecca avait déjà acheté son billet pour Charleston. Elle était descendue au Grand Hôtel où elle a souillé les draps de sang – je le sais parce que ma cousine travaille là-bas et je lui avais demandé de garder un œil sur Rebecca. Je pensais qu'elle risquait de se faire du mal à elle-même, peut-être décider de quitter ce monde, mais ce n'était pas ce genre de fille. Elle était déjà dans le futur. Elle est partie le lendemain. Peut-être qu'elle a pensé au-revoir dans sa tête mais elle n'a pas eu la décence de venir le dire à sa mère. Alors Madame Halévy et moi avons envisagé ce qui serait le mieux pour cet enfant et comment nous pouvions veiller à ce qu'il ait une bonne vie. C'était son petit-fils mais comme c'était moi qui l'avais trouvé il était un peu à moi aussi. Nous savions toutes les deux qu'il devait aller dans une famille où il serait aimé. Il avait les yeux bleus et nous avons décidé que c'était un signe. Nous avons décidé de son destin sur ce seul fait.

«Madame avait une amie qui avait perdu un bébé garçon à la naissance. Cette amie se souciait peu que le père du bébé fût un homme d'origine africaine. Elle était en deuil, et lorsqu'elle a vu l'enfant, elle est sortie de son deuil. Ce bébé-là est l'homme dont Jestine est tombée amoureuse mais qu'elle ne pouvait pas avoir, car tout le monde pensait qu'il était de votre confession.

— Le père de Lydia?» Camille était troublé. Si Jestine et ce cousin à lui avaient tous deux du sang africain, pourquoi n'avaient-ils pu se marier? Assurément quelqu'un aurait pu révéler à cet homme la vérité sur lui-même. «Pourquoi ne l'a-t-on pas laissé aller avec Jestine?

— La vérité sur son identité aurait permis de remonter jusqu'à Rebecca. Ce genre de racontars serait arrivé jusqu'à Charleston et aurait ruiné sa réputation. Madame Halévy a protégé sa fille. Elle a fait promettre à ta grand-mère d'en faire autant.» Helena posa sa main sur le bras de Camille. «Ton cousin n'a jamais su qui il était. Jestine l'ignore toujours. Seules Madame, ta grand-mère et moi le savions. Maintenant tu comprends pourquoi je porte les alliances de Madame Halévy et pourquoi elles seront enterrées avec moi et pourquoi cette histoire sera enterrée aussi.

— Sauf que je la connais, dit Camille sombrement.

— Voilà pourquoi elle ne te l'a jamais dit.» Helena James avait découpé le gâteau tout en parlant. Elle déposa les tranches sur les assiettes qui étaient exactement telles que Camille se les rappelait, vert émeraude avec un liseré de feuille d'or le long du bord. «Je voulais que tu comprennes pourquoi Madame voulait que je garde tout. C'est parce que j'ai toujours été loyale et n'ai jamais soufflé mot de rien. Je ne t'en aurais jamais soufflé mot non plus, mais je ne voulais pas que tu me prennes pour une voleuse.

— Jamais je n'aurais pensé ça. Et maintenant, me voici dépositaire de cette histoire.»

Helena rit.

«Nous sommes deux dans ce cas, Jacob.»

Ils sortirent manger le gâteau à la noix de coco dont Frédéric Pizzarro affirma qu'il était délicieux, bien que son fils le vît en jeter des morceaux derrière lui, pour le coq. Père et fils s'en retournèrent ensemble vers la ville.

«Je suis content que cela soit réglé, dit Frédéric.

— Merci de votre aide, mais rien n'est jamais réglé ici, répondit Camille. Les gens sont traités injustement et c'est considéré comme la façon de faire normale. Qu'est-ce que cela change de quelle race ou quelle religion l'on est, ou même avec qui l'on se marie?»

Le père donna à son fils une tape dans le dos.

«On ne peut changer le monde, pas vrai?

— Bien sûr que nous le pouvons», dit Camille.

Ils étaient à mi-chemin de la ville lorsqu'ils croisèrent le sentier de la cascade. Ils échangèrent un regard. Ils étaient attendus chez eux, mais la journée était si chaude. Ils tournèrent dans le sentier. Quand ils arrivèrent au bassin, ils ôtèrent leurs vêtements et plongèrent. La fraîcheur de l'eau fit crier Camille lorsqu'il creva la surface.

De minuscules poissons bleus s'égaillèrent. Le ciel éclatant brillait à travers un tunnel de branches. Frédéric alla se placer debout sous la cataracte d'eau, comme il l'avait fait à son arrivée sur l'île, quand il s'était su enchanté et avait compris qu'il le resterait.

« Que t'a dit la vieille dame lorsqu'elle t'a fait venir dans la maison ? demanda Frédéric quand ils eurent terminé leur baignade et se rhabillaient sur les berges du bassin. Elle a pris son temps pour découper ce gâteau. »

Le soleil tapait si fort que leur peau sécha en quelques secondes. Mais d'ici une heure environ, le crépuscule tomberait et toutes les ombres vireraient au violet. Alors les feuilles seraient tout humides de rosée.

« Elle m'a dit que mon père était un homme bon », dit Camille.

Frédéric regarda son fils.

« Il lui a fallu si longtemps pour te dire ça ?

— Elle m'a dit qu'elle était une femme honnête et qu'elle ne voulait pas que nous pensions différemment.

— Pourquoi l'aurions-nous fait ? Rebecca a abandonné sa mère et n'est revenue que lorsqu'elle a pensé avoir quelque chose à gagner. »

Ils repartirent, d'abord à travers bois, puis sur la route. Quelques ânes sauvages s'éloignèrent au trot en apercevant les deux hommes. Ils disparurent au sommet d'une colline, laissant un sentier en creux dans les hautes herbes.

« Ta mère a eu un âne comme animal de compagnie. Elle le pleure encore. »

Camille en fut stupéfait. Lorsqu'il avait désiré un animal de compagnie, elle lui avait toujours dit que les animaux étaient sales et vous faisaient perdre votre temps. Ses sœurs avaient été chanceuses d'obtenir leur petit chien de salon, et ce, uniquement parce que leur père avait plaidé leur cause.

« Ma mère ?

Frédéric donna une claque dans le dos de son fils puis enroula un bras autour de ses épaules.

« Ta mère. »

Ils s'arrêtèrent, le temps que Frédéric ramasse quelques branches de flamboyants qu'il trancha à l'aide du couteau qu'il avait sur lui.

« Ta mère aime aussi apporter de ces fleurs au cimetière. Elle dit qu'elles portent bonheur. Nous pouvons nous y arrêter en passant. »

Camille sentait l'histoire de Madame Halévy en lui tandis qu'ils continuaient leur route. Elle avait la lourdeur d'une pierre, et elle bringuebalait, le surprenant par son poids. Il ramassa quelques cailloux blancs au bord de la route. Pendant que son père répartissait les fleurs sur les tombes de la famille, Camille s'en fut déposer trois cailloux sur la tombe de Madame Halévy : le premier pour Mme James, le deuxième pour sa grand-mère, Madame Pomié, le dernier pour lui-même car il était le dernier à connaître son histoire.

Malgré tous ses efforts, Camille continuait de gaffer au magasin. Au bout de deux ans, son père le transféra sur le port pour y signer les documents accompagnant les marchandises débarquées des navires et destinées à leur entrepôt. C'était une position subalterne et tout ce qu'il avait à faire était de savoir quand un bateau arrivait, puis d'aller signer les bons de livraison et de faire transporter les marchandises. Mais au lieu d'avoir ces choses à l'œil, Camille employait surtout son temps à dessiner, oubliant souvent les rendez-vous et devant courir pour rencontrer les commissaires de la marine marchande sur les quais. Une de ses missions était de compter et d'enregistrer les caisses qui étaient débarquées, mais il emmenait souvent ses peintures avec lui et négligeait complètement ses devoirs. Il était attiré par les marines, même s'il les trouvait difficiles à réaliser. Saisir un moment en mouvement, ajouter du temps à l'espace dans une peinture était un défi. Pour s'assurer que ses parents ne le voient pas, car ils n'avaient point fait mystère de leur désapprobation en ce qui concernait sa véritable vocation, il dressait parfois un chevalet de fortune sur la véranda de Jestine. Jestine savait que Rachel n'aurait pas approuvé, mais quand il était chez elle, elle avait l'impression que sa fille était plus proche d'elle. Camille avait vu Lydie, lui avait parlé, l'avait touchée. Jestine et Lydia s'écrivaient maintenant de façon régulière, souvent une ou deux fois par semaine. Lydia avait accouché de son quatrième enfant, un garçon prénommé Léo, en l'honneur de la constellation du Lion, un enfant adorable et le préféré de son père.

Quand j'ai appris qui j'étais à mon mari, cela n'a rien changé pour lui, mais il n'en a pas été de même pour tout le monde. La maison avec le jardin où nous observions les étoiles appartient désormais à son frère. Nous ne voyons plus sa famille. Nous vivons dans un appartement à Paris. Nous n'avons pas de jardin mais j'emmène mes enfants aux Tuileries tous les jours, sauf quand il y a de la neige. Ils ont un petit chien qu'ils adorent, Lapin, une petite boule de poils pleine de facéties. Je n'ai pas de bonne pour s'occuper de mes filles et de mon fils, et c'est mieux comme ça. Le temps que je passe avec eux m'est précieux. Je veux les attacher à moi avec une ficelle pour qu'ils ne se perdent ni ne s'éloignent, comme tu m'attachais à toi quand j'apprenais à marcher. Si je les perdais, je deviendrais folle. Si on me les volait, je ne sais comment je survivrais.

Mon mari est désormais employé dans une autre banque, qui n'est pas dirigée par des gens de notre confession. Il travaille de longues heures, mais il excelle en son domaine et nous avons bon espoir que ce soit reconnu. J'aime à penser que le bon chez les gens finit un jour par être vu, qu'il remonte à la surface comme les minuscules poissons dans le bassin de la cascade où tu avais coutume de m'emmener. Je me souviens d'y avoir été par un jour très chaud et d'avoir cru que les poissons venaient à moi quand j'ouvrais la main. Je me souviens que tu me disais de faire attention à ne pas glisser et tomber. Quand je dis la même chose à mes enfants, c'est ta voix qu'ils entendent.

Jestine avait commencé à travailler à une robe qui ne ressemblait à aucune de celles qu'elle avait faites auparavant. Elle avait repoussé ce travail pendant des années, mais finalement le moment était venu de faire une robe pour Lydie.

« Tu disais toujours qu'aucune robe n'était assez belle pour ta fille, lui rappela Camille quand il la vit penchée sur son ouvrage.

— Celle-ci le sera.

— Et comment vas-tu la lui faire parvenir ?

— Laisse-moi me soucier de cela. »

Cela, ce serait l'étape suivante ; pour le moment, elle se concentrait sur la création de quelque chose qui fût digne de sa fille.

«Assurément tu ne te fieras pas à la poste.» C'est alors que Camille eut une idée. «Je sais. C'est moi qui l'emporterai à Paris.»

Ils rirent car il était clair qu'il voulait désespérément repartir. Le temps qu'il avait récemment passé à Saint-Thomas était plus que suffisant pour lui.

Sous la véranda étaient alignés des bacs de teintures: bleu héron et bleu nuit, bleu sarcelle et un bleu lilas clair si proche de la teinte des jacinthes que des abeilles venaient bourdonner autour. Jestine avait employé des piquants d'oursins, et pressé des violettes et des feuilles d'indigotier pour obtenir certaines nuances. Elle avait économisé pour acheter des coupes de soie d'Espagne et s'était procuré douze boutons taillés dans de la claire nacre d'ormeau. Elle avait trois bobines de fil filé en Chine, transporté à travers les déserts continentaux à dos de chameaux, puis envoyé par-delà l'océan à bord d'un bateau en provenance du Portugal. Les points qu'elle cousait étaient si minuscules que ses doigts saignaient et qu'à la fin de la journée il lui fallait baigner ses mains dans de l'eau tiède et reposer ses yeux sous des tranches de concombre ou des bandes de mousseline humide. Le jupon de la robe était fait de dentelle teinte à la laque végétale et aux guavaberries. Sur le corsage, elle avait cousu des écailles préservées et séchées de poissons de la cascade, minuscules écailles bleues transparentes macérées dans du vinaigre et du sel, qui luisaient dans l'obscurité. Elle avait teint une longueur de ruban en bleu hantise. Ainsi, cette robe protégerait-elle toujours Lydie. Elle n'aurait à craindre ni spectre, ni démon, ni chagrin, ni séparation, ni vol, ni sorcellerie, ni enlèvement, ni esprit d'aucune sorte.

Camille rendait visite à Jestine, comme il le faisait pratiquement tous les jours, quand il aperçut le peintre sur le port, un chevalet dressé devant lui sur le sable. Debout sur la véranda, il l'observa à la longue-vue. Les vagues étaient grosses ce jour-là et les alizés balayaient l'île. Les palmiers secoués bruissaient et des frondes détachées tombaient sur les routes. Le peintre ne prêtait aucune attention au temps, il travaillait avec fièvre, jetant de brefs coups d'œil pour observer la lumière sur les rouleaux déferlants.

Jestine sortit avec deux tasses de café bouillant.

« Tout le monde dit que c'est un fou, déclara-t-elle à propos du peintre sur la plage.

— Vraiment ? Et pourquoi cela ?

— Regarde-le donc ! Il reste là exposé au vent ! S'il n'y prend garde, il va se faire emporter par une vague. Peut-être aurait-il besoin qu'on l'attache à la jetée avec une corde. »

Camille fut aussitôt intéressé. Quelques jours plus tard, apercevant le peintre au même endroit, il quitta son bureau sur le port, curieux de savoir ce que ce monsieur faisait là. Le peintre n'avait que quelques années de plus que lui, il était danois, avec des traits aigus et une apparence juvénile malgré son front déjà dégarni. Il était tout à fait abordable et ne se montra pas du tout ennuyé d'être interrompu.

« Je ne connais personne ici, donc faire la connaissance d'un collègue artiste : je ne pourrais m'estimer plus heureux ! »

Ils se serrèrent la main et le jeune homme se présenta : Fritz Melbye, artiste de Copenhague, né à Elseneur en 1826. Il se spécialisait dans les marines et même s'il n'était que de quatre ans son aîné, il avait une grande expérience comparé à Camille et avait fréquenté une école d'art au Danemark. Il était d'une famille de peintres de marines, le cadet de trois frères, et il avait pris la route des Indes occidentales pour s'y faire un nom et une fortune. Il était téméraire et amical comme jamais Camille ne le serait, désireux d'aller partout et prêt à tout pour s'offrir des visions océaniques susceptibles de résonner à l'intérieur de son âme. Ils se rendirent dans une taverne et Camille lui fit goûter le rhum de guavaberry que Melbye trouva délicieux. Melbye, de son côté, fit goûter à Camille un cigare qui le fit tousser. Il se sentit gêné, inexpérimenté : un garçon vivant encore chez ses parents, et leur obéissant, alors que son camarade Melbye, à l'âge de vingt-quatre ans, était totalement indépendant, un homme adulte vivant selon son instinct et son désir.

« Vous vivez de votre art ? », lui demanda Camille, intrigué.

Melbye tenait bien le rhum, et la toile sur laquelle il travaillait, une vue du port de Saint-Thomas, était impressionnante.

« Je vis aussi bien que je le peux, et peins aussi bien que Dieu me l'accorde. »

Ses frères aînés étaient plus connus, confia-t-il : Vilhelm était le premier à s'être dédié aux marines, et Anton était un peintre et un professeur respecté à Paris. Fritz lui-même était joyeux, séducteur et intéressé par le monde : il voulait tout voir et faire le plus d'expériences possibles.

« La mort nous traque. » Il haussa les épaules et héla pour se faire servir un autre rhum. « Alors pourquoi ne point vivre comme nous l'entendons ? J'aimerais peindre tous les océans et toutes les mers majeures avant mes trente ans. Si j'y parviens, alors ensuite je pourrai dégringoler en enfer pour ce que j'en ai à faire, car j'aurais accompli mon objectif. »

Camille rit. Jamais il n'avait autant apprécié la compagnie d'un autre homme.

« C'est donc ça ? Le diable pourra vous avoir ?

— Je préférerais exposer à Paris, mais si je dois m'en aller au diable, ainsi soit-il. »

Ils commencèrent à se rencontrer presque tous les jours et à travailler côte à côte. Camille montra à son compagnon la Tour du Ciel d'où l'on avait vue sur le moindre recoin du rivage. Il l'emmena à la synagogue, bâtie de pierre, de mélasse et de sable, puis dans le détroit où l'on déchargeait des légumes des pirogues à voile et où les travailleurs africains les emportaient dans des paniers ou sur des carrioles jusqu'à la place du marché. Melbye esquissa des croquis dans chacun de ces endroits, esquisses qu'il utiliserait plus tard dans ses toiles. Ce qui était familier à Camille était exotique pour le Danois et l'intriguait au-delà de l'entendement. Fritz portait un costume blanc et une chemise de lin blanc, mais il désirait se débarrasser de ses manières plus raffinées. Il s'était laissé pousser la barbe et se plaisait à marcher pieds nus, bien que Camille l'eût mis en garde contre les épines et les petites abeilles locales qui logeaient non pas en hauteur mais dans la terre. Fritz parlait français et anglais avec un accent danois saccadé. Il s'avéra que lui aussi venait d'une famille bourgeoise : dans son cas, c'était la finance qui les occupait. Mais les frères aînés de Fritz avaient livré avec leur père la bataille de l'art contre le commerce, et le temps que Fritz atteigne ses vingt ans, son père avait accepté le fait qu'aucun de ses fils ne reprendrait les affaires familiales.

« Le jour où mon tour est arrivé, il a renoncé. »

Fritz eut un grand sourire.

C'était un plaisir que d'être en compagnie de ce garçon et de l'entendre parler du monde artistique de Paris, des expériences de ses frères, et de ses propres projets. Il était follement joyeux, si amical que les gens du pays l'appelaient L'Ami Rouge, car même si ses cheveux blonds se clairsemaient, sa barbe était d'un roux clair. Il était manifestement animé d'un désir de vivre à la manière des natifs et d'être considéré comme un ami parmi eux : il faisait lui-même sa lessive, apprenait à confectionner du mabi et en buvait à chaque repas. Au petit déjeuner, il prenait de la mousse de mer, un mélange d'algues bouillies avec du lait et des épices. Il mangeait du poisson tous les jours, même le dimanche, ce que personne doté d'un tant soit peu de fierté n'aurait fait. Il avait l'intention d'aller en Amérique du Sud, puis de retourner en Europe avant de repartir pour New York. Pour son séjour à Saint-Thomas, il avait loué une cabane à un cultivateur dans la Savane, le secteur nouvellement alloué aux esclaves affranchis. Quelques familles juives y vivaient aussi, mais Melbye était le seul Européen chrétien à avoir élu domicile dans la Savane et ses voisins le trouvaient un peu fou, car il restait debout jusqu'à point d'heure à peindre dans l'allée devant sa cabane, demandant aux femmes et aux enfants de poser pour lui en échange d'un croquis d'eux-mêmes ou de quelques pièces du peu d'argent qu'il avait. Un jour, pensant qu'il avait affaire à un homme riche, un voleur s'introduisit chez lui, mais il ne trouva rien à voler que des peintures et des vêtements à laver. Quand Melbye protesta, il reçut un coup qui le fit tomber. Les deux hommes commencèrent à se battre, mais Fritz finit par l'emporter, et en fin de compte il se retrouva à tendre la main à son agresseur pour l'aider à se relever. Le voleur était Maurice, fils de son voisin M. Alek, et sans tarder Fritz et ses voisins se retrouvèrent à partager des verres de rhum, oubliant entièrement l'épisode.

« Personne n'aime cet homme avec qui tu t'es lié », dit Jestine à Camille quand il vint la voir la fois suivante après être passé par le bureau de poste pour elle.

Il ramenait trois lettres ce jour-là.

« Fritz ? dit-il, surpris. Il a un cœur gros comme ça, c'est tout.

— Eh bien, on dirait qu'il pourrait bien apporter la malchance. »

Jestine détestait l'idée que le fils de Rachel puisse se fourvoyer. Elle avait entendu dire que les deux amis restaient dehors des nuits entières à boire sur le port et qu'ils étaient accompagnés de certaines femmes, y compris une fille de Saint-Thomas que Camille avait connue à l'époque où on l'appelait Jacob. Les gens disaient que cette fille était mariée à un homme qui ignorait tout de la chose.

Mais la mère de cette jeune personne, la femme qui avait conseillé à Jacob Camille Pizzarro de se tenir à distance de sa fille quand ils avaient dix ans, s'en était avisée. Selon elle, le jeune Pizzarro était un fauteur de troubles alors, et un fauteur de troubles toujours. Cette dame s'en vint donc au magasin des Pizzarro pour exprimer le fond de sa pensée, et rien ni personne n'allait l'en empêcher. Rachel était dans l'arrière-boutique, penchée sur les livres de comptes. Depuis le jour où son père l'avait emmenée pour la première fois au magasin, elle avait pris l'habitude de le faire une fois par semaine. C'était un vendredi soir tard et M. Enrique était rentré chez lui pour être avec Rosalie. Frédéric et les garçons étaient déjà partis pour la synagogue, Jacob Camille était sorti comme à l'accoutumée, Rachel était donc seule au magasin. Elle leva les yeux et aperçut une femme sur le seuil. Une femme native, d'environ son âge, qui paraissait quelque peu chamboulée.

« Il vous faudra voir avec l'employé demain matin si vous voulez passer une commande, dit Rachel.

— Je n'ai pas besoin de passer une commande », répondit la femme.

Elle était grande, séduisante, mais visiblement agitée.

Rachel se carra sur sa chaise et évalua sa visiteuse du regard. Elle l'avait vue au marché mais ignorait son nom.

« Vous vouliez quelque chose ?

— C'est votre fils qui veut quelque chose et il ne l'aura pas », lui dit sa visiteuse.

Rachel se leva pour lui avancer une chaise. Elle n'était guère surprise que son fils ait d'une façon ou d'une autre offensé quelqu'un.

«Je vous en prie», dit-elle, invitant la nouvelle venue à la rejoindre au bureau et à poursuivre.

Lorsque la femme s'assit à côté d'elle, Rachel la reconnut. Elle travaillait comme blanchisseuse et avait envoyé ses enfants à l'école morave.

«J'ai oublié votre nom, reconnut Rachel.

— À quoi bon vous en souvenir? Je ne suis rien pour vous, tout comme vous n'êtes rien pour moi.»

Rachel trouvait cette femme intéressante. Assurément, elle disait ce qu'elle pensait. Rachel ferma son livre de comptes et lui consacra toute son attention.

«C'est le nom de ma fille que vous devriez connaître. Marianna. Pourquoi n'interrogez-vous pas votre fils à son sujet? En espérant, entretemps, que son mari ne s'aperçoive de rien.»

Rachel se souvenait de Marianna. Cette jeune fille était l'une des raisons pour lesquelles Rachel avait envoyé Jacob à l'étranger, pour commencer. Elle se refusait toujours à appeler son fils Camille et continuait de penser à lui en lui donnant son premier prénom. Et elle n'allait certes pas laisser cette même jolie fille ruiner tout le dur labeur qu'il lui en avait coûté pour le remettre sur le droit chemin. Elle alla trouver Jestine le lendemain matin et lui parla de sa visiteuse. Elles burent du café, assises à la vieille table où Adelle avait coutume de leur servir à déjeuner.

«Il n'a pas d'histoire d'amour avec cette fille, lui dit Jestine. Tu n'as pas à t'inquiéter de cela. Mais il y a autre chose qui pourrait t'inquiéter. Elle lui sert de modèle.»

Jestine avait quelques croquis de Marianna portant des paniers de linge dessinés par Camille. Il les avait oubliés chez elle; elle alla les chercher et les étala sur la table. Rachel en ramassa un pour l'examiner. Elle observa la courbe de l'épaule et du sein de la femme, sa taille fine, les angles de son visage tourné vers la mer.

«Il n'a peut-être pas d'histoire d'amour avec elle, dit Rachel, mais il est amoureux, c'est clair. Depuis combien de temps es-tu au courant?»

Jestine parut piquée au vif.

«Ne suis-je donc point ton amie et une tante pour lui? As-tu le sentiment que je te l'ai volé?

— Bien sûr que non, dit Rachel. Tu es une tante pour lui et je t'en suis reconnaissante. Ce que j'ai, je le partage volontiers avec toi. C'est seulement qu'il te raconte tout à toi et que je suis la dernière à savoir.

— Aurais-tu tout raconté à ta mère ?

— Mais je ne ressemble en rien à ma mère. » Elle lança un regard appuyé à Jestine. « Ou bien si ?

— Rachel, si tu lui ressemblais, je ne serais point ton amie », lui assura Jestine.

Pourtant, Rachel craignait de porter en elle le germe du ressentiment de sa mère. Son seul charme, celui qui l'avait rendue vaniteuse, était sa magnifique chevelure noire. Mais une nuit elle rêva de sa mère et, à son réveil, sa chevelure était striée de blanc comme si on lui avait jeté un sort. Les cheveux de sa mère avaient blanchi alors qu'elle était encore jeune, lorsque le père de Rachel avait commencé à ne plus rentrer le soir à la maison. Rachel écoutait sa mère pleurer mais elle n'était jamais allée la trouver. Peut-être qu'il existait un châtiment pour cela et qu'elle serait toujours la dernière à connaître son fils.

Les Pizzarro invitèrent Melbye à dîner, invitation qu'il accepta avec reconnaissance, même si Camille l'avertit que c'était un piège.

« Ils ont entendu des rumeurs sur toi. Maintenant ils veulent te voir de leurs propres yeux.

— Très bien, dit Melbye aimablement.

— Ils vont t'examiner comme ils le feraient d'un serpent ou d'un paresseux. »

Melbye éclata de rire. Il avait un grand et solide rire, bien accordé à sa bonne humeur. Il avait souvent la gueule de bois le matin et trouvait difficile de se lever de sa paillasse avant midi.

« Ils vont s'apercevoir que je suis moins serpent que paresseux. »

Camille était persuadé que son ami n'avait aucune idée de qui étaient ses parents, de la férocité dont ils pouvaient faire preuve, même son père le modéré, lorsque la situation exigeait la férocité, ni de l'acharnement avec lequel ils voulaient garder leur fils lié à un destin dont lui-même était chaque jour plus convaincu qu'il n'était tout simplement pas le sien. Il rêvait de Paris, parfois si profondément qu'il ne savait plus où il se trouvait à son réveil. Jusqu'à Melbye, il était un lève-tôt, mais plus maintenant. En fin de matinée, il gisait souvent sur son lit, les yeux au plafond. La fissure en forme de lion, les rideaux couleur de mûre pour parer la chaleur du soleil, la coiffeuse en acajou: tout cela semblait si irréel. Il pensait souvent rêver qu'il était revenu à Saint-Thomas et qu'à son véritable réveil il serait à Passy, dans la maison de sa tante et de son oncle, et quand il bondirait de son lit pour regarder par la fenêtre, la neige serait en train de tomber, recouvrant le jardin et la pelouse, et tous les oiseaux qui chanteraient dans les arbres seraient des tourterelles et des mésanges au lieu de ces perroquets qui le réveillaient de leurs cris perçants.

Le soir du dîner, les frères et sœurs de Camille se serrèrent autour de la table pour entendre Frédéric interroger Melbye. Celui-ci avait beau être déjà dégarni et paraître plus âgé que leur fils, c'était un bel homme plein de charme habitué à dominer une assemblée par l'aisance de sa conversation. Pourquoi Saint-Thomas, voulut savoir Frédéric, et qu'avait-il prévu ensuite? Fritz avait déjà confié à Camille son projet d'aller au Venezuela et il l'avait invité à se joindre à lui. Fritz se souciait peu que le Venezuela fût politiquement instable: là-bas, races et religions se mêlaient et il pourrait y vivre comme le faisaient les natifs. Et puis, on lui avait dit que les panoramas sur la mer étaient imprenables, des visions qu'il n'aurait nulle part ailleurs. Hélas, Melbye négligea de lever sa garde et il glissa dans la conversation son intention d'aller à Caracas et son espoir que son jeune ami viendrait avec lui. C'était là la plus grande frayeur des parents de Camille et tout ce qu'ils désiraient savoir sur l'Ami Rouge. C'était un homme dangereux, du moins en ce qui concernait leur famille. Camille les vit échanger un regard et comprit que l'agréable dîner, de même que ses chances de quitter le pays, étaient, temporairement du moins, anéantis.

Rachel se leva et quitta la table.

«La soirée a été longue, dit-elle en s'excusant, signalant clairement à son invité qu'il pouvait disposer.

— L'aurais-je offensée? interrogea Melbye lorsqu'elle quitta la pièce et alla s'enfermer dans la cuisine.

— Je crains que oui», dit Frédéric au jeune homme.

Les bougies allumées sur la table étaient en train de se réduire en flaques de cire.

«Je m'en excuse», dit Melbye.

Il avait connu peu de Juifs et pensa que c'était peut-être là le problème. Peut-être que la solution était simplement de les connaître mieux.

«J'ignore vos traditions. Peut-être étais-je censé dire une prière?»

Camille secoua la tête, cherchant à avertir son ami, mais Melbye s'enferra dans son erreur.

«C'est la première fois que j'ai un ami juif, voyez-vous.

— Cela ne m'étonne pas, répliqua Frédéric. Les Juifs sont trop occupés à travailler pour s'engager dans les absurdités que vous proposez. Je crains fort que vous ne soyez sans but et, selon notre opinion, sans véritable avenir.»

Il avait entendu les rumeurs, après tout. Tout un chacun dans leur communauté les avait entendues. Le fou sur la plage, l'individu qui vivait dans la Savane alors que tous les autres n'avaient qu'une envie: quitter cet endroit sordide.

«L'art est-il une absurdité? dit Camille, sentant son poil se hérisser.

— Peut-être pas pour d'autres. Simplement pour les hommes raisonnables.

— Sommes-nous des hommes déraisonnables, père? Et vous-même, vous êtes-vous toujours comporté de façon raisonnable quand il s'agissait d'obtenir quelque chose que vous désiriez? avança Camille, référence à peine voilée au passé de son père et aux décisions qu'il avait prises à son arrivée sur l'île.

— J'ai toujours été raisonnable, répliqua Frédéric. J'ai estimé raisonnablement que ta mère était destinée à être mon épouse.»

À la cuisine, Rachel avait remis dans sa boîte le gâteau que Hannah avait apporté pour le dessert. Rosalie avait accouché de son bébé, Carlo, et son absence était cruellement ressentie par la maisonnée. Il y avait une seule femme de charge dans la journée pour aider à la lessive et à la cuisine. Rachel irait voir Rosalie le lendemain matin pour lui raconter les sottises entendues la veille à table et lui apporter le reste de gâteau. Elle s'employait à des corvées auxquelles Rosalie l'aurait aidée par le passé. C'était ennuyeux, mais ce soir elle était soulagée d'avoir un motif de délaisser la table familiale. Elle n'avait pas envie de voir ce soi-disant peintre et attendait qu'il s'en aille quand il apparut soudain à la porte de la cuisine.

Rachel le dévisagea, contrariée.

« Excusez-moi, dit-elle. Mais vous n'êtes pas au bon endroit.

— C'est ce que dit de lui votre fils. Il n'est pas à sa place ici. Bien que cette île soit très belle. »

Melbye la dominait de toute sa taille. Avec ses longs cheveux blond roux, aux mèches d'inégale longueur, et sa démarche féline, il rappelait ces monstres dont on disait qu'ils vivaient dans les collines, une de ces créatures qui se changeaient en loups-garous à minuit et galopaient par les rues. Sauf que cet individu vivait en plein cœur de la ville, dans la Savane, où il n'avait point sa place.

« Avez-vous jamais souhaité avoir une autre vie ? », questionna Melbye.

Rachel se raidit. Elle savait lorsque l'on recherchait ses faveurs, avec quelque visée que ce soit, et n'avait aucune intention de discuter des détails intimes de sa vie.

« Monsieur, je vous en prie, cessez de me questionner. Je dois m'occuper de ma cuisine. »

Melbye vint s'appuyer au fourneau. Il portait son costume blanc qu'il avait fait repasser par une blanchisseuse pour l'occasion. Rachel frémit en s'apercevant qu'il ne portait pas de chaussures. Ce Danois pieds nus ne manquait pas de toupet d'entrer chez elle ainsi, et il ne savait même pas à quel point il était impoli. Elle fut soulagée de penser qu'il ne serait bientôt plus là. Cependant, voilà qu'il s'adossait au fourneau comme si cette cuisine était chez lui. Comme s'ils avaient désiré sa présence ici.

« Suivez mon conseil, suggéra-t-il. Laissez-le partir. »

Rachel ne put s'empêcher de rire. Quel homme ridicule ! Elle aurait beaucoup à raconter à Rosalie au matin. Rosalie serait sûrement jalouse de n'avoir point vu ce personnage de ses propres yeux et de n'avoir point été là pour le remettre à sa place, chose à quoi elle excellait.

« Monsieur, dit Rachel, je vais devoir vous prier de sortir.

— Vous savez ce qu'il en est de désirer davantage que ce que l'on a. Je le vois en vous.» Lorsque l'expression de son visage la trahit, Melbye hocha la tête, content de lui. Sa théorie était qu'un artiste en savait plus sur les gens en un instant que la plupart des gens n'en apprenaient en une vie entière. «Je le vois bien. Et cependant, vous l'attachez ici, comme on vous a attachée ici quand vous étiez jeune.»

Rachel se tourna alors vers lui. Cet individu était un malin, bien plus astucieux que son comportement amical n'aurait pu le laisser présager. Il pensait la connaître, mais il ne connaissait rien. Pouvait-il imaginer qu'elle avait tambouriné à la porte du rabbin sous une pluie torrentielle en lui hurlant d'ouvrir à s'en faire exploser les poumons ? Elle retira son tablier et le plia soigneusement.

«Laissez-moi deviner, dit-elle. Votre père paie vos dépenses.

— Mes dépenses sont maigres.»

Mais il paraissait tout de même embarrassé maintenant que le sujet avait été abordé, donc elles ne devaient sûrement pas être aussi maigres que cela.

«Je n'en ferai rien, dit Rachel. Ce serait sa ruine.»

Melbye n'était pas d'accord.

«Ce serait son salut.

— Vous étiez un invité sous mon toit. À présent je vous demande de partir. Allez donc au Venezuela. Je pense que vous devriez. Partez ce soir. Vous ne vous en porterez que mieux. J'ai entendu dire qu'on vous appelle l'Ami Rouge. Eh bien, si vous êtes un tant soit peu l'ami de mon fils, vous le laisserez tranquille.»

Melbye plissait le front, cherchant à percer à jour Madame Pizzarro, laquelle était une énigme pour lui. Elle avait bien pu lui paraître affable, mère d'une tribu d'enfants adultes, aux traits ordinaires, à la mise modeste, ne portant aucun bijou à part son alliance en or, mais elle était loin d'être une femme simple.

«C'est-à-dire que vous ferez quoi, s'il m'accompagne ? demanda Melbye.

— Moi, je ne ferai rien, répondit Rachel. Ce sont les autorités dont vous pourriez avoir à vous inquiéter.»

« Elle parle mais ce n'est que du vent », dit Camille à Fritz en le raccompagnant vers le port après le dîner.

Melbye secoua la tête.

« C'est une force de la nature. Elle est comme un ouragan.

— Autrefois peut-être. Maintenant elle veut que tout soit parfait. Tout le monde doit suivre les règles, moi y compris. Mais c'est impossible. Attends-moi et je te le promets, je partirai avec toi. »

Ils se serrèrent la main afin de sceller leur accord, faisant le vœu de se retrouver bientôt ensemble à Caracas. Cette nuit-là, Melbye était au lit avec la sœur de son voisin voleur, une jeune femme du nom de Jenny Alek qui posait pour lui et lui apportait son dîner, souvent du porc au jus de citron vert assaisonné de poivre et de romarin. Il y avait un coq chez son autre voisin, qui se mit à faire du tapage en pleine nuit si bien que Melbye se leva de sa paillasse posée à même le sol. Il glissa un œil à la porte et aperçut les gendarmes qui se dirigeaient vers chez lui. Il enfila son costume blanc, attrapa ses brodequins et sauta par la fenêtre avec quelques-uns de ses biens sous le bras, laissant Jenny seule dans son lit. Il ignorait si c'était Madame Pizzarro qui les avait envoyés ou si la famille de Jenny n'avait pas aimé les esquisses de nu qu'il avait réalisées d'après elle. Quelle que soit la raison, son temps sur l'île était révolu. Il alla directement au port, pieds nus, ses brodequins noués ensemble jetés sur une épaule, son chevalet sous le bras. Le prochain bateau était à destination de Sainte-Croix et il y monta. Le temps avait changé et la pluie tombait à verse. Fritz avait la mâchoire serrée. Il ne s'était pas trompé sur le compte de la mère de son ami. Elle était féroce. C'était une force qu'il espérait ne plus avoir à rencontrer.

Melbye écrivit une lettre dès qu'il fut installé, ayant quitté Sainte-Croix pour poursuivre sa route vers le Venezuela où il s'était établi dans une cabane de fortune sur la plage. La lettre arriva un jour où Camille était passé par la poste récupérer le courrier de Jestine. La disparition de Melbye l'avait intrigué et blessé. Quand il était allé à sa recherche, tout ce qu'il avait pu tirer de Jenny Alek était que Melbye était un couard et un loup-garou. Mais une autre voisine, une certaine Mme Doogan, lui avait dit que c'était un homme bon qui lui avait offert plusieurs croquis et une grande toile représentant le port de Saint-Thomas vu du haut de la Tour du Ciel. Elle n'avait dit aucun mal de lui.

Camille fut ravi de recevoir enfin une lettre. Il ne fut pas surpris d'apprendre que les gendarmes étaient venus chercher Melbye et soupçonna ses parents d'avoir été les dénonciateurs. Manifestement, le temps était venu pour lui de partir. Il avait économisé suffisamment d'argent. Il entra dans un café et, bien que ce ne soit pas de la nourriture kasher, il commanda du crabe et du riz au porc effiloché. Il avait appris à aimer ce plat, que Melbye commandait toujours et qu'il avait souvent partagé avec lui. Il relut la lettre puis la brûla, afin de s'assurer que sa mère ne mettrait jamais la main dessus. Il regarda la fumée monter en spirales dans l'air et ce fut comme si son passé était en train de brûler devant lui. Cette nuit-là, lorsqu'il fut certain que tous dans la maison dormaient, il boucla un sac puis rédigea une lettre pour ses parents qu'il laissa dans le parloir. Il ne souhaitait point les blesser, mais ses rêves lui paraissaient plus réels que leur foyer et mille fois plus présents que le bureau d'expédition ou les rues de Charlotte Amalie. S'il ne s'en allait pas maintenant, il se retrouverait piégé. Il partit le lendemain matin avant l'aube, sur un navire à destination du Venezuela où il allait séjourner pendant deux ans. Il se rendrait de la capitale, Caracas, à la ville portuaire de La Guaira, où la mer était comme un miroir.

Le jour de son départ, il avait déjà commencé à se sentir plus vivant à mesure que le navire s'éloignait du quai et que les odeurs de la mer – algues, sel et la sueur des marins – envahissaient l'air. L'eau était d'un bleu exquis, un bleu hantise, la couleur de la protection. Fritz l'attendrait sur le quai et tout lui paraîtrait bleu au début, mais lorsqu'il regarderait plus attentivement le paysage qui l'entourait, il verrait que les arbres étaient violets au crépuscule, l'herbe gris clair, l'eau verte comme les feuilles tendres des tilleuls qui bordaient la Seine. Il s'éveillerait à l'heure qu'il voudrait et s'endormirait à l'épanouissement de l'aurore. Il passerait des heures seul, à dessiner, devenant partie de ce qui jaillirait sur son carnet de croquis, un oiseau, une fleur, une femme debout sous une cascade.

Rachel lut la lettre d'adieu de son fils à sa table de cuisine. Elle savait qu'elle n'avait pas d'autre choix que de le laisser partir, car il était déjà parti. Elle comprenait ce que c'était que de rêver d'un autre pays et d'une autre vie, cette nostalgie d'ailleurs qui vous déstabilisait et rendait votre vie éveillée difficile à traverser. Elle apporta son billet à Jestine et elles le relurent ensemble, tâchant de déchiffrer son sens plus vaste.

« Tu te souviens quand il était bébé et qu'il n'arrivait pas à dormir ? dit Jestine. Il est toujours le même, celui qu'il était quand il est né. Voué à te causer du souci. »

Au lieu de rentrer chez elle lorsqu'elle quitta son amie, Rachel prit la route des collines. Elle n'était pas encore prête à annoncer à Frédéric le départ de leur fils ; elle voulait protéger son mari jusqu'au moment où elle n'aurait plus d'autre choix que de partager la nouvelle. Maintenant, alors qu'elle cheminait, elle songeait à sa propre nostalgie, se demandant si elle avait transmis son insatisfaction à son fils. Ces choses-là se trouvent-elles dans le sang ? Ses autres enfants étaient plutôt heureux de leurs vies, ils rêvaient de choses ordinaires, ils se mariaient, fondaient des familles, ils se réveillaient dans la journée où ils se trouvaient plutôt que de se languir d'autre chose. Elle se retrouva bientôt sur le sentier peu pratiqué proche de la cascade où Frédéric s'était baigné avec les poissons à son arrivée sur l'île. Il lui avait dit avoir été envoûté. Quand ils étaient seuls, il le lui disait encore. L'amour était un sortilège. Elle songea au jour où il s'était présenté à sa porte. Il s'était assis à leur table et avait tenu le bébé né après la mort d'Isaac. Dès qu'elle l'avait vu, elle avait su. Ils rêvaient tous les deux de pluie, et de Paris ; ils dormaient encore comme font les gens qui se noient, cramponnés l'un à l'autre.

Rachel s'arrêta en apercevant les os du guérisseur, le squelette auprès duquel Jacob Camille s'était un jour couché. Ils étaient si blancs dans l'herbe. Elle avait embrassé l'homme aux herbes naguère pour le remercier d'avoir sauvé la vie de son mari. Elle s'était fiée à sa médecine et à son avis. Où était partie la connaissance de cet homme sage ? Se trouvait-elle dans l'herbe ? Dans le ciel ? Il y avait quelques tamariniers tout près, des oiseaux plein leurs branches. Un pélican perché la regardait. Tout ce qu'Adelle lui avait annoncé s'était réalisé, mais peut-être que ce n'était pas un don de double vue. Peut-être avait-elle su deviner ce qui allait arriver parce qu'elle avait très bien connu Rachel. Mieux que sa propre mère ne l'avait connue. On ne pouvait obtenir tout ce que l'on désirait, mais si l'on trouvait l'amour, on était fortuné. *Il ne sera pas le seul*, avait prédit Adelle lorsque Rachel avait été mariée à Isaac sans amour.

Il y avait un sentier creusé dans l'herbe. Rachel songea à celle qui l'avait précédée, qui avait refusé de mourir avant que sa fille ne fût baptisée. Elle songea à sa meilleure amie au monde dont la fille avait disparu depuis vingt ans. Elle s'avança dans l'entrelacs de lianes. Des papillons blancs se soulevèrent en cyclone lorsqu'elle effleura les feuillages. Les fleurs rouges commençaient à s'épanouir, larmes de sang rouge des épouses abandonnées. La cabane était telle qu'elle se la rappelait, penchant sur un côté, le bois de la porte virant au vert mousse, moisi par l'humidité. Le jardin croissait à l'état sauvage, mais les coquillages délimitant son périmètre étaient toujours là. L'homme aux herbes avait cultivé ce qu'il utilisait le plus : figuiers de Barbarie, romarins, poivriers, bougainvilliers, tamariniers. Un peu partout poussaient aussi des manguiers, plantés il y a longtemps par les femmes disparues qui n'avaient jamais vu leur amour payé de retour.

Lorsque Rachel ouvrit la porte, elle s'attendait à trouver l'intérieur d'encre dans la cabane. Au lieu de quoi, elle découvrit un monde de lumière. Elle dut cligner des yeux. Elle se tenait plus coite que jamais. Manifestement, son fils était venu ici. Il avait laissé derrière lui des peintures de Paris, les rues qu'il avait arpentées et qui étaient luisantes de pluie, les nappes de brouillard gris et blanc, le parc où il avait observé la fille de Jestine pendant des mois, à son insu, les bâtiments de légende du Louvre, un miracle sur terre, les chevaux blancs dans le parc, le jardin des Tuileries empli de roses Bourbon. Pour Rachel, c'était comme si ses rêves avaient pris vie, car c'étaient là des peintures de rêve, vues comme nul autre œil ne verrait, tout comme l'homme aux herbes le lui avait dit quand son fils était bébé et ne pouvait délaisser le monde assez longtemps pour fermer ses yeux et dormir.

Elle tourna sur elle-même, décrivant un cercle, car tous les murs étaient recouverts. Certains murs figuraient Paris, d'autres étaient des fresques incandescentes de l'île, deux mondes conjugués. Il y avait des mouettes, des pélicans, des étoiles, des lianes couvertes de fleurs roses, des femmes qui ressemblaient à des anges portant des panières de linge. Il y avait une femme en robe noire, une silhouette très semblable à celle de Rachel elle-même, comme vue à travers une glace étamée. Il avait peint la mer de la couleur qui tient les esprits éloignés, raison pour laquelle elle n'avait point trouvé ce lieu glorieux avant ce jour. Il était demeuré caché, protégé par un sortilège. L'absolue beauté de l'art de son fils l'étourdissait. Il y avait là leurs deux mondes, l'endroit où ils avaient été élevés et la ville dont ils avaient rêvé. Il retournerait à Paris, c'était une évidence. Elle pouvait tenter de l'attacher ici ou elle pouvait l'aider quand il rentrerait du Venezuela, sans le sou et harassé, mais plus excité par son travail que jamais. Elle aurait à convaincre Frédéric qu'il vaudrait mieux pour eux tous que Camille reparte étudier en France. Car voilà qui il était pour elle désormais, et plus l'ancien Jacob. Ce garçon-là, qui aurait pu diriger leur négoce et se fixer à Saint-Thomas avec une famille à lui, n'était plus. C'était une perte que de renoncer au fils qu'elle avait imaginé pour accepter celui qu'il était devenu, mais si Adelle avait été près d'elle, elle aurait pu dire : *À quoi vous attendiez-vous ? Il est votre garçon, proche de votre cœur.*

Rachel s'assit sur le matelas que son fils avait rembourré de paille fraîche. L'homme aux herbes avait dormi ici durant soixante-dix années. Si elle-même y avait un jour dormi, ses rêves auraient pris place à l'intérieur des peintures de son fils : elle aurait été assise dans le parc qu'il avait peint, vêtue d'une robe de soie grise dont les couleurs se diapraient dans la lumière. Elle se surprit à penser à l'âne qu'elle avait abandonné sur la route, et au bébé dont la mère l'avait trop aimée pour mourir avant qu'elle ne soit baptisée, et à la petite fille à qui l'on avait dit que sa mère viendrait la chercher mais qui au contraire avait été emmenée en mer, et à l'homme pour qui elle aurait tout fait qu'elle avait sauvé d'une fièvre, et à l'enfant qui refusait de dormir parce qu'il voyait ce que le reste du monde ne voyait pas.

Chapitre dix

Fugitif

CHARLOTTE AMALIE, SAINT-THOMAS
1855
CAMILLE PIZZARRO

Lorsque Camille Pizzarro revint à Saint-Thomas depuis le Venezuela, il n'avait pas dormi depuis plusieurs jours. Il avait dû quitter précipitamment la ville balnéaire de La Guaira pour rejoindre le port de Caracas, où il attendit le bateau qui le ramènerait chez lui. Il paya un supplément pour sa traversée mais peu lui importait qu'il ne lui reste rien. Il avait l'habitude d'être pauvre, là n'était pas la question. Il portait la nouvelle de la mort de son frère Joseph Félix cousue en lui telle une lame acérée. C'était le chagrin, ou la culpabilité, ou les deux forgés ensemble. Il était parti depuis deux ans, mais à présent il lui semblait avoir été loin de chez lui pendant dix ans. Son frère cadet, Aaron Gustave était mort à l'âge de vingt ans, durant son absence, et Camille ne l'avait pas su avant deux mois, le temps qu'une lettre arrive. Et maintenant Félix, âgé de seulement vingt-huit ans, était décédé aussi. Deux fils morts de la fièvre, tout comme Madame Halévy avait perdu ses garçons des années auparavant.

Une fois encore, Camille était un étranger dans son propre pays, plus encore qu'à son retour après ses années d'études à Paris. Il avait alors des espoirs de fuite. Aujourd'hui, il n'était plus aussi sûr. Il était sans le sou et débraillé, comme ces Américains négligés qui débarquaient sur l'île sans rien, en quête désespérée d'un changement de destinée. Il n'était plus un jeune garçon avec des rêves de Paris, mais un homme de vingt-cinq ans qui avait un peu connu le monde. Il avait un petit sac rempli d'effets et une malle emplie de ses toiles, et paya pour les faire garder sur le quai pendant qu'il s'acquittait de ses devoirs familiaux. Il n'avait jamais été proche de son frère, mais voilà maintenant qu'il pleurait cette absence de proximité. En fait, il connaissait à peine ses frères et sœurs plus âgés et leurs enfants, ses neveux et nièces, dont certains étaient presque aussi âgés que lui. Avec cette mort subite de Félix, le fils aîné de son père et de sa mère, il se découvrait la proie de regrets poignants. À qui était-il cher en ce monde ? Et qui lui était cher ? Tout à sa précipitation, il ne s'était pas lavé et sa peau était couverte d'une éruption érythémateuse qu'il avait contractée en dormant sur des matelas infestés de poux. Pourtant, il était bel homme, encore que trop mince, peut-être. La plupart des gens qu'il croisa en se hâtant de remonter du port ne le reconnurent pas. Ceux qui savaient qui il était se souvenaient de lui comme du fils Pizzarro qui n'avait pas la tête faite pour les affaires, qui avait fréquenté l'école morave et aimait à flâner en solitaire, un carnet à croquis sous le bras.

Il courut jusqu'au cimetière où il arriva alors que le service funèbre se terminait. La cérémonie n'aurait attendu personne, surtout par un tel temps, alors que les corps des défunts devaient être conservés dans de la glace en attendant de pouvoir être inhumés. Camille laissa choir son sac à terre pour prendre son tour avec la pelle afin d'offrir au défunt l'ultime faveur de le recouvrir de terre. Il pleura en aidant à enterrer son frère. Sa barbe et ses cheveux étaient longs ; il était trop maigre et émotif, consumé d'accès de mélancolie qui lui venaient de tous ses échecs. Une centaine de feuilles tombèrent dans ses cheveux et sur ses épaules. Était-ce son imagination, ou bien les gens détournaient-ils le regard ? Il ne portait ni châle de prière ni calotte sur la tête. Peut-être ressemblait-il à un démon avec ses longs cheveux défaits, ses vêtements usés jusqu'à la trame. Il y avait une assemblée de plus de cent personnes endeuillées, parents, amis, voisins, clients du magasin et hommes de l'Association des Citoyens. Ses parents étaient des membres respectés de la congrégation à présent, surtout en ce jour où ils avaient perdu leur fils premier-né. Camille s'avança vers son père et l'étreignit puis se tint à côté de lui pendant qu'on récitait les dernières prières du matin. Sa mère paraissait plus petite, plus vieille aussi. Elle lui évoquait un corbeau dans un arbre. Elle lui adressa un signe de tête, son regard soutenant le sien. Il observa qu'elle ne pleurait pas. Mais naturellement, elle n'avait jamais été femme à montrer ses sentiments en public : elle voyait cela comme un signe de faiblesse.

Melbye resterait au Venezuela avant de retourner à Paris puis de partir pour New York, la destination qu'il jugeait la meilleure pour un artiste. Fritz avait souhaité que son ami l'accompagne mais Camille n'aurait pu le faire, même si on ne l'avait pas rappelé chez lui. Il était à court d'argent et chacun savait que New York était un endroit rempli de millionnaires. À la fin de son séjour au Venezuela, il était plus ou moins un mendiant, esquissant des portraits à la craie pour un prix dérisoire. Melbye avait le soutien financier de son père, et il avait payé beaucoup de leurs dépenses communes, mais il n'avait pas assez pour payer la traversée de Camille vers Paris, puis vers New York et, une fois arrivés là-bas, pour un atelier à Manhattan assez grand pour eux deux. Lorsque la nouvelle était arrivée de la maladie du frère de Camille, Fritz avait dit :

« Peut-être est-il temps que tu rentres chez toi et que tu prennes certaines décisions. Tu es peut-être destiné à aller de l'avant seul. Peut-être serais-je un obstacle pour toi.

— Je ne le crois pas, avait dit Camille. C'est moi qui ai été un obstacle pour toi. »

Après l'enterrement, il y eut une réception familiale avec trop de nourriture et trop de voisins. L'appartement avait-il toujours été aussi exigu ? Camille était plus grand que tous, avec de longs membres : il dut se baisser pour franchir le seuil. La soirée était tout à la fois un repas de funérailles et la célébration d'un retour, troublant amalgame. Laissons place au chagrin, songea Camille. Il avait honte de se voir accorder une quelconque attention. Il baissait la tête et disait : « S'il vous plaît, ignorez-moi », mais on ne l'écoutait pas. Ses sœurs avaient préparé un dîner si plantureux que toute la surface de la table en était couverte. Soupe de poisson au tamarin, pain frais parfumé à la mélasse et à la cardamome, tarte aux pommes confectionnée avec les fruits de l'arbre de la cour, des pommes si acides qu'il fallait les adoucir avec deux tasses d'eau sucrée et de la mélasse. Sa sœur aînée, Hannah, mère d'enfants presque adultes, était allée chez Helena James commander un énorme gâteau à la noix de coco. Mais Delphine, sa jolie petite sœur au teint pâle, était absente. À son insu, elle avait été envoyée en France vivre chez des parents, accompagnée de leur nièce, Alice, qui avait à peu près le même âge qu'elle et était déjà mère de jeunes enfants. Lorsqu'il apprit cette nouvelle, Camille ressentit une pointe de jalousie. En vérité, Delphine était d'une constitution maladive et leur mère espérait qu'elle bénéficierait de meilleurs soins médicaux si elle vivait avec l'oncle et la tante qui habitaient en dehors de Paris. N'empêche, il regrettait de ne pas être celui qui avait accompagné sa sœur. Il avait dit à Fritz que fuir au Venezuela l'avait sauvé de la servitude de ses origines bourgeoises, lui permettant de fréquenter des gens réels avec des préoccupations réelles. Et voilà qu'il était ici, happé par sa famille. Déjà il sentait un nœud coulant se refermer autour de sa gorge.

Tout le monde accueillait son retour avec bonne humeur, excepté sa mère, qui lui avait à peine adressé la parole et était allée s'allonger dans sa chambre après le service funèbre. Jestine était là pour étreindre le fils de son amie d'enfance et expliquer que Rachel avait des vertiges dus à la chaleur et qu'elle reviendrait bientôt parmi eux.

« Comment va ta fille ? », demanda Camille.

Il avait souvent repensé à sa traque de Lydia qui avait duré si longtemps, et comment il l'avait croquée avant même qu'elle ne connaisse son existence, et avait appris les surfaces et les courbes de son visage avant qu'ils n'aient échangé le moindre mot.

« Elle m'écrit deux fois par semaine, et parfois plus. Elle demande souvent de tes nouvelles. Je lui ai appris que tu t'étais enfui pour voir le monde.

— Pas tout à fait le monde, corrigea-t-il avec mélancolie.

— Plus que je n'en aie jamais vu », l'informa Jestine.

Lorsqu'enfin Rachel se présenta au souper, Camille alla vers elle et l'embrassa trois fois, bien que sa réception fût froide. En présence de sa mère, la posture de Camille se redressa et il ressentit une vague d'embarras en raison de sa barbe en broussaille et de ses vêtements élimés, et encore plus de ses vieux brodequins usés, les mêmes qu'il portait en quittant Saint-Thomas deux années plus tôt, si bien qu'aujourd'hui le cuir en était éraflé et taché, et les semelles partaient en lambeaux. Il s'attendait à se voir tancer sur son apparence, mais sa mère se contenta de le saluer en français.

En vérité, après deux ans passés à parler espagnol, c'était un vif soulagement de se glisser à nouveau dans le confort de sa première langue.

«*Je ne savais pas si vous reviendriez un jour**», lui dit-elle.

En français, cela ressemblait à une accusation, car elle s'était adressé à lui en le voussoyant comme s'ils venaient tout juste de se rencontrer. S'il avait bien entendu, il y avait une cassure dans sa voix. Mais évidemment, elle venait de vivre une journée terrible et éprouvante. Il n'empêche que sa mère avait une étrange expression, trahissant une vulnérabilité surprenante.

«Je ne souhaitais point rentrer», admit-il.

Rachel se rétracta en elle-même. Elle avait le sentiment que cette remarque n'était pas seulement dirigée contre leur île, mais aussi contre elle.

«Il faudra que Jestine te couse une nouvelle veste, dit-elle après avoir jeté un coup d'œil à la mise de son fils. Tu en as cruellement besoin.»

Camille sourit, rassuré. C'était bien sa mère telle qu'il l'avait toujours connue, incapable de garder sa désapprobation pour elle. Elle ne s'était point laissée circonvenir par l'esprit d'une autre femme, après tout. En un sens, il était rassurant de savoir que certaines choses ne changent pas.

«Je suis vraiment navré de n'avoir pas été là durant la maladie de Félix, dit-il.

— Vraiment? répliqua sa mère. J'aurais cru que tu étais plutôt content d'être au Venezuela. Assurément, nous n'avons guère reçu de tes nouvelles. Une seule lettre après la mort de Gus.»

À son ton de voix et sa façon de le quitter abruptement pour saluer d'autres voisins, il n'aurait su dire si elle était ou non heureuse qu'il soit revenu. Cette nuit-là il dormit dans sa chambre d'enfant, celle qu'il avait naguère partagé avec ses frères. Il avait secrètement dessiné sur l'un des murs mais en son absence, son œuvre d'art de renégat avait dû être découverte car le mur avait été nettoyé. Il entendit des papillons de nuit heurter ses volets clos et pensa à Marianna, la fille qu'il avait cru aimer un jour. La prochaine fois qu'il éprouverait de tels transports, il n'attendrait pas pour agir, ni n'aurait cure de l'approbation de quiconque. Il se languissait d'amour et, dans son petit lit, il se sentit plus seul qu'il ne l'avait jamais été dans les ruelles de Caracas. Maintenant qu'il était chez lui, il se sentait plus perdu que jamais, mais c'était une perte intérieure. Il y avait un vide en lui, le sentiment étrange que plus il resterait ici, plus il deviendrait étranger à lui-même.

Le lendemain, il descendit au port récupérer sa malle et paya une petite redevance au préposé des douanes. Il lui restait très peu d'argent et cela aussi représentait une gêne. Il lui faudrait demander de l'aide à ses parents, ce qui serait humiliant. Il avait de fait vendu quelques toiles et esquisses, mais la majeure partie de ce qu'il avait gagné avait été dépensé pour assurer la simple survie, l'achat de nourriture et de matériel.

Il était si pressé qu'il ne remarqua pas une femme aux longs cheveux bruns debout sur l'esplanade, qui l'observait, une ombrelle au-dessus de sa tête, car la chaleur était brutale sous un soleil incandescent. Puis elle l'appela par son ancien nom, Jacob. Il sentit quelque chose le transpercer comme un poignard. Il leva les yeux et reconnut sa mère. Elle avait le visage dans l'ombre et son expression était difficile à déchiffrer. Jestine lui avait toujours dit qu'il ne connaissait pas Rachel Pomié Petit Pizzarro, pas plus celle qu'elle avait été que celle qu'elle était ou avait pu être un jour. Mais assurément si ce que Jestine disait d'elle était vrai, elle allait maintenant le condamner pour le temps qu'il avait passé à l'étranger, lequel, en dépit des premières inquiétudes qu'il avait eues quant à son talent, s'était révélé glorieux, instructif et d'une liberté défiant l'imagination. Il s'était lavé dans des barils d'eau de pluie et baigné dans des fleuves où nageaient d'énormes poissons verts avec des dents. Il avait dormi sur des plages où des puces lumineuses sautaient dans l'air noir chatoyant, et dans des étables qui avaient abrité des ânes, et dans les bras de femmes dont il savait qu'il ne les reverrait jamais. Or, tout le temps qu'il avait passé au Venezuela, il avait rêvé de pluie et de rues pavées couvertes de neige, et du jardin à l'arrière de la maison de sa tante où, après que la fille de Jestine l'eut initié aux constellations, il sortait observer les étoiles. Les étoiles en France étaient d'un rose pâle, assemblées selon des motifs qu'il n'avait jamais vus auparavant. C'était Lydia qui lui avait montré le Lion, le Cancer et Orion, le Chasseur que son chien suivait dans sa course à travers le ciel.

« N'avez-vous pas le désir de revenir à Saint-Thomas ? avait-il un jour demandé à Lydia.

— C'est comme me demander si j'aimerais enjamber l'extrémité de la terre. Tout ceci est réel. » Elle avait donné un coup de menton en direction du jardin qui les entourait. « Le reste n'est qu'un rêve. »

Il marchait à travers ce rêve en cet instant, en transpirant. Sa mère s'avançait vers lui sur le quai et il n'y avait pas grand-chose qu'il pouvait faire pour échapper à son courroux. Son frère avait lutté pour respirer sur son lit de mort pendant que Camille somnolait dans un hamac, les yeux rivés sur les étoiles, car au Venezuela les étoiles étaient jaunes et fort lointaines. Elles auraient paru irréelles à Lydia, si habituée aux cieux de Paris, mais il les avait peintes ainsi, telles des pépites d'or jetées à travers la nuit.

« C'est la tienne, je présume ? »

Rachel désigna la malle d'un signe de tête. Cette fois, ce n'était pas la malle empruntée à son père : il était parti trop précipitamment pour l'emporter. Il avait acheté celle-ci pour une bouchée de pain à Caracas. Déjà, elle tombait en ruines, ses lattes de bois en partie décollées. Sa mère pointa le doigt et dit :

« Ouvre-la.

— Ici ? Cela ne peut-il attendre ? »

Le voyage avait été long en raison du temps et des marées, et l'enterrement avait été douloureux, et la nuit dernière il s'était trouvé harcelé par la chaleur et le cognement des insectes aux fenêtres.

Mais sa mère insista.

« Je veux voir ce que tu as fait pendant deux ans. »

Camille fit coulisser le verrou et souleva le couvercle. Il y avait vingt de ses toiles et des croquis innombrables des plages où il avait élu domicile avec Melbye, pour peu qu'un poêlon et deux tasses puissent tenir lieu de foyer. Il y avait des dessins des femmes qu'il avait fréquentées, et plusieurs vues du port qu'il admirait le plus dans un petit village de pêcheurs où les gens l'appelaient *le Français**. Melbye et lui avaient reçu des sobriquets qui les faisaient rire, surtout sachant que Pizzarro n'était pas français mais créole. Ils étaient des originaux, partout où ils allaient, les mains tachées de peinture et de fusain, deux hommes grands et longilignes qui aimaient boire, rire et rencontrer des femmes. Mais Camille avait pris sa peinture de plus en plus au sérieux. C'était à peine si on pouvait l'arracher à son travail. Il utilisait tant de nuances de pourpre et de gris pour peindre ses paysages que Melbye avait ri en le traitant de daltonien.

« As-tu besoin de lunettes, mon ami ? », avait-il dit.

Mais en fin de compte, Fritz était devenu son plus grand partisan. Peut-être était-ce son rendu des étoiles d'or dans une nuit peinte si noir que tous les arbres et arbustes aussi étaient noirs. Melbye en était venu à comprendre que son ami voyait ce que les autres ne voyaient pas. Si l'écorce d'un arbre était grise au crépuscule, et le feuillage pourpre, alors qu'il en soit ainsi.

« Je vois que tu as produit une grande quantité de travail, dit Rachel en examinant le contenu de la malle. Si l'art peut être qualifié de tel. »

Elle jeta un coup d'œil à son fils et il haussa les épaules, contrarié.

« C'est une vocation, dit-il. Que vous soyez ou non encline à voir cela comme un travail vous regarde entièrement.

— Et toi, comment le vois-tu ? »

Elle avait des yeux noirs perçants, des yeux d'oiseau. Rien ne lui échappait. Ou peut-être que toute mère était capable de dire quand son fils se montrait franc et sincère. Il lui dit donc la vérité.

« Je le vois comme un salut. »

Rachel avait commencé à dérouler une toile de la malle. C'était une étude d'un port constellé de bateaux. Il présentait une texture brumeuse comme si le paysage marin avait été vu au travers d'embruns. Le jour où Camille l'avait commencé, il avait travaillé avec tant de fièvre qu'il était tombé malade, et toujours, il était incapable de s'arrêter.

« Je prendrai celle-ci. »

Elle lui fit signe de refermer la malle et ramena la toile contre elle.

« Ah oui ? » Il se mit à rire. « Depuis quand avez-vous décidé que je sais peindre ? Vous m'avez dit de mettre tout cela de côté. Vous disiez que rien ne paraissait d'aplomb.

— Je n'ai jamais dit que tu ne *savais pas* peindre. Je ne souhaitais pas que tu peignes. À présent, il apparaît évident que ce que je dis n'a aucune importance. »

Ils avaient commencé à monter vers Dronningens Gade, gravissant les marches dont on disait qu'elles dissuadaient les loups-garous d'attraper les esclaves en fuite en les faisant trébucher à l'endroit où la centième marche aurait dû se trouver. Camille continuait d'être troublé. Il se serait attendu à ce que son père vînt l'aider à ramener sa malle depuis le port, non point Madame Pizzarro. Il traînait la malle derrière lui. Son bras lui faisait mal. Il transpirait sous ses vêtements et il savait qu'il ressemblait à un portefaix de louage trouvé sur les quais. Sa mère portait elle-même sa toile bien que celle-ci fût assez encombrante. Elle était manifestement plus forte qu'elle ne le paraissait et elle grimpait les marches comme une jeune fille. Il supposait que cette toile était sienne si elle la voulait ; mais il se demandait tout de même ce qui l'avait poussée à la choisir.

Alors qu'elle avait conservé le portrait de Jestine dans sa chambre, en sorte que rares étaient ceux à l'avoir vu, elle accrocha la nouvelle toile dans le parloir, sur le mur au-dessus du sofa. Les gens la remarquaient. Comment auraient-ils pu l'ignorer ? Elle était si peu commune, un paysage de rêve autant qu'un paysage marin. Quelque chose d'insolite, une vision dont on ne pouvait détourner les yeux. Ses frères Petit plus âgés avaient ri de l'aspect irréel du tableau, mais sa grande sœur Hannah avait été fascinée. Elle était venue en visite un après-midi et avait longuement examiné la toile avant de dire :

« Je n'avais aucune idée du véritable talent qui est le tien. »

Camille, embarrassé par les attentions de sa sœur, l'avait remerciée puis avait secoué la tête.

«J'ignore pourquoi notre mère l'a voulu. Elle n'aime point l'art, n'est-ce pas? Et elle n'aime assurément pas le mien.

— Détrompe-toi», avait répondu sa sœur.

Hannah croyait se souvenir du jour où Rachel était devenue sa mère, ou peut-être était-ce seulement parce que Rosalie lui avait relaté cette rencontre tant de fois que celle-ci s'était gravée dans son esprit. Elle était un tout petit bébé mais les jeunes enfants se souviennent de bien plus de choses qu'on ne le soupçonnait. Elle savait que Rosalie était en train de préparer de la soupe de poulet au citron vert, et que Rachel l'avait tenue et l'avait comparée à une campanule, puis qu'elle lui avait chanté une chanson pour l'endormir. Hannah rendait souvent visite à Rosalie le dimanche. Elle aimait qu'on lui raconte des histoires, et pas seulement de ses deux frères aînés, tous deux hommes sérieux d'âge presque mûr à présent; ou de son père Isaac; mais aussi de sa première mère, celle qui avait refusé de mourir avant qu'elle ne soit baptisée et ainsi protégée de Lilith qui ne pourrait venir la réclamer. Quelquefois Rachel lisait aux enfants de Hannah des histoires de ses carnets, des contes si merveilleux qu'ils les tenaient en admiration, fascinés.

«Notre mère parle souvent de toi, confia Hannah à Camille. Tu es le seul de la famille à avoir du talent. Quand elle commence à en parler, elle ne peut plus s'arrêter. Maintenant je comprends pourquoi.»

Camille la regardait, hésitant, incapable de croire que sa mère parlât de lui sous un tel jour. Mais il vit dans les yeux de sa sœur que c'était vrai. Hannah insista pour qu'il l'accompagne en promenade. Elle avait ses plus jeunes filles avec elle et Camille se sentit coupable de ne pas se rappeler leurs prénoms. Leurs pas les menèrent au cimetière. Camille se mit à rire quand il s'en rendit compte.

«Est-ce une tradition familiale? Partir en vadrouille et se retrouver dans le pire endroit du monde?

— C'est beau ici», affirma Hannah.

Elle le conduisit sur la tombe des Petit. Les enfants jouaient et dansaient. Il ne se rappelait pas leurs prénoms mais l'une avait les yeux bleus et l'autre un lavis de taches de rousseur sur le visage. Elles portaient des robes de vichy et leurs bas avaient été roulés sur leurs chevilles. Elles lançaient en l'air des feuilles mortes qui retombaient en pluie sur le sol.

«Je viens tout le temps ici avec notre mère, poursuivit Hannah. Nous déposons des fleurs sur la tombe de ma mère.»

En effet, il y avait des fleurs rouges disposées dans un vase de terre, l'air si fraîches qu'elles semblaient continuer de s'ouvrir sur leurs rameaux. Les deux filles de Hannah s'étaient rapprochées, peut-être par crainte des fantômes. Il n'avait pas remarqué qu'elles avaient glissé leurs mains dans les siennes, mais voilà qu'il s'en avisait. Des abeilles bourdonnaient. Il avait tort et Hannah avait raison. Cet endroit était peut-être bien le plus beau sur terre. Il sentit des larmes gonfler ses yeux.

«Emporte-les avec toi quand tu partiras, lui dit Hannah en lui tendant un rameau de fleurs. Quand tu seras à court de sujets à peindre, cet endroit sera toujours avec toi.

— Je ne m'en vais pas, dit Camille. C'est trop tard pour ça.»

À travailler au magasin auprès de son père, il en était venu à éprouver une immense responsabilité. Sa vie sur l'île de Saint-Thomas était un fardeau dont il aurait aimé se délester, sans en avoir la possibilité. Désormais, ses frères disparus, c'était de nouveau la vie de commerçant pour lui. Il n'y avait pas d'autre choix possible. Cette fois-ci, il était silencieux et faisait son travail de son mieux. Il prêtait attention. Il ne dormait plus dans la réserve ni ne peignait lorsqu'il était censé être sur le port à prendre livraison de cargaisons envoyées de l'étranger. Il rêvait de Paris, cependant, et dans ses rêves il demandait à Lydia s'il était possible d'aimer un endroit et pourtant de désirer le quitter. Elle lui tendait un petit télescope fait d'acier, de laiton et de cuir et d'une lentille grossissante. Il regardait au travers et voyait les constellations – les Poissons, le Cancer, le Lion, Orion le Chasseur – suspendues au-dessus de sa tête tel un dais dans la nuit.

Le soir, il allait marcher, comme le faisait son père à ses débuts sur cette île, comme lui-même l'avait fait à son retour de Paris, quand il ne savait que faire de lui-même. Il empruntait des routes sinueuses montant dans les collines. De tout là-haut au-dessus du rivage, il contemplait les couleurs de la mer, comment l'eau virait du vert au plomb quand passaient les nuages. Il monta à l'ancien fort dont les gens disaient que c'était la porte de l'enfer, où tant d'esclaves étaient arrivés qu'on ne pouvait tous les compter. Le fort était désert à présent, et les pierres grêlées de coups de fusil ; certaines s'étaient tout à fait écroulées et n'étaient guère plus que poussière. Il passa devant la maison de Madame Halévy. Quelqu'un avait soigneusement restauré la vieille demeure : il y avait un toit neuf, de nouveaux volets verts, et à l'arrière un véritable jardin avec des rosiers importés d'Angleterre et de Caroline du Sud. Il erra jusqu'au coin de campagne où Mme James vivait avec sa fille, ses petits-enfants et arrière-petits-enfants. Un jeune homme, l'un des petits-fils, sortit pour voir qui demandait sa grand-mère.

« J'avais l'habitude de bavarder avec elle quand elle travaillait en ville pour Madame Halévy, expliqua Camille. Je suppose que je travaillais aussi pour Mme James. »

En parlant avec lui, Camille découvrit que Roland était le frère du garçon qui était accouru le chercher le jour où la fille de Madame Halévy s'était présentée. Ce garçon, Richard, qui courait si vite que Camille et son père avaient eu du mal à le suivre, s'était noyé pas plus tard que l'été dernier. Tous dans la famille portaient encore des brassards noirs autour du bras gauche en sa mémoire. Mais il y avait aussi un bandeau d'étoffe noire autour du bras droit de Roland James.

« Celui-ci est pour ma grand-mère, expliqua-t-il. Elle est morte il y a six mois. »

Roland était aussi grand que Camille, mais mieux bâti et plus robuste, boulanger lui-même, confia-t-il, tout comme l'était sa grand-mère. Il était employé au Grand Hôtel en ville. Ce jour-là il rendait visite à sa mère, elle-même âgée. C'était un jeune homme chargé d'un grand nombre d'obligations et responsabilités. Bien qu'il eût des frères et des cousins plus âgés, il avait toujours été considéré comme l'homme de la maison en raison de son tempérament responsable.

« Ma grand-mère avait quatre-vingt-treize ans quand elle est morte. Ce jour-là elle racontait encore comment elle avait sauvé un bébé de la noyade sous la pluie. Elle a toujours regretté de ne pas l'avoir gardé. Était-ce vous ? »

Camille secoua la tête. Il savait qui était ce bébé mais ne dit rien. Mme James désormais disparue, il était le seul à connaître l'histoire de la fille de Madame Halévy et du fils auquel elle avait donné naissance puis qu'elle avait abandonné devant le cimetière africain et qui avait grandi pour devenir Aaron Rodrigues.

« Elle disait que Madame Halévy était convaincue que ma grand-mère était un ange, poursuivit Roland. C'est pourquoi elle lui a donné tout ce qui lui appartenait. Mais je vais devoir tout vendre à présent pour subvenir aux besoins de la famille. J'espère que le fantôme de personne ne s'en offusquera.

— Vous avez raison de vouloir le vendre, dit Camille. Tout cela est très démodé. La vaisselle et les meubles devraient vous rapporter une jolie somme.

— Ma grand-mère avait demandé à être enterrée avec ses deux alliances en or, nous avons donc respecté sa volonté, même si je suis sûr qu'elles avaient beaucoup de valeur. Elles avaient une signification pour elle et elle disait que certaines choses doivent être enterrées avec nous quand nous partons pour l'autre monde. »

Peu de temps après cela, Camille tomba de nouveau sur Roland dans une taverne voisine du Grand Hôtel. Après quoi, ils commencèrent à se retrouver régulièrement pour prendre un verre. Fritz et sa camaraderie lui manquaient : il était un paria dans sa propre communauté, sans ami, et ses propres frères ne le comprenaient assurément pas. Même s'il allait à la synagogue avec son père tous les vendredis soir, il se sentait plus à l'aise avec Roland. Ils s'étaient vite aperçus qu'ils avaient fréquenté la même école et avaient eu les mêmes professeurs. Ils savaient réciter les mêmes poèmes en allemand et se souvenaient des mêmes histoires tirées de la Bible. Les vies qu'ils menaient ne se ressemblaient pas néanmoins. Roland avait une épouse et quatre enfants en bas âge et il travaillait douze heures par jour à l'hôtel. Camille dessina des portraits de la femme de Roland, Shirley, et de leurs enfants. Il entama une peinture figurant les enfants pourchassant un âne sur une route en bord de mer. Il aimait se rendre à leur maison familiale dans la Savane pour le repas du dimanche à midi, où Shirley cuisinait les recettes anciennes. Elle les tenait de Mme James avant que celle-ci ne meure et les avait toutes recopiées dans un livre qu'elle gardait sur une étagère. Elle faisait en particulier un ragoût de poissons que Camille aurait été heureux de manger tous les jours de sa vie. Roland James ramenait à la maison des gâteaux et des tartes de l'hôtel. Il était un remarquable pâtissier, bien meilleur que sa grand-mère ne l'avait été, et son gâteau à la noix de coco avait remporté plusieurs prix.

Les vieilles dames de Saint-Thomas manquaient de plus en plus à Camille. L'île lui paraissait vide par bien des aspects. Certains jours il n'avait aucune envie de se lever le matin mais il savait qu'il ne pouvait arriver en retard au magasin.

«Si j'étais toi, je retournerais à Paris», lui dit un soir Roland alors qu'il le reconduisait à mi-chemin de chez lui.

Il n'y avait plus aucun Juif dans le quartier, tous ayant déménagé sur la Colline de la Synagogue. Les gens parlaient encore du peintre roux qui avait vécu dans la Savane quelques années auparavant, et et comment les gendarmes étaient arrivés pour l'arrêter, et comment il s'était enfui au pas de course dans la rue, presque nu, pour échapper aux autorités. Certains disaient que le fils de Jenny Alek était son fils car il avait des cheveux roux comme le peintre.

«Écoute-moi, mon frère, poursuivit Roland. Sauve-toi. Je sais que tu le feras tôt ou tard. Mieux vaut trop tôt que trop tard. Un jour nous ne te verrons plus dans les environs et quelqu'un dira: «Oh, il est parti et ne reviendra pas». Bien sûr, tu me manqueras, mais je serai aussi heureux pour toi. Tu devrais le faire avant qu'il n'arrive quelque chose et que tu te retrouves marié avec une meute d'enfants.»

Camille rit. En vérité, il n'avait pas l'argent pour la traversée. Il vivait encore dans sa chambre d'enfant, il descendait au port prendre livraison de caisses quand du thé et des épices étaient déchargés de bateaux à voile en provenance d'Espagne ou du Portugal, il servait les clients et faisait de son mieux pour être poli.

«Tout ce que je sais, c'est que je serai encore là demain», dit-il à Roland.

D'une poignée de main, les deux hommes se souhaitèrent bonne nuit.

« Je sais que tu as été bon avec ma grand-mère, dit Roland. Elle parlait toujours du garçon de courses qui venait s'asseoir à la cuisine et faisait semblant de manger ses desserts. Elle disait que tu étais le seul enfant qu'elle ait jamais rencontré qui n'aimait pas les sucreries. Et ensuite tu l'as aidée quand cette dame est venue de Charleston pour lui chercher des ennuis. Elle a laissé quelque chose pour toi au cas où tu reviendrais un jour. Je n'en ai rien dit d'emblée parce que je ne savais pas si tu le méritais. Il fallait que j'apprenne à te connaître d'abord. »

Ils avaient continué à marcher sans s'en rendre compte et approchaient déjà de la Colline de la Synagogue. Ils s'assirent sur un banc devant une boutique vendant de la mercerie, des boutons et des fermoirs, ainsi que des abat-jour.

Roland lui tendit un morceau d'étoffe. Noué à l'intérieur il y avait une alliance en or.

« L'alliance de Madame Halévy », dit Camille surpris. Elle était abîmée d'avoir été portée. « Tu as dit que ta grand-mère avait été enterrée avec.

— Elle a été enterrée avec une des deux, mais elle a laissé l'autre pour toi. Elle m'a dit qu'elle pensait que tu reviendrais un jour et que je te reconnaîtrais parce que tu aurais l'air d'avoir besoin d'un bon repas. »

Tous deux rirent de ça.

« C'est assez vrai. »

Camille était toujours maigre avec des os saillants aux genoux et aux poignets.

« Elle disait que tu méritais d'avoir cette alliance parce que vous partagiez quelque chose tous les trois. J'ai pensé la vendre, j'ai failli le faire, et puis tu es arrivé et je me suis dit que j'avais plutôt intérêt à faire ce que ma grand-mère avait demandé. »

Camille prit l'alliance. Il avait de grosses mains et l'anneau ne passait même pas à son petit doigt, aussi le glissa-t-il dans la petite pochette de cuir, contenant des fusains et quelques bouts de papier, qu'il portait toujours sur lui.

« Ma grand-mère avait le chic pour te faire faire ce qu'elle voulait que tu fasses, dit Roland d'un ton songeur. J'étais indiscipliné et je passais par la fenêtre la nuit pour aller chercher les ennuis, mais elle m'a surpris et m'a terrifié pour me faire tenir tranquille. Elle m'a raconté que les fantômes se changeaient en oiseaux et que si je n'étais pas sage ils fondraient du ciel pour me trouver.

— Elle n'a rien dit des loups-garous ?

— Les vieilles familles hollandaises ? Elle n'en a pas eu besoin. J'en avais déjà peur tout seul. Ce sont ces oiseaux dont elle m'a parlé qui m'ont transformé. Je sortais à la nuit tombée pour les observer et je savais que j'avais plutôt intérêt à faire ce que ma grand-mère disait. »

Peut-être l'alliance de Madame Halévy l'inspira-t-il ? Il l'avait rangée dans sa pochette d'artiste et il la sortait souvent pour la regarder. Il avait renoncé à peindre à son retour sur l'île, ayant le sentiment que jamais il ne pourrait être un artiste à cause de sa situation dans la vie, or voilà que son art le hantait. Il se remit à la peinture, emportant le peu de matériel qu'il avait et s'aventurant jusqu'à la maison de l'homme aux herbes dès qu'il pouvait s'éclipser. Lorsqu'il y revint pour la première fois et qu'il poussa la porte, quelques mangoustes galopèrent sous les lames du plancher. Il y avait une pellicule de poussière sur ses fresques mais il fut content qu'elles soient encore là. Il se sentait chez lui ici. La mer et les étoiles qu'il avait placées aux murs et au plafond, les femmes qu'il avait vues au travail et avait recréées, les palmiers, travaillés feuille à feuille jusqu'à ce que tout ce qu'il pût voir fût du vert. Il dressa un chevalet de fortune et se mit au travail. Il puisa dans ce qu'il avait en lui et peignit de mémoire. Il peignit tout ce qu'il voyait devant lui dans les bois, mais transformé par la façon qu'il avait de l'envisager, en un rêve, en une brume, en des gris, des pourpres, des bleus, plus réels à ses yeux que le monde qui l'entourait.

Il travailla toute une nuit avec frénésie, peignant jusqu'au matin. Puis il se hâta de rentrer dans la rosée et le froid, et arriva à la maison en toussant. Il se mit au lit et quand il se réveilla, sa mère était là, ou peut-être rêvait-il qu'elle était là, occupée à lui préparer une infusion amère d'une écorce d'acajou qu'elle additionna de sel et non de sucre. Sa fièvre dura deux jours durant lesquels Rosalie vint relayer Rachel pour veiller à son chevet. Toutes deux avaient en mémoire l'époque où Frédéric était tombé malade. Rachel avait une mine épouvantable, blême, les traits tirés. Elle ne pouvait supporter l'idée de perdre un autre fils, et sûrement pas celui-là. Elle fouilla dans ses affaires et y trouva un anneau d'or qui l'intrigua, car il ressemblait à une alliance de mariage. Elle s'interrogea sur ce qu'elle ignorait à propos de son fils. Elle feuilleta une pile de petites toiles qu'il avait rapportées et cachées dans sa commode. Il y en avait une toute petite de la grande cathédrale Notre-Dame drapée de brouillard. Elle la prit pour elle et pleura de penser aux années de Camille à Paris, et de penser à lui maintenant qu'il lui était revenu, étendu sans mouvement dans ce lit.

Rosalie savait ce que Rachel ressentait : elle pensait avoir trop aimé son fils et ce faisant retourné son destin contre lui. Mais c'était faux. Rosalie apporta à Rachel une tasse de thé coupée d'une moitié de rhum.

« Aimez-le plus, lui dit-elle, et non pas moins. »

Rachel acquiesça de la tête, s'assit à côté de lui et n'en bougea plus. Elle dormit à peine et quand elle se laissait aller, elle somnolait dans le fauteuil. Lorsque Camille émergea de ses rêves enfiévrés, il vit l'alliance en or de Madame Halévy sur sa table de nuit. Sa mère était là près du lit, l'observant avec une attention particulière. Camille eut le sentiment d'avoir fait un lointain voyage. Ses bras et jambes étaient encore faibles. Il avait oublié toutes ces fièvres qui accablaient l'île et il était resté dehors à peindre à l'heure où les nuées de moustiques montaient des taillis. Il lutta pour se redresser sur ses coudes.

« Vais-je vivre ? demanda-t-il à sa mère.

— Crois-tu que je te permettrais de mourir ? »

Camille rit, ou tenta de le faire, et sa mère l'aida à se recoucher.

« À qui est cette bague de mariage ? », demanda-t-elle en désignant d'un signe de tête l'anneau posé sur la table.

Pour ce qu'elle en savait, il avait pu se marier au Venezuela : il était si secret et la tenait toujours à distance.

« Ce n'est pas une bague, c'est une histoire. » Il délirait encore un peu. « Elle appartenait à Madame Halévy.

— Alors c'est une histoire de sorcière », dit sa mère.

Là, il parvint à rire. Il prit la bague, qui parut fraîche à sa main. Il avait perdu tant de poids qu'il put la passer à son petit doigt.

« N'ayez crainte, mère, dit-il. Je sais me protéger des sorcières. »

Un vieil épisode d'enfance revint après leur conversation, un incident dont Rachel n'était toujours pas sûre qu'il eût été réel. Il lui semblait se souvenir d'une nuit où Madame Halévy s'était présentée à la porte de la maison de ses parents. Elle portait une cape noire car c'était la saison des pluies et il tombait des cordes. Rachel était une petite fille, aussi croyait-elle peut-être vraiment qu'une sorcière était venue en visite. Elle s'était approchée de sa fenêtre, hypnotisée. La cape noire ondulait autour de Madame qui avait ainsi l'air de flotter. Rachel avait récité la seule prière qu'elle connût par cœur. Elle regrettait que son père ne soit pas à la maison, mais il sortait souvent le soir pour des rendez-vous d'affaires ou pour retrouver des amis. C'était une nuit venteuse et le monde entier tremblait et semblait sens dessus dessous. Des frondes de palmier balayaient le sol, des fruits tombaient des arbres, les chauves-souris se blottissaient dans les fourrés, refermées telles des fleurs ne s'épanouissant qu'à la lumière. Lorsque Rachel s'était penchée plus avant à sa fenêtre, tendant le cou pour voir, elle avait aperçu un paquet entre les mains de la visiteuse. Les anneaux d'or au doigt de la sorcière avaient lui d'une pâle lueur mate. Deux anneaux et un paquet. À l'intérieur de la couverture dormait un nouveau-né. La mère de Rachel ouvrit la porte et la lumière du vestibule inonda le seuil. La pluie giclait par la fenêtre ouverte. Rachel retenait son souffle.

« *Le secret d'une autre* * », dit la sorcière en manteau noir.

Elle se retourna et Rachel vit son visage. C'était Madame Halévy, la meilleure amie de sa mère, qui la terrorisait avec ses questions visant à savoir si elle était ou non une gentille petite fille.

La mère de Rachel avait pris le bébé dans ses bras.

« C'est un secret que je serai heureuse de garder. »

Les deux femmes s'étaient embrassées, trois fois, puis une quatrième pour la chance. Des pommes tombaient de l'arbre dans la cour, les pommes amères que Rachel n'avait pas le droit de manger. Même les lézards n'osaient braver les bourrasques s'engouffrant dans la cour. Ce vent puissant, venu d'Afrique, traversait l'océan pour atteindre leurs côtes à la saison des pluies. Il y avait des flaques dans la cour et la sorcière, si c'était bien ce qu'elle était, retroussa ses jupes en repartant les mains vides, à grandes enjambées. Au matin, Rachel avait un cousin qui dorénavant vivrait avec eux. Il s'appelait Aaron et les domestiques disaient qu'il leur était arrivé porté par le vent. Rachel se trouvait près de la cuisine dans la cour et elle avait entendu Adelle quand celle-ci avait suivi sa mère dehors pour lui demander pourquoi cet enfant se trouvait dans leur maison. Les flaques séchaient au soleil ; le vent avait disparu. Il y avait des poules dans la cour, qui picoraient dans l'herbe.

« Ne me demandez pas comment me viennent mes enfants et je ne vous demanderai pas comme vous viennent les vôtres », avait répondu la mère de Rachel à Adelle.

L'île était si petite que chacun croyait être au courant des affaires des autres, mais dans un endroit où rien n'était égal, il y avait toujours des secrets, même au sein d'une maisonnée, même dans cette chambre où, assise dans un fauteuil canné, elle surveillait son fils qu'elle s'autorisait enfin à aimer davantage, puisqu'il semblait condamné, et résolu, à vivre.

Camille fut rétabli et de retour au bureau en quelques semaines. Il faisait de son mieux, et pourtant il semblait incapable de contrôler sa véritable nature. Il commença à commettre de menus actes d'anarchie, facturant moins que le prix habituel aux clients dont il savait qu'ils avaient à peine les moyens de se payer leurs provisions pour des haricots et des coupes de tissu. Quand la femme de Roland, Shirley, vint au magasin, il arrangea les livres de comptes afin de ne lui rien faire payer du tout.

M. Enrique alla trouver Rachel et lui demanda s'ils pouvaient s'asseoir une minute pour parler. Ce qu'ils firent autour de tasses de camomille réputée calmer les esprits.

« Pensez-vous que cette carrière est celle qui convient à Jacob ? », questionna M. Enrique, usant de l'ancien prénom familier de Camille.

Il avait connu ce garçon toute sa vie, après tout. Il l'avait connu avant même qu'il ne soit en vie, à vrai dire. Son propre fils, Carlo, était désormais assez grand pour venir travailler au magasin tous les jours après l'école. Il était considéré comme un génie en mathématiques, capable d'additionner de longues colonnes de chiffres dans sa tête, puis de les diviser et les multiplier à volonté sans l'aide de crayon et de papier.

«Je présume que vous pensez que ce n'est pas sa vocation», répondit Rachel lorsque la question des compétences de son fils se trouva posée.

M. Enrique haussa les épaules.

«Nous avons tendance à voir nos enfants tels que nous aimerions qu'ils soient, et non tels qu'ils sont.

— Exact», convint Rachel.

Elle s'était surprise à repenser de plus en plus souvent à la sorcière dans la cour, et comment sa mère l'envoyait toujours dehors à la cuisine quand Madame Halévy venait en visite. Quand Rachel se plaignait d'être rejetée, sa mère la traitait de petite fille sotte et gâtée.

«Connaissez-vous une quelconque raison qui aurait incité ma mère à me détester?»

M. Enrique repoussa sa tasse de camomille, le front plissé.

«Madame, dit-il. Quelle question!»

Elle scruta son visage, et c'était là. Il savait quelque chose.

«Était-ce mon caractère? Ou ma naissance?

— Ce n'était pas vous», répondit sobrement M. Enrique. Il n'aurait pu avoir l'air plus mal à l'aise. «Et jamais je ne pourrais dire du mal de votre père.»

Rachel médita ces propos.

«En ce cas, je ne poserai plus de questions concernant mes parents.

— Bien, car nous sommes ici pour parler de votre fils, et déterminer si le commerce devrait continuer d'être sa vocation. Je dois à l'affaire familiale ma loyauté, comme je la devais à votre père.

— Mon fils a-t-il commis une faute?

— Dans son esprit, il a vraisemblablement fait quelque chose de juste, et peut-être est-ce le cas, mais cela n'est pas juste pour le magasin. Il a la conviction que les marchandises devraient être données gratuitement, et que faire payer les gens qui n'en ont pas les moyens est un crime. C'est une pensée généreuse, mais impossible si le magasin doit perdurer. Je détesterais voir votre affaire conduite par quelqu'un qui ne comprendrait ni ne se soucierait de ces questions. Et ce serait pour lui un fardeau que de le faire. »

Rachel descendit sur le quai. Elle aimait toujours marcher seule sur la plage, recherchant les miracles qu'elle avait relatés dans ses carnets. Elle en possédait plusieurs à présent, qu'elle nouait ensemble à l'aide d'un ruban de manière à ne les point perdre ni égarer. Elle but de la limonade verte en regardant les bateaux accoster. Le breuvage tiède ne suffisait pas à étancher sa soif. Elle commanda également un *café au lait** car elle n'avait pas oublié ce qu'Adelle lui avait appris : des boissons chaudes par temps chaud laissent respirer l'âme et la peau. Elle avait laissé un billet à son fils l'invitant à venir la retrouver. Il avait dû le recevoir à l'heure qu'il était. C'était le mois d'août, une chaleur blanche. Les routes étaient poudrées de calcaire, parsemées de coquillages lâchés par les mouettes pour les briser. Ce matin-là elle avait regardé son époux dormir et quand il s'était réveillé elle lui avait dit qu'une partie de leur vie était terminée et qu'une autre avait commencé.

« Il en sera donc ainsi, dit-il sans poser de question.

— Dis-moi ce dont tu te souviens de Paris », lui demanda-t-elle.

Et il le fit, ses bras refermés sur elle, comme si le temps n'avait point passé depuis le matin où il était arrivé au petit déjeuner et l'avait vue dans sa combinaison blanche, ouvrant de si grands yeux qu'elle avait ri et en avait éprouvé un frisson de plaisir une fois retournée dans sa chambre. Elle avait su, dès ce moment, qu'il était sien. Il décrivit le jardin et la maison où il avait grandi, le marronnier, l'herbe qui devenait argentée dans l'obscurité, les réverbères emplis de lumière jaune, les femmes en manteau se rendant à l'opéra, les hommes en chapeau haut de forme, les chevaux tirant des voitures comme dans les contes de Perrault, des chevaux blancs dont l'haleine se changeait en vapeur dans le soir froid baigné de lune.

C'était la fin de l'heure du déjeuner et beaucoup de gens passaient, rentrant chez eux se reposer pendant les heures du jour les plus chaudes. Bientôt le café fermerait. Rachel vit son fils traverser la place. Il portait une chemise blanche et avait coupé ses cheveux. Elle savait qu'il s'efforçait de s'adapter et de répondre à leurs souhaits. Il marchait lentement et il adressa un salut de la main à un individu que Rachel ne reconnut pas, debout devant le Grand Hôtel, un natif qui lui donna une tape dans le dos alors qu'ils échangeaient quelques mots. Son fils la repéra alors et, circonspect, se dirigea vers elle sans se presser. Il la salua d'un baiser, puis s'assit en face d'elle, croisant une longue jambe par-dessus l'autre. Il avait aux pieds des sandales que Rachel désapprouvait. Elle aimait qu'on portât des chaussures dignes de ce nom. La table était petite, les chaises en bois avec des assises de joncs. Par chance, il y avait un auvent pour les protéger du soleil.

«Je ne suis pas sûr de connaître la raison pour laquelle vous m'avez demandé de venir», dit Camille.

Il supposait que M. Enrique lui avait parlé des marchandises manquantes et des comptes mal ficelés dans les livres. Le serveur les épiait, désireux d'aller faire sa sieste sur un lit de camp dans l'arrière-salle.

«Juste un café, lui commanda Camille.

— Toute la famille est persuadée que tu es revenu pour prendre la direction du magasin, dit Rachel. Mais n'en prends pas trop à ton aise. Nous savons tous les deux que tu ne resteras pas ici longtemps.

— Je peux expliquer ce qui s'est passé», commença Camille.

Il s'interrompit quand le café arriva car le serveur le regardait de travers, impatient. Camille paya rapidement la note, puis reprit la conversation. Il valait mieux être honnête et en finir.

«Je ne peux tout simplement pas faire payer un prix trop élevé aux gens.

— Vous pensez que notre magasin applique des prix trop élevés ?»

Son regard noir était pire que celui du serveur.

«Pas nécessairement. Je pense que pour certaines personnes, tout prix est excessif.»

Cela la fit rire.

«Vous mesurez bien que nous avons des frais. Nous devons payer les marchandises que nous importons, et à un prix plutôt élevé, et un commerce est destiné à permettre au commerçant de gagner sa vie.»

Il haussa les épaules, peu convaincu par son argument.

«Ce n'est pas juste, la façon dont certaines personnes doivent vivre.»

Rachel se radoucit alors.

«Nous ne vivons pas dans un monde juste.

— Non, pas encore», répondit-il.

L'on se devait d'avoir l'esprit pratique dans ce monde injuste, mais son fils était un rêveur. Nombre de jeunes gens l'étaient, mais chez lui c'était plus que cela. Peut-être valait-il mieux qu'il nourrisse un tel espoir pour le monde. D'avoir foi en l'avenir lui servirait vraisemblablement. Rachel ne rit pas, ainsi qu'il redoutait qu'elle le fît, mais hocha la tête en signe d'assentiment.

«Non. Pas encore.» Elle posa la main sur une enveloppe qu'elle avait apportée et la lui tendit. «On peut toujours avoir de l'espoir.»

Camille la dévisagea, plus intrigué que jamais, puis déchira l'enveloppe qu'il venait de recevoir. À l'intérieur se trouvait un billet pour une traversée vers la France et des fonds suffisants pour subsister pendant plus d'une année, s'il était prudent avec son argent. Il ne sut que dire. Il était un homme de peu de mots, et moins encore des mots de gratitude.

«Mère, dit-il enfin, profondément touché par sa générosité. Vous comprenez que si je retourne à Paris, je ne reviendrai pas?

— Bien sûr, je le comprends. Avant ton départ, tu aideras ton père au magasin. Sans tes deux frères, il a besoin de toi maintenant. Puis, lorsque nos affaires seront plus stables, tu pourras partir.»

Une guerre se préparait en Amérique, et les effets s'en faisaient sentir pour tous. Des navires étaient perdus en mer, des navires étaient réquisitionnés, des marchandises à destination de Charleston ou New York étaient volées. C'était peut-être la période la plus noire pour leur négoce et Rachel était contente que M. Enrique ait suggéré il y a longtemps à Frédéric de renoncer à la propriété des navires. S'ils avaient continué dans la direction où les avait menés Monsieur Petit, ils seraient vraisemblablement indigents aujourd'hui, à accepter la charité d'autrui au lieu d'aider ceux qui se trouvaient dans le besoin, un fait qui semblait avoir complètement échappé à Camille. Tous les dimanches, on apportait de la nourriture à la synagogue à l'intention de ceux dont les affaires et les vies battaient de l'aile, et Rachel était plus qu'heureuse de donner ce qu'elle pouvait.

Ils avaient terminé leurs cafés et se mirent à marcher de conserve. La place du marché était presque déserte à cette heure, la plus chaude de la journée, les étals de fruits et légumes drapés d'étoffes blanches pour les protéger de la lumière du soleil.

« Applique-toi simplement à ne pas mettre le magasin en faillite avant ton départ, dit Rachel à son fils.

— Je promets de m'y efforcer. »

C'était le moins qu'il pouvait faire.

C'était suffisant pour elle. Rachel était prête à rentrer. Elle se découvrait exténuée par la chaleur bien qu'elle eût connu ce climat toute sa vie. Les oiseaux eux-mêmes étaient si accablés par la température qu'ils ne chantaient pas à cette heure du jour. Les seuls oiseaux qui parvenaient à voler étaient les pélicans, et encore, loin au large, où soufflaient des brises. Rachel imaginait que l'esprit d'Adelle était là-bas où l'océan était de la nuance exacte de gris utilisée dans la toile que lui avait donnée son fils. L'idée du vent du large était une perspective délicieuse par un jour si brûlant. Les nuages y seraient énormes, blancs, comme un dais. Les embruns seraient glacés, les vagues aussi hautes que les étals de fruits devant lesquels ils passaient. Quant à Camille, il imaginait non point la mer mais la rue où sa tante et son oncle habitaient, la manière dont le crépuscule tombait en se répandant comme une poudre noire. Il arriverait en novembre, le commencement du moment de l'année qu'il préférait, lorsque les arbres étaient rouges, noir et or et l'herbe d'argent. Il écrirait aussitôt à Anton, le frère de Fritz, pour lui demander s'il voulait bien le prendre comme élève afin de préparer son entrée dans une école d'art sérieuse.

Rachel fit une pause pour s'appuyer un instant contre un muret en stuc et s'éventer à l'aide d'un petit éventail en corne et soie fabriqué en Espagne. Son fils lui offrit son bras pour la soutenir le reste du chemin, mais elle le repoussa du geste.

«Je n'ai pas besoin de ton aide, même si tu penses que je suis une vieille dame.»

Elle reprit sa marche vers la maison, accélérant le pas. Ils avaient déjà commencé à gravir la rue tortueuse menant au magasin.

«Quand je marchais avec Madame Halévy, elle disait toujours la même chose.

— Cette vieille araignée», dit Rachel, la bouche ourlée de dégoût.

Sa réplique fit largement sourire Camille, et, souriant ainsi, il ressemblait tellement à son père que Rachel sentit son amour pour lui gonfler dans sa poitrine. *Plus, pas moins.*

«Je pourrai revaloir à Jestine la faveur qu'elle m'a faite en cousant ma veste neuve», s'exclama joyeusement Camille. Maintenant qu'il savait que son destin lui appartenait, il était plein de bonne humeur. «Je vais emporter à Paris la robe qu'elle a cousue pour Lydie.

— Ce sera inutile», lui dit sa mère.

Bientôt elle-même serait dans les jardins des Tuileries où elle confondrait les inconnus en leur contant l'histoire des tortues qui émergeaient de la mer en une seule nuit, et des fleurs rouge sang plantées par les femmes des pirates, et des volées de marches bâties pour protéger les esclaves en fuite des loups-garous qui les pourchassaient. Elle avait commencé à faire ses bagages ce matin-là, veillant à laisser suffisamment de place dans la caisse pour les tableaux de Camille.

Elle tapota le bras de son fils pour lui assurer qu'elle était prête pour ce qui se préparait.

«Jestine et moi pourrons nous charger de la robe. Nous serons déjà là-bas quand tu arriveras.»

Chapitre onze

La Saison de la Pluie

CHARLOTTE AMALIE, SAINT-THOMAS – PARIS, FRANCE
1855
RACHEL POMIÉ PETIT PIZZARRO

Des troubles couvaient en Amérique, un désordre qui parfois préfigure la guerre. Notre négoce périclitait en raison de l'insécurité en mer, principalement le long des côtes de la Caroline du Sud où la piraterie n'était plus seulement tolérée mais, semblait-il, encouragée. Frédéric, qui avait fait la promesse au fantôme de mon premier mari de veiller sur ses biens, ne s'en irait donc pas avant que sa promesse ne soit tenue. Je voyais bien qu'il était déchiré. Il avait approuvé mon projet de partir enfin pour la France : ma fille Delphine était sérieusement malade à Paris et mon fils Camille s'y rendrait prochainement pour y poursuivre ses études. Je n'avais plus aucune raison de rester. Frédéric savait que mon plus cher désir avait toujours été de quitter cette île. Il souhaitait m'accompagner, mais c'était un homme trop droit pour se défausser de ses responsabilités. Une fois que nos affaires seraient stabilisées, mon époux et mon fils nous suivraient tous deux en France. M. Enrique serait alors le gérant du magasin, veillant à sa bonne marche quotidienne. Un tiers de nos revenus lui reviendrait ; le reste serait transféré à la famille d'Isaac. Nous aurions pu payer M. Enrique moins, mais nous lui devions nos vies. S'il n'avait pas transporté mon père jusqu'au port dans un panier d'osier, je ne serais jamais venue au monde et mes enfants n'auraient jamais vu le jour. Il n'y aurait eu aucune femme pour accueillir Frédéric à son arrivée à

Saint-Thomas et personne pour payer l'hommes aux herbes afin de le sauver de la fièvre.

L'heure de mon départ approchant, mon mari et moi fûmes saisis par l'angoisse. Depuis plus de trente ans, nous n'avions jamais passé une nuit séparés. Après tout ce temps, il était toujours amoureux de moi et chaque fois que je le voyais, je sentais battre dans ma gorge le même pouls que le jour où j'avais regardé par la fenêtre et l'avais vu entouré d'abeilles. Frédéric avait cinquante-trois ans et il était toujours si beau que les femmes sur le marché se donnaient des coups de coude quand elles l'apercevaient. Je savais ce qu'elles pensaient quand elles nous voyaient ensemble, car je n'avais rien de remarquable. *Que voit-il en elle ? De quel sortilège a-t-elle usé pour l'asservir depuis si longtemps ?* Si elles voulaient penser que j'étais une sorcière, cela m'était égal. J'en étais peut-être une. Peut-être l'avais-je appelé à moi, m'assurant qu'il n'ait d'autre choix que de tomber amoureux de moi quand il m'avait vue dans ma combinaison blanche. C'était le matin où je n'avais pas relevé mes cheveux noirs. J'avais choisi de me tenir debout devant lui, à demi-vêtue, même lorsque j'avais vu le désir dans ses yeux.

Mon dernier jour à Saint-Thomas, je suis montée à la maison où j'avais grandi. Comme je passais le portail, ma peau a fourmillé de tristesse. Je m'attendais à ressentir la même agitation que je ressentais toujours lorsque je repensais à la sorte de fille que j'avais été pour ma mère, jamais assez bien. Mais il n'y avait plus ici à présent que des fantômes du passé, des choses décolorées, peureuses, qui étincelaient à travers l'entrelacs de lianes. Si les nouveaux propriétaires m'aperçurent, ils ne me chassèrent pas. Ils fermèrent les volets et me laissèrent tranquille. Peut-être avaient-ils entendu des rumeurs sur mon compte ou bien il est possible qu'ils m'aient vu ouvrir les mains pour permettre aux derniers frémissements de ceux qui avaient vécu là de se rassembler, attirés par la chaleur de mon corps avant qu'ils ne se dissolvent en poussière.

J'avais imaginé me trouver désemparée en retrouvant les allées de ce jardin ; au lieu de quoi, j'éprouvai une surprenante tendresse pour le paysage de mon enfance. Malgré le mariage de convenance que mon père avait contracté pour moi, il m'avait toujours aimée. Il avait respecté mon intelligence et m'avait appris la conduite des affaires. En vertu de cela, j'avais toujours eu une haute opinion de moi-même en dépit de ce que pensaient les autres. Certes, j'étais arrogante, mais peut-être n'est-ce point le pire trait de caractère à avoir pour une femme. Je me suis agenouillée pour scruter sous les haies, cherchant le lézard qui avait été l'animal de compagnie de mon cousin, car on dit de ce genre d'animaux qu'ils vivent plus longtemps que la plupart des humains. Je ne vis que des scarabées et la terre soigneusement ratissée.

De l'autre côté du portail, le fils de Rosalie, Carlo, rabattait des haies de lauriers roses. Il me glissa un sourire en m'apercevant et m'adressa un bonjour timide. Il était à cet âge ingrat où un garçon est encore un enfant mais désire être un homme. Il travaillait au magasin le dimanche et était bon élève à l'école morave. Rosalie l'aimait trop et M. Enrique l'adorait encore plus, si cela était possible, mais heureusement aucun mal ne lui était arrivé. Rosalie ne croyait plus que l'amour apportait la malédiction. Une bonne d'enfants cruelle lui avait suggéré que son lait avait noyé son premier bébé. « C'était absurde, m'avait-elle dit. C'est la fièvre qui tue les bébés, non point l'amour. »

Néanmoins, je continuais à redouter d'être punie pour mon désir inextinguible de Frédéric. Je repensais à la façon qu'avait eu Dieu de laisser la pluie tomber sur nous le jour où le rabbin avait refusé de nous ouvrir sa porte et comment je les avais défiés l'un et l'autre pour obtenir ce que je voulais. Je ressentais une sorte de frayeur que je n'avais jamais connue étant jeune, tout comme Madame Halévy avait prédit que cela m'arriverait. Nous payons un prix pour toute chose, je m'en rendais compte à présent. Je marchais à plus petits pas et réfléchissais plus attentivement avant de parler et d'agir. Je savais le chaos que j'avais attiré sur mes enfants en refusant de renoncer à Frédéric. Personne n'avait à me dire à quel point j'avais été égoïste.

Je suis allée m'asseoir avec Rosalie pour la dernière fois. À mes yeux, elle était toujours la même que le jour où je l'avais rencontrée dans la cuisine de Monsieur Petit.

«J'étais jeune alors!» Elle m'a offert une tasse de thé et une part de gâteau à la noix de coco nappée de crème. «Mais pas aussi jeune que vous.»

Nous avions toutes deux fait une promesse au même fantôme et c'est ainsi que nous avions été liées par le destin. Cela avait fait partie intégrante de ma bonne fortune.

«Ne nous disons point au revoir», m'a-t-elle dit en mon dernier jour à Saint-Thomas.

J'ai convenu qu'il ne valait mieux pas. Nous savions toutes deux que je n'aurais jamais pu la remercier assez. Elle m'avait tout appris sur la façon d'élever des enfants quand j'étais devenue la mère de trois de façon si soudaine. En dépit du fait qu'elle avait été violée et réduite en servitude, elle n'aurait pu être plus gentille envers une jeune fille qui ne savait rien, pas même ce qui arrive quand un mari entre dans votre lit. «Votre mère ne vous a-t-elle donc rien dit?», me demandait-elle à chaque fois qu'elle découvrait combien j'avais encore à apprendre. Tout ce que je savais m'avait été enseigné par Adelle et encore, toujours à mi-voix afin que ma mère ne le surprenne pas.

Au moment de partir, j'ai remarqué que Rosalie avait adopté le rosier que ma mère avait toujours détesté. Elle m'a confié que ce rosier n'était pas une plante naturelle, qu'il ne valait pas l'eau dont il avait besoin pour survivre, avec ses énormes fleurs blanches qui attiraient les abeilles et les guêpes, mais il était dans le patio de la maisonnette depuis si longtemps, m'a dit Rosalie, qui était-elle donc pour le laisser mourir?

«Ma mère le méprisait, même si c'était un cadeau de mon père. Vraisemblablement, elle désirait quelque chose de plus.»

Rosalie a secoué la tête, consternée par tout ce qu'il me restait encore à apprendre.

«Elle ne l'aimait pas car il ne lui était pas destiné. Il y avait une autre femme dans votre maison, et elle a été très heureuse de ce cadeau. M. Enrique a pris soin de ce rosier depuis le jour où votre mère s'en est débarrassé.»

Je n'ai posé aucune question et elle n'a fourni aucune réponse, mais nous nous sommes comprises tout de même. Nous en étions venues l'une et l'autre à conclure qu'Adelle représentait plus pour mon père que la plupart d'entre nous ne le soupçonnait, à l'exception, peut-être, de ma mère. Petite fille, j'avais connu le monde par l'intermédiaire de mon cœur empreint de colère et n'avais pas prêté attention aux sujets qui ne me concernaient pas. On faisait taire les enfants et on les congédiait, les renvoyant dans leur chambre. Et c'était mieux comme cela, avais-je toujours pensé. J'étais absorbée par mes propres problèmes, projetant mon évasion. Mais à présent ma mémoire suppléait tout ce que j'avais omis de voir : l'intrigue derrière une porte fermée, trois pétales d'un rosier odorant brûlant dans une coupelle à la cuisine, une femme pleurant, le portail du jardin se refermant si doucement que je doutais de l'avoir entendu, la rougeur des yeux de mon père quand il était venu me dire que je serais mariée, la façon dont ma mère scrutait Jestine, comme si elle cherchait en elle des traits qu'elle pourrait reconnaître.

J'ai quitté Rosalie avant qu'aucune de nous deux puisse pleurer. J'avais passé plus de temps en sa compagnie qu'en celle de quiconque, et elle en la mienne. J'étais féroce avec les autres, aussi dure que ma mère en certaines occasions, mais jamais avec Rosalie. Elle avait réussi à voir à travers moi. Elle m'avait dit des choses que d'autres auraient craint de me jeter au visage, mais jamais elle ne m'avait dit que j'avais tort de me mettre au lit avec le jeune homme venu de France. Là, alors que nous nous faisions nos adieux, elle m'a embrassée trois fois, plus une quatrième pour la chance. Elle m'a rappelé son tout dernier conseil et suggéré que je serais bien inspirée de l'écouter.

Aimez plus, et non pas moins.

C'était la fin de la saison pour les flamboyants, le glorieux mois de septembre. Je ne reverrais jamais de telles fleurs, sauf si je voyageais jusqu'à Madagascar. Les marins de ce pays s'étaient donné beaucoup de mal pour faire traverser l'océan aux spécimens originaux, enveloppant leurs racines dans de la toile de jute, partageant avec eux leur propre réserve précieuse d'eau potable, tout cela pour apporter la bénédiction sur leur voyage. Il ne restait plus que quelques fleurs mais j'en ai rassemblé assez pour en déposer une brassée sur la tombe de Madame Petit et sur la tombe de la première épouse du rabbin, car mon mariage avec Frédéric avait été reconnu et les noms de mes enfants inscrits dans le Livre de la Vie et j'étais persuadée que je le devais à son fantôme. J'ai laissé des cailloux blancs en souvenir de mes fils, de mes parents, et d'Isaac. Il savait que je ne l'avais jamais aimé mais cela n'importait pas en ce temps-là. Nous avions conclu un accord et nous nous y étions l'un et l'autre tenus. Lorsque j'ai quitté le cimetière, des feuilles se sont posées dans mes cheveux. D'habitude je les y laissais, par respect pour les esprits, mais cette fois-ci j'ai secoué la tête pour les chasser. Elles provenaient du bois d'Inde et dégageaient une fragrance épicée. Certaines personnes les troussaient dans leurs affaires lorsqu'ils partaient pour un long voyage mais je les ai abandonnées où elles étaient tombées.

Jestine et moi avons pris la mer par un jour venteux alors que l'eau était verte. Mon époux m'a étreint aussi longtemps qu'il l'a pu, jusqu'à ce que le capitaine nous appelle, annonçant qu'il était l'heure d'appareiller. Il fallait tenir compte de la marée et des flots toujours plus mouvementés à mesure que l'on s'éloignait de l'été. Jestine et moi étions toutes deux vêtues de noir, comme si nous portions le deuil des vies que nous avions vécues et des personnes que nous ne serions plus. Nous avons remarqué un pélican s'élançant dans le sillage de notre navire et lui avons laissé des reliefs de notre dîner sur le bastingage. Nous avons ramassé ses plumes pour les conserver dans nos commodes. Mais lorsque nous avons été au large, un front froid est venu à nous et le pélican a disparu. Nous avons lancé des croûtes de pain et des moules extraites de leurs coquilles mais il n'y avait plus d'oiseaux ici, si loin de la terre, seulement la lumière bleue de la haute mer.

Nous naviguions en direction du nord et bientôt l'océan a viré au noir; certaines nuits, un tulle de glace se formait à la proue du navire. Nous avons enfilé des gants noirs et des manteaux de laine et bu du thé brûlant additionné de fines tranches de citron. Il y avait à bord un boisseau de citrons et deux barils de citrons verts, et en pleine mer ils constituaient un trésor. Nous étions les seules passagères à braver le froid sur le pont lorsque l'aube et le crépuscule se déployaient sur l'horizon. Nos cabines étaient pleines de courants d'air et sentaient la moisissure et nous préférions nous tenir où nous pouvions contempler les étoiles, comme nous le faisions les nuits où les tortues émergeaient de la mer. Nous avions projeté d'être à bord d'un navire comme celui-ci depuis que nous avions dix ans. Il semblait que le temps ne se fût point écoulé depuis lors, or nous étions à l'orée de nos soixante ans. Nous regardions dans les miroirs et ne nous reconnaissions pas. Nous riions en nous montrant du doigt et nous exclamions : « Qui donc sont ces vieilles dames ? »

Quand les vagues sont devenues si hautes que le pont fut trop glissant pour s'y aventurer, l'eau s'est infiltrée en clapotant dans nos quartiers en dessous de la ligne de flottaison. Nous devions nous cramponner à des cordages simplement pour rejoindre la salle à manger. Nous avons fait fi du mauvais temps de notre mieux et avons fêté notre anniversaire ensemble, comme nous l'avions toujours fait. Nous avons mangé des crevettes au jus de citron vert et bu du vin blanc pendant que les vagues s'écrasaient contre la coque du navire. Les gens nous demandaient si nous étions sœurs, des jumelles nées le même jour. Cela nous amusait et nous répondions non, bien sûr que non, mais je m'étais toujours interrogée sur notre ressemblance et je m'avisais maintenant que d'autres personnes la remarquaient aussi. Je ressentais un élan de compassion envers ma mère. Si Jestine était effectivement la fille de mon père, alors Madame Pomié avait dû le savoir. Il n'était pas étonnant qu'elle eût détesté ce rosier, et Adelle, et moi, car mon père nous préférait tous à elle.

Il ne restait plus personne pour nous dire la vérité, aussi Jestine et moi nous sommes délestées de ces questions d'un haussement d'épaules. Nous avons trinqué à la santé l'une de l'autre puis avons coupé notre gâteau d'anniversaire en deux parts égales que nous avons mangées jusqu'à la dernière miette. Peu importait ce qui était arrivé à Saint-Thomas par le passé. Toute cette souffrance et tout cet amour dataient d'il y a longtemps. C'était au temps des tortues et ce temps-là était révolu. Tout le long du port brillaient maintenant des lumières et les tortues allaient pondre leurs œufs ailleurs. Elles ne reviendraient plus, tout comme Jestine et moi savions que nous ne reviendrions jamais. C'est là que nous avons cessé de porter du noir.

Près de trente ans avaient passé depuis que Lydie avait été enlevée. Je n'arrivais pas à comprendre comment le temps avait pu s'écouler si lentement quand nous étions jeunes, et filer si vite maintenant. Jestine craignait qu'après si longtemps Lydie et elle ne se reconnaissent pas. Elle disait qu'elle était devenue laide et que peut-être elle aurait dû porter une voilette pour ne point effrayer sa fille et ses petits-enfants. C'était ridicule et je le lui ai dit. Si nous avions été sœurs, elle aurait été la plus jolie des deux et j'aurais été la trop intelligente pour son bien, et la trop autoritaire. Jestine était toujours très belle. Même sur le navire, les hommes lui jetaient des regards et ne pouvaient détourner les yeux. Elle rougissait mais cela ne l'intéressait pas. Elle aurait pu se marier une bonne dizaine de fois au cours des années passées : il y avait assurément eu quantité d'hommes qui avaient fait tout leur possible pour ravir son cœur, dont plusieurs étaient venus me trouver afin de me supplier de plaider leur cause. Certains étaient des hommes natifs désireux d'en faire leur épouse ; deux autres avaient été des hommes de ma confession qui étaient venus à moi en secret, certains que je prendrais leur parti étant donné mes propres démêlés avec la congrégation. L'un était un homme d'affaires européen qui assurait qu'il ferait tout pour conquérir Jestine. Il était particulièrement ardent et avait déjà organisé son avenir avec lui : ils retourneraient au Danemark où personne ne saurait que sa mère était une esclave et elle vivrait la vie d'épouse d'un riche Citoyen. Jestine avait ri quand je lui avais révélé ce projet. Elle assura qu'elle préférait savoir qui était sa mère plutôt que de savoir qui il était, lui ; il renonça donc et repartit au Danemark sans elle. Elle avait éconduit tous ses soupirants sans regret. Son projet avait toujours été de se trouver à bord de ce navire, faisant voile vers Paris.

Une nuit, j'ai été réveillée par un bruit que je n'ai pas reconnu. Puis j'ai compris qu'il s'était mis à pleuvoir. Nous étions au milieu de l'océan, entre deux mondes. C'était une pluie légère qui tombait en interminables fils d'argent, tellement différente des tempêtes torrentielles que nous connaissions sur l'île. À partir de ce moment-là, la pluie n'a plus cessé. Il a plu tellement que le germe d'amertume verte que j'avais toujours porté en moi s'est épanoui pour donner une fleur. Ce n'était point quelque plante terrible et monstrueuse, bien que sa graine eût été semée par le chagrin du dédain de ma mère envers moi. Cela ne ressemblait à rien de ce que j'attendais. C'était une fleur blanche liserée de vert pâle. Je me suis dit que c'était une fleur de lune, cadeau d'adieu du peuple originel de notre île, qui n'avait rien tant désiré que de répandre la lumière partout où il marchait.

À bord du navire, mon enfance m'est revenue comme elle m'était revenue dans la maisonnette de Rosalie. Ce qui avait été trouble était dorénavant aussi clair que le jour. Je me souvenais des nuits où ma mère attendait mon père quand il ne rentrait pas à la maison. Elle se tenait au parloir et je l'entendais pleurer. Je me demandais où il se trouvait au cours de ces nuits-là. À cet âge-là, je croyais encore aux loups-garous et j'avais peur qu'il ne se fasse dévorer vif. Je me souvenais m'être confiée à Adelle, lui disant que je pensais que mon père n'aimait pas ma mère. Elle m'avait chuchoté en retour qu'on ne pouvait forcer personne à nous aimer. Soit il l'aimait soit il ne l'aimait pas, et nul sortilège ni tour de passe-passe ni prière n'y pouvait rien changer. Elle avait passé ses doigts dans mes cheveux en parlant. J'aimais le son de sa voix. Je m'accrochais au petit espoir qu'un jour peut-être je pourrais échanger ma mère contre celle de Jestine. Mais lorsqu'après un désaccord avec ma mère, j'avais confié à mon père que je regrettais de ne pas être la fille d'Adelle, il m'avait giflée. Ce fut la seule fois. *Ne redis plus jamais cela*, me dit-il.

Alors que nous nous rapprochions de la France, je me suis demandé si le bruit de la mer en dessous de moi me manquerait dans mon sommeil. Parfois les vagues étaient si grosses que le navire se balançait d'avant en arrière et je devais m'accrocher à la colonne du lit pour ne point être jetée au sol. Je savais qu'il y avait des tortues en dessous de nous, peut-être même la femme de l'histoire qui avait préféré leur mode de vie au nôtre. Mon mari me manquait surtout la nuit. Nous partagions souvent nos rêves, tout autant que notre vie éveillée. Plus tard, lorsque nous nous sommes retrouvés, nous avons découvert que durant notre séparation nous avions tous deux rêvé l'un de l'autre. Il était là, debout dans une ruelle pavée au bord de la Seine. J'étais là, rejetant ma cape noire, vêtue d'une combinaison de lin blanc. Nous étions assis sur un banc, enlacés. *Ne te réveille pas*, me disait-il. Et lorsque je m'éveillais, je savais qu'il avait rêvé de moi.

À notre arrivée à Marseille, nous avons passé quelques jours dans un hôtel perché sur une falaise au-dessus de la capricieuse Méditerranée. Notre démarche chaloupée de marins nous faisait rire et nous étions affamées de fruits et de légumes frais. Nous dormions jusqu'à presque midi. Jestine avait attrapé froid sur le bateau et maintenant elle toussait. Nous avons réservé un jour d'hôtel de plus pour pouvoir faire venir un médecin du quartier. Il nous a assurées que si Jestine prenait du thé bien chaud avec du miel nous pouvions poursuivre notre voyage jusqu'à Paris. Nous avons pris le train jusqu'à l'étincelante Gare de Lyon qui venait tout juste d'être inaugurée. Mon cœur battait fort d'être enfin arrivé à la destination dont j'avais tant rêvé. C'étaient les tout derniers jours de l'Exposition Universelle, un événement grandiose qui avait attiré plus de cinq millions de visiteurs depuis son ouverture au mois de mai sur les Champs-Élysées. Paris était en liesse, grouillant de foule, et nous avons été quelque peu stupéfiées en arrivant à la gare. Descendre du train ressemblait beaucoup à plonger au cœur d'une tempête tourbillonnante. J'ai fermé les yeux et écouté la presse tout autour de nous. C'était comme écouter la mer. Au fond de nos cœurs, nous étions encore deux petites filles venues d'une île où tout le monde se connaissait. Cette cité était une somptueuse maison de fous. Jestine m'a pris la main et tirée en avant. J'ouvrais de grands yeux. Je buvais toute chose du regard. Les travaux d'Haussmann, chargé par Napoléon III de transformer et réorganiser les parcs et avenues de la capitale, faisaient de la ville un mystère, remplaçant les cartes de mon père par une nouvelle et grandiose vision. Tout ce que j'avais imaginé avait été redessiné et était flambant neuf, la rue de Rivoli était achevée, et une nouvelle place, la place Saint-Germain-l'Auxerrois, faisait désormais face à la colonnade du Louvre, l'un des palais les plus magnifiques au monde. J'étais plus réveillée que je ne l'avais jamais été; j'étais aussi au cœur du rêve que j'avais fait toute ma vie. Comme il était éclatant. Comme il était brûlant. Même si j'avais revêtu mes plus beaux atours, j'étais un papillon de nuit en robe miteuse. Je voulais être plus proche de tout, tout enveloppée de lumière.

Une très belle femme approchait. Elle portait un manteau à parements de fourrure sur une robe bleue. Lorsqu'elle leva les bras pour nous héler, je compris que c'était la petite fille qui s'asseyait sous la véranda de la maison sur pilotis, l'enfant perdue durant une vie entière.

J'avais donné ma chance à Jestine et j'étais heureuse de l'avoir fait. Elle a couru enlacer sa fille qui n'a pas tardé à être rejointe par trois jolies fillettes, âgées de douze, dix et neuf ans. Un petit garçon se cachait derrière sa mère, trop timide pour dire bonjour. C'était Léo, né au mois d'août et prénommé d'après la constellation du Lion qui se trouve dans le ciel pendant ce mois-là. Le mari de Lydie, Monsieur Cohen, avait retenu une voiture pour nous. Lydia vint m'étreindre aussi et me souhaiter la bienvenue à Paris.

« Ainsi vous êtes la mère de Camille. Sans lui, jamais nous n'aurions été ici tous ensemble. Il possède une telle intégrité ! »

Nous nous sommes d'abord rendus à l'appartement des Cohen sur l'île de la Cité. Il s'était remis à pleuvoir; nous nous sommes engouffrés dans l'immeuble pour échapper à l'averse et avons gravi un escalier de pierre avec une rampe en acajou. L'écho de nos pas résonnait. Les trois fillettes riaient en courant devant nous. Nous allions d'abord prendre le thé, annonça Lydie, puis son mari me conduirait au logement que Frédéric avait loué et où Delphine, ma fille souffrante, résidait déjà. L'appartement des Cohen était de faibles dimensions mais magnifiquement agencé avec des sofas rose saumon et des lampes à gaz en cristal, ces biens étant, je l'appris plus tard, les seuls objets que Monsieur Cohen avait été autorisé à emporter de la maison appartenant à sa famille. Lydie et son mari avaient été reniés par la famille et la communauté, tout comme Frédéric et moi l'avions naguère été. Au-delà de la question de son ascendance africaine, Lydia n'était pas considérée comme appartenant à notre foi puisque sa mère biologique n'était pas juive. Les Cohen avaient porté des brassards de deuil et le rabbin avait lu les prières du matin exactement comme si Henri était mort, car pour sa famille il l'était. Et si d'aventure ils le croisaient dans la rue, il ne serait rien de plus qu'un fantôme pour sa propre mère, et ses filles seraient des inconnues même si elles avaient été chéries bébés et adorées petites filles.

Monsieur Cohen était employé dans une autre banque dont une société française était propriétaire. Il n'occupait plus de position de direction. Il n'abordait pas le sujet de sa famille et n'avait pas accédé à leur demande de les voir hors de la présence de Lydia. Je tâchais de ne pas empiéter sur la conversation entre Jestine et Lydia mais ne pouvais m'empêcher d'en surprendre des bribes. D'une fenêtre j'apercevais Notre-Dame. J'entendais des cloches et le bruit de l'eau ruisselant dans les rues. Enfin, mon rêve s'était réalisé. C'était presque trop pour moi, l'absolue réalité de cette nouvelle vie. Un étourdissement m'a saisie et je me suis appuyée à la vitre mouchetée de pluie.

Jestine est venue me rejoindre.

« Ils veulent que je reste ici avec eux.

— Es-tu sûre de t'y sentir à l'aise ? »

Lydia m'entendit et lança :

« Oui, bien sûr, elle va rester ici. Les filles vont libérer une chambre et Mama aura celle avec vue sur le fleuve. »

Je suis allée voir la chambre de Jestine. J'espérais peut-être qu'elle ne serait pas assez bien, auquel cas j'aurais encouragé mon amie à rester avec moi.

« Elle doit approuver, dit Jestine à sa fille en me désignant d'un signe de tête. Elle a toujours été la chef. »

C'était vrai, mais même moi je n'ai rien trouvé à redire. Quoique assez petite, la chambre était charmante, avec des murs tendus de soie vert mousse floquée d'or et des boiseries décoratives couleur crème. Il y avait un lit haut garni de nombreux oreillers aux taies de différentes nuances de jade et d'écarlate et une commode sur laquelle était posé un vase de pivoines rose tendre, à l'évidence placé là pour accueillir Jestine. Une barre en fer forgé occupait la moitié inférieure de la fenêtre et il y avait des rideaux de damas couleur abricot. La Seine coulait juste en contrebas. J'ai scruté l'eau verte immobile et la pluie qui tombait. Je savais que c'était ici que Jestine voulait vivre.

«J'approuve», ai-je dit.

J'ai pris congé avant que Lydie n'ouvre son cadeau, la robe de lune que Jestine avait confectionnée pour elle. Elle avait cassé le collier de ma mère et cousu les perles sur le corsage. Elle avait employé du fil de soie de Chine et des teintures de lavande et de guavaberries. Cet échange était privé, entre mère et fille. Jestine et moi nous sommes embrassées pour nous dire au revoir. Nous avions réalisé l'objectif que nous nous étions fixé, et nous étions toutes deux harassées. Monsieur Cohen m'a ensuite conduite vers ce qui serait dorénavant mon domicile.

«Ne vous inquiétez pas pour votre amie, m'a-t-il dit. Elle était aimée avant d'arriver à Paris et le sera plus encore maintenant qu'elle est ici.»

Je l'ai remercié pour sa bonté. Lui et moi étions des âmes sœurs en définitive, désireux de tout faire par amour.

Notre appartement à Passy, rue de la Pompe, était trop vaste pour nous, mais nous n'avions pas le temps d'en chercher un autre. Delphine était extrêmement malade et je n'avais pas mesuré à quel point son état était grave. Delphine était l'une des jumelles, comme nous les appelions, car elle et Emma étaient nées avec si peu d'écart qu'elles formaient leur propre société. Delphine était la préférée de Frédéric, sa fleur comme il disait, et il cédait à ses caprices dès qu'elle désirait des chiens ou des oiseaux apprivoisés. «Elle a bon cœur, me disait-il toujours. Comme le tien.» Je souriais quand il prononçait ces paroles, car je savais qu'il était vraisemblablement la seule personne au monde à penser que j'eusse même un cœur.

J'ai engagé une infirmière immédiatement mais l'état de Delphine ne s'est pas amélioré. Je la regardais dormir avec fièvre, et décliner un peu plus chaque jour. Peut-être n'avais-je pas été une assez bonne mère pour mes filles. Nous avions de la compagnie, ma nièce et ses cinq enfants venaient passer certaines fins de semaines avec nous pour nous égayer et Lydia était très souvent notre invitée. Mais l'appartement était trop silencieux, même avec des visiteurs.

Je me perdais dans les pièces. La cuisine était immense et ma chambre était la plus spacieuse que j'aie jamais vue, avec un lit si haut que j'avais peur d'en tomber en pleine nuit sans Frédéric à qui me raccrocher. Je n'allais point me promener dans le parc ni faire les magasins sur la rue de Rivoli. La reconstruction par Haussmann avait détruit des quartiers entiers. Je ne reconnaissais pas la ville, qui était toute neuve, et quand je m'aventurais au-dehors, je me retrouvais souvent perdue. Quand Jestine venait me voir, nous prenions du thé vert et examinions les feuilles dans nos tasses pour tenter de voir ce que l'avenir de nos enfants pourrait être.

J'ai fait venir les meilleurs médecins mais Delphine s'est quand même mise à cracher du sang. J'ai pensé au guérisseur dans les collines et aux remèdes qu'il m'avait donnés. Aucun des ingrédients ne se pouvait trouver à Paris, pas même sur les marchés africains de Montmartre où j'allais avec Lydia le samedi afin d'explorer les étals. Nous n'avons rien trouvé qui provienne de notre île, ni herbes, ni fleurs. La nuit, j'entendais des chants d'oiseaux que je ne reconnaissais pas. Je drapais une couverture sur mes épaules et regardais au-dehors derrière les grandes fenêtres à vitraux pendant que Delphine dormait d'un sommeil agité. Par mauvais temps, il était impossible de se réchauffer ici à Paris. Frédéric me l'avait dit. Il disait qu'il portait toujours des chaussettes au lit. Il n'avait jamais eu chaud avant son arrivée à Saint-Thomas. À présent, c'était mon tour de connaître la fraîcheur glacée de cette ville. Je sentais mon sang couler plus froid et plus fin, un pâle ruban rouge. Les vignes vierges sur les murs avaient perdu leurs feuilles et seules demeuraient des lianes grises et tordues.

Être à l'intérieur d'un rêve était à la fois beau et triste. J'aimais entendre parler de la vie de Jestine, de son espiègle petit-fils Léo qui grandissait un peu plus chaque jour. Elle me relatait les jours passés avec ses petites-filles, qu'elle emmenait à leurs cours de danse puis prendre un chocolat chaud dans un salon de thé en face des Tuileries. Elles aussi seraient bientôt des femmes, appelées à vivre leur propre vie. Mieux que tout, disait Jestine, étaient les soirées passées avec Lydia, car après toutes ces années de séparation, elles ne pouvaient tout simplement arrêter de se parler. Le dimanche, toute la petite famille se rendait au Bois de Boulogne, l'immense parce que Monsieur Haussmann, qui bientôt recevrait le titre de Baron, avait créé, et où l'on disait qu'il y avait la nuit des loups-garous, tout comme il y en avait eu à Charlotte Amalie, quand les vieilles familles corrompues sortaient boire du sang pour leur plaisir. Les petits-enfants de Jestine réclamaient des histoires de notre île tout comme nous avions désiré entendre des histoires de Paris. Parfois, elle les amenait chez moi et ils s'asseyaient sur le tapis, subjugués, pendant que je leur lisais les histoires contenues dans mes carnets. Ils trouvaient que Saint-Thomas était un pays enchanté et ils me demandaient si je savais faire de la magie et appeler les esprits comme leur *grand-mère** disait que je le pouvais.

«C'était il y a bien longtemps, leur disais-je. En un lieu où semblables choses étaient possibles.»

Je profitais de ce que Delphine dormait, les fins d'après-midi, pour la laisser et aller marcher. J'essayais de suivre les itinéraires indiqués par les cartes de la bibliothèque de mon père, mais Monsieur Haussmann avait détruit les vieilles rues tortueuses des contes de Monsieur Perrault et commencé à les remplacer par de larges et élégantes places et avenues. Je me suis habituée au nouveau Paris et j'ai su trouver mon chemin. Je passais souvent devant la même vieille dame dans un parc proche, assise sur un banc avec un petit carlin noir sur les genoux. Les nuages étaient différents ici, tellement hauts dans le ciel. Je marchais le long des allées de gravier du parc, attendant de voir la lumière virer à l'orange avec le coucher du soleil. Je longeais aussi le fleuve, car malgré les mises en garde de certains, j'étais attirée par l'eau. J'imaginais les quais et les bassins que j'avais connus, la cascade aux petits poissons bleus. Quelquefois je pleurais et mes larmes tombaient dans le fleuve. Je ne voulais être ni vieille ni féroce. Je voulais être une femme qui entraînait un jeune homme dans son lit après avoir tiré les rideaux et verrouillé la porte. Comme le crépuscule s'assombrissait, je regagnais l'appartement, m'arrêtant en route pour acheter un bouquet de fleurs bleues au magasin de fleuriste à l'angle de la rue, dont la propriétaire et moi nous connaissions assez bien pour échanger un salut amical de la tête. Chacune des fleurs possédait une centaine de pétales. Ces fleurs ne poussaient pas dans notre pays mais ici on en voyait partout, et à mesure que le temps devenait plus froid, elles passaient du bleu au rose puis à l'écarlate.

Je me suis sentie un peu moins seule lorsque j'ai engagé plusieurs domestiques, deux pour s'occuper du ménage et de la lessive, et deux pour travailler à la cuisine: une vieille dame nommée Clara et son assistante, Julie, une jeune fille d'à peine vingt ans récemment arrivée de sa campagne près de Dijon, en Bourgogne. J'ai entendu cette jeune fille, Julie, dire à l'autre bonne qu'elle n'avait jamais vu de Juifs avant, mais je ne lui en ai point tenu rigueur. Elle avait passé sa vie dans une ferme et avait vécu simplement, sans avoir vraisemblablement l'occasion de voir beaucoup de choses en ce monde.

Les bonnes emplissaient les pièces de leur conversation animée et de l'odeur délicieuse de leur cuisine. Un soir, Julie a cuisiné un poulet farci aux marrons qui est peut-être le mets le plus exquis que j'aie jamais goûté. Je me suis souvenu comment il y a tant d'années j'avais lu des recettes à Jestine et comment nous avions faim de toutes ces nourritures que nous n'avions jamais goûtées. Il s'avéra que l'aide-cuisinière était plus talentueuse que la cuisinière en chef. Sa tarte tatin était exceptionnelle et sa compote de pommes extraordinaire. Sa famille avait un verger à côté de la maison et elle m'a confié qu'elle tenait les pommes pour un cadeau de Dieu. Votre Dieu, ai-je pensé sans le dire à voix haute, pas le nôtre. Le Dieu qui avait chassé mon peuple et l'avait poussé à se cacher, de pays en pays, pendant près de trois cents ans dans le cas de la famille de mon mari. J'ai pensé à l'arbre que j'avais laissé derrière moi à Saint-Thomas, celui que mon père aimait et dont M. Enrique était maintenant chargé, avec son écorce noueuse et ses fruits amers, l'arbre de notre nom. Je me suis demandé si j'avais attiré la malédiction sur moi en ne l'emportant pas en France. Peut-être est-ce le destin qui m'avait fait choisir, entre toutes les jeunes filles que j'aurais pu engager, celle qui pouvait me rapporter des pommes de Dijon.

Mon mari et mon fils sont arrivés à la fin novembre, à temps pour être auprès de Delphine avant sa mort. J'avais maintenant perdu trois enfants. Le cimetière juif était à Passy, où la terre froide était dure. Il n'y avait pas de feuilles qui tombaient des arbres, pas d'oiseaux qui chantaient, pas de fleurs rouges, seulement de la glace sur le sol. Il nous a fallu engager un rabbin et payé des endeuillés, car nous n'avions pas suffisamment de famille – un désaccord ayant surgi quant au fait que Frédéric avait laissé le négoce entre les mains de M. Enrique – et nous avions besoin de dix hommes pour réciter les prières des défunts. Après quoi, les seules personnes à venir au repas d'enterrement furent Jestine et Lydia et sa famille. Dès le lendemain, j'ai fait brûler les draps de ma fille par les bonnes et refaire la chambre pour mon fils. Jestine est revenue et nous avons fermé à clé la porte de la chambre de Delphine et y avons brûlé des herbes dans un plat en terre avant d'ouvrir toutes les fenêtres pour laisser l'esprit de ma jolie fille silencieuse s'en aller. Il y avait un marronnier juste dehors, dépouillé de ses feuilles en cette saison, mais qui saurait abriter le fantôme de Delphine si elle choisissait de rester.

L'appartement était si grand qu'il n'y avait aucune raison que Camille ne s'installe pas avec nous indéfiniment. Or, il a paru mécontent lorsque Frédéric lui a appris que nous payerions ses études et que la chambre de Delphine serait la sienne. Il avait vingt-cinq ans maintenant, c'était un homme adulte qui n'avait nulle envie de se conformer à ce qu'on lui disait. Peut-être croyait-il que les artistes devaient vivre dans des ruelles ou sous des tentes de toile au Bois de Boulogne. Il habitait avec nous mais ne nous côtoyait pas. Je faisais servir le dîner tous les soirs à dix-neuf heures mais il ne se joignait jamais à nous. Il prenait ses repas dans des cafés et rentrait à la maison longtemps après l'heure de notre coucher. Je suppose qu'il éprouvait du mépris envers nous et nous considérait comme des commerçants. Parfois il était couvert de peinture et la bonne chargée du parloir devait frotter les tapis du vestibule pour ôter les traces de vermillon et de violet laissées par ses brodequins. Il avait commencé à travailler comme assistant d'Anton Melbye. Ce peintre était le frère du grand démon roux que j'avais chassé de Saint-Thomas. J'avais dû payer une belle somme aux deux agents en vue d'obtenir cela, mais en fin de compte cela n'avait rien changé. Mon fils avait suivi le démon au

Venezuela en dépit de mes souhaits. Il agissait alors, et aujourd'hui, comme bon lui semblait.

Un soir à mon retour de chez les Cohen, j'ai entendu mon mari et mon fils se disputer. Je n'avais jamais entendu une conversation aussi enflammée et belliqueuse entre eux deux. Mon mari me défendait en réponse à mon fils qui me traitait de femme froide et sans cœur. J'étais dans le vestibule, encore invisible, toujours vêtue de ma cape et de mes gants, hésitante sur la marche à suivre, quand la jeune bonne de la campagne est entrée dans le parloir, où avait lieu la querelle, avec du thé et un gâteau. Elle est entrée sans hésiter, comme si c'était ici chez elle, et non chez moi.

« C'est très gentil à vous », a dit mon mari.

J'entendais au ton de sa voix qu'il était gêné qu'une domestique fût témoin d'une entrevue aussi privée.

« Vous n'avez pas besoin de nous servir, a dit mon fils lorsque la bonne a commencé à servir le thé.

— Si, je le dois, lui a-t-elle répondu. Et vous, vous devez vous servir de grandes tranches de gâteau. »

Je pense qu'il s'agissait d'un gâteau aux pommes confectionné avec les fruits du verger familial qu'elle avait rapportés d'une de ses visites. J'avais appris que ses parents étaient des vignerons catholiques nourrissant un profond attachement pour leur terre. Avant de venir à Passy, cette fille avait travaillé à la ferme et dans les vignes familiales. Elle savait comment prendre en main la plupart des situations domestiques et elle savait manifestement comment prendre en main des hommes en colère. Quand la cuisine avait été inondée lors de fortes pluies, elle avait épongé l'eau puis pris sur elle de réparer la fuite avec du plâtre. J'étais tombée sur ma bonne au beau milieu de ses entreprises de restauration. De la poussière blanche tombait autour d'elle tandis qu'elle travaillait. On aurait dit qu'elle se tenait au milieu d'une tempête de neige. « C'est l'hiver ! », s'était-elle exclamée joyeusement et, de fait, j'avais ressenti un frisson le long de mon échine à ce moment précis. Je suppose que j'avais, dès ce moment, le pressentiment de ce qui devait arriver. Julie avait huit ans de moins que mon fils mais elle semblait être la plus mature des deux. Elle avait des mains capables et un regard direct. Je ne pouvais la prendre en faute sur son travail. Et son gâteau aux pommes était excellent. De même que son sens de l'à propos. Elle avait mis un terme au désaccord entre père et fils.

Quand mon fils a levé les yeux pour la remercier, j'ai bien vu qu'il était attiré. Il l'avait croisée une centaine de fois mais soudain il la voyait sous un jour différent. Peut-être voyait-il ce que moi-même j'avais vu lorsque j'avais ressenti le frisson du pressentiment. La neige, la paix, la pureté. Elle portait une robe noire et une coiffe blanche. Ses yeux étaient d'un bleu hantise. Elle n'était point jolie mais elle était capable et sereine. Lorsque j'ai dévisagé mon fils, son expression m'a rappelé celle de Frédéric la première fois qu'il m'avait vue : un poisson pris au filet, avec le besoin désespéré de respirer et néanmoins aucun désir de s'échapper. C'est ainsi que ces choses-là arrivent, que ce soit l'effet du hasard ou de la prédestination, que vous le souhaitiez ou vous en affligiez, vous êtes incapable de détourner le regard.

Après cette première rencontre, Camille s'est mis à rechercher la compagnie de ma bonne. Il lui a fallu un peu de temps, mais sans tarder, il s'est retrouvé assis à la cuisine avec elle pendant qu'elle préparait le dîner, comme il l'était il y a si longtemps dans la cuisine de Madame Halévy, attiré par cet endroit comme si c'était le seul lieu au monde valant la peine d'être visité. Il portait encore la bague de la vieille sorcière, une seule alliance d'or. Une fois, je l'ai vu la faire tourner autour de son doigt pendant qu'il parlait à Julie. J'ai aperçu l'éclat de l'or avant de le voir chuchoter à l'oreille de mon aide-cuisinière dans le corridor, une main sur sa taille. Je faisais mon possible pour les tenir éloignés l'un de l'autre. Julie est venue me trouver un jour alors que je lisais.

« Vous vouliez quelque chose ? », lui ai-je demandé.

Nous nous sommes regardées et j'ai su exactement ce qu'elle voulait.

« Excusez-moi si je vous ai dérangée, m'a-t-elle dit.

— Eh bien, oui, vous m'avez dérangée », ai-je confirmé.

Si elle était restée chez elle, elle aurait sûrement épousé quelque ouvrier agricole analphabète mais elle était venue ici, elle avait vu

Paris et maintenant mon fils avait changé la façon dont elle regardait le monde. Mais cela ne changeait rien à ce qu'était ce monde. Je le savais d'expérience.

Je ne la laisserais pas ruiner la vie de mon fils.

Quand j'ai su qu'il rentrerait de son atelier, j'ai donné quelques jours de congé à Julie. Mais mon fils m'a défiée.

« Vos combines ne marcheront pas, m'a-t-il dit. Et vous n'aviez pas besoin d'être impolie avec elle.

— Si elle voulait vous voir, elle serait là », lui ai-je dit, désireuse de semer la graine du doute dans son esprit.

Je ne tenais pas à le perdre au profit du monde extérieur à nous, alors oui, peut-être étais-je impolie, mais ça n'a rien changé. Voyant que Julie était partie, il a pris le train pour la Bourgogne et a dressé son chevalet dans la neige. J'en suis venue à croire que Madame Halévy m'avait maudite, afin que je comprenne la douleur de ses deuils. Quand elles ont trouvé Julie assise sur les genoux de mon fils dans la dépense, ses bras noués autour de son cou, aucune de mes domestiques ne me l'a fait savoir. Pourquoi auraient-elles été loyales envers moi ? J'étais une vieille femme exigeante qui aimait son café brûlant et les vêtements de son époux soigneusement repassés. Ils étaient jeunes et amoureux. Je soupçonnais que Julie fleurait bon les pommes, car j'avais un jour trouvé plusieurs pépins dans son tablier. Les semences noires étaient tombées sur le tapis et j'avais été incapable de les retrouver, même quand je m'étais mise à quatre pattes pour chercher.

C'est alors que j'avais su. Je n'aurais jamais dû l'engager.

1863

Comme Jacob attendit Rachel sept ans dans la Bible, mon fils a attendu sept ans mon aide-cuisinière. D'abord je me suis querellée avec lui, mais mes supplications n'ont eu aucun effet. Je me suis montrée honnête avec lui comme j'avais la conviction qu'une mère devait l'être. Nous nous sommes assis dans ma chambre, où j'avais accroché son tableau de Jestine et sa toute petite toile de la cathédrale. Il continuait à peindre tant et plus, mais j'adorais ces deux œuvres de jeunesse. Ce qui ne signifiait pas pour autant que j'allais lui céder, car même si mon fils était considéré comme un excellent artiste par nombre de ses pairs, ce n'était pas leur respect qui payait les factures.

« Rien de ce que vous pourrez dire contre elle ne me fera changer d'avis », m'a dit Camille.

Ses mains étaient rugueuses, ses vêtements sales, mais il avait des gestes gracieux, vraisemblablement hérités de son père qui n'avait jamais perdu son élégance française.

« Elle n'a aucune instruction, lui ai-je dit.

— Comme vous-même n'en aviez aucune, m'a-t-il rétorqué.

— J'étais l'élève de mon père, l'ai-je informé.

— Elle sera la mienne », m'a dit Camille.

Il a croisé ses longues jambes. Il paraissait déplacé dans notre chambre. Ses habits étaient maculés de peinture mais je n'osais le réprimander pour cela.

« Notre peuple a lutté pour survivre, voilà pourquoi nous faisons bloc et pourquoi c'est un péché que de se marier hors de notre foi. »

Il a ri alors et secoué la tête.

« Vous n'êtes pas sérieuse. Oseriez-vous me faire un cours sur les règles du mariage ? Ne suis-je pas celui qui a fréquenté l'école morave ? Qui n'a pas eu de bar mitzvah ? Qui a été ostracisé par son propre peuple ? Tout cela à cause de vous. Vous avez agi à votre guise.

— Mais ton père était de notre foi. Au regard de Dieu, nous avons fait la chose juste. »

Camille s'est alors levé, las de discuter et profondément dégoûté.

« Vous l'aimiez, un point c'est tout. Alors s'il vous plaît, ne me demandez pas de faire autrement. »

L'évidence s'est imposée avec un choc sourd lorsque j'ai mesuré l'entêtement de mon fils. Il suffisait de lui dire non pour que précisément il fît ce qui était interdit. Il n'avait jamais vu le monde comme les autres le voyaient, et cela était vrai maintenant plus que jamais. Nous continuions de le soutenir, payant le loyer de son atelier puis également, lorsqu'il avait déménagé de notre appartement, d'un logement à l'autre extrémité de la ville. Je sentais la vieille amertume en moi, entortillant ses vrilles autour de mon cœur, la distance entre une mère et son enfant que désormais je connaissais des deux côtés. Quand je passais devant le miroir du corridor, je pensais souvent que c'était le reflet de ma mère que je surprenais, non le mien. C'était sa revanche. Tout ce que je lui avais fait, mon fils maintenant me le faisait.

Nous avions pris la bonne décision en quittant Saint-Thomas car la guerre entre les États faisait rage. La Caroline du Sud, celui avec lequel nous commercions principalement, avait été le premier à faire sécession après l'élection de Lincoln et aucun navire n'était plus en sécurité. La Proclamation d'Émancipation avait déclaré qu'à compter du 1er janvier 1863 tous les esclaves seraient libres, mais comme sur nos îles, l'affaire sanglante de la liberté se solda par un bilan très lourd. Nous lisions les récits de l'horreur et nous étions reconnaissants d'être à Paris où la seule guerre était interne à notre famille.

Camille est venu solliciter notre consentement pour épouser notre bonne, avouant que Julie était tombée enceinte. Nous avons dénoncé leur union car cela nous rappelait trop notre propre expérience et nous ne souhaitions point que notre fils connaisse les mêmes ennuis que ceux qui avaient été les nôtres. Puis la mère a perdu le bébé. Après quoi, je n'ai pu trouver le sommeil. Je ne pouvais me regarder dans le miroir. Qui y aurais-je trouvé ? Je me demandais si toutes les fillettes grandissaient pour devenir étrangères à elles-mêmes. Qu'aurais-je pensé de moi-même si j'avais pu revenir en arrière et rencontrer face-à-face la jeune femme volontaire que j'avais été, tambourinant à la porte du rabbin, les yeux étincelants, convaincue que l'amour était la seule chose qui comptait ?

Camille souhaitait toujours épouser Julie, quand bien même elle était catholique et sans instruction, une petite paysanne qui savait quand une pomme était mûre mais n'avait jamais rencontré de Juif avant d'être employée dans notre maison. Se marier hors de notre confession était inacceptable. Je me suis demandé si le fantôme de ma mère chuchotait à l'oreille de mon fils, l'incitant à me défier juste par vindicte, ou s'il était toujours sous l'influence de cette sorcière, Madame Halévy, qui l'avait la première monté contre moi. Il ne partageait pas notre foi et ne croyait pas en notre

Dieu, ni en aucun autre Dieu, semblait-il. Il avait déclaré que sa seule foi était en la nature : une feuille, une fleur, une femme aux yeux bleus dont l'âme était aussi paisible que la neige.

Il était anarchiste et le meneur de son groupe d'amis peintres, tous des marginaux qui n'avaient pas épousé les formes démodées du réalisme, et qui l'admiraient. Quand je le voyais maintenant, son manteau ondulant derrière lui, sa haute silhouette dégingandée enfilant gauchement les rues pavées, il ressemblait à un ange égaré en train de culbuter dans les ténèbres. Enfin, je comprenais ce que m'avait dit ma mère : je ne comprendrais son chagrin que lorsque mon propre enfant me causerait le mien.

Notre fils était trop rebelle pour travailler dans quelque école que ce soit, et il a bientôt quitté sa place chez Melbye. Il est allé étudier avec le maître paysagiste Corot, avec lequel il partait en excursion hors de Paris, affirmant que la campagne était un antidote à tous les poisons de notre société. Il est devenu plus radical, fidèle aux plus hauts intérêts des travailleurs. Il était déjà un marginal aux yeux de l'ordre établi et avait été refusé d'exposition par le Salon. Les peintres établis n'aimaient ni ses tableaux, ni ses idées politiques. Mais l'Empereur Napoléon III avait surpris tout le monde en faisant ouvrir une galerie annexe, le Salon des Refusés, pour de nouveaux artistes tels que Monet, Cézanne, Manet, Whistler, le peintre américain, et naturellement Pizzarro, respecté et aimé de ce groupe d'artistes radicaux. Je ne comprenais pas mon fils en tant qu'homme, mais je comprenais qu'il avait une vision autre que celle qui nous avait été inculquée. Après avoir vécu au voisinage de son art dans ma propre chambre, je voyais qu'il y avait davantage que la pure et simple imitation et que l'art était un monde à part entière, avec ses propres symboles et son propre langage. Une feuille vue dans une certaine lumière pouvait être grise ou violette aussi bien que pourpre, et un lacis de branchages pouvait facilement virer au rouge alors que le ciel pâlissait au-dessus de la cité.

Un après-midi, j'ai découvert une toile abandonnée dans notre vestibule. J'ai repéré les empreintes de pas humides laissées par de grandes chaussures sur le carrelage noir et blanc. Le portrait était celui d'une femme sous un arbre fruitier en fleurs, un panier de pommes posé à côté d'elle. C'était un cadeau pour moi, en forme de requête pour que j'accepte son choix. N'avais-je pas souhaité exactement la même chose, assez pour rester debout sous la pluie, pour défier tous et tout, pour aimer qui je désirais aimer et non qui l'on me disait que je devais aimer ? J'ai ressenti la piqûre de l'orgueil. Même moi, j'étais capable de me rendre compte que c'était une magnifique œuvre d'art. Évidemment, je reconnaissais Julie dans le modèle. J'ai emporté la toile à l'intérieur et l'ai rangée dans la garde-robe derrière les manteaux d'hiver.

Leur fils est né le 20 février. Je ne suis pas allée voir le bébé, né hors des liens du mariage. En mon nom, Jestine et Lydia ont apporté des présents à la campagne, où le couple résidait désormais. Nous étions allées ensemble acheter des couvertures, des langes, de la layette et des culottes pour bébé. Le soir, au moment où ces présents étaient livrés, Frédéric et moi sommes allés nous asseoir dans un café. Nous savions qu'il était mal de ne pas être auprès de notre fils et notre petit-fils, et pourtant voilà où nous étions. Bien que le temps fût glacial, nous avons pris une table dehors et commandé du thé brûlant et du rhum. Depuis mon départ de Saint-Thomas, j'avais des envies non seulement de rhum mais aussi de mélasse dont je tartinais mon pain grillé le matin. Je m'étais mise à désirer les choses dont je faisais peu de cas dans ma jeunesse. Quelquefois j'avais la nostalgie du soleil éclatant que j'avais toujours dédaigné. Le crépuscule était déjà tombé et Lydia et Jestine devaient déjà être dans le train du retour. Mon aide-cuisinière aurait vraisemblablement cuisiné un délicieux dîner, peut-être un savoureux poulet farci aux marrons. L'air était argenté et le soir rendu lumineux par la glace qui recouvrait le sol et la fine neige qui tombait. Nous ne nous sommes pas pressés malgré le froid. Le visage me brûlait mais je ne m'en plaignais pas. Mon mari portait un chapeau de feutre et le manteau noir qui avait été son premier achat à son arrivée en France. J'entendais les pigeons dans les platanes proches voleter de branche en branche, cherchant à se tenir chaud. J'ai levé les yeux et vu trois oiseaux perchés au-dessus de nous. Je savais que le chagrin arrive par trois et je redoutais ce nombre. J'ai dit à mon mari que nous devrions rentrer à la maison mais il a continué à me tenir la main. Lorsque j'avais regardé par ma fenêtre, le tout premier jour de son arrivée, je m'attendais à m'affronter à un ennemi. Au lieu de quoi, j'avais vu son cœur sous sa chemise. Je l'avais entendu battre.

« Peut-être que nous devrions accepter la situation, a-t-il dit alors que nous rentrions à la maison dans l'obscurité. Le monde change.

— Pas assez vite, ai-je répondu.

— Soyons donc de ceux qui espèrent que l'avenir sera moins cruel que le passé. »

Ce soir-là j'ai essayé les boucles d'oreilles que ma mère avait apportées à Saint-Thomas cousues dans l'ourlet de sa jupe. J'apercevais à peine mon reflet dans le vestibule glacial. En cet instant, j'étais si taraudée par le doute que j'aurais pu tomber d'accord avec ceux qui pensaient que j'étais une sorcière dotée du pouvoir de commettre les actes les plus infâmes. Je pensais que Frédéric était déjà couché mais il m'a vue scruter les profondeurs du miroir argenté. Il est venu m'enlacer et, dans l'obscurité, m'a dit qu'il connaissait la vérité sur moi comme nul ne la connaîtrait jamais. La femme qui avait sauvé sa vie d'un baiser.

1865

Cette année-là, Léa devait épouser un médecin originaire du Sénégal, un homme du nom de Joseph Hady, qu'elle avait rencontré par l'intermédiaire de mon propre médecin, le Dr Paul Gachet, car les deux praticiens incluaient des éléments naturels dans leurs prescriptions sans discrimination par rapport aux médicaments traditionnels. Léa et le Dr Hady vivaient déjà ensemble dans un appartement de Montmartre. Je pensais que cela risquait de provoquer un scandale, car bien que Léa fût de races mêlées, quiconque la voyait la jugeait européenne en raison de sa peau claire et de ses yeux gris. Mais Montmartre était un quartier très ouvert et personne ne prêtait attention aux faits et gestes de ce couple en particulier ; manifestement, Paris n'était pas limité par les mêmes règles que Saint-Thomas. Les Cohen avaient déjà été ostracisés par leur famille, dont aucun membre n'assista au mariage. J'ai apporté au couple de jeunes mariés un service de verres en cristal et une bouteille de rhum de notre île. Le Dr Hady soignait dorénavant Frédéric qui était tombé malade d'une sorte de mal dégénérescent. Depuis plusieurs mois, mon mari avait des difficultés à manger et le jeune médecin passait souvent à notre appartement. Il avait recommandé d'éviter tout alcool, tout produit laitier ou à base de blé. Cependant, nous n'avions noté que peu d'amélioration. Durant la réception de mariage, le Dr Hady est venu s'enquérir de sa santé ; Frédéric, assis à table, buvait une tasse de thé citronné.

« Se plaint-il d'une quelconque douleur ? m'a demandé le médecin lorsqu'il est venu me saluer.

— Jamais, ai-je répondu.

— Ah, c'est donc qu'il est ce genre d'homme », conclut le médecin avec une évidente admiration pour mon mari.

J'ai alors compris ce qu'il voulait dire : la douleur devait être insoutenable et tout autre homme n'aurait rien pu faire sinon rester couché. Le Dr Hady me confia qu'il recherchait un atelier à louer pour Léa, laquelle était une aquarelliste accomplie. J'avais deux de ses aquarelles dans ma chambre, de très jolies représentations des vastes et neuves avenues de la capitale. Le médecin s'imaginait peut-être que j'avais mes entrées dans le monde artistique, mon fils ayant acquis une telle notoriété, mais le plus que je pus lui proposer fut la suggestion que Léa utilise l'une des pièces libres de mon grand appartement.

« Oh, je pense qu'elle désire avoir son endroit à elle », m'a dit le médecin tout en me remerciant de mon invitation.

Il m'a ensuite interrogée sur Saint-Thomas, qu'il avait toujours souhaité visiter, car Léa et lui envisageaient de faire un voyage après leur mariage. Le Dr Hady était un bel homme, grand, la peau très foncée et les yeux lumineux. Dans le Saint-Thomas de mon enfance, jamais lui et moi n'aurions été assis à la même table. Aux États-Unis, il aurait été un soldat ou un esclave et non pas un médecin réputé épousant la fille de ma meilleure amie. J'ai recommandé l'île de Malte comme destination possible, ou bien le sud de la France.

L'orchestre jouait et Léa a fait signe à son jeune époux de venir la rejoindre sur la piste de danse.

« Si vous voulez bien m'excuser, m'a-t-il dit élégamment. Voici ma splendide épouse qui m'appelle. »

Léa était en effet la plus belle des trois sœurs. Souvent quand je la regardais, j'avais l'impression de regarder en arrière dans le temps et de voir Jestine au même âge. Le plafond de la grande salle de réception avait été festonné de lanternes qui flottaient telles des lucioles. Sur toutes les tables étaient disposés des vases de delphiniums, de lys, de jacinthes, de lilas, autant de fleurs que nous ne connaissions pas sur notre île. J'avais souvent parcouru des ouvrages de botanique dans la bibliothèque de mon père et découpé des illustrations de fleurs qui poussaient en France afin de les coller dans mon journal. Elles étaient beaucoup plus belles que je ne l'avais imaginé. J'ai pris une jacinthe pour la ramener chez moi dans mon manteau. J'étais assise à côté de ma vieille amie, à sa place d'honneur à la table des mariés.

«Tu n'es plus inquiète? lui avais-je demandé, car nous avions discuté en détail de toutes les conséquences liées au mariage de Léa avec un homme originaire du Sénégal.

— M'inquiéter ne me fera aucun bien, m'avait dit Jestine. Peut-être devrions-nous être reconnaissantes, toutes les deux, que chacun parvienne à trouver l'amour.

— Peut-être.»

Je ne souhaitais pas pousser plus avant la discussion sur ce sujet, car je savais que mon amie suggérait que j'aurais mieux fait de revenir sur ma condamnation du choix de mon fils. Je pensais souvent au gâteau aux pommes de mon aide-cuisinière, à ses tartes qui étaient si parfaites, et à la façon dont, la première fois qu'elle était entrée dans ma maison, j'avais ressenti un frisson glacé, comme si elle apportait avec elle l'avenir, accroché à ses vêtements.

On danserait jusqu'à l'aube et, nous considérant trop âgés pour cela, nous sommes partis de bonne heure. Notre voiture a d'abord reconduit Jestine chez elle et Frédéric m'a attendue, une couverture sur les genoux, pendant que j'accompagnais mon amie dans la maison déserte et l'aidais à transporter plusieurs paniers de fleurs. L'air froid et pourpre sentait la jacinthe. Nous sommes entrées, puis montées à l'étage où j'ai attendu pendant que Jestine allumait les lampes et ranimait le feu dans l'âtre. Les pièces étaient glaciales et nous avons gardé nos manteaux pendant que les flammes montaient. Cela avait été un mariage magnifique et nous avions toutes deux les larmes aux yeux. Je me suis approchée de la fenêtre pour jeter un coup d'œil sur le fiacre. J'ignore ce qui m'a poussée à le faire – une bouffée d'inquiétude peut-être. J'ai aperçu Frédéric, dans son manteau de lainage noir, coiffé de son chapeau noir, m'attendant sous le plaid qui le protégeait de l'air nocturne. Je l'aimais trop fort, au-delà de toute mesure, si fort que j'étais prête à ruiner ma propre vie et celle de mes enfants pour lui. C'est là, alors que j'observais cette scène offerte à ma vue que j'ai aperçu trois corbeaux posés sur l'arbre devant la fenêtre. Ils étaient silencieux, immobiles, comme l'étaient les chauves-souris dans notre jardin il y a si longtemps, à tel point qu'on pouvait aisément les confondre avec de sombres et sinistres feuilles. La panique m'a saisie. J'ai laissé échapper un cri qui n'avait rien d'humain. La jacinthe que j'avais rapportée de la réception de mariage est tombée de mon manteau. Je savais par Adelle de quoi semblable signe était le présage. Tous les chagrins venaient par trois, et les corbeaux annonçaient la mort. Jestine s'est précipitée et a ouvert grand la fenêtre. Elle a agité son écharpe et lancé des imprécations et les oiseaux se sont envolés, poussant des cris tout en prenant leur essor au-dessus des toits d'ardoise.

« Cela ne veut rien dire, m'a-t-elle assurée. Tu m'entends ? »

J'ai hoché la tête et lui ai souhaité bonne nuit, puis j'ai dévalé l'escalier glacial. Je ne voulais pas discuter avec elle. Mais je savais qu'elle se trompait.

Le lendemain matin, la lumière était mauve et voilée. La ville paraissait plus sombre depuis des semaines, comme si la guerre qui faisait rage en Amérique s'était propagée jusqu'à nous par-delà l'océan. Les gens s'habillaient de noir, se tourmentaient pour l'avenir, remplissaient leurs dépenses de provisions au cas où la guerre arriverait jusqu'à nous. Aucun oiseau ne chantait, voilà ce que j'ai remarqué en premier. Frédéric s'est réveillé et m'a dit qu'il avait rêvé de pluie, comme lors de son arrivée à Saint-Thomas. Quand j'ai touché son front, il brûlait de fièvre. Sa maladie était revenue, celle dont je croyais que l'homme aux herbes l'avait guéri. Il paraissait désorienté. Quand je lui ai parlé, il a à peine réagi.

Le Dr Hady est passé et, après avoir ausculté mon mari, a dit que son cœur et ses poumons étaient faibles et qu'il y avait une masse d'une nature inconnue dans son abdomen. Frédéric n'avait que soixante-trois ans, mais la maladie de sa jeunesse était revenue le hanter et une nouvelle maladie s'était formée dans son ventre du fait de son grand épuisement. Les surfaces anguleuses de son visage étaient ombrées de bleu comme par des meurtrissures. J'ai vu des étincelles ténues tout autour de lui dans la pénombre, les esprits des trépassés qui se rassemblaient tout près, en attente. Après tout ce temps, les fantômes étaient revenus à moi, sans y avoir été conviés, sans être les bienvenus. J'ai pleuré quand mon mari a commencé à bredouiller, ses paroles un sombre entrelacs de douleur. Puis il a inspiré de l'air et dit qu'il voyait la lavande qui poussait dans le jardin de ses parents. Ravi, il a ri. Il y avait des centaines d'abeilles, et des champs de pourpre, et il était si jeune qu'il souriait irrépressiblement en songeant à tout ce qui l'attendait, sa longue vie entière. Il s'est mis à parler à des gens que je ne connaissais pas, des oncles et des tantes défunts qu'il avait vus lors de voyages à Bordeaux quand il était petit garçon. « Puis-je avoir un peu d'eau ? », m'a-t-il demandé d'une voix douce. Il a grimacé quand il a essayé de se redresser, même s'il y avait trois oreillers pour le soutenir. Je le sentais glisser et s'enfoncer dans un monde qui m'était inaccessible.

Je savais qu'à la fin de leur vie, beaucoup de gens retournent en arrière, cherchant à retrouver l'instant où ils ont pour la première fois aperçu la lumière de notre monde. Je me suis recouchée à côté de Frédéric. Le médecin était reparti. Mon mari était trop faible pour relever la tête. Toutefois, je faisais confiance à l'infusion calmante recommandée par les Dr Gachet et Hady pour fortifier son esprit et lui rendre ses forces.

Mais il s'est encore affaibli. Une nuit, il ne m'a pas reconnue. Il m'a appelée Mademoiselle et dit qu'il était perdu. J'ai fait appeler le Dr Hady en pleine nuit, et il est venu aussitôt, alors que le temps était exécrable. Dans le vestibule, le médecin a tapé la neige de son manteau. Je l'ai accueilli et j'ai pris son écharpe et ses gants.

« Terrible nuit », a-t-il dit.

Il m'a ensuite priée de mettre de l'eau à bouillir.

« Pour quoi faire ? », ai-je demandé, inquiète.

Je n'imaginais pas que Frédéric aurait la force de résister à quelque intervention chirurgicale que ce soit, si c'était là ce qu'il proposait.

« Pour une infusion », m'a-t-il dit.

Il m'a tendu un paquet qui m'a paru familier, un mélange d'écorces rougeâtres, de plantes et d'épices. J'ai pensé que c'était peut-être le remède que le guérisseur m'avait donné il y avait tant d'années quand Jestine et moi avions sauvé la vie de Frédéric.

J'avais oublié de me chausser et le carrelage de la cuisine était glacé. Aucune des domestiques n'était là, car c'était une fin de semaine de vacances. J'ai préparé l'infusion et l'ai apportée dans la chambre au fond du couloir. Tout était silencieux. Mes pas, la fine neige qui tombait, les rues désertes. Il y avait une pendule dans le parloir et je percevais son tic-tac comme si c'était un cœur qui battait. En approchant de la chambre, j'ai entendu la voix du Dr Hady :

« Ressentez-vous une douleur dans la poitrine quand vous respirez ?

— Il y a des oiseaux à la fenêtre », a dit Frédéric.

Le Dr Hady est allé tirer les rideaux. Des flocons se posaient sur les vitres et s'y accrochaient, dessinant des motifs de nuages. La neige alourdissait les branches des platanes qui bordaient notre rue.

« Il n'y a pas d'oiseaux », a-t-il observé.

Mais d'où j'étais, j'ai vu les trois corbeaux. Je suis allée à la fenêtre et je l'ai ouverte, même si le vent est entré et que les flocons se sont éparpillés sur le sol. J'ai crié après les oiseaux en faisant de grands gestes avec les bras jusqu'à ce que le Dr Hady me tire en arrière et referme la croisée. Je me suis assise sur une chaise, frissonnante, pendant qu'il tirait les rideaux.

J'ai apporté l'infusion à Frédéric mais il l'a refusée d'un geste.

« Chérie », m'a-t-il dit. Il me reconnaissait. « Tu les vois là-bas, n'est-ce pas ? »

« Peut-être que la malaria qu'il a contractée à son arrivée à Saint-Thomas a endommagé son foie et sa rate », m'a dit le Dr Hady lorsque nous sommes retournés dans le couloir.

Le médecin m'a dit qu'il avait donné à mon mari de la quinine, obtenue à partir de l'écorce d'un arbre d'Amérique du Sud, et qui n'était pas disponible lorsque Frédéric était jeune. Pour que ce médicament soit efficace, cependant, il devait être administré dès que la maladie se manifestait, non pas des années après. Et puis il y avait cette grosseur dans son abdomen, peut-être un cancer de l'estomac. Il était trop tard pour prélever des tissus à fin d'examen, car Frédéric était trop faible pour supporter une intervention aussi invasive. Le médecin m'a recommandé de rafraîchir mon mari dès que la fièvre remonterait et de lui faire boire de l'infusion toutes les heures. Il a refusé que je le paie. « Vous faites partie de notre famille, m'a-t-il dit. Je serai là chaque fois que vous aurez besoin de moi. »

J'ai bientôt compris que l'infusion du Dr Hady était un narcotique destiné non pas à guérir mais à adoucir le processus de la mort. Le corps svelte et fort de mon mari, et sa belle énergie fluide, n'étaient plus. Il déclinait chaque heure un peu plus. Pourtant, il y avait une lueur de réponse lorsque je me couchais près de lui. Nous nous enroulions l'un autour de l'autre et je respirais dans sa bouche afin que mon âme vînt renforcer la sienne, mais rien n'y faisait. J'ai pleuré pour le jeune homme de jadis dans ma cuisine, ses traits racés, ses yeux fuyants, comme s'il avait peur de me regarder. Mais il m'avait regardée, et voilà maintenant qu'il ouvrait les yeux. Il me reconnaissait toujours. Nul ne m'avait connue comme lui.

Il a fallu trois jours. Jestine fut là. Lydia ou l'une de ses filles venait parfois s'asseoir avec moi. La fièvre augmenta et ses frissons étaient si violents que rien de ce que je faisais ne parvenait à le réchauffer. Le troisième jour, j'ai envoyé chercher Camille. Il est arrivé aussitôt, fleurant la neige et la peinture. Il était plus mince que jamais, sa barbe plus longue, ses habits ceux d'un paysan. Je n'ai fait aucun commentaire et l'ai laissé m'embrasser trois fois. Il avait apporté une jacinthe, la même fleur que j'avais sur moi lorsque j'avais compris que mon mari allait mourir. Elle était d'un pourpre profond et sentait à la fois la neige et le printemps.

« Vous auriez dû m'appeler plus tôt. »

Mon fils s'est débarrassé de son manteau et est allé se poster au pied du lit. Il a appelé son père, mais Frédéric semblait très très loin et il n'a pas répondu.

« C'est donc la fin ? », m'a demandé Camille. Je voyais combien il était bouleversé. « N'y a-t-il plus d'espoir ?

— Il y a toujours de l'espoir. » C'était ce qu'Adelle m'avait dit il y avait si longtemps, quand j'étais tellement frustrée par ma vie après mon premier mariage. Et à ma grande surprise, cela s'était révélé vrai. À présent c'était un mensonge, mais je ne pouvais dire autre chose à mon fils.

Frédéric dormait en proie à sa fièvre, la respiration laborieuse. La tension de son souffle cherchant l'air me rappelait le bruit du vent arrivant d'Afrique par-dessus la mer avant que les pluies ne commencent. Je n'avais pas changé de vêtements depuis des jours, ni fait ma toilette, ni mangé, ni quitté la pièce. Peut-être Camille a-t-il noté ma détresse, car son expression a changé. Il a tiré une chaise à lui et s'est assis à côté de moi.

« Saviez-vous que Père et moi étions un jour allés nager sous une cascade ? Nous nous sommes débarrassés de nos vêtements et nous avons plongé ensemble. Il m'a dit que si je tendais les mains des petits poissons viendraient à moi, et ils sont venus. C'est près de ce même endroit que j'ai un jour trouvé un squelette, dissimulé dans les hautes herbes.

— Je connais l'endroit. »

J'étais heureuse de le visualiser, ce bassin que j'avais dépassé en allant voir l'homme aux herbes dont mon fils avait entrevu la mort dans les yeux alors qu'il n'était encore qu'un nourrisson qui refusait de dormir.

« Nous sommes allés nager le jour où nous avons mis en fuite la fille de Madame Halévy. »

J'ai dévisagé Camille, surprise. J'ignorais que mon mari se fût mêlé de ça. De l'apprendre me l'a fait aimer encore davantage.

« J'ai conservé l'alliance de Madame afin de me rappeler ce jour-là. J'ai gardé son histoire secrète, mais il n'y a plus vraiment de raison de le faire désormais. »

J'ai hoché la tête.

« Elle était très douée pour les secrets.

— Elle m'a dit que votre cousin Aaron était son petit-fils. Sa fille l'a abandonné parce que le père était africain.

— Je crois que tu fais erreur, lui ai-je dit, or je me souvenais de Madame Halévy à la porte, un soir tard, quand je l'avais prise pour une sorcière debout dans notre cour.

— Votre mère venait de perdre un fils, alors les deux femmes ont fait un pacte. Votre mère élèverait l'enfant dans notre confession et personne ne connaîtrait jamais la vérité concernant la fille de Madame Halévy. Lorsqu'il est tombé amoureux de Jestine, on lui a dit qu'il ne pouvait l'épouser : ce mariage n'aurait fait que semer le doute sur ses origines. Ce sont ces deux dames qui ont pensé qu'il serait mieux pour Lydia d'être élevée en France, où elle serait considérée comme un membre de notre confession. Ce sont elles qui ont organisé son enlèvement. Elles pensaient faire ce qui était le mieux pour tout le monde mais elles se sont trompées. »

Mon fils a tiré sur l'alliance de Madame Halévy pour la retirer. Il la portait depuis si longtemps qu'elle avait creusé un sillon dans sa chair. Quand il a pris ma main dans la sienne, sa paume était aussi calleuse que celle de n'importe quel travailleur. Il faisait plus vieux que son âge à cause de sa longue barbe. Il peignait à l'air libre, dans le froid, et son teint était tanné par les éléments. Je me suis revue le porter dans mes bras à travers bois quand il ne pouvait dormir. Il était le seul de mes bébés à qui j'avais conté mes histoires. Je l'aimais déjà trop en ce temps-là. Je voyais Frédéric en lui, sa posture digne, ses membres longilignes, sa résolution à agir avec rectitude, ses traits vigoureux.

« J'avais de la pitié pour Madame Halévy, m'a-t-il dit. Ce monde était celui dans lequel elle vivait, mais ce n'est pas le nôtre. Donnez cette alliance à Jestine. Dites-lui qu'Aaron Rodrigues souhaitait que ce soit elle qui l'ait. Il n'a tout simplement jamais eu l'occasion de la lui donner. »

Mon fils est resté assis avec moi toute la nuit. Au matin, les rais de lumière vive étaient bleu hantise, mais dans ce pays-ci, cette couleur ne pouvait éloigner les fantômes. Mon époux est mort ce jour-là à midi. Il aurait tout aussi bien pu être minuit, car les lourds rideaux de Damas étaient tirés et la pièce était d'encre. Je ne voulais point regarder dehors et voir Paris, la ville où mon bien-aimé était mort. Le monde était réduit au silence par la neige mais dans le noir je pouvais imaginer des lianes de bougainvilliers rose panaché et des abeilles vrombissant parmi les fleurs et le jeune homme clignant des yeux dans la lumière du soleil, le regard tourné vers ma fenêtre.

Ses derniers mots pour moi ont été: *Je ne suis plus avec toi.*

J'ai fait mon possible pour déchirer le rideau séparant la mort de la vie, afin de permettre à la lumière et à l'air de pénétrer encore en lui. J'ai soufflé dans sa bouche et martelé sa poitrine. Je l'ai appelé mais il n'est pas revenu. Il m'avait quittée.

Nous avons tenu un petit service funèbre au cimetière. Camille était là avec mon aide-cuisinière et leur petit garçon. Quand est venu le moment de descendre le cercueil en terre, je ne l'ai pas permis. Il y avait des tourterelles dans un arbre et elles ont toutes pris leur envol quand j'ai commencé à hurler. Nous avions engagé un rabbin, un vieil homme coiffé d'un chapeau noir à large bord, qui récitait les prières du matin moyennant rétribution. Lorsque j'ai résisté, refusant de me laisser entraîner à l'écart du cercueil, il s'est enfui, comme si j'étais Lilith en personne, la sorcière qui venait prendre les bébés non encore baptisés pour ne jamais les relâcher. Elle avait des serres au bout des doigts et portait mille anneaux d'or, tous sacrifices de femmes ayant tenté de la soudoyer. Mais nul paiement n'y faisait. Je me suis cramponnée au cercueil et l'ai martelé. J'ai perçu un écho et pensé qu'un miracle avait ramené mon époux à la vie. Je n'étais pas du genre à renoncer aisément, qui que fût mon ennemie, la mort y compris. J'ai alors entendu la voix forte de mon fils tandis que ses bras forts me tiraient en arrière. *Il est parti, et tout ce que nous avons est ce monde-ci, ici et maintenant.*

Pendant plusieurs semaines après cela, je n'ai pas quitté ma chambre. Je prenais le laudanum qui m'était prescrit, dix gouttes par prise, puis vingt. Quand je n'en avais pas assez, je m'en faisais rapporter davantage par le cocher, d'où, je l'ignorais. Je dormais tout le jour et toute la nuit, et ce pour une bonne raison. Dans mes rêves, je pouvais remonter le temps. Voilà ce que je voulais. Le lieu que j'avais toujours haï, j'en avais une nostalgie désespérée aujourd'hui. Toutes les nuits, je rêvais que j'étais assise dans notre cuisine pendant qu'Adelle nous préparait le repas. J'étais dans la cour où les poulets caquetaient quand je les appelais en faisant claquer ma langue. Il y avait des phalènes vertes à ma fenêtre et des fleurs rouges dans un vase. Je portais une combinaison de coton blanc et la lumière du soleil était aveuglante. Elle m'empêchait d'ouvrir les yeux. Il y avait des perroquets dans les arbres, signe de chance, la chance que j'avais cédée. Un homme franchissait ma porte et mon cœur battait si fort que je n'entendais rien d'autre.

Jestine est venue et a insisté pour ouvrir les rideaux. Des bandes de faible lumière se sont projetées dans la pièce, mais même contre ça j'ai protesté. Je ne voulais point voir le monde, ni y pénétrer, ni le connaître sans Frédéric. Nous étions une seule personne, c'est du moins ainsi qu'il en avait été, et maintenant sans lui, je n'étais rien. Une fillette attendant que sa vie change. Une vieille femme ne s'intéressant à rien sinon ce qu'elle avait perdu.

Camille est venu me voir mais j'ai gardé le dos tourné. Il a trouvé mon carnet bleu dans ma commode et s'est mis à me faire la lecture lors de ses visites. Il m'a raconté l'histoire d'un âne qui portait un nom français et que j'aimais tant que je lui donnais du pain trempé dans du lait au petit déjeuner, et d'un pommier qui n'avait jamais grandi, et d'un oiseau qui avait fait le tour du monde à la recherche de l'amour. Il ajoutait des histoires de son cru, celle d'une vieille dame qui avait sauvé un bébé de la noyade sous la pluie, de gens qui s'aimaient mais que l'on séparait. Il a apporté des crayons de couleur et illustré mes histoires et quelquefois, quand il s'en allait, je les contemplais. J'ai pleuré quand j'ai vu comme notre monde était beau vu par les yeux de mon fils, et mes larmes m'ont ramenée à la vie.

Jestine m'a préparé du *fongee* et m'a forcée à manger. Puis elle a déballé ma robe noire, celle que j'avais apportée de Saint-Thomas et avait portée pour tous les enterrements sauf celui de mon mari. Ce jour-là j'avais refusé de rien porter de plus qu'une combinaison blanche sous son long manteau noir. Jestine a repassé la robe de deuil à l'eau de lavande puis elle a coiffé mes cheveux. Rien n'avait tourné comme nous l'avions imaginé. J'ai donné à Jestine l'anneau d'or qui aurait dû être son alliance de mariage. « De la part d'Aaron, lui ai-je dit. Puisque tu étais celle qu'il aimait. »

Nous avions grandi dans un monde encerclé par la douleur, où un mensonge était plus facile à dire que la vérité. Plus tard ce jour-là, j'ai entendu Jestine pleurer dans le jardin. Il faisait froid et il n'y avait aucun oiseau, rien que le son de son immense chagrin. Ce que nous avions perdu, nous ne pourrions jamais le regagner. Je me suis assise dans le parloir et quand Jestine est rentrée, elle n'avait plus l'anneau. Elle l'avait enterré sous un rosier, creusant de ses mains nues un trou suffisamment profond. Tous les jours, alors que le temps se réchauffait, nous nous installions dans des fauteuils en osier et regardions les feuilles verdir. En avril, la guerre dans les États d'Amérique s'est terminée et une grande fête a eu lieu dans notre cité, puis la nouvelle est arrivée que Lincoln avait été assassiné par balles le 14 avril. Des bannières et des fanions noirs furent suspendus aux façades des maisons et des magasins. À la fin du mois, les boutons de rose qui apparurent sur les rosiers étaient blancs. C'étaient des roses Alba, mais nous les avons baptisées *roses de neige**. Nous nous sommes dit l'une à l'autre que lorsqu'elles s'épanouiraient, nos cœurs seraient réparés. Mais le premier mai, quand les roses ont éclos, elles étaient rouges, et nous portions toujours notre peine. Nous avons compris alors que nous la porterions à jamais. Nous avions projeté de couper les roses lorsqu'elles seraient écloses et de les placer dans des vases, mais nous n'y avons pas touché. Elles nous rappelaient les jardins de Saint-Thomas. Ainsi que je le soupçonnais, un millier d'abeilles apparurent un jour pour s'en gorger.

Plus tard ce même mois, j'ai reçu une carte de mon fils m'annonçant que Julie et lui avaient eu un deuxième enfant, une fille née le 13 mai qu'ils avaient appelée Jeanne-Rachel. Jeanne comme la mère de Julie. Rachel comme moi. J'avais fait dans ma vie beaucoup de choses que je regrettais, et j'avais failli perdre mon fils tout comme Jestine l'avait prédit. J'ai donc pris ce choix du prénom du bébé comme un message m'étant destiné. J'ai repensé à la première Madame Petit, qui avait refusé de mourir avant que son bébé ne soit baptisé. Comment l'on vous appelle vous marque et fait de vous qui vous êtes. Malgré mes désaccords avec les parents de l'enfant, j'ai mis de côté mon amertume. Ce bébé était le mien.

Lorsque Jestine, ayant conçu un moyen d'éviter de voir la mère, a suggéré que nous allions rendre visite à l'enfant qui portait mon nom, je me suis empressée d'accepter. Mon amie avait persuadé Lydia et Henri Cohen d'inviter mon fils et Julie à déjeuner, afin de discuter de questions financières, car j'avais confié à Henri la responsabilité de mes finances. Je soutenais toujours financièrement la famille de mon fils, celui-ci avait donc accepté cette entrevue. Le même jour, Jestine et moi avons pris le train depuis Paris jusqu'à la barrière du chemin de fer aux Pâtis, près de Pontoise. Puis nous avons marché car mon fils et sa famille habitaient une ferme en dehors du village. Nous avons emprunté une très belle vieille route bordée de buissons de fleurs violettes éparpillés dans les hautes herbes. Je me suis aperçue que c'était de la lavande et j'ai pris cela pour un bon signe. Je portais des bottines noires à boutons bien adaptées à la marche et ma robe de deuil noire et aussi le manteau en lainage noir de Frédéric, même si la journée était d'une douceur inhabituelle pour la saison. Je n'imaginais pas que je porterais jamais une autre couleur. À mesure que nous approchions de la ferme, je suis devenue silencieuse. Jestine a compris que j'étais nerveuse. Le ciel était terne et les nuages bas. Nous nous tenions par la main afin de ne pas trébucher sur la route boueuse.

Alors que nous approchions de la maison, nous avons remarqué que des poules couraient en liberté dans la cour.

Jestine s'est mise à rire.

« N'en tue aucune, m'a-t-elle mise en garde.

— Je suis trop vieille, lui ai-je signalé.

— Ne sois pas stupide. Les vieilles femmes sont les plus féroces de toutes. »

Nous avons pouffé de rire et continué d'avancer, nos jupes traînant à terre. Madame Halévy m'avait dit que je ne commencerais à comprendre le monde qu'en arrivant à son âge. *On ne naît pas sorcière, on le devient.* C'était ce qu'elle m'avait chuchoté le soir où mon fils nous avait conduits chez elle pour dîner. *Souviens-toi de cela*, m'avait-elle dit avant que je m'en aille. *Souviens-toi de moi.*

Nous avons frappé à la porte de derrière comme si nous étions des visiteuses attendues, faisant fi des protestations de la servante qui, surprise de trouver ces deux vieilles dames à la porte, tenta par tous les moyens de nous éconduire. Nous avons prétendu être trop fatiguées pour faire demi-tour et, avant que la pauvre femme puisse nous questionner sur nos intentions, lui avons réclamé du thé. Une fois que des tasses fumantes et des tartelettes au citron eurent été offertes et acceptées, la domestique nous expliqua que ses employeurs et leur petit garçon s'étaient rendus à Paris pour la journée. Elle n'avait pas autorité à recevoir des invités et risquait de s'attirer des ennuis si sa maîtresse découvrait qu'elle avait laissé des inconnues pénétrer dans la maison. J'ai adressé un regard entendu à Jestine. L'aide-cuisinière des débuts était désormais une maîtresse de maison avec sa propre liste de choses à faire et à ne pas faire. Nous avons assuré la bonne de la pureté de nos intentions, expliquant que nous étions venues voir la nouvelle membre de la famille, et que nous avions fait un trop long voyage pour nous en retourner déjà.

Dès lors que nous étions à l'intérieur, j'en ai profité pour évaluer la situation de mon fils. La maison était rustique mais non dépourvue de charme. C'était une bonne chose, compte tenu que c'était moi qui la finançais. Mon fils l'anarchiste n'avait aucun problème à laisser l'argent de notre affaire familiale payer ses factures. Quand la servante a été convaincue que nous étions inoffensives, elle nous a introduites dans le parloir, où de jolis rideaux de dentelle étaient suspendus aux fenêtres. Le bébé était là dans le berceau.

« L'appellent-ils Jeanne ou Rachel ? », ai-je demandé à la bonne.

J'espérais que ce n'était pas Jeanne, le nom de l'autre grand-mère, celle qui s'occupait de ses vergers près de Dijon et plumait sans doute des volailles tous les soirs pour ses ragoûts.

« Ils l'appellent Minette. »

J'ai été ravie d'entendre cela. C'est le nom affectueux que l'on donne à un petit chat. Ils pouvaient l'appeler comme bon leur semblait du moment qu'ils ne l'appelaient point Jeanne. En ce qui me concernait, elle s'appelait Rachel.

J'ai regretté que ni Jestine ni moi n'ayons le souvenir des paroles qu'Adelle prononçait pour protéger un enfant de tout mal, mais aucune de nous deux n'était capable de se rappeler sa prière. J'aurais aimé que Frédéric soit près de moi. Je lui parlais toujours dans ma tête, et donc je lui ai dit sur-le-champ combien cette visite me rendait heureuse. L'enfant qui portait mon nom était un très beau bébé aux yeux noirs. Je suis sûre qu'elle m'a reconnue quand je me suis penchée sur son berceau. Je lui ai raconté les papillons dont l'envol créait une deuxième lune de lumière, et les oiseaux bleus aussi grands que des hommes, et la femme partie à la nage loin des cruautés de l'humanité. Je lui avais apporté un cadeau : les boucles d'oreilles en diamant de ma mère. Je les ai laissées sur un plateau à côté du chevalet de mon fils accompagnées d'un mot bref : *Pour Rachel de la part de Rachel.* Il y avait fort à parier qu'il considère ces bijoux comme des objets stupides, extravagants et inutiles et qu'il les vende pour payer ses factures. Peut-être étaient-elles en fait destinées à cela depuis toujours, depuis que ma mère les avait cousues dans l'ourlet de sa robe.

J'avais aussi apporté un cadeau pour la maisonnée : un panier de pommes. Mais en repartant, j'ai remarqué qu'il y avait un verger juste à côté la maison. Nous avons ramassé des pommes pour les manger dans le train du retour. La lumière était grise et profonde et les champs étaient pourpres, exactement comme mon fils les peignait.

Peu de temps après, j'ai emménagé dans un logement plus petit du 9e arrondissement. Notre appartement avait toujours été trop grand et je m'étais retrouvée à errer de pièce en pièce, comme si j'y cherchais mon époux. Mon nouvel appartement se trouvait proche de l'atelier de mon fils ainsi que d'un appartement qu'il louait pour les nuits qu'il passait à Paris pendant que la mère de ses enfants tenait leur foyer. Les enfants venaient me voir le jeudi. Je marquais ce jour de la semaine d'une étoile dans mon calendrier. Camille portait le bébé dans ses bras et tenait le petit garçon par la main. Il me rappelait tellement Frédéric, car il avait la même sorte de tendresse pour ses enfants.

« Est-ce que les deux ne sont pas trop pour vous ? », me demanda Camille un jour. Il appelait l'amour de petit garçon Marmotte, dormeur, comme je l'appelais lui-même naguère. « Ils ne vont pas vous fatiguer ?

— Me prends-tu donc pour une ancêtre ? lui ai-je dit.

— Moi oui, a dit le petit garçon. Vous avez cent ans. Vous êtes une très vieille bique. »

J'ai ri malgré moi. J'aimais qu'un petit garçon enfreigne les règles.

« C'est toi qui lui as enseigné à être si poli ? ai-je demandé à mon fils. Ou bien est-ce ta mère qui t'a dit que j'étais une bique », ai-je dit à mon petit-fils qui a ri et s'est caché derrière son père, guignant de temps à autre sur le côté avec un grand sourire aux lèvres.

« Sois gentil avec ta grand-mère. » Camille s'est penché pour embrasser le petit garçon sur la tête. « Ils adorent venir ici, m'a-t-il dit.

— Et cela te surprend ? »

Camille a ri et m'a embrassée trois fois comme nous le faisions à Saint-Thomas.

« Ne les laissez pas vous fatiguer. »

Mon fils laissait les enfants le matin de bonne heure et revenait les chercher le soir après sa journée de travail à l'atelier. Je présume que leur mère appréciait d'avoir une journée pour elle, pour s'occuper tranquillement de son foyer sans avoir les enfants dans les jupes. La vieille bique ne la gênait pas quand il s'agissait de s'occuper d'eux. Tant mieux. J'aimais m'asseoir avec eux dans le parloir l'après-midi pour leur raconter des histoires.

J'ai ressorti mes carnets bleus, que j'avais remisés depuis si longtemps. Mon amour de petite-fille n'était qu'un bébé, mais mon petit-fils buvait toutes mes paroles en ouvrant de grands yeux. Je lui ai raconté les loups-garous qui n'arrivaient pas à compter jusqu'à cent, les poissons qui se changeaient en chevaux sur la terre ferme, et l'âne nommé Jean-François qui savait parler.

« Non, il ne savait pas, m'a répliqué mon petit-fils avec certitude. Les ânes ne parlent pas. Nous en avons un. Ma maman dit : donnez du foin à un âne et il sera heureux. »

J'ai haussé les épaules.

« C'est peut-être vrai en France. Mais à Saint-Thomas, les ânes parlent.

— En anglais ? » m'a-t-il demandé.

Je voyais bien que je l'avais conquis en dépit de ce que sa mère lui avait dit. Cela me donnait de l'espoir pour l'avenir.

« En français », lui ai-je précisé.

Mon petit-fils a hoché la tête, satisfait. Cela lui semblait logique. C'était un enfant charmant, à l'esprit pratique. Il faisait très bien sa sieste, mon petit Marmotte, couché sur mon sofa où je le recouvrais d'une couverture de soie verte.

« Je suis dans l'océan, me disait-il.

— Nage dans tes rêves », lui disais-je en baissant la lumière.

Lorsque l'enfant qui portait mon nom pleurnichait, je m'allongeais sur le lit à côté d'elle. Ce n'était pas une bonne dormeuse, mais c'était une bonne écouteuse, avec de très beaux yeux noirs et une bouche comme une rose. Je lui racontais l'histoire de la femme qui vivait avec les tortues, celle qui m'avait suivie de l'autre côté de la mer, juste sous le navire. Pendant toute la traversée de l'océan, elle avait dormi avec ses longs bras pâles noués autour de l'ancre, elle avait mangé des poissons et des palourdes, évité la lumière du soleil et nagé juste en dessous de la surface des vagues. Elle s'approchait quand elle entendait de la musique à bord, jouée par un quatuor à cordes se rendant à Paris. Elle s'approchait encore plus près quand le capitaine exposait sa collection d'aquarelles, dans des teintes abricot, roses et jaunes, toutes couleurs humaines qu'elle ne pouvait trouver sous la mer. Un jour, on signala la disparition de la robe d'une passagère et, ce soir-là, j'aperçus une jupe de soie flottant sur l'eau, montant et descendant sur les vagues. La femme qui vivait avec les tortues ne pouvait se décider entre nos deux mondes et le soir je voyais une centaine de ses compagnes s'éloigner encore plus au large, flottant entre deux eaux, leurs carapaces vertes semblables à des pierres sur lesquelles on marche pour franchir un gué.

Le bébé était souvent endormi sur mon lit quand mon fils venait chercher les enfants à la fin de la journée. Il disait que c'était un miracle de voir comment sa fille s'abandonnait au sommeil quand je la gardais. Je lui disais que les bébés ont besoin de dormir pour pouvoir rêver. Je crois bien que l'enfant qui portait mon nom rêvait d'un millier de petits miracles et qu'elle rêvait de la femme-tortue de notre pays natal. Quand il venait prendre les enfants, mon fils fleurait l'essence de térébenthine ; c'était une odeur dont il ne pouvait se débarrasser. Il était considéré comme un peintre célèbre à présent, quoique toujours aussi radical, et les autres radicaux qui l'admiraient souhaitaient avoir ses toiles pour rien. Tous les mois, je lui rédigeais un chèque, ainsi que je l'avais toujours fait. Non qu'il fût dépensier. Loin de là. Il portait de vieux vêtements qui pendaient sur sa carcasse maigre et préférait des brodequins aux semelles recousues. Il aimait mieux manger une pomme plutôt que de payer cher un repas dans un café. Plus que tout, c'était un homme voué à sa famille. C'était un bon père et un bon mari. Il entendait épouser mon aide-cuisinière mais il souhaitait toujours ma bénédiction pour cela. Je comprenais. J'avais souhaité la même chose moi-même. Peut-être était-ce la raison pour laquelle il me laissait passer tant de temps avec les enfants ou peut-être que c'était simplement parce qu'il voyait l'amour profond que j'avais pour eux. Jusqu'à maintenant, je les avais laissés attendre mon approbation, mais en définitive, il faudrait bien que je cède au nom de ces amours d'enfants. Je leur faisais manger du *fongee* tous les jeudis. J'avais engagé une cuisinière originaire de Saint-Thomas nommée Annabelle qui se souvenait de toutes les vieilles recettes ; elle savait même confectionner un breuvage qui ressemblait au rhum de guavaberry en utilisant des fraises locales. Sa présence m'était un réconfort, et puis c'était une excellente boulangère. De temps à autre, elle confectionnait un gâteau à la noix de coco que j'emportais pour le partager avec les Cohen. « Ne désirez-vous rien de meilleur que du *fongee* pour votre famille ? », me demandait souvent Annabelle le jeudi, mais non, je ne désirais rien de plus. Lorsque j'ai raconté à Jestine les remarques de ma cuisinière, elle a ri. Elle aussi préparait du *fongee* pour ses petits-enfants. La crème de maïs était bonne pour le corps et pour l'esprit, comme elle l'était il y a longtemps.

Par les soirées tièdes, Jestine et moi allions souvent marcher le long du fleuve. C'était presque l'été et Frédéric s'était éteint depuis plusieurs mois. Cependant, il venait encore me voir dans mes rêves. Il s'allongeait à côté de moi et, nos membres entrelacés, j'entendais le bruit des abeilles. Le temps avançait si vite. Bientôt juillet serait là et le ciel serait bleu, aux Tuileries la chaleur monterait des allées gravillonnées en vagues chatoyantes. J'avais fait des boutures des rosiers de mon jardin et les avais emportées à ma nouvelle adresse pour les planter dans une courette. À mesure que la saison avancerait, les roses pâliraient puis se flétriraient sous le soleil éclatant, mais ensuite, si les rosiers étaient soigneusement taillés et arrosés, ils refleuriraient en août. Jestine et moi nous installerions dans nos fauteuils en osier pour voir s'ils donneraient des roses rouges ou blanches.

Nous aimions la tranquillité du fleuve et empruntions souvent le chemin longeant la Seine. Paris n'était jamais décevant, même si nous parlions souvent du climat de chez nous : comment nous pouvions rester dehors à bavarder toute la nuit sans avoir jamais froid et comment, lorsque les pluies arrivaient, je laissais toujours ma fenêtre ouverte. Un soir, alors que nous nous promenions, le temps changea brusquement, nous prenant par surprise comme il le faisait sur notre île quand le vent arrivait d'Afrique. Tout à coup, une pluie verte s'abattit, si froide que nous avons tressailli. Ce n'était pas la pluie de notre île. Ici, elle donnait l'impression d'un rideau. Presque aveuglées, nous nous sommes engouffrés dans un tunnel et avons attendu là, riant dans l'obscurité. Nous avions couru si vite que nous étions essoufflées. Je portais mon chapeau à plumes et le manteau noir de Frédéric. Je ne sortais jamais sans. Je me demandais ce que je ferais lorsque l'été serait là. Je porterais peut-être sa chemise, celle que je mettais à présent pour dormir, en dessous de mes habits, près de mon cœur.

Nous ne pouvions rester dans le tunnel éternellement, nous nous sommes donc élancées sous la pluie, tenant le manteau de Frédéric au-dessus de nos têtes comme nous tenions naguère des feuilles en guise de parapluie. Ici c'était les feuilles des marronniers qui tombaient en tourbillonnant et collaient au pavé en un tapis glissant et cuivré. Enfin, la pluie s'est changée en une bruine pâle et froide. Tout était si vert, comme lorsque nous nous cachions dans les hautes herbes à l'insu de tous, sauf les oiseaux jaunes fusant au-dessus de nous. Nous avons trouvé un banc de bois peint où nous asseoir et en avons essuyé la pluie avec les mains.

Les feuilles des buissons s'argentaient tandis que le crépuscule zébrait le ciel. L'herbe était pourpre. Nous étions si immobiles qu'aucun passant ne nous remarquait alors qu'ils se hâtaient sur le gravier mouillé, résolus à ne pas se laisser retarder. Jestine et moi avions pratiqué le silence les nuits où nous attendions les tortues. Dans les hautes herbes, nous pouvions disparaître si nous le voulions. Nous pouvions regarder les collines virer au rouge, une fleur après l'autre. Nous avions vu tant de choses mais jamais jusqu'alors nous n'avions vu la jeune fille-tortue. Elle était là dans le fleuve, cette femme qui avait passé une vie entière avec les tortues mais possédait des bras et des jambes comme nous, et une chevelure noir mousse qu'elle avait enroulée en tresses de deuil. Elle avait traversé la mer depuis l'île qui était chez nous, nageant contre le flanc de notre bateau. J'avais vu l'empreinte de ses pas à la proue du navire et dans les couloirs de notre immeuble. Partout dans Paris des lanternes brûlaient. C'était l'heure où le ciel bleu hantise se fondait dans les ténèbres et où les chauves-souris voltigeaient au-dessus de nous. Nous avons vu la femme d'entre les mondes émerger de l'eau et marcher à travers le parc. Notre sœur qui n'avait pu se décider à être ou non humaine s'est assise avec nous enfin.

Remerciements

Ma gratitude va à Carolyn Reidy, Jonathan Karp et Marysue Rucci pour toutes leurs bontés. Jamais ce livre n'aurait existé sans votre foi et votre soutien.

Un grand merci à Amanda Urban et Ron Bernstein pour leurs bons conseils, leur amour et leur patience.

Merci :

à Joyce Tenneson pour sa somptueuse photographie,

à Kate Painter pour son éblouissant travail d'assistante,

à Susan Brown pour l'expertise de son travail éditorial,

à Elizabeth Breeden pour son aide tout le long du chemin,

à Deborah Thompson pour la vérification de tant de faits,

et, tout particulièrement, à Pamela Painter pour m'avoir aidée à comprendre mon propre roman et à l'avoir fait naître à la vie.

Et à mon fils, Jacob, pour tout ce que tu m'as appris.

Bibliographie

Brettell, Richard R. *Pissarro's People*. New York, Prestel, 2011.

Cohen, Judah M. *Through the Sands of Time: A History of the Jewish Community of St. Thomas, U.S. Virgin Islands*. Waltham, MA, Brandeis University Press, 2003.

Gjessing, Frederik C., and Maclean, William P. *Historic Buildings of St Thomas and St John*. London, The Macmillan Press LTD, 1987.

Lloyd, Christopher. *Pissarro*. New York, Phaidon, 1979.

Rachum, Stephanie. "*Camille Pissarro's Jewish Identity.*" Tel Aviv University, *Assaph* 5 (2000), 3-29.

Raffaele, Herbert, et *al*. *Birds of the West Indies*. Princeton, NJ, Princeton University Press, 2003 – *Les oiseaux des Antilles : Guide d'identification*, Editions Michel Quintin, 2007.

Rewald, John, ed. *Camille Pissarro : Letters to His Son Lucien*. Boston, MFA Publications, 1958 – *Camille Pissarro. Lettres à son fils Lucien* (présentées, avec l'assistance de Lucien Pissarro, par John Rewald), Albin Michel, 1950.

Roe, Sue. *The Private Lives of the Impressionists*. New York, HarperCollins, 2006.

Sherlock, Philip. *West Indian Folk-tales*. Oxford, UK, Oxford University Press, 1966.

Thorold, Anne, and Kristen Erickson. *C. Pissarro and His Family*. Oxford, UK, Ashmolean Museum, 1993.

CET OUVRAGE EST PUBLIÉ PAR SLATKINE & CIE
LE TEXTE EST COMPOSÉ EN CARACTÈRE SLATKINE,
DESSINÉ PAR MATTHIEU CORTAT À LYON
IL A ÉTÉ ACHEVÉ D'IMPRIMER EN DÉCEMBRE 2016
SUR PAPIER AMBER VOLUME, 80 GRAMMES
ISSU DE LA GESTION DURABLE DES FORÊTS
SUR LES PRESSES DE LA SOURCE D'OR
À CLERMONT-FERRAND
IMPRIMEUR NUMÉRO 18999